KB091074

쇄미록

쇄미록 1

오희문 吳希文

권 1 ― 임진남행일록

국립진주박물관은 조선 중기의 지식인 오희문(吳希文, 1539~1613)이 기록한 임진왜란 당시의 전란일기인《쇄미록(瑣尾錄)》을 새롭게 역주하여 선보입니다.《쇄미록》은 친척 방문과 노비 신공을 위해 남행길에 나섰다가 전라도 장수에서 임진왜란을 맞은 오희문이 1591년 11월 27일부터 1601년 2월 27일까지 9년 3개월간 쓴 일기입니다.

《쇄미록》에는 전쟁과 관련된 생생한 기록은 물론 사노비, 음식 문화, 상업 행위, 의약(醫藥) 등 16세기 말의 사회경제사와 생활사 관련 내용도 풍부합니다. 이러한 사료적 가치 때문에 류성룡의《징비록(懲毖錄)》, 이순신의《난중일기(亂中日記)》등과 함께 임진왜란과 조선 중기 사회를 이해하는 데 가장 중요한 자료로 평가받고 있습니다.

책의 제목은 "자잘하며 자잘한 이, 유리(流離)하는 사람이로다[瑣兮尾兮 流離之子]."라는《시경(詩經)》〈패풍(邶風)·모구(旄丘)〉 장의 구절에서 따왔습니다. 임진왜란 당시 자신의 피난 생활을《시경》의 구절에 빗대어 제목을 "쇄미록"이라고 붙인 것입니다. 저자인 오희문은 과거시험에 합격하거나 높은 벼슬에 오르지는 못했습니다. 그러나 연안 이씨(延安李氏)와 혼인하면서 인조반정의 1등 공신인 이귀(李貴, 1557~1633)를 처사촌으로, 인조 대에 좌의정을 지낸 이정귀(李廷龜, 1564~1635)를 처칠촌으로 둘 정도로 명문 가문과 혼맥으로 연결되어 있었습니다. 특히 오희문의 큰아들 오윤겸(吳允謙, 1559~1636)이 영의정을 지내는 등 현달하게 되면서 오희문도 영의정에 추증되었으며, 오윤겸의 호(號)를 딴 해주 오씨 추탄공파(楸灘公派)가 성립하게 되었습니다. 병자호란 때 청나라에 항복하는 것을 반대하다가 끌려간 삼학사(三學士) 중 한 사람인 오달제(吳達濟, 1609~1637)도 오희문의 손자입니다.

필사본 7책 815장 분량인 《쇄미록》은 사료적 가치를 인정받아서 국사편찬위원회에서 1962년에 탈초(脫草, 초서로 쓴 한자를 정자로 바꾸는 작업)하여 《한국사료총서》 제14집(상하 전2권)으로 간행된 바 있습니다. 그리고 해주 오씨 추탄공파 종중에서 1990년에 국역본(이민수 역)을 출간하기도 했습니다. 필사본 《쇄미록》은 1991년에 "오희문 쇄미록(吳希文 瑣尾錄)"이라는 명칭으로 보물 제1096호로 지정되었습니다.

국립진주박물관은 지난 2000~2002년 《임진왜란 사료총서》(문학편, 역사편, 대명외교편 전31권)를 발간했는데, 국사편찬위원회의 《쇄미록》 탈초본도 이 총서의 역사편에 포함되어 있습니다. 이후 15년 만인 2017년에 국립진주박물관이 '임진왜란자료 국역사업'을 기획하면서 그 첫 대상 자료로 선정한 것이 바로 《쇄미록》입니다. 우리말로 한 번 옮겨진 바 있는 책의 재번역이라는 부담에도 불구하고 《쇄미록》을 택한 이유는 자료의 중요성 이외에도 여러 가지 의미가 있기 때문입니다.

무엇보다도 보물 제1096호 "오희문 쇄미록"은 국립진주박물관이 임진왜란 특성화박물관으로 전환한 1998년에 해주 오씨 추탄공파 종중의 배려로 대여되어 상설 전시와 특별전 등에 출품, 전시되어 온 인연이 깊은 문화유산입니다. 그럼에도 불구하고 다양한 전공의 학자와 전문가들에 의해 다수의 번역본이 출간된 《징비록》과 《난중일기》와는 달리 《쇄미록》은 문중에서 1990년에 출간한 국역본 단 한 종밖에 없었습니다. 또한 이마저도 절판된 지 오래되었으며, 역주(譯註)가 거의 없는 등 어느 정도 한계가 있었습니다. 그래서 '임진왜란자료 국역사업'을 시작하면서 50여 년 전에 했던 탈초 작업을 되돌아보고 전문가와 일반 독자를 모두 만족시킬 수 있는 새로운 번역과 교감·표점이 필요하다고 판단하게 되었습니다.

《쇄미록》을 새롭게 역주하기까지는 많은 분들의 도움과 노력이 있었습니다. 우선 《쇄미록》의 대여·전시는 물론 국립진주박물관의 임진왜란자료 국역사업의 취지와 의미를 이해하고 물심양면으로 도움을 주신 해주 오씨 추탄공파 종중의 12대 종손 오문환 님께 감사드립니다.

2017년의 번역과 2018년 상반기의 교감·표점 사업은 전주대학교 한국고전학연구소가 맡아서 진행했습니다. 전주대학교 한국고전학연구소는 한국연구재단의 《여지도서(輿地圖書)》(전50권) 번역과 《추안급국안(推案及鞫案)》(전90권) 역주 사업을 수행한 것을 비롯하여 한국고전번역원의 권역별 거점연구소 협동번역사업에 선정되어 다년간 국가의 국역사업에 종사해 온 권위 있는 번역기관입니다. 이 자리를 빌려 지난 2년 동안 《쇄미록》의 역주 및 교감·표점 사업의 책임을 맡아 노고를 아끼지 않으신 변주승 전주대학교 산학협력단장님(한국고전학연구소장

겸 역사문화콘텐츠학과 교수)께 고마운 마음을 전합니다. 이와 함께 유영봉, 김건우 역사문화콘텐츠학과 교수님과 장성덕, 전형윤 특별연구원을 필두로 《쇄미록》의 번역과 윤문 교열, 교감·표점 작업 등에 참여해 주신 전주대학교 한국고전학연구소 연구원 및 윤문 교열에 힘을 보태 주신 외부 참여 연구자 여러분께도 깊이 감사드립니다.

재번역이라 더 부담이 컸을지도 모를 이번 사업에서 거둔 성과가 모쪼록 앞으로 한국 고전의 재번역 시대를 활짝 여는 계기가 되기를 빕니다. 국립진주박물관은 《쇄미록》을 시작으로 국민이 이해하기 쉽게 임진왜란 관련 주요 자료를 국역하는 사업을 지속적으로 펼쳐 나갈 계획입니다. 이번에 현대어로 쉽게 풀어 선보이는 《쇄미록》이 연구자와 일반 독자 모두에게 임진왜란과 조선 중기 사회를 이해하는 거울이 되기를 기대합니다. 아울러 앞으로 선보일 국립진주박물관의 임진왜란 자료 국역사업에 대해서도 많은 관심과 성원을 부탁드립니다. 감사합니다.

2018년 12월
국립진주박물관장
최영창

일러두기

1. 이 책은《쇄미록(瑣尾錄)》(보물 제1096호)을 저본(底本)으로 삼아 번역하고 교감·표점한 것이다. 한글 번역: 1~6권, 한문 표점본: 7~8권

2. 각 권의 앞부분에 관련 사진 자료와 오희문의 이동 경로, 관련 인물 설명 등을 편집했다. 각 권의 뒷부분에는 주요 인물들의 '인명록'을 두었다.

3. 이 책의 번역은 원문에 충실하게 함을 원칙으로 하되, 난해한 부분은 독자의 이해를 위해 의역했다.

4. 맞춤법과 띄어쓰기는 한글 맞춤법과 표준어 규정을 따르는 것을 원칙으로 했다.

5. 짧은 주석(10자 이내)의 경우에는 괄호 안에 넣었고, 긴 주석의 경우에는 각주로 두었다.

6. 한자는 필요한 경우에 병기했으며, 운문(韻文)의 경우에는 원문을 병기했다.

7. 원문이 누락된 부분은 '-원문 빠짐-'으로 표기했다.

8. 물명(物名)과 노비 이름은 한글 번역을 원칙으로 하되, 불분명한 경우에는 억지로 번역하지 않고 한자를 병기했다.

쇄미록 瑣尾錄

《쇄미록》은 오희문이 1591년(선조 24) 11월 27일부터 시작하여 1601년(선조 34) 2월 27일까지 쓴 일기이다. 모두 9년 3개월간의 일기가 7책 815장에 담겨 있다. 국사편찬위원회에서 1962년에 한국사료총서 제14집으로 간행하면서 널리 알려지게 되었고, 1991년에 보물 제1096호로 지정되었다. 해주 오씨 추탄공파 종중 소유로 현재 국립진주박물관에서 대여하여 전시하고 있다.

《쇄미록》은 종래 정사(正史) 종류의 사료에서는 볼 수 없는 생생한 생활기록이 담겨 있는 자료라는 측면에서, 특히 전란 중의 일기라는 점에서 더욱 주목을 받아 왔다. 그 결과 이미 많은 학자들에 의해서 연구가 진행되었다. 사회경제사, 생활사 등 각 부문별 연구 성과는 물론이고, 주제별로도 봉제사(奉祭祀)·접빈객(接賓客)의 일상 생활, 상업행위, 의약(醫藥) 생활, 음식 문화, 처가 부양, 사노비, 일본 인식, 꿈의 의미 등에 대한 연구가 이어지고 있다.

임진년 오희문의 주요 이동 경로

《쇄미록》 권1

1591년 11월 27일, 한양 출발 → 용인에 있는 이경여(李敬輿) 서당 →
양산(陽山) 시골집 → 직산(稷山)의 변중진(邊仲珍) 농장 → 망일사(望日寺) →
목천(木川). 수령 조영연(趙瑩然)은 인척임 → 연기(燕岐). 현감 임소열(任少說)은
오희문의 동서 → 은진(恩津) → 여산(礪山) → 송인수(宋仁叟) 집 →
완산(完山) → 12월 10일, 중대사(中臺寺) → 장수(長水). 처남 이빈(李贇)이
현감으로 재직 → 1592년 2월 10일, 장계(長溪) 관내 → 무주(茂朱) → 영동(永同)
외삼촌 댁 → 황계(黃溪) 남백원(南百源, 외사촌 형) 집 → 무주 → 장천(長川) →
3월 18일, 용성부(龍城府, 남원) → 곡성(谷城) → 조계산 송광사(松廣寺)→
보성(寶城) → 장흥(長興) → 영암(靈巖). 여동생 임매(林妹) 집에서 9일간 머물며
죽도(竹島) 여행을 함 → 광산(光山) → 창평(昌平). 현령 심사화(沈士和)는
오희문의 인척임 → 용성 → 4월 13일, 다시 장수 도착.
이후 6개월간 이곳에서 머물며 피난 생활 → 4월 16일, 임진왜란 발발 소식을
들음 → 6월 26일, 석천암(釋天菴)으로 피신 → 7월 2일, 산속으로 피신 → 8월
18일, 석천암으로 돌아옴 → 9월 22일, 장수 관아로 돌아옴 → 9월 27일, 처자식이
무사하다는 편지를 받음 → 10월 8일, 예산(禮山)에 머물고 있는 처자식을 만나러
가기 위해 장수를 떠남 → 처용정(處容亭) → 진안(鎭安) → 전주(全州) →
여산 → 은진 → 부여(扶餘) → 10월 13일, 처자식과 상봉 → 10월 18일,
홍주(洪州)에 새로 지은 거처로 이사. 여동생 김매(金妹) 상봉 → 12월 13일,
홍주로 찾아온 동생과 상봉 → 12월 16일, 태안(泰安)에서 노모와 상봉 →
12월 24일, 홍주 거처로 노모를 모시고 돌아옴

❖ 과거 지명(현재 지명)

오희문의 가계도와 주요 등장인물

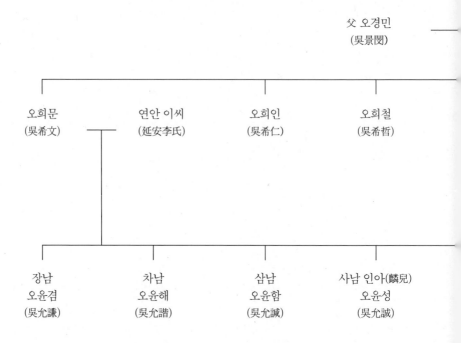

父 오경민
(吳景閔)

오희문   연안 이씨   오희인   오희철
(吳希文)   (延安李氏)   (吳希仁)   (吳希哲)

장남   차남   삼남   사남 인아(麟兒)
오윤겸   오윤해   오윤함   오윤성
(吳允謙)   (吳允諧)   (吳允諴)   (吳允誠)

오희문(吳希文) 일록의 서술자. 왜란 이전까지 한양의 처가에 거주하였다. 노비의 신공(身貢)을 걷으러 장흥(長興)과 성주(星州)로 가는 길에 장수(長水)에서 왜란 소식을 들었으며, 이후 가족과 상봉하여 부여의 임천(林川)과 강원도 평강 등지에서 함께 피난 생활을 하였다.

오희문의 어머니 고성 남씨(固城南氏) 남인(南寅)의 딸. 왜란 당시 한양에 거주하다가 일가족과 함께 남쪽으로 피난하였다.

오희문의 아내 연안 이씨(延安李氏) 이정수(李廷秀)의 딸이다.

오윤겸(吳允謙) 오희문의 장남. 왜란 당시 광릉 참봉(光陵參奉)에 재직 중이었으며, 왜란이 일어나자 일가족과 함께 남행하여 오희문과 함께 피난 생활을 하였다. 왜란 중 평강 현감(平康縣監)에 임명되었고 정유년(1597) 3월 별시문과에 급제하였다.

오윤해(吳允諧) 오희문의 차남. 오희문의 아우 오희인(吳希仁)의 후사가 되었다. 왜란 당시 경기도 율전(栗田)에 거주하다가 피난하여 오희문과 합류하였다.

오윤함(吳允諴) 오희문의 삼남. 왜란 당시 황해도 해주(海州)에 거주하고 있었다.

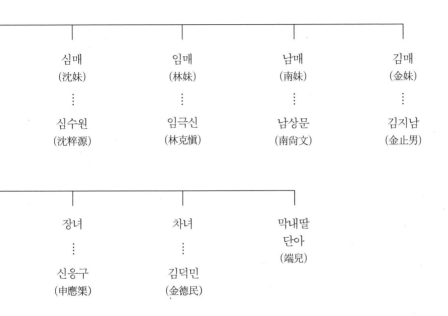

母 고성 남씨
(固城南氏)

심매 (沈妹)	임매 (林妹)	남매 (南妹)	김매 (金妹)
⋮	⋮	⋮	⋮
심수원 (沈粹源)	임극신 (林克愼)	남상문 (南尙文)	김지남 (金止男)

장녀	차녀	막내딸 단아 (端兒)
⋮	⋮	
신응구 (申應榘)	김덕민 (金德民)	

인아(麟兒)   오윤성(吳允誠). 오희문의 사남. 병신년(1596) 5월에 김경(金璥)의 딸과 혼인하였다.

충아(忠兒)   오윤해의 장남 오달승(吳達升)으로 추정된다.

큰딸   일가와 함께 피난 생활을 하다, 갑오년(1594) 8월에 신응구(申應榘)와 혼인하였다.

둘째 딸   일가와 함께 피난 생활을 하였으며, 왜란 이후 경자년(1600) 3월에 김덕민(金德民)과 혼인하였다.

단아(端兒)   오희문의 막내딸. 피난 기간 동안 내내 학질 등에 시달리다 정유년(1597) 2월에 병으로 사망하였다.

오희인(吳希仁)   오희문의 첫째 아우. 왜란 이전에 사망한 터라 거의 언급되지 않는다.

오희철(吳希哲)   오희문의 둘째 아우. 오희문과 함께 어머니를 모시고 피난 생활을 하였다.

심매(沈妹)   오희문의 첫째 여동생으로, 심수원(沈粹源)의 아내. 왜란 이전에 사망한 터라 거의 언급되지 않는다.

임매(林妹)   오희문의 둘째 여동생. 임극신(林克愼)의 아내. 왜란 당시 영암(靈巖) 구림촌(鳩林村)에 거주하고 있었다. 기해년(1599) 4월경에 병으로 사망하였다.

남매(南妹)   오희문의 셋째 여동생. 남상문(南尙文)의 아내. 왜란 당시 남편과 함께 강원도에 거주하고 있었으며, 주로 강원도와 황해도에서 피난 생활을 하였다.

김매(金妹)   오희문의 넷째 여동생. 김지남(金止男)의 아내. 왜란 당시 예산(禮山) 유제촌(柳堤村)에 거주하고 있었다. 갑오년(1594) 4월경에 돌림병에 걸려 사망하였다.

임극신(林克愼)   오희문의 둘째 매부. 기묘년(1579) 진사시에 입격한 바 있으나 그대로 영암에 거주하던 중 왜란을 겪었으며, 정유년(1597) 겨울을 전후하여 전라도로 침입한 왜군에게 피살된 것으로 추정된다.

남상문(南尙文)   오희문의 셋째 매부. 왜란 당시 고성 군수(高城郡守)에 재직 중이었다.

김지남(金止男)   오희문의 넷째 매부. 왜란 당시 예문관 검열에 재직 중이었다. 왜란이 일어나자 의병에 가담하여 활동하였으며, 환도 이후 갑오년(1594) 1월 한림(翰林)에 임명되었다.

신응구(申應榘)   오희문의 큰사위. 왜란 당시 함열 현감(咸悅縣監)에 재직 중이었다. 오희문의 피난 생활에 물심양면으로 많은 도움을 주었다.

김덕민(金德民)   오희문의 둘째 사위. 왜란 당시 충청도 보은(報恩)에 거주하였으나, 정유년에 피난 중 왜군에게 가족을 모두 잃고 홀로 살아남았다. 이후 오희문의 차녀와 혼인하였다.

이빈(李賓)   오희문의 처남이며, 왜란 당시 장수 현감(長水縣監)에 재직 중이었다. 왜란 이전부터 오희문과 친교가 깊었으나 임진년(1592) 11월에 사망하였다.

이귀(李貴)   오희문의 처사촌. 계사년(1593) 5월 장성 현감(長城縣監)에 임명되었으며, 오희문과 왕래하며 일가를 경제적으로 지원하였다.

김가기(金可幾)   오희문의 벗이며, 김덕민의 아버지, 즉 오희문의 사돈이다. 왜란 당시 금정 찰방(金井察訪)에 재직 중이었다. 갑오년(1594)에 이산 현감(尼山縣監)으로 옮겼으나, 정유재란 때 가족들과 함께 왜군에게 피살되었다.

임면(任免)   오희문의 동서로 이정수의 막내사위. 참봉을 지냈으며, 갑오년(1594) 1월에 병으로 사망하였다.

이지(李贄)   오희문의 처남으로 이빈의 아우. 갑오년(1594) 4월에 병으로 사망하였다.

심열(沈說)   오희문의 매부 심수원의 아들. 오희문 일가와 자주 왕래하였다.

소지(蘇騭)   임천에서 오희문의 거처를 마련해 주고 집안일을 거들어 준 인물이다.

허찬(許鑽)   오희문의 서얼 사촌누이가 낳은 조카. 피난 중에 아내에게 버림받아 떠돌다 오희문에게 도움을 받았으며, 이후 오희문의 집안일을 거들며 지냈다.

신벌(申橃)   신응구의 아버지. 왜란 당시 온양 군수에 재직 중이었다.

이분(李賁)   오희문의 처사촌이다.

임진왜란 연표

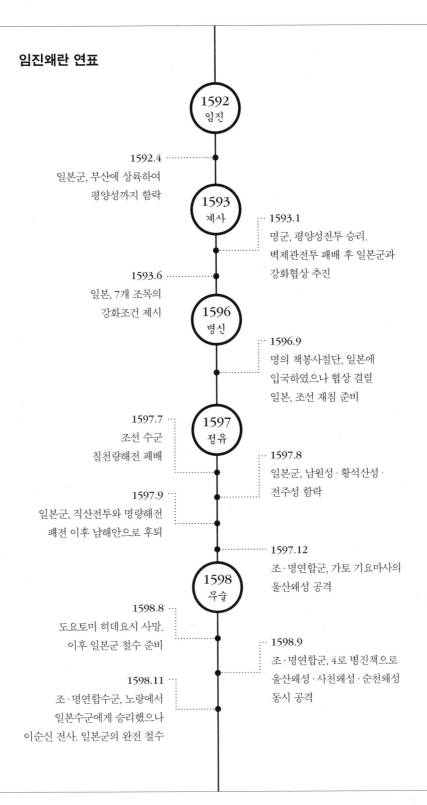

1592
임진

1592.4
일본군, 부산에 상륙하여
평양성까지 함락

1593
계사

1593.1
명군, 평양성전투 승리.
벽제관전투 패배 후 일본군과
강화협상 추진

1593.6
일본, 7개 조목의
강화조건 제시

1596
병신

1596.9
명의 책봉사절단, 일본에
입국하였으나 협상 결렬
일본, 조선 재침 준비

1597.7
조선 수군
칠천량해전 패배

1597
정유

1597.8
일본군, 남원성·황석산성·
전주성 함락

1597.9
일본군, 직산전투와 명량해전
패전 이후 남해안으로 후퇴

1597.12
조·명연합군, 가토 기요마사의
울산왜성 공격

1598
무술

1598.8
도요토미 히데요시 사망.
이후 일본군 철수 준비

1598.9
조·명연합군, 4로 병진책으로
울산왜성·사천왜성·순천왜성
동시 공격

1598.11
조·명연합수군, 노량에서
일본수군에게 승리했으나
이순신 전사. 일본군의 완전 철수

부산진순절도 釜山鎭殉節圖 (육군사관학교 육군박물관 소장), 보물 제391호

조선 후기의 화가 변박(卞璞)이 1760년(영조 36)에 임진왜란 최초의 전투가 벌어진 부산진 전투의 장면을 그린 기록화이다. 1592년 4월 13일 부산 앞바다에 도착한 고니시 유키나가(小西行長)의 일본군은 이튿날 아침 6시경에 상륙하여 성을 공격하였는데, 이때 부산진첨사 정발(鄭撥)이 군민을 지휘하며 분전하다가 순절하였다.

동래부순절도 東萊府殉節圖 (육군사관학교 육군박물관 소장), 보물 제392호

조선 후기의 화가 변박이 임진왜란 발발 후 두 번째 전투가 벌어진 동래부 전투를 1760년(영조 36)에 그린 기록
화이다. 부산진순절도와 함께 1709년(숙종 35)에 처음 그려졌던 것을 이때 변박이 다시 그린 것이다. 동래부 전
투와 관련된 여러 가지 사건을 한 화면에 담고 있다.

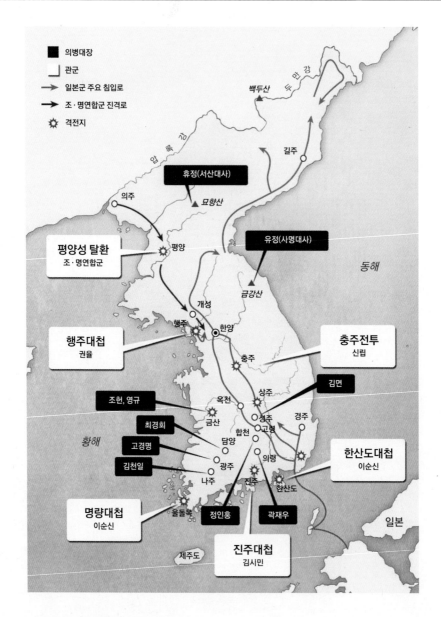

임진왜란 당시 관군과 의병의 활동

1592년 4월 13일 왜군은 선봉대를 시작으로 15만 8,000여 명의 육군과 3, 4만 명의 수군을 동원하여 부산으로
침입했다. 조선 조정은 순변사 이일과 도순변사 신립을 차례로 파견해 왜군을 막도록 했으나, 이일은 상주에서,
신립은 충주에서 각각 패배했다. 그 결과 불과 보름 만에 한양이 함락되고 국왕과 관료들은 평양을 거쳐 의주까
지 피난했다. 관군이 패배하자 각지에서는 의병이 일어났다. 경상도에서는 곽재우와 정인홍 등이, 충청도에서는
조헌과 승려 영규가, 전라도에서는 김천일 등이 의병을 일으켜 왜군과 싸웠다. 묘향산과 금강산에서는 승려 휴
정과 유정이 승병을 일으켰다. 김시민이 진주에서 왜군을 격파했다. 이어 관군과 의병부대는 명의 원군과 함께
평양성을 탈환했고, 권율은 행주산성에서 왜군을 물리쳤다. 이순신이 거느린 조선 수군은 한산도와 명량 등에서
왜의 수군을 격파했다.

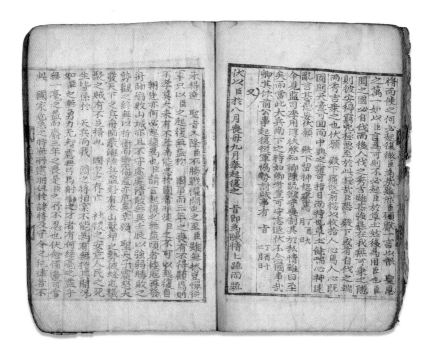

망우당집 忘憂堂集

의병장 곽재우(郭再祐, 1552~1617)의 문집이다. 부록인 〈용사별록(龍蛇別錄)〉에는 곽재우가 의병을 일으켜 공을 세운 내력이 적혀 있다. 이는 훗날 곽재우가 주인공으로 등장하는 전쟁 관련 소설의 고증 자료로 유용하게 활용되었다.

장검 長劍 (의병박물관 소장)

임진왜란 당시 곽재우가 사용하던 장검이다. 칼과 칼집이 한 쌍으로 보존상태가 양호하며, 손잡이 부분이 나무로 되어 있고 겉은 가죽끈이 교차되어 감겨 있다.

서산대사 휴정 초상

(국립중앙박물관 소장)

임진왜란 때 승병장으로 활약한 서산대사
(西山大師) 휴정(休靜, 1520~1604)의 초상
화이다. 임진왜란이 일어나자 73세의 노령
으로 승병을 규합하여 한양 수복에 공을
세웠다.

사명대사 유정 초상

(동화사 성보박물관 소장)

임진왜란 때 승병장으로 활약한 사명대사
(泗溟大師) 유정(惟政, 1544~1610)의 초
상화이다. 임진왜란이 일어나자 의승군을
모집하여 서산대사 휴정의 휘하에서 활약
하였다. 정유재란 때에는 울산과 순천 등
지에서 전공을 세웠고, 1604년(선조 37)에
는 국서를 받들고 일본에 건너가 3,500여
명의 조선인 포로들을 데리고 돌아왔다.

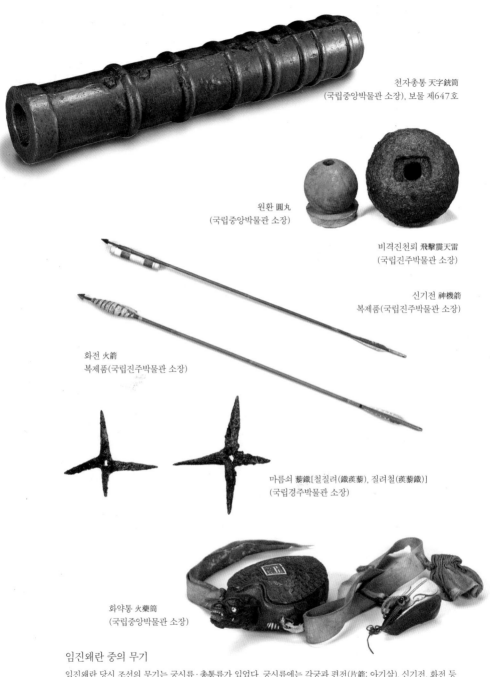

천자총통 天字銃筒
(국립중앙박물관 소장), 보물 제647호

원환 圓丸
(국립중앙박물관 소장)

비격진천뢰 飛擊震天雷
(국립진주박물관 소장)

신기전 神機箭
복제품(국립진주박물관 소장)

화전 火箭
복제품(국립진주박물관 소장)

마름쇠 蔾鐵[철질려(鐵蒺藜), 질려철(蒺藜鐵)]
(국립경주박물관 소장)

화약통 火藥筒
(국립중앙박물관 소장)

임진왜란 중의 무기

임진왜란 당시 조선의 무기는 궁시류·총통류가 있었다. 궁시류에는 각궁과 편전(片箭: 아기살), 신기전, 화전 등이 있었는데 특히 편전의 경우는 사정거리가 천 보 이상이나 되었다. 총통류로는 천자·지자·현자·황자 총통을 비롯하여 완구 등이 있었는데, 화약을 이용하여 탄환이나 석환, 화살 등을 발사하였다. 특히 비격진천뢰는 조선의 비밀병기라고 할 만큼 위력이 큰 무기로, 완구에 장착하여 발사하였다.

두석린 갑주 豆錫鱗甲冑 (국립경주박물관 소장)

가장 흔히 볼 수 있는 조선시대 갑옷으로, 놋쇠로 만든 미늘을 연결하여 만들었다. 이 갑옷은 경주부윤의 융복을
복원한 것이다.

조총과 일본갑옷 (국립중앙박물관 소장)

조총은 16세기 포르투갈을 통해 일본에 전해졌으며, 나는 새를 맞혀 떨어뜨릴 수 있다는 의미에서 조총이라 불렸다. 임진왜란 당시 왜군이 사용한 주력 무기이다. 일본의 전통적인 갑주는 창·칼에 대한 방어기능을 가지고 있었는데, 전국시대에 철포가 등장하면서 개량·발전되었다. 몸통은 옻칠을 하고 금박으로 화려하게 장식하였다.

불랑기포 佛狼機砲 (국립중앙박물관 소장)

명나라에서 사용했던 후장식 화포로 1517년경 포르투갈에서 전해진 것이다. 모포와 자포로 구분되었으며 5~9개의 자포에 화약과 탄환을 장전하여 모포의 약실에 장착한 후 발사한다.

도요토미 히데요시 초상 豊臣秀吉肖像 (일본 사가현립 나고야성박물관 소장)

임진왜란을 일으킨 일본 최고 권력자 도요토미 히데요시의 초상이다. 도요토미 히데요시는 1590년 일본을 통일하고 중국 대륙을 정복하여 위세를 떨치고자 했다. 그리하여 마침내 1592년 조선을 침공해서 임진왜란을 일으켰다. 그러나 전쟁의 어려움이 지속되고 강화 협상마저 실패로 돌아가자 다시 1597년 정유재란을 일으켰지만 고전을 거듭했다. 정유재란 중인 1598년 8월 질병으로 사망했다.

《쇄미록》에 대하여

김우철(국사편찬위원회 편사부장)

1. 오희문은 누구인가

《쇄미록(瑣尾錄)》의 저자 오희문(吳希文, 1539~1613)[1] 은 조선 중기의

1   오희문과 《쇄미록》에 대해서는 아래의 해제와 논저를 참조했다. 이하 특별한 경우 이외에 개별적인 전거는 일일이 밝히지 않는다.

신석호, 「해설」, 『쇄미록』, 국사편찬위원회, 1962.

서병패, 「『쇄미록』 해제」, 『서지학보』 8, 한국서지학회, 1992.

전경목, 「일기에 나타나는 조선시대 사대부의 일상생활」, 『정신문화연구』 19(4), 한국(정신문화연구)학중앙연구원, 1996.

정만조, 「조선시대 용인지역 사족의 동향」, 『한국학논총』 19, 국민대 한국학연구소, 1997.

이성임, 「조선후기 오희문가의 상행위와 그 성격」, 『조선시대사학보』 8, 조선시대사학회, 1999.

정성미, 「『쇄미록』 연구」, 원광대 박사학위논문, 2002.

신동원, 「조선후기 의약생활의 변화: 선물경제에서 시장경제로」, 『역사비평』 75, 역사비평사, 2006.

김성진, 「『쇄미록』을 통해 본 사족의 생활문화─음식문화를 중심으로」, 『동양한문학연구』 24, 동양한문학회, 2006.

지식인이다. 봉훈랑(奉訓郞)으로 선공감 감역(繕工監監役)을 지낸 사실이 해주 오씨(海州吳氏) 족보에 전해지는 것 이외에 자세한 이력은 알려져 있지 않다. 오희문 자신이 《쇄미록》이외에 별다른 기록을 남기지 않았고, 그의 후손들도 그에 대한 기록을 남기지 않았기 때문이다. 다만 족보와 《쇄미록》의 기록을 참조하면 그의 가계와 생애에 대해서 몇 가지 단편적인 사실을 확인할 수 있다.

오희문은 오인유(吳仁裕)를 1세로 하는 해주 오씨 13세로, 조부 오옥정(吳玉貞)은 석성 현감(石城縣監)을, 아버지 오경민(吳景閔, 1515~1575)은 사헌부 감찰을 지냈다. 어머니는 고성 남씨(固城南氏)로, 외가는 충청도 황간(黃澗)에 있었다. 오희문은 외가가 있는 황간에서 출생하여 이후 유년시절을 외가에서 보낸 것으로 보인다.[2] 오희문에게는 3명의 외숙이 있었는데, 그중 1명이 남지원(南知遠)이었다. 남지원은 무과

....

박미해, 「조선중기 예송·증송·별송으로의 처가부양—오희문의 『쇄미록』을 중심으로」, 『한국사회학』 42(2), 한국사회학회, 2008.

정성미, 「조선시대 사노비의 사역영역과 사적영역—『쇄미록』에 나타나는 사례를 중심으로」, 『전북사학』 38, 전북사학회, 2010.

방기철, 「임진왜란기 오희문의 전쟁체험과 일본인식」, 『아시아문화연구』 24, 아시아문화연구소, 2011.

신병주, 「16세기 일기 자료 『쇄미록』 연구—저자 오희문의 피난기 생활상을 중심으로」, 『조선시대사학보』 60, 조선시대사학회, 2012.

김학수, 「조선후기 근기소론 오윤겸가(近畿小論吳允謙家)의 학문·정치적 성향과 문벌의식」, 『조선시대사학보』 63, 조선시대사학회, 2012.

장현희, 「고문서를 통해 본 조선후기 경기지역 양반 가문 연구—용인 해주오씨 추탄공파를 중심으로」, 한양대 박사학위논문, 2013.

신병주, 「16세기 일기 자료에 나타난 꿈의 기록과 그 의미」, 『조선시대사학보』 74, 조선시대사학회, 2015.

2　전경목과 정성미(2002), 앞의 논문 참조.

출신으로, 충청도 서산(瑞山)과 전라도 보성(寶城), 영암(靈巖) 등의 군수를 지냈다. 오희문은 외숙을 따라 서산의 관아 안에서 5년 동안 살았고, 결혼 이후에도 외숙을 따라 보성과 영암에서 지낸 적이 있었다.

3남 4녀 중 장남으로 태어난 오희문은 용인(龍仁) 지역의 명문으로 문천 군수(文川郡守)를 지낸 연안 이씨(延安李氏) 이정수(李廷秀)의 딸과 혼인했다. 훗날 인조 대에 정승을 지낸 이정귀(李廷龜)는 처칠촌, 반정공신 이귀(李貴)는 처사촌이다.[3] 결혼 이후에는 한양의 처가에서 처남 이빈(李贇)과 함께 살았는데,《쇄미록》의 기록을 통해 보면 임진왜란이 일어나기 몇 년 전까지 한양 관북(館北)에 있는 처가에서 거주했던 것으로 보인다.

오희문은 연안 이씨와의 사이에 4남 3녀를 두었는데, 맏아들이 오윤겸(吳允謙, 1559~1636), 둘째 아들이 오윤해(吳允諧, 1562~1629), 셋째 아들이 오윤함(吳允諴, 1570~1635), 넷째 아들이 오윤성(吳允誠, 1576~1652)이다. 둘째 아들 오윤해는 오희문의 아우인 오희인(吳希仁)의 대를 잇기 위해 출계(出系)했다. 후일 맏아들 오윤겸이 영의정까지 지내는 등 영달하면서 오희문도 영의정에 추증되었으며, 오윤겸의 호를 딴 해주 오씨 추탄공파(楸灘公派)가 성립되었다. 또한 출계한 둘째 아들 오윤해의 아들인 오달제(吳達濟, 1609~1637)는 병자호란 때 청나라에 항복하는 것을 반대하다가 끌려간 삼학사(三學士) 중의 하나이다.

오희문은 외숙을 따라 보성에 거주할 때 문장으로 이름을 떨치던

---

3   김학수, 「해주오씨 오희문가의 가계와 지향—실심(實心)·실용(實用) 그리고 포용의 가정학(家庭學)」,『쇄미록 번역서 발간 기념 학술심포지엄 자료집』, 국립진주박물관, 2018.

임희중(任希重)에게 가르침을 받았다. 이외에도 한양에 거주할 때 다른 스승에게 가르침을 받은 것으로 보이나 확인되지는 않는다.[4] 오희문의 둘째 아우인 오희철(吳希哲, 1556~1642)은 조선 중기의 저명한 문신이자 학자였던 이정암(李廷馣)의 문인(門人)이었다. 또한 오희문은 저명한 성리학자였던 성혼(成渾)과도 친교가 있었는데, 이를 계기로 오윤겸, 오윤해, 오윤함 등 세 아들을 성혼에게 보내어 수학하게 했다. 또한 그는 자신의 자제나 친척 또는 인근에 거주하던 사람들의 자제를 직접 교육하기도 했다. 그의 가르침을 받았던 조카 심열(沈說)이 의금부의 낭청에 제수되자 그 기쁨을 《쇄미록》에 기록으로 남기기도 했다. 심열은 삼척 심씨(三陟沈氏) 심수원(沈粹源)에게 시집간 오희문의 큰누이의 아들이었다.

《쇄미록》 집필을 전후한 오희문의 이동 경로를 살펴보면 다음과 같다. 임진왜란 당시 오희문의 본가는 한양 관동(館洞)에 있었다. 전쟁이 벌어지기 5개월 전인 1591년 11월 27일 새벽에 남행길에 올랐다. 당시 장수 현감(長水縣監)으로 있던 처남 이빈, 영암의 매부 임극신(林克愼), 황간의 외가, 영동(永同)의 외숙 등 지방의 친척들을 두루 방문하고 장흥(長興)과 성주(星州) 등지에 있던 노비의 신공(身貢)을 거두기 위해서였다. 2명의 노복을 거느리고 한양을 출발하여 용인, 양산(陽山), 직산(稷山)을 거쳐 목천(木川)에 도착하여 현감 조겸(趙珠)을 만났고, 이어 연기(燕岐)에 가서 현감 임태(任兌)를 만났다. 조겸은 사촌뻘인 인척이었고, 임태는 동서였다. 연기를 떠나 은진(恩津), 여산(礪山), 전주(全州)

....

4   전경목, 앞의 논문 참조.

를 거쳐 12월 10일에 드디어 목적지인 장수(長水)에 도착했다.

장수에서 설을 쇠고 1592년 2월 중순에 다시 길을 떠나 장계(長溪), 무주(茂朱)를 거쳐 영동의 외숙 남지원의 집에서 하루 묵고, 황간의 외사촌 남경효(南景孝)의 집에 가서 머물며 외조부와 외숙의 산소에 성묘했다. 금산(金山)의 외사촌 남자순(南子順)의 집에 가서 하루 묵고 다시 황간으로 돌아와 사내종을 성주로 보내 신공을 거두게 했다. 오랫동안 황간에 머물다가 다시 영동, 무주, 장계를 거쳐 장수로 돌아왔다.

3월 18일에 다시 남쪽으로 향하여 남원(南原), 곡성(谷城)을 거쳐 순천(順天)의 송광사(松廣寺)에 들렀다가 보성을 거쳐 장흥에 도착했다. 장흥에 머물면서 해남 현감(海南縣監)으로 있던 인척 변응정(邊應井)을 만났고, 노비들에게 신공을 독촉했다. 다시 병영을 거쳐 영암에 도착하여 임극신의 아내인 누이의 집에서 9일을 묵었다. 돌아오는 길에 남평(南平), 화순(和順)을 거쳐 창평(昌平)에 도착하여 인척인 현령 심은(沈訔)을 만났다. 옥과(玉果), 용성(龍城), 수분원(水分院)을 지나 4월 13일에 다시 장수로 돌아왔는데, 이날은 공교롭게도 임진왜란이 일어난 날이기도 했다.

오희문이 왜란 소식을 들은 것은 사흘이 지난 4월 16일이었다. 전황이 위급해지자 의탁하고 있던 장수 현감 이빈의 가족과 함께 6월 26일에 석천암(釋天菴)으로 올라갔다가 7월 2일에는 산속으로 들어갔고, 8월 18일에 다시 절로 내려왔다가 9월 22일에야 비로소 장수 관아로 돌아올 수 있었다. 처자식이 충청도 예산(禮山)에 살아 있다는 소식을 듣고 10월 9일에 북행길에 올랐다. 전주, 여산, 은진, 부여(扶餘), 정산(定山), 청양(靑陽)을 거쳐 10월 13일에 홍주(洪州)의 계당(溪堂)에 도착하여 처자식과 상봉했다. 10월 18일에는 김지남(金止男)에게 시집간 누이를 만나기 위해 대흥(大興)을 거쳐 예산으로 향했다. 다시 홍주로 돌아와 머물다가 11월 8일에 길을 떠나 대흥, 예산, 신창(新昌), 아산(牙山), 평택(平澤)을 거쳐 수원(水原) 경계의 도섭탄(渡涉灘)까지 갔다가 아산의 이시열(李時說) 집으로 돌아왔다. 다시 신창, 예산을 거쳐 홍주 계당으로 돌아왔다. 노모가 태안(泰安)에 있다는 소식을 듣고 12월 14일에 다시 길을 떠난 오희문은 결성(結城), 해미(海美), 서산을 거쳐 16일에 태안에 도착하여 노모와 상봉했다. 이튿날 노모를 모시고 길을 떠나 서산, 덕산(德山)을 거쳐 예산의 누이 집에 들렀다가 12월 24일에 홍주 계당에 도착하여 새해를 맞았다.

1593년 6월 17일, 오랫동안 머물던 홍주를 떠나 청양, 정산, 부여를 거쳐 19일에 임천(林川)에 도착했다. 미리 마련해 놓았던 조존성(趙存性)의 이웃집에 거처를 정하고 3년 동안의 임천 생활을 시작했다. 이후 맏아들 오윤겸이 평강 현감(平康縣監)에 제수되고 1596년에 거처를 평강(平康)으로 옮기기로 결정하면서 임천 생활을 정리하게 되었다. 평강으로 향하기 전에 한산(韓山), 홍산(鴻山)을 거쳐 함열(咸悅)의 수령으로 있던 사위 신응구(申應榘)에게 갔다가 다시 길을 되짚어 임천으로 돌아왔다. 그런데 막내딸인 단아(端兒)가 병에 걸리는 바람에 출발을 지체하다가 12월 20일에 임천을 떠났다. 부여, 청양, 대흥, 예산, 신창을 거쳐 아산 이시열의 집에 도착했는데, 단아의 병이 위중하여 다시 머물며 설을 쇠었다.

1597년 1월 25일에 다시 길을 떠나 진위(振威), 수원을 거쳐 율전(栗田)의 둘째 아들 오윤해의 집에 도착했다. 2월 1일에 단아가 세상을 떠나자 과천(果川)을 거쳐 광주(廣州) 토당(土塘)에 이르러 산소에 매장했다. 2월 7일에 한강을 건너 한양에 도착해서 며칠 머물다가 9일에 다시 길을 나섰다. 누원(樓院), 양주(楊州), 연천(漣川), 철원(鐵原)을 거쳐 2월 13일에 평강에 도착했다. 평강 관아에서 한 달 남짓 묵고 나서 3월 30일에 평강 관내의 서면(西面) 정산탄(定山灘)으로 가서 거처를 정하고 우거(寓居)했다. 오희문의 평강 생활은 1601년 2월 22일에 한양을 향해 출발하면서 막을 내렸다. 2월 26일에 오희문은 한양으로 들어왔고, 이튿날인 2월 27일을 마지막으로 《쇄미록》의 기록을 마쳤다.

2. 《쇄미록》은 어떤 책인가

《쇄미록》은 오희문이 1591년(선조 24) 11월 27일부터 1601년(선조 34) 2월 27일까지 쓴 일기이다. 모두 9년 3개월간의 일기가 7책 815장에 담겨 있다. 국사편찬위원회에서 1962년에 한국사료총서 제14집으로 간행하면서 널리 알려졌고, 1991년에 보물 제1096호로 지정되었다. 해주 오씨 추탄공파 종중 소유로 현재 국립진주박물관에서 대여하여 전시하고 있다. 아래는 《쇄미록》의 책 수와 분량, 수록 기간을 도표화한 것이다.

〈표 1〉에서 확인되는 바와 같이, 각 책에 수록된 기간과 분량은 일정하지 않다. 1~3책까지는 한 책에 한 해의 일기가 실려 있지만, 4책에는 1595~1596년의 2년치와 1597년 1월의 일기가 수록되어 있다. 1597년의 일기는 이후 5~6책에 나뉘어 실려 있다. 6책에는 1597년 일

〈표 1〉《쇄미록》의 체제와 구성

책수	분량	일기명	기간
1	121장	임진남행일록	신묘(1591) 11~임진(1592) 12월
2	113장	계사일록	계사(1593) 1~12월
3	121장	갑오일록	갑오(1594) 1~12월
4	194장	을미일록	을미(1595) 1~12월
		병신일록	병신(1596) 1~12월
		정유일록	정유(1597) 1월
5	63장	정유일록	정유(1597) 2~8월
6	86장	정유일록	정유(1597) 9~12월
		무술일록	무술(1598) 1~12월
7	117장	기해일록	기해(1599) 1~12월
		경자일록	경자(1600) 1~12월
		신축일록	신축(1601) 1~12월

기의 일부와 1598년의 일기가, 7책에는 1599~1601년의 3년치 일기가 실려 있다.

각 일기의 제목은 그해의 간지에 '일록(日錄)'을 붙인 형태로 통일 되어 있다. 다만 1책의 경우에는 〈임진남행일록(壬辰南行日錄)〉으로 되 어 있다. 이는 〈임진남행일록〉의 수록 경위와 내용과 무관하지 않은 것으로 보인다. 1591년(선조 24) 11월 27일부터 이듬해 6월 28일까지 의 기록은 다른 일록처럼 그날그날 쓴 일기가 아니고 추후에 기록한 것으로 보인다. 이는 〈임진남행일록〉의 맨 첫 문장을 통해서 유추할 수 있다.

나는 지난 신묘년(1591, 선조 24) 동짓달 스무이렛날 새벽에 한양(漢陽)을 출발해 용인(龍仁)에 있는 이경여(李敬輿)의 서당(書堂)에서 묵고, 이튿날 양산(陽山) 시골집으로 가면서 먹을 양식을 마련했다.[5]

한편 7월 1일부터는 날짜를 쓰고 내용을 적는 일기 형식의 글이 시작되어 7책까지 계속된다. 이 때문에 기존의 연구에서는 1591년 11월 27일부터 1592년 6월 28일까지의 기록을 〈임진남행일록〉으로, 1592년 7월 1일부터 12월 30일까지의 기록을 〈임진일록〉으로 구분하기도 했다.[6] 물론 내용과 형식 두 측면에서 볼 때 1592년 6월까지의 기록과 7월 이후의 기록은 구분된다. 하지만 《쇄미록》 원문에서 〈임진남행일록〉과 〈임진일록〉으로 따로 구분하고 있지는 않고, 1책의 시작 부분에 "임진남행일록"이라고 기록되어 있을 뿐이다. 7월 1일의 기록도 이전의 기록에 자연스럽게 이어져 서술되어 있다. 반면 2책의 첫머리에는 "계사일록(癸巳日錄)"이라고 쓰여 있고, 이후에 이러한 기재 형식이 일관되게 나타난다.

1592년 7월 1일 이후에는 빠짐없이 기록하는 것을 원칙으로 하고 있지만, 한 차례 예외는 있었다. 2책 〈계사일록〉의 1593년 1월 14일부터 3월 말까지는 오희문이 전염병에 걸려 앓아 누워 있느라 일기를 쓰기 못했다. 이 부분도 추후에 중요한 부분을 따로 기록하여 해당 부분에 포함시켰다.

....

5   《쇄미록》 〈임진남행일록〉.
6   전경목과 정성미(2002), 앞의 논문 참조.

올해 1월 10일에 병을 얻어 2월 24일에 조금 나았고, 27일에 비로소 흰 죽을 먹었다. 3월 초에 비로소 된밥[乾飯]을 먹었고, 10일 후에는 나날이 점점 차도가 있어 식사량을 날마다 늘렸다. 보름 후에는 지팡이를 짚고 방 안에서 걸음을 떼기 시작했다. 처음 병에 걸리고 나서 열흘 정도까지 는 병세가 몹시 심해서 나날이 더 위태롭고 고통스러워 인사불성이었다. (…) 이외에도 병중에 있었던 3개월 사이에 기록할 만한 일들이 있지만, 병으로 상세하게 알 수 없어 한두 가지 들은 것만 나중에 기록했다.[7]

'쇄미록'이라는 제목은 많이 알려져 있는 바와 같이 《시경(詩經)》 〈패풍(邶風)·모구(旄丘)〉 장의 한 구절에서 따온 것이다.

자잘하며 자잘한 이, 유리(流離)하는 사람이로다[瑣兮尾兮 流離之子].[8]

자신이 임진왜란을 맞아 유리하는 모습을 《시경》에 나오는 여(黎) 나라의 군신(君臣)이 유리하는 것에 빗대어 제목을 붙인 것이다. 즉, 《쇄미록》은 기본적으로 오희문의 전란일기라고 볼 수 있다. 이것이 다 른 사람들이 평소에 생활을 기록한 일기와 구분되는 점이다. 따라서 이 기록은 전란이 끝나면서 더 이상 계속되지 않는다.

이후로는 종이도 다 되어 그만 쓰기로 했다. 또 한양에 도착해서 이리 저리 떠돌아다니지 않았기 때문이다.[9]

....
7   《쇄미록》〈계사일록〉.
8   《시경(詩經)》〈패풍(邶風)·모구(旄丘)〉.
9   《쇄미록》〈신축일록〉1601년 2월 27일 "自此後 紙窮斷筆 又到京城 非流離時故也"

일기의 제목을 '쇄미록'이라고 하여 '자잘하고 자잘한 유리하는 사람'의 기록이라는 의미를 부여하고 일기의 마지막에서 "이리저리 떠돌아다니지 않기 때문이다[非流離時故也].", 즉 유리하지 않는 것을 더 이상 기록하지 않은 이유로 들고 있다는 점에서 이 일기의 성격이 잘 드러난다.

《쇄미록》의 형태적 특성에 대해서는 기존의 해제에 상세하게 설명되어 있으므로[10] 부연하지 않고 그중 중요한 부분에 대해서만 지적하도록 하겠다. 일단《쇄미록》에는 오희문이 쓴 일기만이 아니라 오희문이 전란 중에 확보한 각종 문서가 실려 있다. 예를 들어 1책인〈임진남행일록〉에는 선조(宣祖)가 내린 교서(敎書)라든가 영동 지역에 전해진 통문(通文), 의병장 고경명(高敬命)의 격문(檄文) 등이 실려 있고, 7책의 말미에는 이황(李滉)과 조식(曺植)이 주고받은 편지, 선조가 내린 전교(傳敎)와 신하들의 계사(啓辭) 등이 실려 있다.

또한 이 책의 전승과 편집 경위를 보여 주는 내용들이 기록되어 있기도 하다. 1책인〈임진남행일록〉의 말미에서는 오희문의 10대손인 오일선(吳馹善)이《쇄미록》을 접하게 된 계기와 일기 뒷부분에 임진왜란 당시의 각종 계본(啓本)과 격문, 자문(咨文) 등을 포함시킨 경위 등을 설명하고 있다. 즉, 1책 뒷부분에 실린 10장의 문서들은 오희문의 친필이 아니라 오일선이 등서(謄書)한 것이다. 또 3책인〈갑오일록(甲午日錄)〉의 말미에는 이 책을 간행하기 위하여 초본을 등서한 경위를 설명한 글이 실려 있다.

....

10 《쇄미록》의 형태적 특성에 대해서는 앞서 언급한 서병패의 논문을 참조 바람.

어릴 때부터 영의정 공께서 손수 쓰신 《쇄미록》 7권이 종손의 집에 간직되어 있다는 말을 들었는데, 미처 읽어 보지 못하여 항상 하나의 큰 한으로 여겼다. 마침 지난해에 용인에 사시는 족형 시영(時泳)이 화수회(花樹會)에 찾아와서 한 번 모였는데, 조상을 추모하는 말이 나와서 이 책을 간행하자는 공론이 일제히 일어났다. 이에 초본(草本) 한 질을 받들어 오는 일을 족형 시영에게 청했다. 족형이 수고로움을 사양하지 않고 친히 종손 화영(和泳)의 집에 찾아가서 일의 본말을 말했더니, 화영도 특별히 내주었다. 이것을 행담(行擔) 속에 넣어 곧바로 돌아왔으니, 족형의 추모하는 정성이 매우 간절하고 돈독하다. 그런데 난리를 당해서 온 나라가 혼란하여 당시 상황이 좋지 않았기에, 곤란한 점이 있을 거라는 생각이 크게 들어 우선 간행을 멈추기로 했다. 그러나 선조가 손수 쓰신 글이 사라질까 두려워 족형과 함께 하루에 걸쳐 표지를 고친 뒤, 여러 종중(宗中)에 분배하여 각각 초본에 부기하고 또 베껴 써서 길이 사모할 수 있게 했다. 종중의 의논이 오늘에 시작되어 훗날에 마칠 수 있으리니, 몹시 다행한 일이다.

　조선 개국 518년 기유년(1909, 순종 3) 8월 초 길일에 11대손 봉영(鳳泳)이 삼가 쓴다.

이 글은 내용상으로는 발문(跋文)에 해당하니 《쇄미록》의 제일 뒤쪽에 위치해야 하지만, 어찌된 연유인지 3책의 뒷부분에 포함되어 있다. 또 7책의 〈신축일록(辛丑日錄)〉의 말미에는 이황과 조식의 편지 등의 문서가 나오고, 황해도 해주(海州) 월곡면(月谷面) 상림중동(桑林中洞)에 거주하는 10대손 봉선(鳳善)이 등서한 뒤에 뒷면에 붙였다는 내용이 추기되어 있다.

3.《쇄미록》에는 무엇이 담겨 있는가

《쇄미록》은 종래 정사(正史) 종류의 사료에서는 볼 수 없던 생생한 생활기록이 담겨 있는 일기 자료라는 측면에서, 특히 전란 중의 일기라는 점에서 더욱 주목을 받아 왔다. 그 결과 이미 많은 학자들에 의해서 연구가 진행되었다.[11] 사회경제사, 생활사 등 각 부문별 연구 성과는 물론이고, 주제별로도 봉제사(奉祭祀), 접빈객(接賓客)의 일상생활, 상업 행위, 의약생활, 음식문화, 처가 부양, 사노비, 일본 인식, 꿈의 의미 등에 대한 연구가 이어졌다. 최근에는 이를 종합적으로 연구한 석사와 박사 학위논문도 생산되고 있다. 따라서 그 구체적인 내용에 대해서는 이미 많은 언급이 있어 왔다. 이 글에서는《쇄미록》의 자료적 가치를 보여 줄 수 있는 대표적인 몇 가지 사례들을 소개하고자 한다. 되도록이면 다른 논저에 소개된 내용과의 중복을 피하려고 했지만, 불가피하게 겹치는 부분도 있을 것이다.

전란을 맞아 기록된 일기인 만큼《쇄미록》에는 전쟁과 관련된 기록이 많이 실려 있다. 그 과정에서 오희문이 개인적으로 입수한 공문 등이 이용되기도 했다. 그렇지만《쇄미록》의 자료적 가치는 역시 공적인 기록에 담기지 않았던 이면의 역사에 있다. 의병(義兵)에 대한 오희문의 평가 또한 냉정하다.

먼 지역에 물러나 움츠린 채 양식만 축내고 나아가 싸울 생각을 하지

………

11   《쇄미록》에 대한 대표적인 논저는 25~26쪽에 소개된 연구 성과 참조.

않으니 더욱 우습다.

이름만 의병일 뿐 사실은 도망쳐서 죄를 얻은 관군들이 죄다 모여 처벌이나 면하려는 수작인 셈이다. 심지어 좌도의 수군 중에는 물에서 싸우는 것이 싫어서 의병에 가담한 자도 많다. (…) 영남 의병장 김면과 곽재우는 용사들을 많이 모아서 대치한 적을 날마다 공격하여 수급을 바친다고 하니, 이들이야말로 의병의 이름에 걸맞다고 하겠다.[12]

지난번에 어떤 의병이 밤에 무주 적진으로 들어가 진영 밖 망대에서 숙직하던 왜놈을 활로 쏘고 수급을 베어 와 바쳤다고 했는데, 지금 다시 들으니 베어 온 것은 왜놈의 머리가 아니라 목화를 따다가 적에게 살해되어 버려진 무주 백성의 머리였다. 머리털만 제거한 뒤 베어 온 것이다. 의병장이 그런 줄도 모르고 왜놈의 머리라고 여겨 순찰사에게 수급을 바쳤다고 한다. 참으로 우습다.[13]

관군에서 도망쳐 나와서 의병이라는 이름으로 숨어 관곡이나 축내는 자들을 비판하고 있다. 심지어는 왜군의 수급이라고 속이고 살해된 백성의 수급을 가져다 바치는 현실도 고발했다. 그렇지만 김면, 곽재우와 같이 제 역할을 하는 의병에 대해서는 아낌없는 찬사를 보내고 있다.

명나라 군대의 참전은 임진왜란의 의병과 수군의 선전과 함께 초기 패전의 전세를 돌려놓은 중요한 계기로 평가된다. 오늘날에도 명군의 참전을 각각의 국가 이익과 결부하여 해석하는 경우가 많은데, 당시에도 예외는 아니었던 듯하다.

·········
12 《쇄미록》〈임진남행일록〉 1592년 9월 1일.
13 《쇄미록》〈임진남행일록〉 1592년 9월 13일.

너희 나라 군신(君臣)은 '중국을 위하는 것이지 구원병이 아니다.'라고 하지 말라. 중국을 위할 뿐이라면 압록강을 지킬 일이지, 무엇하러 천하의 병사를 움직이고 1백만 냥의 은을 소비하면서 수천 리 밖에까지 원정을 하겠는가.[14]

이는 4월 19일의 일기 중에 첨부된 문서의 일부로, 좌의정 윤두수(尹斗壽)에게 명나라 경략(經略) 송응창(宋應昌)이 언급한 내용이다. 당시에도 명군의 참전에 대하여 비판적인 시선이 있었고, 이를 명나라 측에서도 인식하고 있었다는 반증이다. 아무튼 참전한 명나라 군대가 조선군과 연합하여 전과를 거둔 것과는 별개로, 조선의 백성들은 명군의 횡포로 인한 피해를 피할 수 없었다.

낮에 명나라 병사 4명이 저자에 나와 소금 파는 사람의 말을 약탈했다가 도로 말 주인에게 빼앗기자, 노기를 띠고 소지한 은자(銀子) 20냥을 빼앗아 갔다는 핑계로 아무 상관도 없는 사람을 잡아다가 결박하고 수없이 때린 뒤 관아의 뜰에 데리고 와서 벌을 주라고 했다. 현감이 어쩔 수 없이 가두고 좋은 말로 해명했지만 끝내 듣지 않고 기어코 벌을 주게 하려고 했다. 이뿐만이 아니다. 명나라 병사들이 끊임없이 오가며 소주와 꿀, 병아리 등의 물건을 찾는 일이 많고, 조금만 여의치 않으면 큰 몽둥이로 마구 매질하며 고을 수령까지 모욕했다. 그들이 가는 곳의 관원은 맞이하고 보내는 근심이 있을 뿐 아니라 이처럼 난리가 벌어지지 않는 날이 없으니, 그 괴로움을 견딜 수가 없다.[15]

....

14 《쇄미록》〈계사일록〉 1593년 4월 19일.
15 《쇄미록》〈갑오일록〉 1594년 6월 4일.

평강(오윤겸)의 편지를 보니 지난 25일에 쓴 것인데, 명나라 군사가 성에 가득하여 온갖 포악질을 일삼아서 가진 물건을 다 빼앗겼고 아랫사람들은 많이 맞아 상했으며 평강(오윤겸)도 욕을 당할까 두려워 숨어 지내며 나가지 않는다고 한다. 필경 어찌될지 알 수 없다. 걱정스럽기 그지없다. (…) 자방(신응구)의 편지와 딸의 편지를 전해 주어 보니, 위아래 식솔이 무사히 지낸다고 한다. 다만 명나라 군사를 피하여 지난달 초에 봉산에서 신천군(信川郡)으로 옮겨 살았는데, 불편한 일이 많아서 또 다른 곳으로 옮겨 명나라 군사가 다 돌아가기를 기다렸다가 봉산 옛집으로 돌아와 지내며 여름을 보낸 뒤에 한양으로 갈 계획이라고 한다.[16]

고을의 수령들도 모욕이 두려워 명군의 횡포에 손을 놓고 있는 현실을 보여 준다. 수령들이 이러하니 일반 백성들의 피해는 불문가지인 형편이었다.

전쟁은 궁핍을 막바지까지 몰아대며 인간성을 시험하는 무대였다. 오희문은 이러한 참상을 애처로운 시선으로 서술하고 있다.

최근에는 걸인이 매우 드물다. 모두들 두어 달 사이에 이미 다 굶어 죽었기 때문에 마을에 걸식하는 사람이 보기 드물다고 한다. (…) 영남과 경기에서는 사람들이 서로 잡아먹는 일이 많은데, 심지어 육촌의 친척을 죽여서 먹기까지 했단다. 항상 불쌍하다고 여겼는데 지금 다시 듣자니, 한양 근처에서 전에는 1, 2되의 쌀을 가진 사람이라야 죽이고 빼앗더니 최근에는 혼자 가는 사람이 있으면 마치 산짐승처럼 거리낌 없이 쫓아가서 죽여 잡아먹는다고 한다. 이러다가는 사람의 씨가 말라 버리겠다.[17]

....

16 《쇄미록》〈기해일록〉 1599년 3월 3일.
17 《쇄미록》〈갑오일록〉 1594년 4월 3일.

굶주림을 견디지 못해 사람을 쫓아가 잡아먹고, 심지어는 가까운 친척을 살해하여 잡아먹는 참상이 그대로 전해진다.

노동에 직접 참여하지 않던 양반으로서는 노비에게 의존하는 정도가 절대적이었다. 경작 등의 직접적인 생산은 물론 상행위 등의 교환 경제, 각종 가사노동, 출타 시의 수행과 운반 등 노비가 없이는 생활 자체가 불가능했다. 생존을 의존하는 만큼 노비에 대한 오희문의 관심은 절대적이었고, 사안에 따라 모순된 심정이 가감 없이 드러난다.

> 안손과 명복이 2월 20일 새벽에 한꺼번에 도망쳤다. 전날에 두 사내종이 서로 약속하고서 말을 가지고 양식을 실어 달아났으니 분통이 터지는 것을 금할 수 없다.
>
> 안손은 계당에 있는 구리 화로[銅爐] 1개와 작두[斫刀] 1개, 낫[鎌子] 3자루를 훔쳐 갔다. (…) 윗전이 오직 말 한 필밖에 없어서 피난할 때 이것을 믿고 타고 다녔는데, 이마저 훔쳐 달아났으니 그 뼈아픔을 어찌 이루 다 말할 수 있겠는가. 훗날 붙잡을 수 있다면, 윗전을 사지에 몰아넣은 죄를 어찌 용서할 수 있겠는가.[18]

말과 종은 단순한 재산적 가치 이외에도 양반이 일상생활을 하는 데 필수적인 요소였다. 말을 데리고 도망한 종에 대해 분노가 치미는 것은 당연한 일이었다. 이 기록 이외에도《쇄미록》에는 도망 노비에 대한 기록이 여러 차례 나타난다.[19] 일하기 싫어 도망하는 경우도 있고, 이미 다른 종과 혼인한 사내종과 계집종이 눈이 맞아 도망하기도 했으

....

18　《쇄미록》〈계사일록〉 1593년 2월 20일.
19　정성미(2010), 앞의 논문 참조.

며, 붙잡혀 왔다가 도망치기를 반복하기도 했다.

친족이나 친지로부터 각종 물품을 수수하거나 원근의 장시(場市)에서 물품을 교역할 때에는 사내종들의 노동력을 통하는 것이 유일한 방법이었다. 양반이 동행하지 않는 이상 종들에게 믿고 맡기는 것이 불가피했다. 그러나 현물이 오가는 상황에서 나름대로 자신이 경영하는 재산을 소유한 종들을 완전히 믿을 수는 없는 노릇이었다. 운반 과정에서 일부 수량을 가로채지 않을까 하는 의심으로 주인과 노비 사이에는 늘 긴장감이 흘렀다.

명복이 돌아왔다. 경여의 처가 찰떡을 쪄서 보냈기에 아이들과 함께 먹었다. 또 베갯모[枕隅]를 팔아서 벼 8말, 콩 3말 5되를 얻어서 짊어지고 왔다. 다만 다시 되어 보니 1말이 모자란다. 분명 명노가 훔쳐 먹은 게다. 괘씸하고 얄밉다.[20]

명복이 함열에서 왔다. 함열 현감이 정미 3말, 생준치 2마리, 꿀 5홉, 녹두 1되를 보냈는데, 다시 되어 보니 쌀 5되가 줄었다. 준치와 꿀은 길 가던 사람에게 빼앗겼다고 한다. 어두워져서 돌아온 걸 보니 분명 고기를 찌고 밥을 지어 먹은 게다. 병을 앓는 집에서 꿀을 구하는 경우가 많을 것이니, 분명 도중에 팔아서 쓰고는 빼앗겼다고 핑계를 대는 것일 게다. 몹시 괘씸하고 얄밉다. 충아 어미와 인아가 아파서 이것들을 가져오면 죽을 쑤어 먹이려고 했는데, 잃어버렸다고 핑계를 대니 더 화가 난다.[21]

....
20 《쇄미록》〈계사일록〉1593년 10월 30일.
21 《쇄미록》〈갑오일록〉1594년 5월 8일.

그러나 곡식의 말 수가 준 것은 꼭 노복의 횡령 때문이라고 단정할 수는 없었다. 자신이 이산 현감(尼山縣監)에게서 직접 받은 1섬의 벼도 돌아와서 다시 되어 보니 11말 7되 남짓한 경우도 있었으니,[22] 그 지역의 도량형이 문란한 것으로 의심하기도 하고[23] 나중에는 보낸 쪽과 운반한 쪽 모두를 의심하기도 했다.[24] 실제로 당시의 도량형은 관가의 것과 민간의 것이 달라서[25] 바치는 양이 받는 양보다 훨씬 많기 마련이었다. 그러다 보니 실제로 명군에게 말을 빼앗기고 구타당한 사내종 덕노에 대한 의심을 거두지 못하고 괘씸해 하다가[26] 나중에 사실임이 드러났어도 덕노에 대한 동정보다는 잃은 말에 대해 아쉬움만 가득했다.[27]

이러한 긴장관계는 평소에 경작에 사역하는 노비와의 사이에서도 발생했다. 풀을 베라는 명령을 따르지 않고 불순한 말을 하는 종의 발바닥을 때리며 응징하기도 하고,[28] 게으름 피우는 노비들의 일터에 불시에 들이닥쳐 혼찌검을 내기도 했다.

여덟 사람에게 어제 끝내지 못한 밭을 매게 했으니, 바로 엿새갈이이다. 식사한 뒤에 덕노를 데리고 말을 타고서 여러 밭을 돌아본 다음 그길로 노비들이 김매는 곳에 갔다. 오전에 김매기를 이미 모두 마치고 겨우 5, 6이랑을 남겨 둔 채 모두 냇가 나무 그늘 아래에 누워서 자고 있었다.

....

22 《쇄미록》〈갑오일록〉 1594년 6월 4일.
23 《쇄미록》〈갑오일록〉 1594년 6월 6일.
24 《쇄미록》〈을미일록〉 1595년 4월 27일.
25 《쇄미록》〈무술일록〉 1598년 10월 16일.
26 《쇄미록》〈기해일록〉 1599년 3월 5일.
27 《쇄미록》〈기해일록〉 1599년 3월 11일.
28 《쇄미록》〈계사일록〉 1593년 6월 23일.

그 김맨 곳을 보니 어제도 충분히 끝낼 수 있었던 양인데 매번 풀이 무성하다고 핑계를 대며 힘을 다하지 않았다. 오늘도 사람들의 힘을 모두 동원하지 않는다면 마칠 수 없을 것이라고 하기에 품팔이꾼을 빌려 모두 8명을 보낸 것인데, 누워서 쉬면서 김매지 않았다. 매번 이따위로 하며 내가 가서 살펴보리라고 생각지 않고 이전의 버릇을 답습하여 게으름이 극에 달했다.[29]

그러나 노비들도 자신들이 직접 경영하는 생업에는 매우 열심이었다. 전쟁 중에 생활고를 해결하기 위하여 경험도 없던 양봉(養蜂)에 손을 댔다가 갖가지 시행착오를 겪었던 오희문으로서는 자기 몫의 양잠에만 열중하는 노복이 밉기 마련이었다.

채억복에게 벌통을 지워 보내서 곧장 전날에 온 벌통 오른쪽에 앉혔는데, 오후에 양쪽 벌들이 서로 싸워 물려 죽은 벌이 거의 1되 정도 되었다. 아깝다. 아무리 생각해 보아도 싸움을 말릴 방법이 없어서 날이 저물어 각각 벌집으로 들어가기를 기다린 뒤에 먼 곳으로 옮겨 앉혔다. 벌의 종류가 다르면 싸워서 죽이는 것이 이와 같으니 탄식할 일이다.[30]

덕노가 보은에서 돌아와서 그 이튿날부터 뽕잎 따는 일을 시작하여 하루도 쉬지 않고 새벽에 나갔다가 저녁에 돌아오면서도 피곤한 줄을 모른다. 만일 상전의 일이었다면 반드시 꺼리고 원망도 많았을 것이다.[31]

·········
29   《쇄미록》〈무술일록〉 1598년 7월 13일.
30   《쇄미록》〈무술일록〉 1598년 3월 8일.
31   《쇄미록》〈경자일록〉 1600년 5월 4일.

전쟁이라는 극한상황은 유학자인 오희문에게도 꿈이나 점복, 무속 같은 것에 의지하게 했다.

> 또 새벽꿈에 내 활의 허리를 꺾었는데, 이는 무슨 징조일까? 다른 사람에게 말하면 반드시 상서롭지 못하다 하겠지만, 내 생각에는 길몽이지 흉몽은 아닐 듯싶다. 왜냐하면 이틀 밤 연달아 가족을 만나고 활을 꺾는 꿈을 꾼 것은 분명 흉악한 왜적이 모두 멸망해서 전쟁 걱정이 사라져 활을 버린다는 의미일 게다.[32]

> 요새 집사람이 몸이 몹시 불편하다고 하더니 어제부터 좀 덜하다. 무당을 불러서 기도했는데, 오후에 도로 불편해 한다. 걱정스럽다. 무당이 헛것임을 역시 알 만하다.[33]

불길한 꿈도 애써 긍정적으로 해석하고 아내의 병을 낫게 하기 위해 무당을 불러 기도하는 오희문의 심정에 간절함이 드러난다. 하지만 효험이 없자 무당이 헛것이라며 비난하는 유학자의 시선으로 돌아갔다.

이상의 몇 가지 사례를 들어 간단히 살펴본 것처럼,《쇄미록》에는 정사에서는 볼 수 없는 생생한 이면의 역사가 펼쳐진다. 때로는 우리가 가지고 있던 시대에 대한 고정관념을 깨기도 하고, 막연히 알고 있던 개념적 사실에 구체성을 부여하기도 한다. 이번에 쉬운 현대어로 정확하게 새로 번역된《쇄미록》은 연구자는 물론 일반 대중들을 16세기 조선으로 이동시켜 주는 타임머신의 역할을 톡톡히 할 것으로 믿는다.

....

32 《쇄미록》〈임진남행일록〉 1592년 8월 14일.
33 《쇄미록》〈병신일록〉 1596년 4월 20일.

임진남행일록 壬辰南行日錄

1591년 11월 27일 ~ 1592년 12월 30일

◎

나는 지난 신묘년(1591, 선조 24) 동짓달 스무이렛날 새벽에 한양(漢陽)을 출발해 용인(龍仁)에 있는 이경여(李敬輿)*의 서당(書堂)에서 묵고, 이튿날 양산(陽山) 시골집으로 가면서 먹을 양식을 마련했다.

다음날 일찍 길을 떠나 직산(稷山)에 있는 작고한 친구 변중진(邊仲珍)의 농장에 도착했다. 중진이 부리던 사내종 엇동[旕同]이 내가 온 것을 보고 반갑게 맞으며 따뜻한 방을 내주었다. 마치 제 주인을 대하듯이 정성스러우니 훌륭한 종이라고 할 만하다. 감사하고 슬픈 마음이 교차했다.

이튿날 아침 일찍 길을 떠나서 망일사(望日寺)로 들어갔다. 아침을 먹고 목천(木川)으로 향하는데 비가 내렸다. 간신히 치소(治所, 관청)에 도착하니, 마침 김태숙[金太淑, 김운(金澐)]과 조자옥(趙子玉)도 이곳에 와 있었다. 현감 조영연(趙瑩然)이 내가 왔다는 말을 듣고 즉시 동헌(東

軒)으로 나와, 태숙과 자옥과 더불어 오랫동안 만나지 못한 회포를 풀었다. 사흘을 내리 머물면서 풍악을 울리며 취하도록 마시고서 나의 숙소로 와서 자며 후하게 대접했다. 영연은 나의 인척 사촌이기도 했지만 젊어서부터 함께 살아서 정의(情意)가 매우 두터웠기 때문이다. 자옥은 영연의 동복아우로, 또한 내 젊은 시절 친구이다. 그도 노자를 넉넉히 보태 주었다.

이튿날 일찍 길을 나섰는데, 어제 내린 큰 눈으로 길이 험해서 저물녘에야 임소열(任少說)*이 다스리는 연기현(燕岐縣)에 당도했다. 소열은 나의 동서이다. 면부(免夫)가* 이곳에 왔다는데, 마침 현감이 부재중이라 일정이 바빠 만나지 못했다고 한다. 안타깝다.

이튿날 -원문 빠짐- 금강(錦江) 가에서 아침을 먹고 -원문 빠짐- 투숙했다. -원문 빠짐- 밤에 눈비가 섞여 내리는 바람에 늦게 출발했다. 진창길을 지나 힘들게 은진(恩津) 앞 원(院, 관원이 공무로 다닐 때 숙식을 제공하던 곳)에 도착했을 때는 해가 저물어 있었다. 당초 이곳에서 묵으려고 했으나 인가가 너무 적어 도둑이 들까 두려웠다. 그래서 밤길을 재촉해 여산군(礪山郡) 앞 원에 도착하니 밤이 이슥했다. 집집마다 행인들로 만원이라 잘 곳이 없었다. 그러던 차에 빈방이 생긴 집주인이 길손을 맞았다. 술자리가 파할 무렵 내 종놈이 뛰어 들어와 취한 주인과 다투는데, 싸움이 커지려고 했다. 종놈을 엄하게 제지하고 취한 주인을 잘 달래서 간신히 말렸다. 다른 집으로 거처를 옮기려고 했으나 밤이 깊어

....
* 임소열(任少說): 임태(任兌, 1542~?). 자는 소열이다. 오희문의 처사촌 여동생의 남편이다. 당시 연기 현감으로 재직 중이었다.
* 면부(免夫): 임면(任免, 1554~1594). 자는 면부이다. 오희문의 동서이다.

그대로 묵을 수밖에 없었다.

이튿날 송인수(宋仁叟)*의 집으로 들어가 오랫동안 만나지 못한 회
포를 풀었다. 아침을 먹은 뒤 완산부[完山府, 전주부(全州府)] 남문 밖 장
수(長水) 주인의 집에 가서 잤다. 다음날은 진안(鎭安) 지역 정병(正兵)
김윤보(金允輔)의 집에서 묵었는데, 그도 장수 사람이다. 그 집에서 묵
으며 막걸리를 마셨다.

12월 10일, 중대사(中臺寺)*에 이르러 아침을 먹고 비로소 장천현
(長川縣)―장천현은 장수현이다. 현감은 저헌(樗軒)*의 5대손인 이빈(李
贇)*이다. 이빈의 자는 자미(子美)이며 공의 처남이다―에 도착했다. 관
아의 모든 사람들이 환영해 주었고, 연일 밤을 새워 가며 답답했던 회
포를 풀었다.

12월 18일에 한 해를 마칠 양식을 얻어서 종과 말 편에 집으로 올
려 보냈는데, 올해 정월 20일이 넘어서 종과 말이 돌아왔다. 말을 쉬게
하느라 2월 10일 이후에 먼저 황간(黃澗)으로 향했다. 황간은 나의 외
가가 있는 곳이다. 장천을 출발해 장계(長溪)* 관내로 들어와 자는데, 종

....

* 송인수(宋仁叟): 송영구(宋英耇, 1556~1620). 자는 인수이다. 경상도 관찰사, 병조참판 등을
  지냈다.
* 중대사(中臺寺): 진안현 성수산(聖壽山)에 있던 절이다. 《국역 신증동국여지승람(新增東國輿
  地勝覽)》 제39권 〈전라도 진안현〉.
* 저헌(樗軒): 이석형(李石亨, 1415~1477). 호는 저헌이다. 한성부 판사 등을 지냈다.
* 이빈(李贇): 1537~1592. 자는 자미(子美)이다. 오희문의 처남이다. 당시 장수 현감을 지내고
  있었다.
* 장계(長溪): 장수 관아의 북쪽 30리에 있다. 본래 백제의 백해군(伯海郡)이다. 신라 때 벽계
  군(壁溪郡)으로 고쳤고, 고려 때 장계로 고쳐 남원부에 소속시켰다. 《국역 신증동국여지승
  람》 제39권 〈전라도 장수현〉. 1414년에 규정에 따라 장수현에 현감을 두고 장계현을 속현
  으로 다스렸다. 「장수현」, 『국역 여지도서』 제47권, 변주승 역주, 흐름출판사, 2009, 139쪽.

윤(宗胤)[*]이 같이 있는 사람과 함께 와서 작별했다.

이튿날 무주(茂朱)에 도착했다. 당초 고을로 들어갈 계획이었으나, 전라도 도사(都事)가 군대를 점검하는 일로 현에 머물고 있다는 말을 듣고 물러나와 사내종 인수(仁守)의 집에서 잤다.

다음날 무주를 지나 영동(永同) 외삼촌 댁[*]에 도착했는데, 외삼촌의 부종(浮腫) 증세가 대단히 위중했다. 여러 종형제가 모두 모여서 몹시 기뻤지만, 외삼촌의 병 때문에 서로 즐거워할 수 없었다.

하루를 머물고 황계(黃溪) 남백원(南百源)의 집[*]으로 향했다. 백원은 나의 외사촌 형으로, 어린 시절 외할머니[*] 손에 함께 자라서 형제처럼 지낸 사이이다. 15년 남짓 떨어져 있다가 이제야 만나니 희비가 교차했다. 지금 옛 동산에 와서 경물을 보니 감회가 새롭고 돌아가신 분들 생각에 눈물이 절로 흘렀다. 며칠 머물면서 외할아버지 산소에 제물을 올려 절하고 나를 기르느라 애쓰신 은혜를 회상하다가 나도 모르게 그만 눈시울을 적셨다. 내가 이 고을에서 태어나 외할머니 손에 자라서 부모와 같은 은혜를 입었기 때문이다. 남은 술잔을 두 외삼촌 산소 앞

....

1914년 행정구역 개편 때 장수군 계내면이 되었다가, 1993년 행정구역 개편으로 장수군 장계면이 되었다.

* 종윤(宗胤): 이빈의 장남인 이시윤(李時尹, 1561~?)을 가리키는 듯하다.

* 영동(永同) 외삼촌 댁: 오희문의 외삼촌은 3명인데, 큰외삼촌은 남지언(南知言, 1507~1566), 둘째 외삼촌은 남지명(南知命), 셋째 외삼촌은 남지원(南知遠)이다. 영동의 외숙은 바로 둘째 외삼촌 남지명을 가리킨다.

* 황계(黃溪) 남백원(南百源)의 집: 황계는 충청북도 영동의 황간을 가리킨다. 오희문의 외고조모가 황간에 거주하기 시작하면서 자손들의 세거지가 되었다. 남백원은 오희문의 외사촌형인 남경효(南景孝)를 가리킨다.

* 외할머니: 고령 신씨(高靈申氏). 장령(掌令) 신형(申泂)의 딸이며 신숙주(申叔舟)의 손녀이다.

에 올렸다. 외삼촌 두 분께도 어렸을 때 보호하고 양육해 준 은혜를 많이 입었는데, 그중 첨사(僉使)를 지낸 외삼촌이 더욱 도타우셨다.* 제물은 여기서 쓰려고 장천에서 마련해 온 것이다.

이때 남자순(南子順)* 형이 금릉[金陵, 김천(金泉)]에 있었는데, 내가 왔다는 소식을 듣고 말을 보내 나를 맞이했다. 나는 그리로 가서 하룻밤을 함께 보내며 밤새 회포를 풀었다. 자순 형도 나의 외종(外從)이다. 젊어서 같이 노닐며 의기투합했기에 다른 종형제들보다 더 좋아하는 사이인데, 지금 여기서 만나게 되니 몇 배는 더 기뻤다. 형수도 나와서 맞아 주었다. 앞에 죽 늘어서서 절을 하는 그 딸들의 단정하고 말쑥하며 온아(溫雅)한 모습이 이른바 요조숙녀였다. 큰딸은 시집갈 나이가 되어 -원문 빠짐- 골랐다고 한다. 자순 형과 함께 황계로 돌아왔다.

24일은 한식(寒食)이라 이곳에 머물렀다. -원문 빠짐- 내가 이곳에 도착한 이튿날, 사내종을 성산(星山)으로 보내 신공(身貢)*을 거두어 오게 했다. 오래 머물다가 -원문 빠짐- 오자 즉시 출발했다. 영동 외삼촌 댁에 다시 왔는데, 1일 -원문 빠짐- 이를 통해 외가의 누락된 노비를 나누었다.

....

* 외할아버지……도타우셨다: 외할아버지는 남인(南寅)이다. 현재 영동군 상촌면 임산리에 가면, 오희문의 외조부 남인과 외삼촌 남지언, 남지원의 산소가 한자리에 있는 것을 볼 수 있다. 아마도 오희문이 찾아갔던 당시 그 모습 그대로일 것이다. 첨사를 지낸 외삼촌은 남지원으로 보인다. 남지원은 무과 출신으로, 서산 군수, 보성 군수 및 영암 군수를 역임했다. 오희문은 외삼촌을 따라 서산군에서 5년 동안 살기도 하고 결혼 후에도 보성군과 영암군에 거주했던 것으로 보인다. 그래서 남지원에게 받은 은혜를 이렇게 표현한 듯하다.

* 남자순(南子順): ?~?. 오희문의 외사촌 형이다. 셋째 외삼촌인 남지원의 아들로 보인다. 자순은 그의 자인 듯하다.

* 신공(身貢): 노비가 신역(身役) 대신에 바치던 공물(貢物)을 말한다. 공사노비를 막론하고 실역(實役)하지 않을 경우에 공노비는 각 사(司)에, 사노비는 본주(本主)에게 공물을 바쳤다.

외삼촌은 더욱 위중하셨다. 여든넷의 고령에 이처럼 위태로우니 보존하실 수 있겠는가.

다음날 다시 무주현을 찾았다. 한풍루(寒風樓)*에 오르자 누대 앞 긴 냇물이 띠를 두른 듯이 흐른다. 이곳 삼청각(三淸閣)*에서 자는데, 누각이 몹시 맑고 깨끗해서 정신이 날아갈 듯 상쾌하니 선경(仙境)에 오른 기분이었다. 예전부터 들었던 삼청각의 청아한 정취를 이제 와서 보니 오랜 소원이 풀렸다. 함께 감상하는 사람이 적어 아쉬울 따름이다. 자미가 편지를 보낸 덕에 무주 현감이 아침저녁 끼니를 보내왔다.

이튿날 일찍 사내종 인수의 집으로 다시 가서 그간 재산을 나눈 경위에 대해 설명하면서, 인수와 그의 오촌 질녀가 우리 집 몫이 되었다고 말해 주었다. 예전에 재산을 분배할 때 그곳 노비들이 죄다 누락되는 바람에 영동 사촌들*에게 오랫동안 빼앗겼지만 지금부터 우리 집 몫이 되었다는 말을 듣고 인수는 무척 기뻐했다. 아침을 먹은 뒤 장계에 사는 인의(仁儀) 손덕남(孫德男)* 집으로 와서 잠을 청했다. 이튿날 아침

....
* 한풍루(寒風樓): 전라북도 무주에 있던 누대이다.《국역 신증동국여지승람》제39권 〈전라도 무주현〉 '누정' 조에 "객관(客館) 앞에 있다."라고 기록되어 있다. 성임(成任)과 류순(柳洵) 등이 지은 시가 전한다.
* 삼청각(三淸閣): 한풍루의 서쪽에 위치해 있는데, 김광계(金光啓)가 무주 현감을 지낼 때 지었다. 삼청은 도가(道家)에서 말하는 신선이 사는 곳으로, 옥청(玉淸), 상청(上淸), 태청(太淸)을 합한 말이다. 궁전이나 누각 등의 이름에 주로 쓰인다.
* 영동 사촌들: 영동은 오희문의 외가가 있던 곳으로, 오희문은 어린 시절 외가에서 살았다. 오희문의 어머니는 고성 남씨로, 남인의 딸이다. 오희문의 아버지 오경민(吳景閔, 1515~1575)은 결혼한 뒤 처가인 영동에서 상당 기간 살았다. 고성 남씨는 16세기 이후 현재 충청북도 영동으로 낙향했다. 여기에서 영동 사촌이란 바로 외사촌을 가리킨다. 박병련 외,「제1장 오희문의 생애와『쇄미록』」,『해주 오씨 추탄가문을 통해 본 조선 후기 소론의 존재 양상』, 태학사, 2012, 13쪽.

손공(孫公)이 두부를 만들어 대접해 주었다. 이날은 29일로, 외할머니의 기일이다. 이날 장천현으로 돌아왔다.

3월 2일, 찰방(察訪) 남군실(南君實)*이 어머니가 위독하다는 말을 듣고 부안(扶安)에서 이곳까지 달려왔는데, 한 식경(食頃)도 되지 않아 부음이 전해졌다. 곧바로 모친상에 달려갔는데, 애통한 마음을 금치 못하겠다. 이달 17일에 모든 관아 사람들이 망운정(望雲亭)에 올라 진법 훈련을 구경했다. 이어서 마련된 조촐한 술자리에서 흠뻑 취해 돌아왔다. 이 정자의 이름은 소수(蘇邃) 공이 현감을 지낼 때 부모님을 그리워하며 지었다는데,* 이름과 실제가 달랐던 게 우스울 뿐이다.

18일 아침, 비로소 남행길에 올랐다. 용성부[龍城府, 남원(南原)]에 이르러 동문(東門) 안 여염집에서 자는데, 통판(通判)*이 우리 일행이 먹

....
* 인의(仁儀) 손덕남(孫德男): 인의는 통례원(通禮院)의 종6품직 관원으로, 행사에서 의식을 담당했다. 《쇄미록》〈임진남행일록〉 10월 5일 일기를 보면, 손덕남이 장수 좌수가 되었음을 알 수 있다. 1592년 11월 4일 향소(鄕所)에서 오희문에게 총 쌀 22말을 보내 주었는데, 손덕남은 그중 4말을 보내 주기도 했다.
* 남군실(南君實): 《쇄미록》〈계사일록〉 4월 5일 일기에는 남군실이 회덕 현감으로 있으면서 오희문과 오윤겸(吳允謙)에게 곡식과 장(醬)을 보내 주어 궁핍한 생계를 도와준 내용이 보인다. 그리고 이날 일기에 따르면, 회덕 현감 남군실이 동복형제인 남경덕(南景德)이 왜적에게 죽었다는 소식을 편지로 알려 주었다. 또한 《고대일록(孤臺日錄)》 1593년 8월 5일 기사에 보면, 당시 회덕 현감은 남경성이었다. 이와 같은 이유로 남군실의 이름은 바로 남경성이며 군실은 그의 자로 보인다. 남경성은 임진왜란 당시 군사를 거느리고 영남에 도달해 진주성을 수비했다가, 진주성이 함락되던 날 왜군으로 위장해 웅천에 이르렀을 때 도망쳐 나왔다.
* 이 정자의……지었다는데: 소수(蘇邃, 1517~1592)는 음직(蔭職)으로 면천 군수를 지냈다. 소수가 언제 장수 현감을 지냈고 망운정을 지었는지는 분명하지 않다. 망운(望雲)은 타향에서 멀리 떨어진 부모를 그리워하는 뜻을 담은 말이다. 당(唐)나라 적인걸(狄仁傑)이 태항산(太行山)에 올라 멀리 남쪽으로 흰 구름 하나가 떠가는 것을 보고는 저 구름 아래에 부모님이 계실 것이라면서 한참 동안 슬퍼하다가 구름이 보이지 않게 된 뒤에야 떠났다는 고사에서 유래했다. 《신당서(新唐書)》 권114 〈적인걸열전(狄仁傑列傳)〉.

을 아침저녁 식사를 보내왔다. 야심하지 않은 시각, 주인집 문간에서 불이 나 행랑까지 번졌고 화염이 비친 창문은 대낮같이 환했다. 놀라 허겁지겁 옷을 걸친 뒤 간신히 이웃 담장을 넘어 피했다. 종과 말, 행장이 송두리째 타 버릴 뻔했으나 마침 바람이 멎고 모든 사람들이 힘껏 구호하는 바람에 겨우 면할 수 있었다. 집주인은 재상가의 사내종인데, 권세를 믿고 못된 짓을 하다가 미워하는 사람이 많아져서 이 화를 당했다고 한다.

이튿날 아침 성 남쪽으로 나갔다. 오작교(烏鵲橋)*를 지나면서 광한루(廣寒樓)에 올라 맑은 경치를 보고픈 생각이 들었지만, 부사(府使)가 와 있다는 말에 단념했다.

곡성(谷城) 땅에 이르러 선비 신대춘(申大椿)의 정자에서 유숙했다. 정자 앞에 큰 강이 흐르는데, 낙수[洛水, 순천(順天) 서쪽에 흐르는 강]의 지류이다. 남쪽으로 너른 들녘이 펼쳐지고 북쪽으로 바위 기슭에 기대어 물결을 굽어보기 때문에 정자에는 능파정(凌波亭)*이라는 이름이 붙었다. 신공(申公)은 문인(文人) 신대수(申大壽)의 아우로, 일찍부터 과거 공부에 힘썼다가 뜻을 이루지 못하고 시골에 사는 인물이었다. 스스로 하는 말이, 본래 순천에 거주했는데 을묘왜변* 때 내륙으로 옮겨 와 옛

....

* 통판(通判): 남원도호부사의 아래 관직인 종5품 판관(判官)을 가리킨다. 조선시대에 전라도의 전주, 나주, 광주, 남원, 제주에 판관을 두었는데, 조선 후기에 전주와 제주를 제외한 세 곳의 판관을 없앴다.《대전통편(大典通編)》〈이전(吏典) 외관직(外官職)〉.
* 오작교(烏鵲橋): 광한루(廣寒樓) 앞에 놓여 있는 다리이다.
* 능파정(凌波亭): 곡성군 읍내 남쪽 40리 지점의 대황강(大荒江) 가에 있는 정자이다. 진사 신대년(申大年)이 별장으로 사용했다. 정수태, 『곡성군지(谷城郡誌) 불우(佛宇) 부정루(附亭樓)』, 보성사, 1918.
* 을묘왜변: 1555년에 일어난 왜변이다. 삼포왜란(三浦倭亂) 이후 조선이 세견선(歲遣船)을 엄

터에 집을 지었다고 한다. 후하게 대접하며 저녁밥을 제공해 주었다.

다음날 비가 와서 멀리 가지 못하고 낙수를 건너 조계산(曹溪山) 송광사(松廣寺)*로 들어갔다. 순천에 있는 이곳은 남쪽 지방의 이름난 사찰이다. 익숙히 들어온 터라 오래전부터 한번 가 보고 싶었다. 침계루(沈溪樓) 아래 임경당(臨鏡堂)*에서 묵었다. 중당(中堂)은 새로 지어 단청이 산뜻했다. 붉은 난간에서 굽어보니 맑은 물이 좌우를 비추며 띠처럼 흐르는데 헤엄치는 물고기를 셀 수가 있고 푸른 -원문 빠짐- 손에 잡힐 듯했다. 절이 깨끗하고 청아하여 정신을 맑고 상쾌하게 하니 참으로 이른바 "뼛속까지 차갑고 마음이 맑아져 잠을 이루지 못한다."*는 것을 느꼈다.

이튿날 아침, 밥을 먹은 뒤 보성군(寶城郡)에 다다랐다. 이 고을은 -원문 빠짐- 지역으로, 내가 자순 형과 놀던 곳이다. 이제 30여 년이 지나 -원문 빠짐- 들어가 옛 자취를 보고 싶었지만, 군수와 안면이 없고 또 -원

....

격히 제한하자 물자의 보급에 곤란을 겪던 왜인들이 불만을 품고 배 70여 척으로 전라도 강진과 진도 일대를 침략한 사건이다.
* 　송광사(松廣寺): 전라남도 순천시 송광면(松光面) 조계산(曹溪山) 서쪽에 있는 절이다. 한국의 삼보(三寶) 사찰 가운데 승보(僧寶) 사찰로 유서가 깊다.
* 　침계루(沈溪樓) 아래 임경당(臨鏡堂): 모두 송광사 내에 있는 건물이다. 침계루는 삼청루(三清樓)라고도 하며, 능허교(凌虛橋) 위쪽에 있다.《국역 신증동국여지승람》제40권〈전라도 순천도호부〉. 순천 조계산에 굽이쳐 흐르는 물줄기가 송광사 앞쪽에 못을 이루는데, 임경당은 그 못가에 세워진 누각이다.《식산집(息山集)》별집(別集) 권4〈지행부록(地行附錄) 조계(曹溪)〉.
* 　뼛속까지……못한다: 선경(仙境)에 들어온 듯 기분이 들떠 잠을 이루지 못한다는 뜻이다. 당나라 때 한유(韓愈)가 무릉도원(武陵桃源)을 읊은 시에 "달 밝은 밤 텅 빈 옥당에 함께 묵었더니, 뼛속까지 차갑고 마음 맑아져 잠 이루지 못해라."라고 했다.《한창려집(韓昌黎集)》권3〈도원도(桃源圖)〉.

문 빠짐- 굳게 닫혀 있어서 들어가지 못하고 북문 밖 여염집에서 묵었다. 공생(貢生, 초시 합격자) 임희령(林希齡)을 찾아갔더니 한양에 갔다고 한다. 임희령은 지난날 산사에서 같이 지냈던 사람이다.

다음날 일찍 길을 나섰다. 장흥부(長興府)에 이르러 성 동쪽 천변의 정자에서 잠시 쉬고 -원문 빠짐- 보인 뒤에 성으로 들어가 남문 안 여염집에 머무는데, 부사가 일행의 식사를 넉넉히 제공해 주었다.

이튿날 아침에는 나를 맞아 함께 밥을 먹는데, 해남 현감(海南縣監) 변응정(邊應井)*이 마침 군무(軍務)를 잘못한 탓에 순찰사(巡察使)가 있는 곳에서 곤장 15대를 맞고서 왔다. 변공(邊公)은 젊어서 공부하여 여러 번 초시(初試)에 합격했으나 느지막이 무예를 배워 무과(武科)에 합격한 인물이다.* 처음에 금위(禁衛)에 임명되었다가 승진하여 해남 현감에 제수되었는데, 지금 치욕적인 매를 맞고는 무인(武人)이 된 것을 자못 후회했다. 변공은 나의 인척으로 그동안 일면식 없이 이름만 익히 들었는데, 내가 여기에 왔다는 소식을 듣고 먼저 사람을 보내 안부를 묻고 은근한 정을 극진히 표했다. 남성(南城, 해남)으로 돌아간 뒤에도 전죽(箭竹), 표고(票古) 등을 구림(鳩林)* 임경흠(林景欽)*의 집으로 보내 주었

....
* 해남 현감(海南縣監) 변응정(邊應井): 1557~1592. 월송만호(越松萬戶), 선전관 등을 거쳐 해남 현감으로 재직 중에 임진왜란이 일어나자 금산에서 조헌(趙憲)과 합류하여 공격할 것을 약속했다. 하지만 행군에 차질이 생겨 조헌이 전사한 뒤에 도착해서 육박전으로 왜적과 싸워 큰 전과를 올렸으나 적의 야습을 받아 장렬히 전사했다.
* 느지막이……인물이다: 변응정이 문과 시험을 준비하다가 무과로 전향한 데에는 자신의 의지도 있었지만 작은아버지 변협(邊協)의 권유도 한몫했다. 《송자대전(宋子大全)》 권190 〈전라수사변공묘표(全羅水使邊公墓表)〉,《한국문집총간(韓國文集叢刊)》114집.
* 구림(鳩林): 현재의 전라남도 영암군 군서면 구림리를 가리킨다.
* 임경흠(林景欽): 임극신(林克愼, 1550~?). 오희문의 매부이다. 임극신 부부는 당시 영암군

다. 경흠은 윤겸(允謙)*의 젊은 시절 친구이다. 윤겸이 우대하는 아전인 중방(中房)* 송강(宋江)이 날마다 찾아왔다.

사람을 보내 부(府)에 있는 노비를 잡아 왔다. 신공을 바치라고 혼내 보지만 어려운 형편이라 마련하지 못했고, 계집종을 숨긴 것에 대해 추궁하며 그 어미를 매질했으나 끝끝내 사실대로 자백하지 않았다. 모조리 엄한 형벌로 다스리면 목숨을 잃을까 걱정되어 그 자리에서 놓아주었다. 나의 서투른 일처리가 우습기만 하다. 도망친 사내종 덕수(德守)가 제 발로 찾아왔다. 몹시 괴이해서 물었더니, 현재 병영(兵營)의 가나장(假羅將) 소속인데 하는 일이 너무 고되서 내 힘을 빌려 제명되기를 바랐다고 한다.

박효공(朴孝恭)이 관찰사의 사통(私通)*을 가지고 순천에서 하루 먼저 이곳으로 왔기에, 사나운 사내종을 추쇄하려던 차에 그와 함께 며칠간 이야기를 나누었다. 객지생활의 시름이 제법 풀렸는데, 나보다 앞서 강진(康津)으로 떠났다. 그는 내 칠촌뻘 되는 조카이다.

장흥부는 남쪽 지방의 큰 고을이다. 순찰사의 방문에 맞춰 성을 보수하고 못을 파는 것 외에도 군사 조련과 무기 정비, 음식이며 가옥에까지 차질 없이 준비함으로써 순찰사의 노여움을 사지 않으려는 모양새이다. 그러나 이 모든 일을 한꺼번에 하려니 백성들이 너무 힘들어한다. 부사와는 본래 한동네 살면서도 데면데면할 뿐 친한 사이는 아니

....

　　구림촌에 거주하고 있었다.
*　　윤겸(允謙): 1559~1636. 오희문의 큰아들이다.
*　　중방(中房): 수령을 따라다니며 시중을 드는 사람을 말한다.
*　　사통(私通): 공사에 관하여 벼슬아치끼리 사사로이 주고받는 편지를 가리킨다.

었는데, 이번에 내가 방문하자 친절하게 대접하고 노자까지 주었다.

여기서 나흘간 머물고 느지막이 길을 떠나 병영으로 향했다. 장수 주인의 집에서 투숙했는데, 주인이 술과 고기를 가지고 와 대접하며 몹시 후한 뜻을 보였다. 성안에서 북을 치는 소리가 들려왔다. 까닭을 묻자, 원수(元帥)가 활을 쏘기 때문이라고 했다. 성과 해자를 뒤로 물려서 쌓느라 여러 고을 승병(僧兵)이 모여 돌을 끌며 "영차, 영차" 하는 소리가 산골짝에 진동했다.* 조금만 성에 안 차도 이내 매질을 하는 탓에 사람들이 모두 원망하고 괴로워했다.

다음날 아침을 먹은 뒤 영암군(靈巖郡)에 도착했다. 이 고을은 외삼촌이 예전에 다스리신 고을로, 내가 자순 형을 따라와 반년간 머물면서 형과 즐겁게 노닌 추억이 매우 많은 곳이다. 20여 년 만에 와서 관아의 계집종 춘화(春花)를 불러 옛일을 물으니 상세하게 말해 주었다. 외삼촌이 돌아가신 지 오래라 지난 일을 생각하니 감회가 새로워 서글픈 생각이 밀려왔다. 돌아올 때 군수가 노자를 주었다.

점심을 먹고 구림촌 임매(林妹)*의 집으로 갔다. 여동생은 내가 문밖에 와 있다는 말에 중문(中門) 밖까지 맨발로 뛰어나와 맞았다. 기쁨이 지극한 나머지 슬퍼져서 마주하고 크게 울었다. 여기에서 아흐레를

....

* 승병(僧兵)이……진동했다: 조선시대의 일기 자료에는 생각보다 많은 승려들이 등장한다. 이들 중에는 양반과 불법(佛法)을 논하고 시문(詩文)을 나누는 학승(學僧)도 있었지만, 대부분은 국가에 의해 동원되던 역승(役僧)이었다. 이들 승려 중에는 숙련된 기술을 갖춘 장인(匠人)이 있기도 했지만 일부에 불과했고, 상당수는 오히려 일반 잡역을 담당하던 역승이었다. 이성임, 「16세기 지방군현의 立役體制와 승려의 賦役─경상도 성주의 安峰寺를 중심으로─」, 『한국불교사연구』 제8호, 한국불교사연구소, 2015, 178쪽.

* 임매(林妹): 오희문의 여동생. 임극신의 부인이다.

머무는 동안 죽도(竹島)로 놀러 가 고기잡이를 구경하기도 하고 도갑사 (道岬寺)*에 가서 두부를 만들어 먹기도 하며 즐겁게 놀았다. 중간에 -원문 빠짐- 생(生) 박경인(朴敬仁) 형제, 박성기(朴成己) 형제와 집 앞 모정(茅亭)에 모여 바둑을 두면서 기뻐했다.

떠나기 전날 저녁, 여동생이 소를 잡아 음식을 마련하고 술과 음악으로 흥을 돋우자 어떤 이는 노래를 부르고 어떤 이는 춤을 추면서 실컷 즐기다가 자리를 파했다. 자리를 함께한 이는 마을 사람 대여섯인데, 직장(直長) 존장(尊丈)이 제일 어른이었다. 광산[光山, 광주(光州)]에 사는 상사(上舍) 박천정(朴天挺)*도 참석했는데, 그의 자는 응수(應須)이다. 이 마을로 이사 온 동생 종정 응선(宗挺應善)*의 아내가 병으로 고생한다는 말을 듣고 온 것이다. 응선은 아내의 병 때문에 참석하지 못했다. 그는 호남의 큰 선비인데, 여러 번 과거에 낙방했다. 집이 가난하고 운명은 기구하니 매우 딱한 노릇이다. 응수는 내가 북쪽으로 돌아간다는 말을 듣고 자신의 집이 광산 길가에 있으니 지나는 길에 들르라며 간곡히 말했는데, 길을 잘못 들어 약속을 저버리고 말았다. 그는 필시 믿지 않을 것이니, 후회한들 어찌하겠는가.

아흐레 동안 술에 취하지 않은 날이 없고, 육지와 바다에서 나는 진귀한 음식을 수시로 맛보았다. 비단 나만 포식한 것이 아니라 종놈까

....

* 도갑사(道岬寺): 영암군 월출산(月出山)에 있는 사찰로, 도선국사(道詵國師)가 일찍이 머물렀던 곳이다. 《국역 신증동국여지승람》 제35권 〈전라도 영암군〉.

* 박천정(朴天挺): 1544~?. 아우는 박종정(朴宗挺)이다. 임진왜란이 일어났을 때 고경명(高敬命)을 따라 부전양장(赴戰糧將)이 되어 양곡 수천 석을 운반했다.

* 종정 응선(宗挺應善): 박종정(1555~1597)을 말한다. 자는 응선이다. 임진왜란 때 동지들과 적병을 막을 수 있는 방법을 조목조목 전달하여 조정으로부터 장원서 별제를 제수받았다.

지 배불리 먹고 물려서 남길 정도였다. 여동생이 나를 극진하게 대접하려고 해도 경흠이 그럴 마음이 없었다면 어떻게 혼자서 이를 마련했겠는가. 우리 형제들이 모두 한양에 사는데 이 여동생만 남쪽 끝에 살면서 부모 형제와 멀리 떨어져 지내니, 천 리 먼 길에 다시 만나기를 어찌 기약할 수 있겠는가. 작별하는 날에 여동생도 울고 나도 울면서 마주한 채 할 말을 잊었다. 인생살이가 이와 같으니, 어찌 슬프지 않으랴. 여동생이 손수 만든 버선을 주면서 작별했다.

4월 9일에 슬피 이별하고 오다가 남평(南平) 땅의 마을 집에서 잤다. 지름길을 경유해서 들어오다가 짐 실은 말이 논에 자빠져서 침구가 모두 젖었다. 이튿날 능성(陵城)을 지나 화순현(和順縣)에 이르러 앞 원의 누대 위에서 잠시 쉬면서 말에게 먹이를 주었다. 광산 경양역(景陽驛)*에 도착해 여장을 풀었다. 찰방 김여봉(金汝峯)은 한동네 살면서 교분이 있던 사람인데, 마침 사신 일행을 배행(陪行)하느라 자리에 없었다.

다음날 이른 아침, 창평(昌平)에 도착했다. 창평 현령(昌平縣令) 심사화(沈士和)* 씨는 나의 재종형*인데, 마침 병으로 출근하지 않았다. 어렵게 명함을 내밀자 관아의 동헌에서 누운 상태로 나를 맞았다. 임직보(任直甫)와 자장(子張) 숙질도 사화 형이 아파서 내려와 있었다. 이들은 모두 사화 형제와 인척이기도 하지만 내 소년 시절 동네 친구이기도 하다. 천 리 밖에서 만날 줄은 생각지도 못했기에 기쁨을 감출 수 없었

....
* 경양역(景陽驛): 광산현의 동쪽 8리 지점에 있었다. 《국역 신증동국여지승람》 제35권 〈전라도 광산현〉.
* 심사화(沈士和): 심은(沈訔, 1535~?). 자는 사화이다. 영월 군수를 지냈다.
* 나의 재종형: 심은은 오희문의 고모부인 신광한(申光漢)의 외손자이다. 그러므로 재종형이라는 표현은 잘못된 것으로 보인다.

다. 함께 동헌 방에서 자면서 밤새 회포를 풀었다. 사화 형이 노자를 넉넉히 주었다.

이튿날 일찍 출발해 옥과(玉果)를 지나 큰 고개를 넘었고, 밤중에 다시 용성부에 이르러 주인집에서 묵었다. 꼭두새벽에 길을 나섰다. 15리를 못 가서 냇가에서 밥을 지어 먹고 풀밭에 말을 놓아 먹였다. 흰 돌과 맑은 물이 정말 볼 만했다. 더러운 손발을 씻고 나니 속이 다 상쾌했다. 수분원(水分院)*에 이르렀다. 이곳은 장수로 들어서는 초입이다. 말에 꼴을 먹이고 점심을 들었다. 말을 달려 장천에 다다랐는데 날이 아직 저물지 않았다. 이날은 이달 13일이다.

나는 본래 한양 사람인데 여기서 4, 5개월 동안 객지 생활을 하다 보니 이곳의 위아래 사람들이 친구처럼 느껴진다. 남행을 시작한 뒤 다시 고향 같은 고을로 들어서니 또한 기쁠 따름이다. 사람 마음이 이와 같으니, "돌아보니 병주(幷州)가 고향처럼 느껴지네."*라는 말을 실감했다. -원문 빠짐- 이시윤(李時尹)*은 그저께 한양으로 돌아갔다고 한다. 그를 만나기 위해 급히 달려온 것인데, 만나지 못해 매우 아쉽다.

16일, -원문 빠짐- 왜선(倭船) 수백 척이 부산(釜山)에 모습을 나타냈다는 소문이 돌더니, 저녁나절에는 부산과 동래(東萊)가 -원문 빠짐- 함락

....
* 수분원(水分院): 장수현의 남쪽 18리 지점에 있었다.《국역 신증동국여지승람》제39권 〈전라도 장수현〉.
* 돌아보니……느껴지네: 병주(幷州)는 정이 들어 고향처럼 느껴지는 타향이다. 당나라 시인 가도(賈島)의 시에 "병주의 나그네살이 10년이 지나도록, 밤낮으로 고향 함양에 돌아가고파라. 무단히 다시금 상건수 물을 건너니, 돌아보니 병주가 바로 고향처럼 느껴지더라[客舍幷州已十霜 歸心日夕憶咸陽 無端更渡桑乾水 却望幷州是故郷]."라고 한 데에서 유래했다.《가장강집(賈長江集)》권9 〈도상건(渡桑乾)〉.
* 이시윤(李時尹): 1561~?. 오희문의 처남인 이빈의 아들이다.

되었다는 말이 들려와서 경악을 금치 못했다. 아마도 성주(城主)가 굳게 지키지 못해서 그랬을 것이다.

17일, 한양에 가는 현의 아전 전천우(全天祐) 편에 편지와 제수(祭需) 가운데 가장 필요한 물건 약간을 보냈다. 내 사내종이 29일의 제사에 맞춰 도착하지 못하면 노모께 심려를 끼쳐 드릴까 걱정스러웠기 때문이다.

19일에 사내종 둘에게 말을 주어 올려 보냈다. 그 뒤로 영남(嶺南)의 변란 소식이 하루에 세 차례씩 들려왔다. 용맹하다던 장졸들은 왜놈 이야기만 듣고도 지레 무너져, 큰 고을과 견고한 성이 하루도 못 되어 함락되었다. 왜적은 세 길로 군대를 나누어 곧바로 한양을 향해 무인지경에 들어가듯 산을 넘고 물을 건넜다고 한다. 신립(申砬)과 이일(李鎰) 두 장수는 조정에서 믿고서 견고하게 지킬 수 있다고 여긴 사람들로, 병권을 받고 내려와 방어하다가 중도에 패하여 조령(鳥嶺)의 험지를 잃어 적이 중원[中原, 충주(忠州)]으로 들어갔다.[*] 이로 인해 대가(大駕, 임금의 수레)가 서쪽으로 몽진하니 도성은 무방비 상태가 되었다. 불쌍한 백성들은 모두 흉적의 칼날에 죽어 가고 노모와 처자식은 이리저리 흩어져 생사를 알지 못하니 밤낮으로 통곡할 뿐이다.

....

[*] 　신립(申砬)과……들어갔다: 1592년 4월 17일, 경상좌수사 박홍(朴泓)에게서 왜군 침공의 급보가 전해지자, 조정에서는 신립을 도순변사, 이일(李鎰)을 순변사, 김여물(金汝岉)을 종사관으로 임명하여 침략에 대비했다. 이일이 4월 24일 상주에서 가등청정(加藤淸正, 가토 기요마사)에게 패하여 충주로 물러나자, 왜군은 조령과 죽령 등지에서 저항도 받지 않은 채 충주까지 진격했다. 이일의 뒤를 이은 신립은 충주 탄금대에서 방어작전을 폈으나 패하여 전사했다. 신립의 패전 보고가 전해지자, 선조(宣祖)는 4월 30일에 평양을 향해 황급히 몽진 길에 올랐다. 왜군은 상륙 20일 만에 한양을 점령했다.

사내종 둘이 한양으로 간 뒤로 큰길에 있는 군대가 행인의 말을 약탈한다는 말이 들려왔다. 시윤이 데리고 간 관인(官人)이 돌아오다가 은진(恩津) 마야(馬野)*에서 종들을 만났다는데, 그 뒤로는 어떻게 갔는지 듣지 못했다. 몹시 걱정스럽다. 사내종이 한양에 도착했다면 왜적이 강을 건너기 전에 노모와 처자식을 데리고 피했을 것이다.

또 들으니, 27일 이후로 도성문을 굳게 닫아서 출입할 수 없다가, 그믐날(4월 30일) 첫새벽에 주상께서 종묘를 버리고 피난길에 오르고부터* 왜적이 도성에 들어간 5월 3일까지 2, 3일 동안 도성의 모든 사람들이 앞다퉈 성문을 빠져나가다가 서로 짓밟아 죽기도 하고 혹은 앞뒤로 서로 잃고 쓰러지기도 했다고 한다. 길에서 들은 말이라 분명하게 알 수 없지만, 이치가 혹 그럴 것도 같아서 한없이 통곡했다. 만일 주상께서 도성을 굳게 지키고 장수에게 명하여 방어하면서 강을 따라 위아래로 목책을 많이 설치하고 먼저 배를 침몰시켜 길을 끊게 했다면, 적이 아무리 강하고 날래다고 한들 어찌 날아서 건너올 수 있겠는가. 이것을 헤아리지 않고 먼저 도망쳤으니 심히 애석하다.

다만 나의 노모와 처자식은 평생 문밖출입을 하지 않다가 갑자기 도망치게 되었다. 걸어갈 형편도 아니었을 텐데, 어느 길에서 모여 울

─────────

* 은진(恩津) 마야(馬野): 충청도 은진의 정토산(淨土山)이 일명 마야산(摩耶山)으로 불렸던 것으로 보아, 마야는 마야산을 음차(音借)한 것으로 보인다.

* 그믐날……오르고부터:《국역 선조실록(宣祖實錄)》25년 4월 30일 기사에 "새벽에 상(上)이 인정전에 나오니 백관들과 인마(人馬) 등이 대궐 뜰을 가득 메웠다. 이날 온종일 비가 쏟아졌다. 상과 동궁은 말을 타고 중전 등은 뚜껑 있는 교자를 탔는데, 홍제원(洪濟院)에 이르러 비가 심해지자 숙의 이하는 교자를 버리고 말을 탔다. 궁인들은 모두 통곡하면서 걸어서 따라갔으며, 종친과 호종하는 문무관은 그 수가 1백 명도 되지 않았다."라고 하여 그날의 상황을 기록했다.

고 있을지 모르겠다. 생각이 이에 미치니 차라리 아무도 모르게 죽고 싶은 심정이다. 그나마 위안거리라면 두 아들이 틀림없이 피난 장소를 미리 마련해 두었을 성싶다는 것이다. 또 생각건대 노모와 처자는 내가 어디에 있는지 모르고 분명 내가 죽었다고 생각할 것이며, 윤함(允諴)*도 황해도 처가에 있으니 부모의 생사를 알지 못한 채 울고 있을 게 뻔하다. 이 때문에 더욱 비통하다.

옛날 역사책에서 난리를 만난 사람들이 이리저리 각자 피난하여 사느라 부모, 처자, 형제, 친척도 서로 보존하지 못하는 것을 볼 때마다 책을 덮고 가슴 아파했는데, 오늘 내가 이 꼴을 당하게 될 줄 어찌 알았겠는가. 이 고을에는 위급한 일이 없어서 여전히 아침저녁거리가 제공되고 있지만, 밥상을 대할 적마다 노모와 처자식 생각만 골똘하다. 이렇게 비 오는 날에 어느 곳 어느 산에서 입에 풀칠하거나 굶주리면서 서로 울고 있을지. 목이 메어 눈물이 절로 쏟아진다. 무슨 마음으로 차마 수저를 들고 음식을 넘기랴. 하늘이여! 땅이여! 망극하고 망극하도다.

영남 사람에게 들으니, 섬 오랑캐들이 전쟁을 일으킬 때 비록 —원문 빠짐— 흩어진다고 했지만 이를 막는 이가 없었다고 한다. 경상도 관찰사가 지난해 초부터 남쪽 백성을 대거 동원해서 지키지도 못할 성을 올봄까지 쌓았지만 완공하지 못했고, 농사철도 놓치는 바람에 백성들의 원망 소리가 길에 가득했다.* 심지어 노래를 만들어 부르기를, "곡성

* 윤함(允諴): 1570~1635. 오희문의 셋째 아들이다.
* 경상도……가득했다: 당시 경상도 관찰사는 1591년 여름에 제수된 김수(金睟)였다. 《국역 선조수정실록(宣祖修正實錄)》 24년 7월 1일 기사에 "경상 감사 김수는 힘을 다해 봉행하여 축성을 가장 많이 했다. 영천, 청도, 삼가, 대구, 성주, 부산, 동래, 진주, 안동, 상주, 좌우 병영에 모두 성곽을 증축하고 참호를 설치했다. 그러나 크게 쌓아서 많은 사람을 수용하는 것에

(曲城)*을 높이 쌓은들 누가 지키며 싸우랴. 성(城)은 성이 아니라 백성이 바로 성이라네."라고 했다고 한다. 좌도 병사(左道兵使)*가 군대의 위엄을 세우기 위해 큰 몽둥이와 끓는 물로 가는 곳마다 엄한 형벌을 가해서 매를 맞아 죽은 자가 무수히 많았다고 한다. 그러니 사람들이 분통을 터뜨리며 너나할 것 없이 적이 쳐들어오기를 기다리게 되었고, 갑자기 전쟁이 터지자 어느 한 사람 의기를 분발해 적을 토벌하여 성상의 수치를 씻어 주기는커녕 숲속으로 도망쳐 목숨을 구걸한다고 한다. 이는 비단 영남만의 문제가 아니다. 이 도(道)의 인심도 마찬가지이다. 군대를 모집하기도 전에 먼저 도망갈 생각을 하고, 유언비어가 퍼져서 굳은 의지를 가진 사람이 없다. 집안 물건을 지레 땅에 묻거나 다른 곳으로 옮기고는 적이 오기를 기다렸다가 도망치고 있다. 이름이 병적(兵籍)에 올라 있는 자도 집에 있다가 먼저 달아나거나 중간에 도망친다.

또 들으니, 완산 통판(完山通判) 이성임(李聖任)*이 우주창(牛朱倉)*에 군사를 주둔시켰는데 이들이 하루아침에 도망갔으며, 전(前) 첨사(僉使) 백광언(白光彦)*이 금구현(金溝縣)에서 거느렸던 군사도 모두 도망쳤

....

만 신경을 써서 험한 곳에 의거하지 않고 평지를 취하여 쌓았는데, 높이가 겨우 2, 3장(丈)에 불과하고 참호도 겨우 모양만 갖추었을 뿐이다. 백성들에게 노고만 끼쳐 원망이 일어나게 했는데, 식견이 있는 사람들은 결단코 방어하지 못할 것을 알고 있었다."라고 했다.

* 곡성(曲城): 성(城)을 방위하기 위해서 문을 밖으로 둘러 구부러지게 쌓은 성으로, 옹성이라고도 한다.

* 좌도 병사(左道兵使): 신립의 동생 신할(申硈, 1548~1592)이다.

* 이성임(李聖任): 1555~1594. 황해도 관찰사 등을 지냈다.

* 우주창(牛朱倉): 《국역 신증동국여지승람》 제33권 〈전라도 전주부〉에는 전주부 북쪽으로 10리 떨어진 지점에 우주창(紆州倉)이 있다고 했는데, 이것으로 보인다.

* 백광언(白光彦): ?~1592. 임진왜란을 만나 전라감사 겸 순찰사 이광(李洸)과 함께 2만여 명의 군사를 모아 수원을 향하여 진격했다. 용인성 남쪽 10리에 이르러 우군선봉장이 된 그는

다고 한다. 아, 인심이 이러하니 제갈공명(諸葛孔明)이 다시 세상에 나온들 어떻게 수습하겠는가. 참으로 원통하다.

저번에 순찰사가 임금의 교지를 받고 근왕(勤王)할 적에 공산[公山, 공주(公州)]에 주둔하던 중 주상께서 파천했다는 말을 듣고 군사를 해산시켜 돌아왔는데,* 만약 그때 곧바로 경기(京畿)로 올라가 참호를 깊이 파고 보루를 높이 쌓은 뒤 싸우지 않거나 혹은 요해처를 차지하여 적들을 움직이지 못하게 하면서 안팎으로 서로 의지하여 견제하는 형세를 취했더라면, 한양은 이에 힘입어 견고해져서 이같이 졸지에 함락되지는 않았을 것이요, 사방에 있는 군사들 또한 속속 당도했다면 왜적은 내지(內地)로 깊숙이 들어와 고립되었을 테니, 제아무리 기세등등한들 한 달도 못 되어 세력을 잃고 저절로 와해되었을 것이다. 그런데 이 점을 생각지 않고 도리어 군량이 부족하다는 핑계로 먼저 본진(本陣)으로 돌아가 버렸다. 임금이 이와 같이 치욕을 받으면 신하가 죽는 것은 당연한 일인데, 윗사람의 소행을 아랫사람이 그대로 본받았으니 도망치는 군졸을 무엇으로 주벌할 수 있었겠는가.* 춘추(春秋) 필법으로 논

....

좌군선봉장 이지시(李之詩)와 함께 문소산의 적진을 협공했으나 패하여 전사했다.

* 저번에……돌아왔는데: 5월 1일경 순찰사 이광은 어렵게 소집한 근왕병을 이끌고 전라도를 떠나 북상하기 시작했다. 이때 동원된 병력의 규모에 대하여 《난중잡록(亂中雜錄)》에는 10만이라고 기록했고, 이형석의 《임진전란사》에서는 8천 명으로 추산했다. 5월 4일 공주에 도착하여 도성 함락과 임금의 피난 소식을 접한 이광은 파진(罷陣)하고 돌아왔다.

* 윗사람의……있었겠는가: '윗사람의 소행을 아랫사람이 그대로 본받았다'는 말은 본래 《대학장구(大學章句)》전10장에 대한 주희(朱熹)의 주(注)에 나온 말이다. 공주에서 이탈하는 병사가 속출하자 이광이 장관(將官)을 시켜 이산 석교(尼山石橋)를 지키면서 도로 모이도록 타일렀으나, 군사들은 오히려 칼을 빼들고 위협하며 도망쳐 버렸다. 이광은 뒤에 전주로 돌아와 도망한 병사 몇 사람을 참하고 다시 군사를 징발했다. 《국역 선조수정실록》 25년 5월 1일.

하자면, 동호(董狐)의 필주(筆誅)를 면하기 어려우리라.* 말해 보아야 소용없는 일, 분통을 터뜨린들 어찌하겠는가. 그나마 믿고 조금이나마 안심하는 건 지금 의병이 일어나고 있다는 것인데, 여러 고을의 군사들이 모두 관망하다가 절반가량 도망갔다는 말만 들려오니 큰일을 어떻게 구제해야 할지 모르겠다. 평상시 녹을 먹을 때는 저마다 자랑하고 뽐내면서 모두 충성을 바치다가, 위태로운 지금은 군주가 당한 수치를 생각하지 않고 제 목숨을 건지기에 급급하다. 수백 년을 내려온 종묘사직이 어떻게 될지 알 수 없는 상황에서, 쓸모없는 이 몸은 무릎을 감싸고 크게 탄식하며 그저 분루(憤淚)를 삼킬 뿐이다.

난리를 만난 뒤로 먹고 자는 것도 잊었다. 한밤에 잠 못 드는데 밝은 달이 창을 비추었다. 뜰에 서서 관을 벗고 '바라건대 노모를 다시 뵐 수 있다면 죽어도 후회하지 않겠습니다. 천지신명께서 굽어살피시어 반드시 저버리지 마소서.'라고 기도했다.

두 사내종이 가기 전에 이런 일이 벌어질 줄 짐작하고 날랜 말을 타고 홀로 상경했더라면, 가족이 피난하기 전에 도착해서 노모, 처자식과 생사고락을 함께했을 것이다. 그렇게만 된다면 온갖 고초를 겪더라도 무엇을 걱정하고 무엇을 후회하겠는가. 편안한 곳에 머물며 예전처럼 잠자고 밥을 먹으면서 노모와 처자식, 아우, 여동생으로 하여금 이 환란을 겪게 만들었다. 비록 노모와 처자식, 아우, 여동생과 함께 피난길에서 노숙하며 풀뿌리를 먹고자 하나 그럴 수 있겠는가. 이를 말하자

....

* 　동호(董狐)의……어려우리라: 춘추시대 진(晉)나라의 사관(史官)이었던 동호는 위세를 두려워하지 않고 사실을 사실대로 직필(直筆)했다. 여기서는 동호같이 직필하는 사관의 비판을 이광이 면하기 어렵다는 뜻이다.

니 매우 애통하여 숨이 멎을 지경이다.

또 들으니, 왜적이 도성에 들어간 뒤로 군사를 풀어 사방을 약탈한다고 한다. 만일 산과 덤불을 샅샅이 뒤진다면 산골짜기에서 연명하던 자는 기필코 화를 면치 못할 것이다. 더욱 통곡할 일이다.

노모는 성품이 진실하셔서 평소 조금이라도 마음이 편치 않은 일이 있으면 식사를 물리치고 종일토록 들지 않는 분인데, 지금 이 큰 난리를 만났으니 속이 타실 게 분명하다. 망극한 은혜를 생각하면 통곡하지 않을 수 있겠는가. 아내는 본디 다리가 아파 멀지 않은 곳도 걸어서 가지 못하니, 이 난리에 피난하면서 산을 넘고 물을 건너려면 분명 고생스러울 게다. 부부의 정을 생각하면 어찌 목이 메지 않겠는가.

큰딸과 둘째 딸은 부녀자의 도리에 부족함이 없다.* 평소 집이 가난해 죽도 계속 먹지 못하는 형편이라 배불리 먹고 따스하게 입으려고 하지 않았고, 어버이의 뜻에 순종하며 어느 하나 거역하는 일이 없어 항상 사랑스러웠다. 막내딸 숙단(淑端)은 얼굴이 곱고 깨끗하며 성품이

....

* 큰딸과……없다: 오희문의 큰딸은 1594년 8월 13일에 혼례를 올려 신응구(申應榘)의 세 번째 부인이 되었고, 둘째 딸(1579~1653)은 이산 현감 김가기(金可幾)의 아들인 김덕민(金德民)의 두 번째 부인이 되었다. 오희문의 큰딸에 대해 명재(明齋) 윤증(尹拯)은 "정숙한 행실이 있고 남편을 공경하여 여사(女士)라 칭송되었다."라고 말했다. 둘째 딸에 대해서는 외손자 백호(白湖) 윤휴(尹鑴)가 "외할머니의 성품은 부드럽고 아름다우신데다 또 어진 부형에게 가르침을 받으셨다. (…) 남편을 섬길 적에는 어긋나는 덕이 없으셨고, 첫 번째 부인이 남기고 간 고아를 거둠에 자기 소생보다 더하셨다. 집안을 다스림에 대단히 경계시키는 것 같지 않았으나 종에 이르기까지 집안의 모든 사람들이 감복하고 기뻐했다. 평생토록 말을 빨리하거나 갑자기 얼굴빛을 바꾸지 않으셨고 선현의 말씀과 행동을 듣기 좋아하셨다."라고 했다. 《쇄미록》 〈갑오일록〉 8월 13일, 〈경자일록〉 3월 4일 · 22일, 《청음집(清陰集)》 권32 〈승정원좌부승지신공묘갈명(承政院左副承旨申公墓碣銘)〉, 《명재유고(明齋遺稿)》 권37 〈만퇴헌신선생묘지명(晚退軒申先生墓誌銘)〉.

몹시 단아하여 내 사랑을 독차지했다. 어여쁜 모습이 자나 깨나 눈에 선하니, 《시경(詩經)》의 "아름다운 막내딸"이라는 말이 내 마음을 표현한 것이리라. 이 두 구절을 쓰자니 서글픈 눈물이 저절로 흐른다.

인아(麟兒)*는 성질이 게을러 작년 초봄에 과하게 매를 들었는데, 이제 와서 후회한들 무슨 소용이랴. 아우 희철(希哲)*은 혼자서 큰 변란을 당했으니, 노모를 모시고 피난하면서 어떻게 화를 벗어날까. 제수씨*는 몸도 허약하고 본디 두통을 앓는데다 젖먹이까지 있으니, 창황한 난리에 어떻게 보전할는지.

남매(南妹)*는 틀림없이 적성(赤城) 중온(仲溫)*의 집으로 달려갔을 테니 보전할 수 있을 것이고, 김매(金妹)*는 달리 피할 곳이 없지만 남편 자정(子定)*이 있으니 피신처가 없음을 걱정할 게 없다. 다만 심히 우려스러운 점은 우리 한집이 몸을 피해 서쪽이나 동쪽으로 달려가도 어디하나 편안히 머물 곳이 없다는 것이다. 만약 심열(沈說)*이 노모를 모시고 강릉(江陵)으로 피난했다면 보전할 수 있겠지만, 이를 어찌 꼭 기대할 수 있겠는가.

내 처자는 윤겸 형제가 한양에 있는 이상 반드시 생사를 같이할 것

....

* 인아(麟兒): 오희문의 넷째 아들 오윤성(吳允誠, 1576~1652)이다.
* 희철(希哲): 1556~1642. 오희문의 남동생이다. 자는 언명(彦明)이다.
* 제수씨: 오희철의 아내는 언양 김씨(彦陽金氏, 1564~?)이다. 김철(金轍)의 딸이고 시강원 습독 김수건(金守乾)의 손녀이다.
* 남매(南妹): 오희문의 여동생. 남상문(南尙文, 1520~1602)의 부인이다.
* 적성(赤城) 중온(仲溫) : 중온은 남상문의 막내아우인 남상직(南尙直)의 자이다.
* 김매(金妹): 오희문의 여동생. 김지남(金止男, 1559~1631)의 부인이다.
* 남편 자정(子定): 김지남. 자는 자정이다. 오희문의 매부이다.
* 심열(沈說): ?~?. 오희문의 매부인 심수원(沈粹源)의 아들이다. 오희문의 생질이다.

이다. 다만 윤겸이 광묘[光廟, 세조(世祖)]의 영정을 능소(陵所)에서 지키고 있으니 사사로운 집안일로 버리고 올 수는 없고,* 그 처가*에는 또한 남자가 없으니 처가 식구를 신경 쓰지 않을 수 없으리라. 윤해(允諧)*도 양어머니와 처자식이 있으니, 창황한 시기에 이리저리 주선하다 보면 노모와 형제까지 챙기지는 못할 게다. 더군다나 걷지 못하는 젖먹이가 여럿이니, 이를 생각할 때마다 괴롭고 답답하기 그지없다. 선친의 신주(神主)를 아우가 어떻게 처리했을까. 깨끗한 곳에 묻었다면 잘한 일이지만, 모시고 갔다면 온전하지 못할까 걱정이다.

종갓집 조상의 신주를 믿고 맡길 만한 사람이 없다. 버리고 피난을 갔다면 분명 불에 탔을 것이니, 이 또한 걱정이다. 우리 가문은 안팎으로 무려 백여 명에 달한다. 난리를 당해 뿔뿔이 흩어져 간신히 목숨을 이어 가는 마당에 누가 살고 누가 죽었는지 알 수 없지만, 나의 노모와 처자식, 아우, 여동생 이외의 사람들에 대해서도 걱정스러운 마음을 금할 길이 없다.

이 고을의 경저노(京邸奴)*가 지난 4월 26일에 한양을 출발해 그믐

....

* 윤겸이……없고: 오윤겸이 1591년에 봉선전 참봉에 제수된 것을 말한다. 다음해에 임진왜란이 일어나 왜적이 도성을 함락하자, 세조(世祖)의 영정을 산 뒤에 묻고 피신했다가 왜적이 물러난 뒤에 돌아오기를 반복하던 중 적세(賊勢)가 나날이 강해지는 것을 보고 영정을 다른 곳에 봉안하게 하고 벼슬을 그만두었다. 《추탄집(楸灘集)》 〈추탄선생연보(楸灘先生年譜)〉, 《청음집》 권32 〈의정부영의정추탄오공묘갈명(議政府領議政楸灘吳公墓碣銘)〉.

* 그 처가: 오윤겸의 처가는 경주 이씨(慶州李氏) 집안이다. 오윤겸은 1580년에 군기시 첨정 이응화(李應華)의 딸과 결혼했다. 《추탄집》 〈추탄선생연보〉.

* 윤해(允諧): 1562~1629. 오희문의 둘째 아들이다. 숙부 오희인(吳希仁, 1541~1568)의 양아들로 들어갔다.

* 경저노(京邸奴): 한양에 있으면서 지방 관청의 일을 대행하는 종이다.

날 도착했는데, 20일에 쓴 어머니와 아내의 편지를 가지고 왔다. 이때만 해도 난리가 지금처럼 긴박하지 않았건만, 답답하고 괴로워하는 내용을 다 읽기도 전에 눈물이 먼저 흘렀다. 어머니는 편지에서 당신의 고생은 알지 못하고 나와 임매가 떠도는 일을 먼저 염려하셨으니, 더욱 통곡할 일이다. 편지를 서갑(書匣)에 넣어 두었다가 꺼내 볼 때마다 창자가 갈기갈기 찢겨지며 슬픈 눈물이 옷깃을 흠뻑 적셨다. 이후로 우리집 소식만 끊긴 게 아니라 한양 소식도 두절되었다. "집에서 오는 편지는 만금의 값어치로세."라는 두보(杜甫)의 시구*가 이런 상황을 두고 한 말이리라.

하늘이 재앙을 내린 일을 후회하여 오랑캐의 운이 다할 것이다. 열성(列聖)께서 묵묵히 보우하고 장수들이 힘을 합쳐 신속히 비린내 나는 무리들을 제거하여 대궐을 깨끗하게 한다면, 어가(御駕)는 도성으로 돌아와 종묘사직을 다시 안정시키고 백성은 귀가해서 자신의 생업에 안주할 것이다. 그리하여 다시금 노모와 처자식, 아우, 여동생, 친척들과 술자리를 마련해 서로 반갑게 맞으면, 저마다 피난의 고통을 이야기하면서 오늘날 다시 만나게 될 줄 몰랐다고 할 것이다. 그 즐거움이 어떻겠으며 서로 만남이 얼마나 행복하겠는가.

천지신명께 밤낮으로 말없이 기도를 드리나니, 높은 곳이든 낮은

....

*　집에서……시구: 두보(杜甫)의 〈춘망(春望)〉에 "나라가 망하니 산과 강물만 남아 있고, 성안의 봄은 풀과 나무에만 깊구나. 시절을 슬퍼하니 꽃을 봐도 눈물이 흐르고, 이별을 슬퍼하매 새조차 마음 놀라네. 전쟁이 석 달 동안 이어지니, 집에서 오는 편지는 만금의 값어치로세. 흰 머리 쥐어뜯으니 또 짧아져서, 다해도 비녀를 이기지 못할 것 같네[國破山河在 城春草木深 感時花濺淚 恨別鳥驚心 烽火連三月 家書抵萬金 白頭搔更短 渾欲不勝簪]."라고 했다.《두소릉시집(杜少陵詩集)》권4〈춘망〉.

곳이든 정성이 지극하면 신께서 감동하기 마련이다. 한 여인이 원망해도 3년간 가뭄이 든다.* 더구나 우리 조선 팔도 가운데 적의 칼날에 죽어 모래밭에 뼈가 나뒹굴고 숲속으로 도망쳐 바람과 이슬을 맞으며 한데서 먹고 자는 무고한 백성이 몇 만 명인지 모르겠다. 원망하는 고아, 과부와 원통하게 굶주리며 골짝에 버려진 사람들 또한 얼마인지 모르겠다. 하늘이 느끼는 바가 있다면, 재앙을 내린 일을 뉘우치리라.

난리를 만난 뒤로 눈길이 닿는 것마다 슬퍼서, 곤충과 초목처럼 무지한 물건까지 모두 내 감정을 흔든다. 뜰 앞의 새끼 까치와 어미 새가 서로 따르면서 지저귀는가 하면, 날갯짓하고 찍찍거리면서 먹이를 찾아 이같이 즐거워하니,《시경》에서 이른바 "지각이 없는 네가 부럽다."고 한 것이다.* 담 밑의 해바라기는 난만하게 꽃을 피워 해를 향해 마음을 기울이는데, 선량하지 못한 사람은 도리어 이보다 못하구나. 사물을 보고 감정이 솟구쳐 눈물이 절로 옷깃을 적신다. "시절을 슬퍼하니 꽃을 봐도 눈물이 흐르네."라는 두보의 시구*가 이런 상황을 대변하는 말

....

* 한 여인이……든다: 중국 동해(東海)의 한 효부가 아이도 없이 남편을 일찍 잃었지만 성심으로 시어머니를 모시자, 시어머니는 젊은 며느리의 앞길을 망칠 수 없다고 하여 목을 매어 자살했다. 그러자 딸이 효부가 자기 친정어머니를 죽였다고 관에 고발하였고, 효부는 모진 고문에 거짓 자백을 하여 옥안(獄案)이 이루어졌다. 우공(于公)은 그 억울함을 알고 태수에게 말했으나 태수가 말을 들어주지 않자 그 옥안을 안고 관부에서 통곡했다. 마침내 태수가 효부를 논죄하여 죽였는데, 그 뒤로 동해군에 3년 동안 가뭄이 들었다. 후임 태수가 점을 쳐서 그 이유를 알고는 소를 잡아 효부의 무덤에 제사하자 바로 비가 왔다고 한다.《한서(漢書)》권71〈우정국전(于定國傳)〉.
* 《시경》에서……것이다:《시경》〈회풍(檜風)·습유장초(隰有萇楚)〉에 "습지에 장초가 있으니 그 가지가 야들야들하다. 잎이 윤택하니 너의 지각이 없음을 부러워한다[隰有萇楚 猗儺其枝 夭之沃沃 樂子之無知]."라고 했다. 이는 정사가 번거롭고 부역이 무거워 사람들이 그 고통을 견뎌 내지 못하므로 지각이 없어 걱정이 없는 초목만도 못함을 한탄한 것이다.

일 게다.

당(唐)나라 황제가 서쪽으로 파천하고* 송(宋)나라 황실이 남쪽으로 장강(長江)을 건넜을 때*에도 참혹했지만, 이는 모두 두 황제가 간사한 사람을 신임하고 주색에 빠져 백성의 원망을 사고 오랑캐의 화를 불러일으켜 서주(西州)로 피난 가고 청성(青城)에서 포로가 됨으로써* 종묘사직을 무너뜨리고 만백성을 도탄에 빠뜨린 것이었다. 그야말로 자업자득이니 이상할 게 없다.

그러나 우리 성상께서는 재위하신 24년 동안 밖으로 사냥을 즐긴다거나 안으로 음악과 여색에 빠진 일 없이 밤낮으로 정사를 도모하며 부지런히 힘쓰셨고, 중국을 지성으로 섬기고 이웃나라와의 교류에도 신뢰가 있으셨다. 오늘날 섬 오랑캐가 독을 내뿜어 성을 도륙하고 장수를 죽이고는 곧바로 한양을 함락시켜서 한양의 백만 가구가 오랑캐 소굴로 변하고 의관문물이 찬란한 고장이 비린내 나는 추한 것들로 물들게 될 줄 어찌 알았겠는가.

주상께서 자책하며 근왕병이 오기를 간절히 바라시건만 조정에는 충성을 다해 목숨을 바치는 신하가 없고, 관찰사가 군사를 모집하는 격

....

* 시절을……시구: 두보의 〈춘망〉에 나오는 구절이다.
* 당(唐)나라……파천하고: 당나라 현종(玄宗)은 755년 11월에 안녹산(安祿山)이 어양(漁陽)에서 20만 대군으로 반란을 일으켜 12월에 수도를 함락시키자 촉(蜀) 땅으로 몽진했다.
* 송(宋)나라……때: 송나라 고종(高宗)이 1128년에 금(金)나라에 중원(中原)을 빼앗기고 장강을 건너 임안(臨安)에 도읍한 것을 말한다. 이후부터 송나라 공종(恭宗)이 원도(元都)로 잡혀간 1276년까지의 149년간을 남송(南宋)이라고 한다.
* 청성(青城)에서……됨으로써: 청성은 중국 하남성(河南省) 개봉현(開封縣)에 있는 지명으로, 송나라 때 하늘에 제사를 지내던 재궁(齋宮)이 있었다. 금나라 군대가 쳐들어와 이곳에서 휘종(徽宗)과 흠종(欽宗)의 항복을 받아내고 포로로 잡아 금나라로 끌고 갔다.

문을 띄워 정성스럽게 호소하지만 고을마다 난리 난 곳에 앞장서서 달려가는 사람이 없다. 의병을 일으키고 군사를 내어 두 서울을 수복한 곽분양(郭汾陽)*의 무공(武功)을 가진 사람은 누구인가? 손에 침을 뱉고 하수(河水)를 건너 곧바로 연운(燕雲) 지역을 쓸어버린 악무목(岳武穆)*의 충성과 용맹을 지닌 사람은 누구인가? 목숨이나 구걸하며 구차히 면하려는 자들로 득실거릴 뿐이다.

또 들으니, 영남 우수사(嶺南右水使) 원균(元均)이 지난달에 적선 10여 척을 불태웠다고 하고, 이 도의 좌수사(左水使) 이순신(李舜臣)이 이달 초에 여러 척의 배를 이끌고서 전라도 수군절도사와 함께 적선 42척을 불태우고 붙잡힌 포로 2명을 생환시킴과 동시에 왜적 3명의 수급을 베니, 적들이 너 나 할 것 없이 물속으로 뛰어들어 육지까지 헤엄쳐 간 뒤 숲으로 달아났다고 한다. 여세를 몰아 곧장 부산으로 진격했다면 어땠을까 하는 아쉬움이 남는다. 배를 지키는 적은 틀림없이 많지 않았을 테고, 우리나라에서 포로로 잡혀간 남녀도 분명 그 속에 많았을 것이다. 만일 조선의 배들이 온다는 소식을 들었다면 적들은 반드

....

* 의병을……곽분양(郭汾陽): 곽분양은 곽자의(郭子儀, 697~781)이며 당나라 때의 명장이다. 하남성 정현(鄭縣) 사람이며, 분양왕(汾陽王)으로 봉해져서 곽분양이라고 부른다. 현종 때 삭방절도사가 되어 안녹산의 난을 토벌하여 하북의 10여 군을 회복했고, 숙종(肅宗)과 대종(代宗) 때에 토번을 쳐서 많은 공을 세웠다.

* 손에……악무목(岳武穆): 악무목은 악비(岳飛, 1103~1141)이다. 자는 붕거(鵬擧), 시호는 무목이다. 남송 초기의 명장이다. 이성(李成)을 쳐서 강회(江淮)를 평정하여 무안군 승선사가 되고, 고종에게서 '정충악비(精忠岳飛)'라는 친필 기를 받았으며, 금나라 군대를 여러 차례 물리쳐 주선진(朱仙鎭)까지 진격했다. 그러나 이때 진회(秦檜)가 화의를 주장하며 죄를 얽어 결국 39세의 나이로 옥중에서 죽었다. 연운 지역은 연주(燕州)와 운주(雲州)의 병칭으로, 화북(華北) 지방을 가리킨다.

시 뭍에 올라 뿔뿔이 달아났을 테니, 그 틈에 빈 배를 모조리 불사르고 포로로 잡혀간 사람도 생환시킬 수 있었을 것이다. 그런데 주상께서 파천했다고 칭탁하고 통곡한 뒤 본진으로 돌아왔다고 한다.* 자취는 비록 이러하지만, 사실은 겁먹은 것이다. 이때 주상께서 잠시 도성을 나가신 건 무슨 계책인가. 다만 국사(國事)의 성패를 가지고 도모했다면 또한 조금은 치욕을 씻을 수 있었을 텐데, 성공할 수 있는 일이 이 한 가지 때문에 수포로 돌아갔으니 더욱 가슴 아프고 애석한 노릇이다.

또 들으니, 영남 방어사(嶺南防禦使) 조경(趙儆)이 김산[金山, 김천(金泉)] 전투에서 적의 공격을 받았는데, 적의 허리를 껴안고 서로 다툴 때 그의 군관(軍官)이 달려가 적의 머리를 베었고 조경은 손과 옆구리만 다쳤다고 한다.*

....

* 주상께서……한다:《국역 선조실록》25년 6월 21일 기사에 "이때 동래가 이미 함락되어 왜적들이 계속 몰아쳐 곧장 진격하니 가는 곳마다 대적할 사람이 없었다. 대가(大駕)가 이미 서로(西路)로 들어가자 황해도 이남에서 동래까지 오직 패전 소식만 들려오고 전혀 다른 소식은 없었다. 그런데 경상 우수사 원균은 전라 좌수사 이순신과 약속하여 한산도에서 회합했다. 이때에 이순신이 전선 80척을 거느리고서 마침내 이해 5월 6일에 옥포 앞바다로 나아가니, 적선 30여 척이 사면에 휘장을 두르고 긴 장대를 세워 홍기(紅旗), 백기(白旗) 들을 현란하게 달았으며, 나머지 왜적들은 육지로 올라가 마을의 집들을 불사르고 겁탈했다. 왜적들은 수군을 보고는 노를 빨리 저어 진지에서 나와 아군과 바다 가운데서 만났는데, 아군이 적선 26척을 불살라 버렸다. 이튿날 다시 대전(大戰)을 전개하기로 약속했는데, 대가가 서쪽으로 행행했다는 소식을 듣고는 여러 장수들이 도착하지 않아, 그대로 서로 모여 통곡하고는 마침내 9일에 제각기 본진(本鎭)으로 돌아갔다."라는 내용이 보인다.

* 영남 방어사(嶺南防禦使)……한다: 조경(趙儆, 1541~1609)은 임진왜란이 일어나자 경상우도 방어사가 되어 황간, 추풍 등지에서 싸웠으나 패배했다. 이어 김산에서 왜적을 물리치다 부상을 입었다.《국역 포저집(浦渚集)》제31권〈풍양군조공신도비명(豐壤君趙公神道碑銘)〉에 "김산에 이르렀을 때 휘하의 병력이 겨우 1백 인에 불과했다. 그때 왜적과 만나자 사졸(士卒)들이 모두 앞으로 나아가려 하지 않았는데, 공이 독려하여 나아가 싸우게 하니 왜적이 마침내 달아났으므로 공이 기병에게 그 뒤를 쫓게 했다. 공이 몇 명의 기병만을 데리고 뒤에

이달 16일에 주인 형(이빈)이 의병을 거느리고 진안에 이르렀는데, 7, 8명이 도망쳤다. 이에 도망병의 부모와 처자, 이웃 일가를 가두었더니, 도로 나타난 자가 많았다. 비단 이 고을만 그런 것이 아니라 여러 고을의 군사도 도망쳐 흩어져 버린 자가 몹시 많다.

남원 군사는 삼례(參禮)에 진을 쳤다가 일시에 흩어졌다. 순창(淳昌) 군사는 중도에 반란을 일으켜 진영을 갖추었는데, 다른 고을에서 북상하던 군사들이 모두 이들에게 몰려들어 무기와 군량을 약탈했고 장성 현감(長城縣監) 백수종(白守宗)은 이들에게 핍박을 당하다가 겨우 탈출했다고 한다. 이는 흩어진 인심을 이용해 불의한 짓을 일으키려고 한 것인데, 순창 군수가 흉적 괴수의 숙질을 유인해 진(陣) 밖으로 나오게 한 다음 매복시킨 궁사(弓士)로 하여금 도중에 쏘아 죽이게 하니 반군이 모두 흩어졌다고 한다. 자세히 알 수 없지만, 사람들의 말이 이러하니 원통한 일이다. 그 뒤 흩어졌던 군사들이 차츰 방어사에게 집결하여 큰길을 경유해 바로 올라갔다. 순찰사 이광(李洸)은 용안[龍安, 익산(益山)]에서 강을 건너 충청도 내로(內路)를 통해 올라갔는데, 이들은 모두 이달 20일에 이 도를 떠났다고 한다.

또 들으니, 왜적이 침입한 후로 영남 사람 가운데 그들에게 빌붙어 길을 안내하는 자가 수두룩하고, 간혹 자기들끼리 패거리를 만들어 왜놈 말을 하며 민가로 난입해서 사람들을 모두 도망가게 한 뒤 재산을

있다가 왜적 3명이 풀숲에 엎드려 있는 것을 보고는 직접 2명의 왜적을 활로 쏘았는데, 왜적 1명이 뒤에서 튀어나와 칼로 치므로 공이 허리와 겨드랑이와 머리에 부상을 입었다. 이에 공이 말에서 뛰어내리며 맨손으로 적을 붙잡아 땅에 쓰러뜨리고는 그의 가슴 위에 올라타고서 목을 졸랐으나 손가락이 또 칼날에 상처를 입었기 때문에 바로 죽이지 못했는데, 이때 군관 정기룡(鄭起龍)이 달려와서 그 왜적을 찔렀다."라는 내용이 보인다.

약탈하는 경우도 매우 많다고 한다.

다만 의병이 떠난 후로 장맛비가 그치지 않았다. 냇물이 불어 대군(大軍)이 한데에서 비를 맞고 있으니 원망하며 괴로워하는 자가 필시 많을 것이고, 활과 화살 또한 틀림없이 느슨해질 것이다. 우리나라에서 자랑할 만한 것은 활과 화살인데, 활과 화살이 이렇게 된다면 무엇을 믿겠는가? 저 하늘이 또한 도와주지 않는구나. 하늘은 믿기 어렵다지만,* 도대체 왜 이러는 것인가. 고개를 들어 길이 탄식하고 팔을 걷어붙이며 원통해 할 따름이다.

또 영동 지역 의사(義士)들이 동지를 결성해 복수의 기치를 힘껏 내걸고 글을 지어 고유(告諭)하고는, 여러 고을 열사(烈士)들과 거사하려고 지난 17일에 그곳 사청(射廳, 무과의 시험장으로 쓰던 대청)에서 회의를 열었다고 한다. 고부(古阜)의 열사들도 여러 고을에 통문을 돌려 같은 도의 의사들과 의병을 일으켜 적을 치기 위해 이달 27일에 완산과 삼례 앞에 모인다고 한다. 성공 여부는 미리 알 수 없지만, 이런 분위기를 접하니 노쇠하고 쓸모없는 몸으로 떠도는 나 같은 사람은 힘을 보태지 못하고 그저 감탄할 뿐이다. 이 고을은 외진 산골이라 인구가 적다. 하지만 10가구 되는 작은 마을에도 으레 충직하고 의로운 사람이 있기 마련인데,* 두 고을에서 보낸 격문을 보고 흥기하는 자가 하나도 없으니, 참으로 탄식할 일이다.

....

* 하늘은 믿기 어렵다지만:《서경(書經)》〈상서(商書)·함유일덕(咸有一德)〉에 "아, 믿기 어려운 것은 하늘이요, 무상(無常)한 것은 명이로다[嗚呼 天難諶 命靡常]."라고 한 데서 나왔다.

* 10가구……마련인데:《논어(論語)》〈공야장(公冶長)〉에, "10가구 정도의 작은 마을에도 반드시 나처럼 충직하고 신의 있는 자가 있을 것이다[十室之邑 必有忠信如丘者焉]."라고 한 데서 나왔다.

25일 오늘은 노모의 생신이다. 평소 같으면 우리 동복형제끼리 각
각 술과 떡을 준비하여 온종일 모시고 이야기를 나누었을 텐데, 지금은
어느 곳을 떠돌며 서로 모여 울고 있을까. 지난 일을 생각하니 눈물이
비 오듯 흐른다. 지난 19일 밤에 아내 꿈을 꾸었는데, 예전과 다름이 없
었다. 내가 남쪽으로 온 뒤로 한 번도 꿈에 보이지 않더니 오늘 보인 건
무슨 까닭인가. 살았는지 죽었는지. 슬프고 또 슬프다. 22일은 장인어
른의 기일(忌日)이었다. 나는 종윤 형제와 제사를 지냈고, 주인 형은 군
사를 거느리고 여산에 가서 돌아오지 않았다.

이달 초승에 원중성(元仲成)이 영남 우수영에서 난리를 피해 이곳
에 왔다가 곧바로 고향으로 가려고 했으나 길이 막혀 가지 못했다. 연
일 밤낮으로 그와 어울려 이야기하며 나그네의 시름을 자못 달랬다. 그
러나 관아에서 장기간 신세를 지기가 미안했던지, 이 고을에 사는 그의
삼촌 집으로 가 머물면서 종종 찾아와 회포를 풀고 갔다.

양재역(良才驛)의 아전 임언복(林彦福)*도 초봄에 일이 있어 영남에
갔다가 난리를 피해 지난달 하순에 이곳에 왔는데, 한양으로 가지 못하
고 이내 머물렀다. 임언복의 집은 역관(驛館) 동쪽 가에 있어서 왕래할
일이 생기면 반드시 그의 집을 빌려서 잤다. 그는 주인 형이 옛날에 진
위(振威)에 있던 시절에 묵었던 집의 주인이다. 후하게 대접하고 관아
의 양식도 넉넉히 주었으나, 그는 오랫동안 얻어먹기 미안하다며 지금
은 환자[還上]*를 받아먹는다. 먼 지방을 떠도는 가운데 가족이 피난하

....

* 　임언복(林彦福): 1592년 초여름부터 늦가을까지 오희문과 함께 장수현에 머물면서 회포를
　　달래던 인물이다. 《쇄미록》〈계사일록〉 4월 21일.
* 　환자[還上]: 환곡(還穀). 조선시대의 구휼제도 가운데 하나로, 흉년 또는 춘궁기에 곡식을 빌

는 사연이 노모만 없을 뿐 나와 비슷하다. 지난날에는 서로 모르고 지내다가 토당(土塘) 산소*와 멀지 않은 곳에 그의 집이 있어서 만나자마자 오랜 친구 같았다. 그가 날마다 찾아와 이야기하니 객지에서 다행한 일이다.

성주 목사(星州牧使) 이덕열(李德說)*의 재취 부인은 김태숙의 막내딸*이다. 지난 4월 20일 이후에 난리를 피해 산으로 들어갔다가 성이 함락되고 적병이 사방에서 사람들을 잡아갈 때 간신히 도망쳐 나와, 걷기도 하고 말을 타기도 하면서 산과 계곡을 넘어 이곳에 도착했다. 아마도 용성의 옛집으로 돌아가려는 게다. 그 부인과 함께 온 태숙의 작은아들이 적의 대단한 기세에 대해 자세히 말해 주었다. 뒤처지는 바람에 같이 오지 못한 그의 동생이 잠시 후 도착해서는 적의 공격을 받아 가까스로 도망쳐 나왔다고 했다. 그의 목에 난 칼자국을 보니 나도 모르게 섬뜩했다. 얼핏 듣기로는 사랑하는 기생과 떨어지기 어려워서 데리고 산속으로 피하느라 누이와 함께 오지 못하고 이제야 왔다고 한다. 태숙과 나는 인척인데다가 동향(同鄕)이라 그의 어린 자식들과도 알고

....
려 주고 풍년 때나 추수기에 되받던 일 또는 그 곡식을 말한다.
* 토당(土塘) 산소: 해주 오씨의 광주(廣州) 입향은 10세(世) 오계선(吳繼善) 대에 부인의 산소를 그곳에 두면서 시작되었다. 오계선의 아들 오옥정(吳玉貞) 대부터 광주 토당리(현재의 서울시 강남구 역삼동)에 선영을 마련하고 정착했다. 그의 아들들, 즉 12세 오경순(吳景醇)과 오경민(吳景閔), 13세 오희문과 오희인의 묘소는 경기도 용인시 처인구 모현면 오산로 61번길에 있다.
* 성주 목사(星州牧使) 이덕열(李德說): 1534~1599. 임진왜란이 발발하자 당시 성주 목사로서 성주 성내에 왜적이 웅거하고 있는데도 지경을 떠나지 않고 굳게 지키면서 도망한 군사들을 수습해 적을 토벌했다.
* 김태숙의 막내딸: 1567~1637. 이덕열의 첫째 부인인 허씨(許氏)가 1589년에 죽자 둘째 부인으로 들어갔다.

지내는 사이이다.

이 소식을 들은 뒤로 인심이 흉흉해져 관아 사람들도 멀리 피난 갈 계획을 세웠다. 중요하지 않은 물건을 먼저 관아 안에 묻고 나중에 현의 사판(司板) 밑에 의복을 묻었는데, 한 달이 지난 그저께 관아 안에 묻어 둔 물건을 다시 파 보니 절반가량은 젖어서 썩거나 망가져서 쓸모없게 되었고 사판 밑에 묻은 물건은 흙이 예전처럼 말라 있었다. 관아 안은 지대가 낮아 습했기 때문이다. 내 옷 몇 벌도 사판 밑에 있었다.

아내의 서모(庶母)가 이달 초에 영진(英眞)을 데리고 먼저 석천사(釋天寺)*로 들어갔다. 그곳은 관아 사람들의 대피 장소이다. 선윤(善胤)* 형제도 함께 절로 향했다. 절은 고을에서 15리가량 떨어져 있는데, 중간에 아주 높고 가파른 고개가 있어 그곳을 넘을 때는 말을 탈 수 없고 걸어야 겨우 오를 수 있다.

이 지역에서 피난처로 이만한 절이 없지만, 고개에 올라 내려다보면 막힘없이 뚫린 게 한 가지 흠이다. 절 뒤로 깊은 골짝이 있어서 적이 경내로 들어올 경우 다시 피해서 깊숙이 들어갈 요량으로, 먼저 이응일(李應一)*과 종윤을 시켜 숨을 만한 곳을 살펴 나무에 의지해 집을 짓게 했다. 이렇게 임시 거처를 만들려는 이유는 성주 목사의 아내가 산에 들어갔을 때 적들이 포위해 샅샅이 뒤지자 이런 방법으로 화를 면했기 때문이다. 적의 수중에 들어간 고을이 매우 많지만, 산으로 피한 사람

....

* 석천사(釋天寺): 전라도 장수현 영취산(靈鷲山)에 있던 절이다. 《국역 신증동국여지승람》 제39권 〈전라도 장수현〉.
* 선윤(善胤): 이시증(李時曾, 1572~1666). 이빈의 둘째 아들이다.
* 이응일(李應一): 이경백(李慶百, ?~?). 자는 응일이다. 이빈의 처남이다.

까지 모조리 찾아내 죽이고 약탈한 것으로 말하면 성주가 더욱 참혹했다고 한다.

관아의 계집종 가운데 자식이 있는 자도 미리 산으로 보냈다. 주인 형수*도 왜적이 가까이 왔다는 말에 피신하려고 했으나, 관아 안에서 먼저 대피하면 틀림없이 현 전체가 동요할 것 같아 천천히 형세를 관망하면서 대처하기로 했다.

또 들으니, 왜적이 영남 지역 반가의 여인 중 얼굴이 고운 사람을 뽑아 다섯 척의 배에 가득 실어 제 나라로 보내 빗질하고 화장을 시켰는데, 순종하지 않으면 대번에 노하기 때문에 모두들 죽음이 두려워 억지로 따른다고 한다. 이들은 사실 여기서 먼저 겁탈한 뒤 보낸 여자들이다. 그 뒤에도 그들의 뜻을 만족시키지 못하면 여러 적들이 돌아가면서 강간한다고 하니, 더욱 비통한 일이다. 이는 이 고을 복병장(伏兵將) 김성업(金成業)이 포로로 잡혀갔다 돌아온 사람에게 직접 들은 이야기라고 하니, 분명 헛말이 아닐 것이다.

지난번 김산(金山) 전투에서 어떤 여인이 왜적의 포로가 되어 창고 속으로 들어갔다가 전투가 끝난 뒤 밖으로 나와 살려달라고 애걸했다. 그 여인에게 사는 곳을 물었더니, 처음에는 숨기고 말하지 않다가 이실직고했다고 한다. 본래 성주에 사는 선비의 아내로, 흉적이 갑자기 마을로 들이닥쳐서 외숙모와 함께 피하다가 적에게 잡혀 이곳으로 왔는데, 적들이 돌아가며 강간을 하자 고통을 이기지 못하고 자결하려다가

....
* 주인 형수: 이빈의 아내를 가리킨다. 전의 이씨(全義李氏)이다. 증찬성 이언우(李彦佑)의 딸이고 판관 이숙남(李叔南)의 손녀이다.

뜻대로 되지 않았고 외숙모의 생사도 모른다고 했다. 허리에 찢긴 치마만 걸쳐 있을 뿐 속옷도 입지 않았는데, 우리 군사들이 치마를 들춰 보니 음문이 모두 부어서 잘 걷지도 못했다고 한다. 더욱 참혹한 일이다. 고을 사람 중에 군대를 따라갔던 자가 직접 보고 와서 전한 말이다.

국운이 불행하여 10년 사이에 남북으로 환란을 여러 번 당했는데, 금년 들어 가장 참혹하다. 계미년(1583, 선조 16) 겨울에 북쪽 오랑캐가 보란 듯이 경원(慶源)을 함락시켰고,* 정해년(1587) 봄에 남쪽 오랑캐가 교화를 따르지 않고 침입해 와 손죽도(損竹島)에서 패전했으며,* 기축년(1589) 늦가을에는 적신(賊臣) 정여립(鄭汝立)이 임금의 측근으로서 슬그머니 임금을 배반할 뜻을 품고 황해도의 어리석은 백성과 함께 역모를 꾀하다 실패하여 주륙되고 연루되어 죽은 벼슬아치가 상당히 많았으니, 가슴 아픈 일이다.

주인 형이 의병을 거느리고 금강에 도착해 그들을 인계하고 이달

....
* 계미년……함락시켰고:《국역 선조실록》16년 5월 6일 기사에 "북병사(北兵使)의 서장(書狀)에 '2천여 기(騎)의 오랑캐 무리가 종성의 강가에 모여 있고 그중 10여 기가 먼저 여울을 건너오기에 1명을 쏘아 죽이고 그가 타고 있던 말을 빼앗았더니 물러갔다. 이는 대개 회령, 종성, 온성 등지의 번호(藩胡)들이 경원의 오랑캐들과 통모(通謀)하여 배반한 것이다.'라고 했는데, 이를 비변사에 계하(啓下)했다."라고 했고, 같은 해 7월 10일 기사에 "경원의 적 우두머리 우을기내(于乙其乃)를 오래도록 잡지 못했다가 변장(邊將) 등이 그의 무리를 유혹하여 그를 건원보(乾原堡) 앞까지 끌고 오게 한 다음 그의 목을 베어 올려 보냈다. 상은 그의 목을 동소문 밖에다 매달게 하고 그를 유인했던 호인(胡人)과 그러한 계책을 꾸며 낸 병사 및 군관 이박(李璞) 등에 대하여는 후한 상을 내리도록 했다."라는 내용이 보인다.
* 정해년……패전했으며: 손죽도(損竹島)는 전라도 고흥에 속한 섬이다. 대나무가 꺾일 정도로 파도가 심하여 이런 이름이 붙었다. 1587년 왜적이 침입하자 전라 좌수사 이대원(李大源)이 결사항전했으나 중과부적으로 패한 일을 가리킨다.《국역 약천집(藥泉集)》제17권〈전라좌수사이공신도비명(全羅左水使李公神道碑銘)〉,《국역 선조수정실록》20년 2월 1일.

26일에 돌아왔다. 형에게 들으니, 도성에 들어온 적들이 발에 종기가 나고 피로해서 밤이면 흩어져 곯아떨어지므로, 야습을 감행하기 위해 용감한 군사 50명을 모집해서 지난 8일에 들여보냈다고 한다.

-원문 빠짐- 군사가 최소 10여만 명이니, 만일 지혜롭고 용맹한 장수 두세 명이 활쏘기에 능한 자를 뽑아 험준한 요충지를 점유해서 저들이 쉽게 넘어오지 못하게 하고 이따금 유격대로 그들의 배후를 끊는다면, 저들 또한 사람인지라 죽음을 두려워하는 마음이 틀림없이 생길 것이니, 이와 같이 급하게 돌진하는 것을 어찌 걱정하겠는가. 쓸 만한 장수와 재상이 없음을 여기에서 더욱 알 수 있다. 아, 원통하다.

영남 유생 곽재우(郭再祐)가 홀로 용맹을 떨치며 용감한 무사 4명을 이끌고 적선 3척을 쫓아냈고, 그 뒤에 또 13명을 거느리고 적선 11척을 공격해서 달아나게 했다고 한다.*

또 들으니, 황간을 점거했던 적의 기병 30여 기가 영동을 침범하여 먼저 민가를 불태우고 소리를 지르며 난입했는데, 품관(品官)* 두 사람과 관원 몇몇이 이들을 따라가 어지러이 활을 쏘자 모두 흩어져 돌아

....

* 영남 유생……한다: 곽재우(郭再祐, 1552~1617)는 1592년 4월 13일에 임진왜란이 일어나 관군이 대패하자, 같은 달 22일에 의병을 일으켜 관군을 대신해 싸웠다. 여기에서 언급한 전투는 곽재우가 이해 5월 24일에 치렀던 정암진 전투 이전의 것으로 보이나, 곽재우의 초기 의병에 관한 기록이 미비하여 이 전투의 구체적인 면모는 파악하기 어렵다. 다만 이 내용은 뒤에 보이는 "경상도 유생 곽재우의 글"에서 언급했듯이 4일과 6일에 벌어진 전투를 말하는데, 5월에 발생했던 것으로 보인다.

* 품관(品官): 향직(鄕職)의 품계를 받은 벼슬아치이다. 주현(州縣)에 유향소(留鄕所)를 설치하고 고을에 사는 유력한 자를 좌수, 별감, 유사에 임명하여 수령을 보좌하며 풍속을 바로잡고 향리(鄕吏)를 규찰하고 정령(政令)을 전달하며 민정(民情)을 대표하게 하던 유향품관(留鄕品官)이다.

갔다고 한다. 그 뒤 50, 60명의 적이 또 이 지역에 침입해서 현감이 홀로 궁사 6, 7명을 이끌고 마구 화살을 쏘았더니 화살에 맞아 몇 사람이 죽고 나머지는 도주했다고 한다. 적들이 다시 군대를 둘로 나누어 앞뒤에서 어지러이 쳐들어오자 6, 7명의 군졸로는 막을 수 없는 형편이라 피해서 산으로 올라가니, 적들이 한 사람을 살육하고 관아의 창고와 객사를 모조리 불태우고 돌아갔다고 한다. 만일 20, 30명의 용사가 있어 일제히 분기하여 방어했다면 기필코 저들이 쉽게 돌진해 오는 근심은 없었을 것이다.

또 들으니, 성주에서 성을 점령한 적 역시 1백여 명에 불과한데, 자기들이 목사(牧使)가 되고 우리나라의 중으로 판관(判官)을 삼고는 관곡(官穀)을 나누어 주며 인심을 수습하자, 백성들이 너 나 할 것 없이 서로 받으면서 엎드려 목숨을 구걸했고, 개중에는 "새로운 상전이 나를 살렸다."라고 했다고 한다. 길거리에 떠도는 말이니 사실인지 알 수는 없다. 하지만 듣고 나서 속이 부글거려 나도 모르게 수저를 놓고 먹는 것도 잊었다.

합천(陜川), 초계(草溪), 고성(固城), 진주(晉州) 등지에 육지의 적이 창궐하여 백주대낮에 관아의 창고까지 도둑질해 갔다. 이는 흩어져 도망하던 군사들이 굶주림을 견디지 못해 무리를 지어 도둑질한 것일 뿐이다. 환곡(還穀)을 나누어 주고 다방면으로 타일러서 그들이 마음을 바꾸고 돌아와 편안히 살기를 바라고 있으나, 끝내 배반하고 복종하지 않는 군사에 대해서는 장차 토벌할 것이라고 한다.

이달 25일에 운봉(雲峯)에서 전한 통문을 보면, 초유사(招諭使) 김성일(金誠一)*이 진주에서 여러 고을에 비밀리에 전하기를, "창원(昌原)에 있는 왜적이 자신들이 전라 감사, 어사, 도사, 찰방이라고 자칭하면서 22, 23일쯤 길을 떠나 단성(丹城), 함안(咸安), 의령(宜寧), 함양(咸陽), 운봉, 남원, 임실(任實), 전주를 경유해 갈 것이다."라고 했다고 한다.* 이는 대단히 놀랄 일이지만, 사실인지에 대해서는 미심쩍은 부분이 있다. 만일 왜적이 선문(先文)*을 내고 영남의 여러 고을을 지나 호남에 이른다면 우리에게 먼저 방어할 기회를 주는 꼴이니, 분명 그럴 리가 없다. 그 뒤 4, 5일이 지났는데도 아직까지 이렇다 할 소식이 없는 것을 보면 더욱 알 만하다.

또 들으니, 순변사(巡邊使) 이일이 상주(尙州)에서 5리쯤 되는 북천(北川)에서 적과 교전하던 중 탄환이 비처럼 쏟아지고 소리가 천지를 진동하자 부득이 퇴각했으며, 종사관 윤섬(尹暹)*은 어디로 갔는지 알 수 없다고 한다. 죽었을까 걱정이다.

또 신립은 순변사의 명령을 받고 충주(忠州)에 도착한 뒤 적을 가

....

* 초유사(招諭使) 김성일(金誠一): 1538~1593. 1590년 통신부사로 일본에 파견되었는데, 이 듬해 돌아와 일본의 국정을 보고할 때 정사(正使) 황윤길(黃允吉)과는 달리 민심이 흉흉할 것을 우려해 왜가 군사를 일으킬 기색은 보이지 않는다고 상반된 견해를 밝혔다. 임진왜란이 일어나자 이전의 보고에 대한 책임으로 파직되어 한양으로 소환되던 중, 허물을 씻고 공을 세울 수 있는 기회를 줄 것을 간청하는 류성룡(柳成龍) 등의 변호로 직산에서 경상우도 초유사로 임명되었다.

* 이달 25일에……한다: 조경남(趙慶男)의《국역 난중잡록》제1권에 당시 운봉 현감의 통문이 실려 있다.

* 선문(先文): 중앙의 벼슬아치가 지방에 출장 갈 때 그곳에 도착 날짜를 미리 알리던 공문이다.

* 윤섬(尹暹): 1561~1592. 임진왜란 당시 홍문관 교리로 순변사 이일의 종사관이 되어 상주로 내려갔다. 이일이 달아나면서 헛되게 죽기만 하는 것은 쓸데없으니 함께 가자고 권했으나, "장차 무슨 면목으로 국왕을 배알하겠습니까! 남아가 이에 이르러 오직 나라를 위해 죽음으로써 충성할 뿐입니다."라고 하고는 적진에 뛰어들어 장렬한 최후를 마쳤다.

벼이 여기고 방비하지 않다가 적에게 틈을 주어 한 번에 패전하여 군사들이 모두 죽고 자신도 물속에 투신하여 목숨을 끊었으며 김여물(金汝岉)도 군중에 있다가 함께 물에 빠져 죽었다*고 하니, 원통해서 눈물이 난다. 신립은 본래 용맹한 장수로 북방에서 공을 세워 주상께서 많이 의지하고 소중히 여긴 인물이었다. 그가 출정할 때 한양에 있던 무사와 무기고의 좋은 병기를 모두 가지고 갔는데 하루아침에 패하여 강물로 뛰어들어 죽었으니, 주상께서 파천한 것도 이 때문이다. 종묘사직을 욕되게 한 점이 많으니, 더욱 원통한 일이다.

지난달 29일은 선친의 기일이었는데, 내가 이 고을에 머물고 있다 보니 주인 형이 제사 음식을 고루 차려서 내가 제사를 지낼 수 있게 해 주었다. 지금 한양 집을 생각하면, 왜적이 들이닥쳐 도읍 전체가 아수라장으로 변한 마당에 제사를 지낼 겨를이 있겠는가. 매우 다행스럽다. 하지만 이달 20일과 29일은 길러 주신 삼촌 내외분의 기일이었는데, 한양 집에 있는 처자식 생사도 모르는데다 이 고을에도 일이 많아서 술 한 잔 올리지 못했다. 몹시 비통하다.

어젯밤 꿈에 내가 한양에 있는 듯 보였는데, 많은 친척과 친구들을 만났고 아내도 보았다. 이는 분명 내가 죽었다고 여겨서 그들을 생각한 것일 게다. 아니면 저들이 이미 죽어서 영혼이 내 꿈속으로 들어온 것인가? 열흘 사이에 왜 이런 꿈을 두 번이나 꾼 것인가. 평생 가난해서

....
* 김여물(金汝岉)도……죽었다: 김여물(1548~1592)은 임진왜란이 일어나자 왕의 특명으로 신립과 함께 충주 방어에 나섰다. 조령의 지세를 이용하여 방어할 것을 건의했으나 신립이 이를 듣지 않고 충주 달천을 등지고 배수의 진을 쳤다가 적군을 막지 못했다. 탄금대에서 신립과 함께 물속에 투신해 자결했다.

온갖 고생을 맛보며 하루도 얼굴 펼 날이 없다가 느닷없이 이 난리를 만났다. 다시 만나지 못하고 죽는다면 평생토록 원통한 심정을 어찌 가눌 수 있겠는가. 매우 슬프다. 오늘은 이달 28일이다.

다음날에 전 만호(萬戶) 이충(李冲)이 전에 경상 우수영에 갔다가 수군절도사 원균이 또 적선 24척을 불사르고 적병 7명의 수급을 베었다는 소식을 담은 서장(書狀)을 은밀히 지니고 이 고을을 지났다. 그를 우연히 만나 근심이 자못 풀렸다. 그의 편에 집에 보내는 편지를 주면서 윤겸에게 전해 달라고 간곡히 부탁했다. 하지만 다른 곳을 떠돈다면 소재지를 알 수 없어 전달되지 않을 것이다. 이공(李公)은 바로 행재소(行在所)*로 가서 서장을 올린 뒤 양주(楊州)로 가서 늙은 부모를 찾아뵐 생각이라고 했다. 광릉(光陵)은 양주와 거리가 멀지 않기 때문에, 만일 그의 동생 이정(李淸)에게 전해 주어 봉선전(奉先殿)으로 보낸다면 윤겸이 있는 곳을 알 수도 있을 것이다. 이공은 나와 함께 한동네에 살아서 두터운 교분이 있고, 동생 이정은 윤겸의 소년 시절 친구이다.

6월 2일 -원문 빠짐-

임진년(1592) 4월 25일에 중외(中外)의 대소 신료 및 한량, 기로(耆老), 군민(軍民) 등에게 내리는 교서

—

왕은 다음과 같이 말하노라. 내가 부덕하고 몽매한 몸으로 왕업을 지키며 부지런히 다스린 지 이제 24년이다. 나라의 모든 정무를 몸소 돌보았

....

*   행재소(行在所): 왕이 상주하던 궁궐을 떠나 멀리 거둥할 때 임시로 머무는 별궁이다. 선조는 1592년 5월 7일에 평양에 들어와 6월 11일에 떠나기까지 줄곧 이곳에 머물렀다.《국역 선조실록》25년 5월 7일·29일, 6월 11일.

고 조그만 일이라도 소홀히 하지 않아서 해가 중천에 떠서야 밥을 먹고 밤이 깊은 뒤에 잠자리에 들었으며 개나 말, 사냥을 즐기거나 음악과 여색, 연회를 감히 좋아하지 않았으니, 좌우에 있는 신하 중에 또한 나를 안타깝게 여기는 자가 있을 것이다.

돌아보건대, 이치를 밝게 살피지 못해 정치의 요점을 잃었고, 인정(仁政)이 실효가 없어 아래까지 은혜가 미치지 못했다. 하늘의 재앙과 시절의 변고가 해마다 경계를 보여 주고 세도와 인심이 날로 흩어져 사라졌건만, 오히려 각성하여 기강을 바로잡고 치세를 도모하지는 못하고 정령(政令)과 시행한 조처가 백성을 병들게 한 것이 많았다. 우선 백성의 원망이 뚜렷이 나타난 것을 간추려 말해 보겠다.

토목사업이 계속 이어져 백성을 거듭 힘들게 했다. 궁중을 엄격히 단속하지 못해 백성의 조그만 이익까지 거둬들여 심지어 지방의 산과 숲, 내와 못까지도 위세 있는 자들의 차지가 되었으며, 생업을 잃은 백성은 전적으로 요역(徭役)*에 동원되었다. 무리들의 원망이 들끓는데도 나는 알지 못했고, 구중궁궐 깊숙이 거처하며 곧은 말을 막고 몸에 병이 든 것도 모른 채 오로지 외침(外侵)만을 근심했다. 이에 성을 쌓고 해자를 팠으며 군사를 조련하고 병기를 수선함으로써 백성을 보호해 적의 칼날에서 벗어나게 하려고만 했지, 백성의 원망이 이로 인해 더욱 쌓이고 인심이 이로 인해 더욱 떠나게 될 줄 어찌 생각했겠는가. 적군이 자신의 지역에 다가오면 풍문만 듣고도 먼저 무너져서 백성을 보호할 물자가 도리어 적에게 도움을 주게 되었다. 말이 이에 미치니 몸 둘 바를 모르겠구나.

지금 들으니 왜적의 무리가 날로 많아진다고 하는데, 어찌 육지에 내린 뒤로 적들이 더 많아질 수 있단 말인가. 필시 우리 백성 가운데 적을 두려워하는 자가 적에게 이용되다가 그들의 유혹에 넘어가 창을 우리 쪽으로

....
* 요역(徭役): 나라에서 백성의 노동력을 무상으로 징발하던 수취제도이다.

겨눈 것이리라. 과인이 백성을 자식처럼 아껴 은혜를 베푼 것이 방법이 잘못되어 여기에 이른 것이며, 선왕들께서 2백 년간 백성을 안정시키며 기르신 은택이 하루아침에 사라진 것이니, 진실로 애통하다.

내가 생각건대 영남은 실로 인재의 보고로, 부로(父老)들은 충효를 가르치고 자제들은 시서(詩書)를 익혀 왔다. 의기를 떨쳐 난리를 평정한 김유신(金庾信)과 몸을 일으켜 적진으로 달려간 김춘추(金春秋)는 모두 이 지역 인물이니, 좋은 풍기(風氣)가 모인 것이 옛날에도 독보적이었다. 그러니 60여 고을 중 팔뚝을 걷어붙이고 강개하게 국가의 위급함에 달려갈 충의지사가 어찌 없겠는가?

원충갑(元沖甲)은 보잘것없는 필부에 불과했으나 약탈해 오는 적을 무찔렀고,* 류차달(柳車達)은 일개 부유한 백성으로 군량을 잘 보태었다.* 진실로 손에 침을 뱉고 흥기하여 선왕들께서 남기신 은혜를 저버리지 않는다면 내 아낌없이 재물과 벼슬을 하사하리니, 살아서는 아름다운 명성을 얻고 죽어서는 자손에까지 은택이 미칠 것이다. 어찌 아름답지 않겠는가.

지금은 적병이 먼 포구에 배를 정박하고 이익을 탐해 깊이 들어왔으니, 요해지와 형세가 좋은 곳이 모두 그들의 뒤에 있어서 좌우에서 엄습하여 끊고 앞뒤에서 협공하여 궁지에 몰린 적을 섬멸할 때라고 들었다. 그런데 적의 칼날을 보기도 전에 먼저 달아나서 저들을 승승장구하게 만든 것이다. 달아난 사졸들은 대대로 그 지역 토착민이라 부모 자식이 집에 있고 분묘도 그곳에 있을 텐데, 서로 힘을 모아 방어할 생각은 하지 않고 적들

....

* 원충갑(元沖甲)은……무찔렀고: 원충갑(1250~1321)은 향공진사(鄕貢進士)로 원주 별초(別抄)에 있던 중 1291년 합단(哈丹)의 침입으로 원주성이 포위되자 10여 차에 걸친 공방전으로 적을 무찌르고 성을 지켰다.
* 류차달(柳車達)은……보태었다: 류차달(?~?)은 고려 태조 때의 공신으로, 문화 류씨(文化柳氏)의 시조이다. 태조 때 군량 수송에 공을 세워서 대승(大丞)에 제수되었으며, 삼한공신(三韓功臣)의 호를 받았다. 《고려사(高麗史)》 권99 〈열전(列傳)12〉.

이 유린하고 방화를 하게 방치했으니, 이를 생각하면 슬프구나. 어찌 과인의 마음이 편하겠는가.

도성 사람들도 서로 놀라고 의심하면서 흩어질 생각만 했지 위급한 상황을 구하려는 의리가 없다고 한다. 종묘사직이 여기에 있고 신령께서 굽어살피시니, 충심을 떨쳐 일신을 돌아보지 않고 근왕병을 모집해 적과 싸운다면 성세(聲勢)가 절로 진작될 것이다. 어찌 적을 평정하지 못하겠는가. 마음을 괴롭게 하고 원망을 사서 나라를 이 지경으로 만든 건 실로 내 책임이니, 얼굴을 들기 부끄럽다. 하지만 너희 선비와 일반 백성들은 네 조부와 아비 때로부터 국가의 후한 은혜를 입은 지 오래인데, 하루아침에 난리를 당하자 나를 버리려고 했다. 나는 너희를 허물치 않았건만, 너희는 어이해 내게 모질게 구는 것인가.

이제 교서를 두루 돌리면서 과인의 속마음을 보이니, 교서가 이르면 부디 용기를 내서 의병을 규합하여 나의 원수, 절도사(節度使)와 호응해 적을 섬멸해서 조종(祖宗)의 수치를 씻고 더럽혀진 산하를 말끔히 씻어야 할 것이다. 각 도의 군사와 백성들은 모두 나의 잘못을 용서하고 지극한 뜻을 살펴서 떨쳐 일어나 적을 소탕하고 전과 같이 편안하도록 하라.

아, 내우외환 속에 내 비록 왜구가 쳐들어오게 한 책임이 있으나 임금이 욕을 당하면 신하는 죽는 법이니, 너희에게 어찌 적과 싸우려는 충심이 없겠느냐. 이런 까닭에 교서를 내리노니, 알아들었으리라고 생각한다.

만력(萬曆) 20년(1592, 선조 25) 5월 11일에 사인(舍人) 심대(沈岱)가 교서를 받들고 본도(本道, 전라도) 도순찰사(都巡察使)가 있는 전주부에 도착했다.* 글을 전하고 여러 고을에 두루 알리면서 진안에서 이곳

으로 왔다. 주인 형이 군복 차림으로 공경히 맞아 전후로 네 번 절하고
현의 아전 이언홍(李彦弘)이 교지를 읽으니, 듣는 이들이 모두 저도 모
르게 눈물을 떨구었다. 자신을 책망하는 교서를 한 번 듣고서 이처럼
흐느꼈으니, 백성을 감동시키는 기틀이 어찌 임금에게 있지 않겠는가.
아, 아름다운 일이다.

영동 사람이 돌린 통문
-임진년 5월 13일-

나랏일이 이 지경에 이르렀으니 통곡할 노릇이요, 적병이 이미 한양으
로 향했으니 신하와 백성이 어떻게 마음을 가누겠는가. 통곡할 뿐이다.
부자와 군신의 관계는 차이가 없으니, 조금이라도 사람의 마음이 있다면
편안히 먹고 잘 수 있겠는가? 통곡할 일이다. 더구나 적들이 지나간 곳에
서는 부모가 죽고 처자식은 포로가 되었으며 모든 집들이 전소되고 대대
로 내려오던 생업도 한꺼번에 사라졌으니, 천지 사이에 이보다 더한 원수
는 없으리라. 통곡하고 통곡할 일이다.

미리 막지 못하면 후회가 막급할 것이기에, 뜻을 같이하는 사람들과 힘
을 합쳐 복수를 하려 한다. 여러분의 생각은 어떠한가? 신분의 귀천을 따
질 것 없이 담력이 있거나 활쏘기에 능하거나 재주와 용맹을 지닌 자가
있어 이달 17일에 영동의 사청 근처에 모여 대사를 의논해 정한다면 천
만다행이라고 생각한다. 글을 모르는 백성이 이 글을 알아보지 못할까 걱
정되니, 예삿말로 통문의 대략적인 내용을 속히 알려서 감격하게 한다면

....
*   만력(萬曆)……도착했다: 심대(沈岱, 1546~1592)는 임진왜란이 일어나자 보덕(輔德)으로서
       근왕병 모집에 힘썼다. 조정에서는 충주의 패보를 접한 뒤 심대를 파견하여 영남과 호남의
       근왕병을 징발토록 했다.

틀림없이 충신 의사가 손바닥에 침을 뱉고 일어날 것이다. 통곡하며 여기에 이르노라.

이 글은 이달 16일에 이곳에 당도했다.

전주 유생이 좌도의 여러 고을에 돌린 통문*
—

국운이 불행하여 섬 오랑캐가 침범해 수백 년을 내려온 종묘사직이 하루아침에 잿더미가 되었다. 12대 동안 편안히 길러 온 백성 절반이 어육이 되었으며, 성상의 수레는 관문을 나간 뒤로 소식이 막연하다. 생각이 이에 미치니 나도 모르게 통곡했다. 오직 우리 전라도만이 경내가 그런대로 보존되었고 군량도 아직 넉넉하니, 이는 진실로 나라를 되찾는 데 기여할 땅인 것이다.

다만 거짓말을 떠들어 인심이 흩어져서 적병이 오기도 전에 먼저 도망갈 생각부터 하고 있으니, 적이 우리 지역을 침범한다면 장차 무슨 수로 막겠는가? 전라도의 부형(父兄)들은 충성을 바쳐 순국해야 하는 의리로 자제들을 권면하고, 사졸들은 윗사람을 친애하여 관리를 위해 죽겠다*는 각오로 마음을 다잡아서 손에 침을 뱉고 적과 싸워 산천의 수치를 씻고 의리를 앞세워 적을 섬멸하여 조종의 대업을 회복한다면, 군주의 어려움에 달려가 도와주는 의리를 거의 다했다고 할 것이다.

....

* 전주……통문: 근왕병을 재촉하는 선조의 교지를 가지고 사인 심대가 5월 11일에 전주에 도착했다. 이 글은 사흘 뒤인 14일에 작성되었으며, 20일에 순찰사 이광이 모집된 의병을 이끌고 전주를 출발해 북상했다.
* 윗사람을……죽겠다: 《맹자(孟子)》〈양혜왕 하(梁惠王下)〉에 "임금께서 어진 정치를 행하기만 한다면 이 백성들이 그 윗사람을 친근하게 여기어 관리를 위해서 자신의 목숨을 기꺼이 바칠 것이다[君行仁政 斯民 親其上 死其長矣]."라고 한 말을 인용했다.

10가구 되는 작은 마을에도 충직하고 미더운 사람이 있기 마련이다. 하물며 이 호남 지방에 어찌 의기를 떨치고 일어날 용맹하고 지혜로운 인물이 없겠는가. 인물을 천거하고 권장해서 크게 쓰이도록 하고 곡식이나 말을 바쳐서 군수물자를 지속적으로 보충하면서 공사(公私) 간에 힘을 합쳐 처음부터 끝까지 한마음으로 뭉치는 것이 바로 오늘의 급선무이다.

국가가 위급한 때에는 신하된 사람이라면 분명 누구나 똑같이 구제하려고 하겠지만, 우리들의 짧은 소견으로는 먼저 포고하지 않을 수 없기에 감히 이렇게 간절히 호소하게 되었다. 삼가 바라건대, 이러한 뜻을 살펴보고 두루 민간에 알려서 사람들의 마음을 진정시키고 의로운 대책으로 격려해 준다면 매우 다행일 것이다.

임진년 5월 14일에 전주 생원 이당(李鐺) 등 20여 명이 작성한 글이다.

고부 유생이 돌린 격문(檄文)*

—

들건대 천지의 큰 덕은 생(生)이니* 살육을 좋아하는 자는 하늘이 벌을 내리고, 인민의 바른 기운이 의(義)이니 큰일을 일으키는 자에게 사람들은 반드시 귀의한다고 한다. 이에 우리의 충심을 펴서 사방 백성들을 떨쳐 일어나게 하노라.

....

* 고부……격문(檄文): 김제민(金齊閔, 1527~1599)이 지은 글이다. 고부 유생으로 소개한 김현(金晛)과 김흔(金昕), 김섬(金暹)은 그의 아들들이다. 임진왜란 당시 호남 출신으로 가장 혁혁한 전과를 올린 의병장은 고경명과 김천일(金千鎰), 그리고 김제민이었다. 김제민은 당시 선조의 피난 소식을 듣고 바로 격문을 띄워 의병을 모집해 1592년 6월 27일에 삼례역에서 창의했다. 격문은 그의 문집《오봉집(鰲峯集)》권3〈보방요무(保邦要務)〉에 수록되어 있다.

* 천지의……생(生)이니:《주역(周易)》〈계사전 하(繫辭傳下)〉에 "천지의 큰 덕을 생(生)이라 하고, 성인의 큰 보배를 위(位)라 한다. 무엇으로 위를 지킬 것인가? 바로 인(仁)이다[天地之大德曰生 聖人之大寶曰位 何以守位 曰仁]."라고 했다.

우리나라는 만물을 윤택하게 해서 덕이 삼한(三韓)에 드높았다. 열성께서 거듭 잘 다스리시어 태평성대를 구가했는데 백성들이 불행하게 극도로 안 좋은 시대를 만나니, 검은 이빨의 오랑캐*가 날뛰어 감히 대국인 우리나라를 범했다. 큰 멧돼지가 돌진하듯 진격해 영남을 집어삼켰고 검은 벌이 독을 쏘듯이* 적현(赤縣)*을 소굴로 만들었다. 백성을 해쳐 모래벌판에 시체가 나뒹굴게 하고 마을을 분탕질해 산과 들이 화염에 휩싸였다. 사녀(士女)를 겁탈하고 재물을 약탈하면서 이 나라를 제멋대로 점령하고는 중국을 배반하고 관계를 끊어 버렸다. 예의염치를 버리고 오직 개와 양처럼 탐욕만 부리며 전쟁만이 가장 큰 공이라 여기면서 도적떼의 소행을 일삼았다. 짐승 같은 행동과 살모사 같은 마음이니 본디 인륜이 없는 족속이며, 배를 집으로 삼고 파도를 소굴로 삼아 항상 짐승과 무리를 이루었으니 이는 인신(人臣)이 함께 미워하는 바이고 귀신도 용납하지 않는 존재로다.

죄악이 쌓이고 화가 가득 차면 흉도들이 패망을 재촉하는 법이요 임금이 치욕을 당하면 신하는 죽어야 하는 법*이니, 신하가 충성을 바쳐야 할

....
* 검은 이빨의 오랑캐:《신당서》〈남만전 하(南蠻傳下)〉에 "남쪽 오랑캐들은 종류가 많아 다 적을 수가 없는데, 크게 나누면 흑치(黑齒), 금치(金齒), 은치(銀齒)의 세 종류가 있다."라고 했고,《산해경(山海經)》권9 〈대황동경(大荒東經)〉에 '흑치국(黑齒國)' 조가 있는데, 곽박(郭璞)의 주에 "왜(倭)의 동쪽 40리 지점에 나국(裸國)이 있고 나국의 동남쪽에 흑치국이 있는데, 배로 1년 걸리는 거리이다."라고 했다. 여기서는 왜적을 가리킨 것이다.
* 검은……쏘듯이: 남쪽 지방에는 코끼리처럼 큰 붉은 개미와 조롱박처럼 검은 벌[赤蟻若象玄蜂若壺]이 독을 쏘아 사람을 죽이기도 한다는 글이 전국시대 송옥(宋玉)이 지은 〈초혼(招魂)〉에 나온다.
* 적현(赤縣): 적현신주(赤縣神州)라고도 하는데, 본래 중국을 가리키는 말이나 여기서는 우리나라를 지칭한 것이다.《사기(史記)》권74 〈맹자순경열전(孟子荀卿列傳)〉에 "중국 이름을 적현신주라고 하는데, 적현신주의 안에 구주(九州)가 있으니 하우(夏禹)가 만든 구주가 바로 그것이다."라고 했다.
* 임금이……법:《사기》권79 〈범수열전(范雎列傳)〉에 "진(秦)나라 소왕(昭王)이 조회 때 탄식을 하자 응후(應侯), 범수가 앞으로 나와 말했다. '신이 들으니, 군주가 근심하는 것은 신하

때이다. 지극히 어질지 못하면서 크게 무도한 짓을 자행했으니, 이 땅에 사는 사람이라면 의리상 저들과 같은 하늘 아래 있을 수 없도다. 이는 바로 온태진(溫太眞)처럼 눈물을 뿌리며 배에 오르고* 조사아(祖士雅)같이 노를 치면서 강을 건너야 할 시기*인 것이다. 근왕병을 이끌고 오라는 성상의 슬픈 조서를 받았으니, 어찌 눈물 흘리는 문산(文山)*이 없겠는가. 군사를 모집한 군대에서 의기를 떨치는 자 중에 분명 큰 깃발을 빼앗은 무목(武穆) 같은 이가 있으리라.

완부(完府, 전주), 금성(錦城, 나주) 및 여러 고을의 걸출한 선비와 용성, 광산 및 여러 성읍의 뛰어난 인재들이여! 경륜하는 좋은 계획과 병법의 신비한 전략을 간직하고서 의로운 깃발을 바라보며 구름처럼 모이고 전고(戰鼓) 소리를 듣고 바람처럼 따를지어다. 새가 되고 용이 되기도 하며 바람이 되었다가 구름이 되기도 하면서 한강(漢江) 이북에 팔진(八陣)*을

....

의 치욕이고 군주가 모욕을 받는 것은 신하의 죽을죄라고 했습니다. 지금 대왕께서 조정에서 근심하시니, 신이 감히 그에 해당하는 죄를 청합니다[昭王臨朝歎息 應侯進曰 臣聞主憂臣辱 主辱臣死 今大王中朝而憂 臣敢請其罪].'라고 했다."라고 한 데서 나온 말이다.

* 온태진(溫太眞)처럼……오르고: 온태진은 진(晉)나라 명신 온교(溫嶠)이다. 태진은 그의 자이다. 328년 온교가 군대를 일으켜 소준(蘇峻)을 토벌하려고 할 때 7천 명의 병력을 거느리고 눈물을 흘리면서 배에 올랐다. 《진서(晉書)》 권67 〈온교열전(溫嶠列傳)〉.

* 조사아(祖士雅)……시기: 사아는 진나라의 명장 조적(祖逖)의 자이다. 조적이 진 원제(晉元帝) 때 군사를 통솔하여 북벌하기를 자청하자, 원제는 그를 분위장군으로 봉했다. 그가 북벌군을 거느리고 장강을 건너갈 때 노를 치며 맹세하기를, "중원을 깨끗이 평정하지 못하고 다시 건너게 된다면, 이 강물에 빠져 죽으리라."고 했는데, 그는 마침내 석륵(石勒)을 격파하여 황하 이남의 땅을 회복했다. 《진서》 권62 〈조적열전(祖逖列傳)〉.

* 문산(文山): 남송 말기의 충신인 문천상(文天祥, 1236~1282)의 호이다. 남송의 승상이 되어 나라를 부흥시키려고 온 힘을 다했으나, 나라는 끝내 원(元)나라에 패망하고 자신은 사로잡혔다. 원나라 세조(世祖)의 끊임없는 회유가 있었으나 끝까지 굴하지 않고 〈정기가(正氣歌)〉를 지어 호연한 정기를 천하에 떨치며 당당하게 사형을 당했다. 《송사(宋史)》 권418 〈문천상열전(文天祥列傳)〉.

* 팔진(八陣): 진법(陣法)의 한 가지이다. 그 형식에 따라 태고(太古) 시대에 이루어진 것, 풍후(風后)가 만든 것, 손자(孫子)가 만든 것, 오기(吳起)가 만든 것, 그리고 제갈량(諸葛亮)이 만

펼치고, 비휴(貔貅)*나 곰, 범과 같이 용맹하여 화산(華山) 남쪽에서 일곱 발짝을 떼지 않고 정돈했다가,* 우레처럼 공격하고 번개같이 내달려 요망한 적을 대궐 안에서 쓸어버리고 천지를 일신시켜 하루아침에 종묘가 빛나게 하며, 의지(義智)*를 거리에 효수하고 위대한 이름을 청사에 드리우도록 할지어다. 성상을 잊지 말고 다시 중흥의 대업을 기약할지어다. 이 글을 함께 보고서 훗날 깊이 후회할 일을 만들지 말도록 하라.

임금께 충성하고 나라를 사랑하는 마음이 있는 자라면 과거 문·무관을 지낸 경력, 신분 고하, 노인, 유생, 한량, 승속(僧俗), 아전, 역리, 노예, 구류(九流), 잡류(雜類)를 막론하고 이달 27일에 삼례역 앞으로 모이도록 하라.

고부에 거주하는 유생 김현(金晛), 김흔(金昕), 김섬(金暹) 등이 작성한 글이다.

경상도 유생 곽재우의 글

—

재우는 절하고 머리를 조아리고서 초유사 김성일 앞에 삼가 글을 올립니다. 왜적이 한 번 쳐들어오자 소문만 듣고도 도망친 것은 민심이 흩어진 탓이지만, 진실로 신하라면 차마 이렇게 할 수 없습니다. 저는 비록 노둔하지만 감히 만 번 죽을 계책을 내서 이달 4일에 용감한 장정 넷을 데리고 낙동강(洛東江) 하류에서 왜선 3척을 쫓아 버렸고, 6일에는 왜선 11척이 4일 전투를 벌인 곳으로 또 왔기에 용감한 장정 13명을 거느리고 이를 쫓았습니다.

왜가 가진 것은 긴 칼과 철환(鐵丸)뿐인데, 화약이 바닥나서 항상 포를 쏘아도 철환이 날아오지 않으니 적의 실정을 알 만합니다. 긴 칼은 반드시 서로 몇 발짝 안 되는 지근거리에서 사용하는 무기인 반면, 강한 활과 굳센 쇠뇌는 어찌 몇 발짝 안 되는 지근거리에 이른 뒤에 쏘는 것이겠습니까. 이로써 헤아려 보면, 아군 한 명이 저들 백 명을 감당할 수 있고 아군 백 명이 저들 천 명을 감당할 수 있습니다.

생각건대 선생의 충절은 이미 통신사로 갔을 때 드러났고, 의로운 기개 또한 경상우도 병마절도사(慶尙右道兵馬節度使)를 맡았던 시절에 대단했습니다.[*] 예전에 제가 선생께 스스로 천거하려고 했다가 갑자기 함거(檻車, 죄수를 태우는 수레)에 실려 한양으로 가셨다는 소식을 듣고 전쟁터에서 길이 통곡하며 눈물을 흘렸으니, 오늘날 글을 보내 부르실 줄 어찌 생각이나 했겠습니까. 즉시 달려가 아뢰고 싶지만 거느리는 사람들이 아직 모이지 않았으니, 군사들을 모아서 가겠습니다.

의령현은 요충지입니다. 도굴(堵掘)[*]을 등진 채 정호(鼎湖)를 앞에 두

....

[*]   의로운……대단했습니다: 김성일은 1592년 4월 11일에 경상우도 병마절도사에 제수되었는데, 얼마 뒤 난이 일어나 부산이 함락되었다는 소식을 듣고 진군하여 창원에서 왜적을 만나 수급을 베고 조정에 치계(馳啓)했다.《국역 학봉집(鶴峯集)》부록 제1권〈연보〉.

고 막는다면 왜적이 아무리 백만 대군이라고 해도 갑자기 들어오기는 어려운 일입니다. 삼가 바라건대, 선생께서는 헤아려 보신 뒤에 와서 임하십시오. 선생을 위해 성을 지킬 계책을 말씀드립니다. 편지로 소회를 일일이 다 적지 못합니다.

전 동래 부사 고경명(高敬命)[*]이 전라도에 돌린 격문

—

만력 20년(1592, 선조 25) 6월 1일에 행 부호군(行副護軍) 고경명은 도내 여러 고을의 사민(士民)에게 황급히 고한다. 지난번 본도의 근왕병이 처음에는 금강에서 회군할 때 무너지더니, 다음에는 여러 고을에서 초유(招諭, 불러서 타이름)할 즈음 무너졌다. 이는 대개 방어하는 방법이 잘못되고 군율이 없는 상태에서 유언비어가 난무해 사람들이 놀라고 의심했기 때문이다.

지금 비록 도망가고 남은 사람을 수습한다고 하더라도 사기는 꺾이고 정예병도 사라졌으니, 어떻게 유사시에 동원해서 훗날의 전공을 세울 수 있겠는가. 성상께서 파천한 뒤로 관리들의 분문(奔問)[*]이 오래도록 폐해

....

* 도굴(堵掘): 도굴(闍窟) 또는 도굴(堵窟), 도굴(堵崛), 도굴(堵堀) 등으로 표기되었던 의령의 도굴산을 가리킨다.

* 전……격문: 고경명(1533~1592)은 임진왜란이 일어나 왜군이 파죽지세로 한양을 점령하고 전라도 관찰사 이광이 이끄는 관군 5만 명이 겨우 수천의 왜군에게 어이없게 패배하자 격문을 돌려 담양에서 6천여 명의 의병을 모아 진용을 편성했다. 그는 6월 11일에 담양을 출발해 북상하여 27일 은진에 도달해 왜군이 금산을 점령하고 점차 호남에 침입할 것이라는 정보를 입수하자 연산으로 이동했다. 그리고 금산에 도착해 곽영(郭嶸)의 관군과 함께 왜군에 맞서 싸우다가 작은아들 고인후(高因厚)와 함께 전사했다.

* 분문(奔問): 달려가 문후(問候)하는 것이다. 《춘추좌씨전(春秋左氏傳)》 희공(僖公) 24년조에 "천자가 밖에서 몽진하고 계시니, 제가 감히 달려가 관수(官守)에 문후하지 않을 수 있겠습니까[天子蒙塵于外 敢不奔問官守]."라고 했다. 그 주에 "난리를 만나서 천자가 밖으로 나가는 것을 몽진이라고 하며 관수는 왕의 여러 신하들을 이른다."라고 했다.

졌고 종묘사직이 잿더미로 변했건만 명(明)나라 군은 아직까지 출정이 지연되고 있으니, 항상 걱정이다. 이를 말하자니 슬픔이 뼛속까지 스민다.

우리 전라도는 본래 군대가 날래고 강하기로 이름났다. 성조(聖祖)께서는 황산대첩(荒山大捷)을 이끌어 삼한을 부흥시킨 공이 있으셨고,* 선조(先朝) 때에는 낭주(郎州, 영암)에서 승리하자* "한 척의 배도 돌아가지 못했다."는 노래가 만들어져 지금까지 찬란하게 사람들에게 회자되고 있다. 당시 용기를 내어 먼저 올라가 장수를 죽이고 깃발을 꺾은 이가 어찌 전라도 사람이 아니었겠는가. 더구나 근년 들어 유도(儒道)가 크게 일어나 모든 사람들이 뜻에 힘쓰고 학문을 닦으니 임금을 섬기는 대의를 누가 익히지 않았겠는가.

그런데 유독 오늘날 의로운 목소리가 사라지고 겁에 질려 스스로 무너져서, 힘을 내어 적과 싸우려는 자는 한 사람도 없고 너도나도 제 몸이나 처자식 살릴 궁리만 하여 머리를 받들고 쥐처럼 도망치면서 혹시라도 남

....

* 성조(聖祖)께서는……있으셨고: 성조는 이성계(李成桂)를 가리킨다. 1376년 홍산 싸움에서 최영(崔瑩)에게 대패한 왜군이 1378년 5월 지리산 방면으로 다시 침입했고, 1380년 8월에는 진포에 5백여 척의 함선을 이끌고 침입, 충청·전라·경상 3도의 연안지방을 약탈, 살육하여 그 참상이 극도에 달했다. 조정에서는 이를 토벌하기 위하여 이성계를 양광, 전라·경상도 순찰사로 임명하여 이 지방의 방위 책임을 맡게 했다. 적이 함양, 운봉 등의 험지를 택하여 동서로 횡행했으므로, 이성계는 여러 장수를 거느리고 남원에서 배극렴(裵克廉) 등과 합류하여 각 부서를 정비한 다음 운봉을 넘어 황산 북서쪽에 이르렀을 때 적과 충돌하게 되었다. 이때 적이 산을 의지하여 유리한 위치에 있어서 고전했으나 이를 무릅쓰고 부하 장병을 격려하여 적을 대파했다.

* 선조(先朝)……승리하자: 선조는 명종(明宗)이니, 1555년에 일어난 을묘왜변을 가리킨다. 을묘왜변은 삼포왜란 이래 세견선 제한에 고통을 받아 온 왜구들이 1555년 5월에 배 70여 척을 이끌고 먼저 영암의 달량진을 점령하면서 발생한 왜변이었다. 당시 달량진성은 왜구에 의해 여러 겹으로 포위당했다. 병마절도사 원적(元績)과 군졸들은 용감히 성 위에서 활로 왜구에 대항했으나 패하고 말았다. 이후 달량진을 점령한 왜구는 어란진, 장흥, 강진, 진도 일대를 휩쓸며 약탈과 노략질을 일삼았다. 이때 왜구를 물리치고 영암성을 다시 수복하는 데 양달수(梁達洙), 양달사(梁達泗) 형제의 공로가 컸다. 이후 왜구는 5월 25일 영암 전투를 고비로 자진해서 물러났다.

보다 뒤질세라 걱정한다. 이는 전라도 사람이 국가의 은혜를 크게 저버리는 것일 뿐만 아니라, 또한 자신의 아비와 할아비를 더럽히는 짓이다. 지금 적의 세력이 크게 꺾이고 왕조의 위엄이 날로 더해지고 있으니, 이는 대장부가 공명을 세울 기회요 군주에게 보답할 때인 것이다.

나는 장구(章句)나 일삼고 사리를 모르는 선비로 병법에 어두운데, 지금 단(壇)에 올라 장수로 추대되니 군사를 제대로 다스리지 못해 두세 명의 동지를 부끄럽게 할까 두렵다.[*] 다만 의리 있는 신하는 마땅히 국난에 죽어야 하고, 아울러 출정하는 군대는 명분이 바르면 사기가 드높은 법이다.[*] 그 수효의 많고 적음에 달려 있지 않으니, 오직 큰 담력으로 북쪽을 향해 앞장서서 사졸들을 이끌고 가는 것만 생각하고 있다.

이달 11일이 군사를 결집하는 날이다. 모든 전라도 사람들은 아버지가 아들을 타이르고 형이 아우를 권면해서 의병을 규합해 함께 일어나라. 용감히 결정해서 선(善)을 따르기를 바라니, 나약하여 스스로 일을 그르치지 말라. 이에 충심으로 고하니, 격문대로 시행하라.

만일 이 격문을 순찰사가 회군하여 인심이 격분했을 때 보냈다면 팔뚝을 걷어붙이고 일어서는 자가 분명 많았을 것이요, 순찰사 역시 한편으로 감격하고 한편으로 부끄러워 군사를 이처럼 늦게 징발하지 않았을 것이며, 한양에 들어간 적들도 여러 달 동안 성을 점령하고 경기

....

* 지금 단(壇)에……두렵다: 고경명은 1592년 5월 29일에 당시 임실 현감으로 있던 김천일 등 수많은 동지들을 규합하여 일시에 의병으로 일어나 적과 싸우려고 했다. 이때 고경명이 뜻을 같이하는 동지들과 담양 추성관(秋城館)에 단을 짓고 하늘에 구국을 맹세하는 제사를 올릴 때 주변의 동지들이 고경명을 의병장으로 추대했다. 《국역 약포집(藥圃集)》 제4권 〈양대박창의사적(梁大樸倡義事蹟)〉.
* 출정하는……법이다: 이 글은 《춘추좌씨전》 선공(宣公) 12년조에 "명분이 바른 군대는 사기가 왕성한 반면, 명분이 없는 군대는 쇠하기 마련이다[師直爲壯 曲爲老]."라고 한 데서 나왔다.

지방을 약탈하면서 백성을 이토록 심하게 도탄에 빠뜨리지는 않았을 터인데, 애석하게도 너무 늦은 감이 있다. 그러나 이 글을 보면 의리가 엄정하고 필력이 힘차니, 기필코 사람들을 분발시켜 의병으로 나오게 할 것이다.

지금 운봉에서 소식을 전해 왔다. 왜적이 진주를 침범하여 남강(南江)에서 전투를 벌이다가 대패하고 돌아갔는데, 깃발까지 모두 버리고 달아났다고 한다. 또 곽재우가 군사를 의령의 정진(鼎津)에 주둔하자 적이 건너지 못하고* 김해(金海)로 돌아갔다고 한다. 또 김면(金沔)* 등 의병 2천여 명이 성주를 점령한 적을 공격하려고 4일에 길을 떠났다고 한다. 이달 7일에 들은 내용이다.

....

*   또 곽재우가……못하고: 《국역 갈암집(葛庵集)》 제29권 〈가선대부(嘉善大夫) 행 함경도관찰사 겸 순찰사 병마절도사 함흥부윤 망우당(忘憂堂) 곽공(郭公) 시장(諡狀)〉에 "임진년(1592) 여름에 왜의 군대가 쳐들어오자 공은 개연히 소매를 걷고 일어나 가산을 기울여 장사를 모집했다. 신반창(新反倉)의 곡식을 확보하고 초계(草溪)의 병기를 취하여 도망간 장수와 흩어진 병졸들을 불러 모아 함께 쓰면서 호령하고 지휘하니, 충의(忠義)가 사람들을 감동시켜 원근에서 듣고 호응하지 않은 이가 없었다. 당시에 적장(賊將) 안국사(安國司)가 장차 호남으로 향할 것이라고 소문을 퍼뜨리고는 곧바로 정진(鼎津)으로 내달렸는데, 공은 요해처에 성책(城柵)을 설치한 뒤 의병(疑兵)을 세우고 강노(強弩)를 숨겨 두고 그들을 기다렸다. 적이 그 위엄 있는 명성을 두려워하여 감히 건너지 못하고 마침내 육로를 따라 낙동강 동쪽의 여러 고을을 노략질했다. 공이 이에 스스로 천강홍의장군(天降紅衣將軍)이라고 부르고 날마다 강가의 적을 공격하여 많은 승리를 거두었다."라는 내용이 보인다. 정진은 경상남도 의령과 함안을 가르는 남강(南江)의 나루로, 정암(鼎巖) 나루라고 불린다.

*   김면(金沔): 1541~1593. 임진왜란 때 조종도(趙宗道), 곽준(郭越), 문위(文緯) 등과 함께 거창, 고령에서 의병을 일으켰다. 뒤에 합천 군수가 되고, 또 무계에서도 승전하여 의병대장의 호를 받았다. 1593년 경상우도 병마절도사가 되어 충청·전라도 의병과 함께 금산, 개령에 진주하여 선산에 있는 적을 공격할 준비를 마친 뒤 갑자기 병사했다.

세자를 책봉하는 조서

—

왕은 말하노라. 조종이 창업해 놓은 기반에 자리하고 위험이 닥쳐올 것을 망각하다가 전쟁의 핍박을 당했다. 원량(元良)을 왕세자로 삼는 것은 신하와 백성이 바라는 바이다. 왕위가 비록 불안하지만 난리 중이라 하여 어찌 경사를 잊겠는가. 이에 파천하는 날을 당하여 고유하는 글을 널리 선포한다.

못난 이 몸이 명철하지 못해 국가가 다난한 때를 만났다. 25년 동안 조심하고 두려워하면서 스스로 마음을 다하려고 했지만 백만 생령을 버리고 말았으니, 앞으로 받게 될 백성의 원망을 어찌하겠는가. 다행히 이번에 인지(麟趾)의 노래*를 널리 펴는 것은 실로 조종의 도움에 힘입은 것이다. 백성을 돌보는 일은 잘못했으나 세자를 세우는 문제는 일찍 서둘러야겠다고 생각했다.

책봉하는 예절에는 응당 신중해야 하므로 한(漢)나라 신하의 장주(章奏)가 한갓 거듭되었고, 시일이 오래 지연되자 범진(范鎭)의 머리칼이 모두 백발로 변하기도 했다.* 다만 이 오랑캐의 침략은 국내가 어지러운 틈에 발생했는데, 수도와 지방을 침입하니 중요한 보루가 일제히 무너졌고 재앙이 내 신변에 미쳐 칠묘(七廟)의 의관(衣冠)을 옮기게 되었다. 국운이 창황하니 내 어찌 양위(讓位)를 부질없이 고집하겠는가. 인심이 위태롭고

....

* 인지(麟趾)의 노래: 인지는 《시경》 〈주남(周南)·인지지(麟之趾)〉를 줄인 말이다. 주(周)나라 문왕(文王)의 자손이 훌륭함을 찬미한 내용이니, 여기서는 왕이 훌륭한 후손을 둔 것을 가리킨다.

* 시일이……했다: 범진(范鎭, 1008~1089)은 송나라 인종(仁宗) 때의 사람이다. 그는 간원(諫院)에 있으면서 일찍이 태자를 세울 것을 청했는데, 인종의 면전에서 몹시 간절하게 진달하면서 눈물을 흘리기까지 했다. 인종이 "짐이 그대의 충성을 잘 알았으니, 기다리고 있으라."라고 했다. 그리하여 범진은 전후로 19차례나 상소를 올리고는 1백여 일 동안 명이 내리기를 기다렸는데, 노심초사한 탓에 수염과 눈썹이 하얗게 세었다고 한다. 《송사》 권337 〈범진열전(范鎭列傳)〉.

두려워하니 세자를 정하는 일을 마땅히 서둘러야겠다.

둘째 아들 광해군(光海君) 이혼(李琿)은 타고난 자질이 영특하고 명철하며 학문이 정밀하고 민첩하다.* 어질고 효성스러움이 일찍부터 드러나 오랫동안 백성들의 촉망을 받았고 그들이 또 그 덕을 노래하면서 귀의했으니, 왕위를 계승할 만하다. 이에 그를 왕세자로 진봉(進封)해서 군사를 위무하고 나라를 감독하게 한다. 일이 창졸간에 거행되기는 하나 이는 과거에 정해 놓은 것이니, 백관들은 내가 우연히 했다고 말하지 말라. 나라의 근본이란 본래 갑작스럽게 처리할 수 없는 것이다.

지금 평양(平壤)에 와서 중외에 글을 선포하지만, 지난날 한양에서 신하와 백성들의 하례를 이미 받았다. 평안도는 앞으로 소해(少海)*의 은택에 젖고 길에서는 전성(前星)*의 빛을 바라보게 될 것이다. 하늘이 아직 우리나라를 돕고 있으니, 사직이 어찌 이 외진 지역에서 편안하겠는가. 적들의 넋이 나가 한강의 물결이 맑아지고 관군은 분발할 것을 생각하여 적현(赤縣)의 벽루(壁壘)가 깨끗해져서,* 용루(龍樓)*에는 안부를 묻는 예

....

* 둘째 아들⋯⋯민첩하다: 1592년 4월 28일 신잡(申磼)이 세자 책봉을 건의하면서 결국 광해 군으로 결정되었지만, 선조가 평소 광해군의 인품을 유심히 지켜보았다는 점에 주목해야 한 다. 이와 관련해서 《정무록(丁戊錄)》에 "임금이 세자를 정하지 못하여 여러 왕자의 기상을 보려고 앞에다 보물을 성대하게 진열해 놓고 마음대로 취하도록 하니, 여러 왕자가 서로 다 투어 보물을 취하는데 유독 광해군만은 붓과 먹을 가지므로 임금이 기이하게 여겼다."라고 했다. 《연려실기술(燃藜室記述)》 권18 〈선조조고사본말(宣祖朝故事本末)〉.

* 소해(少海): 세자를 뜻한다. 송나라 섭정규(葉廷珪)의 《해록쇄사(海錄碎事)》 〈제왕(帝王)〉에 "천자는 대해(大海)에 비기고, 태자는 소해에 비긴다[天子比大海 太子比少海]."라고 한 데서 유래했다.

* 전성(前星): 세자를 가리킨다. 《한서》 권27 〈오행지 하(五行志下)〉에 "심(心)이라는 별이 있 는데, 대성(大星)은 천자를, 전성은 태자를, 후성(後聖)은 서자(庶子)를 가리킨다[心 大星天王 也 其前星太子 後星庶子]."라고 한 데서 온 말이다.

* 적현(赤縣)의⋯⋯깨끗해져서 : 여기서는 한양이 수복됨을 뜻한다. 적현은 조선의 한양을 가 리킨다.

* 용루(龍樓): 한나라의 태자궁인 동용루(銅龍樓)의 준말인데, 여기서는 동궁, 즉 왕세자를 가

절이 바르게 갖추어지고 학금(鶴禁)*에는 옛 도읍의 의례가 회복되리라.

아, 신하와 백성은 나의 지극한 뜻을 헤아려 태자를 위해 목숨을 바치고 과인에게 부끄러움을 남기지 않도록 하라. 이에 정성스럽게 널리 고하니, 너희 백성들은 함께 듣고 따라야 할 것이다. 아, 큰물을 건넘에 아득하여 나루터와 물가가 어디에 있는지 모르는 것과 같으니,* 이 어려움을 크게 구제하여 세자를 공경하고 보호하도록 하라. 이런 까닭에 교시하노니 그리 알았으리라고 생각한다.

역적에 연루된 사람을 방면하는 글*

—

왕은 말하노라. 죄가 하늘에 닿으면 용서하기 어렵기에 악한 자를 토벌하는 글을 내걸었으나, 은혜는 땅에 뻗쳐 함께 살게 해 주는 것이므로 죄인을 용서하는 명을 내린다. 과인이 큰 은혜를 베푸니 너희들은 스스로 새로워지도록 하라.

지난번 역적이 흉계를 꾸밀 적에 조그만 꼬투리까지 죄로 엮은 것은 유사(有司, 사무를 맡아보는 관원)가 그렇게 처리한 것이나 과인은 측은하게 여겼다. 역적 가운데 법적으로 연좌에 해당하는 사람 말고는 모두 석

....

리킨다.

* 학금(鶴禁): 세자가 사는 곳을 말한다. 명나라 팽대익(彭大翼)의 《산당사고(山堂肆考)》〈한궁궐소(漢宮闕疏)〉에 "학궁(鶴宮)은 태자가 거처하는 곳이라 일반 사람은 함부로 들어갈 수 없다. 그래서 학금이라 한다."라고 했다.

* 큰물을……같으니: 나라의 형세가 멸망의 위기에 처할 정도로 급하게 되었다는 뜻이다. 《서경》〈미자(微子)〉에 "지금 우리 은나라가 장차 멸망하게 되어, 마치 큰물을 건널 적에 나루터나 물가가 보이지 않는 것처럼 되고 말았다[今殷其淪喪 若涉大水 其無津涯]."라는 말이 나온다.

* 역적에……글: 세자 책봉 교서를 반포한 1592년 5월 9일에 대사령을 내렸다. 《국역 선조수정실록》 25년 5월 1일 기사에 "처음으로 세자를 책봉하는 교문(敎文)을 팔도에 반포하고 대사(大赦)했다."라는 내용이 보인다.

방함으로써 너그러이 용서해서 생성해 주는 은택을 내리는 바이다. 이에 교시하니 잘 알았으리라고 생각한다. 만력 25년(1592, 선조 25) 5월 9일.

이 두 조서는 한 달 뒤인 6월 9일에 평양에서 이곳에 도착했다. 용담 현령(龍潭縣令) 서응기(徐應期)가 받들고 오자 주인 형이 5리를 나가서 공경히 맞았다. 뜰아래에서 전후로 열두 번 절을 했다.

이날 저녁에 대군이 궤멸되었다는 소식*을 처음 접했다. 현의 아전 이호연(李浩然)이 군량을 가지고 전쟁터 -원문 빠짐- 에서 내려와 전말을 자세히 말해 주었다. 이달 4일에 여러 군대가 수원부(水原府)를 포위하자 왜적이 이를 알고 이미 도망친 상태였으며, 5일에 용인 행원(行院) 뒤의 적들이 험한 지역을 차지하여 집을 얽고는 앞에 녹각(鹿角)과 방패를 죽 늘어놓고 집에 들어가 나오지 않았다. 지형이 험하여 아군이 진군하지 못하자 방어사가 전령(傳令)을 보내 앞으로 나가라고 재촉하니* 장수들이 하는 수 없이 모두 말에서 내려 걸어갔는데, 왜적 3, 4명이 느닷없이 칼을 빼들고 뛰쳐나와 어지러이 공격하자 사망자가 속출했다. 이 싸움에서 선봉장 백광언, 고부 군수 이원인(李元仁), 함열 현감(咸悅縣監) 정연(鄭淵), 조방장(助防將) 이지시(李之詩)가 일시에 칼에 맞아 죽고 군대는 모두 뿔뿔이 흩어졌다. 이지시와 백광언 장군은 재주와

....

* 대군이 궤멸되었다는 소식: 전라도 관찰사 이광 등이 이끈 근왕군과 왜적이 맞붙어 패배한 용인 전투를 가리킨다.

* 지형이……재촉하니: 당시 함께 전투에 참가한 권율(權慄) 등은 공격에 신중을 기할 것을 건의하면서 한강과 임진강의 하류 지점인 조강(祖江)을 건너 임진을 막거나 독산성에 들어가 적을 유인하자는 견해를 피력했으나, 이광은 당시 조야(朝野)로부터 지체한다는 비방을 듣고 있었으므로 진군을 재촉했다. 《국역 선조수정실록》 25년 6월 1일.

용맹이 출중해서 사람들이 모두 그들만 믿고 있었는데, 방어사가 재촉하는 바람에 패사하니 사람들이 모두 분개했다.

6일에 또 나가 싸우는데, 한양에서 깃발을 들고 내려온 수많은 적들이 방어사의 진을 포위했다. 4명의 적이 먼저 철가면에 이상한 복장을 입고 금부채를 휘두르면서 말을 타고 달려오고 수십 명의 적들이 걷거나 말을 탄 채 칼을 빼들고 뒤따라 진격해 오니, 사람들은 혼비백산했고 장수들은 무너졌다. 적들이 추격하며 어지러이 공격하자 우리 군사는 군수품을 내던지고 도망쳤으며, 어떤 이는 옷까지 벗어던지고 달아났다. 서로 짓밟아 죽은 자가 헤아릴 수 없이 많았다. 순찰사도 대장기를 버리고 간신히 몸만 빠져나왔을 뿐 모두 버리고 도주한 탓에 일체의 군량이며 군기(軍器), 깃발, 북, 군마가 모두 적의 전리품이 되었으니, 가슴 아픈 일이다.

사람들은 오직 이 전투에 기대를 걸었는데, 이렇게 더 이상 바라볼 곳이 없게 되자 상심하지 않는 이가 없다. 적에게 두려움의 대상이 되었던 전라도가 약한 모습을 보였으니, 적은 반드시 가벼이 여기고 침략해 올 것이다. 어떻게 막아 낸단 말인가? 10만이나 되는 군대가 고작 20, 30명의 적에게 쫓기면서 어느 한 사람 뒤돌아서 활시위를 당기지 못했으니, 더욱 분통이 터진다.

지난번 김산 전투에서 우리 군사를 좁은 골목으로 몰아 아군을 많이 죽게 하더니 이번에 또 이와 같이 되자, 사람들은 모두 방어사가 꾀가 없이 성질만 괴팍하다고 나무란다. 집을 짓고 들어가 있는 적은 30, 40명에 불과하지만 험한 지형을 견고히 지키고 있어 쉽게 접근할 수 없었는데, 다그쳐 진군해서 선봉장 넷이 일시에 죽고 정읍 현감 권진경

(權晉卿)만 간신히 살았다고 한다. 방어사는 틀림없이 적들이 소규모인 것을 얕보고 쉽게 제압할 줄 알았으나 도리어 패해서 군의 사기가 꺾이고 말았으니, 다음날의 패배는 모두 여기에서 비롯된 것이다. 방어사가 먼저 달아나고 군사들은 뒤이어 흩어졌다고 한다.

순찰사는 행장을 모두 버렸고, 아병(牙兵)*과 군관도 전부 흩어졌다. 순찰사가 간신히 말 한 필을 얻어서 혼자 타고 달아났는데, 마침 한 영리(營吏)가 고삐를 잡고 말을 몰았기 때문에 벗어날 수 있었다고 한다. 순찰사는 아침밥도 먹지 못하고 도주하다가 먼 곳에 이르러서야 먹을 것을 구했으나 얻지 못했다. 이때 어떤 역자(驛子)*가 깨진 그릇에 밥을 얻어 가지고 물에 말아서 주자 그 사람과 조금씩 나누어 먹은 뒤 충청도 내로에서 용안강(龍安江)을 건너 본도에 이르렀다. 더욱 통탄할 일은, 화약과 철환, 마름쇠 등이 모두 적의 차지가 되었으니 훗날 아군에게 도리어 피해를 입히는 건 필시 이것에서 기인할 것이라는 점이다.

궤멸되어 어수선할 당시 인신(印信)과 병부(兵符)도 모두 버렸는데, 인신만 남원 아전—혹은 자제라고도 한다—이 가까스로 수습해서 달아났고 병부는 모두 잃어버렸다고 한다. 임실 현감(任實縣監)의 인신도 잃어버렸다고 한다.

지금 만일 요망한 오랑캐의 기운을 깨끗이 씻었다면 이응일에게 "열흘에서 보름 사이에 반드시 승전보가 들려올 테니, 그러면 걸어서라도 곧장 상경해서 노모와 처자식을 찾아볼 생각이네."라고 약속한

....
*   아병(牙兵): 대장 휘하에 직속된 군졸 중의 하나이다.
*   역자(驛子): 역참(驛站)에 소속되어 그와 관련된 각종 역을 부담하는 사람이다. 이들은 역리와 일반 역민으로 구성되었다.

말을 정녕 실행하려고 했는데, 사세가 이렇게 되고 말았다. 노모와 처자식, 아우와 여동생은 여러 달 숨어 다니느라 제대로 먹지도 못하고 분명 굶어 죽었으리라. 생전에 다시 만나지 못할 바에야 차라리 내가 먼저 죽고 싶은 심정이다.

매일 마음속으로 노모와 처자식, 아우, 여동생이 오늘 밤 어디에서 자며 무엇을 먹었을지만을 생각한다. 내 밥을 나누어 주고 싶어도 그리할 수 없으니, 북쪽을 바라보고 통곡하매 창자가 절로 찢기는 듯하다. 저 아득한 하늘이 죄 없는 백성들을 적의 칼날에 쓰러지게 하여 시체가 땅에 나뒹굴게 하니, 이것이 무슨 마음인가. 하늘을 원망하지 않는다*고 하지만 내 어찌 원망하지 않을 수 있겠는가.

장수는 삼군(三軍)*의 운명을 맡은 사람인데, 장수가 병법을 알지 못하면 백성을 적에게 내주는 꼴이다. 지금 삼군의 지휘권을 병법을 모르는 졸장에게 맡겼으니, 어찌 일을 그르치지 않을 수 있겠는가. 적이 한양을 점령한 지 석 달이 되었고 제멋대로 약탈한 재물을 영남으로 실어 나르는 행렬이 끊임없이 이어지고 있다. 한 사람이 보통 4, 5필의 말을 몰고 가건만 한 사람도 이를 뺏으려고 하지 않는다고 하니, 원통함을 금할 수 있겠는가.

....

* 하늘을 원망하지 않는다: 《논어》 〈헌문(憲問)〉에 "나는 하늘을 원망하지도 않고 사람을 탓하지도 않는다. 아래로는 사람의 일을 배우고 위로는 하늘의 이치를 터득하려고 노력하는데, 나를 알아주는 분은 아마도 하늘뿐일 것이다[不怨天 不尤人 下學而上達 知我者 其天乎]."라는 공자(孔子)의 말이 나온다.
* 삼군(三軍): 주(周)나라의 제도이다. 제후의 대국(大國)에 삼군을 두는데, 중군(中軍)이 가장 높고 상군(上軍)이 그다음이며 하군(下軍)이 또 그다음이다. 조선이 제후국에 해당하므로 이렇게 말한 것이다.

어제 듣기로는, 이달 8일에 1백여 명의 왜적이 김산에서 황간 북촌 (北村)을 경유해 청산(靑山)으로 향하려고 하자 영동 현감(永同縣監) 한 명윤(韓明胤)*이 궁사를 거느리고 좁은 길목에서 기다렸다가 급습해 13 명을 사살했다고 한다. 그중 어떤 괴수는 준마를 타고 갑옷차림을 한 채 붉은 기를 앞세우고 군사를 지휘했는데, 이를 쏘아 죽이고 짐바리 10여 개를 죄다 빼앗긴 했으나 중과부적으로 모두 사로잡지는 못했다 고 한다. 누가 서생은 담력이 없다고 했던가. 장하다고 할 만하다. 전라 도 순찰사는 수만의 군대를 거느리고도 하루아침에 패하여 비단 무익 했을 뿐만 아니라 적이 유리하도록 도와주었으니, 가슴 아프다. 중임을 맡은 지 3년 동안 조그만 공을 세우기는커녕 도리어 서생 한 사람의 공 만도 못하니 어찌 부끄럽지 않겠는가.

도순찰사의 격문
-4월 그믐께 이곳에 도착했는데 한 사람도 응모하는 자가 없었다.
순찰사는 쓸데없이 글을 지은 꼴이 되었고 또한 자신이 한 말도 실천하지 못했으니, 딱한
노릇이다-

—

아! 하찮은 왜적이 벌과 전갈이 모인 듯 독하고 뱀 같은 성질을 길렀도 다. 그들이 음흉하게도 중국을 어지럽힐 마음을 품고 마구 침략하여 수십 여 성지(城池)를 함락시키고 몇 천만 명이나 되는 장병을 도륙했건만, 겁 쟁이 지방관들은 소문만 듣고 쥐새끼처럼 도망쳐 버렸고 놀란 백성들은

....
* 한명윤(韓明胤): 1542~1593. 1590년 영동 현감으로 부임하여 치적을 올렸다. 임진왜란이
  일어나자 영동에서 의병을 모아 용전하여 조정에서는 그 충성스러움과 용감함을 가상히 여
  겨 품계를 올려 주고 조방장을 겸하게 했다.

그 모습을 보자마자 뿔뿔이 달아났다. 영남의 산천은 모두 승냥이와 범의 소굴로 변했고, 호서의 초목은 절반이 개와 양의 비린내로 물들어 버렸다.

석륵(石勒)*의 도적들이 곧장 신주(神州)로 향하듯 쳐들어오니 종묘사직의 수치가 끝이 없고, 말갈(靺鞨)의 군대가 하상(河上)에 주둔하려는 것처럼 한강으로 진군할 것이니 조정의 근심에 끝이 없다. 이를 생각하면 차라리 잠이 들어 깨어나지 않았으면 하는 마음이다. 성상께서 부지런히 정사를 돌보시며 애통한 조서를 내리셨고 산과 강에 기도하는 정성을 펴셨으니, 이 땅에 사는 사람이라면 마땅히 절치부심하며 팔을 걷어붙일 것이다. 누군들 주먹을 불끈 쥐고 창을 휘두르지 않겠는가.

입술이 없으면 이가 시리다. 비록 서로 의지하는 형세를 잃었지만 임금이 욕을 당하면 신하는 죽어야 하니, 마땅히 근왕하는 충성을 다해야 한다. 우리가 어찌 원수와 같은 하늘 아래서 살겠는가. 전대미문의 치욕을 씻기 바란다. 구름처럼 나는 맹장들이 범처럼 용맹하고, 매가 공격하듯 날랜 용사들이 숲처럼 많다. 조사아는 중원을 평정하겠다고 맹세하며 담력이 대단했고, 장숙야(張叔夜)는 서울로 들어가 구원할 때 하염없이 눈물을 흘렸다.* 범과 용이 그려진 깃발은 장막 위의 제비집을 쓸어버릴 것이며, 장팔사모와 달 모양 도끼는 솥 안에서 노는 물고기를 삶기를 기약하노라.*

....

* 석륵(石勒): 274~333. 본래 갈족(羯族)으로 상당(上黨) 무향(武鄕)에 살았다. 자는 세룡(世龍)이다. 14세에 낙양에 내왕하면서 장사를 하다가 뒤에 도적의 두목이 되어 유연(劉淵)의 부하로 들어갔다가 반기를 들고 후조(後趙)를 세운 뒤 유요(劉曜)를 살해하여 전조(前趙)를 멸망시켰다. 5호 16국 중에서 세력이 가장 강했다.
* 장숙야(張叔夜)는……흘렸다: 정강(靖康) 원년에 변경(汴京)이 함락될 때 영남도총관으로 있던 장숙야는 부친상을 당했음에도 불구하고 끝까지 항전했다. 그는 다음 해에 휘종(徽宗)과 흠종(欽宗)이 북쪽으로 잡혀갈 때 호종했는데, 아무것도 먹지 않고 행렬을 따르다가 백구하(白溝河)에 이르자 스스로 목을 찔러 죽었다.《송사》권353〈장숙야열전(張叔夜列傳)〉.
* 범과……기약하노라: 우리 조선의 군대가 조만간 위태로운 상황에 놓인 왜적을 물리칠 것이라는 뜻이다. '장막 위의 제비집'과 '솥 가운데서 노는 물고기'는 멸망할 위기에 처해 있

너희 호남은 본래 예의의 고장으로 인재의 보고이니, 모두들 태풍에 쓰러지지 않는 억센 풀처럼 난세의 영웅이 되어 다오. 국가에서 2백 년간 길러 준 은혜를 생각하고 수많은 사람의 강개한 투지를 하나로 결집하라. 윗사람을 친애하여 관리를 위해 죽음도 불사한다는 각오로 대의를 내걸고 선봉에 서서 적장을 죽이고 깃발을 뽑아서 적의 수레가 한 대도 돌아가지 못하게 한다면, 어찌 원충갑처럼 공로가 한 시대에 드높을 뿐이겠는가. 또한 류차달처럼 후손에까지 은택이 미칠 것이다. 한 목숨을 국가에 바치도록 면려하여 절의를 세우고 죽기를 기약하며 왜적 때문에 임금을 버리지 말고 힘을 다하여 목숨을 바치기를 바란다. 격문이 이르거든, 각각 충의로 권면하여 장부들을 이끌고 밤낮을 가리지 말고 달려오라.

6월 13일에 전 수군절도사 이계정(李繼鄭)*을 기복(起服)*시켜 조방장으로 삼은 뒤 이 고을의 동쪽 육십령[六十嶺]*에 와서 지키게 했다. 고개는 안음(安陰) 땅과의 경계에 있는데, 적이 이곳을 넘어서 침입할까 두려웠기 때문이다. 전에 첨사(僉使)를 지냈던 복병장(伏兵將) 남응길(南應吉)이 와서 막고 있었지만, 그가 지켜 내지 못할까봐 품계가 높은 무

....

는 것을 비유한 말이다. 남조(南朝) 양(梁)나라 구지(丘遲)의 〈진백지에게 주는 편지[與陳伯之書]〉에 "지금의 상황을 비유하자면, 마치 물고기가 끓는 솥 속에서 노는 것과 같고 제비가 바람에 날아가는 장막 위에다 둥지를 트는 것과 같다[魚游於沸鼎之中 燕巢於飛幕之上]."라고 했다.《문선(文選)》권43 〈여진백지서(與陳伯之書)〉.

* 이계정(李繼鄭): 1539~1595. 임진왜란 때 곽재우 등과 함께 진주성을 공격해 온 왜군을 격퇴했으며, 동관병마절도사로 곤양 군수를 겸직하며 무주, 남원으로 쳐들어오는 왜군을 방어했다.
* 기복(起服): 관리는 부모상을 당하면 상중에는 관직에서 물러나야 하는데, 국가에 사변이 있거나 그 사람이 아니면 처리하기 어려운 경우에는 상중일지라도 왕명에 의해 출사하게 하는 것을 말한다.《경국대전(經國大典)》〈이전(吏典)〉.
* 육십령[六十嶺]: 안음현 서쪽 60리 지점에 있으며 전라도 장수현의 경계이다.《국역 신증동국여지승람》제31권 〈경상도 안음현〉.

관을 보내서 돕게 한 것이다. 군관 16명에다 이 고을의 군사와 임실, 진안의 군사를 합하면 도합 1천여 명이니, 이들을 세 곳으로 나누어 지키게 하면서 적의 침략에 대비했다.

16일 아침에 군사를 조련하라는 순찰사의 관문(關文)[*]이 도착했다. 다시 정병을 뽑아 군산창(群山倉) 앞에서 배를 타고 곧장 행재소로 가겠다는 내용이었다. 그러나 사람들이 저마다 가기를 싫어해서 뜻대로 동원하기는 어려울 것 같다.

병마절도사 최원(崔遠)[*]이 순찰사의 패전 소식을 듣고 수만 명의 군사를 조련하여 장수들에게 나누어 맡긴 뒤 이달 12일에 완산을 출발해 여산에 당도했다. 군사가 모이기를 기다렸다가 바로 한양으로 향할 것이라고 한다.

전 부사 고경명, 최경회(崔慶會),[*] 김천일 등이 충정을 떨치며 의병을 일으켜 여러 고을에 격문을 띄우자, 전직 관리나 유생들 중에 건장한 사내종을 거느리고 모인 자가 많았다. 이달 11, 12일 사이에 삼례역 앞에 집결했는데, 장차 위로 올라갈 것이라고 한다. 이들은 반드시 병마절도사와 협력하여 적을 제어할 것이다.

순찰사 군대가 패한 이유는, 군사는 많은데 장수가 무능해서 무리

....

* 관문(關文): 상급관청에서 하급관청으로 보내는 문서이다. 동급 관청끼리도 서로 주고받을 수 있었다.
* 최원(崔遠): ?~?. 1580년 전라도 병마절도사가 되었다. 임진왜란이 일어나자 군사 1천 명을 거느리고 의병장 김천일, 이빈(李薲)과 함께 여산에서 왜군의 진출을 막아 싸웠다.
* 최경회(崔慶會): 1532~1593. 임진왜란 때 의병장이 되어 금산, 무주 등지에서 왜병과 싸워 크게 전공을 세우고 이듬해 경상우도 병마절도사로 승진했다. 이해 6월 제2차 진주성 전투에서 전사했다.

를 제대로 통솔하지 못하다 보니 인심이 복종하지 않고 군사들이 한마음으로 단합하지 않아서 한 사람이 물러나자 전군이 흩어졌기 때문이다. 그러나 이번 고이순(高而順, 고경명)의 군사는 애당초 위력으로 억누른 것이 아니라 모두가 자진해서 참여한 만큼, 여러 사람이 단합하고 저마다 힘쓴다면 기필코 큰 공을 이룰 것이다. 크게 기대해 본다.

호성감(湖城監)은 왕실 후손으로서 또한 스스로 충정을 떨쳤다. 원수의 지휘를 받고 이달 초에 완산으로 내려와 군사 모집을 했는데, 충의위(忠義衛)*에서 응모한 자가 또한 많았다.* 이 고을 충의위에서 응모한 자도 6, 7명이다.

또 들으니, 백광언은 조급하고 강개한 성격인데 왜적이 우글거리는데도 모두 도망치고 막는 이가 없는 현실에 늘 분통을 터뜨렸다고 한다. 5일 전투에서 이지시가 광언에게 이르기를, "적이 높고 험한 지형에 자리한데다 또 날이 저물어 가니 내일 다시 싸우는 것이 어떻겠소?"라고 하니, 광언이 말하기를, "영공도 이런 말을 하시오!"라고 하며 방패를 잡고 곧바로 진격했는데, 적에게 불의의 일격을 당해 모든

....

* 충의위(忠義衛): 조선시대의 중앙군인 오위(五衛)의 충좌위(忠佐衛)에 소속되었던 병종(兵種)이다. 개국(開國), 정사(定社), 좌명(佐命)의 3공신 자손들이 주로 소속되도록 만들어진, 특수층에 대한 일종의 우대제도였다.

* 호성감(湖城監)은……많았다: 호성감은 이주(李柱)이다.《국역 선조실록》25년 8월 26일 기사에 "이주가 아뢰기를, '신이 처음 충주에서 사변을 듣고 왔더니 대가는 이미 서쪽으로 거둥했습니다. 그래서 검찰사 이양원(李陽元)의 막하에 소속되었는데, 양원은 남병(南兵)이 이르지 않음을 걱정했습니다. 신이 의병을 소모하러 호남에 가는 길에 용인에 이르니 3도의 병마가 거의 8만이었습니다.' 했다."라고 했다. 또《국역 연려실기술》제15권〈선조조 고사본말〉에 "종실 호성감을 보내서 호서와 호남에 징병하게 하고, 충의위의 내노(內奴)를 내어 군사를 만들며, 스스로 지원하는 자도 허락했다. 호성감이 군사 2천 명을 얻어 아산에서 배를 타고 행재소로 돌아왔다."라는 내용이 보인다.

군사가 순식간에 쓰러졌고 광언도 칼을 맞아 죽었다고 한다. 광언이 수하 군졸들에게 항상 이르기를, "너희들로 하여금 앞에 나아가게 하고 나는 뒤에 있다면 너희들은 날더러 죽음을 두려워한다고 수군거릴 것이다. 이번에 내가 너희들 앞에 설 테니 너희들이 나를 구하라."라고 했다고 한다. 비록 경솔히 나갔다가 죽긴 했지만 그 뜻만은 가히 쇠퇴한 풍조에 홀로 우뚝하다 할 만하다. 애석한 일이다. 광언의 부하 군사 가운데 그가 죽었단 말을 듣고 눈물을 흘리지 않은 이가 없었다고 한다.

완산에서 돌아온 현의 아전에게 들으니, 왜적이 임진강(臨津江)을 건넜고 대가는 평양에서 함경도 함흥(咸興)으로 피난을 떠났다고 한다.* 통곡할 따름이다. 개성(開城)과 황해도 백성들도 적의 칼날에 유린당했을 게 뻔하다. 윤함 또한 산중으로 도망쳤을 텐데, 살았는지 죽었는지 모르겠다. 몹시 통곡할 일이다. 나의 노모와 처자가 서쪽으로 도망쳤다면 아마도 화를 면치 못했을 것이다. 다만 윤겸이 평소에 피난처로는 강원도만한 곳이 없다고 늘 말했고, 또 올봄엔 윤겸이 친구와 함께 홍천(洪川)에 가서 살 만한 곳을 살펴보았다는 말을 들었다. 그렇다면 틀림없이 동쪽으로 갔지 서쪽으로 가지는 않았으리라.

적들이 도성의 남녀가 서산(西山)으로 많이 피했다는 말을 듣고 습격해서 많이 잡아갔다고 한다. 울분을 금치 못하겠다. 또 이날 저녁에 주인 형과 동헌에 마주 앉아 지금 겪는 전란에 대해 이야기를 나누었다. 위로는 주상께서 파천하고 종묘사직이 기울려고 하여 끝내 어떻게

·········
* 왜적이……한다: 1592년 5월 20일에 왜적이 임진강을 건넜고, 선조는 6월 11일에 평양을 떠났다. 《국역 선조실록》 25년 5월 20일, 6월 11일.

될지 모르는 현실이 가슴 아프고, 아래로는 죄 없는 백성이 도탄에 빠지고 우리 집 노모와 처자, 아우, 여동생의 생사를 알지 못하는 것이 슬퍼서 서로 통곡하며 마음을 가누지 못했다. 추로주(秋露酒)*를 한 잔 따라 마시고 또 한 잔 마시다가 네댓 잔가량을 마셨더니 얼근하게 취기가 올라왔다. 산정(山亭)으로 나오니 천지는 고요하고 달이 밝아 대낮같이 환한데, 나를 따르는 동자들은 모두 곯아떨어졌다. 노모와 처자식, 아우와 여동생은 이런 달밤에 어디에서 자면서 이 달을 보고 있을까. 슬픔을 견디기 힘들어 비 오듯 눈물이 흘렀다.

이내 뜰에서 무릎을 꿇고 손을 모아 기도하며 "바라건대 하느님께서 노모와 처자식, 아우와 여동생을 보호해서 재회하게 해 주신다면 죽어도 후회가 없겠습니다."라고 했다. 기도를 마치고 응일, 종윤과 손을 잡고 동헌 아래를 배회하다가 응벽정(凝碧亭)*을 지나 향사당(鄕射堂)까지 갔는데, 발을 헛디뎌 넘어지는 바람에 엄지손가락을 다쳤다. 숙소로 돌아오니 자정이 지난 시각이었다. 이는 달구경을 하면서 논 것이 아니라 회포를 풀 길이 없어 이렇게나마 시름을 달래 본 것이다.

17일에 운봉에서 전한 통문에 따르면, 경상 의병장 전 좌랑(佐郞) 김면이 거창(居昌)의 군사 6백여 명을 거느리고 한양에서 내려오는 적을 성주 무계진(武溪津)에서 요격해 배 2척을 포획했는데, 한 척에 타고 있던 왜적을 거의 다 사살했다고 한다. 그런데 다른 한 척에는 온통 궁

....
* 추로주(秋露酒): 가을철에 내린 이슬을 받아 빚은 청주(淸酒)이다.《산림경제(山林經濟)》〈치선(治膳)〉에 "가을 이슬이 흠뻑 내릴 때 넓은 그릇에 이슬을 받아 빚은 술을 추로백(秋露白)이라고 하니, 그 맛이 가장 향긋하고 콕 쏜다."라고 했다. 추로백을 추로주라고도 한다.
* 응벽정(凝碧亭): 장수현 객관(客館)의 남쪽에 있는데, 그 아래에 연못[蓮塘]이 있다.《국역 신증동국여지승람》제39권 〈전라도 장수현〉.

궐의 보물이 가득했고 임금의 함자가 적힌 물건도 많았다고 하니, 너무나도 분통이 터진다.

지금 듣건대, 영남 사람들이 모두 분기탱천하여 숲에 숨었던 자들까지 모두 나와 의병에 가담한 뒤 곳곳에 매복해 왕래하는 적을 죽인다고 하니, 하늘이 지극히 흉악한 적을 반드시 남김없이 소탕하려는 것인가?

이달 17일 저녁에 영암의 임매가 사람을 보내 어머니의 소식을 물었다. 여동생의 편지를 보니 절로 눈물이 흘렀다. 이틀 정도 걸려 도달할 거리라면 가서 한없는 회포를 풀어 보겠지만 그리할 수 있겠는가. 다음날 답장을 써서 심부름을 온 노비에게 주어 돌려보냈다. 노모와 처자식의 생사를 모르는 상황에서 이 누이와 같은 도에 있으니, 비록 멀어서 만나지는 못하지만 길에서 쓰러지게 된다면 누이 집에 의탁할 수 있을 것이다.

19일에 주인 형이 군사를 거느리고 순찰사에게 가다가 장수현 경계 덕안원(德安院)*에 이르렀을 때, 왜적이 지난 17일에 지례현(知禮縣)을 함락시키고 본도 무주 경내에 있는 부항(釜項)*의 복병을 공격해서 복병과 전주 사람들이 많이 도망쳐 왔다는 소식을 듣고 어쩔 수 없이 되돌아왔다. 사람을 보내 탐문했더니 회신한 내용에, 적이 16일에 무주 경계인 무풍창(茂豊倉)*과 부항 근처의 매복지 세 곳을 침범해 와서 일

......
* 덕안원(德安院): 장수현의 북쪽 31리 지점에 있었다. 《국역 신증동국여지승람》 제39권 〈전라도 장수현〉.
* 부항(釜項): 경상도 지례현의 서쪽 37리 지점에 있던 부항현으로 보인다. 《국역 신증동국여지승람》 제29권 〈경상도 지례현〉.
* 무풍창(茂豊倉): 무주현의 동쪽 60리 지점에 있었다. 《국역 신증동국여지승람》 제39권 〈전

진일퇴하며 창(倉) 앞에 진을 쳤는데 적들이 지례현으로 되돌아간 뒤로
는 이렇다 할 낌새가 없다고 한다.

　내가 듣기로는, 적이 부항으로 올라올 때 무주 현감이 이를 보고
먼저 달아나서 군사들이 일시에 무너졌으며 장의현(張義賢)이 다른 곳
에 복병을 매복시키고 있다가 군사를 거느리고 재빨리 진군해 왔지만
적은 이미 퇴각한 상태였다고 한다.[*] 부항은 매우 험한 지역이기 때문
에 숲속의 요충지에 매복하여 활을 쏘았더라면 분명 적이 도망치면서
목숨을 구걸하느라 급급했을 게다. 그런데 현감이 먼저 도망쳐 약한 꼴
을 보이니, 적은 필시 대수롭지 않게 여겼을 것이다. 머지않아 쳐들어
올 것이니 통탄할 노릇이다.

안음에 거주하는 충의위 정유영(鄭惟榮), 교서관 정자(校書館正字) 박명부(朴明榑) 등이 돌린 통문

-6월 19일에 도착했다-

　병가(兵家)의 승리 비결은 적을 잘 파악하는 데 있다. 저들은 항상 우리
를 파악하는데 우리는 저들을 제대로 분석하지 못하고 시종 저들의 전술
에 놀아나면서도 깨닫지 못하고 있으니 통탄할 일이다.
　적들이 동래에서 세 길로 나누어, 낙동강 왼쪽으로 조령과 죽령(竹嶺),
추풍령(秋風嶺)을 경유해서 한양에 도착하고는 무리를 남겨 매복시킨 뒤

....

라도 무주현).
[*]　장의현(張義賢)이……한다: 장의현(?~?)은 1591년 장흥 부사가 된 뒤 임진왜란 때 전라도
　　방어사 이시언(李時言)의 조방장으로 거제도 공략 등에 참여하는 등 활약했다.《국역 난중잡
　　록》제1권 1592년 6월 19일 기사에도 이 내용이 보인다.

자체적으로 행동하게 하고, 또 한 부대를 나누어 암암리에 사천(泗川) 등지를 출발해 성동격서(聲東擊西) 작전을 펼치려고 했다.

우리 도 가운데 함락되지 않은 지역은 거창, 안음, 함양, 산음(山陰), 단성 다섯 고을뿐이다. 도망간 사람을 불러 모은지라 오합지졸인데다가, 일부는 의령의 정암(鼎巖)에서 대비하고 일부는 진양(晉陽, 진주)의 요충지에 매복시켜 고령(高靈)과 초계를 공격하기도 하고 지례와 성주를 막기도 하니, 군사가 매우 부족한 형세라 조만간 함락될 것이다. 그런데도 아무도 구원하는 자가 없으니 앞으로 어찌하면 좋단 말인가. 바야흐로 적이 승승장구하는 때에 귀도(貴道, 전라도) 방어사가 와서 김산을 막으니, 비록 오래 머물지는 않더라도 그 공이 또한 크다고 할 것이다.

지금 들으니, 성에 들어온 적이 이달 2일부터 지금까지 낮에는 숨어 있다가 밤에만 내려온다고 한다. 고립된 군사가 깊이 들어와 병사는 지치고 사기는 꺾였으니, 형세상 물러날 것이다. 만약 그들이 가는 길을 바로 차단하지 못하고 왜장(倭將)이 군사를 온전히 데리고 바다로 돌아가게 한다면, 오늘은 편히 잘 수 있을지 몰라도 자고 일어나 사방을 둘러보면 왜적이 또다시 이를 것이다. 저들을 모조리 섬멸하지는 못해도 요해처를 막고 매복하여 요격함으로써 남은 무리를 소탕하는 것은 가능하니, 이것이 승리하는 좋은 방책이다. 우리 경상도는 힘이 고갈되어 자신도 주체할 수 없으니, 이런 큰 공을 세우는 것은 전라도에 달려 있지 않겠는가?

우리는 백면서생이다. 멀리 서방(西方)을 바라보노니, 미인(美人)은 어디에 계신가.* 미력하여 청영(請纓)*할 방법이 없다. 전쟁을 잘하는 재주

....

* 멀리……계신가:《시경》〈패풍(邶風)·간혜(簡兮)〉에 "산에는 개암나무가 있고 습지에는 감초가 있네. 누구를 그리워하는가. 서방의 미인이로다. 저 미인이여! 서방의 미인이로다[山有榛 隰有苓 云誰之思 西方美人 彼美人兮 西方之人兮]."라고 했다. 주희의 주에 "서방의 미인은 서주(西周)의 훌륭한 왕을 가리켜 말한 것이니, 현자(賢者)가 나쁜 세상의 하국(下國)에서 태어나 주나라가 성할 때의 훌륭한 왕을 그리워하여 지은 것이다."라고 했다. 여기서는 임금을 생각하는 마음을 비유했다.

는 없지만 적개심이 불타올라서 장수들의 뒤를 따라 조금이나마 힘을 보태고자 한다. 바라건대 여러 장군들은 칼을 뽑고 채찍을 휘두르며 추풍령으로 달려가 회군하는 적을 막아서 절호의 기회를 놓치지 말라.

저번에 호남의 감사(監司)라고 일컫는 자가 혹은 운봉을 넘어서 전주로 향하고 혹은 황간을 거쳐 무주로 간다고 한 것은, 귀도를 두려워한 나머지 다른 원군이 이르지 못하게 하려는 수작이었다. 그런데 귀도에서는 이를 믿고 그저 장수를 보내서 군사를 거느리게 하여 팔랑치(八娘峙)와 육십령만 몇 달간 엄격히 방어할 뿐이었다.* 이웃 나라가 외침을 받아도 구원하러 가거늘, 하물며 영남은 귀도의 울타리요 또한 같은 나라의 땅이다. 입술이 없으면 이가 시린 법인데, 형세가 위급한데도 군대를 동원해서 진격하지는 않고 귀추만 관망하면서 초(楚)나라 사람이 진(秦)나라 사람의 살찌고 야윈 것을 보듯이* 한단 말인가. 아, 이는 한 나라의 큰 형세에 관계된 것이다. 이미 짓밟힌 경상도에 무슨 이로울 게 있겠는가.

강가의 적들은 그저 저들이 왕래하는 길을 지키려는 것이지 큰 산이나 깊은 계곡으로 깊이 들어갈 마음이 없다. 험준한 우지(牛旨)*를 넘을 수 없

---

* 청영(請纓): 결박할 밧줄을 청한다는 말로, 스스로 전쟁터에 나가 적을 격파하고 나라의 은혜에 보답하겠다는 뜻이다. 한나라 간의대부 종군(終軍)이 긴 밧줄 하나만 주면 남월(南越)에 가서 그 임금을 묶어 데리고 와서 궐하(闕下)에 바치겠다고 청한 고사가 있다. 《한서》 권64하 〈종군전(終軍傳)〉.

* 팔랑치(八娘峙)와……뿐이었다: 《국역 난중잡록》 1592년 6월 19일 기사에 "왜적이 무주현으로 마구 들어와 불태워 버리고 도적질을 했다. 그때 본도 방어사 곽영은 금산에 진을 치고, 조방장 이유의(李由義)는 팔랑에 진을 쳤으며, 이계정은 육십령에 진을 치고, 장의현은 부항에 진을 쳤다."라는 내용이 보인다.

* 초(楚)나라……보듯이: 당나라의 한유가 간의대부 양성(陽城)을 비판하면서 지은 〈쟁신론(爭臣論)〉에 "그는 일찍이 정치에 대해서 한마디도 발언한 일이 없으니, 이는 그가 정치의 잘잘못을 보는 것이 마치 남쪽의 월나라 사람이 북쪽의 진나라 사람의 살찌고 여윈 것을 보는 것처럼 무관심해서 그의 마음속에 기쁨이나 슬픈 느낌이 전혀 들지 않기 때문이다[未嘗一言及於政 視政之得失 若越人視秦人之肥瘠 忽焉不加喜戚於其心]."라는 말이 나온다.

* 우지(牛旨): 경상도 지례와 거창의 경계에 있는 고개이다. 우지치(牛旨峙) 혹은 우지령(牛旨

는데, 또 어찌 고생스레 우리 고을의 서천(西川)을 건너 육십령을 넘으려고 하겠는가? 절대 그럴 리 없건만, 여러분은 어이해 구구하게 산골짝의 한 모퉁이를 지키며 복병이라는 이름만 내걸고 급난에 도와주지 않는 것인가.

만일 "삼도(三道)의 관군도 패해서 달아난 마당에 어떻게 외로운 군사로 저들의 날카로운 칼날을 감당하겠는가."라고 말한다면, 이는 전혀 그렇지 않다. 관군은 두려움에 싸인 나머지 소문만 듣고도 도망친 것이니, 가소롭기 그지없다. 복병이란 상황에 따라 계책을 세워 길목을 끊는 군대이니, 전적으로 장수들이 어떤 전략을 세우느냐에 달려 있다. 더구나 옛날 유기(劉錡)와 악비(岳飛)*는 3천의 기병을 가지고 금(金)나라의 백만 대군을 무찔렀으니, 군사의 많고 적음을 가지고 전쟁을 논할 수는 없는 것이다.

좋은 시기는 두 번 오지 않으니, 다시 한 번 이 글을 가지고 속히 가서 위로는 순찰사께 아뢰고 아래로는 여러 고을에 고하라. 육십령과 팔랑치의 복병을 거느리고 그날로 와서 구원하여 후회하는 일이 없도록 하라.

군사를 모집해 적을 토벌하는 것은 해당 도에서 일을 맡은 자의 책임이지 작은 고을의 유생이 감히 할 바는 아니다. 그러나 대궐 뜰에서 울면서 구원병을 요청하는 일은 반드시 대신(大臣)만 한 것이 아니었고,* 진중(陣中)에 달려가서 적과 싸우다가 죽은 사람도 임금의 얼굴도 모르는 사람이

....

嶺)이라고도 한다.

* 유기(劉錡)와 악비(岳飛): 금나라 군대의 침입을 막아 송조(宋朝)의 명맥을 유지하고 없어진 영토를 회복하려고 힘쓴 남송의 명장들이다.

* 대궐……아니었고: 오자서(伍子胥)가 망명하면서 "나는 반드시 초나라를 멸망시키겠다."라고 하자 그의 친구인 신포서(申包胥)는 "나는 반드시 초나라를 지킬 것이다."라고 말했다. 후에 오자서가 오왕 합려(闔閭)와 함께 초나라 수도까지 쳐들어오자 신포서는 진(秦)나라에 구원병을 요청하러 갔다. 진나라가 구원을 거절하자 신포서는 식음을 전폐하고 7일 동안 대궐 뜰에서 눈물로 호소하여 진나라로부터 구원병을 얻는 데 성공하고 마침내 오나라를 물리쳤다.《사기》권66〈오자서열전(伍子胥列傳)〉.

었다. 왕명을 칭탁하며 근왕하거나 단기로 난리에 달려가는 것을 여러분은 어찌 사양하는가. 모구(旄丘)의 칡 마디가 길고 숙(叔)과 백(伯)이 여러 날 걸리니,* 이 때문에 상심하여 통곡한다.

만력 20년 6월 18일에 경상도 안음 사람들이 이 고을의 육십령에 돌린 통문이다. 지금 이 글을 보면, 사리와 형세가 그럴듯하다. 그러나 저마다 지키는 경계가 있어서 주장(主將)의 명이 없이 어찌 마음대로 다른 도로 넘어갈 수 있겠는가. 더구나 적이 무주를 침범한 이때 경상도까지 신경 쓸 겨를이 있을까. 이 글을 순찰사에게 보고했으니, 어떻게 처리할지는 두고 볼 일이다.

이달 16일에 의병장 김천일이 3백 명의 정예병을 거느리고 여산에서 한양으로 향했고 병마절도사도 17일에 1만 5천여 군사를 거느리고 바로 한양으로 향했는데, 김천일은 천안(天安)에, 병마절도사는 공주에 이르렀다고 한다. 고경명은 무기와 군량이 준비되지 않아 나중에 길을 떠난다고 한다.

어제 군관인 진사(進士) 최상겸(崔尙謙)*이 여러 고을에 도움을 요청하기 위해 아사(亞使)*의 관문을 가지고 이곳에 왔는데, 서로 만난 기

....
* 모구(旄丘)의……걸리니: 《시경》 〈패풍(邶風)·모구(旄丘)〉에, "모구의 칡이 어찌 이리 마디가 긴고? 여러 형제들이여, 어찌 이리 날이 걸리는고?[旄丘之葛兮 何誕之節兮 叔兮伯兮 何多日也]"라고 했다. 여후(黎侯)가 위(衛)나라에 망명했을 때 위나라가 칡의 마디가 길게 뻗을 때까지 오래도록 도와주지 않음을 한탄한 시이다.
* 최상겸(崔尙謙): 1567~1644. 임진왜란이 일어나자 고경명이 의병을 일으킨다는 소식을 듣고 거기에 응하여 찬조했다.
* 아사(亞使): 감영과 유수부(留守府)의 도사(都事)나 경력(經歷)을 말한다. 여기서는 전라 감영의 도사를 가리킨다.

쁨도 잠시뿐 슬픔이 이내 찾아왔다. 난리에 관한 이야기를 나누며 서로 흐느끼다가 내 숙소에서 함께 잠이 들었다. 이튿날 아침, 그는 용담으로 향하면서 금산과 진산(珍山)*을 거쳐 고경명과 여산에서 모이기로 약속했고 그 군사도 천여 명이라고 했다. 다만 의병장이 모두 유학자여서 군대의 일에 익숙하지 못하고 무기도 어설프니 성공할지는 장담할 수 없다. 그러나 지난날 대군의 패배는 군사들의 마음을 하나로 모으지 못했기 때문에 적을 보자마자 지레 무너진 것이라면, 지금 이 의병은 모두 자진해서 응모한 군사인 만큼 남이 억지로 시키지 않아도 단결할 것이니 수가 적긴 해도 한번 해 볼 만하다. 이 고을에서는 군량 2바리[駄], 장전(長箭)과 편전(片箭) 각각 5부(部), 철환 1백 개를 의병이 있는 곳으로 보냈다. 최공(崔公)은 나와 같은 마을에 살다가 지금은 임실의 처가에서 지낸다. 그 부모 형제들이 모두 한양에 있어서 생사를 알지 못하기에 의병에 지원해서 부모를 찾아보려 하는 것이니 그 심정이 나와 같다.

22일에 왜적 5, 6명이 무주의 율현(栗峴)을 몰래 넘어와 정탐하더니, 이튿날 옥천(沃川)에서 금산으로 이동해 금산 군수와 전투를 벌였다. 금산 군수가 중과부적이라 세 번 싸워 세 번 모두 패하고 말에서 떨어졌는데 생사는 알 수 없고, 적은 금산으로 들어가 사방을 약탈하고 있다고 한다. 적들이 먼저 무주를 공격했던 것은 성동격서 전략인데, 우리 군이 알아채지 못하고 그 술수에 놀아나서 금산의 경계를 막지 않고 무주만 방어했으니 탄식할 노릇이다. 저들은 분명 완산으로 깊숙

....

* 진산(珍山): 충청남도 금산 지역의 옛 지명이다.

이 들어오려고 할 텐데 누가 이를 막는단 말인가. 호남도 도탄에 빠졌으니 더욱 가슴 아프다.

26일 꼭두새벽에 관속이 석천암(釋天庵)에 왔다. 멀고 가까운 지역의 백성들이 난을 피해 산속으로 들어가니, 마을은 텅 비고 산속이 시끌벅적했다. 적이 와서 수색하면 연못 속의 물고기 신세가 되지 않을까* 걱정이다. 조방장 이유의(李由義)와 남원 판관(南原判官) 노종령(盧從齡)이 병사를 거느리고 구원하러 가기 위해 용성에서 지금 도착했다고 한다.*

이날 저녁에 동풍이 크게 불어 밤새 그치지 않다가 27일 새벽에 비가 내렸으니, 틀림없이 며칠 내로 개지는 않을 것이다. 당초 계획은 오늘 인적이 닿지 않는 깊은 골짝에다 곡물을 나누어 비치해서 훗날 산에 들어갈 때 비상식량으로 쓰려는 것이었는데, 비가 내려 실행하지 못하고 날이 개기만을 기다렸다.

아침에 우연히 문갑을 뒤적이다가 어머니께서 지난 4월 20일에 보내신 편지를 보니 나도 모르게 눈물이 났다. 생사도 알지 못하는 마당에 감히 다시금 어머니의 편지를 받아 보기를 바라겠는가. 어머니의 편지를 영암의 임매에게 보내서 읽게 한 뒤 잘 간직하도록 했다.

....

* 연못……않을까: 재앙이 무고한 백성에게까지 미친다는 뜻이다. 송나라의 성문에 불이 나서 그 옆 연못의 물을 퍼서 불을 끄니, 연못의 물이 말라 물고기들마저 모두 죽었다[城門失火 殃及池魚].'는 고사를 가리킨다. 《태평광기(太平廣記)》권466, 《여씨춘추(呂氏春秋)》〈필기(必己)〉.

* 조방장……한다: 왜적이 지례에서부터 호남을 침범할 때 전라도 조방장 이유의가 장수군 팔량에 진을 쳤다가 6월 23일경에 남원 판관 노종령 등을 거느리고 팔량에서 금산의 송현(松峴)으로 진을 옮겼고, 이때 다시 장수로 돌아온 것이다. 《국역 난중잡록》제1권 1592년 6월 19일, 23일.

또 주인 형의 편지를 보니, 적이 금산 5리 밖에 진을 쳤고 금산 군수는 전투에 패한 뒤 금산군으로 달려왔다가 곧바로 피를 토하고 죽어 그의 처자식이 그를 가매장한 뒤* 걸어서 진안을 향해 갔다고 한다. 애통함을 금치 못하겠다. 광주 목사(光州牧使)는 그와 사촌*이니, 필시 그리로 가서 의탁할 것이다.

전라도 주(州), 부(府), 군(郡), 현(縣)에 고하는 격문

—

만력 20년 6월 26일에 통훈대부 행 광주 목사(通訓大夫行光州牧使) 권율(權慄)은 감히 한 통의 격문을 같은 도의 고을 수령 제공(諸公)에게 급히 고한다.

아, 하늘이 어질지 못해 우리나라에 재앙을 내리셨다. 변란이 일어난 지 석 달 만에 영남 및 호서, 경기가 모조리 적의 소굴이 되어, 2백 년을 내려온 문화의 고장이 비린내 나는 도륙의 참혹함에 한순간에 모두 더럽혀져 마치 풀처럼 베이고 짐승처럼 사로잡히게 되었다.* 온 나라 사람들은 흩어지고 겁에 질려 감히 저항하지 못하고 임금께서 파천하여 사직이 황폐해지기에 이르렀으니, 전례 없는 큰 재앙이다. 애통하고 애통하도다.

근래 조정에서 의지하고 적들을 두렵게 한 것은 오로지 우리 전라도였

....

* 그의 처자식이……뒤: 권종(權悰)의 시장(諡狀)에, 권종이 죽자 금산 사람들이 그의 충심에 감격해 그의 시신을 수습해 빈(殯)을 했고, 권종의 아들 권현(權晛)이 적지에 들어가 시신을 모셔 와서 선영에 안치했다는 내용이 보인다.《경연당집(景淵堂集)》권6〈증이조판서권공시장(贈吏曹判書權公諡狀)〉.
* 광주 목사(光州牧使)는 그와 사촌: 광주 목사는 권율을 가리킨다. 권종의 막내숙부가 권율의 부친인 영의정 권철(權轍)이다.《경연당집》권6〈증이조판서권공시장〉.
* 마치……되었다: 당나라 한유의〈정상서를 전송하는 서문[送鄭尙書序]〉에 나오는 말로, 풀이 베어지듯 죽임을 당하고 짐승이 사냥에서 잡히듯 포로가 된다는 뜻이다.

다. 중흥의 기반이라고 기대했는데 용인 전투에서 수만 명의 군사가 고작 50, 60명의 왜적에게 패해 사기가 크게 꺾이고 병력이 약해져 수복의 공을 기약할 수 없게 되었으니, 우리들의 죄가 여기에서 비로소 무거워졌다.

저 옛날 고려(高麗) 말에 우리나라의 원수는 다만 삼도(三島)의 왜적*뿐이었다. 그들이 전후로 관군에 패한 것이 몇 번인지 헤아릴 수 없이 많았지만, 끊임없이 출몰하면서 우리 백성을 죽이고 강토를 유린하며 40여 년이란 오랜 세월 동안 화란을 일으켰다. 게다가 저 평수길[平秀吉, 풍신수길(豊臣秀吉), 도요토미 히데요시]이란 자는 흉악하고 제멋대로 날뛰어 여러 도를 하나로 통일한 뒤 간악한 마음을 품은 것이 하루 이틀이 아니었다.

만약 저들이 부산을 침범했을 당시 용장과 정예병이 위엄을 떨치며 적을 섬멸해서 한 척의 배도 돌아가지 못하게 했다면, 오랑캐들이 두려워서 본거지에 숨은 채 감히 딴마음을 먹지 못했을 것이다. 그런데 국운이 불행하여 향락과 안일에 오래도록 빠진 결과, 저 하찮은 오랑캐가 천 리 길을 무주공산에 들어가듯 했다. 이른바 "누구 하나 제지하는 사람이 없으니 참으로 낙토(樂土)로다."라는 말*을 지금 다시 보게 된 것이다. 이를 통해 본다면 앞으로 닥칠 근심에 어찌 끝이 있겠는가.

가만히 살펴보면, 오늘날의 형세는 큰 바다 위에 뜬 조각배가 광풍과 격랑에 휩싸여 노가 부러지고 돛이 꺾여 조만간 전복될 위기에 놓인 듯하다.

....

* 삼도(三島)의 왜적: 상하 대마도와 일기도(一岐島) 등지에 근거지를 둔 왜구를 가리킨다. 이 지역은 왜구가 가장 심하게 발호하던 곳이었다.

* 이른바……말: 1377년 3월에 왜구가 강화를 침략했는데, 《고려사절요(高麗史節要)》의 당시 기사에, "판개성부사 나세(羅世)가 아뢰기를, '군사를 끌고 강화에 들어가 왜적을 쳐서 쫓겠습니다.' 했다. 우(禑)가 그 뜻을 장하게 여겨 말 두 필을 주고 드디어 나세, 이원계(李元桂), 강영(姜永), 박수년(朴壽年), 조사민(趙思敏)을 보내어 강화에서 왜적을 치게 하고 도통사 최영은 승천부(昇天府)에 주둔하여 방비하니, 적이 강화를 버리고 물러가서 수안, 통진, 동성 등 현을 노략질하여 지나간 곳마다 아무것도 남지 않았다. 동성에 이르러 말하기를, '금지하고 막는 사람이 하나도 없으니 참으로 낙토로다.' 했다."라는 내용이 보인다.

배에 탄 사람들이 함께 죽을힘을 다해 구제한다면 위기를 면할 수 있겠지만, 그렇지 않으면 장차 모두 물에 빠져서 어찌할 도리가 없을 것이다.

이 나라의 사서인(士庶人)은 성스러운 조정의 다스림과 교화를 받은 사람들이니, 마땅히 집집마다 전쟁에 뛰어들고 개개인이 분노하여 눈을 부릅뜨고 용기를 내어 마치 사적인 원수를 갚듯이 해야 한다. 그렇게 한 뒤에야 위로는 임금을 구원하고 아래로는 처자식을 보호할 수 있으리라. 하물며 나라의 두터운 은혜를 입고 백 리 땅에서 근심을 나누면서* 군대와 백성의 정사를 총괄하고 보장(保障)의 책임*을 맡은 자라면 그 직분이 어떠하겠는가.

본도는 다행히 적의 침입을 받지 않아 물산이 예전처럼 풍족하다. 우리가 한 번 패했다고 해서 스스로 물러나 움츠린 채 편안히 지내서는 안 되고, 또 예전에 해 온 대로 한다거나 줏대 없이 무리지어 나가고 물러나면서 주장(主將)의 일시적인 호령과 지휘에 구차하게 응하기만 해서도 안 된다. 격려하고 분발해서 조국의 위급함을 구하고 비상한 공을 세우도록 다짐해야 할 것이다.

삼가 바라건대, 여러분은 다시 무리를 수습하고 무기를 정비해서 마음과 힘을 합하여 모두 하나로 결집하라. 내 비록 보잘것없는 사람이지만 미력하나마 최선을 다해 제군(諸軍)의 선봉이 되어 전라도 요충지를 나누어 점거함으로써 적들이 침입하지 못하게 할 것이요, 또 기회를 보아 진군해서 차례로 적을 격파하고 대군이나 의병과 협력하여 도성이 수복되기를 기다릴 것이다. 어가가 한양으로 돌아온 뒤에 다시 여세를 몰아 고개를 넘어 바다와 육지에서 일제히 공세를 취하여 솥 안의 물고기와 구멍

....

* 백 리……나누면서: 근심을 나눈다는 것은 임금의 근심을 나눠 갖는다는 뜻으로, 지방관의 직책을 가리킨다. 백 리는 흔히 한 고을의 수령이 다스리는 지역을 말한다.

* 보장(保障)의 책임: 민생을 안정시키고 변방을 견고히 함으로써 국가의 최후의 의지처가 된다는 뜻이다.

에 든 개미 같은 적들을 섬멸한다면, 삼군(三軍)의 기세를 크게 떨치고 오묘(五廟)*의 치욕을 다소나마 씻을 수 있을 것이다. 장차 바다를 가로질러 곧바로 대마도(對馬島)를 치는 것이 어려운 일이겠는가.

아, 사람이 천지간에 살면서 짐승과 다른 것은 인륜이 있기 때문이다. 군신의 의리가 해와 별처럼 빛나고 있으며, 삶을 버리고 의(義)를 취함은 군자가 바라는 바이다. 지금 적을 두려워하여 깃발과 북을 버리고 먼저 도망치는 자들은 임금을 잊고 일신만 요행으로 살려고 할 뿐이니, 오랑캐가 뜻을 얻고 나랏일이 나날이 잘못되는 줄은 알지 못한다. 숲 속으로 도망쳐 살기를 도모한들 뜻처럼 될 수 있겠는가.

또 돼지나 개 같은 저들에게 굽실거리며 뻔뻔스레 얼굴을 들고 신첩(臣妾) 노릇을 할 수 있겠는가. 더구나 하늘은 모든 사람을 빠짐없이 지켜보고 있고 국법은 여전히 지엄하다. 패한 군대는 따로 정해진 군율에 따라 주륙되어 세상의 큰 치욕거리가 될 것이며, 처자식은 관아의 노비가 되고 귀신은 제사 지내 줄 이가 없게 될 것이다. 이럴 바에야 한 번 죽어 나라에 보답함으로써 몸과 이름을 영화롭게 하는 쪽이 낫지 않겠는가.

나는 선친으로부터 가정교육을 받아 임금 섬기는 의리를 조금 알기에 전쟁에 참가해 패한 뒤로 더욱 어찌할 바를 몰랐다. 밥을 대하면 매양 목이 메고 잠을 자려면 두려웠으며, 문을 나서면 수행원에게 민망했고 하늘을 우러르고 땅을 굽어보매 천지신명께 부끄러웠다. 생전에 조국을 위해 조금의 도움도 되지 못하고 죽는다면 지하에서 무슨 면목으로 선친을 뵐 것인가. 지금까지 죽지 않고 머리를 들고 사람들과 어울린 것은 두세 명의 동지와 상유(桑楡)에서 수습하는 계획*을 힘쓰려고 했기 때문이다.

....

* 오묘(五廟): 제후국의 종묘(宗廟)를 말한다. 처음 봉해진 임금이 태묘(太廟)가 되고, 고조와 증조와 조부와 부친이 사친묘(四親廟)가 된다. 사친묘를 이소(二昭) 이목(二穆)이라고 한다. 중국 황제는 칠묘(七廟)이다.

* 상유(桑楡)에서 수습하는 계획: 초년(初年)의 실패를 노년(老年)에 만회한다는 뜻이다.《후

다시 바라건대, 여러분들은 자책하는 나의 마음을 헤아리고 제멋대로 말을 내뱉은 것을 용서하며 무기를 들고 함께 일어나 앞으로 나아가고 물러서지 말지어다. 격문이 이르면 이대로 따르라. 말로 속마음을 다 표현하지 못한다. 7월 1일에 군사를 거느리고 곧바로 무주 등지로 향할 계획이니, 뜻있는 선비들은 각자 군사를 거느리고 한 곳으로 달려오라. −이 격문은 29일에 이곳에 도착했다−

지금 이 격문을 보니 국가로부터 받은 은혜를 저버리지 않았다고 할 만하고, 여러 고을에서 분연히 일어나는 자가 반드시 있을 것이다. 그러나 적이 금산에 들어간 지 5, 6일이 되었는데도 여태껏 이렇다 할 전투 소식이 들려오지 않고 있다. 힘을 모으느라 아직 이르지 못한 것인가?

이달 28일 저녁, 절 서쪽 산허리에 있는 메밀밭 가의 건조한 땅에 신주를 묻고는 메밀 씨를 뿌려 사람들이 모르게 했다. 옷을 깐 상자에 신주를 넣으면서 먼저 두꺼운 기름종이로 싸고 짚자리로 그 위를 둘렀다. 땅을 깊이 파서 나무를 가로세로로 댄 다음 겨릅대로 보완하고, 사면에 다시 겨릅대를 횡으로 세우고 또 마른 풀을 깐 뒤 신주를 담은 상자를 봉안했다. 그 위에도 이와 같은 방식으로 하고서 흙을 덮어 습기가 들어가지 않게 했다. 망극한 난리통에 조상의 신주도 보존할 수 없어 먼저 땅에 묻고 깊은 골짜기로 들어가려니 애통한 심정을 이루 말할 수 없다.

말안장과 옷 보따리는 절 동쪽 바위틈에 숨기고 양식은 골짝 속 돌

....
한서(後漢書)》 권17 〈풍이열전(馮異列傳)〉.

틈에 나누어 감추어 훗날 산에서 은신할 때 사용할 생각이다. 또 쌀 13섬은 절 뒷간 공터에 감추고 주인 형수의 옷 보따리 3짐은 동쪽 계곡 깊숙한 바위틈에 감추어 두었으니, 사내종 석지(石只)와 개손(開孫) 및 관인 동이(同伊)만 아는 사실이다.

산속으로 들어온 뒤로는 마음이 더욱 안 좋다. 고을의 동쪽 고개를 넘어오는 사람이 보이면 무슨 기별을 가지고 올지 몰라서 두렵기도 하고 의심스럽기도 하여 어찌할 줄 모르다가 아무 일 없다는 소식을 들은 뒤에야 다소 안정된다. 그러나 병마절도사가 군사를 거느리고 올라간 뒤로 승패에 대한 소식을 듣지 못했고 적이 금산을 점령한 지 이미 오랜데 끝내 어떻게 방어할지를 알지 못하니, 그저 통곡할 따름이다.

응일이 학질로 여러 번 고생하더니 아직까지 낫지 않았고, 영진의 서조모(庶祖母)도 오늘 이 병에 걸렸으니 걱정이다. 오늘은 입추(立秋)이다. 초여름에 터진 난리가 석 달간 이어졌지만 여태 안정을 찾지 못하고 흉적의 공격은 오히려 그칠 줄 모른다. 언제쯤 태평세월을 다시 볼 수 있으며, 노모와 처자식은 어디를 떠돌고 있을까. 생사에 대해 전혀 듣지 못하고 있다. 생각이 이에 미치자 쏟아지는 눈물을 참기 어렵다.

7월

◎ — 7월 1일

이날은 인종(仁宗)의 기일이고, 전달 28일은 명종(明宗)의 기일이었다. 파천하는 주상께서 두 기일을 당해 어떻게 마음을 가누실까. 북쪽 하늘을 바라보니 저절로 눈물이 흘렀다. 주인 형이 육십령을 방어하기 위해 어제 고을 경계에 이르렀다. 나를 맞이해 회포를 풀려고 하기에 아침 식사를 한 뒤 그리로 달려갈 생각이다.

이국필(李國弼)은 난리가 난 초기에 처자식과 함께 관아를 버리고 도망쳤다가 곧바로 죗값을 치렀다고 했다.* 그런데 지금 또 듣기로는

....

* 　이국필(李國弼)은……했다: 이국필은 임진왜란이 발발했을 당시 함창 현감으로 재직했다가 도망친 인물이다. 《국역 일성록(日省錄)》 정조(正祖) 16년 12월 14일. 조익(趙翊)의 〈진사일기(辰巳日記)〉에 따르면, 함창 현감 이국필이 석전에서 패한 뒤 도망치자 선조는 이국필을 주륙할 것을 명했다. 이후 문경의 감옥에 갇힌 이국필은 문경이 함락되자 간신히 탈출하여 지난날의 죄를 씻고자 다시 공직에 복귀하려는 뜻을 전달했고 관찰사가 이에 용서하여 받아 준 내용이 보인다. 《가휴집(可畦集)》 권7 〈진사일기〉.

깊은 산중에 숨어 목숨을 보존하고 있으며 굶주림에 시달릴 때쯤 도움을 준 사람이 있었다고 한다. 그러나 이는 모두 길에서 주워들은 말이라 사실 여부는 자세히 알 수 없다.

이날 주인 형이 이 고을 천잠리(天蠶里)에 있는 한응기(韓應期)의 정사(亭舍)에 와서 묵는다는 말을 듣고 즉시 달려갔다. 도중에 들으니, 용담 송현(松峴)의 복병이 적의 깃발을 보고 지레 무너져 퇴각했다고 하기에 정사로 달려가 잠깐 얼굴만 보고 산중으로 돌아오니 밤이 이슥했다.

적이 용담에 보낸 선문은 이해할 수 없다. 대체로 관찰사와 안무사(按撫使)가 거주민들을 위무하겠다는 명분을 내걸었지만, 실제로는 어리석은 백성을 꾀어내려는 짓일 게다.* 적이 용담과 무주를 함락시켰다고 한다. 오늘이나 내일 중으로 이 고을에 이를 것이니 만반의 준비를 해야겠다. 관아 물건도 땅에 묻었다.

◎ ― 7월 2일

아침을 먹은 뒤 관속들이 다시 절 뒤편 깊은 계곡으로 들어가 나무에 의지해 막사를 짓고 잠을 잤다. 올 때 계곡이 험해 간신히 올랐다. 주인 형수는 잘 걸어서 도움이 필요 없었지만, 영진의 서조모는 중도에

....
* 적이 용담에……게다:《국역 난중잡록》1592년 7월 5일 기사에 "적병이 진안으로부터 전주로 향하니 이광이 이정란(李廷鸞)을 시켜 본부의 각종 군사를 거느리고 성을 지키게 했다. 자신은 각 읍의 군졸들을 거느리고 만경대(萬頃臺) 산성으로 나가 진을 치고 영남으로 공문을 발송하여 이르기를, '금산의 왜적이 이미 무주, 용담, 진안 등지를 점령하고 또 전주에 침범하여 혹은 감사(監司), 안무사(安撫使)의 명령이라 칭탁하고 오로지 군사의 모집을 일삼으니, 놈들이 지나가는 읍에는 우매한 백성들이 앞다퉈 서로 따라붙는데 금산, 용담이 더욱 심하다.'라고 했다."라는 내용이 보인다.

학질로 인해 고통을 호소했다. 사내종 끗손[㖈孫]과 개손에게 계속 부축하게 하여 간신히 막사에 도착하긴 했지만 걱정이다. 응일의 학질이 나았으니, 이 점은 기뻐할 만하다.

현의 호장(戶長) 이옥성(李玉成)이 배패(陪牌)* 5명을 거느리고 관속들을 호위하기 위해 산중으로 찾아왔기에 고개 너머 병사들이 매복한 곳으로 돌려보냈다. 적의 척후병의 기별을 들으면 곧장 보고하여 창황한 상황을 만들지 않으려는 것이다. 만일 적이 현으로 들어오면 다시 고개 하나를 넘어 숲속으로 깊이 숨을 생각이다.

이 막사는 절에서 10리가량 떨어져 있다. 나무가 하늘을 찌를 듯이 높아 햇빛이 보이지 않고 삼복더위에도 모두 겹옷을 입어야 할 정도로 더운 줄을 모른다. 단 해가 저물면 달려드는 모기 때문에 견디기 힘들다. 천 리 타향에서 난리를 만나 노모, 처자식과 고생을 함께하지 못할 뿐더러 몸뚱이는 편안히 있지 못하고 인적 끊긴 깊은 산골짝으로 도망쳐 온갖 고생을 하고 있다. 나무에 기대 어머니와 처자식, 아우와 여동생이 어느 곳, 어느 산, 어느 골짝, 어느 물가에서 어떤 밥을 먹고 무슨 죽을 마시고 있을까, 주린 배를 서로 그러안고 울지나 않을까 하고 깊이 생각하니, 눈물이 옷깃을 적시고 나도 모르게 흐느끼는 소리가 흘러나왔다.

금산에서부터 무주, 용담을 거쳐 진안, 장수에 이르는 구간은 산길이 좁고 요충지와 굽이가 매우 많다. 만일 험한 지형에 사수(射手) 수백 명을 매복하고 고개와 숲에 의병(疑兵)*을 많이 배치하면, 저들의 수가

....

* 　배패(陪牌): 장수를 모시고 따라다니는 군사들이다.

제아무리 많아도 쉽게 진격해 오지 못할 것이다. 그런데도 장수들 중 어느 한 사람도 적을 막을 대책을 세우기는커녕 소문만 듣고도 먼저 도망치니 분통이 터진다.

금산의 궁사 둘이 군사가 패하여 흩어진 뒤에 도로 아래 수풀에 숨었다가 맨 끝에 오던 적의 기병 둘을 사살하고 말을 빼앗아 타고 달려가 순찰사에게 바치자, 순찰사가 후한 상을 내렸다고 한다. 저 두 사람이 한마음으로 수많은 적들 속에서 기병을 사살하고 말을 빼앗아 돌아왔으니, 가령 2, 3명의 맹장이 마음을 가다듬고 각자 20, 30명의 궁사를 거느리고 요해처에 매복했다가 일제히 함성을 지르며 활을 쏘았다면, 적은 틀림없이 그들의 본거지로 되돌아갔을 것이다. 어느 겨를에 다른 지역을 침범했겠는가. 그런데 가는 곳마다 아군이 먼저 무너져서 마치 무인지경에 들어가듯 했으니, 저들이 깔보며 깊숙이 쳐들어온 것도 어찌 보면 당연하다. 통탄스럽다.

◎ ─ 7월 3일

산속에 있었다. 오늘은 할머니*의 기일인데, 도성이 함락된 후로 저마다 피난을 가느라 제사 지낼 사람이 없을 것이다. 비통함을 이루 다 말할 수 있겠는가. 새벽꿈에 아내가 관동(館洞) 집에 있었는데 평소 모습 그대로였고, 분을 바르고 깨끗이 단장한 막내딸 단아(端兒)*가 내 무릎 위에 안겨 있었다. 아이의 볼을 만지며 "너도 내 생각을 했느냐?"라

고 묻고는 이내 눈물이 주르르 흘렀다. 아내와 피난 생활에 대해 한창 이야기하던 중 갑자기 잠에서 깼다.* 나는 나무 밑에 누워 있었는데 여명이 밝아 왔다. 곰곰이 생각하니 꿈속 일이 눈으로 보듯 또렷하여 나도 모르게 눈물이 흘렀다. 난리가 난 뒤로 세 번이나 꿈에 보였다. 살았는가, 죽었는가? 어이하여 이렇게 자주 꿈에 나타나는가? 노모의 꿈을 한 번도 꾸지 못한 것은 어째서인가? 꿈속에서의 만남이야 공허한 것이지만, 그런 꿈조차 한 번 꾸지 못했다. 내 정성과 효성이 부족해서인가. 너무나 비통하다.

아침을 먹기 전에 호장 이옥성이 급히 소식을 전해 왔다. 어제 적들이 이 현의 경계에 위치한 호천면(狐川面)으로 곧장 가서 민가를 분탕질하고 금산의 안성창(安城倉)*에도 불을 질렀다는 것이다. 오늘은 틀림없이 현에 들어갈 것이기에 주인 형 및 조방장, 남평 현감이 병사를 물려 현의 앞 원에 진을 쳤다고 했다. 그래서 아침을 먹고 관속들과 짐을 챙겨 다시 깊은 골짜기로 들어갔다. 산이 더욱 높고 험해 길이 없었다. 열 걸음에 아홉 번을 자빠지고 수시로 쉬면서 겨우 고개 위에 올랐다. 싸리나무 숲을 좌우로 헤치고 곧장 가장 높은 곳에 도달하니, 사방

....

* 새벽꿈에……깼다:《쇄미록》의 앞부분을 보면, 피난 생활의 불안 때문인지 아내가 꿈속에 자주 등장한다. 오희문은 이 부분 외에도 《쇄미록》에 자신의 꿈에 대한 이야기를 많이 기록했고, 집안에 대소사가 있을 때면 관상감 명과관(命課官)으로 임천에 와 있던 이복령(李福齡)을 찾아가 길흉을 점치기도 했다. 《쇄미록》〈갑오일록〉 3월 12일 기사에 "꿈의 조짐이 이상하므로 아침에 일어나서 대략 써 두어 뒷날 징험하려고 한다."라고 한 것을 보면, 이러한 꿈을 예삿일로 치부하지는 않은 듯하다. 신병주, 「16세기 일기 자료에 나타난 꿈의 기록과 그 의미」, 『조선시대사학보』 74, 조선시대사학회, 2015, 299~300쪽.
* 안성창(安城倉): 무주현 남쪽으로 40리 지점에 있었다. 《국역 신증동국여지승람》 제39권 〈전라도 무주현〉.

이 끝없이 펼쳐졌다. 고개 동쪽은 경상도 함양의 경계로 군과의 거리가 45리이고, 동북쪽은 안음까지 60리, 남쪽은 남원까지 90여 리이다. 그리고 그 사이에 있는 운봉과는 45리 떨어져 있다고 한다.

고개의 남쪽 비탈을 내려오는데 마치 절벽 위에서 내려오는 듯했다. 간신히 서로 부축하며 오던 중에 산 중턱에 못 미쳐 높이가 7, 8장(丈) 됨직한 우뚝한 바위가 나타났다. 바위 아래의 구멍에서는 차가운 물이 흘러나왔다. 옛날에 암자가 있던 곳으로, 그 터가 아직도 남아 있었다. 앞에는 1장 높이로 쌓은 섬돌이 그대로 있었다. 폐해진 지 이미 오래되어 아무도 모르는 곳이었다. 지난번에 응일과 종윤이 중들을 데리고 여러 곳을 찾아다니다 여기보다 좋은 곳이 없어서 나무를 쪼개 표시해 두었으므로 찾을 수 있었다. 바위 아래에 나무를 얽어 집을 만들었다. 두꺼운 기름종이와 종이, 옷, 도롱이 등으로 덮고 그 속에 들어가 오랫동안 머물 계획이다.

이 고을에서 석천암까지는 15리 남짓이다. 중간에 하나의 큰 고개가 있어 길이 몹시 험하다. 석천암에서 어제 머물며 잠을 잔 막사까지 또 10리가 넘고 길은 더욱 험한데, 막사부터 여기까지 다시 10여 리를 더 들어오니 인적이 닿지 않고 길도 끊겼다. 멀리서 보이지만 않으면 왜적이 아무리 현으로 들어와 숲을 샅샅이 수색해도 분명 찾지 못하겠지만, 그래도 사람을 시켜 날마다 고개 위에서 망을 보게 할 생각이다. 다만 주인 형이 지금 적과 인접해 있으니 그것이 걱정이다.

이곳은 남원 관내(管內)로 추리면(楸里面) 서남동(西南洞)인데, 옛날에 서남사(西南寺)가 있었다가 지금은 폐해졌다고 한다. 우리를 따라온 사람은 계집종 4명, 사내종 5명, 관인 정춘(丁春), 춘학(春鶴), 동이, 중

능인(能引), 능찬(能贊)이다. 오후에 석천암의 중 성운(性雲)과 현각(玄覺)이 골짝에 숨어 있다가 숲을 헤치고 고개를 넘어 우리가 있는 곳으로 찾아왔는데 사정이 딱했다. 관인 동이는 위급한 상황을 만나면 나를 데리고 떠나라는 주인 형의 분부가 있었기 때문에 나에 관한 모든 일을 함께하고 있다.

◎ ─ 7월 4일

산속에 머물며 바위 아래에서 잤다. 이른 아침에 네 사람을 차출하여 현의 동쪽 고개에 있는 봉수대(烽燧臺)로 보내 적의 사정을 탐문하고 적이 현에 들어왔는지 알아오게 했다. 낮에 관인이 주인 형의 편지를 가지고 와서 보고하기를, 적은 현재 현으로 들어오지 않고 곧바로 진안을 함락했으며 조방장과 남평 현감이 이를 듣고 완산을 구원하려고 임실로 달려갔다고 했다. 주인 형은 지금 현의 남면(南面) 민가에 있다고 한다. 걱정스럽다.

그저께 관아에서 저축한 군량 및 관청 잡곡을 모두 군사와 백성들에게 나누어 주고 민가의 곡식을 불태웠다. 적들이 양식을 보고 오래 머물까 걱정했기 때문이다. 동면(東面)에 사는 무녀(巫女)의 집에 저장된 곡식이 매우 많아서 불을 놓자 창고와 집이 이틀 밤낮을 탔다고 한다.

왜적이 도성에 들어온 뒤로 길이 끊겨 소식이 오랫동안 두절되었다. 한 집안의 소식만 두절된 게 아니라 조정의 움직임도 알 수 없다. 이에 대해 말하는 사람이 한두 명 있기는 하지만 모두 근거 없는 소문이라 믿을 수 없다. 처음에는 어가가 평양에서 고개를 넘어 함흥부로 거둥했다고 했는데, 지금 들으니 그 당시 평양에 있었고 따로 북쪽으로 거둥한 적은 없다고 한다. 이 한 가지 일을 보면 다른 것도 알 수 있다.

지난밤에 바위 아래에서 잤다. 산이 높고 골짝이 깊어 한밤에 살속으로 파고드는 냉기를 참을 수 없었다. 의복을 모두 바위 구멍에 숨기는 바람에 가져오지 못한 게 안타깝다. 바위 앞 계단 위에 단칸짜리 집을 짓고 풀과 나무로 지붕을 덮고 바닥을 깔아 휴식처로 삼았다. 비라도 내리면 반드시 샐 텐데 어떻게 견딜는지. 많은 걱정이 앞선다. 그러나 적이 오지만 않는다면야 아무리 갖은 고생을 겪더라도 걱정할 필요가 없을 것이다. 잠시 뒤 산비가 갑자기 내려 위는 새고 아래는 축축하여 비가 지나가는 내내 괴로웠다. 큰비가 종일 내리기라도 하면 말로 표현할 수 없을 듯하다. 저녁에 정탐 나갔던 사람이 돌아와, 적이 아직 이 현에 들어오지 않았고 사방에서 들려오는 별다른 소식도 없는 것으로 보아 필시 완산으로 향한 것 같다고 했다.

◎ ― 7월 5일

산속 바위 아래에 있었다. 아침에 사람을 보내 현에서 적의 소식을 알아오게 하고, 또 2명의 사내종을 보내 바위틈에서 옷을 가져오게 하여 추위에 대비했다. 바위틈에 석순(石荀)이 많이 나서 캐다가 나물을 만들고 산나물을 뜯어다가 삶아서 밥에 싸 먹었다. 철이 지나서 억세긴 했지만 산속에서의 입맛을 돋웠다.

저녁에 정탐 나갔던 춘학 등이 와서 보고하기를, 적은 아직 현에 들어오지 않았고 무주의 적은 용담에 집결해서 관사를 헐고 냇가에 임시 건물을 길게 지어 놓고 창틈으로 주변을 살핀다고 했다. 이들은 분명 군대를 나누어 진안과 장수를 침범할 것이다. 이는 주인 형이 편지에서 언급한 것이기도 하지만, 이방(吏房) 이언홍이 적의 사정을 알리는 글에서 언급한 내용이기도 하다.

◎ ― 7월 6일

산속에 머물며 바위 아래에 있었다. 낮에 현의 아전 백언곡(白彦鵠)이 왔다 갔다. 저녁때 배패 박명련(朴明連), 박한련(朴漢連) 등이 주인 형의 편지를 가지고 왔다. 조방장 및 남평 현감은 군사를 거느리고 바로 적진으로 갔고, 주인 형은 또한 관아로 돌아왔다고 한다. 당초 듣기로는 적이 진안으로 들어갔고 또 이 현의 경계에 있는 호천을 침범했다고 했는데, 지금 다시 들으니 모두 헛소문이라고 한다. 이곳에서 벌어지는 일도 이러한데 다른 지역은 안 봐도 알 만하다.

밤중에 두견새 소리를 들으니 슬픈 감정을 주체할 수 없어 절로 눈물이 흘렀다. 꿈에서 경여 부부를 보았는데, 이는 무슨 까닭인가?

◎ ― 7월 7일

골짜기 속에 있으면서 시냇가에서 잤다. 오늘은 칠월 칠석이다. 가을바람이 삽상하게 불고 초승달은 고개에 걸렸다. 노모와 처자는 지금 어디에 있는가. 오히려 오늘을 생각이나 하려나? 감회가 더욱 지극하여 슬픈 눈물을 금하기 어렵다.

들리는 말에, 적이 함경도로 향하다가 철령(鐵嶺)*에서 패했다고 한

....
* 철령(鐵嶺): 함경남도 안변과 강원도 회양 사이에 있는 고개이다. 예로부터 지형이 험하여 천혜의 요새로 중시되었으며, 관북, 관동, 중부지방을 잇는 중요한 교통로이기도 했다.

다. 그렇다면 강원도도 적의 수중에 들어간 것이다. 노모와 처자가 만일 동쪽으로 피했다면 필시 보전하지 못하리라. 두렵고 궁금하여 걱정이 끝이 없다. 사람이라면 누구나 죽기를 싫어하고 살기를 바라지만, 지금처럼 적의 형세가 날로 핍박해 와서 바위틈에 숨어 하루를 일 년같이 사느니 차라리 죽어서 아무것도 모르는 게 낫지 싶다. 그러나 이처럼 어렵게 피난하면서 목숨을 보존하려는 이유는, 저 하늘도 언젠가는 분명 재앙을 내린 것을 뉘우치고 흉적들도 오랫동안 주둔할 운수는 없을 것이기에 조금만 더 살아서 나라가 중흥하는 모습을 다시 보고 노모와 처자, 아우, 여동생과 재회하기를 바라기 때문이다.

이른 아침에 양식을 가져오기 위해 남자들을 모두 석천사로 보냈다. 아침 식사를 막 끝냈을 무렵 고개 위에서 포성이 들려와 모든 사람들이 놀라고 당황해서 어찌할 줄을 몰랐다. 응일이 먼저 형수를 모시고 가지고 있던 물건을 죄다 버린 뒤 곧바로 서남동으로 내려갔다. 내 생각에 어제저녁까지 왜적이 현에 들어오지 않았는데 오늘 아침 산에 올라 포를 쏘았을 리 만무하다. 그러나 무리들이 모두 달려 내려가는데 나 혼자만 머물 수 없어 함께 내려갔다. 골짝이 깊고 험하기가 전보다 갑절이나 심했다. 자빠지고 엎어지며 갖은 고생 끝에 골짝 어귀에 거의 다 와서 멈췄다. 거리로 환산하면 15리가 넘었다. 사람을 보내 탐문해 보니 왜적은 없다고 했다. 암석이 바위에 떨어지면서 포성과 비슷한 소리를 냈던 게 틀림없다.

곧바로 도로 올라가 몇 리쯤 가자 삼을 담가 놓은 장소가 나왔다. 냇가에 임시 거처를 만들고 삼대로 덮고 자는데 밤중에 큰비가 갑자기 내려 즉시 기름종이 1장을 덮었다. 그러나 퍼붓는 비에 물이 계속 새서 옷이 모두 젖었다. 갈모*를 쓰고 앉은 채로 꼬박 밤을 지새웠다. 이 날 밤의 괴로움은 말로 형용하기 어려울 정도였다. 팔을 베고 잠깐 잠이 들었을 때 윤겸이 꿈에 보였다. 내가 관동의 별실에 있는데 윤겸이 밖에서 들어와 기둥 앞에서 절을 하기에, 내가 이르기를 "네 말을 너의 주인집으로 보냈으니 타고 오는 것이 어떠하냐?"라고 했다. 이는 무슨 영문인가? 어렵고 괴로운 속에서 천성이 감통하니, 윤겸도 분명 괴롭게 생각하다가 이렇게 꿈에 나타났을 게다. 이 한 구절을 쓰자니 슬픈 눈물이 옷깃을 적셔 견딜 수가 없다.

◎ ─ 7월 8일

골짜기 속에 머물면서 시냇가에서 잤다. 오늘은 돌아가신 아버지의 생신이다. 지난 일을 추억하니 슬픔을 견딜 수가 없다. 노모와 처자식, 아우와 여동생은 오늘 어디에 있으면서 아버지의 생신을 생각할까. 슬퍼서 눈물이 그치지 않는다.

저녁나절에 정탐 나갔던 사람들이 호장의 고목(告目)*을 가지고 왔다. 그저께 적들이 진안에 들어가 현과 가까운 산림을 분탕질해서 관인과 마을 사람 다수를 잡아갔으며, 어제는 기병 4명, 보병 10명으로 구성된 왜적이 와서 현의 경계를 엿보기에 정탐하던 이 현의 사람이 적이 왔다고 소리치자 적들이 세 차례 포를 쏜 뒤 도로 진안으로 갔다

....
* 갈모: 예전에 비가 올 때 갓 위에 덮어 쓰던 고깔과 비슷하게 생긴 물건이다. 비에 젖지 않도록 기름종이로 만들었다.
* 고목(告目): 각사(各司)의 서리 및 지방관아의 향리가 상관에게 공적인 일을 알리거나 문안할 때 올리던 간단한 문건이다.

고 했다.

조방장 및 보성 군수(寶城郡守), 남평 현감이 군사를 거느리고 와서 이 현에서 잠을 잔 뒤 이른 아침에 주인 형과 현의 경계에서 10여 리 떨어진 지점에 진을 쳤다고 했는데, 그 뒤로 들은 소식은 없다. 다만 이 현의 군사들이 모두 도망치는 바람에 주인 형은 군사도 없이 홀로 나갔다고 한다. 매우 걱정스럽다.

◎ ― 7월 9일

골짜기 속에 있으면서 시냇가에서 잤다. 이른 아침에 적의 사정을 탐문하기 위해 사내종 귯동(欻同)과 중 능인을 봉수대로 보냈다. 저녁에 돌아와 보고하기를, 적은 현재 침입하지 않았으며 다만 어제 현의 경계에 있는 덕안원 원주(院主)의 집을 불태우고 진안으로 돌아갔다고 했다.

이날 소나기가 여러 번 내려서 종일 갈모와 도롱이를 쓰고 바위 위에 쭈그리고 앉아 밤을 새웠다. 그 괴로움이란 말로 표현하기 힘들다. 며칠 전 돌 떨어지는 소리를 듣고 놀라서 허둥지둥했던 이유는, 왜적이 으레 높은 봉우리에 올라 포를 쏘면 산속으로 피신한 어린아이와 개, 말이 반드시 놀라서 울기 마련인데, 그러면 그 소리를 좇아 잡아간다고 들었기 때문이다.

◎ ― 7월 10일

골짜기 속 시냇가에서 잤다. 이른 아침에 관인 동이와 사내종 개손 등을 보내 적의 동정을 탐지하도록 했다. 종일 시냇가 바위 위에 쭈그리고 앉아 있으려니 허리 아래가 쇠처럼 매우 차갑다.

저녁에 동이와 그 일행들이 주인 형의 편지와 통문을 가지고 와서 보고했다. 주인 형의 편지에는 왜적이 8일에 웅현(熊峴)을 넘어 완산으로 향했는데 고개를 넘을 때 장수 1명과 상왜(常倭, 상시로 왕래하던 왜인) 1명을 베고 5명을 생포했다는 내용이 적혀 있었다. 하도(下道)의 여러 군대가 와서 완산을 막는다고 하니, 필시 쉽게 범하지는 못할 것이다.

이곳 천잠(天蠶)에 진을 친 군대는 보성 군수, 남평 현감 및 조방장이 거느린 군사 1천여 명이다. 적이 장계로부터 돌아서 진영 뒤로 나올 것에 대비해 구례 현감(求禮縣監)은 군사를 거느리고 고을 북쪽 축현(杻峴)에 복병을 매복시켰고, 진안, 완산 등지에서 몰래 넘어와 침략하는 것에 대비해 주인 형은 군사를 거느리고 중대령(中臺嶺) 위에 복병을 매복시켰다.

또 운봉에서 전한 통문을 보면, 영남의 적으로 정승 안국사(政丞安國使)의 행차라고 칭하는 2천여 명이 현풍현(玄風縣)에 들어와 자고 4일에 가야산(伽倻山) 및 김산으로 향했다고 한다.* ─원문 빠짐─ 현의 호장이 소의 앞·뒷다리와 벌집 꿀을 보내와서 밥맛을 돋웠다.

◎ ─ 7월 11일
산속에 머물며 바위 아래에서 잤다. 어제저녁에 적이 완산으로 향

....
* 　영남의……한다: 《국역 고대일록》 1592년 7월 11일 기사에 "왜적으로 정승 안국사(政承安國使)라고 호칭하는 자가 현풍, 성주로부터 김산, 영동을 지나서 전라도의 적들과 합세하여 장차 전주를 침범하려고 한다는 소문이 있다."라는 내용이 보인다.

했다는 말을 들었으므로 아침을 일찍 먹고 전에 머물던 바위 아래로 돌아와 오랫동안 머물 계획을 세웠다. 저녁에 적의 소식을 탐문해 왔는데, 어제와 같고 별다른 사항은 없었다.

◎ —7월 12일

산속에 머물며 바위 아래에서 잤다. 이른 아침에 관아에 사람을 보내 소식을 탐지하게 했다. 낮에 현의 아전 백언곡이 찾아왔다. 주인 형의 편지에, 7일에 적이 웅령(熊嶺)을 넘을 때 나주 판관(羅州判官), 김제 군수(金堤郡守) 및 의병장 황박(黃璞) 등이 전투를 벌여 1백여 명을 사살하니 적들이 전주 안두원(安斗院)에 3개의 진을 쳤다*는 내용이 있었다.

저녁에 적정을 살피러 갔던 사람이 주인 형의 편지와 통문을 가지고 와서 보고했다. 운봉에서 전한 관문에, 영남의 적 가운데 안국사라고 일컫는 왜승(倭僧)이 여러 곳에 주둔한 적을 모아 무주, 지례 등지에 진을 친 뒤 기회를 엿보며 호남 침략을 준비한다고 했다. 몹시 걱정스럽다. 적의 기세가 대단해서, 며칠 전 진안에 있던 적이 웅현을 넘어 전주 지역에 진을 쳤고 영남의 적은 이미 무주 경계에 이르렀다. 틀림없

....

* 7일에……쳤다: 이른바 웅치 전투이다. 이광이 나주 판관 이복남(李福男)과 김제 군수 정담(鄭湛) 등을 복병장으로 삼아 웅현(熊峴)을 파수하게 하자, 1592년 6월에 전주 전 만호 황박(黃璞)이 자원한 군사 2백여 명을 모아 전주와 진안의 경계인 웅현에 복병을 설치하여 이들을 조력했다. 금산을 점거한 고바야카와 다카카게(小早川隆景)의 왜군이 험한 웅치를 넘어 전주 방면으로 진격하려고 했다. 이에 이복남, 의병장 황박, 정담, 남해 현감 변응정 등이 7월 8일 군대를 연합하여 험한 지형을 이용하여 왜군의 침입을 막았으나, 우세한 왜군의 대대적인 공세를 받아 이복남은 퇴각했고 정담과 변응정은 화살이 다 떨어질 때까지 싸워 적병 수백 명을 죽였으나 마침내 포위되어 죽었다. 전주를 지킴에 있어 이들의 공이 실로 컸다.

이 합세해서 전주성을 함락시키려 들 것이다.

적이 산을 수색할 적에, 으레 두세 명이 높은 봉우리에 올라 기를 들고 소리를 지르면 10명이나 15, 16명가량이 사냥꾼이 꿩을 쫓듯 몽둥이로 수풀을 마구 헤집고는 만일 사람 소리가 나지 않으면 그대로 지나가고 소리가 나면 끝까지 찾아낸다고 한다. 원중성은 용수암(龍水菴)에 숨었다가 적이 와서 산을 뒤지자 등나무 넝쿨이 빽빽한 곳으로 달아나 숨었는데, 적이 수풀을 치면서 지나가서 간신히 화를 면했다고 하니 아찔하다.

순찰사의 관문에 보면 지금 임금의 교지가 도착했는데, 요동(遼東)에서 크게 정병 5만 명을 내어 강변에 머물면서 응원하게 하고, 광녕(廣寧)의 양총병(楊摠兵)은 친히 달자(㺚子) 의용병 5천 명을 거느리고 앞서 나와서 요격하고 있으며, 나머지 조총병(祖摠兵)과 곽유격(郭游擊), 왕유격(王游擊) 세 장수는 각각 수천의 병마를 거느리고 이미 압록강을 건넜고, 사유격(史遊擊) 또한 정예병 1천5백 명을 거느리고 선봉이 되었다고 했다. 또 의주 목사(義州牧使)가 글을 등사해서 보낸 관전보(寬奠堡) 표첩(票帖)에는 명나라 조정에서 산동도(山東道) 수군 10만 명으로 하여금 수로를 경유해 곧바로 왜적의 소굴을 공격하게 하는 내용이 실려 있다고 한다.

명나라 원병이 이미 압록강을 건너 군대의 기세를 크게 떨치고 있으니, 흉적을 소탕하여 도성 수복을 기약할 수 있을 것이다. 기쁘고 위안이 된다. 그러나 전라도에 들어온 적은 기세가 한창이라 소탕할 날이 아직 멀어 보인다. 산속으로 피신한 지 보름 가까이 되어 간다. 절기도 바뀌고 장차 옷을 주는 달*에 가까워지니, 저녁에 서늘한 바람이 일고 흰 이슬이 추위를 더한다. 산이 높고 골짝이 깊어 수목이 짙게 뒤덮은 곳에서 바위 아래에 오래 머물며 풀을 깔고 누우니, 야심한 밤이면 위는 차갑고 아래는 습해 통 잠을 이룰 수 없다. 견디기 힘들고 기운도 편치 않으니, 심히 걱정스럽다.

◎ ─ 7월 13일

산속에 머물며 바위 아래에서 잤다. 영남의 적이 지례에서 사흘을 연해 무주로 들어갔고 장차 전주로 향하려 한다고 한다. 운봉에서 전한 통문에 의병장의 급보(急報)가 실려 있었다. 내용인즉슨, 왜적 선발대 5백여 명이 작은 기 9개를 세우고 다시 용대기(龍大旗) 1개를 세웠는데 그 가운데 한 사람은 쇠가죽으로 만든 가마를 타고 갔다고 한다. 이때 지례의 산척(山尺)* 43명이 요충지에 잠복해 있었는데, 패두(牌頭)* 서인손(徐仁孫)이 먼저 가마를 쏘니 가마에 탔던 자가 땅에 떨어졌고 적의 무리가 놀라서 당황했다. 이에 여러 사람들이 일제히 발사하여 다수의 적이 중상을 입고 모두 놀라서 흩어졌고, 사노(私奴) 개이(介伊), 쇠똥이[金同伊], 명부(明夫) 등이 힘을 합쳐 왜적의 머리를 벤 뒤 그들의 물건과 함께 실어 보냈다고 한다.

....

* 옷을 주는 달: 음력 9월을 가리킨다. 《시경》 〈유풍(幽風)·칠월(七月)〉에 "7월에 대화심성(大火心星)이 서쪽으로 내려가면, 9월에는 두터운 옷을 준다[七月流火 九月授衣]."라고 했다.
* 산척(山尺): 산속에 살면서 사냥도 하고 약도 캐는 것을 업으로 삼는 사람이다.
* 패두(牌頭): 패(牌)를 거느린 우두머리이다. 대개 군사의 역을 감당하는 1패는 40, 50명 정도였다.

◎ ― 7월 14일

산속에 머물며 바위 아래에서 잤다. 이른 새벽에 아내의 꿈을 꾸었는데, 평소 모습과 다름없었다. 그런데 큰딸의 혼사 이야기를 하는 건 무슨 까닭인가? 안색이 초췌한 것으로 보아 죽은 게 분명하다. 생전에 다시 만나지 못할 것이니, 슬퍼서 눈물을 참기 힘들다. 난리가 난 후로 네 번이나 꿈에 보인 건 생각을 독실하게 해서 그런 것인가. 낮에 심열의 꿈을 꾸었는데, 꿈의 징조가 좋지 않다. 무슨 일인가? 노모는 심열이 모시고 강릉으로 갔을까? 그랬다면 보전할 수 있을 테니 걱정할 것이 없다. 다행스러움을 말로 다할 수 있겠는가.

저녁 무렵에 주인 형의 편지가 도착했다. 적이 완산 성황당 위를 점령하고 성안을 굽어보는 매우 위급한 상황이라 이곳 조방장이 구원하는 일로 전령을 차출해 보냈다고 했다. 완산이 함락되어 적이 견고한 성을 점령하게 된다면, 나머지 성들은 반드시 소문만 듣고도 무너져 두어 달 안에는 난리가 결코 끝나지 않을 것이다.

숲속으로 도망친 사람들은 굶주림에 시달릴 뿐만 아니라 상강(霜降)이 가까워져 바위틈에서 오랫동안 거처하면 추위로 인해 몸이 상할 것이니, 몸을 보존할 수 있으려나? 몹시 걱정된다.

◎ ― 7월 15일

산속에 머물며 바위 아래에서 잤다. 저녁에 들으니, 나주 목사가 군대를 이끌고 이곳에 왔다고 한다. 요새 가뭄 때문에 바위샘이 마르려고 해서 아침저녁으로 쌀을 지고 몇 리 밖에서 밥을 지어 온다. 매우 걱정스럽다.

◎ ─ 7월 16일

산속에 머물며 바위 아래에서 잤다. 저녁에 들으니, 적이 이 현의 덕안원과 호천을 침범하고 민가를 분탕질하자 보성 군수와 남평 현감이 병사를 거느리고 진격했고 왜적 일부는 중대사를 침범했다고 한다.

오후에 천둥이 치고 비가 많이 내렸다. 임시로 친 장막에 비가 새서 갈모와 도롱이를 입고 버텼다. 삼대를 엮어 덮으니 더 이상 새지 않았다.

◎ ─ 7월 17일

산속에 머물며 바위 아래에서 잤다. 사내종들을 석천암에 보내서 그곳 중들에게 이곳으로 양곡을 운반해 바위틈에 묻어 두게 했다. 적들이 고을로 들어오면 백운산(白雲山)으로 들어갈 계획이라 양식을 편리하게 가져가려는 것이다.

오후에 큰비가 내려 모든 사람들이 바위를 등지고 서 있었다. 저녁때 주인 형의 편지가 왔다. 적이 중대사에 들어와 주둔하고 있으며 덕안원도 불태웠다고 한다. 오늘 내일 중에 틀림없이 현으로 들어올 것이다. 보성 군수와 남평 현감이 군사를 거느리고 현의 천잠리(天蠶里)에 주둔하고 있지만, 적군은 많고 아군이 적어 막지 못할까 걱정이다. 나주 목사는 태인(泰仁)에 있는 순찰사 처소로 다시 돌아갔다고 한다. 분명 좌막(佐幕)*을 불러 갔을 것이다.

....

* 　좌막(佐幕): 관찰사, 유수(留守), 병마절도사, 수군절도사 등을 따라다니는 관원(官員)의 하나로, 비장(裨將)이다.

◎ ― 7월 18일

산속에 머물며 바위 아래에서 잤다. 꿈에 천안의 주인 형수와 이여인(李汝寅), 이여실(李汝實) 형제*를 보았는데, 난리를 만나 피난을 가려는 눈치였다. 무슨 징조인가?

저녁때 주인 형의 편지를 보니, 적이 중대사에서 임실로 넘어 들어와 민가를 불태웠으며 완산은 굳게 지키고 있기에 적들이 쉽게 범하지 못하여 무리를 나누어 근처 인가를 약탈해서 우주창을 불태운 뒤 옥야창(沃野倉)*으로 향하고 있단다. 그렇다면 평원을 이용해 곧바로 우도(右道)의 여러 고을을 침략할 것이니, 누가 막을 수 있겠는가. 분통이 터지지만 어찌하겠는가.

◎ ― 7월 19일

산속에 머물며 바위 아래에서 잤다. 이 산의 이름은 영취산(靈鷲山)이다. 함양의 백운산과 마주하고 멀리 지리산(智異山)을 바라보며 남쪽 지방을 가로지르는데, 높은 봉우리가 아득히 구름 위로 솟아 있다. 만약 만 길 높이의 천왕봉 위에 오른다면 흉적이 아무리 많다고 해도 무엇이 두려우랴만 그리할 수 없는 것이 아쉽다. 임언복이 왔다가 돌아갔다.

....

* 천안의……형제: 천안의 주인 형수는 은진 송씨(恩津宋氏, ?~1597)이다. 오희문 아내의 친정 작은어머니이다. 작은아버지 이정현(李廷顯, 1524~1591)이 천안 군수를 역임했기 때문에 이렇게 부른 것이다. 여인(汝寅)은 이빈(李賓, 1547~1613)의 자이고 여실(汝實)은 이분(李賁, 1557~1624)의 자인데, 이들은 모두 은진 송씨의 아들이다.《월사집(月沙集)》권47〈통정대부행천안군수이공묘갈명(通政大夫行天安郡守李公墓碣銘)〉.

* 옥야창(沃野倉): 전주부 서쪽으로 70리 지점에 있었다.《국역 신증동국여지승람》제33권〈전라도 전주부〉.

저녁에 주인 형의 편지를 보니, 완산의 적이 모두 진안으로 돌아갔다가 다시 용담으로 향했다고 한다. 자세한 내막은 알 수 없지만 이것이 사실이라면 반드시 이유가 있을 것이다. 적이 뜻밖에 완산을 버리고 진안으로 돌아간 것은, 완산의 높은 성을 굳게 지키고 있는데다 하도(下道)의 군사들이 밖에 진을 치고 있어 경솔히 공격할 수 없고 인근에는 청야(淸野)*를 해서 들에 약탈할 물건이 없어 양식이 조만간 끊기게 생겼으므로, 진안으로 돌아가 형세를 보며 무리를 규합하다가 이 현을 경유해 곧장 용성으로 향하려는 의도가 아닐까? 아니면, 왜적들이 분명 곤란하게 여기는 무언가가 있는 상황에서, 또 명나라의 구원병이 대대적으로 이르고 산동의 수군이 그들의 본거지를 곧바로 공격할 것이라는 소문을 듣고 우선 돌아간 것인가? 적의 속내를 알 수 없다. 2, 3일 내로 이유를 알 수 있으리라.

◎ ― 7월 20일

산속에 머물며 바위 아래에서 잤다. 종일 비가 오고 음산한 안개가 산을 덮어 지척도 분간할 수 없었다.

저녁때 정탐을 나갔던 사람이 돌아와 보고하기를, 완산, 진안, 용담의 적들이 모두 무주로 향했다고 한다. 기쁨을 감출 수 없다. 그러나

---

* 청야(淸野): 전투 시 사람, 가축, 재물, 식량 따위를 모두 다른 곳으로 옮기고 주위의 가옥, 수목 등을 깨끗이 제거하여 적군이 사용할 수 없도록 하는 일이다. 《후한서》 권90 〈선비전(鮮卑傳)〉에 "원초(元初) 2년 가을에 요동(遼東)의 선비(鮮卑)가 무려현(無慮縣)을 포위하여 주군(州郡)이 병력을 합하여 굳게 지키면서 청야를 하니, 선비가 아무것도 얻지 못했다."라고 했는데, 이현(李賢)의 주에 "청야는 거두어 쌓아 놓아서 도적으로 하여금 획득하지 못하게 하는 것이다."라고 했다.

저들이 무슨 이유로 갑자기 퇴각했는지는 모를 일이다. 저들 나라에 변란이라도 생긴 걸까? 평수길이 소환하는 것일까? 틀림없이 이유가 있을 것이다.

◎ ― 7월 21일

산속에 머물며 바위 아래에서 잤다. 간밤에 큰비가 내려 새벽까지 이어지더니 오늘 저녁까지 개지 않았다. 어제처럼 음산한 안개가 자욱하다. 임시로 친 장막에 엎드려 있자니 위에서는 비가 새고 옆에서는 바람이 들이쳐 옷이 다 젖고 찬 기운이 뼛속까지 파고들어 견딜 수 없었다. 이곳에서의 괴로움을 이루 다 말할 수 없다.

밤에 꿈속에서 남고성[南高城, 남상문(南尙文)]과 누이를 보았는데, 어머니가 계신 곳을 몰라 사람을 시켜 찾도록 했다. 무슨 징조인가? 꿈에서 깬 뒤 슬픈 감회를 이길 수 없어 그저 눈물만 흘렸다.

저녁에 주인 형의 글을 보니, 적들이 모두 금산과 용담으로 돌아갔다가 다시 무리를 규합해 재차 완산을 침범했다고 한다. 진안 수령의 도훈도(都訓導)* 신영(辛齡)과 고을 아전 백학천(白鶴天) 등이 적진으로 잠입해 동정을 살피던 중, 그곳에서 지난날 적에게 투항한 사람 가운데 친하게 지냈던 심부름꾼인 용담 기관(龍潭記官) 고충국(高忠國)과 서원(書員) 안후근(安厚根), 염무필(廉武弼) 등을 만나서 이야기를 나누었는데, 웅치(熊峙) 전투에서 화살에 맞아 죽은 왜놈이 70여 명이고 화살에 맞아 부상당한 뒤 이송된 자도 많았다고 했단다.

....

* 도훈도(都訓導): 조선시대에 각 군영에 소속된 하급 군인 중 선임병을 말한다.

또 그들이 말하기를, 웅치에서 접전할 때 백마를 탄 왜장이 목책을 뛰어넘으려다가 화살을 맞고 그 자리에서 죽은 뒤로는 적들이 서로 돌아보며 얼굴빛이 창백해졌다고 했다. 적들이 웅치를 넘어서 들어간 일에 대해서는, 당초 아군이 화살을 비 오듯 쏠 때는 진군하지 못하다가 날아오는 화살이 드물어지자 각기 환도(環刀)를 등 뒤에 비늘처럼 붙인 채 죽음을 무릅쓰고 돌진해서 고개를 넘었다고 했다. 만일 화살이 담긴 바리 몇 개가 있어 난사했다면 넘지 못했을 것이라고 했다.

전주에서 퇴각해서 진안으로 돌아간 것에 대해서는, 진산과 금산 사람들이 몰래 약속해서 저들을 사로잡으려고 한다는 말을 듣고 적들이 분노하여 모든 군사를 돌려서 두 고을의 산속에 숨은 사람을 모조리 죽인 다음 다시 전주를 침범할 계획이었다고 했다. 또 말하기를, 전주의 군세(軍勢)가 몹시 성대하고 무기도 많아 형세상 쉽게 범할 수 없었다고 했다.

이상은 모두 용담현에서 투항한 고충국 등의 말인데, 이것을 진안에서 순찰사에게 보고했다. 순찰사는 여러 읍에 전령을 통해 적이 만일 퇴각하면 귀로를 끊어 버리거나 후미를 공격하여 헛되이 돌아오지 않도록 하라는 공문을 보냈다.

어제 무주 사람 중에 적에게 잡혀갔던 자가 이 현의 장계 남면에 몰래 왔는데, 행동이 수상했다. 마을 사람들이 잡아서 추궁하니 그가 말하기를, "19일에 왜적이 날더러 장수에 잠입해서 복병이 있는 곳과 진을 친 곳을 살피고 오게 했다. 내가 돌아가면 즉시 군사를 내어 출격할 것이다."라고 했단다. 이에 보성 군수, 남평 현감, 구례 현감이 군사를 거느리고 장계 북면 송고개(松古介)에 매복하기 위해 즉시 떠났고,

주인 형도 본현(本縣, 장수현)의 군사를 거느리고 즉시 천잠면 웅연 벼랑길로 달려가서 매복했다고 한다.

진안의 적이 지난 17일에 모두 금산으로 돌아갔는데도 우리 군은 알지 못했으니, 머물고 있는 적들이 두려워 저들의 동정을 살피지 못했던 것이다. 어제서야 떠났다는 소식을 듣고 보성 군수, 남평 현감 및 진안 현감이 달려갔더니 과연 한 사람도 없었다. 냇가에 친 막사는 천여 칸이었고, 객사(客舍)의 창문을 모두 떼어 간 바람에 흉해서 볼 수 없었다고 한다.

◎ — 7월 22일

이날 저녁부터 다음날 아침까지 내내 비가 쉬지 않고 내렸다. 음산한 안개도 어제와 같았다. 산속에 머물며 바위 아래에서 잤다. 적의 소식은 별다른 게 없다.

밤사이 목천(木川) 조영연과 그 아우 자옥 영중(子玉瑩中)을 꿈에서 보았는데, 완연히 지난날과 같았다. 그런데 꿈속에 어떤 중이 함께 있었다. 내가 "중 상현(尙玄)은 지금 승천사(勝天寺)에 있는가?"라고 묻자, 그는 모른다고 답했다. 이는 무슨 조짐인가? 상현의 속명은 강복(羌福)이다. 본래 직산에 살면서 신공을 바치던 노비였는데, 5, 6년 전에 머리를 깎고 중이 되었다. 목천의 승천사에 있다고 들은 적이 있어서 이렇게 물은 것이다. 그의 아비는 막동(莫同)이고, 그의 동생은 윤겸 집의 사내종이다.

◎ — 7월 23일

산속에 머물며 바위 아래에서 잤다. 아침에 비가 내리고 음산한 안개로 뒤덮였다. 하늘과 해를 보지 못한 지 나흘째이다. 위로는 비가 새고 아래로는 젖은 곳에서 오래 거처하는데 몸이 아프지 않아 다행이다. 오후가 되어 비로소 개는가 싶더니 초저녁에 또 비가 내리기 시작해 밤새 그치지 않았다. 저녁때 주인 형의 편지를 보니, 적이 현재 금산과 무주에 머물면서 짐바리를 모두 영남으로 수송한다고 했다.

진안 현감의 글에 따르면, 평양이 함락되어 어가가 용천(龍川)으로 이동했다고 한다.* 애통함을 금치 못하겠다. 흉적이 끝까지 계속 추격하여 이 지경에 이르렀으니, 겨울을 넘길 계획이 필요하다. 노모와 처자식이 깊은 산에 숨어서 남은 목숨을 보존했다고 해도 벌써 넉 달이 지났으니 이미 굶어 죽었거나 그렇지 않더라도 분명 추위에 얼어 죽었을 것이다. 당초 난리를 피할 적에 겨울옷을 가지고 갈 겨를이 있었겠는가. 이를 생각할 때마다 끝없이 눈물이 난다. 다만 명나라의 원병이 대규모로 온다고 했으니, 지금쯤은 평안도에 도착했을 것이다. 믿는 건 오직 이들뿐인데, 성패가 어찌 될지 알 수 없으니 걱정이다.

요새 연일 비가 내려 바위샘의 물이 넘쳐서 쓰기에 충분하다. 쌀을 지고 물을 찾아다니는 수고는 덜었다.

....

* 　평양이⋯⋯한다: 선조는 1592년 6월 11일에 평양을 떠나 같은 달 20일에 평안도 용천군에 도착했다. 《국역 선조실록》 25년 6월 11일, 20일. 평양성은 이달 15일에 왜군에 함락되었다.

◎ ─ 7월 24일

산속에 머물며 바위 아래에서 잤다. 아침 안개는 걷혔지만 짙은 먹구름이 해를 가렸다. 이따금 구름 사이로 해가 나왔지만 이내 가려서 젖은 옷을 말리지 못했다. 저녁에 기관 백언곡와 이득배(李得培) 등이 주인 형의 편지를 가지고 왔다. 차갑고 습한 바위틈에 오래 머물면 틀림없이 큰 병에 걸릴 테니 산골짜기 어귀에 있는 인가로 다시 거처를 옮길 거면 군사 15명을 거느리고 가서 보호해 주겠다는 내용이었는데, 나는 그럴 수 없다는 뜻을 전했다.

적들이 진산을 함락시킨 뒤 고산(高山)과 여산을 경유해 다시 전주를 침범하려 하고 있으며, 현재 용담에 주둔한 적은 없다고 했다. 운봉에서 전한 통문을 보면, 전주에서 퇴각한 영남의 적 4백여 명이 도로 지례를 지나다가 의병장 김면과 지금 한창 교전 중인데 승패는 아직 알 수 없다고 했다. 좌도의 여러 고을은 적으로 가득 찼으며, 좌병사는 현재 청송(靑松)에 있다고 한다.

지례 장곡관(長谷館)의 복병장 서예원(徐禮元)*이 급히 보고한 바에 따르면, 적의 짐바리가 20여 리를 길게 이어졌는데 중간에 깃발을 군데군데 세우고 뒤에서는 1백여 명의 군사가 절반가량 갑옷을 입고서 호위했다. 그 행렬이 자못 엄숙했다고 한다. 우리 군사가 돌진하여 일제히 비 오듯 활을 쏘자 적들은 일시에 구름처럼 집결해서 포를 쏘았다. 아군이 더욱 기세를 떨치며 물러서지 않고 진격하니, 적은 이기지

....

* 　서예원(徐禮元): ?~1593. 김해 부사로 있던 1592년에 임진왜란이 일어나자 왜군과 공방전을 벌이다가 성을 버리고 도주했다. 이 일로 삭탈관직을 당했으나 의병장 김면과 협력하여 지례의 왜군을 격퇴했다.

못하고 지레로 달아났다. 여세를 몰아 10여 리를 추격하자 화살을 맞고 죽은 자가 부지기수였는데, 죽으면 즉시 저들이 실어 가는 바람에 수급을 베지는 못했다. 이는 무리들이 모두 아는 사실로, 화살에 맞은 자는 59명이라고 했다. 또 군관 장응린(張應麟)은 군사들보다 앞장서서 적을 쫓으며 연달아 활을 쏘다가 화살이 떨어지고 힘도 다해 적에게 피살되었다고 한다.* 애석한 일이다. 그러나 이는 서공(徐公)이 사실과 다르게 보고한 듯싶다.

◎ ― 7월 25일

오늘은 내 생일이니, 노모께서 나를 낳느라 고생하신 날이다. 노모와 처자식은 지금 어디에서 오늘을 생각하며 서로 울고 있을까? 천 리 밖을 떠도느라 노모, 처자식과 고생을 함께하지 못하고, 이 몸도 편히 거처하지 못하고 바위틈에 은신한 지도 어느덧 한 달이 되어 간다. 사람이라면 이런 상황에서 어찌 비통하지 않으랴. 그저 눈물만 난다.

새벽꿈에 희미하게 아내가 보이다가 갑자기 잠에서 깼다. 섬돌 아래 상수리나무에 날아와 우는 두견새 소리가 골짝에 퍼진다. 이를 듣고 있으니 더욱 마음이 아파 눈물을 멈추기 어렵다. 난리가 난 뒤로 다섯 번이나 꿈을 꾼 것은 무슨 연유인가? 서로 떠돌며 오랫동안 갖은 고생

....

* 　군관……한다:《국역 고대일록》1592년 7월 21일 기사에 "대장의 군관 장응린(張應麟)이 왜적을 맞아 장곡역(長谷驛)에서 전투를 벌이다가 적에게 죽임을 당했다. 응린은 거창 사람이다. 평소에도 활을 쏘고 말을 타는 재주가 있었다. 대장이 의병을 모집할 때 동생 응사(應獅)와 함께 자발적으로 참여하여 힘을 다해 종군하여 조금도 태만한 뜻이 없었다. 결국 여기서 전사하여 사람들이 모두 슬퍼했다. 초유사가 이 소식을 듣고 상심하여 특별히 부의를 전했다."라는 내용이 보인다.

을 하더라도 각자 남은 목숨을 보존하기만 하면 반드시 다시 만날 수 있으리라고 늘 생각하지만, 노모와 처자식, 아우, 여동생 중 혹여 한 사람이라도 먼저 죽어 생전에 보지 못하면 어쩌나 걱정된다. 밤낮으로 기도하고 있으니, 천지신명도 분명 알아주실 것이다.

어젯밤에 주인 형이 편지를 보내 만나기를 청했다. 아침을 먹고 수시로 쉬어 가며 다시 뒤의 고개를 넘어 석천암에 이른 뒤 말을 타고 고을에 도착했다. 날이 저물어서 그곳에서 잤다.

◎ — 7월 26일

이른 아침을 먹고, 주인 형이 장계 손인의(孫引儀)의 집에서 묵었다는 말을 듣고 그리로 달려갔다. 주인 형이 순창 군수와 군사를 이끌고 마을 어귀를 나가려다가 내가 온다는 소식을 듣고 말에서 내려 길가에 앉아 있었다. 서로 만나 안부를 묻고는 함께 손인의의 집으로 들어가 한동안 대화를 나누었다. 점심을 먹은 뒤에 주인 형은 나현(羅峴) 군진으로 가고 나는 본현으로 돌아와 잤다. 겨우 20여 일 떨어져 지냈는데 머리털 절반이 세어 있었다. 이는 분명 근심걱정으로 그리된 것이다. 탄식을 금치 못하겠다.

금산의 적이 사흘 전부터 무주로 갔다고 한다. 이는 필시 도로 영남으로 넘어가려는 것이다. 그러나 저들의 속셈을 알기란 어렵다. 차제에 이 현을 침략해 올지도 모르니 방비를 조금도 늦추어서는 안 된다.

또 안음에서 기별한 서신을 보니, 경상도의 대구(大丘), 군위(軍威), 영천(永川), 안동(安東) 등의 관아를 점거했던 적들이 이달 7일 뒤부터 서로 붙들고 통곡하다가 밤을 틈타 내려갔고, 명정(銘旌)을 각각 세운 왜장의 널 3개도 이미 동래로 내려갔다고 한다. 좌병사가 군인 2천여 명을 불러 모아 의성(義城)에 주둔한 적과 접전 끝에 소탕했고, 나머지 적들도 서로 붙들고 통곡하다가 동래로 향했다고 한다.

김산 도훈도의 말에 따르면, 충청도의 각 관아에 현재 머물고 있는 왜적은 없으며, 다만 청주(淸州)에만 수백여 명이 있다고 한다. 창원 부사(昌原府使)가 급히 보낸 보고에는, 본부(本府)에 상주하던 왜적은 거의 다 잡은 상태이고 남은 적 30여 명이 성안의 한가한 잡인(雜人)을 시켜 짐바리를 짊어지게 하고서 김해, 해양강(海洋江, 낙동강 하류)의 배가 있는 곳에 갔다가 돌아왔다고 한다. 또 김해부 사람 말로는, 김해, 해양강 등지에는 왜적의 배가 가득하고 좌우 산기슭으로 그들의 임시 거처가 즐비한데 밀양(密陽)과 김해를 오가는 백성들과 함께 소를 잡고 술을 빚어 서로 마시고 노는 것이 마치 이웃 마을 사람 같았다고 한다. 그런데 10여 일 전쯤 왜놈 6명이 한양에서 내려와 귀에 대고 수군거리자 모든 적들이 일제히 통곡하더니 김해와 밀양을 왕래하는 백성 2백여 명을 남녀 불문하고 모조리 죽이고 각지의 거처도 모두 불태웠다고 한다. 그리고 강을 가득 메웠던 배가 하룻밤 새 전부 내려가서 2, 3척만 남았다고 한다. 불암(佛巖)*에 정박해 있던 배가 계속해서 대마도로 돌아가니 본부의 백성들은 모두 태수를 생각한다고 하는데, 이는 부사 서예원이 속히 들어오기를 바란 것이다. 또 좌도에서는 지금 의병이 곳곳에서 구름처럼 일어나고 있고, 좌병사는 현재 청송부에 있으면서 한창 적을

....

* 불암(佛巖): 김해에 있던 불암진(佛巖津)을 말한다. 《국역 신증동국여지승람》 제32권 〈경상도 김해도호부〉에 "불암진은 부(府)의 동쪽 10리 지점에 있다. 동래(東萊)로 바로 가려는 자는 여기에서 배를 타고 양산 용당포(龍堂浦)에 닿는다."라고 했다.

소탕 중이라고 했다.

우수사는 이달 8일에 전라도의 좌우 수군과 함께 진격하여 적선 80여 척을 나포했는데, 전후로 7백여 명의 수급을 베었다. 10일에는 또 적선을 만나 80여 척을 나포했는데, 전라도 수군절도사가 2백여 명의 수급을, 본도 수군절도사가 217명의 수급을 베었고, 물에 빠져 죽은 자, 불에 타죽은 자, 여러 고을의 군민들에게 화살을 맞아 죽은 자가 몇천 명인지 모른다고 했다. 생포한 왜적 5명 가운데 젊고 거짓말하는 자는 즉시 참수하고 나이가 겨우 15, 16세 된 자는 하동현(河東縣)에 가두었다고 치계(馳啓)했다고 한다.

또 들으니, 명나라 원병 5만 명과 평안도 군사 1만 명이 평양성을 포위한 날짜는 7월 7일이라고 한다. 거리가 멀어 성패는 듣지 못했는데 걱정스럽다. 또 어가는 지금 용천에 있으며* 이미 영의정과 우의정 및 재신들에게 명하여 세자를 받들고 강계(江界)로 가서 함경도와 서로 호응하도록 했다고 한다.

◎ ― 7월 27일

고을에서 석천암으로 돌아와 잠을 잤다. 밤새 비가 내렸다. 저녁에 들으니, 무주의 적이 고을의 민가 곳곳을 분탕질하며 사람을 죽이고 재물을 약탈했는데 마산곡(馬山谷)도 피해를 입었다고 한다. 마산곡은 나현의 군진과 겨우 30리 정도 떨어져 있고, 친가의 사내종 인수가 사는

....
*　어가는……있으며: 선조는 1592년 6월 20일에 평안도 용천에 도착해서 이달 22일에 길을 떠나 의주에 도착했다.《국역 선조실록》25년 6월 20일, 22일.

곳이다. 바위 밑에 마련한 임시 거처에 다시 두꺼운 덮개를 만들어 오래 머물 계획을 세웠다.

◎ ─ 7월 28일

석천암에서 다시 뒤의 고개를 넘어 간신히 산중에 도착했다. 바위 아래에서 잤다. 저녁에 들으니, 금산의 적은 옥천 양산현(陽山縣)으로 주둔지를 옮겼고 무주의 적은 그대로 있는지 현재로선 확실하지 않다고 한다. 보성 군수가 군사를 거느리고 돌아와 이 현을 방어하려고 했으나 군사들이 중간에 모두 도망쳤다고 한다.

보성의 영리가 보고한 고목을 보니, 충청도 순찰사가 통지한 글에 명나라 군대 11만 명과 이일의 군사 1만 명이 황해도에 도착했으니 군량을 마련해 올려 보내라고 하여 법성포(法聖浦)에서 온 전세(田稅) 1천여 섬을 군산 만호(群山萬戶)에게 호송하여 보내도록 했단다.

전주에 사는 호성감의 군관 류홍근(柳弘根)이 호성감을 홍주[洪州, 홍성(洪城)]까지 모시고 갔다가 돌아와서 말하기를, 길에서 들었는데 개성과 한양에 주둔하던 적들이 명나라 원병이 도착했다는 말을 듣고 사흘 밤낮으로 노량(露粱)을 건넜다고 했단다. 그렇다면 명나라 군대가 경기 지방에 거의 다다른 것인데, 서로 교전하여 승패가 어떻게 되었는지 아직 듣지 못했으니 답답하다.

◎ ─ 7월 29일

산속에 머물며 바위 아래에서 잤다. 간밤에 내린 비가 개기도 하고 내리기도 하면서 오늘까지 이어졌다. 음산한 안개는 저녁내 산을 덮었다. 낮에 현의 아전 백언곡이 산에 와서 하는 말이, 김산 사람이 왜적한 사람을 사로잡아 문초한 결과 왜병은 원래 다섯 부대로 나뉘어 전부 나왔는데 군기를 모두 잃고 형세도 궁해져 돌아가길 원하지만 지엄한 법 때문에 그러지도 못하는 상황이라고 했다 한다.

저녁때 주인 형의 편지를 보니, 평양 전투에서 적병이 크게 패해 퇴각했다고 한다. 기쁨을 감출 수 없다. 그러나 자세한 전말은 아직 알수 없다.

◎ ─ 7월 30일

산속에 머물며 바위 아래에서 잤다. 오후에 비가 내렸고 음산한 안개가 사방을 덮었다. 산에 들어온 뒤로 비가 오지 않은 날이 드무니 답답하다. 저녁에 주인 형의 편지를 보니, 보성 사람이 순찰사가 있는 곳에서 와서 하는 말이, 명나라 군사 6만 명이 평양성을 포위해서 점거하고 있던 적을 모두 죽인 뒤 7명만 적에게 살려 보내 패전 소식을 전하게 하자 그들의 소굴로 연달아 돌아갔다고 한다. 이것이 사실이라면 우리나라를 재건하는 것은 참으로 황제의 은혜라고 할 만하다. 신하와 백성들의 감격이 어떠하겠는가. 며칠 전에 김해의 적이 한양에서 내려온 왜놈 말을 듣고 서로 통곡하다가 한꺼번에 배를 타고 돌아갔다고 했는데, 아무래도 이 소식을 들었는가 보다. 속이 후련하다.

또 이 고을 복병이 있는 곳에서 어떤 아이를 사로잡아 문초했는데, 그는 무주 사람이었다. 그러나 이곳의 허실을 염탐하는 자였으므로 그 자리에서 머리를 베어 효시했다고 한다. 그 아이가 말하기를 "금산과 무주에 주둔한 적들이 자신의 군대를 많아 보이게 하려고 밤에 갔다 낮에 돌아오기를 쉼 없이 반복했습니다. 그러나 실은 금산엔 겨우 3동(同), 무주에는 1동 반에 머물고 있을 뿐입니다. 지난 27일에 왜적 27명이 용담의 큰길로부터 이 현의 접경지대에 이르렀다가 복병의 척후병이 내는 소리를 듣고 두려운 나머지 물러나 산간에 유숙하면서 저로 하여금 정말로 진을 쳤는지의 여부를 알아 오게 했습니다."라고 했다. 이런 까닭에 주인 형이 어제 다시 천잠 앞 군진으로 가서 적들이 멋대로 날뛰는 것을 막고 있다.

금산과 무주 두 고을에 주둔하고 있는 적은 3백여 명에 불과하다. 그런데 전라도 장수들은 두려워서 움츠린 채 자기 고을만 지키며 아무도 선제공격을 하지 않아, 저들로 하여금 두 고을 사이를 거리낌 없이 횡행하게 하면서 인가를 불태우고 백성을 죽이고 재물을 약탈해 가며 오랫동안 떠나지 않고 마음껏 흉악한 짓을 하게 했다. 개탄한들 무슨 소용이 있겠는가. 또 들으니, 적들이 배가 없어서 돌아가지 못하고 있다 한다. 이는 아마도 양도(兩道)의 수군절도사가 적선을 모조리 부쉈기 때문인 듯하다.

만호 이충이 5월 27일에 이곳을 지나 행재소로 갔는데, 지금 들으니 구례를 거쳐 다시 내려갔다고 한다. 이곳을 경유하지 않은 것은 필시 이곳에 적이 가까이 있기 때문에 우도로 지나갔기 때문일 게다. 그는 도총 도사(都摠都事)에 제수되었다고 한다. 이는 구례 현감이 와서 전해 준 말이다. 이공(李公)이 행재소로 갈 때 그의 편에 집으로 편지를 보냈는데 전달되었는지 모르겠다.

또 들으니, 무주의 관속이 칠상산(七裳山)으로 피난을 갔다가 적이 산을 수색해 오자 사람들이 바위 아래로 떨어져 죽거나 다쳤는데, 부인은 떨어질 때 마침 나뭇가지에 걸려 죽음을 면했다고 한다. 다행이다. 영동 현감(永同縣監, 한명윤)의 부인은 산속에 숨어 있다가 적에게 잡혀 죽었다고 한다. 불쌍하다. 종윤이 부모님을 뵙기 위해 아침 식사 후 산을 내려갔다.

8월

◎ ─ 8월 1일

산속에 머물며 바위 아래에서 잤다. 내가 산에 들어온 지도 거의 한 달 남짓, 중추(仲秋)로 접어드니 엄습하는 한기가 보통보다 갑절이나 차다. 너무도 그리운 노모와 처자식은 지금 어디에 있으며 여전히 보존하고 있으려나? 이를 생각하니 어찌 비통하지 않겠는가?

평안도로 들어갔던 적은 명나라 군대에 모두 죽었고, 한양에 주둔했던 적도 모두 내려갔다고 한다. 만일 그렇다면 노모와 처자식은 편안히 쉴 곳이 있고 나도 두 발로 찾으러 갈 수 있을 것이다. 그러나 전라도의 적은 아직도 군현을 점거한 채 끝도 없이 포악하게 약탈하면서 이 현을 엿보아 허실을 탐색한 지 오래이다. 사방의 보루에서 아군의 병력을 철수시키지 않아서 산속에 숨어 두려워하고 의심스러워하는 상황인데, 또 어느 겨를에 한양에 올라갈 생각을 하겠는가. 그저 마음이 아파 흐느낄 뿐이다.

오늘 처음 하혈한 것을 발견했는데 언제부터 시작되었는지는 알수 없다. 분명 차갑고 습한 곳에 오래 머문 탓이리라. 오후에 비가 오락가락했고 음산한 안개가 여전히 사방을 에워쌌다. 초저녁에 오기 시작한 비가 밤새 그치지 않았다. 종들은 바위에 기대 쭈그리고 앉은 채 밤을 지새우니 참으로 딱하다.

◎ ─ 8월 2일

산속에 머물며 바위 아래에서 잤다. 아침이 되어서야 비로소 날이개고 서쪽 바람에 안개가 걷혔다. 푸른 하늘과 밝은 해를 보니 나는 신선을 끼고 붉은 노을*에 오른 기분이 들어 상쾌했다. 저녁에 종윤이 산으로 돌아왔는데, 적에 관한 별다른 소식은 없었다.

◎ ─ 8월 3일

산속에 머물며 바위 아래에서 잤다. 아침 식사 뒤 응일이 주인 형을만나기 위해 산에서 내려가던 중 왜적이 어제 안성창의 인가를 불태웠다는 말을 듣고 즉시 돌아왔다. 주인 형이 현사(縣司)*에 묻어 둔 물건을다시 파서 의탁할 곳으로 가져가라고 했기에, 즉시 관아의 사내종을 내려 보내 물건을 파낸 뒤 함양 땅 백언곡의 누이 집으로 보내게 했다.

적들이 만일 그들의 소굴로 돌아가지 않으면 수일 내로 이 현을 침범하겠지만, 나현을 굳게 지킨다면 절대로 쉽게 들어오지 못할 것이다.

....
* 붉은 노을: 신선은 붉은색 운하(雲霞)를 타고 다닌다는 전설이 있어서 이렇게 표현했다.
* 현사(縣司): 현의 호장이 직무를 보는 곳이다. 현사(縣舍)라고도 한다.

다만 보루를 지키는 군사들이 적을 보고 먼저 무너질까 걱정이다. 안성은 현에서 60리 떨어져 있고 나현의 복병이 있는 곳과 더 가깝다.

◎ ─ 8월 4일

산속에 머물며 바위 아래에서 잤다. 어제 왜적이 와서 안성창의 민가를 불태웠다는 말을 듣고 짐을 함양 땅으로 보내려고 했는데, 지금 들으니 그저 안성창 건너편의 사전리(沙田里)*를 불태웠을 뿐 다시 무주로 돌아갔다고 했다. 그래서 일단 그대로 두고 적이 접근해 오면 그때 수송할 생각이다. 어제는 조홍시(早紅柿)를 먹었다. 제철 과일을 보니 노모가 생각났다. 어찌 슬프지 않겠는가.

이 산중으로 들어와 오갈 때마다 길가에 난 인삼을 손수 채취한다. 또 중들이 마른나무에 자생하는 표고버섯을 따 와서 국을 끓여 먹기도 하고, 나무를 짊어지고 오게 해서 거처 밑에 두고 자라는 버섯을 구경하기도 했다. 섬돌 밑에는 당귀(當歸)가 가득하니, 산이 높고 골이 깊은 것을 알 만하다.

◎ ─ 8월 5일

산속에 머물며 바위 아래에서 잤다. 응일이 주인 형을 만나기 위해 이른 아침에 산을 내려갔다. 하혈은 어제부터 멈췄다. 저녁에 주인 형의 글을 보니, 순창의 사수 10여 명이 무주에 있는 적의 상황을 살피러 갔다가 돌아오는 길에 마을 집을 불태우고 약탈하는 적들과 만났단다.

....

* 사전리(沙田里): 현재 전라북도 무주군 안성면에 있는 마을이다.

먼저 한 사람을 쏘아 즉사시킨 뒤 수급을 베자 나머지 적들이 모여들어 포위했는데, 그때 우리 군사 한 사람이 산으로 올라가 호각을 불며 큰소리로 "여러 고을의 군사는 들어와 공격하라!"라고 외치자 이 말을 듣고 적들이 달아났단다. 사수 9명이 여세를 몰아 추격하면서 활을 쏘자 화살에 맞은 자가 수십 명에 달했고, 그 가운데 즉사한 왜놈 하나의 수급을 베려고 했는데 많은 적들이 와서 들쳐 업고 가는 바람에 실패했다고 한다. 만일 입으로 호각을 분 사람이 없었다면 여러 사람이 화를 당했을 것이다. —원문 빠짐—

영리가 보고한 글을 보았더니, 수원 부사가 군관 이득춘(李得春)을 한양으로 들여보내 적의 형세를 탐문해 보니 한양에 있는 적은 대략 7천6백여 명이었고, 세 대궐과 태평관(太平館),* 의정부(議政府), 사복시(司僕寺), 군기시(軍器寺), 제용감(濟用監) 등의 관청을 빠짐없이 불태웠으며, 남대문과 동대문만 열고 닫을 뿐 나머지 문은 돌로 굳게 막았단다. 한양 사람 중에 도성 안에 들어가 있는 사람은 절반가량 된단다. 무사 송유일(宋惟一)은 적들과 사귀며 무기를 수리했고 그 외 무사 2백여 명도 적에게 투항했으며 동래 군관(東萊軍官)이라고 불리는 자가 장수가 되어 지금 종묘에 있다고 했다. 분통이 터진다. 또 들으니 동궁(東宮, 세자)께서 요새 이천(伊川)에 계시다고 한다.* 이는 곧 영무(靈武)에서 군사를

....

* 　태평관(太平館): 조선시대에 명나라 사신들이 머물던 숙소이자, 왕 또는 왕자가 사신들을 대접하기 위해 다례와 하마연, 익일연 등의 연회를 열던 곳이다. 한양 천도 후 각 도에서 천 명의 인부를 모아 건립했다. 《국역 동국여지비고(東國輿地備考)》에 따르면 숭례문 안의 양생방(養生坊)에 태평관이 있었다고 한다. 임진왜란 때 소실되었다.
* 　동궁(東宮)께서……한다: 세자는 1592년 7월 9일에 곡산에서 이천으로 옮겼다. 《국역 선조실록》 25년 7월 8일, 9일.

거두어 두 서울을 수복할* 조짐이다. 매우 기쁘다.

◎ ─ 8월 6일

산속에 머물며 바위 아래에서 잤다. 꿈속에 어렴풋이 아내가 보였다. 난리가 난 뒤로 꿈에 보인 것이 여섯 번이니 무슨 까닭인가? 임익길(任益吉) 형제도 보였다. 새로 지방관에 제수된 듯한 분위기였는데, 자신에게 온 물건을 나누어 주었다. 허영남(許永男)을 보고 우리 가족의 소재지를 물었더니 모른다고 하면서 그저 도성 북문으로 나갔다고만 했다. 또 우리 집의 계집종 옥춘(玉春)도 보였다. 밤새 꿈속에 한양 집안 일만 보이니 무슨 징조인가?

강원도는 적의 침입을 받지 않았다고 한다. 우리 어머니와 처자식이 강원도의 깊은 산골로 피해 들어갔다면 화를 면했을 게다. 하지만 장담할 수 있겠는가? 4개월이 지난 지금 비록 적의 화를 면했다고 해도 수십여 명이나 되는 식솔들이 굶어 죽는 것을 피할 수 있었을까. 심열이 노모를 모시고 강릉으로 피했다면 양쪽 모두 온전할 것이다. 그렇게만 되었다면 다행스러움을 어찌 말로 표현할 수 있겠는가.

또 들으니, 광주 목사가 군사들을 거느리고 금산을 점령하고 있는 적을 토벌하러 내일 떠나기에 앞서 전령을 보내 보성 군수를 불러 용담의 송현에 들어가 방어하도록 했다고 한다.

진안의 중대사에 적이 들어가 약탈할 때 장목(長木)을 들어 탁자

─────────

* 영무(靈武)에서……수복할: 당 현종 때 안녹산이 반란을 일으켜 수도 장안(長安)을 함락시키자, 현종은 촉으로 몽진하고 황태자가 영무에서 즉위한 뒤에 곽자의에게 명하여 반란을 평정하게 했다.《신당서》권10〈숙종본기(肅宗本紀)〉.

아래로 밀어서 떨어뜨려 법당 주불(主佛)의 어깨와 등 쪽을 부순 뒤 불
상을 앉힌 방석과 불상 속에 보관되었던 물건을 가져갔다고 하니, 부처
가 영험하지 않음을 알 만하다. 자기 몸도 구제하지 못하면서 무슨 중생
의 목숨을 구제한단 말인가. 중들이 어리석은 백성을 속여 "전란을 겪은
뒤로 연일 상서로운 기운이 빛을 내뿜었다."라고 했다고 하니, 더욱 가소
롭다.

◎ — 8월 7일

산속에 머물며 바위 아래에서 잤다. 응일이 산으로 돌아왔는데, 관
아의 물건을 다시 쌀 적에 내 옷과 행기(行器),* 요강을 가지고 왔다.

지금 정사(政事)를 보니, 이산보(李山甫)가 이조판서, 이항복(李恒福)
이 병조판서, 이성중(李誠中)이 호조판서, 이덕형(李德馨)이 대사헌에 제
수되었고, 나머지 사람들은 생략하여 기록하지 않았다. 초여름 이후
로 정초(政草, 도목정사의 초안)를 보지 못한 지 넉 달이 되었는데, 뜻밖
에 오늘 조정의 제목(除目)*을 다시 보게 되니 나도 모르게 눈물이 떨
어졌다.

◎ — 8월 8일

산속에 머물며 바위 아래에서 잤다. 간밤에 동풍이 크게 불더니 새
벽부터 큰비가 내려 밤새 이어졌다. 묵는 장막에 새는 곳이 너무 많아

....

* 행기(行器): 음식을 나를 때 사용하는 용기 혹은 여행 중에 사용하는 그릇이다.
* 제목(除目): 임금이 제수한 관리들의 이름을 적은 목록이다.

서 안 새는 곳을 골라 쭈그려 앉아 보지만 그 괴로움이란 말로 다할 수 없다.

어제 본 정목(政目)*에, 정종명(鄭宗溟)은 문과 1등 1인으로 전적(典籍)에 제수되었고 이태호(李太浩)는 무과 1등 1인으로 선공감 주부(繕工監主簿)에 제수되었다고 적혀 있었다. 주상께서 평양으로 들어가 정시(庭試)를 별도로 베풀어 문무(文武)의 인재를 선발하도록 하신 게 틀림없다.* 오늘은 비 때문에 찾아온 사람이 없으므로 적의 상황을 듣지 못했다.

◎ ― 8월 9일

산속에 머물며 바위 아래에서 잤다. 새벽 비는 그쳤지만 아침 안개는 걷히지 않았다. 간밤 꿈속에서 어머니를 뵈었다. 내가 "지금 어디로 가셨습니까?"라고 여쭈니, 어머니께서 "갈 만한 곳이 없어 처음에는 그대로 있으려고 했지만 조정에서 지엄한 명을 내려 도성 사람들을 모두 나가게 하므로 하는 수 없이 도성을 빠져나와 피했다."라고 하셨다. 내가 또 "제 처자식은 지금 어디에 있습니까?"라고 여쭈니, 어머니께서 "네 처자식은 그저께 배를 타고 제주(濟州)로 들어갔다."라고 하셨

....

*   정목(政目): 벼슬아치의 임명과 해임을 적어 놓은 문서이다.
*   정종명(鄭宗溟)은……틀림없다: 선조가 의주에 머물면서 별시(別試)를 베푼 것을 말한다. 《국역 선조실록》 25년 7월 2일 기사에 "문과에 급제한 정종명, 이자해(李自海), 최동립(崔東立) 및 의주 사람 홍적(洪適) 등 네 사람을 뽑았고 무사도 뽑았다."라고 했는데, 이태호도 이 때 선발된 무장으로 보인다. 정종명(1565~1626)은 1590년 진사시에 입격하고 1592년 7월 의주 행재소에서 실시된 별시 문과에 장원으로 급제하여 병조좌랑에 초수(超授)되었으나, 본문에서 언급한 전적(典籍)을 언제 제수받았는지는 알 수 없다.

다. 나는 "호남에서 올라올 때 여기로 오면 만나겠구나 하고 여겼는데 지금 제주로 갔으니 제 자식들을 빨리 볼 수 없겠군요. 안타깝습니다." 라고 하고는 눈물을 흘렸다. 이게 무슨 징조인가?

또 꿈에서 광주(廣州) 묘소에 사는 허탄(許坦)의 아내를 보았는데, 그녀는 내 사촌 서누이[孽妹]이다. 내가 "누이는 어디로 피난을 갔는가?"라고 묻자, 아우 희철이 옆에 있다가 대답하기를 "누이는 갈 곳이 없어 피하지 않고 집에 있습니다."라고 했다. 내가 또 "묘소는 아무 일 없느냐?"라고 물으니, 아우가 "용궁 숙주(龍宮叔主)의 석물이 조금 깨지고 나머지는 무사합니다."라고 답했다. 묘지기 사내종 억룡(億龍)의 아내가 머리에 물동이를 이고 앞으로 지나다가 앉았는데, 이 또한 무슨 영문인지 모르겠다.

어제 응일과 이야기를 나누었는데, 적들이 남의 묘소를 파헤쳤다는 말을 들었다고 했다. 우리 선영은 강 건너 광주 큰길가에 있는데다 석물도 우뚝하게 세워져 있어 흉적들이 와서 범했을까 매우 걱정스럽다. 옛말에 낮에 한 일은 반드시 밤 꿈에 보인다고 했으니, 분명 이 이야기를 나누었기 때문에 꿈에 나타난 것이리라.

난리가 난 뒤로 항상 제발 꿈에라도 한 번 어머니를 뵈었으면 했는데 이루어지지 않더니, 어젯밤에 마침내 어머니의 얼굴을 뵈었고 또 아우를 보고 평소처럼 묻고 답하다가 갑자기 꿈에서 깼다. 이불을 끼고 일어나 앉아 어머니의 얼굴을 깊이 생각하니 실제로 뵙는 것 같아 가슴이 미어져 나도 모르게 눈물을 줄줄 흘렸다. 응일을 불러 꿈 이야기를 모두 해 주자 그도 하염없이 감탄했다. 응일은 이경백(李慶百)의 자이다. 그에게는 늙은 아버지와 처자식이 있고 나에게는 노모와 처자식이 있는데, 생사를 모르고 지낸 지 다섯 달이 되다 보니 매양 함께 이야기를 나누며 마주하여 눈물 흘린 것이 여러 번이었다. 늙은 어버이와 처자식을 생각하는 마음은 피차 같으니, 슬프고 사모하는 뜻이 어찌 얕겠는가. 만일 이 꿈이 사실이라면, 훗날 반드시 다시 만나리라. 아, 슬프다.

또 꿈속에서 한양의 적은 이미 모두 도성을 빠져나갔다고 했는데 왜놈 하나가 인가에 들어가 먹을 것을 찾으면서 이제 아주 떠날 것이라고 하니 집주인이 밥을 꺼내 물에 말아 주었다. 내가 왜놈에게 "너희들은 몇 명이나 되느냐?"라고 물었더니, "매우 많소. 거의 2, 3만은 될게요."라고 했다. 이것이 무슨 일인가? 내 생각에 한양의 적은 모두 명나라 군대에 내쫓긴 게 분명하다. 꿈속에서 벌어진 일은 모두 허망하지만, 어젯밤 노모를 뵌 꿈을 여기에 자세히 적어 둔다.

금산의 적을 7일에 토벌하기로 약속했기에, 부안(扶安), 남평, 무장(茂長), 용담, 흥덕(興德) 등의 관아 군사들은 용담의 송현에서 들어가기로 했고, 중도(中道) 조방장은 진산에서 들어가기로 했으며, 광주 목사는 중간에서 지휘를 맡았다. 또 장수들이 무주의 적이 구원하러 올까 의심했기 때문에 보성 군수에게 무주에서 적이 올 만한 요해처에 군사를 거느리고 지키게 했는데, 장수들이 진군하려고 할 때 방어사가 전령을 보내 여러 군대가 다 모이지 않았다는 이유로 일단 중지시켰다.

문의(文義)와 청주의 적을 토벌한 승병 40여 명이 충청도에서 와서 고산 등지의 중들과 약속하고 서로 신속히 공격할 것을 독려했기 때문에, 광주 목사가 다시 제장들과 더불어 오늘 들어가 토벌하기로 했다고 한다. 그러나 현재 전투의 결과를 듣지 못했으니 매우 걱정스럽다. 방어사는 지금 완산에서 지휘하고 있다고 한다. 충청도의 승병은 죽음을 두려워하지 않고 곧바로 진격하여 물러서지 않았기 때문에 가는 곳마다 대부분 승전했다고 한다. 이 승병으로 선봉을 삼으면 성공할 수 있을 것이다.

◎ ─ 8월 10일

산속에 머물며 바위 아래에서 잤다. 큰비가 내린 뒤 서늘한 바람이 계속 분다. 산이 높고 골짝이 깊어 밤공기가 몹시 차니 아무리 옷을 껴입어도 따뜻하지 않다. 여기서 열흘을 더 머문다면 견디지 못하고 대부분 몸이 상할 듯하다. 이럴 때 노모와 처자식을 깊이 생각하면 어찌 비통하지 않을 수 있겠는가.

아침 식사를 마치고 근심을 달래고자 응일, 종윤 등과 함께 거처하는 장막 뒤 바위 위에 올랐다. 짙은 구름이 말끔히 걷혀 사방이 탁 트였다. 남쪽으로 두류산(頭流山, 지리산)을 바라보니 바로 앞에 있는 것 같아 수많은 봉우리와 골짜기를 하나하나 셀 수 있었다. 그중 하늘로 높이 솟은 것이 천왕봉과 반야봉이고 나머지 봉우리들이 옆으로 늘어서서 우러르니, 만국의 제후가 천자에게 조회하면서 공손히 서서 손을 잡고 있는 모습을 연상시킨다.

운봉현의 앞 너른 들에 곡식이 반쯤 누렇게 익었고, 황산(荒山) 서쪽 고개에 있는 승첩비(勝捷碑)*가 볼 만했다. 성조(이성계)께서 적과 대

---

* 황산(荒山)……승첩비(勝捷碑): 현재 전라북도 남원시 운봉읍 화수리에 있는 비로, 일명 황산대첩비(荒山大捷碑)라고 불린다. 1380년에 왜구를 물리친 황산대첩의 전승을 되새기기 위하여 세웠다. 1577년에 세워졌고 일제 때 일본인들에 의하여 파괴되어 파편만 남아 있던 것을 1957년에 귀부(龜趺)와 이수(螭首)를 그대로 이용하여 중건했다. 비문은 김귀영(金貴榮)이 짓고 송인(宋寅)이 썼으며, 전액은 남응운(南應雲)이 했고, 박광옥(朴光玉)이 세웠다.

치하던 당시 침착하게 화살 하나로 흉한 괴수를 죽여 땅에 떨어뜨리자 여러 군사들이 일제히 분격하여 천지가 진동했다. 이에 적들이 놀라 흩어져서 피가 흘러 내를 이루었고, 간신히 살아남은 잔당은 지리산으로 도망쳤다가 모두 굶어 죽어 한 척의 배도 돌아가지 못했다. 삼한을 부흥시키고 백성을 안정시킨 크나큰 공과 위대한 업적이 비문에 밝게 실려 있다. 그런데 현재 상황이 이렇다 보니 보이는 곳으로 가서 비석을 만지며 읽어 보지 못하는구나. 지금 이 더러운 오랑캐가 다시 독을 내뿜고 기회를 엿보다가 몰래 군사를 일으켜 성을 도륙하고 장수를 죽인 지 한 달도 안 되어 도성을 함락시켰는데, 어느 누구도 막지 못했다. 우리 성조의 지혜와 용맹, 공렬을 깊이 생각하면, 오늘날에 어찌 흠모하고 감탄하며 통탄하지 않을 수 있겠는가.

　동쪽에 있는 백운산은 전라도와 경상도의 경계에 웅장하게 자리하고 있다. 비록 천왕봉처럼 높고 험준하지는 않지만 또한 영취산에 버금가서 골짝이 깊고 산림이 우거졌으니, 우리의 다음 피난지로 점찍어 두었다. 백운이라는 이름이 나를 울컥하게 만드는 건, 옛사람이 태항산 (太行山)에 떠가는 백운을 바라본 것이 생각났기 때문이다. 적공(狄公)의 회포가 어떠했을까?* 평시에도 오히려 이러했는데, 더구나 전란을 만나 자식과 어머니가 흩어져 생사를 모르는 상황에선 오죽하겠는가. 어떻게 하면 백운산 가장 높은 곳에 올라 북쪽 하늘을 바라보고 하늘에

....

* 　옛사람이……어떠했을까: 당나라 적인걸이 하양(河陽)에 어버이를 남겨 두고 병주로 벼슬살이를 나갔다가 태항산에 올라 남쪽에 백운(白雲)이 외롭게 흘러가는 것을 보고 주위 사람에게 말하기를, "나의 어버이가 저 구름 아래에 계신다." 하고는 서글피 오래도록 바라보다가 구름이 다른 곳으로 옮겨가자 그 자리를 떠났다고 한다.《신당서》권115 〈적인걸열전〉.

사무치도록 통곡하면서 어버이를 그리는 끝없는 회포를 한 번 풀 수 있으려나. 아, 슬프다.

함양군에서 전한 글에, 군의 아전 박사신(朴士信)이 계본(啓本)*을 가지고 6월 1일 행재소에 갔더니, 당시 어가는 의주에 도착하여* 무사한 상태였고 계본을 올리고 나서 8월 4일에 돌아왔다고 했다.

의병 종사관 송제민(宋濟民)의 통문*
-8월 7일에 도착했다-

—

만력 20년 7월 21일에 전라도 의병 종사관 송제민은 통곡하며 두 번 절하고 본도의 여러 고을 수령과 유향소(留鄕所)* 및 향교(鄕校)의 훈도(訓導), 당장(堂長), 유사 등에게 통문을 띄운다.

삼가 생각건대, 나는 지난달 23일에 김의병장(金義兵將, 김천일)을 따

....

* 계본(啓本) : 한양의 2품 이상 아문(衙門), 3품 이하에서는 승정원(承政院), 장례원(掌隷院), 사간원(司諫院), 종부시(宗簿寺) 또는 긴요한 사안이 있는 각사(各司) 그리고 한양과 지방의 제장[諸將, 어영대장(御營大將), 수어사(守禦使), 병마절도사, 수군절도사, 통제사(統制使), 영장(營將) 등]이 왕에게 직접 아뢰거나 의견을 묻는 내용으로 보고하는 문서이다.
* 어가는 의주에 도착하여: 선조는 1592년 6월 22일에 평안도 의주에 도착했다.《국역 선조실록》25년 6월 22일.
* 의병……통문: 이 글은 송제민(宋濟民)의 문집인《해광집(海狂集)》건(乾)에〈소모호남의병문(召募湖南義兵文)〉이라는 제목으로 실려 있다. 송제민(1549~1602)은 임진왜란이 일어나자 양산룡(梁山龍), 양산숙(梁山璹) 등과 의병을 일으켜 김천일의 막하에서 전라도 의병 종사관으로 활약하다가 이듬해 다시 김덕령(金德齡)의 의병군에 가담했다. 김덕령이 옥사하자 종일토록 통곡하고《와신기사(臥薪記事)》를 저술했다.
* 유향소(留鄕所): 조선 초기에 악질 향리를 규찰하고 향풍을 바로잡기 위해 지방의 품관들이 조직한 자치기구이다. 조선 후기에 와서 현에서는 1인을 늘려 3인으로 구성했으며, 좌수 1인과 별감 2인의 3인을 삼향소(三鄕所)라고 했다. 유향소와 삼향소는 모두 사람을 가리키는 말인 동시에 청사(廳舍)를 의미하기도 했다.

라 수원부에 도착한 뒤 산성에 5일간 주둔했다. 한양의 적은 여전히 기세등등했고 청주와 진천(鎭川)에 머무는 적들도 대단해서 외로운 군대가 깊이 들어와 군량이 끊길까 걱정되었다. 이 때문에 전군이 모두 나를 추천하여 가서 의병을 모집해서 길을 막고 있는 적을 소탕하고 원병이 오는 길을 통하게 했다.

그러므로 충청도에 와서 그곳 사우(士友)들과 함께 의병을 모집한 결과, 20일 만에 2천여 명을 얻었다. 무리의 바람에 따라 전 도사 조헌(趙憲)을 좌의대장(左義大將)으로 함께 추대하여 황간과 영동 이남의 적을 막게 하고, 전 찰방 박춘무(朴春茂)를 우의대장(右義大將)으로 추대하여 금강 이북의 적을 방어하도록 했다. 그런데 일을 다 조치하기도 전에 갑자기 금산에서 패전 소식이 들려왔으니, 시운 때문인가, 천명 때문인가? 아니면 인사를 다하지 않아서인가? 말머리를 돌려 남쪽으로 돌아와 의병이 흩어지기 전에 다시 소집할 계획이었는데, 은진에 이르렀을 때 대군이 이미 흩어져서 어찌해 볼 수 없음을 알았다.

아, 사람이라면 누구나 죽기 마련이지만 죽을 자리를 제대로 얻기는 어려운 일이다. 섬 오랑캐가 파죽지세로 쳐들어올 때 날래다는 장수가 모두 바라만 보고 도망쳐서 구차하게 살려고 했다. 그런데 고제봉(高霽峯, 고경명)은 유학자 출신의 문신으로 본디 군사에 대해 알지도 못했는데, 하루 아침에 무리의 추대를 받고 갑자기 의병장이 되어 나라를 위해 순국함으로써 임금의 은혜에 보답했고, 아들도 부친을 따라 전사했다. 충신과 효자가 한집에 태어나 사후에도 영광을 누리니 찬란하게 빛이 난다. 사람은 누구나 한 번은 죽는데 제봉은 자신의 도리를 다하여 죽을 자리를 제대로 얻었으니, 굳이 눈물을 흘릴 필요가 있겠는가.

그러나 매우 원통한 점은, 성상께서 서쪽으로 파천하고 종묘사직이 거의 잿더미로 변하며 조선의 7개 도가 흉적들에게 유린당하는 속에서 호남만은 온전하여 나라를 부흥시킬 기반이 되는데도 게으른 장수와 교만한 군사들이 걸핏하면 뿔뿔이 흩어졌다는 것이다. 한 번 의병을 일으켜 인심이 비로소 안정되어 모두 적개심을 품는가 싶더니 한 번 전투에서 패하고는 의기가 꺾여 수습할 수 없게 되어, 도리어 게으른 장수와 교만한 군사들에게 웃음거리가 되고 말았다.

아, 공을 좋아하고 이익을 탐하는 완악한 사내나 사나운 졸개들이 이익을 보면 달려가고 해로움을 보면 피하는 것은 본디 일신을 위한 행태이니 무엇을 책망하고 무엇을 꾸짖겠는가. 그러나 과거 호남은 예의의 고장으로 조종에서 편안히 길러 주신 은혜를 입은 지 수백 년이 되었는데, 평화로울 때 선비로 자처하며 인의(仁義)를 과시하던 자들은 이미 모두 이름을 속여 도망치기를 도모했고, 수천 명이나 되는 강한 군사들은 일시에 모두 흩어져 그들의 장수의 죽음을 어느 누구도 구하지 않았다. 이 어찌 한갓 용렬하고 저속한 사람들에게만 비웃음을 사겠는가. 실로 흉악한 오랑캐에게도 부끄러운 일이다.

아, 피를 마시고 장수가 되었던 추성부[秋城府, 담양(潭陽)]의 뜰이 저와 같이 여전하고, 마음을 맹세했던 태양이 이처럼 비추고 있다. 장차 무슨 면목으로 하늘과 땅 사이에서 살아가야 할지 모르겠다.

아, 인의가 마음에 뿌리를 둔 것은 사람이 날 때부터 타고나는 바이니, 남과 내가 똑같고 피차에 다르지 않다. 하지만 막히고 구애되어 본심을 잃는 자가 더러 있고 인간의 탈을 쓴 짐승 같은 자도 있기 마련이니, 오직 충신과 효자가 되라고 어찌 모든 사람들에게 요구할 수 있겠는가. 그러나 적을 토벌하는 이 일에 충성스럽지 못하고 효성스럽지 못한 자들도 똑같이 적을 원망하니, 어찌 충성스럽고 의로운 사람만이 개인적으로 원한을 품겠는가.

다른 도에서 당한 일을 가지고 말해 보겠다. 남의 아내와 딸, 자매를 데려다가 열 놈이 앞다퉈 간음하니 음부가 부어 죽는 자가 속출했고, 부형을 죽이고 어린이를 구워서 제사 지냈으며, 민가를 불태우고 재물을 약탈

하는가 하면 소와 말을 가져가고 노복을 몰수하며 전답을 빼앗고 무덤을
파는 등 너무나 악랄하여 죄악이 하늘과 땅 사이에 가득 찼다. 살던 곳을
떠나 도망치다가 도로에 쓰러지고 골짝에 시신이 버려진 무고한 백성이
몇 천 몇 만인지 알 수 없을 지경이다.

지금 7개 도가 텅 비고 또 호남의 다섯 군마저 함락되었다. 이 다섯 군
은 실로 호남의 함곡관(函谷關)*으로 사방이 험준하고 산에 의지해 견고
하여, 우리 쪽에서는 우러러보고 공격해야 하는 어려움이 있는 반면 저들
에게는 목을 죄고 등을 칠 수 있는 편리함*이 있는 곳이다. 그러니 형세를
논한다면 이미 어렵고 쉬운 차이가 있는 것이다.

그러나 우리 군사가 한창 패해서 사기가 꺾이고 적이 승승장구하며 세
력을 확장하던 중 다행히 웅치 전투로 적의 예봉을 어느 정도 꺾었고, 전
주가 방비를 갖추자 저들이 힘을 헤아려 보고 스스로 물러갔으니, 점차
몰아낼 수 있는 형세가 갖춰진 것이다.

호서 의병이 은진, 연산(連山), 진천, 옥천을 에워싸 잘 막고 있으며, 대
장 조헌과 참장(參將) 이천준(李天駿)은 시대에 부응하는 인걸로 하늘을
살피고 시기를 엿보아 적을 헤아려 제압하는 능력이 옛사람 못지않다. 저
들은 서쪽으로 달아나거나 북쪽으로 도망칠 수 없는 형편이라 반드시 무
주를 경유해 영남으로 달아나겠지만, 김면과 곽재우 장군의 용병술은 신
출귀몰해서 적의 간담을 서늘케 하니 저들이 고개를 넘으려 하지 않을 것
이 분명하다. 이런 와중에 명나라 군사 5만 명이 우리 근왕병과 함께 천
지를 진동하며 북쪽에서 동으로 오면, 개성과 한양에 있는 적의 도망병과
충청도에 남은 병력들이 떠밀려 내려와 돌아갈 곳이 없게 될 것이다. 그

....

*   함곡관(函谷關): 전국시대 진(秦)나라가 설치한 동쪽 관문으로, 현재의 하남성 영보현(靈寶
縣) 서남쪽에 있었다. 천연적으로 견고하고 험준하여 함곡관을 닫으면 외적이 침범하지 못
했다고 한다.
*   목을……편리함: 요해지를 장악하고 전후에서 협공하기 쉽다는 뜻이다.

러면 분명 금산의 적과 합세하여 남쪽과 서쪽을 공격하되 궁지에 몰린 만큼 목숨을 가볍게 여기며 공격할 텐데, 물러나기를 좋아하는 장수로 하여금 흩어지기를 잘하는 군사를 거느리게 한다면 어떻게 버틸 수 있겠는가. 이것이 실로 호남의 부로와 사민들이 크게 근심하는 부분이다.

아, 옛사람은 천하의 백성을 동포로 여겼다. 하물며 우리 전라도의 선비들은 조상 때부터 여기에서 나고 자랐다. 선인의 혼백이 편안히 쉬는 곳이고, 부모 형제가 편안히 봉양을 받는 곳이며, 처자와 자손들이 사는 곳이고, 마을의 친구들과 교유하는 곳이다. 그런데 하루아침에 이를 버리고 더러운 오랑캐의 신첩이나 노복이 된다면 치욕스러움이 또한 심하니, 차라리 한 번 죽는 것이 영화로울 것이다. 더구나 흉한 참변이 계속되어 골육과 친척이 모두 적의 손에 도륙됨에 있어서겠는가. 기왕 죽을 바에야 전쟁터에 나가서 죽는 것이 낫지 않겠는가.

지금 만일 싸움을 피하고 기어이 구차하게 살고자 한다면 끝내 살지 못하고 이와 같은 비참함을 맛볼 것이고, 싸우기를 결심하고 죽음을 두려워하지 않는다면 죽지 않고 마침내 참혹한 화를 면하여 무궁한 복을 길이 받으리라. 이는 모두 자신에게 절박해서 어쩔 수 없이 일으키는 거사이니, 어찌 반드시 임금을 사랑하고 나라를 걱정하는 정성이 우러난 뒤에만 할 수 있겠는가.

아, 한배를 타고 물을 건너면 오(吳)나라와 월(越)나라도 한마음이 된다고 했다.* 전라도에서 함께 사는 우리는 실로 한배를 탄 형세이다. 서로 물에 빠지는 환란이 조만간에 닥치려고 하면 아무리 오나라와 월나라 사람이라고 하더라도 어쩔 수 없이 마음과 힘을 같이하여 어려움을 극복하는데, 하물며 산천의 기운을 받은 것이 서로 가깝고 같이 공부하며 같은 책을 물려받아 형제의 의리가 있음에랴. 비단 옛사람이 말한 '막연한 동

....
* 한배를……했다: 이른바 오월동주(吳越同舟)를 가리킨다. 아무리 서로 적대관계인 오나라와 월나라의 경우일지라도 한배를 타고 가다가 풍랑을 만나면 서로 협력하여 구해 준다는 뜻이다.

포' 정도가 아니다.

우리 도내 각 읍의 부로들은 아비가 자식을 권장하고 형이 아우를 권면하여 지조와 절개를 가다듬고 다시 의병을 일으켜 흉한 칼날을 막음으로써, 위로는 임금의 원수를 갚고 사람과 귀신의 울분을 씻으며 아래로는 부모를 봉양하고 처자를 보전하여 길이 가업을 편안하게 한다면 천만다행일 것이다.

혹시 파리하고 병들거나 늙고 약해서 전쟁에 참여하지 못하는 자는 각각 군기와 전량(錢糧)을 내어 물품을 공급하라. 만약 어둡고 미련해서 의병에 가담하지 않고 물자도 조달하지 않는다면, 어질지 못하고 의롭지 못하며 아비도 없고 임금도 없는 짐승 같은 마음으로 난리를 돕는 무리일 뿐이다. 이런 자들은 각 관청의 명부에 이름을 기록했다가 난리가 평정된 뒤에 변방으로 내쫓아서 나라를 더럽히지 않도록 해야 할 것이다. 거사 조건은 뒤에 자세히 기록해 놓았다. 8월 6일 거사하는 날에 일일이 갖추어 말할 것이다.

한 명에게 상을 내리면 천만 명을 권면하게 된다. 지금 의병이 패했을 때, 유학(幼學) 안영(安瑛)*은 대장이 탄 말이 놀라 둘 다 온전할 수 없음을 알고 자신의 말을 대장에게 주어 대신 타게 하고는 걷기도 하고 뛰기도 하면서 따르다가 달갑게 죽음을 맞이했다. 학유(學諭) 류팽로(柳彭老)*

....

* 유학(幼學) 안영(安瑛): ?~1592. 임진왜란 때 고경명이 창의기병(倡義起兵)한 뒤 북진하여 은진을 거쳐 이산으로 향하려고 했다. 그러나 왜적이 금산에 이미 들어갔음을 듣고 금산성 밖 와은평(臥隱坪)에 진을 쳤는데, 왜적은 관군이 취약함을 알고 먼저 관군을 향하여 진격했다. 치열한 공방전이 벌어졌으나 결국 싸움에 패하여 전군이 흩어지자, 안영이 고경명에게 후퇴하여 후일에 재건할 것을 종용했다. 고경명이 듣지 않자 억지로 그를 말에 태웠으나 기마에 서툰 그가 말에서 떨어졌다. 안영은 고경명을 자신의 말에 태우고 자신은 도보로 뒤를 따랐다. 적병이 핍박하자 류팽로(柳彭老)와 더불어 대장 고경명을 몸으로 막고 적과 싸우다가 고경명과 그의 아들 고종후(高從厚), 류팽로와 함께 순국했다.

* 학유(學諭) 류팽로(柳彭老): 1554~1592. 임진왜란이 일어나자 양대박(梁大樸), 안영 등과 함

는 왜적의 칼날이 어지럽게 번쩍이는 즈음에 노복들이 모두 말을 달려 적의 칼날을 피하라고 하자 성내고 거절하면서 말하기를, "내가 만약 달아나면 대장은 어디에 있으라는 것이냐!"라고 하고, 대장의 노복이 다 흩어져서 말이 전진할 수 없는 것을 보고는 자기 종에게 명하여 대장을 보호해 나가게 하고 자신은 뒤따라가며 적을 막다가 갑자기 칼을 맞고 죽었다.

아, 인심이 극도로 동요하는 오늘날 임금을 배반하고 나라를 외면한 채 목숨을 탐내어 구차히 살려는 자들로 가득하다. 윗사람에게 친히 하여 어른을 위해 죽었다는 말은 전혀 듣지 못했는데, 이 두 사람은 이익을 꾀하거나 공을 계산하지 않고 마침내 삶을 버리고 의를 취하여 일신을 돌아보지 않고 분발했다. 만약 급급히 이들의 절의를 드러내어 세상 사람들을 흥기시키지 않는다면, 어떻게 꺾인 사기를 일으켜 세우며 무너진 강상(綱常)을 부지할 수 있겠는가. 일이 시급하지 않은 것 같지만 관계되는 바가 지극히 중대하다.

삼가 바라건대, 각 읍의 향소와 향교는 각각 부의(賻儀)로 쓸 물건을 거두어 사람을 시켜 그 집에 조문하여 전하게 하고, 의병을 일으켜 적을 섬멸한 뒤에는 유골을 거두어 모여서 곡하고 제사 지내며, 또 사연을 갖춰 성상께 보고하여 정문(旌門)을 세워 의로운 기상을 드날려야 할 것이다. 그 나머지 조항은 생략하여 기록하지 않는다. 고인후(高因厚)[*]는 죽었다고 한다.

께 읍민들을 모아 의병을 일으켰으며, 의병장 고경명을 맹주(盟主)로 추대하고 그의 종사관이 되어 금산에서 왜적과 맞서 싸우다가 전사했다.

[*] 고인후(高因厚): 1561~1592. 의병장 고경명의 아들이다. 임진왜란이 일어나자 아버지가 거느린 의병을 따라 금산으로 향했다. 금산에서 방어사 곽영의 관군과 합세하여 왜적을 방어하기로 했으나, 왜적이 침입하자 관군이 먼저 붕괴되고 이에 따라 의병마저 무너져 아버지 고경명과 함께 전사했다. 원문에는 고인후(高仁厚)로 되어 있으나 《문곡집(文谷集)》 권22 〈권지학유고공청시행장(權知學諭高公請諡行狀)〉에 근거하여 수정했다.

이 통문을 보고 비로소 고이순 부자가 모두 금산의 적에게 죽은 것을 알았다. 아버지는 충성을 바치다 죽고 자식은 효도를 하다가 죽었으니, 한 집안의 충효가 실로 진(晉)나라 장군 변호(卞壺)*의 경우와 같아서 전후로 빛나고 아름답다고 할 만하다. 게다가 안영과 류팽로는 대장을 보호하기 위해 죽음도 피하지 않았으니, 당시 먼저 도망쳐 목숨을 구걸한 무리들은 어찌 부끄러워 얼굴이 붉어지지 않겠는가. 아, 훌륭하다.

다만 최경선(崔景善)의 둘째 아들 진사 최상겸 또한 의병에 가담했는데, 지금 의병장 고경명이 군대가 패하면서 죽었다고 하니 용맹하지 않은 유생들 중에 틀림없이 적의 칼날에 쓰러진 이가 많았을 테고 최상겸도 아마 화를 면치 못했을 게다. 걱정이 끝이 없지만 깊은 산에 숨은 터라 그의 집에 찾아가 물을 수도 없어 한탄할 뿐이다. 뒤에 들으니, 최상겸은 병이 들어 못 갔기 때문에 화를 면했다고 한다.

◎ ─ 8월 11일

산속에 머물며 바위 아래에서 잤다. 그저께 이곳 장수들이 용담의 송현으로부터 진군했는데, 보성 군수가 병사를 독려하며 먼저 나아가다가 중간에 매복하고 있던 왜적과 맞닥뜨렸다. 여러 장수들은 모두 흩

....

* 　변호(卞壺): 진나라 성양(成陽) 사람으로, 소준(蘇峻)의 반란 때 적과 싸우다 전사한 인물이다. 그의 두 아들 변진(卞眕)과 변우(卞盱)가 아비의 죽음을 목격하고 서로 적진에 뛰어들었다가 함께 해를 당했다. 변진의 어미 배씨(裴氏)가 두 아들의 시신을 쓰다듬으며 곡하기를, "아비는 충신이 되었고 너희들은 효자가 되었으니, 무엇을 한하랴."라고 했는데, 징사(徵士) 적탕(翟湯)이 듣고 탄식하기를, "아비는 임금을 위해 죽고 자식은 아비를 위해 죽었으니, 충효의 도가 일문(一門)에 모였도다."라고 했다. 《진서》 권70 〈변호열전(卞壺列傳)〉.

어져 물러났는데, 보성 군수와 남평 현감만이 달려가며 이들을 추격했다. 적들이 포위하며 다가오자 보성 군수는 돌아왔는데 남평 현감은 낙마하는 바람에 적에게 죽임을 당했단다. 놀라서 탄식을 금치 못하겠다. 저 여러 장수들과 약속하지 않고 먼저 경솔하게 진군했다가 적에게 패하여 도리어 적의 기세를 도와주었기에, 사람들은 한결같이 보성 군수의 경솔함을 책망하고 남평 현감의 죽음을 안타까워했다. 아군의 사상자도 많이 발생했다는데, 그 사이 벌어진 내막을 현재로선 자세히 알수 없다. 남평 현감의 이름은 한순(韓楯)*이다. 주인 형의 말을 빌려 타고 갔는데, 당시 전투가 벌어지자 홀로 이 말을 타고 달려갔다가 전사하고 말만 아군 진영으로 돌아왔다. 이 현의 도훈도가 탐문하러 마침 진영에 갔다가 이 말을 끌고 왔다고 한다. 슬픈 일이다.

또 이호연 등이 전날 무주로 잠입해서 적의 형세를 살피다가 빈틈을 노려 활을 쏘려고 했는데, 마침 풀을 베기 위해 마소를 끌고 나오는 수십 명의 적들을 만났다. 풀을 베고 돌아가는 길목에 먼저 능철(菱鐵)*을 펼쳐 놓고 길가 풀숲에 숨고는, 한 사람을 시켜 높은 곳에 올라가 돌아오는 적이 보이면 입으로 새소리를 내어 신호하라고 했다. 이윽고 신호를 듣고 일시에 모두 일어나서 먼저 말 탄 자를 쏘아 두 발을 맞춰 낙마시키고 고을의 정병 백응희(白應希)가 앞서 들어가 수급을 베었다.

....

나머지 사람들이 나아가고 물러서면서 활을 쏘아 대니 능철을 밟거나 화살에 맞아 쓰러진 자가 많고 나머지는 도망쳐 소굴로 돌아갔다. 화살에 맞지 않은 자는 2, 3명에 불과했고 화살을 맞고 살아서 돌아갔더라도 어떤 자는 2, 3발씩 맞기도 했으니, 분명 죽은 자가 많았을 것이다. 소와 말 각각 2마리를 탈취해 왔다고 하니, 조금 후련하다. 순창 사람도 이 때문에 어제 잠입했다고 한다.

군사와 백성을 알아듣도록 타이르는 글

—

왕세자는 다음과 같이 말한다. 하늘이 재앙을 내려 섬 오랑캐가 침범하니 각 고을이 붕괴되어 강회(江淮)가 보장의 험함을 잃었고,* 옛 서울이 함락되자 조정 사람들이 서리(黍離)의 탄식*을 발했다. 구묘(九廟)는 몽진하고 어가는 멀리 파천하여 2백 년을 내려온 예악 문물이 하루아침에 사라졌으니, 전란의 참혹함이 옛날에도 보기 드물 정도이다.

아, 우리 군사와 백성들이 혹은 칼날에 베여 풀밭에 쓰러졌고 부모가 잡혀가서 의탁할 바를 잃었으며 처자가 더럽혀지고 욕을 당해 집안을 보존하지 못했으니, 이 원수를 생각하면 어찌 같은 하늘 아래 살 수 있겠는가.

그런데 지금 하늘이 재앙을 내린 것을 뉘우쳐서 회복을 기약할 수 있게 되었다. 상국(上國, 명나라)이 원병을 보내 신병(神兵)이 대동강(大同江)

....

* 강회(江淮)가……잃었고: 안녹산과 사사명(史思明)이 반란을 일으켰을 때 수양성(睢陽城)이 반란군에 포위되었다. 성안에 양식이 고갈되자 사람들은 모두 성을 버리고 도주하자고 했으나, 장순(張巡)과 허원(許遠)은 "수양은 강회의 보장이다. 만약 이 성을 버리고 떠나면 적이 반드시 승세를 타고 깊이 쳐들어올 것이니, 그렇게 되면 강회는 없게 될 것이다."라고 하면서 끝까지 수양을 지키다 전사했다. 《신당서》 권192 〈장순열전(張巡列傳)〉.
* 서리(黍離)의 탄식: 주나라가 쇠약하여 동으로 옮긴 뒤에 시인이 옛 서울을 지나며 〈서리〉를 지어서 옛 도읍터에 "기장이 우거졌다[彼黍離離]."라고 읊었다. 《시경》 〈왕풍(王風)·서리(黍離)〉.

에 구름처럼 주둔했고, 영·호남에선 의병이 일어나 용맹한 무사가 한양에 안개처럼 모였다. 칼끝이 가리키는 곳에서 적의 간담이 서늘해져 승전보가 끝없이 울리고 적군의 수급을 연이어 바칠 것이다. 게다가 적의 괴수 평수길은 해상에서 제 발로 찾아와 목을 내놓을 테니, 남은 적들은 머리를 땅에 대고 거리에서 울부짖거나 영동(嶺東)으로 달아나리라. 너희 장사들의 힘으로 이 망해 가는 적을 멸하는 것은 이른바 큰 화로를 달구어 새털 하나를 태우고* 소부(蕭斧)를 갈아서 아침 버섯을 치는* 격일 것이다.

내가 왕명을 받고 동쪽으로 와서 외람되이 국사를 맡은 뒤, 와신상담하며 창을 베고 날이 밝기를 기다리면서 왜적과 함께 살 수 없다고 맹세했노라. 너희 군사와 백성은 누군들 우리 열성조(列聖朝)께서 편안히 길러낸 사람이 아니겠는가. 위로 국가의 수치를 떠올리고 아래로 개인의 치욕을 생각해서 손에 침을 뱉고 적을 섬멸할 때는 바로 지금이다. 벼슬과 상을 내리는 것은 나의 권한이니, 나는 너희들에게 아끼지 않고 베풀 것이다. 아, 죽을 각오로 다 함께 적개심을 드러내어 성상을 모시고 옛 도읍으로 돌아와 조속히 내소(來蘇)의 바람*을 위로하도록 하라.

....

* 큰 화로를……태우고: 이 글은 《후한서》 권99 〈하진열전(何進列傳)〉에 보인다.

* 소부(蕭斧)를……치는: 소부는 형벌을 시행할 때 쓰는 도끼이다. 유향(劉向)의 《설원(說苑)》에, "강한 진(秦)나라나 초(楚)나라가 약한 설(薛)나라에 보복하는 것은 비유하자면 소부를 휘둘러서 아침 버섯을 베어 버리는 것과 같다."라고 했다.

* 내소(來蘇)의 바람: 내소는 후래기소(后來其蘇)의 준말로, 학정에 시달리는 백성이 구제되기를 바라는 것을 뜻한다. 옛날 하(夏)나라 걸(桀)의 백성들이 학정을 견디다 못해 탕(湯)을 자기들의 임금이라고 하며 와서 구제해 주기를 바라면서 "임금이 오시니 우리가 소생되었다."라고 했다. 《맹자》 〈양혜왕 하〉.

비변사(備邊司)가 함께 의논하는 사안

—

지난번 누차 공문서를 보냈으나 전해졌는지 알 수 없으니 걱정스럽다. 왕세자께서 지금 궁벽한 고을에 머물러 계시는데, 이곳은 뒤쪽으로 곡산(谷山)의 적이 있고 앞으로는 김화(金化), 금성(金城)의 적이 있으며 마전(麻田) 근처에도 적이 있어 그 형세가 심히 위태로운데다 산골짜기 쇠잔한 고을이다 보니 군량을 모으기도 어렵다. 백방으로 생각해 보았지만 달리 갈 만한 곳이 없어 부득이 위험을 무릅쓰고 군사를 이끌고 가서 그대의 군대와 합치고자 한다.

그대의 군대가 안산(安山), 인천(仁川)에 있다면 이천에서 안협(安峽), 삭녕(朔寧), 연천(漣川), 적성(積城), 파주(坡州), 교하(交河)를 경유해 강을 건너 김포(金浦), 통진(通津)으로 들어가 그대의 군과 합칠 것이요, 군대가 광주, 수원에 있다면 연천에서 양주를 거쳐 광주, 과천(果川), 수원에 이르러 군을 합칠 것이다. 이 두 길 가운데 어느 곳이 편리하고 마땅한지, 적의 형세는 어느 쪽이 어떠한지 상세히 알아보고 회보하도록 하라.

만일 파주와 교하로부터 강을 건너게 되면 그대의 군은 김포와 통진에서 배를 가지런히 정돈했다가 김포와 통진의 물가에서 왕세자를 맞이하는 것이 좋고, 양주에서 광주로 간다면 그대의 군은 양주와 광주에서 배를 정돈한 다음 광주의 상류 두미(豆彌)의 아래 등지에서 맞이하는 것이 좋을 것이다. 이 계획도 적의 길을 가로질러서 가는 만큼 몹시 위험하다는 것을 잘 안다. 그러나 이곳에서 위급한 상황을 벗어나지 않으면 안정을 얻을 수 없기에 부득이 이렇게 계획했다.

그대의 군이 나라를 위해 창의(倡義)하여 군사를 일으킨 것은 바로 나라를 회복하는 방책 가운데 으뜸가는 일이다. 모름지기 십분 헤아려서 소홀함이 없도록 마음을 다해 계획하고 처리하라. 허다한 절목(節目)은 그곳으로 가는 관원이 자세히 전할 것이다.

왕세자께서 타이르는 글을 삼가 읽고 감격하여 눈물이 절로 떨어졌다. 또 비변사의 관문을 보니 동궁께서 반드시 강을 건너 남쪽으로 내려오려고 하셨는데, 병마절도사와 의병장이 어떻게 처리하는지 모르겠다. 이러한 때 신하된 자라면 어찌 마음과 힘을 기울여 국은에 보답하면서 죽음을 각오하지 않겠는가. 병마절도사의 생각은 이천에서 토산(兎山), 우봉(牛峰)을 거쳐 금교(金郊) 앞 작은 길에 이르러 강음(江陰)의 남쪽 농포(農浦)에 마련해 둔 배로 왕세자를 맞이해 배를 타고 감로사(甘露寺), 광정(光正), 서강(西江)을 지나 강화부(江華府)에 도착하려는 것이니, 그 사이 물길은 호수 하나를 채우지도 못할 정도가 되어 형세가 바뀌었다. 그러므로 군관 신상절(申尙節) 등을 도로 사정과 적세가 어떠한지 살펴보도록 보냈다고 한다.

◎ ― 8월 12일

산속에 머물며 바위 아래에서 잤다. 주인 형이 순찰사의 관문을 받고 활쏘기에 능한 군사 50명과 건장한 군사 20명을 엄선해서 18일 전에 순찰사가 있는 곳으로 간다고 한다.

이달 8일에 선유사(宣諭使)가 성상께서 직접 쓰신 유서(諭書)를 가지고 왔다. 그 내용에 "지금 국사가 이 지경에 이른 것은 참으로 내 잘못이다. 그러나 근왕하여 난리에 달려가는 것은 또한 신하의 도리이다. 경들은 조종의 덕을 잊지 말고 한 번 무너졌다고 해서 꺾이지 말며, 충성스럽고 의로운 군사를 이끌고 서로 규합하여 적을 토벌해서 종묘사직이 다시 이어지도록 하여 불세출의 공업을 세우도록 하라. 이것이 -원문빠짐- 밤낮으로 바라는 바이니, 다시금 힘을 합치도록 하라."라고 했다.

또 함께 가져온 것은 7월 3일에 성첩(成貼)*한, 순찰사의 장계에 회답한 글인데, 그 내용에 "이제 경의 장계를 보니 삼도의 군사가 일시에 무너졌다고 했다. 지금 기대했던 것은 오직 남쪽의 군사였는데, 졸지에 이런 보고를 받게 되니 가슴이 철렁 내려앉는다. 적의 대규모 병력이 오기도 전에 먼저 흩어져 돌아간 것은 아마도 평소 호령이 밝지 못하고 대오가 정비되지 않아 초래된 결과가 아니겠는가. 훈련되지 않은 군사를 모아 오면서 승리할 기발한 방책도 없다면 갑자기 울린 경보(警報)에 까마귀 흩어지듯 병사들이 도망치는 법이다. 이는 병가에서 꺼리는 바인데, 혹여 생각이 여기에 미치지 못한 것인가?

남쪽의 의사들 중에는 소식을 듣고 떨쳐 일어나 의병을 규합해서 여기저기 봉기하는 자들이 많다고 들었다. 인심이 아직 떠나지 않은 것은 조종의 남은 은택이 여전히 끊어지지 않아서 그런 것이 아니겠는가. 격문을 원근에 전하고 흩어진 군사를 수습한 뒤 기일을 정해 크게 군사를 일으켜 다시금 빼어난 공을 세우도록 하라. 정예병을 뽑아 몇 개의 길로 나누어 일부는 샛길로 곧장 달려가 행재소를 호위하고, 일부는 영세한 적을 소탕하여 저들의 날카로운 사기를 꺾으며, 일부는 좌우에서 함께 진군해야 할 것이니, 하나의 길만 취하지 말도록 하라. 흥양[興陽, 고흥(高興)]의 역사(力士)와 전주의 재인(才人)은 용맹하고 과감하여 한 사람이 천 명을 감당할 수 있으니, 충의로 권면하고 빠짐없이 선발해서 밤낮으로 바라는 기대를 저버리지 말라.

지금 명나라 군사 수만 명이 요사이 협강(夾江)에 주둔하면서 진군

* 성첩(成貼): 문서에 수결을 하고 관인을 찍어서 마무리하는 일 또는 그 완성된 문서를 말한다.

하려고 하고 있다. 그런데 주객이 형세가 다른데다 바야흐로 협공을 의논하고 있지만 본도가 두 차례 패전한 뒤로 병력을 모두 소진한 상태이니, 반드시 남쪽 군대가 서로 호응해야만 큰 공을 세울 수 있을 것이다. 조속히 다시 군대를 징발하여 밤새워 달려오도록 하라."라고 했다.

지금 성상께서 손수 쓰신 글을 받들어 읽으니, 목이 메고 감정을 주체할 수 없어 눈물이 절로 흘렀다. 성상의 말씀이 이러하시니, 한 지방을 맡은 관리가 어찌 통곡하면서 위기에 처한 임금에게 황급히 달려가지 않겠는가. 이 때문에 순찰사가 다시 군대를 일으켜 만년의 절개를 바치려는 것이다. 그러나 금산, 무주의 적이 아직도 미친 듯 날뛰고 있으니, 반드시 이들을 먼저 제거하여 기반을 견고히 한 뒤에 진군해야 할 것이다.

◎ ― 8월 13일

산속에 머물며 바위 아래에서 잤다. 간밤에 아내와 큰딸의 꿈을 꾸었는데, 평소 모습 그대로였다. 내가 사로잡은 참새 두 마리를 손으로 찢어 날것으로 먹다가 입안이 온통 비려 도로 뱉었는데, 이는 무슨 징조인가? 깨고 보니 슬픈 감회를 이길 수 없다. 최경선과 신충거(申冲擧)도 꿈속에 보였는데, 또한 무슨 일인가?

들으니, 금산에서의 패전으로 남제원(南濟院)*에서 송현까지 널브러진 시체가 약 2백여 구인데, 숲 사이로 고개를 들고 죽은 자가 있어

....
*　　남제원(南濟院): 금산군의 남쪽 30리 용담 경계에 있었던 역원이다. 《국역 신증동국여지승람》 제33권 〈전라도 금산군〉.

살펴보니 남평 현감의 시신이었고, 근처 숲에 버선으로 싼 뒤 흙 속에 묻은 것이 있어 파 보니 남평 현감의 관인(官印)이었단다. 남평 현감이 살아 있을 때 묻어서 적이 가져가지 못하도록 한 게 틀림없으니, 이 말을 듣는 순간 슬픔을 억누를 수 없었다. 한 놈의 적도 베지 못하고 아군이 이렇게 많이 죽었다. 보성 군수가 함부로 진군했다고는 하지만, 가령 여러 군대가 한꺼번에 진격해 활을 마구 쏘았다면 흉적이 이토록 공격하지는 못했을 것이다. 남평 현감도 구하고 아군 사상자도 많지 않았을 텐데, 바라만 보다 먼저 무너졌다. 통탄한들 무슨 소용이 있겠는가.

현의 아전이 순찰사가 있는 곳에서 돌아와 전하기를, "순찰사가 파면되어 백의종군을 하고 있고,* 새로 제수된 순찰사는 광주 목사 권율입니다. 장성에 사는 정운룡(鄭雲龍) 등이 순찰사가 두 차례 군대를 모았다가 무너져 퇴각한 사연을 상소했기 때문입니다."라고 했다. 그러나 그 상소문을 보지 못했으니 알 수 없다.

지금 조정에서 효유한 절목을 보니, 전란이 일어난 뒤로 생업을 잃은 백성을 국가에서 걱정한 결과 해가 지나도록 바치지 못한 세금의 전액을 탕감하고 긴요하지 않은 공물과 진상품, 그리고 문소전(文昭殿)과 연은전(延恩殿) 제사에 바치는 물건까지 모두 임시로 감해 줌으로써

....

* 순찰사가……있고:《국역 선조실록》25년 7월 22일 기사에 "비변사가 아뢰기를, '전 감사 이광은 낭관(郞官)의 관직에서 5, 6년이 되지 않아 정경(正卿)의 반열에 뛰어올랐는데도 털끝만큼도 은혜에 보답하기를 생각하지 않고 오직 뒷전으로 물러나는 것만을 상책으로 삼습니다. 이는 국가의 위급을 강 건너 남의 일 보듯이 하는 것입니다. 도내 의사(義士)들의 비난을 두려워하여 부득이 근왕의 군사를 일으켰으나 군사를 일으킨 지 얼마 안 되어 먼저 스스로 무너져 퇴각했습니다. 이를 치죄하지 않으면 국가의 형정(刑政)이 크게 무너져서 끝내 유지할 방도가 없게 될 것입니다. 백의종군하게 하소서.' 하니, 상이 따랐다."라는 내용이 보인다.

모든 고을 백성으로 하여금 조정의 은덕을 알도록 했다.

또 조정에서 법을 만들었는데, 적장의 수급을 벤 자는 가선대부(嘉善大夫)로 승진시키고 군(君)에 봉하고, 적병의 수급을 벤 자는 사족(士族)이나 양인(良人)의 경우 벼슬을 제수하고 향리(鄕吏)의 경우 부역을 면제시켜 주며 사노비의 경우 양인이 되게 하며, 두 사람 이상의 수급을 벤 자에게는 각각 큰 상을 주도록 논의하여, 모든 촌민들이 이러한 취지를 알아 저마다 권면해서 적을 토벌하는 데 마음을 다하도록 했다.

명나라 군사 10만 명이 이미 압록강 가에 도착했고, 선봉에 선 기병 5천 명은 부총병관(副摠兵官) 조승훈(祖承訓),[*] 좌참정(左參政) 곽몽징(郭夢徵),[*] 우참정(右參政) 대조변(戴朝弁), 유격장군(遊擊將軍) 사유(史儒)[*] 등 20여 명이 나누어 거느리고 의주에 도착한 상태인데, 이달 초순 이전에는 바로 평양으로 진격해서 평행장(平行長), 평의지(平義智), 현소(玄蘇, 게이테쓰 겐소) 등을 죽이려고 하고 있다. 이런 까닭에 평안도에서는 사기가 백배되어 날래고 용감한 지역의 병사들이 안주(安州), 숙천(肅川) 등지에 구름처럼 모여들었고, 여러 고을 백성들도 저마다 기세충천하여 혹은 활과 화살을 잡기도 하고 혹은 장검과 몽둥이를 들고서

....

* 　조승훈(祖承訓): ?~?. 명(明)나라의 장수이다. 부총병 우군도독부 도독첨사(右軍都督府都督僉事)로 임진년(1592) 6월에 나와 7월 제1차 평양성 전투에서 패해 혁직(革職)되었다. 그해 12월에 제독 이여송의 소속 장수로 기용되어 나와서 제3차 평양성 전투에 참가, 공을 세워 요양 협수에 임명되었다. 정유년(1597)에 다시 군문(軍門)을 따라 나와서 도산(島山, 울산 왜성)을 정벌했다.
* 　곽몽징(郭夢徵): ?~?. 명나라의 장수이다. 임진년(1592) 6월에 흠차통령 계요 조병 참장(欽差統領薊遼調兵參將)으로 마병 500명을 이끌고 조승훈을 따라 나왔다가 7월에 돌아갔다.
* 　사유(史儒): ?~1592. 명나라의 장수이다. 임진년(1592) 6월에 조선에 파견되었다. 같은 해 7월 조승훈과 함께 제1차 평양성 전투에 참전했으나 일본군의 탄환을 맞고 전사했다.

적을 토벌하는 데 따르겠다며 원수부(元帥府)를 찾는다고 한다. 이런 자가 하루에 1백여 명은 된다고 한다.

8월 5일에 작성한 유서에 "용인에서 군대가 궤멸된 뒤에 경들이 다시 군사를 수습한다는 말을 들었는데, 얼마나 수습되었고 어디에 주둔 중인지 궁금하다. 얼마 전 요동 총병관(遼東摠兵官) 조승훈이 1만의 군마를 거느린 유격장군 사유, 왕수관(王守官) 등에게 명하여 이달 11일에 강을 건너서 본국의 도원수(都元帥) 김명원(金命元), 도순찰사(都巡察使) 이원익(李元翼), 절도사 이빈(李薲) 등이 거느린 5만 명과 합세하여 평양을 공격하라고 했으니, 적들은 목숨만 붙어 있는 솥 안의 물고기나 다름없다. 지금 평양 서윤(平壤庶尹) 남복흥(南復興)의 치계를 보니, 적은 이미 기세가 꺾여 성 밖에서 나무를 하거나 풀을 벨 엄두를 내지 못하고 개중에는 강을 건너 짐을 운반하면서 도망치는 자도 있다고 한다.

명나라 장수들은 한양까지 진격해서 적을 소탕하려고 한다. 생존한 적들 가운데 몸을 빼 도주하는 자가 있다면, 경은 도내에 명하여 장수를 정하고 군사를 선발해서 요해처를 차단한 뒤 중간에 하나의 길만 열어 두고 좌우로 매복시켜 요격하기도 하고 후미를 공격하기도 하면서 단 하나의 기병도 바다를 건너지 못하게 하여 큰 공을 세우도록 하라. 군대의 일정에 대해서는 지금 떠나는 선전관으로 하여금 명나라 장수 접대사(接待使)인 풍원부원군 류성룡(柳成龍) 및 도원수 김명원의 처소에 물어보고 가게 했으니, 경은 주의 깊게 듣고 시행하라."라고 했다.

이 절목과 유지(有旨)를 보니, 명나라 군대와 근왕병들이 대단한 기세로 내려오고 있고 의병들도 도처에서 봉기하고 있어 숨만 붙은 적들을 주벌하는 데 어찌 오랜 시간이 걸리겠는가. 승전보가 머지않아 이를 것이다. 그러나 금산과 무주를 점령한 적들을 전라도 병력으로 오랫동안 토벌하지 못하는 상황에서 만약 한양에서 도망쳐 온 적들이 이들과 합세한다면, 흩어져서 목숨 구걸이나 하는 병사를 가지고 궁지에 몰린 적들과 충돌하는 것이다. 어찌 패하지 않는다는 보장이 있겠는가. 전라도가 도탄에 빠질까 심히 염려스럽다.

또 들으니, 전 담양 부사 최경회도 의병장이 되어 군사를 거느리고 용성에 주둔 중인데, 머지않아 와서 모이면 여러 장수들이 토벌하러 간다고 한다. 이 말이 사실이라면 기대해 볼 만하다.

◎ ─ 8월 14일

산속에 머물며 바위 아래에서 잤다. 밤에 꿈을 꾸었는데, 4, 5살가량의 막내아들이 병들어 죽으려 하기에 내가 안고서 무릎 위에 두자 곧바로 숨을 거두었다. 즉시 아내에게 돌려주고 대성통곡하다가 갑자기 깼다. 이는 무슨 징조인가? 내게는 4, 5살짜리 아들이 없는데 꿈의 징조가 이와 같으니, 처자식이 떠돌다가 분명 도랑이나 골짜기에 빠져 죽었나 보다.

더구나 어제 현리 백어룡(白於龍)이 군량을 가지고 병마절도사를 따라 강화부에 도착했다가 돌아와서 말하기를, "흉적은 경기 인근뿐만 아니라 황해도와 강원도의 모든 고을을 함락시켜 인가를 불사르고 재물을 약탈했는데, 아무리 깊은 산골짜기라도 모조리 훑고 갔습니다. 사람들은 모두 산에 올라 멀리 바라보다가 적이 오면 다른 곳으로 도망쳐 아침저녁 할 것 없이 옮겨 다니느라 잠시도 편할 날이 없습니다. 만약 그렇게 하지 않았다면 분명 잡혀간 사람이 많았을 것입니다."라고 했다.

나의 노모와 처자식은 종도 없어 적이 오는지 미리 살필 수 없고 여느 사람처럼 잘 달리지도 못하니, 골짜기에 빠져 죽지 않을 수 있겠는가. 적이 온다는 말을 들은 노모와 처자식, 아우, 여동생이 크게 놀라 동서로 달아나고 산천을 넘으면서 온갖 고생을 하는 모습이 하나하나 떠올라서 나도 모르게 흐느끼며 통곡했다. 평소 노모를 춥고 배고프게 해 드려서 하루도 얼굴을 펴신 적이 없었는데, 지금 난리를 당해 위급한 때에도 도와드리지 못하니 불효한 죄가 천지간에 용납될 수 없다. 그저 통곡할 따름이다.

또 새벽꿈에 내 활의 허리를 꺾었는데, 이는 무슨 징조일까? 다른 사람에게 말하면 반드시 상서롭지 못하다 하겠지만, 내 생각에는 길몽이지 흉몽은 아닐 듯싶다. 왜냐하면 이틀 밤 연달아 가족을 만나고 활을 꺾는 꿈을 꾼 것은 분명 흉악한 왜적이 모두 멸망해서 전쟁 걱정이 사라져 활을 버린다는 의미일 게다. 마치 주(周)나라 왕이 화산(華山) 남쪽에 말을 풀어 놓았던 것*처럼 말이다. 종묘사직이 다시 안정되고 백성이 편안해져서 떠돌이 생활을 접고 노모와 처자식을 만날 것이니, 어찌 상서롭지 못한 징조이겠는가.

....

* 　주(周)나라……것: 전쟁이 끝나서 전쟁에 쓰인 말을 돌려보낸다는 의미이다.《서경》〈주서(周書)·무성(武成)〉에 주나라 무왕(武王)이 정벌을 끝내고 돌아와 종전의 뜻을 내보이는 장면을 묘사하면서 "4월 3일 왕이 상(商)으로부터 돌아와 풍(豐)에 이르러 무업을 쉬고 문업을 닦았다. 화산(華山)의 남쪽에 병마를 돌려보내고 도림(桃林)의 들판에 소를 풀어 놓아 천하에 무력을 쓰지 않을 것임을 보였다[厥四月哉生明 王來自商 至于豐 乃偃武修文 歸馬于華山之陽 放牛于桃林之野 示天下弗服]."라고 했다.

곽재우 상소문[*]

—

경상도 의령에 사는 유학 신(臣) 곽재우는 참으로 황공한 마음으로 머리를 조아리며 삼가 두 번 절한 뒤에 주상전하께 말씀을 올립니다.

한양이 함락되고 성상께서 파천하셨다는 말을 듣고 북쪽을 바라보며 통곡을 금치 못했습니다. 왜적이 왔을 때 무부(武夫)와 건장한 장수치고 소문만 듣고 도망치지 않는 이가 없었던 것은 성과 해자가 높거나 깊지 않아서가 아니요 병기와 갑옷이 견고하고 날카롭지 않아서도 아닙니다. 그저 민심이 흩어져서 토붕와해한 것입니다.

민심을 흩어지게 한 자는 바로 김수(金睟)[*]입니다. 김수는 거듭 이 도의 감사(監司)로 부임해 호랑이보다 무서운 가혹한 정사를 펼쳐 성상의 은택이 백성에게 이르는 것을 막았으니, 토붕와해의 형세가 이미 일이 생기기전에 나타났던 것입니다. 왜구가 침입해 오자 자신이 먼저 도망쳐서 도내를 지키는 장수가 한 번도 전투를 제대로 치르지 못하게 만들었고, 성문을 열어 큰 적을 받아들이면서도 오히려 뒤질세라 서둘렀으니, 마치 왜적이 우리나라를 멸하는 것을 기뻐하는 사람 같았습니다. 김수의 죄는 머리털을 뽑아서 세어 주벌하더라도 인심을 가라앉히기에 부족합니다.

신이 김수에게 격문을 보냈습니다. 그 내용에 "가슴 아프다! 우리 한도를 무너지게 하고, 우리 한양을 함락되게 하며, 우리 성상을 파천하게

....

* 곽재우 상소문: 이 글은 《난중잡록》 제1권과 《망우선생문집(忘憂先生文集)》 권1 〈창의시자명소(倡義時自明疏)〉에도 수록되어 있다.

* 김수(金睟): 1547~1615. 임진왜란이 일어나자 경상 감사로 진주에 있다가 동래가 함락되자 밀양, 가야를 거쳐 거창으로 도망갔다. 이광과 윤국형(尹國馨)이 근왕병을 일으켰을 때 겨우 1백여 명을 이끌고 참가했다. 근왕병이 용인에서 왜군에게 패하자 경상우도로 되돌아가던 중 영남초유사 김성일로부터 패전에 대한 질책을 받았다. 의병장 곽재우와 불화가 심했으며, 지방의 백성들로부터 처사가 조급하고 각박할 뿐만 아니라 왜란 초기에 계책을 세워 왜군에 대처하지 못하고 적병을 피하여 전라도로 도망갔다는 비난을 받았다.

하고, 우리나라 백성을 잔인하게 죽게 만든 건 모두 너의 소행이다. 너의 죄가 가득 찼는데 네가 모른다면, 이는 어리석은 사람이다. 너는 과연 어리석은 사람인가? 어리석은 사람도 아니면서 화란을 빚어 이렇게 참혹한 지경에 이르게 했다면, 천하의 토끼털을 다 사용해도* 너의 죄를 다 기록할 수 없고 천하의 대나무를 다 쪼개도* 너의 악을 다 적지 못할 것이다.

사람들은 모두 '기일을 분명히 정해 축성을 하면서 백성을 괴롭혔다'는 것으로 너의 죄를 삼거나, '절제하는 방법이 잘못되어 적을 함부로 쳐들어오게 했다'는 것으로 죄를 삼지만, 이는 식견 있는 견해라고 할 수 없다. 나라 안에 성을 쌓은 것은 비록 민심을 잃긴 했지만 적을 방어하려는 차원인 만큼 너의 죄가 아니요, 절제하는 방법이 잘못되어 비록 군사 전략에 실패했지만 임기응변의 재주가 부족한 것이니 너의 죄가 아니다. 이것을 가지고 너의 죄로 삼는다면 어떻게 너를 복종시킬 수 있겠는가.

네가 저지른 첫 번째 죄는 왜적을 맞아들인 것이다. 무엇을 가지고 왜적을 맞아들였다고 하는가? 너는 도내의 정병과 용사 5, 6백 명을 선발해 거느리고 동래가 함락되자 먼저 밀양으로 도주했고, 밀양이 패배하자 또 가야(伽倻)로 달아나더니, 적이 상주를 지날 때는 거창으로 숨었다. 한 번도 장수와 병사들을 권면해 적을 공격하게 하지 못했기에, 마침내 왜적이 무인지경에 들어오듯 들어와 열흘도 안 되어 도성을 함락시킨 것이다. 그러자 너는 자신이 용납될 곳이 없음을 알고 근왕을 칭탁하고 도망쳐 운봉을 넘었다. 사람을 속일 수는 있어도 어찌 하늘을 속이겠는가.

네가 저지른 두 번째 죄는 패하는 것을 좋아한 것이다. 무엇을 가지고 패하는 것을 좋아했다고 하는가? 늙은 겁쟁이 조대곤(曺大坤)*은 본래 책

---

* 천하의……사용해도: 세상에 있는 모든 붓을 사용한다는 뜻이다. 토끼털이 붓을 만드는 재료이기 때문에 이렇게 말한 것이다.

* 천하의……쪼개도: 세상에 있는 모든 종이를 사용한다는 뜻이다. 고대에는 종이가 없어 죽간(竹簡)에 기록을 했으므로 이렇게 말한 것이다.

망할 인물이 못 된다. 그는 한 도의 원수로서 김해가 함락되는 것을 구원하지 않았다. 왜적을 보기도 전에 먼저 주진(主鎭)을 버리고 물러나 정진에 진을 쳤는데, 정진은 왜적이 있는 곳과 1백여 리나 떨어져 있는데도 공연히 놀라 무너져서 회산서원(晦山書院)*으로 도망쳐서 결국 여러 진과 각 읍이 소문만 듣고 무너지게 했다. 대곤의 죄를 물어 주살하지 않을 수 없었는데도, 너는 그를 효수해서 군사들의 마음을 경각시키지 않았다. 너는 과연 성을 버리고 패전한 군율을 모르느냐?

네가 저지른 세 번째 죄는 은혜를 잊은 것이다. 무엇을 가지고 은혜를 잊었다고 하는가? 너의 조상은 10대가 주불(朱紱)*을 받고 7대가 은장(銀章)*을 찼다고 들었다. 그렇다면 봉록이 후하고 은총 또한 융숭한 것이니, 의리상 국가와 운명을 같이하고 생사를 함께해야 마땅하다. 진실로 충절의 의리를 떨치고 강개한 뜻을 발동하여 자신이 사졸보다 앞서서 죽겠다는 마음을 가졌다면, 우리 영남에서 2백여 년간 길러 온 선비들이 몸을 돌보지 않고 목숨을 바치면서 나라의 치욕을 씻으려고 하지 않았겠는가. 그런데 너는 군주가 패하는 것을 기뻐하고 한양이 함락된 것을 좋아했다. 너는 과연 군주가 어려움에 처하면 급하게 여겨야 하는 의리를 모른 것이냐.

네가 저지른 네 번째 죄는 불효이다. 무엇을 가지고 불효라고 하는가? 너의 아비는 불행히 일찍 별세했지만 참으로 강개하고 충의가 있는 선비

....

* 조대곤(曹大坤): 경상우도 병마절도사로 재임 중이던 1592년에 임진왜란이 일어나자, 많은 군사를 거느린 곤수(閫帥)로서 적의 침입 소문에 겁을 먹어 도망을 갔다. 김해 일대에서는 어려움에 처한 아군을 원조하지 않아 병사들이 전멸하고 성이 함락되게 만들어 왜군이 한양까지 침범하게 한 원인을 제공했다. 이런 이유로 탄핵, 파직되었으며, 뒤에 백의종군했다.

* 회산서원(晦山書院): 1576년에 노흠(盧欽), 송희창(宋希昌) 등 삼가(三嘉)의 선비들이 남명(南冥) 조식(曺植)을 모시기 위해 삼가현 서쪽 20리 지점에 세웠다. 임진왜란 때 소실되었다.

* 주불(朱紱): 붉은색 치마 같은 무릎 덮개이다. 고관대작이 수레에 탈 때 사용했다.

* 은장(銀章): 은으로 만든 인장이다. 고제(古制)에 따르면 2천 석의 녹을 타는 벼슬을 하면 그 관인을 은으로 만들고 '모관지장(某官之章)'이라고 새겼다 한다.

였다고 들었다.* 만일 네 아비가 지금의 변란을 만났다면 반드시 의병을 거느리고 나라의 원수를 갚았을 것이다. 땅속에 있는 영령은 틀림없이 어두운 가운데 네가 한 짓에 대해 가슴 아파하고 법도에 어긋난 것에 분통을 터뜨리며 '어찌 임금도 없고 어버이도 잊은 자가 내 자식 가운데 나올 줄 알았으랴!'라고 할 것이다.

네가 저지른 다섯 번째 죄는 세상을 기만한 것이다. 무엇을 가지고 세상을 기만했다고 하는가? 네가 조정에서 벼슬할 때 조정에서 너를 가리켜 강하고 과감하며 굳세고 곧다고 했고, 경상도 병마절도사로 재임할 때에는 영남 사람들이 총명하고 재주 있다고 칭찬했다. 강하고 과감하며 굳세고 곧으며 총명하고 재주 있는 사람이 진실로 적을 제압할 마음이 있었다면, 험고한 지형을 지키면서 멀리 쳐들어오는 적을 막는 것은 대단히 쉬웠을 것이다. 그런데 수수방관하며 한 가지 방책도 쓰지 않고 왜적이 도륙을 하도록 방치했다. 지난날 강하고 과감하며 재주가 있었던 것은 좋은 벼슬을 얻기 위한 수단이었지만, 오늘날 어리석은 사람같이 행동하고 겁쟁이처럼 처신한 것은 무엇 때문인가?

네가 저지른 여섯 번째 죄는 염치가 없는 것이다. 무엇을 가지고 염치가 없다고 하는가? 영남의 왜적을 버리고 운봉을 넘어 전라도로 들어가 근왕군에 몸을 의탁했고, 군대가 용인에 이르러서는 왜병 6명을 보고 군기며 군량을 내던지고 금관자(金貫子)*도 잃어버린 채 도주했다고 했다. 이는 금관자를 미리 버리고 군사들 속에 섞여서 적이 알아채지 못하게 한 것이니, 목숨을 구걸하는 계획을 평소 정해 놓은 것이고 구차히 살기를

....

* 너의 아비는……들었다: 김수의 부친은 김홍도(金弘度)이다. 청류(淸流)를 등용하고 탁류(濁流)를 축출하는 데 과감했다가 권력자에게 거슬러 유배지에서 죽었다.《북저집(北渚集)》권9〈유명조선국보국숭록대부행판중추부사겸판의금부사지춘추관사김공시장(有明朝鮮國輔國崇祿大夫行判中樞府事兼判義禁府事知春秋館事金公諡狀).

* 금관자(金貫子): 금으로 만든 관자이다. 관자는 망건에 달아 줄을 꿰는 작은 고리로, 금관자는 종2품 벼슬을 하는 사람이 사용했다.

도모하여 못하는 짓이 없는 것이다.

네가 저지른 일곱 번째 죄는 성공을 싫어한 것이다. 무엇을 가지고 성공을 싫어했다고 하는가? 네가 도내에 있을 때는 적을 토벌할 마음이 없어서 민심이 꺾여 적을 치려고 앞장서는 이가 없었다. 다행히 초유사가 충성심을 북돋고 의기를 고무시켜 의병이 사방에서 일어나서 적들이 머리를 내놓게 되자, 인심이 차츰 합해지고 형세가 절로 펴져서 이 땅의 왜적을 말끔히 쓸어버리고 어가를 모시고 돌아올 날을 기대할 수 있었다. 그런데 너는 원수에게 당한 치욕을 잊은 채 얼굴을 들고 다시 나와 호령을 내고 절제를 발하여 의병으로 하여금 분산되는 마음이 있게 했고, 초유사로 하여금 다 이루어 놓은 공을 실패로 돌아가게 했다. 먼저 지은 죄는 이미 지난 일이라고 해도 지금의 죄는 용서할 수 없다.

아, 북쪽 하늘은 멀고 도로가 막혀 왕법(王法)이 시행되지 않은 탓에 네 머리가 아직까지 온전한 것이다. 숨만 붙어 정처 없이 떠돌며 천지 사이에 살고는 있지만 너는 진실로 머리 없는 시체인 셈이다. 네가 만약 신하의 분수를 조금이라도 안다면 네 군관을 시켜 네 머리를 베게 하여 천지와 후세에 사죄해야 한다. 그렇지 않으면 내가 장차 네 머리를 베어서 귀신과 사람의 울분을 풀어 줄 것이다. 너는 명심하라.”라고 했습니다.

사람들 중에는 도주(道主, 관찰사)의 허물을 말하는 것은 잘못이라고 말하는 이가 있습니다. 평소 아무 일이 없을 때에는 진실로 그 도주를 비난하면 안 되겠지만, 이처럼 위급하고 절박한 시기에 모두들 묵과한다면 이는 한갓 도주가 있는 것만 알고 전하가 계신 줄은 모르는 처사입니다. 경상도 사람들이 모두 전하의 신하라면 어찌 차마 나라가 망해 가는 이때 김수의 죄를 용인하고 전하를 저버릴 수 있겠습니까. 송(宋)나라 고종(高宗)은 호전(胡銓)*의 상소를 들어주지 않았기 때문에 천하 후세의 한이 되

....
* 　호전(胡銓): 1102~1180. 송나라 때의 충신이다. 송 고종(高宗) 때 추밀원 편수관으로 있으면서 상소하여 금나라와의 화친을 주장한 간신 진회를 주벌할 것을 청하다가 소주(昭州)로 귀

었습니다. 만약 전하께서 미천한 신의 말을 채납하여 주신다면 중흥의 공을 이룰 수 있으리니, 종묘사직에 있어 매우 다행스럽고 신민들에게도 심히 다행스러운 일일 것입니다.

신은 진실로 노둔하여 강호(江湖)에 자취를 감추고 있었지만, 왜적의 난리에 종실이 위태로워진 지금은 조상이 삼대에 걸쳐 벼슬했던 일을 생각했습니다. 신비한 계책은 자방(子房)*에게 미치지 못하지만, 원수를 갚으려는 마음만은 진실로 있습니다. 그래서 만 번 죽을 각오로 4월 22일에 의병을 모집해 거병하여 왜구를 막았는데, 다행히 전하의 위령(威靈)에 힘입어 오늘에 이르렀습니다. 군사들과 맹세하고 힘을 합쳐 죽을 때까지 싸울 것이며, 구구한 충심에 다른 뜻은 없습니다. 삼가 바라건대, 전하께서는 신의 방자하고 참람한 언사를 용서하시고 어리석은 정성을 살펴 주십시오.

통문

—

의령 의병장 곽재우가 온 도의 의병들에게 널리 고한다. 김수는 나라를 망친 큰 역적이니, 춘추대의(春秋大義)에 입각하면 누구든 그를 죽일 수 있다. 의논하는 자들 가운데 "도주의 과실도 발설하면 안 되거늘 하물며 참수를 운운하는가."라고 하는 이도 있지만, 이는 도주가 있는 것만 알고

....

양 갔으며, 진회가 죽은 뒤 다시 조정에 돌아와 공부시랑이 되었다.《송사》권374〈호전열전(胡銓列傳)〉.

* 자방(子房): 장량(張良, ?~기원전 189)이다. 전한(前漢) 초기의 정치가로, 자방은 그의 자이다. 한(韓)나라 때 재상을 지낸 집안의 후손으로, 진(秦)이 한을 멸하자 한의 회복을 도모하는 데 힘썼다. 박랑사(博浪沙)에서 진시황제를 공격했으나 실패한 후 이름을 고치고 하비(下邳)로 달아나 살았는데, 다리 위에서 황석공(黃石公)이라는 노인을 만나《태공병법(太公兵法)》을 전수받았다고 한다. 그 후 유방(劉邦)을 만나 그의 모신(謀臣)이 되어 항우(項羽)를 멸하고 천하통일을 이루는 데 큰 공을 세웠다. 기원전 201년에 유후(留侯)에 봉해졌다.

군주가 계신 줄은 모르고 하는 소리이다.

왜적을 한양으로 맞아들이고 군주를 파천하게 한 자를 도주라고 할 수 있는가? 수수방관하며 나라가 망하는 것을 기뻐하는 자를 신하라고 할 수 있는가? 온 도의 사람들이 모두 김수의 신하라면 그의 죄를 말하거나 그의 머리를 베어서는 안 될 것이다. 하지만 온 도의 사람은 주상전하의 신하이니, 나라를 망친 역적은 모든 사람들이 죽일 수 있고 패전을 기뻐하는 간악한 인간은 저마다 목을 벨 수 있는 것이다.

그런데 담론하는 자들 중 일부는 김수를 참수하는 것이 일의 체통상 마땅하지 않다고 말한다. 군주의 원수를 갚고 나라의 역적을 토벌하는 것이 이른바 일의 체통이다. 김수는 일의 체통을 무너뜨린 지 오래이다. 일의 체통이 마땅한지 여부는 진실로 논할 겨를이 없지만, 우선 간악한 자를 참수해서 회군시키는 조서를 없앤 뒤에 어가를 모시고 돌아와 중흥의 공을 세운다면 진실로 일의 체통에 크게 합당할 것이다.

삼가 바라건대, 의병들은 격문을 자세히 보고 군사를 거느려 김수가 있는 곳에 모여 그자의 목을 베어 행재소에 바치도록 하라. 그렇게 한다면 그 공은 수길의 목을 바치는 것보다 몇 배는 위대하리니, 의사들은 이 점을 유념하라. 만약 나라가 망해 가는 것을 염려하지 않고 군신의 대의를 잊은 채 역적 김수에게 빌붙어 고을 사람들로 하여금 의거에 참여하지 못하게 하는 수령이 있다면, 김수와 함께 주살할 것이다.

─초유사가 화해시켰다고 한다─

지금 곽공(郭公)의 상소와 격문을 보니 그의 의중이 어떠한지 알 수 있다. 김수는 죄가 없지 않지만 거병하여 ─원문 빠짐─ 상소해서 조정의 처분을 기다리는 상황에서 어떻게 격문을 돌려 먼저 도주의 목을 벨 수 있겠는가. 왜적을 멸하지 못하고 자중지란을 야기할 뿐이다. 곽재우가 거병한 것은 종묘사직에 큰 공이나, 지금 이 행동거지는 온당한지 모르겠다. 더구나 김수가 조정의 명도 없이 어찌 일개 유사(儒士)에게 죽임을 당하겠는가. 영남의 의사 가운데 조금이라도 일의 체통을 아는 사람이라면 어찌 곽재우에게 붙어서 부당한 일을 하겠는가. 또 지금 주인 형의 글을 보니, 전라도 순찰사가 파직되어 백의종군하고 있고 광주 목사 권율이 대신 순찰사가 되었다고 한다. 현재로선 파직된 이유를 알 수 없다.

◎ ─ 8월 15일

산속에 머물며 바위 아래에서 잤다. 한밤에 큰비가 오기 시작해 밤새 그치지 않았다. 임시로 거처하는 장막에 비가 새어 쪼그려 앉은 채 아침을 맞았으니, 그 고생을 알 만하겠는가.

오늘은 추석인데 성 남쪽 산소에 차례 지내는 사람이 없으니, 상로(霜露)의 감회*에 깊이 잠겨 애통함이 끝이 없다. 더구나 노모와 처자식은 지금 어디에서 목숨을 보전하고 있을까? 오늘을 생각하니 더욱 애통하구나.

주인 형의 편지를 보니, 류영근(柳永謹)* 삼형제가 회암(檜巖) 근처

....

* 상로(霜露)의 감회: 계절의 변화를 보고 돌아가신 부모를 그리는 서글픈 마음이 이는 것을 뜻한다. 《예기(禮記)》〈제의(祭義)〉에 "서리와 이슬이 내리면 군자가 그것을 밟고 반드시 슬픈 마음이 들기 마련이니, 이는 결코 추워서 그런 것이 아니다."라고 했는데, 정현(鄭玄)은 이를 두고 "계절의 변화에 어버이 생각이 나서 그런 것이다."라고 해석했다.
* 류영근(柳永謹): 1550~?. 1601년 늦은 나이에 식년 문과에 급제하여 정언, 부교리 등을 지냈다. 여기서는 류영근 삼형제가 모두 죽었다고 했으나, 12월 15일 일기에 살아 온 류영근을 만난 일을 기록했다.

로 피난을 갔다가 삼형제 부부 모두 왜적에게 피살되었다고 한다. 놀랍고 애통하다. 류희서(柳熙緖)는 그의 모친과 함께 적에게 죽임을 당했고, 김순명(金順命) 형제도 살해되었으며, 도성 안에 있던 절반 이상이 죽임을 당했다고 한다. 저렇게 기력이 좋은 사람도 화를 면치 못하는데, 나의 노모와 처자식만 어찌 면했겠는가. 하염없이 통곡했다. 이 말은 순창에 사는 진사 조유관(趙惟寬)*이 한양에서 내려온 좌수사의 군관에게 듣고 주인 형에게 전한 것이다. 조유관은 근지(謹之, 류영근)의 벗으로, 주인 형과 근지가 동서 간임을 알기 때문에 자세히 말해 주었다.

주인 형이 급창(及唱)*을 보내 전달한 편지에, "몹시 쌀쌀한 날씨에 오랜 기간 바위 아래 머물면 분명 큰 병에 걸릴 걸세. 오늘 산에서 내려와 이 고을 골해동(骨害洞) 고개로 옮기게. 적이 근방에 침입해 오거든 그때 함양 땅으로 피해도 무방할 것이네."라고 적혀 있었다. 골해동에서 함양에 이르는 길은 그다지 험하지 않아 말을 타고 갈 만하기 때문에 이렇게 말한 것이다. 그러나 오늘은 비가 이렇게 오니 산길이 질퍽하고 미끄러워 고개를 넘을 수 없는 상황이다. 우선 이곳에 머물면서 날이 개고 길이 마르기를 기다린 뒤 석천암으로 옮겨 적의 형세를 살펴 가며 다시 골해동 고개 위의 집으로 옮겨야겠다.

현의 사람이 오늘이 명절이라며 이곳 사람들이 먹을 떡과 술, 고기, 과일 등을 많이 가져왔는데, 마침 류영근 부부의 부음을 듣고 주인 형수와 응일이 통곡한 뒤인지라 음식을 먹을 정신이 있겠는가. 가지고

....
* 　조유관(趙惟寬): 1558~?. 1585년 진사시에 입격했다.
* 　급창(及唱): 고을 관아에서 부리는 사내종이다.

온 사람에게 음식을 대접해서 보냈을 뿐이다. 또 처음으로 햇밤과 햇대추를 보았다. 제철 과일을 보니 노모 생각에 슬픔을 견딜 수 없다.

◎ ― 8월 16일

산속에 머물며 바위 아래에서 잤다. 가을비가 비로소 개고 사방을 덮었던 음산한 안개가 걷히자 아침 해가 떠오르고 찬바람이 끊이지 않았다. 한밤중 꿈속에 아내가 보였고 ―원문 빠짐― 시윤도 보였으니, 무슨 일인가? 사흘 밤 내내 아내가 꿈에 보인 것으로 보아 죽은 게 틀림없다. 평소 그리웠기에 영혼이 누차 꿈속에 들어온 것이 아니겠는가. 눈앞에 가득한 자식들은 어떻게 하고 죽었단 말인가. 자식들이 같이 죽지 않았다면 어느 산중에서 서로 울부짖으며 굶주리고 있을까. 생각이 이에 미치자 길이 애통하여 숨을 멎을 지경이다.

또 들으니, 안성에 사는 서인(庶人) 홍계남(洪季男)*이 장수가 되어 자기가 모집한 군사 5백여 명을 거느리고 적의 길을 끊고 습격했기 때문에 그 지역의 두세 마을이 적의 침입으로부터 벗어나 모두 안전하다고 한다.

본도 의병장 김천일이 의병 1천5백여 명을 거느리고 현재 안산에 주둔 중이다. 병마절도사가 거느린 병력은 1만 8천여 명이었으나 차츰 도망가서 지금은 고작 4, 5천 명 정도이고, 이들도 마음이 굳건하지 않

....

* 　홍계남(洪季男): ?~?. 임진왜란이 일어나자 아버지 홍언수(洪彦秀)를 따라 안성에서 의병을 일으켜 인근의 여러 고을을 전전하며 전공을 세워 첨로지 승진했다. 이듬해 다시 군사를 거느리고 전라도와 경상도 지역으로 진출하여 이빈(李蘋), 선거이(宣居怡), 송대빈(宋大斌) 등과 함께 운봉, 남원, 진주, 구례, 경주 등지를 전전하며 전공을 세웠다.

아 분명 도망칠 것이라고 한다. 그러니 누구와 이 땅을 회복한단 말인가. 분통이 터진다. 오직 믿는 건 명나라 군대뿐인데, 그들이 왔다는 말을 들은 지 오래되었건만 아직까지 승첩 소식이 들리질 않으니 무슨 일인지 모르겠다. 이상은 모두 지난달 보름께 있었던 일로, 현의 아전 백어룡이 병마절도사가 있는 강화에서 와서 전해 주었다.

의병장이 지난달 19일에 병마절도사와 함께 강화에 주둔하고 있었는데, 노량에 집결한 왜적이 인천, 부평, 김포를 함락시킨 뒤 이달 24일 통진에 이르렀단다. 통진 현감(通津縣監)은 적이 왔다는 말을 듣고 먼저 말을 타고 나와 배를 타고 달아나서 그가 거느린 군사들이 일시에 무너졌고, 병마절도사와 의병장이 보낸 구원병도 모두 무너져서 돌아왔다고 한다.

지난달 21일에 왕세자가 이천에서 글을 내리기를,* "내가 외람되이 임시로 섭정*하라는 명을 받고 나라를 회복하는 책무를 돕게 되었다. 그러나 이 몸은 재주와 덕이 부족해 감당치 못할까 두려운데 어가와 천 리나 떨어졌으니, 서쪽을 바라보고 눈물을 흘릴 뿐이었다. 오늘날 나랏일이 전부 틀어져서 밤낮으로 오직 근왕병이 오기만을 바랐건만 오랫동안 소식이 없더니, 한창 걱정하고 절박해 하던 지금 여러분들

....

* 지난달……내리기를:《국역 난중잡록》제2권 1592년 8월 4일 기사에 왕세자가 내린 글에 대해 소개하기를, "동궁이 처음에 평양에서 대가와 서로 이별하면서 통곡하고 각자 헤어져 영의정 최흥원(崔興源) 등을 거느리고 영변으로 달아났다. 적병이 날로 가까워 오므로 또 정주로 달려갔다가 정주로부터 비밀리에 황해도를 지나 강원도로 향했는데, 낮에는 숨고 밤에 행하여 고생이 말할 수 없었다. 이때에 이르러 이천에 행차를 머물렀는데, 전라도 의병들이 근왕하러 바로 올라온다는 소문을 듣고 손수 글을 써서 의병장 김천일에게 전해 보냈다."라고 했다.
* 임시로 섭정: 선조가 의주로 파천하면서 세자를 후방에 머물게 하여 임시로 섭정하게 했다.

이 의병을 일으켜 경성 가까이 왔다는 소식을 접했다. 이는 진실로 천지와 조종께서 묵묵히 도우신 것이다. 종묘사직의 존망은 여러분들이 힘을 어떻게 합치느냐에 달려 있다. 나라를 살리고 백성을 구해서 큰 공을 세우도록 하라."라고 하셨단다. 이 또한 백어룡이 전해 준 말이다.

또 들으니, 황해도의 아전과 백성들이 적들과 모의한 탓에 고을 수령조차도 자유롭지 못하다고 하니 분통이 터진다. 윤함은 당시 해주의 처가에 있었으니, 만일 배를 타고 섬으로 피했다면 화를 면했겠지만, 산속으로 숨었다면 흉적들이 산을 워낙 샅샅이 수색해서 숨은 사람들이 벗어나지 못한다고 하니 아마도 분명 면하지 못했을 게다. 섬으로 들어가도 해적이 많다고 하니 매우 걱정이다. 얼굴을 못 본 지 일 년이 되었다. 앞으로 보지 못하고 죽는다면 서로의 원통함이 천지간에 끝이 없으리라. 이 글을 쓰면서 나도 모르게 슬픈 눈물이 저절로 떨어졌다.

나의 네 아들 가운데 막내는 나이도 어리고 학문도 성취하지 못했지만, 나머지 셋은 문예도 그런대로 이루었고 일의 시비도 조금은 안다. 가난하지만 자식만큼은 남들에게 뒤지지 않는다고 여겼고 남들도 그렇게 인정했다. 그러므로 나는 항상 자랑스러워하면서 입신양명하기만을 기다렸는데, 오늘날 이런 큰 변고를 당해 부자가 정처 없이 떠돌며 남북으로 갈라져 생사도 모르는 지경에 이를 줄 어찌 상상이나 했겠는가. 다만 평생 불의한 일은 저지르지 않았으니, 내 자식들이 어찌 모두 이름 없이 죽겠는가. 해가 밝게 비추면서 이 마음을 살피고 있으니, 사람은 속여도 하늘을 어떻게 속이겠는가. 밤낮으로 조용히 기도할 뿐이다.

또 들으니, 경상도 순찰사 김수의 두 아들과 두 딸 및 사위*와 초유

사 김성일의 두 아들이 모두 적에게 피살되었다*고 한다. 참혹함을 −원
문 빠짐− 이외에도 알려지지 않은 사망자가 얼마나 많겠는가.

◎ ─ 8월 17일

산속에 머물며 바위 아래에서 잤다. 초열흘 뒤로 가을 날씨가 쌀쌀
하다. 단풍 숲이 빨갛게 물들고 모자에 바람이 부는 아름다운 절기도
머지않았다.* 바위 앞의 산국화는 때를 아는지 흐드러지게 피어 향기로
운 꽃망울이 아름답다. 바람결에 향기가 전해지자 가슴이 뭉클해서 눈
물이 절로 떨어지니, 옛사람의 심정도 나와 같았으리라.* 어찌 마음 아
프지 않겠는가. 슬프다.

....
* 　김수의……사위: 김수의 아들로는 김경립(金敬立), 김의립(金義立), 김신립(金信立), 김태산
　　(金泰山)이 있었고, 큰딸은 교리 박호(朴箎)에게 출가했으며, 둘째 딸은 요절했다. 《북저집》
　　권9 〈유명조선국보국숭록대부행판중추부사겸판의금부사지춘추관사김공시장〉.
* 　초유사……피살되었다: 김성일의 아들로는 정실부인에게서 낳은 김집(金潗), 김역(金㴉), 김
　　굉(金浤)과 측실에게서 낳은 김잠(金潽), 김심(金深), 김침(金沈), 김명(金溟)이 있었다. 《국역
　　학봉집》 부록 제2권 〈행장(行狀)〉. 본문에서 언급한 아들이 구체적으로 누구를 가리키는지
　　는 알 수 없다.
* 　모자에……머지않았다: 음력 9월 9일 중양절(重陽節)이 다가온다는 뜻이다. 진(晉)나라 때
　　환온(桓溫)이 중양절에 용산(龍山)에서 베푼 잔치에 맹가(孟嘉)가 참여했는데, 이때 마침 바
　　람이 불어 맹가의 모자를 날려 버렸으나 맹가는 그것도 알아차리지 못하고 풍류를 발휘했던
　　고사에서 온 말이다.
* 　바람결에……같았으리라: 옛사람은 당나라 시인 두보를 가리킨다. 두보의 시 〈춘망〉은 안녹
　　산의 난이 일어난 다음 해인 757년에 함락된 장안에서 쓰였는데, 이 시에서 그는 기울어 가
　　는 나라를 걱정하며 타향에서 덧없이 늙어 가는 자신의 신세를 한탄했다. 오희문이 처한 상
　　황이 두보와 비슷해서 이렇게 표현한 것이다.

◎ ― 8월 18일

류영근 부부의 부음을 들은 지 나흘째이다. 주인 형수가 응일과 함께 잠시 술과 떡을 차려 놓고 한 차례 곡하며 제물을 올렸는데, 나는 이로 인해 더 슬퍼졌다. 이른 아침을 먹고 관속과 함께 다시 뒤 고개를 넘어 석천암에 도착했다. 마치 큰집에 들어온 기분이 들어 우울함이 조금 풀렸다. 밤중 꿈속에 정사과(鄭司果)의 아내와 임참봉(任參奉)의 아내가 보였는데, 얼굴이 초췌한 게 예전 모습 같지 않았다.

◎ ― 8월 19일

절에 있었다. 밤에 꿈을 꾸었는데, 내가 관동 성균관(成均館) 서쪽 물을 따라 내려오면서 보니 맑은 물이 가득 흐르고 물속에는 그물질할 만한 물고기가 헤엄쳐 다니는 것이 물이 졸졸 흐르던 옛날과 사뭇 달랐다. 지난번 꿈속에서도 성균관 동쪽 시내가 이처럼 맑게 넘쳤다. 이는 국가가 다시 안정되고 동서가 화합하여 문치를 숭상하고 교육을 일으킴으로써 유학(儒學)이 크게 흥성할 징조임에 틀림없다. 또 꿈속에서 이경여를 보았는데, 옛 모습 그대로였다.

운봉 현감이 적의 형세를 탐문하기 위해 경상도 순찰사가 주둔한 곳으로 사람을 보냈는데, 그곳 영리가 글을 보내왔다. 글 가운데 "여러 지역에서 패주한 적들이 모두 본도로 몰려드는 바람에 도내 여러 고을을 점거하고 있는 수가 당초보다 너무 많습니다. 좌도의 안동, 대구, 현풍, 창녕(昌寧), 영산(靈山), 밀양, 청도(淸道), 경주(慶州), 울산(蔚山), 동래 및 안동의 관할구역인 풍산현과 우도의 문경(聞慶), 상주, 선산(善山), 개령(開寧), 김산, 성주, 고성, 진해(鎭海), 김해 등지에 현재 주둔하고 있는데, 동쪽에서 서쪽으로, 북쪽에서 남쪽으로 갔다가 다시 돌아오면서 왕래가 일정하지 않아 확실한 수치를 파악하기는 어렵습니다. 영천과 지례의 적은 이미 여러 군대가 힘을 합하여 남김없이 섬멸했고 창원에서는 내응하는 사람과 몰래 약속한 뒤 밤에 기습하여 그곳에 머물던 적 30여 명을 베거나 사로잡고 나머지는 추격해서 모조리 죽여 이 세 고을을 수복했습니다. 성주에서도 내응하는 사람과 모의하여 왜적 3백여 명이 개령으로 갈 때 성주의 군대가 중도에서 접전을 벌여 30여 리를 추격한 끝에 30여 명을 베거나 붙잡았습니다. 그 밖의 여러 고을에서 왕래하는 적들도 한편으로는 요격하고 한편으로는 배후에서 치면서 매일 죽이고 있습니다. 금산과 무주의 적은 이들을 모두 섬멸한 뒤에 군대를 합쳐 김산에서부터 차차 제거해 나갈 계획입니다. 강원도에서 도망쳐 온 적들이 영해(寧海)와 안동 등지에 침입했다는데, 길이 막혀 어디로 향했는지 알 수 없습니다."라고 했다.

이 통문을 보니, 한양에서 내려온 자가 매우 많아 여러 고을이 전보다 몇 갑절 왜적으로 들끓고 있긴 한가 보다. 하지만 적의 기세가 크게 꺾여 성안으로 들어간 자들은 모두 땅을 파고 들어가 나오지 않고, 왕래하던 적들도 복병의 화살을 맞고 매일 죽어 나간다고 했다. 더구나 명나라 군대와 우리 군이 북쪽에서 떨쳐 일어나 소탕하고 있고 기존의 의병들도 도처에서 분기하여 모두 왜적을 섬멸하려 하고 있으니, 오래지 않아 -원문 빠짐- 소식이 들려올 것이다. 다만 2백 년 동안 기른 백성들 가운데 나란히 적의 칼날에 죽은 사람이 만 명일 뿐이겠는가. 시운 때문인가? 운명의 장난인가? 삼국시대부터 전란이 대대로 있었지만 섬 오랑캐의 화가 이렇게 참혹했던 적은 없었다. 홍건적(紅巾賊)이 송도

(松都, 개성)를 유린하여 공민왕(恭愍王)이 남쪽 고을로 파천했을 때*에도 한강 이남의 땅은 모두 온전했는데 지금은 조선 팔도가 모두 적의 수중에 들어갔으니, 우리 동방에 나라가 세워진 이래 처음 있는 크나큰 변란인 것이다.

◎ ― 8월 20일

오후에 절에서 장계 손인의의 집으로 와서 주인 형을 만나 함께 자니 답답한 마음이 풀렸다. 이곳으로 오는 길에 좌수 박언상(朴彦詳)의 집에 들렀다. 박공(朴公)은 막걸리를 마시고 있었는데 별감(別監) 박대복(朴大福)이 때마침 와서 함께 이야기를 나누었다.

◎ ― 8월 21일

손인의의 집에 머물렀다. 어제 순창 군수가 내가 온다는 말을 듣고 먼저 사람을 보내 안부를 물었기 때문에 아침 일찍 찾아가 그와 이야기를 나누었다. 전부터 알고 지낸 사이는 아닌데 말과 행동이 온아해서 여느 무인과 달리 괜찮은 사람이었다. 식사를 마친 후 주인 형은 순창 군수와 함께 나현의 진영으로 갔고, 나만 이곳에 남아 박대복과 종일 이야기를 나누었다. 저녁에 주인 형이 돌아와서 같이 잤다.

일전에 성상께서 의주에 도착한 뒤 안주에서 도망친 주서(注書) 임

....
* 홍건적(紅巾賊)이……때: 원나라에 쫓겨 요동으로 물러간 홍건적은 1359년 압록강을 건너 고려를 침공했다. 1359년 12월에 1차 침공과 1360년 9월에 2차 침공이 있었는데, 본문의 언급은 2차 침공을 말한 것이다. 홍건적 20만 명이 침공하여 개경을 함락시키자 당시 공민왕은 복주(福州), 즉 지금의 안동으로 몽진했다.

취정(任就正), 박정현(朴鼎賢)과 한림(翰林) 조존세(趙存世), 김선여(金善餘)에 대해 임금을 버리고 관직을 지키지 않았다는 이유로 사판(仕版)에서 삭제했다는 말을 들었다.[*] 이같이 다급하고 어려운 시기에 측근의 신하라면 군주가 당한 치욕을 보고 죽어야 마땅하거늘 중간에 도망쳐서 일을 기록할 사람이 없게 되었다. 평소 글을 읽을 적에는 스스로 바른 사람이나 군자인 척하다가 급난을 당한 오늘날 각자 살려고 도망쳐서 임금을 헌신짝 버리듯 했으니, 개돼지 같은 놈을 꾸짖어 무엇하겠는가. 시사가 이 지경에 이른 것이 매우 안타깝다.

◎ ─ 8월 22일

동틀 무렵 주인 형이 순창 군수와 함께 병사를 매복해 둔 무주 경계의 어각치(於角峙)로 가서 소를 잡아 군사들에게 먹이고, 다시 의병들과 약속하고 엄선한 궁사를 요충지에 매복시키기 위해 길을 떠났다. 한식경쯤 지나 어각치의 척후병이 왜적이 붉은 깃발과 하얀 깃발을 세우고 무수히 오고 있다는 급보를 전했다. 즉시 여러 곳의 척후병으로 하

....

* 성상께서⋯⋯들었다:《국역 선조실록》25년 6월 21일 기사에 "한림 조존세(趙存世), 김선여(金善餘), 주서 임취정(任就正), 박정현(朴鼎賢) 등은 선전관 성우길(成佑吉)을 달래기도 하고 으르기도 하여 안주에 도착하기 전에 달아났다."라고 했다. 이달 29일 기사에 사판(仕版)에서 이들의 이름을 지우라고 명한 내용이 보인다. 선조는 이해 6월 22일에 의주에 도착했다.《국역 선조실록》25년 6월 22일, 29일. 한편《기재사초(寄齋史草)》하(下)에 실린 1592년 6월 12일 기사에는 "대가가 안주의 운암원(雲巖院)에 이르니, 인민이 모두 도망가서 음식을 올리지 못했다. 이양원이 패하여 안변에 이르러서 종사관 김정목(金廷睦)을 보내어 말로 진달하기를, '이혼(李渾)이 회양의 적을 다 죽였다.'라고 했다. 대체로 길가에 떠도는 말을 들은 것이다. 상이 이것을 친히 물어보려고 사관을 불러 입시하게 하니, 주서 임취정, 박정현과 한림 김선여, 조존세 등은 벌써 도망친 상태였다."라고 하여 보다 구체적인 정황을 소개했다.

여금 동시에 호각을 불게 하자 적들은 곧바로 물러서서 집결한 다음 입고 있던 흰옷을 벗고는 일부는 청색 옷, 일부는 붉은색 옷, 일부는 넓고 큰 옷을 입고 전투태세에 돌입했다. 이에 아군이 봉우리마다 호각을 자주 불어 독려하면서 북을 치고 함성을 지르며 함께 전진했다. 적들이 퇴각할 때 전날 잠입시켰던 순창과 장수의 정예병이 적이 돌아가는 길목에 먼저 능철을 깔아 놓고 흩어져 매복했다가 적이 퇴각하기를 기다려 일시에 활과 화포를 발사하며 나아갔다 물러났다 하면서 교전하니, 화살에 맞아 죽은 자가 매우 많았고 타던 말과 환도를 버리고 허둥지둥 달아나다가 어지러이 능철을 밟아 도로에 유혈이 낭자했다. 순창 사람이 2명의 목을 베고 말 3필과 환도 3자루를 탈취해 왔는데, 그중 수급 하나는 장수 사람이 목을 베려는 순간 순창 사람이 빼앗은 것이라고 한다. 속이 조금 후련해진다. 이날 만약 두 지역의 수령이 군사를 이끌고 가지 않았다면 어각치의 복병은 틀림없이 굳게 지키지 못했을 것이고, 물러나 도주했다면 안성창까지 와서 불태웠을 것이 뻔하다. 다행스러운 일이다. 이호연이 도망 나오는 적의 수를 세어 보니 기병과 보병이 도합 57명이었다고 한다.

또 들으니, 이달 17일에 왜적 4백여 명이 동틀 무렵에 몰래 와서 진산 이현(梨峴)의 동복 현감(同福縣監) 황진(黃進)의 진영을 곧바로 공격했는데, 우리 군사가 -원문 빠짐- 활을 비 오듯 쏘자 적이 감히 돌진하지 못하고 금산으로 퇴각했다가 도로 진산으로 들어갔단다. -원문 빠짐- 왜적 가운데 죽은 자가 10여 명이고 부상당한 자는 부지기수이며, 황진이 직접 쏘아 죽인 자가 6, 7명에 화살로 맞힌 자도 많았단다. 황진은

이마에 철환을 맞았는데, 심각하지는 않다고 한다.[*]

18일에 충청도 의승(義僧) 2천여 명과 조헌의 의병 1천8백여 명이 본도의 관군에게 알리지 않고 경솔히 적의 소굴로 진격했다가 적병이 네 문으로 군대를 나누어 나와 의병을 포위했다. 의병의 분전으로 적의 사망자가 50여 명에 부상을 입은 자도 무수했지만, 죽은 의병도 대단히 많았다. 잔여 의병은 퇴각하여 흩어졌고 의병장 조헌과 승장(僧將) 영규(靈圭)는 그곳을 빠져나왔다는데, 어디로 갔는지 알 수 없다. 충청도로 돌아가지 않았다면 분명 적의 손에 죽었을 것이다.

전날 전투에서 황진이 진영을 견고히 하고 항거하며 활을 쏘지 않았다면 분명 여러 군대가 궤멸되었을 것이다. 이곳의 적은 많지 않지만 하나의 군을 점령한 뒤 토성을 쌓고 구멍을 파서 머문 지 오래이다. 우리 군은 세 번 싸워 모두 패해서 적을 소탕할 기약이 없으니, 분통이 터진다. 포로가 되었다가 도망쳐 온 사람에게 들으니, 적들 중에도 죽은 자가 많고 상처를 입어 신음하는 자도 숱해서 그 기세가 크게 꺾였다고 한다.

....

* 또 들으니……한다: 황진의 행장에는 당시 전투에서 황진이 철환을 맞아 다리를 다쳤다고 되어 있다.《포저집(浦渚集)》권35〈충청도병마절도사황공행장(忠淸道兵馬節度使黃公行狀)〉. 한편 조경남의《국역 난중잡록》제1권〈임진년 상(壬辰年上)〉에는 다음과 같이 적혀 있다. "금산의 적 수천여 명이 진산에 들어와 불을 지르고 약탈하니 이현(梨峴)의 복병장인 광주 목사 권율, 동복 현감 황진 등이 군사를 독려하여 막아 싸웠다. 황진이 탄환에 맞아 조금 퇴각하는 바람에 적병이 진채(陣寨)로 뛰어드니 우리 군사들이 놀라 무너지는지라, 권율이 칼을 뽑아들고 후퇴하는 아군을 베며 죽음을 무릅쓰고 먼저 오르고 황진도 역시 상처를 움켜쥐고 다시 싸워 1명당 백 명의 적을 당하지 못하는 우리 군사가 없으니, 적병이 크게 패하여 기계를 다 버리고 달아났는데, 30여 명을 베었다."

◎ — 8월 23일

손인의의 집에 머물면서 주인 형과 같이 잤다. 주인 형이 혼자 있기 무료하다며 만류해서 머문 것이다. 우도의 의병대장 최경회와 부장 고득뢰(高得賚)* 및 종사관과 군관 상하 250여 명이 이 현에 들어왔다. 이 군대는 머물러 주둔하는 군대에 포함되지 않았다.* 이호연은 사수 50명을 거느리고 다시 무주의 요충지로 들어가 매복해서 활로 적에게 공격을 감행할 계획이다.

어제 무주의 적과 전투를 벌인 뒤 낙상한 남원 사람이 산 위에 숨어서 엿보니, 부상당하지 않은 몇몇 왜적이 소굴로 달려가 수백 명의 군사를 불러 격전지로 나와 살피고는 길에 버려진 시신 11구를 실어 갔고 부축해 간 부상자도 많았다고 한다.

◎ — 8월 24일

손인의의 집에 머물렀다. 주인 형이 아침 식사를 한 뒤 초현(綃峴) 진영에 갔다가 오후에 돌아왔다. 충청도 순찰사가 전한 관문을 보니, 이달 6일에 영동을 점거한 적을 치기 위해 전 군수 김종려(金宗麗)와 전

....

* 고득뢰(高得賚): ?~1593. 임진왜란이 일어나자 의병장 최경회 휘하의 부장이 되어 장수, 무주, 금산 등지에서 왜병과 맞서 싸웠다. 그 공로로 평창 군수에 임명되었으나 부임하지 않았다. 진주성이 위급해지자 최경회와 함께 성에 들어가 다른 의병과 협력하여 성을 지키다가 순국했다.

* 우도……않았다:《국역 난중잡록》제2권에 "전라 우의병장 최경회는 담양, 순창으로 해서, 좌의병장 임계영(任啓英)은 구례로 해서 남원에 모였다. 경회가 본부 전 첨사 고득뢰로 부장(副將)을 삼으니, 남원의 선비와 백성으로서 의병에 모집된 자가 거의 6, 7백 명이 되었다. 두 군사가 장수에 이르러 유둔(留屯)하고 부장으로 하여금 금산, 무주의 적을 잡을 조치를 취하게 했다."라고 하여 당시의 규모를 짐작할 수 있다.

찰방 남경성(南景誠)*이 정병 40여 명을 선발해 장검이나 도끼, 활을 잡고 각자 두 끼 분의 양식을 싸게 하여 산으로 올라갔다. 위에서 내려다보면서 적들이 출입하고 매복한 위치를 파악한 뒤 밤중에 적의 막사로 잠입해 울타리 안에 먼저 능철을 깔고 사방 모퉁이에 불을 질렀다. 불길이 치솟아 적들이 놀라 일어나서 허겁지겁 도망치려고 할 때 활을 쏘고 칼을 휘둘러 50여 명을 죽이니, 다른 곳에 주둔한 적들까지 놀라 당황하다가 포로와 마소를 전부 죽이고 금산으로 달아났다고 한다. 왜적은 깊이 잠들면 우리가 두세 번 드나들어도 눈치를 채지 못하기 때문에, 이들을 치는 데는 야음을 틈타는 것이 제일이라고 한다.

김종려는 적이 무주를 함락시켰을 당시 포로가 되었는데, 적들에게 애걸하여 목숨을 부지하고는 적진에 머물렀다.* 적이 종려에게 가르치기를 "네가 고을 수령 -원문 빠짐- 왔느냐?"라고 하자, 대답하기를 "나는 고을 장수의 소재 -원문 빠짐- 알고서 왔다. 그러나 늙고 둔해서 걸어갈 수가 없다."라고 하니 적이 즉시 잘 달리는 말을 주었고, 종려는 이 말을 타고 영동으로 달려갔다고 한다.

종려는 나라의 두터운 은혜를 입고 당상관(堂上官)까지 오른 몸으로 하루아침에 목숨을 구걸하며 투항했기 때문에 나는 늘 분하게 여겨

....

* 남경성(南景誠): 오희문의 둘째 외삼촌인 남지명의 여섯째 아들이다.
* 김종려는……머물렀다: 《국역 고대일록》 제1권 1592년 7월 8일 기사에 "무주에 사는 전 군수 김종려가 적진에 들어가 투항했다. 적의 청철릭[靑帖裏]을 받고 농사를 지은 지 수일에 조금도 부끄러움이 없었다. 슬프다! 이증(李增)은 왜놈에게서 받은 짐을 지고 종려는 적의 소굴에서 호미질이나 하면서 호령을 달게 받아들이고 조금도 부끄러워하지 않으니, 국가의 은혜를 저버리고 절의의 규칙을 무너뜨려 도리어 견마(犬馬)만도 못하다. 애통함을 이길 수 있겠는가."라는 내용이 보인다.

왔다. 그런데 지금 야전을 벌여 공을 세웠다고 하니, 이를 계기로 여러 차례 큰 공을 세운다면 그동안 저지른 잘못을 속죄받아 죽음은 면할 수 있을 것이다. 남경성은 내 사촌동생인데, 또한 높은 공적을 세웠다고 하니 기쁘다.

◎ ─ 8월 25일

손인의의 집에 머물렀다. 아침을 먹고 주인 형과 순창 군수가 진영으로 향했다. 순창 군수의 이름은 김예국(金禮國)인데 한양에 살고, 보성 군수의 이름은 김득광(金得光)인데 연안(延安)에 산다. 보성 군수는 성질이 사나워 조금만 자기 뜻에 안 맞아도 부하를 크게 매질하는 탓에 사람들이 싫어하는 반면, 순창 군수는 아랫사람을 아끼니 아랫사람들도 그를 좋아하여 모두 온 힘을 다한다. 인자함이 얼마나 중요한지 알 수 있는 대목이다. 보성 군수는 현재 용담 송현의 병사를 매복시킨 곳에 있다.

순창의 사수 50여 명이 무주로 들어가 매복해서 화살로 공격할 준비를 하는데, 그 고을의 승려 4명이 따라갔다. 적진의 형세를 살핀 뒤 야밤에 잠입해서 불을 지를 계획이다. 의병 종사관 훈련 봉사(訓鍊奉事) 곽천성(郭天成)이 군사 160여 명을 거느리고 이곳에 왔다가 안성창으로 가서 주둔했다고 한다. 대장은 현재 본현에 있는데, 상하 260여 명의 음식을 공급하는 일을 쇠잔한 고을이 감당할 수 없다. 오늘부터 공급을 줄여 윗전 24명과 말 50여 필만 먹인다고 한다.

병마절도사가 군사를 거느리고 강 건너 풍덕(豊德)의 적을 공격했다가 패하는 바람에 군사가 많이 죽고 군관 이풍(李馮)도 죽었다고 한

다. 놀라움과 애석함을 금치 못하겠다. 그러나 거리가 멀어 자세히 알
수 없다.

밤에 오윤남(吳潤男)*의 꿈을 꾸었는데, 옛 모습 그대로였다. 내가
"너는 어디에서 왔느냐?"라고 했더니, "광주에 성묘하고 이제 집으로
가려고 인사드리는 겁니다."라고 했다. 이에 내가 아내를 불러서 보게
했으니, 이게 무슨 일인가? 분명 죽은 게다. 슬프다.

◎ — 8월 26일

손인의의 집에 머물렀다. 아침에 비가 와서 주인 형은 진영으로 가
지 않았다. 조방장 배리(陪吏)*의 사통(私通)을 보니, 지난번 의병장 고경
명이 금산 전투를 앞두고 있을 때 어떤 중이 의병에 자원해서 물을 긷
고 밥을 지었는데, 전투가 벌어지던 날 왜적과 내통해 대장을 살해하도
록 지시했기 때문에 크게 패했다고 한다.

용담과 금산에 숨었던 사람의 말로는, 이 중이 적과 내통해 적을
인도하여 여러 산을 수색해 인민을 살해하고 재물을 노략질했으며, 보
성 군수가 9일 치른 전투에서는 그 고을 공생(貢生, 향교에 다니던 생도)
을 죽여 차고 있던 인신을 빼앗으려고 하는 등 흉악함이 왜놈보다 심
했단다. 모든 사람들이 분통을 터뜨리며 중의 살점을 질근질근 씹고 싶
어 했는데, 보성 군수가 우연히 그를 사로잡아 문초한 결과 이런 전말
이 모두 드러나서 곧바로 그를 형틀에 채워 방어사가 있는 곳으로 압

....

* 오윤남(吳潤男): 오희문의 사촌 형제이다. 큰아버지인 오경안(吳景顔)의 아들이다.
* 배리(陪吏): 상관을 모시고 다니는 관리를 말한다.

송했다고 한다. 이 중이 하는 말이, 금산의 왜적은 양식이 부족해 여물지 않은 벼를 베어 먹으며 연명하고 있다고 한다. 중의 이름은 성택(性澤)이다. 사람들이 왜적 30명을 죽이는 것보다 이 중놈 하나를 죽이는 게 낫다고 말할 정도였으니, 속이 다 후련하다.

지난 19일에 영남의 여러 군대가 성주를 점령한 적을 포위하여 공격했는데, 적들이 성과 해자를 굳게 지키며 철환을 많이 쏴서 부득이하게 군사를 물렸다. 이튿날 다시 진격할 무렵 성주 -원문 빠짐- 진산(眞山) 부자가 적과 내통해 몰래 개령의 적을 끌어들여 뒤에서 포위하여 -원문 빠짐- 아군이 대패하여 물러났으며 전사자가 매우 많이 발생했다고 한다. 원통하고 분하다.

-원문 빠짐- 은병(銀甁)에 술을 담고 편지를 보내 항복을 청했다. 본도로 돌아가고 싶지만 배가 없어서 -원문 빠짐- 못한다는 것이다. -원문 빠짐- 진주 판관(晉州判官)은 요구를 들어주는 척하면서 육로를 열어 주고 중간에 잡거나 배를 주어 타게 한 뒤 물 위에서 싸울 계획이라고 한다. 그러나 왜적은 몹시 간사하니, 항복을 불쑥 청한 데에는 분명 저의가 있을 것이다. 장수들이 저들의 꾀에 넘어가지나 않을까 걱정이다.

도사가 전한 관문을 보니, 평양과 개성의 적이 도망쳐서 어가가 머지않아 다시 정주(定州)에 이른 뒤* 차차 내지로 옮겨 갈 예정이며, 일정하게 바치는 공물은 미리 통지하여 다시 공문을 띄운 뒤에 상납하도록

....

* 어가가……뒤:《국역 선조실록》25년 8월 4일 기사를 보면, 당시 의주에 머물고 있던 선조가 날이 점점 추워지고 또 명나라에서 원군이 도착할 것이므로 정주로 이동하자고 제안했고 비변사가 대가가 정주로 가면 인심이 안정되고 사방에서 향응하는 사람이 있을 것이라며 찬성했다고 기록되어 있다.

했다고 한다. 기쁜 일이다. 그러나 사실 여부는 자세하지 않다.

병마절도사가 강화에서 강을 건너 풍덕의 적을 공격했다가 도리어 패했다고 한다. 퇴각하던 군사들이 배에 오르려는데, 배는 작고 사람은 많아 물에 빠져 죽은 사람이 많았단다. 병마절도사와 의병장은 먼저 배에 타고 있었으므로 화를 면했지만,[*] 상군관(上軍官) 전 감찰 이풍은 그 속에서 죽었다고 한다. 이풍은 나와 한동네에서 친하게 지냈던 사람인데, 부음을 -원문 빠짐- 놀랍고 마음이 아프다.

◎ — 8월 27일

손인의의 집에 머물렀다. 아침에 들으니, 영동에 사는 사촌 -원문 빠짐- 산속에 숨었다가 적에게 발각되어 모두 살해당하고 찰방 남군실(남경성)만 화를 면했다고 한다. 통곡하지 않을 수 없다. 그러나 누가 죽고 누가 살았는지는 알 수 없다. 지난봄에 한 번 만나고 돌아왔는데, 얼마 뒤 숙모께서 돌아가셨다. 애통하게 상중(喪中)에 있는 몸으로 또다시 온 집안이 도륙을 당했으니, 슬픔이 더욱 지극할 것이다.

....

* 병마절도사와……면했지만: 병마절도사는 최원, 의병장은 김천일을 가리킨다. 《국역 난중잡록》제2권에 실린 8월 9일 기사에 "최원, 김천일 등이 장단에서 적을 치다가 크게 패하여 돌아왔다. 처음에 경기에서 피란한 조관(朝官)들과 의병들이 모두 강화에 있다가 두 군사가 근왕하는 것을 보고 흔연히 기운이 나서 여러 차례 적을 치도록 권했고 두 장수도 역시 군사들이 해이해질 것을 염려하여 드디어 본 지방의 군사와 합세하여 강을 건너 장단에서 적을 엿보았는데, 적이 군사를 감추고 약한 체하여 우리 군사를 유인했다. 여러 장수들이 급히 군사를 시켜 육지에 내려가 잡게 했더니 적병이 사면에서 일어나 기세가 바람을 탄 불길 같았다. 우리 군사가 크게 패하여 죽은 자가 수없이 많았고 천일 등은 겨우 몸만 빠져나와서 쪽배를 타고 달아났다. 수일이 지난 뒤 전장으로 사람을 보내어 당일에 죽음을 면하고 숨어 있는 자들을 몰래 불러 모으게 하니 겨우 1천여 명을 얻었다."라고 했다.

상공(相公, 정승) 정철(鄭澈)이 지금 양호 체찰사(兩湖體察使)가 되어 배를 타고 충청도 연안을 출발해 완산에 도착했다고 한다.* 이 도는 전사(前使)가 이미 파직되었고, 새로운 -원문 빠짐-.

제주의 교생 김홍정(金弘鼎)이 변란이 일어났다는 소식을 듣고 바다를 건너 의병에 가담했다. 그는 용이 그려진 엄심갑(掩心甲)*을 입고 머리에 깃을 꽂은 망립(網笠)을 쓰고서 큰 키와 건장한 팔에 장검을 허리에 차고 당당하게 당(堂)으로 들어왔으니, 그 용맹을 알 만하고 그 의지 또한 상상해 볼 수 있다. 이렇게 국가가 어려운 때에 높은 지위를 누리며 대대로 국은을 받은 사람은 하나같이 임금을 버리고 제 목숨을 구걸하는데, 만 리 떨어진 외로운 섬에서 부모와 처자식을 돌보지 않고 의리를 떨치며 전란 속으로 뛰어들었으니, 사람의 수준이 과연 어떠하겠는가? -원문 빠짐- 오늘 의병들과 함께 진군하여 안성창에 진을 쳤다고 한다.

◎ ─ 8월 28일

손인의의 집에 머물렀다. 주인 형은 아침 식사를 하고서 진영으로 갔다. 낮에 영광(靈光)에 사는 여동생의 편지를 받았는데, 다 읽기도 전에 눈물이 쏟아졌다. 두 번 세 번 읽자니 근심이 -원문 빠짐-. 직장이 세상을 떠났다는 말에 더욱 슬퍼졌다. 즉시 답장을 써서 -원문 빠짐- 에게

....

* 상공(相公)……한다: 정철은 이해 7월에 충청, 전라 도체찰사에 제수되었는데, 대신들이 행재소에 머물도록 요청함으로써 당분간 의주에 머물렀다. 본문에는 8월에 벌써 완산에 도착한 것으로 기록했으나《송강별집(松江別集)》권3〈부록(附錄) 연보 하(年譜下)〉에는 9월에 남하하라는 왕명을 받은 것으로 되어 있어 다소 차이가 있다.《국역 선조실록》25년 7월 24일.
* 엄심갑(掩心甲): 쇠로 만든 가슴 보호용 갑옷이다.

보내어 전하도록 했다.

또 들으니, 용궁 현감(龍宮縣監) 우복룡(禹伏龍)이 흉적이 -원문 빠짐-
때를 당하여 큰 고을과 견고한 성도 하루를 버티지 못하고 함락되는
판에 인구가 적은 쇠잔한 고을을 홀로 온전히 지켜 적의 침범을 -원문 빠
짐- 이에 당상관으로 승진했다고 한다.* 소신을 버리지 않았고 포상도
지체 없이 내려졌다고 할 만하다. 그러나 그 사이의 곡절은 멀어서 자
세히 알 수 없다.

어제 장수들이 금산의 왜적을 공격했는데, 선봉이 적에게 패하면
서 여러 군대가 궤멸되었다고 한다. 분통이 터진다. 궤멸되어 도망친
병졸이 전한 말인데, 사실인지는 모르겠다.

◎ —8월 29일

손인의의 집에 머물렀다. 장의현(張義賢) 영공(令公)이 안성창에 와
있다는 말을 듣고 주인 형이 순창 군수와 함께 이른 아침에 안성창으
로 가서 무주의 적을 공격하기로 영공과 약속했다고 한다. 주인 형이
저녁때 돌아와서 "장영공(張令公)의 말에 따르면, 충청 좌도의 청주 이
하 여러 고을에는 지금 주둔하는 적이 없고 지례에도 적이 없다고 하
네. 한양에서 내려온 적들은 직선 도로로 조령을 넘어 김산, 개령 등지
의 관아에 무수히 집결해 있다고 하네."라고 했다.

또 들으니, 27일의 금산 전투에서 적들이 해남 현감 변응정의 진영

....
* 용궁 현감(龍宮縣監)……한다: 우복룡(禹伏龍, 1547~1613)은 임진왜란이 일어났을 때 용궁
  현감으로서 끝까지 고을을 지킨 공이 인정되어 당상관에 올라 안동 부사에 제수되었다.

으로 먼저 공격해 들어가 군사들이 동시에 활을 쏘았지만 적은 굴하지 않고 일제히 진격해서 삼을 베듯이 어지러이 공격했다고 한다. 결국 여러 진영에서 구원하지 못하고 모두 무너져 변응정, 어득준(魚得浚), 전 봉사 황박, 의병장 소행진(蘇行進), 전 봉사 최호(崔湖) 등 다섯 장수가 일시에 죽었다고 한다. 놀랍고 애통하다. 변공(邊公)은 나와 인척이다. 지난봄에 장흥부에서 만났고 또 영암 임매의 집에 있을 때 편지와 물건을 한 차례 보내 주었는데, 지금 부음을 들으니 몹시 슬프다.

지난번 무주로 들여보낸 현의 아전 이호연과 순창 사람 김경석 등이 간밤에 순창의 중 사묵(士默) 등 9명에게 적의 소굴에 잠입해서 불을 지르라고 했으나, 적들이 자신들이 거처하는 관사에 목책과 목판을 설치하고 네 모퉁이에 높게 망루를 만들어 밤새 순찰을 돌았기 때문에 잠입에 실패했다. 이에 적들이 많이 모여 있는 목책, 목판이 설치된 바깥쪽과 현사, 여염집 등 세 곳에다 불시에 불을 지르니, 적들이 놀라고 당황한 나머지 큰소리를 지르며 목책 안으로 달려 들어가 끝내 나오지 않아서 활을 쏘거나 목을 벨 기회가 없었다고 한다. 이튿날 새벽에 이호연, 김경석 및 의병 김홍정, 김수부(金壽富) 등이 군사를 거느리고 달려가 말을 탄 일곱 사람에게 명하여 먼저 좌우로 나누어 돌진한 뒤 용맹을 뽐내며 적을 유인하게 하자, 적의 선봉 1백여 명이 칼을 휘두르며 추격했고 또 수백여 명은 냇가를 건너와 깃발을 세우고 진을 쳤다. 이에 군사들이 산에 올라 돌을 굴리거나 포와 활을 어지러이 쏘면서 교전하니, 죽은 자가 대단히 많았고 화살에 맞은 자도 헤아릴 수 없었다. 적들이 승리하지 못하고 퇴각하려고 할 때 의병 김홍정과 정종남(鄭終男)이 말을 타고 달려가 활을 마구 쏘다가 적에게 포위되었다. 정종남의 말 앞에 왜병 셋이 숨어 있다가 동시에 탄환을 쏘아 오른쪽 어깨에 맞혔으나 정종남이 즉시 총을 쏜 왜병을 돌아보며 활을 쏘아 가슴을 명중시키니 -원문 빠짐- 던지고 쓰러져 죽었는데, 왜병들이 서로 끌고 부축하면서 도망갔다. 정종남이 몸을 돌려 용맹하게 말을 달려서 본진으로 돌아오니 사람들이 모두 탄복했다. 접전 당시 여자 포로 1백여 명이 적들이 모두 나간 것을 엿보고 도망쳐서 향교 뒷산 영동으로 -원문 빠짐- 길로 흩어졌는데, 적들이 당황하여 어찌할 줄을 모르는 사이 -원문 빠짐- 일정을 전혀 얻지 못했다고 한다. 이는 틀림없이 다시 포로가 될 걱정은 면한 것이다. 속이 후련하다. 그러나 교전할 때 -원문 빠짐- 산으로 피해서 전투에 참여한 자가 많지 않아, 적이 다시 공격하여 축현을 넘어온다면 형세상 버티지 못할 것이라고 한다.

충청도 순찰사가 의병장에게 보낸 글에, "명나라 군대가 당초 평양에서 패해 도로 압록강을 건넜다.* 다시 정예병을 내어 이달 초 -원문 빠짐- 의주에 이르렀으니, 지금쯤 평양에 도착했을 것이다. 이들을 고대하고 있다."라고 했다. 전에 듣기로는 평양의 적을 모두 섬멸하고 군사가 황주(黃州)에 이르렀다고 했는데, 지금 순찰사의 글이 이와 같으니 전날 들었던 건 모두 헛소문이었나 보다. 적들이 한양과 황해도, 경기에 웅거하면서 끊임없이 공격하고 있다고 한다. 그렇다면 올해 안에 평정하지는 못할 테니, 산속으로 피난한 사람들은 적의 칼날에 죽지는 않았지만 이제는 굶주리고 얼어 죽게 생겼다. 아무리 생각해도 노모와 처

....
* 　명나라……건넜다: 요동 부총병 조승훈이 유격장군 사유와 함께 1592년 7월 17일 여명에 평양성을 공략했으나 사유는 죽고 조승훈은 겨우 살아 달아난 것을 가리킨다.《국역 선조실록》25년 7월 30일.

자식, 아우, 여동생들도 죽음을 면하지 못할 게 분명하니, 매일 통곡할
뿐이다.

9월

◎ ― 9월 1일

손인의의 집에 머물렀다. 적에 대해 특별히 들은 건 없다. 우의장
(右義將)이 이 고을에 들어온 지 오래되었는데, 아직도 적이 있는 경계
로 나가 진을 치지 않고 날마다 군관과 활쏘기나 하는 한편 녹각목(鹿
角木)*을 많이 가져다가 관가 앞뒤로 목책을 설치하고 적이 침입할까 걱
정하며 오래 머물 생각만 하고 있으니, 우습다. 금산과 무주는 이 고을
에서 이틀 정도면 갈 수 있는 거리이고, 그 사이 관군이 매복한 요해처
만도 네댓 군데는 된다. 그런데도 먼 지역에 물러나 움츠린 채 양식만
축내고 나아가 싸울 생각을 하지 않으니 더욱 우습다.

이름만 의병일 뿐 사실은 도망쳐서 죄를 얻은 관군들이 죄다 모여
처벌이나 면하려는 수작인 셈이다. 심지어 좌도의 수군 중에는 물에서

....

* 녹각목(鹿角木): 대나무를 세워서 사슴뿔처럼 만들어 적이 침입하지 못하게 하는 울이다.

싸우는 것이 싫어서 의병에 가담한 자도 많다. 안전한 곳으로 물러나 매일 관곡이나 축내고 있으니, 제 한 몸을 위한 계책으로는 훌륭하다고 할 것이다. 비단 이뿐만 아니라 자신들이 마련해야 하는 물건도 모두 관가에서 징수하니, 이와 같이 쇠잔한 현이 어떻게 버틸 수 있겠는가? 또 내일이면 좌도 의병장이 용성에서 도착한다고 한다. 그렇다면 대장과 부장 이하는 모두 음식 공급을 줄여야 한다. 영남 의병장 김면과 곽재우는 용사들을 많이 모아서 대치한 적을 날마다 공격하여 수급을 바친다고 하니, 이들이야말로 의병이라는 이름에 걸맞다고 하겠다.

◎ — 9월 2일

손인의의 집에서 머물렀다. 오후에 비가 내리더니 밤중까지 그치지 않았다. 주인 형과 종일 대화를 나누었다. 오후에 고을 선비 박이항(朴以恒)이 찾아왔는데, 영남 초유사의 글을 가지고 왔다.

초유사가 도내의 수령, 변장(邊將), 문무 출신, 부로, 자제, 한량, 군민인(軍民人) 등에게 통지하여 알린다*
-김성일-
—

국운이 중간에 불행하여 섬 오랑캐가 몰래 군사를 동원해 우리 영토를 함부로 침범하여 동서로 돌진해 들어왔다. 큰 성과 큰 진(鎭)이 무방비 상태였으므로 열흘 사이에 적들이 험한 관문과 높은 고개를 넘어 곧바로 한

....
* 　초유사가……알린다: 이 글은 김성일의 문집에도 실려 있는데,《국역 학봉집》제3권 〈경상도의 사민들을 불러 모아서 유시하는 글[招諭一道士民文]〉이 그것이다.

양으로 진공하니, 주상께서 한양을 떠나 파천하셨고 온 나라 사람들은 달아나 숨었다. 우리나라가 생긴 이래 오랑캐의 화란이 오늘날처럼 참혹한 적은 없었다.

장수들은 국가의 간성(干城)*인데, 왜적의 침입 소식만 듣고도 도망치고 적병을 겁내 움츠러들었다. 수령은 한 고을의 군장(君長)이건만, 모두가 자신의 처자식만 안전한 곳에 대피시키고 무기고를 불태웠다. 충의로 떨쳐 일어나 앞장서서 왜적을 무찌르는 자가 한 사람도 없으니, 불쌍한 군사와 백성이 어디에 의지하며 도망치지 않을 수 있었겠는가.

거센 물결에 한번 무너지자 이를 막을 방도가 없었다. 성에는 창을 든 군사가 없고 고을에는 죽을 각오로 싸우는 신하가 없었다. 왜적은 무인지경에 들어오듯이 몰려왔고 마침내 영남이 왜적의 소굴로 변했다. 흙더미가 무너지고 기왓장이 깨지듯 잠시도 보전하지 못하게 되었으니, 이것이 얼마나 큰 변고인가.

그러나 이것이 어찌 단지 변장과 수령들만의 잘못이겠는가. 이 지방 선비와 백성들도 책임을 면할 수 없다. 옛날에 큰 난리를 만나서도 나라를 잘 지킬 수 있었던 것은 윗사람에게는 죽기를 각오하며 싸울 의지가 있었고 아랫사람에게는 윗사람을 위해 목숨을 바칠 마음이 있었기 때문이다. 그런데 지금은 왜적이 이르기도 전에 선비와 백성들이 앞장서서 산속으로 도망쳐 구차하게 목숨을 부지하려고 했다. 수령에겐 백성이 없게 되고 장수에겐 군졸이 없게 되었으니, 누구와 함께 왜적을 막을 수 있었겠는가.

어떤 사람이 말하기를, "옛날에 추(鄒)나라와 노(魯)나라가 전쟁을 할 적에 추나라에서는 관리가 30여 명이나 전사하는 동안 백성은 한 사람도 죽지 않았다.* 이는 관리들이 평소 백성의 고통을 잘 돌봐 주지 않았기 때

---

* 간성(干城): 방패와 성이다. 나라를 지키는 믿음직한 군대나 인물을 뜻한다.
* 옛날에……않았다:《맹자》〈양혜왕 하〉에 "추나라와 노나라가 싸웠는데 추나라 목공(穆公)이 말했다. '나의 유사들 중 죽은 자가 33인에 달하였는데 백성들은 누구도 그들을 위해 죽

문이다. 지금 선비와 백성들이 흩어져 달아나는 변고가 있는 것은 어찌 《맹자(孟子)》에서 이른바 '너에게서 나온 것이 너에게로 돌아간다'*는 것이 아니겠는가."라고 했는데, 아, 이것이 무슨 말인가.

근년 이래 조세가 가혹하고 부역도 과중했으니, 백성들이 과연 명령을 감당키 어려웠을 것이다. 그러나 성을 쌓고 해자를 파는 것은 모두가 전쟁을 미연에 방지하기 위함이니, 지금 와서 본다면 성상께서 백성들을 보호하려는 원대한 생각에서 그랬던 것이다. 이것이 어찌 백성들을 학대하면서 자신을 이롭게 하려는 조치이겠는가. 더구나 추나라와 노나라의 싸움에서 비록 한쪽이 이기고 한쪽이 지기는 했지만, 이 두 나라는 다 같은 중국의 나라로 백성의 입장에서는 그다지 이롭거나 손해될 게 없었다.

그러나 오랑캐 풍습을 가진 왜적들은 우리 땅에 한 번 들어오자 즉시 웅거하려는 뜻을 품었다. 그리하여 우리의 부녀자들을 잡아가서 처첩으로 삼고, 우리의 장정들을 마구 죽여 씨를 남기지 않았다. 즐비한 민가를 모두 불태워 잿더미로 만들고, 공사(公私)의 재물을 모두 차지했다. 독기가 사방에 가득 차고 죽은 사람의 피가 천 리까지 흘렀으니, 백성들이 당한 참화를 어찌 차마 말로 하겠는가.

지금이야말로 지사(志士)가 창을 베고 자면서 왜적을 죽여야 할 시기이고, 충신이 국가를 위해 목숨을 바쳐야 할 때이다. 그런데 경상도의 67개 고을 가운데 아직까지 의리를 부르짖으며 의병을 일으킨 사람이 없고 남들보다 먼저 도망치지 못할까 깊은 산속으로 숨지 못할까만 걱정하고 있다. 그러니 어찌 탄식을 금할 수 있겠는가. 설령 산속으로 들어가서 왜적을 피해 결국 자신과 가족을 보전했다고 하더라도 열사는 오히려 수치스

지 않았소. 그들을 모두 죽이고자 해도 다 죽일 수 없고, 죽이지 않으면 윗사람의 죽음을 보고도 구하지 않았으니 분하오. 어찌하면 좋겠소?'"라고 했다.

* 《맹자(孟子)》에서……돌아간다: 이 글은 추나라와 노나라의 싸움을 언급한 내용과 같은 장에 실려 있다. 《맹자》〈양혜왕 하〉.

럽게 여길 터인데, 하물며 보전할 수 있는 이치가 전혀 없는 바에야 말해 무엇하겠는가. 내가 그 이유에 대해서 낱낱이 말해 주어 사민들의 의혹을 풀어 주고자 한다.

지금 왜적은 한양을 침범하는 일에 급급하여 지체하지 않고 행군했기 때문에 병화(兵禍)가 여러 고을에 두루 미치지 않았다. 그러나 왜적들이 목적을 달성하고 흉악한 무리들이 국내에 가득 차게 되면, 그때에도 산골짜기가 과연 죽음을 피할 수 있는 장소가 되겠는가. 비유하자면 큰 물결이 하늘까지 치솟고 거센 불길이 들판을 태우는 것과 같으니, 불쌍한 우리 백성이 다시 어디에 몸을 붙이고 살 수 있겠는가.

산골짜기에서 나오지 않을 경우, 시일이 오래 지나면 식량이 떨어져서 깊은 산속에서 앉은 채로 굶어 죽을 것이다. 산골짜기에서 나온다 한들 부모와 처자식이 왜적에게 사로잡혀 욕을 당하고 예의를 지키는 선비들은 짓밟히게 될 것이다. 왜적에게 항복하면 영원토록 올빼미 같은 흉악한 족속이 되고, 항복을 거부하면 모두가 왜적의 칼날 아래 죽은 귀신이 되리라. 이것이 어찌 지혜가 있는 사람이라야 알 수 있는 이치이겠는가. 그러나 이는 단지 이해(利害)와 생사만을 가지고 말한 것이다.

아, 군신 간의 큰 의리는 천지간에 영원히 변치 않는 도리이니, 이른바 사람이 지켜야 하는 떳떳한 법도이다. 무릇 이 땅에 사는 사람으로서 임금이 피난하고 종묘사직이 무너지려고 하며 만백성이 다 죽을 판인데도 무관심하여 마음을 움직이지 않는다면, 천지간에 영원히 변치 않는 도리로 볼 때 어떠하겠는가. 더구나 지금은 부모가 왜적의 칼날에 죽고 형제와 처자식이 서로 보전하지 못하며 집안의 화 또한 급박한 상황이다. 그런데도 자식이나 동생 된 자가 머리를 감싸 쥐고 쥐새끼처럼 숨어서 죽을 각오로 함께 보전할 길을 생각하지 않는다면, 자식 된 도리에 어떠하겠는가.

돌아보건대, 우리 영남은 본디 인재의 부고(府庫)라고 일컬어졌다. 신라(新羅)의 천 년과 고려(高麗)의 5백 년, 그리고 우리 조선의 2백 년 역사

동안 충신과 효자의 아름다운 명성과 뜨거운 의열이 청사에 빛나고 있으며 아름다운 절의와 순후한 풍습이 동방에서 으뜸이었으니, 이는 사민들도 모두 아는 바이다.

또 근래의 일을 가지고 말하더라도, 퇴계(退溪)와 남명(南冥) 선생이 한 시대에 나란히 나와 도학(道學)을 앞장서서 밝혀 인심을 순화시키고 윤기(倫紀)를 바로잡는 것을 자신의 소임으로 삼았다. 이에 선비들 가운데 두 선생의 교육에 감화되고 흥기하여 본받는 사람이 많았다. 이들은 평소 많은 성현들의 글을 읽었으니, 이들의 자부심이 어떠했겠는가.

그런데 하루아침에 왜변을 만나서 오직 살려고만 하고 죽음을 피하는 데 급급한 나머지 군주를 버리고 어버이를 뒷전으로 하는 죄악에 빠지고 말았다. 구차하게 목숨을 부지한다 한들 앞으로 어떻게 같은 하늘 아래서 살 수 있겠으며, 죽어 지하에 들어가서는 또 무슨 낯으로 우리 선현들을 뵐 수 있겠는가. 의관을 갖추고 예약을 배운 몸으로 치욕을 당할 수 있겠으며, 머리를 깎고 문신을 새기는 야만인의 풍습을 따를 수 있겠는가. 2백 년을 내려온 종묘사직을 차마 왜적의 손에 넘겨줄 수 있으며, 수천 리 강산을 왜적의 소굴이 되도록 버려둘 수 있겠는가. 문명의 나라가 오랑캐 나라로 변하고 인류가 금수처럼 되는 것을 참을 수 있겠는가. 이렇게 할 수 있겠는가.

수공(首功)을 공의 으뜸으로 삼는 진(秦)나라*는 애당초 오랑캐로 간주하기에 무리가 있는데도 노중련(魯仲連)은 바다에 빠져 죽기를 달가워했다.* 지금 이 섬 오랑캐들은 얼마나 추잡한 종족인가. 우리 강토를 멋대로

....

* 수공(首功)을……진(秦)나라: 수공은 적병의 목을 베어 오는 공을 말한다. 진나라의 법제에서는 적병의 목을 계산하여 목 1개당 자급 1등급을 올려 주었다. 뒷날에 적병의 목을 수급(首級)이라고 한 것은 여기에서 생긴 말이다.《사기》제83권 〈노중련열전(魯仲連列傳)〉에, "저 진나라는 예의를 버리고 수공을 공의 으뜸으로 삼는 나라이다."라고 했다.
* 노중련(魯仲連)은……달가워했다: 노중련은 제(齊)나라의 장수이다. 일찍이 조(趙)나라에 머물러 있을 적에 진나라가 조나라를 공격해 와서 정세가 위급했다. 그때 위(衛)나라에서 조

훔쳐서 차지하고 우리 백성을 함부로 죽이고 욕보이는데도 몰아내거나 주륙할 생각은 없는 것인가.

어떤 이는 "저들은 용기가 있는데 우리는 겁이 많으며, 저들의 무기는 날카로운데 우리의 무기는 무디다. 그러니 군사를 일으키더라도 아무런 소용이 없다."라고 말한다. 아, 어쩌면 이리도 생각이 모자란단 말인가. 옛날의 충신과 열사는 승패를 가지고 자신의 뜻을 바꾸지 않았고, 강약 때문에 기상을 꺾지 않았다. 의리상 마땅히 해야 할 일이면 비록 백 번 싸워 백 번을 지더라도 맨주먹을 휘두르며 시퍼런 칼날에 맞서 싸워 만 번 죽을지언정 후회하지 않았다. 더구나 적들이 강하다고는 하지만 외로운 군대가 깊이 들어와 병법에서 꺼리는 바를 범했으니, 어찌 무사히 귀환할 수 있겠는가. 우리의 군사들이 겁이 많다고는 하지만 용감하고 겁내는 것이 또한 어찌 일정하겠는가. 충성스럽고 의로운 마음이 솟구치면 약한 자도 강해질 수 있고 적은 군사로도 대군을 대적할 수 있으니, 마음을 한 번 고쳐먹는 데 달려 있을 뿐이다.

지금 도망친 군사가 산골짜기에 가득 널려 있다. 처음에는 비록 빠져나와 살려고 했더라도 결국 죽음을 면키 어렵다는 사실을 잘 알고 있다. 이에 모두들 떨쳐 일어나서 조국을 위해 온 힘을 다 바치려고 생각하고 있지만 앞에서 이끄는 이가 없어 가만히 있을 뿐이다. 이러한 때 의사 한 사람이 떨쳐 일어나 큰소리로 한 번 외치기만 하면 멀고 가까운 곳에서 구름같이 모이고 메아리처럼 호응할 것임은 앉아서도 헤아릴 수 있다.

또한 성상께서 이미 애통해 하는 교서를 내리셨으며, 또 나를 형편없다고 여기지 않으시고 백성들을 불러 모아 유시하는 책임을 맡기셨다. 당나

....
나라에 사신을 보내어 진나라 왕을 황제로 추대하여 군대를 철수시키게 하려고 했다. 그러자 노중련이 진나라는 예의를 버리고 살인만을 일삼는 무도한 나라임을 역설하면서, 만약 진나라가 칭제(稱帝)한다면 자신은 동해(東海)에 빠져 죽을 것이라고 하여 그 일을 중지시켰다. 《사기》 권83 〈노중련열전〉.

라의 무식한 군사와 사나운 군졸들도 오히려 흥원(興元)의 조서(詔書)를 보고 울었는데,* 하물며 예의를 숭상하는 지방의 선비로서 어찌 팔을 걷어붙이고 비분강개하며 군부(君父)의 위급함에 달려가지 않겠는가.

진실로 바라건대, 이 격문이 도착하는 날에 수령은 한 고을에 분명하게 효유하고 변장은 사졸들을 격려하라. 문무 조정 관원들과 부로, 유생 등 모든 사람들은 서로서로 유시하라. 동지를 불러 모아 충의로써 서로 단결하여 방비를 세워 스스로 막기도 하고 군사를 이끌며 싸움을 돕기도 하라. 부자들은 류차달처럼 곡식을 날라 군량을 대고 용사들은 원충갑처럼 용기를 내어 적을 무찌르라. 모든 사람들이 전투에 참여해서 일시에 함께 일어난다면, 군사의 위용을 크게 떨치고 용기는 백 배가 되어 괭이나 고무래도 튼튼한 갑옷과 날카로운 무기로 변할 것이니, 큰 칼과 긴 창이 앞에 닥치더라도 무엇이 두렵겠는가. 성공한다면 나라의 수치를 완전히 씻을 것이고, 실패하더라도 의로운 귀신이 될 것이다. 제군들은 힘쓰도록 하라.

나는 일개 썩은 선비로서 비록 병법을 배우지 못했지만 군신 간의 대의에 대해서는 들어서 알고 있다. 온 도가 무너진 뒤에 책무를 맡아 초(楚)나라를 보전하고픈 생각이 간절한데, 신포서(申包胥)의 충성을 아직 바치지 못했다. 그러나 조묘(祖廟)에 통곡하고 군사를 일으킴에 장순(張巡)*의

....
* 당나라의……울었는데: 흥원은 당나라 덕종(德宗)의 연호이다. 덕종 때 반적(叛賊) 요영언 (姚令言)과 주자(朱泚)가 참람하게 스스로 황제라 칭하고 수도 장안을 침범했으므로, 덕종이 봉천(奉天)에 피난해 있으면서 흥원 원년에 자신을 죄책하는 조서를 반포하여 장사(將士)들을 격려했다. 그러자 이성(李晟) 등이 그 조서를 보고는 감격하면서 용기를 내어 적병을 쳐부수어 장안을 수복했다. 《구당서(舊唐書)》 권133 〈이성전(李晟傳)〉.
* 장순(張巡): 당나라 현종 때의 충신이다. 천보(天寶) 연간에 안녹산이 반란을 일으켰을 때, 처음에 진원의 현령[眞源令]으로 있으면서 백성들을 인솔하고 당나라의 시조인 현원(玄元) 황제의 묘에 나아가 통곡한 다음 기병하여 반란군을 막았다. 그 뒤 윤자기(尹子琦)가 거느린 군사가 강회(江淮)를 침입하여 회양 땅을 고립시켰는데, 구원병이 오지 않아 양식이 다 떨어지고 힘은 다 소진되어 성이 함락되었다. 그러자 태수로 있던 허원과 함께 전사했다. 《구당서》 권187하 〈장순전(張巡傳)〉.

충렬을 힘쓸 뿐이다. 의사들에 힘입어 국가를 회복하는 공을 이루기를 바란다. 조정의 포상이 뒤따를 것이니, 모두 잘 알았으리라고 생각한다.

의령 곽의사(郭義士, 곽재우) 족하(足下)에게 보낸 글

—

초유사가 통유(通諭)한 것이다. 왜구가 제멋대로 날뛰어 우리의 성과 해자를 공격하고 백성을 도륙하면서 무인지경에 들어오듯 동서로 침입했다. 그런데 67개 고을 가운데 어느 한 사람도 의병을 일으켜 나라의 치욕을 씻는 이가 없어 우두커니 앉아서 도 전체가 왜적의 수중에 넘어가게했다. 종묘사직이 위태롭게 되었고 나라의 정기가 사라져 산하에 수치만 남았으니, 무릇 혈기가 있는 자라면 누군들 분통을 터뜨리지 않겠는가.

나는 명을 받들고 이곳에 와서 눈물을 뿌리며 주먹을 불끈 쥐고 이 왜적과 같은 하늘 아래서는 살지 않겠노라고 맹세했다. 그러나 여러 읍이 궤멸된 뒤여서 병력이 꺾인 상태였으므로 맨주먹을 휘두르고 시퍼런 칼날을 무릅쓰며 홀로 분개했다.

언뜻 듣건대, 족하가 민간에서 떨쳐 일어나 의병을 모집하고 강에서 적선을 섬멸하여 한 지역에서 의로운 명성을 떨치자 소식을 접한 이들이 모두 흥기했다고 하니, 선대부(先大夫)께서 훌륭한 자손을 두었다고 할 만하다. 그 뜻을 끝까지 관철하여 의병을 더욱 늘려서 이 땅에 있는 돼지 같은 왜적을 죽이고 도탄에 빠진 백성을 구출하여 위로 임금의 원수를 갚고 아래로 충효의 마음을 빛낸다면 또한 장하지 않겠는가.

내가 비록 노둔하고 용렬하나 천성적으로 충성스럽고 의로운 마음이 있으니, 죽음으로써 나라에 보답하려는 뜻만은 남에게 뒤지지 않는다. 동지들을 규합하고 의열(義烈)로 격려하여 족하의 의병과 함께 좌우로 연합하여 하늘을 받치고 해를 씻는 공을 이룩하고자 하니, 족하는 어떻게 생각하는가? 살아서는 충성스럽고 의로운 선비가 되고 죽어서는 충성스럽고 의로운 귀신이 되기를 족하는 힘쓰라.

이 두 편의 글을 보면 글의 뜻이 격렬하고 간절하며 충성과 의리를
권면했으니, 영남 선비들이 모두 분연히 일어난 것이 어찌 이로 말미암
은 것이 아니겠는가. 부여받은 직임을 저버리지 않았다고 할 만하다.

영남 유생이 의병을 일으키는 통문*
-이여유(李汝唯)-*

———

이 통문은 의병을 불러 모으기 위한 것이다. 임금의 고통을 급하게 여
겨 오랑캐의 화를 물리치는 것은 의(義) 중에서 급선무이고, 국가의 위기
를 구하려고 죽음도 불사하는 것은 정(貞) 중에서 큰 것이다. 만물 가운데
신령하여 사람이 되고 백성 가운데 뛰어나 선비가 되니, 어찌 신령하다고
하는가? 군신과 부자의 윤리를 알기 때문이다. 어찌 뛰어나다고 하는가?
의와 이(利)의 향배(向背)를 구분할 줄 알기 때문이다. 이 땅에 살면 모두
가 신하이니, 어찌 많은 녹을 먹은 자만 죽어야 하겠는가. 오랑캐가 제 분

....

* 　영남……통문: 이 글은 조종도의《대소헌일고(大笑軒逸稿)》권1에〈창의문(倡義文)〉이라는
　 제목으로, 이로(李魯)의《송암집(松巖集)》권2에는〈통유열읍창기의려문(通諭列邑倡起義旅
　 文)〉이라는 제목으로 각각 수록되어 있다.《국역 난중잡록》에서 이 통문이 작성된 배경을 소
　 개하면서 "처음에 경상도 함안 출신의 문신인 전 현감 조종도와 전 직장 이로 등이 한양에
　 서 변란 소식을 듣고는 곧 본도로 달려 돌아왔다. 조종도가 이로에게 말하기를, '우린 고향
　 땅에 들어가면 의병을 일으켜야 합니다. 만일 성사시키지 못한다면 동지들과 물에 빠져 죽
　 을망정 의리상 왜적에게 욕을 당할 수는 없습니다.'라고 하더니, 이번에 여러 읍에 통문을
　 내었다."라고 했다.
* 　이여유(李汝唯): 이로(1544~1598). 임진왜란이 일어나자 조종도와 함께 창의할 것을 약속
　 했다. 귀향하여 삼가, 단성으로 나가 동생 이지(李旨)와 함께 의병을 일으켰다. 인근 여러 고
　 을에 창의통문을 내어 백성들의 의분을 환기시키는 한편, 경상우도 초유사 김성일의 종사
　 관, 소모관, 사저관(私儲官)으로도 활약했다.

수도 모르고 태원(太原)까지 이른 것은 옛날에도 더러 있었지만, 한양까지 바로 침범한 것은 이번이 가장 빨랐도다. 임금께서 파천하여 바람과 이슬을 맞고 계시고 종묘가 진동하고 놀랐으니, 신령께서 어디에 의지해 오르내리시겠는가. 쥐같이 달아나고 새처럼 숨어서 대부분 임익(林翼)같이 무기를 버렸고, 애첩을 죽이고 말을 잡아먹는데 장순처럼 결사적으로 -원문 빠짐- 소식은 들려오지 않으니, 이 어찌 신하로서 차마 할 수 있는 일이겠는가. 이는 실로 사람의 도리에 있어 견디기 어려운 일이다.

2백 년 동안 국가에서 기른 백성은 어디에 있는가. 60고을에 충의가 사라졌다. 너른 들에서 통곡하지만 돌아오는 이는 없고, 흰 칼을 들어 보지만 -원문 빠짐-. 부모가 병들었는데 어찌 운명에 맡기고 약을 쓰지 않겠는가. 대세가 기울었어도 하늘의 -원문 빠짐-. 죽는 건 싫지만 천지간에 그물이 쳐져 도망갈 곳이 없고, 구차하게 살고자 하더라도 개돼지 틈에서 차마 살 수 있겠는가. 어차피 죽을 거라면 차라리 의리를 위해 죽고 말지 감히 살기를 바라겠는가. 인(仁)을 위해 목숨을 버리고 말지 나라를 배반하고 원수를 섬기면 편안할 수 있겠으며, 머리를 깎고 치아를 물들이는 짓을 감내할 수 있겠는가.

관군은 도망친 뒤 형벌을 겁내 나오지 않고 있으니, 의병은 힘차게 일어나 충성심을 떨치며 앞다투어 나오기 바란다. 더구나 주상께서 서쪽으로 피난을 가서 애통해 하는 교서를 내리셨고, 목숨 바칠 신하를 특별히 선발해 초유사로 파견하셨다. 윤음(綸音)이 내려오자마자 듣고 눈물을 흘리지 않는 사람이 없고, 초유사의 격문이 이르는 곳마다 사람들이 응당 목숨을 바치리라고 생각했을 것이다.

진실로 바라건대, 여러 군자들은 평소 글을 읽으면서 저마다 나라에 보답할 뜻을 품었을 테니 위급한 이때 임금을 위해 죽는 절개를 과감히 세우도록 하라. 각기 부형들을 권면하고 자제들을 격려하며 이웃 마을 사람들을 불러일으키고 노복들을 격려하여 거느려라. 혹은 활과 화살을, 혹은 칼을 차고 단결하여 부대를 편성하고 뛰쳐나가듯 용기를 고취시켜 초유(招諭)에 부응하고 나라의 치욕을 씻도록 하라. 그렇게 한다면 이 어찌 나라에만 다행한 일이겠는가. 각 개인에게 있어서도 집을 침범한 원수를 없애는 일일 것이다. 또 도망갔던 군졸이 스스로 찾아와 모인다면 비단 지난날 저지른 죄를 모두 사할 뿐만 아니라 포상도 기대할 수 있으리라.

다시 바라건대, 충분히 깨우쳐서 역(逆)과 순(順)이 무엇인지를 알게 한다면 천만 다행일 것이다. 정말 이렇게만 한다면 살아서는 훌륭한 선비가 되고 죽어서도 거룩한 영혼이 되어 장사 지낼 땐 포신(鮑信)*의 형상을 새기고 능(陵)에는 방덕(龐德)*의 모습을 그리게 될 것이다. −원문 빠짐− 보다는 차라리 강개하게 죽는 것이 낫지 않겠는가. 만약 의병이 근왕해서 수도를 다시 수복한다면, 의병이 모두 죽지는 않을 것이니 장차 중흥을 함께 누릴 것이다. 어찌 아름답지 않겠는가. 각자 힘쓰도록 하라.

아, 하늘의 이치와 백성의 떳떳함은 없어지지 않으니, 인륜이 어떻게 영원히 실추되겠는가. 이 한 장의 통문을 보면 틀림없이 많은 사람이 소리 내어 통곡하리라.

− 이상은 전 현령 조종도(趙宗道),*전 직장 이로(李魯), 진사 노사상(盧士尙) 등이 돌린 것이다 −

◎ ─ 9월 3일

손인의의 집에 머물렀다. 의병 부장 고득뢰가 군사 40여 명을 거느

---

*   포신(鮑信): 후한 말기에 절개가 있던 인물로, 황건적과 접전하다 죽었다.
*   방덕(龐德): 삼국시대 위(魏)나라 사람으로, 변경 민족인 저강(氐羌)의 침공을 격파했다.
*   조종도(趙宗道): 1537~1597. 임진왜란이 일어나자 초유사 김성일과 함께 창의하여 의병 모집에 진력했고, 그해 가을 단성 현감을 지냈다. 1596년에는 함양 군수가 되었는데, 다음해 정유재란이 일어나자 명을 받고 안음 현감 곽준(郭䞭)과 함께 의병을 규합, 황석산성을 수축하고 가족까지 이끌고 들어가 성을 지키면서 가등청정이 인솔한 적군과 싸우다가 전사했다.

리고 이곳에 와서 주둔했다. 주인 형과 순창 군수가 그가 머무는 곳으로 가서 만나 보았다. 고산 훈도(高山訓導)가 호남과 호서의 군민들에게 교유하는 글을 가지고 어제 오후에 현으로 들어왔는데, 왕세자의 유문(諭文)도 함께 이르렀다.

전라도 사민들에게 내리는 교서
- 이호민(李好閔)이 지었다고 한다 -*

—

왕은 다음과 같이 말하노라. 내가 임금답지 못하여 백성을 보존하고 나라를 지키지 못했다. 백성과 화합하지 못하고 적을 방어하지 못하여 나라를 잃고 서쪽으로 파천하여 의주로 물러나 머문 지도 한 달이 지났다. 종묘사직은 폐허가 되었고 백성은 어육이 되었다. 아득하고 아득한 하늘이여, 어떤 사람이 이렇게 만든 것인가.* 죄가 전적으로 내게 있으니, 진실로 부끄러움이 깊도다.

호서와 호남은 멀어서 소식을 들을 길이 없었다. 이광의 군사가 용인에서 붕괴된 뒤로는 남쪽을 바라보며 더 이상 원군이 오기를 기대하지 않았다. 그러던 차에 곽현(郭賢) 등이 수로와 육로를 통해 와서, 고경명과 김천일이 수천 명의 의병을 모집하여 절도사 최원의 병마(兵馬) 2만 명과

....

* 전라도……한다: 이 글은 이호민(李好閔)의 문집 《오봉집(五峯集)》 권10에 실려 있다. 이호민(1553~1634)은 임진왜란 때 이조좌랑으로서 왕을 의주로 호종하고, 요양에 가서 명나라의 이여송(李如松)에게 지원을 청해 평양성 전투를 승리로 이끌었다. 《국역 난중잡록》 제2권에는 이 교서가 내려진 배경을 소개하면서 "곽현(郭玄), 양산숙 등이 서해로 해서 십생구사(十生九死)로 행조(行朝)에 도달하여 표문을 올리니 임금이 친히 남방의 소식을 묻고 두 사람에게 벼슬을 주었으며, 인하여 전라도의 사민들에게 내리는 교서를 선포하셨다."라고 했다.
* 아득하고……것인가: 《시경》 〈왕풍·서리〉에 "아득하고 아득한 하늘이여, 이 어떤 사람이 이렇게 했는가[悠悠蒼天 此何人哉]."라고 한 데서 나온 말이다.

함께 진격해 수원에 주둔하고 있다는 보고를 했다. 부덕한 과인이 어떻게 사람들로 하여금 이처럼 사력을 다하게 만들었겠는가. 우리 조종께서 2백 년간 베푸신 깊은 은혜와 두터운 은택이 모두 인심을 얻은 것이니, 아, 지극하도다. 매우 가상하고 기쁜 나머지 즉시 양산숙(梁山璹)*등을 보내 너희 군사와 백성들에게 알리니, 그대들은 내 뜻을 헤아리기 바란다.

과인이 즉위한 지 25년이다. 비록 사랑이 백성에게 미치지 못해 은택이 아래로 통하지 못했고 지혜가 물정을 살피기에 부족해 정사에 잘못한 조처들이 많았지만, 본심만은 백성을 사랑하고 아끼는 데에 있었다. 근래에 변방이 많이 허술하고 군정(軍政)이 해이해진 것을 보고서, 오직 성을 높이고 참호를 깊이 파며 갑옷을 견고하게 만들고 무기를 예리하게 손질하면 적을 막을 수 있으리라고 판단하고 중앙과 지방에 신칙하여 엄하게 방비하게 했다. 성이 더욱 견고해질수록 나라의 형세는 더욱 약해지고 참호가 더욱 깊어질수록 백성의 원망이 날로 심해져 뽕잎이 떨어지고 기왓장이 무너지듯 와해됨이 이 지경에 이를 줄은 생각지도 못했다.

더구나 궁중을 엄히 단속하지 못해 백성들의 세세한 이권까지 모조리 갈취되었고, 형벌이 적절치 않아 원망하는 기운이 화기(和氣)를 손상시켰으며, 왕자들이 산택(山澤)의 이익을 차지하여 소민(小民)들이 생업을 잃고 울부짖었다. 백성들이 나를 원수처럼 여기는 것은 당연한 일이니, 내가 무슨 변명을 늘어놓겠는가. 이에 유사로 하여금 모두 혁파하게 하여 돌려주었다. 이러한 일들을 내 어찌 전부 알았겠는가마는 몰랐던 것도 역시 나의 죄이다. 생각이 이에 이르니, 후회한들 무슨 소용이겠는가. 차라리 이 몸을 희생으로 삼아 천지와 조종, 모든 신들께 사죄하고픈 심정이다. 손가락을 깨물며 이같이 후회하고 있으니, 바라건대 너희 사민들은 과인이 허물을 고쳐 새로운 정치를 도모할 수 있도록 도와달라.

....
* 양산숙(梁山璹): 1561~1593. 임진왜란이 일어나자 김천일과 함께 의병을 일으켜 진주에서 싸우다가 죽었다.

나의 잘못은 대략 진술했지만, 이번 전란은 실로 뜻밖이었다. 미련한 저 오랑캐가 감히 천자를 공격하려는 꾀를 내어 우리에게 자신들의 반역에 동참하라고 요구하기도 하고, 우리에게 길을 빌려달라고 강요하기도 했다. 내가 대의를 들어 배척하고 거절했더니, 사나운 짐승 같은 마음으로 나의 큰 은혜는 잊고 작은 분을 풀려고 했다. 나는 종묘사직이 망하고 신민이 버려질 수 있겠지만 군신의 직분은 천지가 살피는 바라고 생각하고 우주에 대의를 밝히고 태양 아래에 마음을 드러내어 천지신명께 부끄러움이 없고자 하여 한결같이 움츠려 있다가 천조(天朝, 명나라)에 나아가 호소했다.

밝으신 황제께서 나의 지극한 뜻을 살피시어 요동 총병관 조승훈을 보내 유격장군의 병마 1만을 거느리고 평양을 공격하여 한양에 있는 적까지 소탕하게 하고자 하시니, 명나라 원병이 이르는 지역의 사민들은 분발할지어다. 생각건대, 나의 행궁(行宮)이 한쪽 구석에서 핍박을 받고 있지만, 명나라 조정에서 또 왜놈과 싸워 본 경험이 있는 호남(湖南)과 절강(浙江) 지역의 군사 6천 명을 뽑아서 아침저녁으로 강을 건너게 했고 본도(本道, 평안도)의 병마 또한 수만 명이 모였으니, 응당 다시 실패할 걱정은 없을 것이다.

너희 고경명 등은 이미 경기에 이르렀으니, 부디 형세를 살피고 힘을 합하여 도성을 수복하라. 금성(金城)과 평양을 점령했던 적의 기세도 꺾였으니 섬멸할 수 있을 것이다. 이 두 곳의 적만 제거해도 나머지 적들은 싸우지 않고도 저절로 평정되리라. 지금 각 도가 모두 왜적의 노략질을 당했고 오직 호남만 온전하니, 너희가 힘쓰지 않으면 또 어디에 의지하겠는가. 군량이 모자라면 경기와 호서의 국고를 너희들이 마음대로 가져다가 공급하고, 무기가 다 소진되면 경기와 호서의 무기를 너희들이 마음대로 사용하여 각자 힘쓸지어다.

지금 고경명을 공조 참의(工曹參議)에 제수하여 초토사(招討使)를 겸하게 하고, 김천일을 장례원 판결사(掌隸院判決事)로 승진시켜 창의사(倡義使)를 겸하게 하며, 박광옥(朴光玉)*등 이하 사람들에게도 각기 차등 있게 벼슬을 수여한다. 생각건대, 충성스럽고 의로운 너희가 벼슬과 상을 기대하지는 않겠지만 내가 은혜를 베풀 수 있는 것은 이것 말고 다른 것이 없다. 이르거든 받고 더욱 힘을 다하도록 하라. 또 인성부원군(寅城府院君) 정철을 파견하면서 충청·전라의 도체찰사를 겸하게 하여 나의 뜻을 선유(宣諭)하고 군무(軍務)를 총괄하게 하니, 너희들은 그의 절제를 받아서 저마다 용맹을 드날리도록 하라.

용만(龍灣, 의주) 한구석에서 국운이 험난하고 국토가 여기서 다하니, 과인이 장차 어디로 간단 말인가. 인정은 이미 궁할 대로 궁하니 이치상 응당 회복되기를 생각하리라. 가을의 서늘함이 잠깐 일자 변경 지방은 일찍 추워졌다. 저 장강(長江)을 보건대 또한 동쪽으로 흐르니, 돌아가려는 일념이 물처럼 도도하여라. 교서가 이르면 너희 신하와 백성들 가운데 반드시 나를 불쌍히 여기며 슬퍼하는 이가 있으리라.

아, 하늘이 이성(李晟)*을 낳으니 도성 수복을 기약할 수 있고, 날마다 장소(張所)*가 능묘에 재앙이 없다고 보고하기를 기대한다. 간절한 바람에 속히 부응하여 과인이 서리와 이슬을 맞는 고통에서 벗어나게 하라. 그러므로 이에 교시하니 잘 알았으리라고 생각한다.

－ 만력 20년 7월 22일이다 －

....

* 박광옥(朴光玉): 1526~1593. 임진왜란이 일어나자 김천일, 고경명 등과 함께 의병을 일으키고 군량 수집과 병기 수선으로 도원수 권율을 도왔다. 1593년 나주 목사로서 신병을 무릅쓰고 인심을 수습하고 흩어진 병사를 규합하다가 죽었다.
* 이성(李晟): 당나라 덕종 때 황제를 참칭하고 수도 장안을 침범한 요영언과 주자를 쳐서 장안을 수복했다.《구당서》권133〈이성전〉.
* 장소(張所): 송나라의 하북 초토사(河北招討使). 북방 호족(胡族)에게 함몰되었던 능이 무사하다는 것을 조정에 보고했다.

성상의 교서를 삼가 읽어 보건대, 글의 뜻이 간절하고 자신을 탓하며 허물을 고쳐 새로운 정치를 다시 도모하셨으니 이는 성인(聖人)이 잘못을 고치는 데 인색하지 않은 도리이다. 신하와 백성들이 어찌 감격하여 힘쓰지 않겠는가. '용만 한구석'이라는 말씀 이하 몇 단락에 와서는 세 번 반복해서 읽었는데, 사람들이 모두 오열하여 자신도 모르게 눈물로 옷깃을 적시고 의기를 떨치며 적과 싸우다 죽겠다고 다짐했다. 임금의 훌륭한 한마디 말씀이 인심을 이와 같이 감동시켰으니, 나라를 중흥시키는 일도 여기에 달려 있지 않을까. 이 때문에 교만한 장수와 사나운 군사들이 홍원의 조서를 받고 마음을 바꾼 것이다. 아, 아름답다.

전라도 사민에게 효유하는 글

—

왕세자가 다음과 같이 말하노라. 아, 하늘이 재앙을 내려 섬 오랑캐가 그 틈을 이용했다. 변방의 성이 한 번 패하여 모든 고을이 일제히 무너지니, 마침내 적들이 파죽지세로 무인지경에 들어가듯 했다. 한양이 함락되어 국운이 무너지려고 하니, 임금께서는 변방으로 파천하셨고 종묘사직은 지방을 전전하게 되었다. 2백 년을 내려온 예악 문물이 남김없이 사라지고 거가세족(巨家世族)이 살던 3백여 고을은 남김없이 함락되었다. 옛날에 이와 같이 참혹한 적이 있었던가.

비록 무장들이 나라를 위해 목숨을 바치지 않아서 적병이 이렇게 날뛰게 된 것도 있지만, 또한 너희 백성들이 윗사람을 친히 여겨 관리를 위해 죽으려고 하지 않고 저마다 도망쳐 제 목숨을 부지할 생각만 하고 혹은 자업자득이라고 하면서 질시하여 결국 모두 참살을 당하게 했기 때문이

기도 하다. 말이 이에 미치니 실로 가슴이 아프다.

너희 충청도와 전라도는 인재의 보고이며 재원의 근간이다. 백성이 부유하고 군사가 강해서 백제와 신라가 이에 힘입어 패업을 이루었다. 강개하고 의리를 좋아하여 계백(階伯)이나 장보고(張保皐)를 충신이라 칭송했으니, 지금만 그런 것이 아니라 옛날부터 그랬던 것이다. 더구나 우리나라가 너희들을 편안하게 하고 생성해 준 은택이 앞 시대보다 뛰어나고 인물과 재력의 성대함이 옛날에 뒤지지 않는다. 그런데 하루아침에 대비를 잘하지 못하여 사방에 보루(堡壘)가 많으니,* 만일 적절한 기회에 섬멸하지 못한다면 너희들에게 수치스럽지 않겠는가?

나는 불초한 몸으로 외람되이 국사를 섭정하라는 명을 받고 높은 재를 넘으며 온갖 고생을 하면서 희천(熙川)에서 이천으로, 이천에서 다시 성천(成川)으로 이동했다. 어찌 감히 한 곳에서 편안히 있을 수 있겠는가. 오직 형세를 서로 연결시키려고 노력할 뿐이다.

다행히 지금 하늘이 재앙을 내린 것을 뉘우쳐 추한 왜적들의 장수 평조신(平調信, 야나가와 시게노부)의 뇌가 야습할 적에 박살이 났고* 소서행장(小西行長, 고니시 유키나가)의 머리도 보통문(普通門) 전투에서 떨어졌다.* 두 왜장이 잇달아 쓰러지자 흉적들이 날마다 흩어져서 성문을 닫고 감히 서쪽을 엿보지 못했다.

이에 순찰사 이원익(李元翼)과 절도사 이빈의 정병 2만 명이 순안(順安)에 진을 치고 있고, 순변사 이일은 동도(東道)의 군사를 거느리고 강동

....

* 사방에 보루(堡壘)가 많으니: 《예기》〈곡례 상(曲禮上)〉에 "사방 교외에 요새가 많으면 이는 경대부의 치욕이다[四郊多壘 此卿大夫之辱也]."라고 한 데서 나온 말이다.

* 평조신(平調信)의……났고: 1592년 6월 24일에 대동강 가에서 야간공격을 감행했을 때, 적의 선봉장인 평조신(야나가와 시게노부)이 화살에 맞아 사망하고 그가 거느린 정예군사 1천 명도 거의 모두 죽었다. 《국역 고대일록》1592년 8월 11일.

* 장수 평조신……떨어졌다: 그러나 평조신과 소서행장 모두 전쟁이 끝난 뒤 일본에서 사망한 기록으로 보아 잘못 전해진 소식을 기록한 것으로 보인다.

(江東)에서 호응하고 있으며, 명나라 군사 5만 명이 또한 안주에 이르렀다. 경기도, 황해도, 강원도에서는 의병이 너도나도 일어나 크게는 수천명, 적게는 3, 4백 명이 잔당을 소탕하여 우익(羽翼)을 제거하니, 흉적들이 넋이 나가고 대세가 이미 꺾여 나라를 회복할 형세가 거의 갖춰졌다. 평양의 적을 쓸어버리고 황해도에서 승승장구하면서 파죽지세로 완벽한 승리를 기약할 수 있으니, 너희들이 동지를 불러 모으고 의병을 규합해서 북쪽으로 향하는 칼을 갈고 남쪽으로 내려가는 군사와 합세하여 광복의 공을 세워 의로운 명성을 원근에 멀리 뿌릴 때이다.

아, 고경명과 김천일은 남쪽 지방 백성들에게 촉망받던 인물로, 맨 먼저 의병을 일으켜 국가의 환난에 달려간 것을 너희들은 잘 알 것이다. 10채밖에 안 되는 고을에도 반드시 충실한 사람이 있기 마련이니, 너희 여러 도에서 충의지사가 어찌 이 몇 사람에 불과하겠는가. 진실로 너희가 의리를 위하여 더욱 분발할 때이다. 그대들은 힘쓰라.

잘못된 정치를 개혁하여 백성과 새 출발하는 것은 전쟁이 종식된 뒤에 논의할 사안이니, 지금 다시 말하지 않겠다. 아, 난세에는 충신을 알 수 있는 법이니, 어찌 지위가 있고 없음을 따지겠는가. 뒤엉킨 뿌리를 만나면 예리한 기구를 구별할 수 있으니,* 세운 공에 따라 아낌없이 포상하리라.
－만력 20년 8월 8일이다－

동궁의 말씀을 받들어 읽어 보니, 간곡히 반복해서 말씀하고 깨우치기를 간절히 하셨다. 조금이라도 신하의 의리가 있는 사람이라면 이글을 보고 어찌 감동하지 않을 수 있겠는가. 게다가 적장이 연달아 죽

....

* 뒤엉킨……있으니: 어려운 일이나 상황을 만난 뒤에 이를 처리하는 뛰어난 인재를 구별할 수 있다는 뜻이다. 《후한서》 권58 〈우후열전(虞詡列傳)〉에 "쉬운 것을 구하지 않고 어려운 일을 피하지 않는 것이 신하의 직분이니, 이리저리 감긴 뿌리가 뒤엉킨 곳을 만나지 않으면 어떻게 예리한 기구를 구별하겠는가."라고 했다.

고 잔당도 꺾였으니, 요망한 무리들을 신속히 쓸어 없애고 다시 -원문 빠짐- 어가가 돌아오는 것은 -원문 빠짐- 있지 않다.

◎ — 9월 4일

주인 형은 이른 아침에 의병 부장과 함께 복병이 있는 어각(於角)으로 갔고, 순창 군수는 이질(痢疾) 때문에 함께 가지 못했다. 나는 산사로 돌아오던 중에 주인 형을 만나기 위해 술을 가지고 가던 서면(西面)의 품관 오우(吳瑀) 등 네댓 사람을 만났다. 즉시 술 한 병과 안주 한 접시를 꺼내 길가 늙은 버드나무 밑에 앉았다. 석 잔을 마시고 얼근히 취해 돌아오는데 해가 아직 기울지 않았다. 보름간 떨어져서 서로 그리워하다가 오늘 절에 오니, 사람들이 모두 환영했고 나도 기쁘게 만났다. 문득 한양 집이 그리워졌다. 우리 노모와 처자식, 아우와 여동생을 어디에 두고 나 혼자 산중을 떠돌며 인척에게 의탁한 채 도리어 옛일로 삼으며 잊지 못하는 것인가. 인정이 이에 이르면 어찌 슬프지 않겠는가. 하염없이 눈물이 흐른다.

◎ — 9월 5일

절에 있었다. 선윤(善胤), 말윤(末胤) 형제가 장계에 가 보았는데 -원문 빠짐-. 전에 영동 현감의 부인이 적에게 살해되었다고 들었는데, 지금 다시 들으니 산속에 숨었다가 적에게 발각되어 끌려가게 되자 차고 있던 칼을 빼어 자결했다고 한다. 진정한 열녀이다. 절개를 세운 부인의 소식을 지금 비로소 들으니, 흠모와 감탄이 절로 나온다. 그러나 대갓집 부인들 중에 능욕을 당하지 않은 이들도 분명 많을 게다. 난리가 평정된 뒤 틀림없이 들리는 말이 있을 것이다.

◎ — 9월 6일

절에 있었다. 밤에 꿈속에서 윤해를 보았는데, 옛 모습 그대로였다. 내가 윤해에게 이르기를, "네 아우 윤함이 지금 황해도에 있는데 왜적이 그곳에 가득하다고 하니 필시 죽었을 것이다."라고 했더니, 윤해가 대답하기를, "그 애가 왜 죽습니까. 잘 있다고 들었습니다."라고 했다. 이것이 무슨 일인가? 떠돌아다닌 뒤로 한 번도 꿈에 보이지 않다가 오늘에야 비로소 보았다. 꿈에서 깬 뒤 나도 모르게 눈물이 흘렀다. 아내와 윤겸도 어렴풋이 보였는데 얼굴이 선명하지 않았다. 참으로 슬프다.

좌의장(左義將) 임계영(任季英)*이 군사를 거느리고 어제 이 현으로 들어왔다. 우의장이 객관(客館)에 있으면서 녹각목을 많이 설치하여 많은 사람을 수용할 수 없었기에, 어제 향교로 들어가서 자고 지금은 동면의 민가로 옮겨 진을 쳤단다. 몇 안 되는 아전이 좌우로 분주히 음식을 나르느라 고충이 이만저만이 아닌데, 매질까지 해대서 관인들이 모두 도망치려고 했다. 호장 이옥성이 조근조근 타이른 덕분에 일단 머물러 일을 하고 있다고 한다. 우의장 최경회는 쇠잔한 현에서 조달하는 어려움을 헤아리지 않고 제공하는 물품이 줄었다며 화를 내면서 관에서 주는 음식을 먹지 않고 조금만 비위에 거슬려도 자주 호되게 매질

....
* 좌의장(左義將) 임계영(任季英): 1528~1597. 진보 현감을 지냈다. 임진왜란 때 전 현감 박광전(朴光前), 능성 현령 김익복(金益福), 진사 문위세(文緯世) 등과 함께 보성에서 의병을 일으켰다. 전라좌도 의병장이 되어 전라우도 의병장 최경회와 함께 장수, 거창, 합천, 성주, 개령 등지에서 왜군을 무찔렀다.

하니, 하리(下吏)들이 괴로워 견딜 수 없는 상황이라고 한다.

판윤(判尹) 박숭원(朴崇元) 영공*이 지난 7월 25일에 별세했다고 한다. 슬프다. 신주를 봉안할 임시 막사를 절 뒤쪽 섬돌 위에다 만들었다. 선윤 형제가 절로 돌아왔다.

◎─9월 7일

절에 있었다. 아침을 먹은 뒤 다시 신주를 파 보았다. 예전처럼 상자 속에 담겨 있고 겉에 싼 짚자리만 젖어 있었다. 임시 막사에 봉안하고 술과 과일을 올렸다.

늦은 오후, 근심을 풀 수 없어서 응일, 종윤 등과 걸으며 절 동쪽 시냇가로 나갔다. 앉아서 물방아를 구경하다가 시내를 따라 올라가니, 맑은 냇물과 흰 돌, 붉게 물든 숲과 단풍이 서로 비추어 울긋불긋한 경치가 참으로 볼 만했다. 시냇물이 쉬지 않고 밤낮으로 흐르니, 어버이를 그리워하는 마음도 물과 함께 끝이 없구나. 이내 눈물이 흘렀다.

◎─9월 8일

절에 있었다. 오늘은 장모님의 기일이다. 주인 형이 진중에 있는 관계로 내가 종윤 형제와 함께 제사를 지냈다. 아내가 살아 있다면 분명 기억하고 슬퍼서 눈물을 흘릴 것이다.

그저께 밤에 의병 한 사람이 적진에 잠입해 동정을 살피던 중, 왜적

....

*   박숭원(朴崇元) 영공: 1532~1592. 승지, 강원도 관찰사, 대사헌 등을 지냈다. 임진왜란이 일어나자 선조를 호종했다.

하나가 망대(望臺)에 올라 여자와 동침하다가 한밤중에 대변을 보는 것을 발견하고는 활을 쏘아 떨어뜨렸다. 왜적이 여자를 불러 칼을 가져오게 하여 활 쏜 사람을 치려고 했는데, 다시 화살로 가슴을 맞혀 즉사시킨 뒤 수급을 베어 돌아왔다. 의병장 최공(崔公)이 크게 기뻐하며 즉시 군악대를 보내 10리 밖에서 맞이했다. 또 밤중에 일어나 응벽정에 앉아서 좌우에 불을 밝히고 왜적의 머리를 깃대 위에 꽂게 하고는 정자 앞에 이르러 군대의 위용을 크게 과시하며 세 바퀴를 돌았다고 한다.

흉적이 두 고을을 점령했건만 토벌할 생각은 하지 않고 수일 걸릴 거리 밖으로 물러나 움츠린 채 목책으로 빙 둘러치고도 적이 올까봐 벌벌 떨다가, 휘하 사람이 다행히 왜적 하나를 베어 오자 기뻐서 이와 같이 자랑한 것이다. 영남의 의병장 곽재우는 여러 번 강한 적을 공격해서 벤 수급이 헤아릴 수 없이 많은데도 공으로 여기지 않고 몸소 화살과 돌을 무릅쓰며 싸울 적에도 죽음을 두려워하지 않았다고 들었다. 사람의 뜻과 기상의 차이를 여기서 또한 볼 수 있다. 최공의 행동을 보면, 그저 자신의 명성을 다른 사람을 통해 얻으려고 하는 자일 뿐이다. 심히 가소롭다.

어제 여러 고을에서 모집한 군사들이 경솔하게 적진으로 향했다가 탄환에 맞아 셋이 죽고 적의 수급은 하나도 베어 오지 못했다고 한다. 안타까운 일이다.

◎ ― 9월 9일
절에 있었다. 밤중에 큰비가 내리기 시작해 아침 늦게야 갰다. 오늘은 중양절(重陽節)이다. 날마다 부는 서릿바람에 풍광이 변하여 곳곳이 단풍으로 물들었다. 가을이 찾아와 감회가 많아지는 것을 옛사람도 슬퍼했는데, 하물며 지금 국운이 막혀서 전 국토가 전란에 휩싸여 호외(湖外)를 떠돌다 절에 의탁한 신세야 오죽할까. 생사도 모르는 노모와 처자식은 어디를 떠돌고 무엇을 먹으며 서로 부둥켜 울려나? 아름다운 명절을 맞으니 생각이 더욱 많아진다. 인정이 이에 이르면 슬프지 않을 수 있겠는가. 국화를 꺾는데 슬픈 눈물로 가득했다. 황천이 감동하고 도와서 노모를 살려 준다면, 내년 중양절 수연(壽宴) 자리에서 서로들 피난 당시에는 오늘날 다시 만나 기뻐하게 될 줄 몰랐다고 할 것이니, 그 행복이 어떠하겠는가. 끝없이 기도를 드렸다.

이언홍이 보고한 것을 보니, 이달 6일에 금산의 적 1백여 명이 희고 붉은 깃발을 세우고 무주현으로 들어왔는데 두 고을의 정병 및 의병과 남원, 진안에서 모집한 군사들이 축현, 소탄(召灘)에서 매복하고 기다렸다. 적들이 미시(未時, 13~15시)에 도로 금산으로 가려고 소탄을 건너는데, 의병 30여 명이 먼저 이들을 추격해서 한동안 접전이 벌어졌고 양쪽에서 포를 쏘아댔다. 아군이 비 오듯 활을 쏘자 화살을 맞고 부상을 입은 자가 많았다. 여러 고을의 정병이 이어서 진군해 금산 가정자원(柯亭子院)까지 추격했다. 적들이 죽은 자를 끌고 달아났기 때문에 수급을 베지는 못했고, 아군 가운데 특별히 부상을 당한 사람은 없다고 했다.

또 7일 사시(巳時, 9~11시)에 의병 군관 김홍정, 강희열(姜熙悅)* 등

<hr />

*   강희열(姜熙悅): ?~1593. 순천 출신의 무사이다. 임진왜란이 일어나자 형인 강희복(姜熙復)과 더불어 창의하여 고경명을 따라 금산 전투에 참전했다. 1593년 6월 진주성을 왜군이 포위했다는 소식을 듣고 의병을 이끌고 입성하여 김천일, 최경회, 황진 등과 더불어 끝까지

이 장의현과 약속하고 무주의 적을 유인하여 한동안 교전했다. 두 고을 정병 및 여러 고을에서 모집한 군사들이 일시에 매복을 풀고 달려갔지만 적들은 이미 물러간 상태였다. 관사 근처 -원문 빠짐- 흩어져 있던 복병의 여자 수십 명이 왜놈 옷을 입고 지붕 모서리에 올라가서 아군이 공격해 오는 것을 망보았다. 매복해 있던 왜군과 진중에 있던 왜병이 동시에 일어나서 어지러이 탄환을 쏘자, 아군은 활을 쏘기도 하고 물러서기도 했다. 의병 군관 송위룡(宋渭龍)이 앞에 오는 왜군 하나를 활로 쏘아 맞히고 말을 달려 산으로 올라가니, 순창 사람 김경석(金景碩)과 김대복(金大福) 등이 홀로 많은 적을 만나 도망갈 겨를도 없이 사력을 다해 힘껏 활을 당겼다. 그중 붉고 누런 빛깔의 고운 철릭[天益]에 금관 (金冠)을 쓴 왜적 하나가 환도만 차고서 준마를 탔는데, 왜병 30여 명이 뒤를 호위하며 빠르게 뒤따르지는 않았다. 그는 부채를 부치며 미소를 지었는데, 따르던 왜병과 5, 6보쯤 떨어져 있었다. 자세히 보니 수염이 길고 많으며 얼굴은 살지고 하얘서 전혀 왜놈 같지 않았다. 분명 우리나라 사람일 게다. 김경석이 처음 쏘았을 때는 맞지 않았으나, 두 번째 화살로 말안장을 맞히자 왜병들이 일시에 달려와 구원하여 방패를 세워 에워싸서 돌아갔다. 김대복이 금색 큰 옷을 입은 선봉장의 가슴을 활로 맞혔기 때문에 적들의 기세가 꺾여 소굴로 돌아갔다. 이틀 동안 벌어진 전투에서 아군 두 사람이 탄환을 맞고 죽었다고 한다. 앞서 네 차례 교전했을 때에는 적들을 많이 토벌하면서도 아군은 한 사람도 부

....
싸우다가 전세가 불리해지고 성이 함락되기에 이르자 적진으로 돌격하여 장렬한 최후를 마쳤다.

상당하지 않았는데, 이번에는 명을 어기고 경솔히 나갔다가 두 사람이 죽었으니 사람들이 모두 애석해 했다. 주인 형이 어제 진영으로 들어왔다고 한다. 탄환에 맞아 죽은 이는 순창의 배패 조여관(趙汝寬)과 광주 의병 김영두(金永斗)이다. 적들이 이들의 머리를 베어 가고 시신은 버렸다고 한다. 끔찍한 일이다.

◎ ─ 9월 10일

절에 있었다. 밤에 꿈속에서 어렴풋이 윤겸과 윤함 형제를 보았다. 난리 이후로 윤함은 한 번도 꿈에 보이지 않았는데, 오늘 밤에 보인 것은 무슨 까닭인가. 윤함이 살아 있다면 아비는 호외(湖外)에 있고 어미는 골육과 함께 적의 소굴에 있어 서로의 생사를 아득히 알지 못해 밤낮으로 울고 있으리라. 나도 끝없이 이를 생각하고 있으니, 천 리 떨어진 곳에서 서로 감응하여 꿈속에 들어온 것인가? 꿈에서 깨니 평소처럼 말하고 웃던 아들의 모습이 떠올라 눈물을 주체할 수 없었다.

고을의 전세리(田稅吏) 전천우(全天佑)가 지난 4월 17일에 길을 떠나 24일에 한양에 도착했는데, 25일에 내가 보낸 물건을 가지고 관동 집에 갔더니 시윤이 나와 보았고 또 도령 하나가 그 물건을 수령했다고 했다. 그는 분명 막내아들 인아일 것이다. 그의 생김새를 설명하는 말을 듣자니 비통함을 견딜 수 없다. 응대하는 계집종이 없었다고 하니, 분명 아내가 부재중이었기 때문일 것이다. 친정에 가서 피난 갈 곳을 상의한 듯하다. 전천우가 말하기를, "어가가 그믐날 도성을 나갔는데, 세 궁과 여러 왕자의 집, 그리고 창고들이 일시에 불탔습니다."라고 했다. 주상께서 도성을 빠져나가면서 불을 놓게 하신 것인가? 그렇지 않다면 우리나라 사람이 먼저 창고의 물건을 도둑질한 뒤 불을 질러 그 자취를 없앤 게 분명하다.

전천우가 5월 1일에 관동 집에 갔더니 다만 늙은 계집종 하나가 집에 있다가 말하기를, "생원님은 이미 양주로 가셨습니다. 저는 늙어서 갈 곳이 없기에 그대로 남아 집을 지키고 있습니다."라고 하더란다. 그는 틀림없이 늙은 계집종 무심(武心)이다. 그가 관동에 가면서 보니 대궐이 한창 불에 타서 연기가 하늘을 덮었다고 했다. 전천우가 또 말하기를, "2일에 왜적이 한강에 도착했다는 말을 듣고 삼각산(三角山)으로 피신했는데, 왜적이 어지러이 숲속을 뒤지는 바람에 이 산에 숨어 있던 부인들 중에 적에게 잡혀가거나 바위 밑으로 떨어진 자가 헤아릴 수 없이 많았습니다. 이후 철원(鐵原)으로 도망친 다음 안변(安邊)으로 달아났다가 7월 13일에 다시 나와 직산에 사는 사람과 동행하며 낮에 숨고 밤에만 걸으면서 8월 20일 이후에 비로소 집에 돌아왔습니다. 그간의 고생은 말로 형언하기 어렵습니다."라고 했다.

또 원중성의 처자식이 온양(溫陽)으로 피해서 현재 위아래 사람들이 죽을 걱정은 없다고 한다. 가족들이 원중성이 영남에서 이곳으로 와서 머문다는 소식을 듣고 사내종을 보내 모셔 오게 했는데, 중성이 첩을 데리고 영남으로 돌아간 지 벌써 한 달째이므로 사내종은 할 수 없이 온양으로 되돌아갔다. 타향을 떠돌며 추위와 배고픔에 고생한다지만, 목숨을 보전하면 훗날 다시 만날 테니 중성의 행복을 어떻게 말로 표현할까. 아직도 우리 집 식구들의 생사를 알지 못하니 중성의 행복이 매우 부럽다. 원중성의 집은 진위에 있는데, 지금 들으니 진위는 적의 침입을 받지 않았고 마을도 아직은 노략질당할 걱정이 없다고 한다.

만일 당초에 말을 타고 올라가 처자식을 찾았더라면 만날 수 있었을 텐데, 데리고 온 첩에 구애되어 여러 달을 머물렀다. 또 전쟁 통에 가까스로 목숨을 건지고서 다시 첩을 데리고 용성으로 갔다가 관청 말을 빌려 타고 영남으로 되돌아갔다고 하니, 무슨 의도인가. 중성은 사리와 인정을 알 만한 사람인데도 이와 같이 다급한 때에 애첩에 미혹되어 −원문 빠짐− 정을 잊어버렸으니, 자기 자식을 나 몰라라 할 수 있단 말인가. 이해할 수 없다.

저녁에 들으니, 황간과 영동의 적 3백여 명이 금산에 들어왔다고 한다. 전에 듣기로는 충청 좌도 고을에는 현재 주둔하는 적이 없다고 했는데, 지금 황간과 영동에서 온 적이 3백여 명이나 된다고 하니 그간에 전해 들은 말을 믿을 수 없다. 다만 금산과 무주의 적은 그 수가 많지는 않지만 아직도 머물면서 물러가지 않으니, 분명 이유가 있을 것이다. 내 생각에, 두 고을을 점거한 채 죽도록 떠나지 않는 것은 한양에서 내려오는 적을 기다렸다가 다시 완성(完城, 전주)을 침략하려는 속셈인 듯하다. 그런데 제장들이 겁먹고 물러나 시간만 보낼 뿐 토벌을 서두르지 않으니 후회하게 될까 걱정이다.

◎─9월 11일

절에 있었다. 이응일이 어제 아침에 주인 형을 만나러 장계 진영으로 갔는데 아직 돌아오지 않았다. 영남 연안의 여러 고을이 왜적으로 가득 찼다고 한다. 분명 한양에서 내려온 적들일 것이다. 부산 해변에 적선이 가득히 정박해 있었는데, 좌·우수사가 수군을 거느리고 공격하자 육지에 내렸던 수만 명의 적이 힘을 합해 탄환을 비 오듯 쏘는 바람에 아군 30여 명과 녹도 만호가 탄환을 맞고 죽어 부득이 수군을 퇴각시켰다고 한다. 이는 분명 한양에서 내려온 적들이 포구에 머물러 정박했던 것이다.

저번에 첨사 이언실(李彦實)이 귀양을 가서 방답진(防踏鎭)*에 있다가 적선 1척을 온전히 나포했는데, 그 뒤에 머뭇거렸다는 죄목으로 인해 처벌만 면하고 공에 대한 보답은 없었다고 한다. 안타깝다. 그러나 사실 관계는 알 수 없다.

경상 우도의 수군절도사 군관이 계본을 가지고 지난 7월 25일에 의주 행재소에 갔다가 월초에 돌아와서 전하기를, "평양을 차지하고 있던 적들이 모두 물러나 경기도 죽산(竹山) 이남에 많이 주둔해 있고, 죽산 이북으로는 매우 적습니다."라고 했다. 이에 나는 앞으로 열흘 정도 기다렸다가 충청도 내로를 통해 곧장 아산(牙山) 이시열(李時說)의 집으로 가서 다시 한양 소식을 들은 뒤 노모와 처자식을 찾아볼 계획을 세웠다. 그러나 어린 사내종 하나만 있을 뿐 말이 없다. 나는 걸어서 간다고 하더라도 이동할 때 필요한 물품을 지고 갈 수는 없으니, 이것이 걱정이다.

두 고을에서 모집한 사람인 이호연, 김경석 및 의병과 남원, 진안에서 모집한 군사 370여 명이 그저께 다시 무주로 들어가 정탐하고 화살로 공격할 태세를 갖추었다고 한다.

....
* 방답진(防踏鎭): 순천부 동쪽 170리 지점에 있었다. 《신증동국여지승람》제40권 〈전라도 순천도호부〉.

◎―9월 12일

절에 있었다. 저번에 명복(命卜)과 수호인(守護人)을 시켜 오미자를 따게 했고 어제도 또 따오게 했더니 모두 5, 6말쯤 되었다. 말리면 2말 쯤 될 테니 목숨을 보존한다면 약재로 쓸 생각이다. 금년에 오미자 열 매가 많이 열려 절 앞뒤 골짝에 많았기 때문에 따오게 했다.

면천 군수(沔川郡守) 소수는 집이 한양 인왕동(仁王洞)에 있는데, 노 년에 눈이 멀어 폐인처럼 지낸 지 오래이다. 왜적이 도성에 들어오자 피난 갈 처지가 못 되어 그대로 집에 머물렀다. 또한 아내*가 죽어 빈소 를 차렸는데, 적이 그의 집에 들어가 재물을 모두 약탈하고 관을 부수 어 염습한 옷까지 벗겨 갔단다. 다시 염을 했는데 또 먼저처럼 벗겨 가 자, 면천 군수가 해진 옷 한 벌만 덮어 두었단다. 어린 계집종 하나가 밥을 짓고는 있지만 식량이 부족하다고 한다. 불쌍하다.

면천 군수는 재상의 아들로 부자였고 일찌감치 벼슬길에 올라 여 섯 고을을 다스렸다. 평소에 조금도 곤궁하지 않았을 텐데 노년에 이렇 게 큰 난리를 만나 추위와 배고픔이 이 지경에 이르렀으니, 인간의 일 이란 관 뚜껑을 덮은 뒤에야 복 받은 인생인지 재앙을 받은 인생인지 알 수 있는 것이다.

◎―9월 13일

절에 있었다. 현의 아전 이호연이 보고한 내용에, "어제 오시(午時,

---

* 　아내: 소수의 첫째 부인은 전의 이씨(全義李氏)이고 둘째 부인은 청주 정씨(淸州鄭氏)인데, 누구를 가리키는지는 알 수 없다.

11~13시)에 금산의 적이 도착했는데, 붉은 깃발과 흰 깃발을 세운 채 말을 타고 소에 짐을 실은 1천여 명이 무주로 들어갔습니다. 전에는 여러 번 무주에 왔어도 곧바로 돌아갔는데, 이번에는 유숙하며 나오지 않고 있습니다. 적의 속내를 알기 어려우니 각별히 경계하여 변고에 대비해야 합니다."라고 했다. 이는 기어이 힘을 합해서 안성창을 침범하려는 속셈인가? 그것이 아니라면 영남으로 도망치려는 것이다.

영남에서 전한 글을 보니, 지난 8월 20일 이후 조령에서 들어온 적이 매우 많아 연안 고을에 모두 가득 찼는데, 성산의 경우 3천여 명에 육박한다고 한다. 포로가 되었다가 도망쳐 온 사람이 말하기를, "적이 가까운 시일 내에 합세해서 창녕(昌寧)과 합천 등 여러 고을을 대대적으로 침공할 것입니다."라고 했다. 걱정스럽다. 그러나 한양에서 내려온 적이 매우 많다는 것은 명나라 군대에 쫓겨 도망 온 게 틀림없다는 뜻이다. 그렇다면 한양을 조만간에 수복하고 어가도 점차 내지로 이동할 것이니, 미리 축하할 일이다.

지난번에 어떤 의병이 밤에 무주 적진으로 들어가 진영 밖 망대에서 숙직하던 왜놈을 활로 쏘고 수급을 베어 와 바쳤다고 했는데, 지금 다시 들으니 베어 온 것은 왜놈의 머리가 아니라 목화를 따다가 적에게 살해되어 버려진 무주 백성의 머리였다. 머리털만 제거한 뒤 베어 온 것이다. 의병장이 그런 줄도 모르고 왜놈의 머리라고 여겨 순찰사에게 수급을 바쳤다고 한다. 참으로 우습다. 세상일엔 거짓이 많은데, 게다가 지금처럼 전공을 다투며 상을 받으려고 힘쓰는 때에는 이런 등속의 일이 분명 많을 것이다. 누가 그 진위를 정확히 파악할 수 있겠는가. 머리를 베인 자의 아비는 이 고을에 사는데, 아들이 적을 따랐다고 위협을 받을까 몹시 두려워서 감히 입을 열지 못했다고 한다. 저녁에 응일이 절로 돌아왔다.

◎ —9월 14일

절에 있었다. 어제 금산의 적이 무주로 들어가서 그곳에 주둔하던 적을 모두 거느리고 금산으로 돌아갔다고 한다. 무주의 여인이 전에 적의 포로가 되어 그 속에 있었는데, 이번에 적들이 떠나면서 집으로 돌려보냈다. 복병들이 여인을 붙잡아 조사했더니 여인이 말하기를, "이달 7일에 접전이 벌어졌을 때 적장이 화살을 맞고 3일 만에 죽었습니다. 그저께 시체를 불태운 뒤에 적들이 약속하기를, '금산에 모여서 전주를 공격하되 만일 이기지 못하면 본국으로 돌아가자.'라고 했습니다."라고 했다. 무주의 객사와 창고, 누각을 일시에 불태웠는데, 적들이 미처 태우지 못한 곳은 우리 군사가 들어가 남김없이 불을 놓았다. 적들이 다시 와서 주둔할까 염려했기 때문이다. 불을 놓지 않았던 관아 인근의 인가까지 모조리 불을 놓았다고 한다.

지난번에 접전했을 때 순창의 패장(牌將) 김경석이 적장에게 쏜 화살이 안장을 관통해 그대로 왼쪽 다리를 뚫어 적장이 말에서 거꾸로 떨어져 적들이 방패로 엄호하고 부축해서 황급히 소굴로 돌아갔다고 했는데, 이로 인해 죽은 게 틀림없다. 다만 금산의 적이 무주로 왔다면 바로 영남으로 돌아갈 수 있었을 텐데 지금 무주의 적을 모두 이끌고 금산의 소굴로 돌아갔으니, 반드시 이유가 있을 것이다. 금산에서 양산현을 넘어 황간과 영동을 거쳐 김산으로 돌아가려는 속셈인가? 그렇지 않다면 다시 자신들의 무리가 오기를 기다렸다가 전주를 침략하려는 수작이다. 그러나 하도의 여러 군사와 좌우 의병들이 빙 둘러 요해처를 지키고 있으니 쉽게 공격하지는 못할 것이다. 다만 장병들이 모두 겁을 먹고 있어서 멀리서 적을 보고 먼저 도망칠까 걱정스럽다.

저녁에 의승 인준(引俊)이 그의 무리 2백여 명을 이끌고 현에 도착했다. 그는 담양 옥천사(玉川寺)에 있는 중으로, 스스로 장수가 되었다.

◎ ― 9월 15일

무주의 적이 금산으로 이동했으니, 초현을 지키는 병력은 분명 다른 곳으로 옮길 것이다. 옮기기 전에 주인 형을 보기 위해 종윤과 함께 아침밥을 먹고 장계로 달려가 손인의의 집에서 함께 잤다.

영남에서 전한 글에 따르면, 1천여 명 혹은 1백여 명의 적들이 위에서 날마다 내려오는데, 적들이 태우고 가던 여자들이 큰소리로 "아무 고을 아무 마을에 사는 아무개가 지금 포로가 되어 영영 타국으로 간다."라고 외치면서 하염없이 울었다고 한다. 불쌍하기 그지없다. 저녁때 순창 군수가 머무는 곳에 가서 만나 보고 돌아왔다.

◎ ― 9월 16일

손인의의 집에서 유숙했다.

◎ ― 9월 17일

손인의의 집에서 유숙했다. 무주의 적이 금계로 이동했기 때문에 주인 형은 용담의 경계에 위치한 이 현의 고양이고개[猫古介]로 옮겨 방어하고 순창 군수는 금산의 경계에 있는 숯고개[炭古介]로 진을 옮기라는 순찰사의 관문이 도착했다. 내일 각기 군사를 이끌고 가서 나누어 지켜야 한다. 현의 늙은 아전 김세건(金世健)과 이만형(李萬亨) 등이 술과 떡을 성대하게 장만해 와서 주인 형을 대접했는데, 나도 그 자리에 참석했다.

명나라 병부(兵部)에서 황제의 승인을 받은, 왜인을 사로잡거나 벤 자에 대한 포상 규정

—

관백(關白) 평수길을 사로잡거나 벤 자에게는 상으로 은(銀) 1만 냥을 주고 백작(伯爵)에 봉해 세습시킨다.

이름 있는 큰 적 1명을 사로잡거나 벤 자에게는 하나당 실직(實職) 3계급을 승진시키고 승진을 원하지 않는 자에게는 상으로 은 150냥을 준다.

왜적이나 왜적을 따르는 1명을 사로잡거나 벤 자에게는 하나당 실직 1계급을 승진시키고 승진을 원치 않는 자에게는 상으로 은 50냥을 준다.

한인(漢人)으로서 왜적을 따르는 1명을 사로잡거나 벤 자에게는 하나당 관직 1계급을 승진시키고 승진을 원하지 않는 자에게는 상으로 은 25냥을 준다. 2명인 경우 하나당 1계급에 해당한다. 만력 20년 7월 18일.

◎ ― 9월 18일

주인 형과 순창 군수는 새로운 주둔지를 향해 떠났고 나도 돌아왔다. 날이 저물어 현의 관사로 들어가 묵었다. 우의장 및 승의병들이 진안으로 가서 진을 쳤다. 내가 와서 보니, 객사 앞뒤에 있는 섬돌 아래가 사람과 말의 배설물로 가득했다. 담장 밖에 녹각목을 삼엄하게 설치하고 담장 안에 방패를 벌려 세웠는데도 여전히 두려웠던지, 관문(官門)

네 모퉁이에 또한 병사를 매복시켰다. 적의 소굴과는 이틀 이상 걸릴 거리인데도 이처럼 벌벌 떠니, 흉적의 얼굴을 감히 바라볼 수 있겠는가. 참으로 우스운 일이다.

이뿐만이 아니다. 스스로 왕명을 받은 신하인 양 자처하여 이른 아침이면 삼반(三班)과 아전의 인사를 매일 받았고, 저녁에는 숙직하는 아전의 생기(省記)*를 살펴보았다. 자신들이 사용하는 모든 물품을 이 현에서 마련하고 조금이라도 성에 차지 않으면 번번이 매질을 가하는 통에 위아래의 모든 사람들이 힘들어 했으니, 더욱 우스울 뿐이다. 영남의 의병장 곽재우는 관부(官府)에 들어가지 않고 가는 곳마다 자신의 양식을 먹으며 적의 소재를 알면 곧장 진격하되 사졸들보다 앞에 나선다고 한다. 이런 사람이 진정한 의병장이라고 할 수 있다.

◎ ― 9월 19일

아침을 먹고 절로 돌아왔다. 오는 길에 좌의장을 만나 조용히 예전 일을 이야기하다가 돌아왔다. 의병장 임계영의 집은 산양(山陽, 보성)에 있다. 내 외삼촌이 산양 군수로 부임했을 때 자순 형과 함께 따라가서 그와 친하게 지냈고, 또 그의 부친 생원 임희중(任希重)에게 배웠다. 그래서 지금 서로 만남에 옛 추억이 자못 떠오른 것이다.

◎ ― 9월 20일

절에 있었다. 어젯밤 자정 무렵에 주인 형이 주둔지에서 사람을 보

....
* 　생기(省記): 관아에서 수직(守直)을 하는 사람의 이름을 적어 두는 서류이다.

내 알리기를, "금산에 머물던 적이 모두 달아났기 때문에 송현의 장수들이 군사를 거느리고 들어가 탐색하고 있다."라고 했다. 그러나 사실인지는 알 수 없다. 오늘내일 중으로 자세한 내용을 들을 수 있을 것이다.

피장(皮匠)* 마동(麻同)에게 소분토(小分吐) 1켤레, 남자 신발 2켤레, 여자 신발 3켤레를 만들어 달라고 하고 값을 지불했다. 요사이 서릿바람이 갑절이나 차가워져 누렇게 시든 뽕잎이 떨어지고 곳곳에 낙엽이 날려 산길에 가득하다. 노모와 처자식, 아우, 여동생이 요즘 같은 풍상을 어떻게 견딜런가? 눈물을 참을 수 없다.

◎ ─ 9월 21일

주인 형이 다시 다른 곳으로 옮긴다는 말을 듣고 아침을 먹고 웅연(熊淵) 진영으로 향했다. 중 능인이 두부를 만들어 위아래 사람들에게 주었고, 전날에는 중 능찬이 두부를 만들어 주었다. 입산할 때 밥을 짓게 하려고 이들을 데려왔다. 주인 형수가 이들에게 쌀을 주어 사례했다. 어제부터 샘에 얼음이 얼었다. 한기가 살 속을 파고들어 두꺼운 옷을 아무리 껴입어도 춥기만 하다. 한양 집을 생각하니 눈물이 옷깃을 흥건히 적셨다.

다시 들으니, 금산의 왜적이 그저께 달아나서 다시 옥천의 양산현 길을 넘어 영동과 황간을 거쳐 김산으로 향했다고 한다. 이 도에서 걱정이 사라졌으니 기쁨을 말로 다할 수 있겠는가. 6월부터 지금까지 넉 달간 금산과 무주를 오래 점거한 적을 한 놈도 돌아가지 못하게 했어

....

* 피장(皮匠): 짐승의 가죽으로 물건을 만드는 사람이다.

야 하는데 끝내 무사히 돌아갔으니, 매우 분하다. 그러나 순창과 장수의 정예병이 무주의 적에 대항해 대단히 견고하게 방어했을 뿐만 아니라, 각자 모집한 정예병 1백여 명을 선발해 적지로 들여보내 매일 적의 형세를 탐지하게 했고, 때로는 잠입해서 밤에 놀라게 하거나 혹은 요해처에 병사를 매복시켜 다섯 차례나 교전하기도 했다. 적의 수급을 많이 베지는 못했지만 화살에 맞아 죽은 적이 많았고 한 번도 패하지 않았기 때문에 적들도 두려워서 감히 안성창으로 향하지 못했다. 살아서 금산으로 돌아간 자가 5분의 1에 불과했다고 한다. 방어사 및 좌우 장수들이 여러 고을의 대군을 거느리고 금산의 적과 네 차례 접전을 벌였지만 모두 패해 무너졌고 장병들도 많이 죽어 끝내 조그만 보람도 없었다. 통탄스럽지만 어찌하겠는가.

산에서 내려오는 길에 원중성이 영남 우수영에서 첩서(捷書)를 가지고 가다가 이 고을에 왔다는 소식을 들었다. 그가 내게 보낸 서신에서, 지금 도사 이충을 만났는데 그가 행재소에서 나와서 하는 말이, 전에 행재소에 갈 때 해주를 지나다가 내 셋째 아들 윤함을 만나서 가지고 있던 내 편지를 즉시 전하고 내가 잘 있다고 했더니 윤함이 몹시 기뻐하며 "친가와 형님들이 양주로 갔다는 말을 예전에 들었지만 그 뒤로는 소식을 듣지 못했습니다."라고 했다고 하더란다. 이는 모두 6월에 있었던 일이니, 왜적이 아직 황해도를 침범하기 전이다. 그 뒤로 적의 공세가 다른 도보다 심해서 생사를 듣지 못했고, 더구나 양주 땅에는 다른 지역보다 적들이 몇 배는 더 많이 난입해서 숨어 있는 사족을 많이 죽였다. 류근지(柳謹之, 류영근) 네 부자도 양주에서 죽었으니, 우리 가족이 그대로 그곳에 머물며 다시 깊은 골짜기로 옮겨 가지 않았다면 반드시 화를 면하지 못했을 것이다. 매우 걱정스럽다.

중성이 어젯밤에 와서 만났다. 주인 형이 새벽에 진안으로 떠났는데 적의 수급 둘을 얻고서 자기가 베었다며 가지고 갔다고 하니, 틀림없이 벼슬을 제수받을 것이다. 내가 산속에 있느라 만나서 전송하지 못한 게 안타깝다.

저녁에 고개에 사는 사람이 그물로 빙어와 비단잉어를 잡아 쟁반에 가득 담아 주었다. 은빛 고기가 팔딱거리며 강하게 몸부림쳤다. 회를 치고 삶고 구워서 배불리 먹으니 객지의 우울함이 풀리는 듯했다. 하지만 노모 생각에 밥상에서 시름에 잠겼다. 곡성 현감(谷城縣監) 정대민(鄭大民)*도 이곳에 진을 쳤다.

◎ ― 9월 22일

웅연의 진영에 머물면서 잤다. 관속들이 오늘 산에서 내려와 관아로 돌아왔다. 6월 26일에 절에 올라가 7월 2일에 산속으로 들어갔고, 8월 18일에 절에 돌아온 뒤 이제야 관아로 귀환한 것이다. 일수로 계산하면 86일간이다. 그간의 고초에 대해서는 앞에 자세히 적어 두었다.

◎ ― 9월 23일

진영에 머물면서 잤다. 순찰사가 금산의 적이 달아났다는 소식을 듣고 완산에서 4, 5만 명의 대군을 거느리고 웅치를 넘어 진안, 용담, 금산, 진산을 거쳐 함락되었던 고을들을 순찰한 뒤 곧바로 한양으로 향

....
* 정대민(鄭大民): 1551~1598. 1591년에 곡성 현감, 1594년에 장수 현감을 차례로 역임했다.

한다고 한다. 적들이 고을을 여러 달 동안 점령하고 있을 때는 토벌하지 못하다가 적이 도망간 뒤에 군용(軍容)을 성대히 펼쳐 무용을 뽐내며 가니, 매우 가소롭다. 그러나 순찰사가 바야흐로 크게 군사를 일으켜 친히 토벌하려고 했는데 여러 군대가 모이지 않아 적이 먼저 도망간 것은 안타깝다.

주인 형이 곡성 현감과 함께 병사를 매복한 웅연으로 가서 군사를 점검한 뒤 냇가에 앉아 어부를 시켜 빙어와 비단잉어를 잡아 오게 하여 회를 치고 구워 먹었는데, 나도 그 자리에 함께 있었다. 곡성 현감이 먼저 작은 술자리를 마련했지만, 주인 형은 하혈을 해서 술을 마시지 못했다. 나는 곡성 현감과 추로주를 연거푸 다섯 잔 마시고서 자리를 파했다. 술상에는 수박, 붉은 게, 구운 닭이 놓였다. 주인 형과 곡성 현감이 먼저 돌아가고, 나는 남아서 고기잡이를 구경하기 위해 어부를 시켜 잡도록 했다. 어부가 그물을 들어 물속에 있는 너럭바위에 빙 둘러 치고는 긴 나무로 흔들어 대니 길이가 반 자 정도 되는 물고기가 놀라 달아나다가 그물에 걸렸다. 이렇게 잇달아 4마리를 잡았다. 버들가지로 아가미를 꿰서 관아에 있는 주인 형수에게 보냈다.

◎ — 9월 24일

아침을 먹고 현으로 돌아왔다. 적이 달아날 때 옥천군을 불태우고 김산으로 갔다고 한다. 금산군 앞에 긴 나무를 죽 세워 놓고 우리나라 사람의 머리를 베어 무수히 걸었는데, 부패해서 살과 뼈는 떨어지고 머리털만 걸려 있거나 망건이 대롱대롱 매달려 있었다고 한다. 분한 마음을 이기기 어렵다.

방어사의 관문이 저녁에 도착했다. 주인 형으로 하여금 안음 경계의 육십령으로 옮겨서 방어하라고 했기에, 곧장 달려 현으로 들어오니 밤이 이슥했다. 관속들과 넉 달간 보지 못하다가 이제야 만나니 위아래 사람들이 기뻐했다. 저마다 떠돌던 괴로움을 말하다가 슬픈 감정에 젖었다.

◎ ― 9월 25일

이른 아침에 주인 형이 육십령 진영으로 갔고, 응일도 동행했다. 내일 나를 맞이해 함께 영각사(靈覺寺)*로 가서 두부를 만들어 먹고 같이 자자고 했으므로, 나도 그리로 갈 생각이다. 절은 방어하는 곳에서 멀지 않다. 쌀 5말을 얻어 목화를 구입하기 위해 명복(命福)*을 무주로 보냈다. 임언복의 인마(人馬)가 돌아올 때 함께 오도록 했다.

◎ ― 9월 26일

아침을 일찍 먹고 장계에 왔는데 쇄마(刷馬)*가 몹시 지쳐 잘 걷지 못했다. 5리쯤 더 가서 길가에 앉아 쇄마를 돌려보내고 다른 말로 바꿔 타고 왔다. 절반쯤 왔을 때 진영을 해산하고 돌아가는 순창 군수를 만나 길가에 앉아 이야기를 나누었다. 계창(溪倉)에 이르렀는데, 주인 형과 응일은 먼저 출발한 상황이었다. 나는 이경광(李絅光)과 함께 뒤따라

....
* 　영각사(靈覺寺):《국역 신증동국여지승람》제31권 〈경상도 안음현〉에 "영각사는 덕유산(德裕山)에 있다."는 내용이 보인다.
* 　명복(命福): 9월 12일 일기에는 '명복(命卜)'이라는 이름이 보이고, 11월 17일 일기에는 '명복(明福)'이라는 이름이 보인다. 동일인으로 보이는데, 어느 것이 맞는지는 분명하지 않다.
* 　쇄마(刷馬): 지방에 비치했다가 관용(官用)으로 제공하는 말이다.

서 영각사에 이르렀다. 영각사는 안음 땅 덕유산(德裕山) 밑에 있는 남방의 고찰이다. 여기에 있던 젊고 힘센 중들은 모두 의병으로 나갔고 늙고 어린 중만 남아 있었다. 날이 저물어 주인 형과 응일 및 품관 한대윤(韓大胤), 이경광과 대화를 하고 있는데, 마침 임실의 정랑(正郎) 이정신(李廷臣)이 내게 편지를 보내왔다. 그가 올 때 우리 가족을 양근(楊根) 땅에서 보았는데, 당시 모두 화를 면하고 안정된 상태였다고 했다. 난리를 만나 소식을 거의 반년 만에 듣게 되었다. 기쁨이 어떠하겠는가. 다만 그 뒤의 생사는 알 수 없다.

◎ ─ 9월 27일

아침에 두부를 만들어서 함께 먹었다. 주인 형이 먼저 떠나서 요해처와 매복한 장소를 살폈다. 나는 뒤따라 15리쯤 갔는데, 시내와 수석이 볼 만했다. 길옆으로 족히 수십 명은 가릴 만한 와송(臥松)이 있어 그 아래에서 쉬면서 주인 형이 돌아오기를 기다렸다. 점심을 먹은 뒤 고개 위 목책을 설치한 곳에 도착하여 잠시 휴식을 취하고 바로 계창으로 돌아왔다.

밤에 이야기를 나누고 잠자리에 들었는데, 잠시 후 우리 집 사내종 송이(宋伊)가 왔다고 했다. 놀라서 벌떡 일어나 불을 밝히고 처자식의 편지를 보았다. 강원도를 떠돌며 굶주리기도 하고 밥을 먹기도 하면서 온갖 고초를 겪는다는 내용에 나도 모르게 눈물이 줄줄 흘렀다. 아내의 편지를 다시 보게 될 줄 어찌 알았으랴. 슬픔과 기쁨이 끝이 없다. 다만 어머니께서 처자식들과 함께 강원도로 가지 않고 서쪽으로 고양(高陽)에 있는 심열의 농막으로 가서서 현재 어머니의 생사를 모른다고 했다.

한없이 통곡했다.

고양은 적이 오고가는 초입인데다 서쪽으로 바다와 맞닿아서, 만일 적들이 침범하면 피할 곳이 없다. 더욱 답답하고 원통한 일이다. 대책 없는 아우와 심질(沈姪, 심열) 때문에 화가 났다. 처자식과 함께 피난 가지 않더라도 강원도로만 갔으면, 깊은 산 깊은 골짜기 속 어디로 간들 피하지 못하겠는가. 강원도는 남쪽이건 북쪽이건 달아날 길이 있으니, 적이 길을 막더라도 분명 경로가 많아서 원하는 대로 갈 수 있을 것이다. 멀리서 들려온 소식으로는 현재 편안히 계시다고 했다지만, 남을 통해 전해진 말을 어찌 믿을 수 있겠는가. 처자식은 함께 모시고 가지 않은 죄를 면할 수 있겠는가. 처자식이 지금 예산(禮山) 김자정[金子定, 김지남(金止男)]의 농막에 도착하여 목숨을 부지하고 있다는데, 보고 싶지도 않다. 찾아온 사내종의 발에 종기가 났다. 다소 괜찮아지면 예산으로 가서 다시 한양 적의 형세를 살핀 뒤 어머니를 찾아 나서야겠다.

그저께 영암 임매가 보내온 편지를 읽다가 저절로 눈물이 흘렀다. 임실의 관인이 오는 편에 버선과 감투를 함께 보내왔기에 답장을 써서 보냈다. 이정랑(李正郎)에게도 사례하는 글을 보냈다.

윤해의 편지에, 고성(高城) 누이*를 양근에서 보았고 임참봉을 가평(加平)에서 보았으며 김정자(金正字, 김지남) 일가족은 예산의 농촌에 있다고 했다. 다만 임면부[任免夫, 임면(任免)]의 큰딸이 가평에서 병으로 죽었고, 연지동댁(蓮地洞宅)은 여전히 풍양(豊壤)에 머물다가 왜적에게 분탕질을 당했으며, 정종경(鄭宗慶)의 누이가 포로가 되었고, 이탁(李晫)

....

* 고성(高城) 누이: 고성 현감을 지냈던 남상문에게 시집간 오희문의 셋째 누이이다.

과 아우 이위(李暐) 및 그의 두 아들이 모두 적에게 죽임을 당했으며, 김덕장(金德章), 우일섭(禹一燮), 신홍해(申鴻海), 이렴(李濂)의 아내, 신득중(申得中) 등도 모두 화를 입었다고 했다. 길에서 들은 말이라 곧이곧대로 믿을 수는 없다고 했지만, 애통함을 금할 수 없다.

또 길에서 허영남을 만났는데 그가 하는 말이, 7월 초에 한양에 들어갔다가 돌아왔는데 김제(金堤) 숙모와 해주댁(海州宅)은 모두 그대로 머물고 있지만 김제 숙모의 경우 이질을 극심하게 앓아 인사불성이었다고 한다. 분명 사시기 힘들 것이다. 슬퍼한들 어찌하겠는가. 그중 이탁 집안의 일은 만약 사실이라면 더욱 참혹하니 눈물을 참기 어렵다. 단 경여가 살았는지 죽었는지 알 수 없는데, 이탁과 한곳에 같이 있었다면 어찌 혼자만 화를 면했겠는가. 걱정이 끝이 없다. 고성이 함경도로 향하는 이시윤과 그의 외할아버지를 금성에서 직접 만났는데, 이들은 안변으로 간다고 했다 한다. 그렇다면 필시 난리를 피했을 것이니, 이는 위로가 된다.

골육과 친척이 동서로 흩어졌지만 적의 화를 면했으니 다행이다. 내 처자식도 다행히 화를 면했으니 불행 중 다행이다. 하지만 앞으로의 일을 예측할 수 없으니, 답답하고 걱정스럽다. 노모와 아우, 조카가 모두 서쪽 길에 있는데 어디로 갔는지 알 수 없으니, 날마다 통곡할 따름이다. 하늘이 감동하고 도와서 노모와 아우를 살려 주어 다시 만나게 되기를 밤낮으로 묵묵히 기도한다.

황해도에 있는 윤함의 생사를 알지 못해 항상 애통했는데, 지금 들으니 처자식과 함께 섬으로 피신해서 현재 무사하다고 한다. 매우 다행스럽다. 섬으로 피난을 가서 윤함을 직접 만났던 그의 친구가 배를 타고 남쪽으로 와서 윤겸에게 말해 준 것이라고 하니, 분명 헛말이 아닐 게다.

◎ ─ 9월 28일

아침을 먹고 나서 사내종 송이를 데리고 먼저 현으로 돌아와 행장을 꾸렸다. 나에게 말이 없었기 때문에 주인 형이 나에게 알아보게 하고는 구입해 주었는데, 말 값이 너무 비싸 민망하다. 전에도 말 한 필을 사 주었는데 지금 또 사 주니 후의를 갚을 길이 없다. 앞으로 일가들이 의지할 일이 많을 텐데 관청의 재정이 부족한 상황에서 이렇게 베풀어 주니 한편으로는 미안한 마음이 든다.

◎ ─ 9월 29일

관아에 있었다. 현의 아전 이언홍이 순찰사가 있는 곳에서 와서 말하기를, "흉적이 평양에 아직도 많이 주둔해 있고 황해도와 개성 및 한양에도 모두 가득 차 있습니다. 강화도까지 침범해서 체찰사와 병마절도사 및 의병장 김천일이 지금 싸우면서 지키는 중이라고 합니다."라고 했다. 더욱 걱정스럽다.

이 도의 순찰사가 지금 익산에 도착했는데, 거느린 군사가 5만 명에 육박한다고 한다. 2, 3일 머물고 나서 다시 정예병을 뽑아 용안에서 강을 건너 충청도 내지를 거쳐 아산에 이른 뒤 배를 타고 곧장 근왕하러 간다고 한다. 들리는 바로는, 고산에서 출발할 때 체찰사의 종사관 황붕(黃鵬)과 전별하면서 연일 취해서 일어나지 못했고 대군을 들판에 방치했다가 저물녘에 길을 떠나 한밤에 익산에 도착했다고 한다. 이렇

게 임금이 파천하고 종묘사직이 폐허가 되어 가는 상황에서 신하라면
눈물을 씻으며 배에 올라 서둘러 구원하러 가야 할 텐데, 어찌 안일하
게 술에 취해 늦게 일어나는 여유를 부린단 말인가. 옛날 악왕(岳王)이
곧바로 황룡(黃龍)에 이르러 실컷 술을 마시겠다고 한 말*을 생각한다
면 개탄스럽지 않을 수 있겠는가.

◎ ─ 9월 30일

첫눈이 내렸고, 찬바람이 계속 불어왔다. 처자식들이 생존해서 예
산에 있다는 소식을 접했지만 노모와 아우, 조카의 생사는 알 수 없다.
이 같은 눈바람 속에 추위와 배고픔을 어떻게 참고 견디고 있을는지.
망극한 은혜와 수족 같은 정*을 깊이 생각하니 곧바로 하늘에 하소연하
며 통곡하고 싶은 심정이다. 불효자식이 평소 터럭만큼도 은혜에 보답
하지 못했는데, 난리를 당한 지금 또다시 부축하고 업어 드리지 못하니
크나큰 죄를 면치 못할 것이다.

....

* 악왕(岳王)이……말: 악왕은 남송의 명장 악비를 가리킨다. 황룡은 지금의 길림성(吉林省)
  풍안현(農安縣)에 해당하는 황룡부(黃龍府)로, 금나라의 도성이 있던 곳이다.《송사》권365
  〈악비열전〉에 악비가 적의 수도를 공격한 다음 승리를 자축하겠다고 다짐하면서, "곧장 황
  룡부에 들어가 그대들과 실컷 술을 마시겠다."라고 했다.
* 수족 같은 정: 형제간의 정분(情分)을 뜻한다. 북송(北宋)의 소철(蘇轍)이 하옥된 자기 형 소
  식(蘇軾)을 위하여 올린 상서(上書)에, "신은 속으로 그의 뜻을 애처로이 여겨 수족 같은 정
  을 감당할 수 없으므로, 죽음을 무릅쓰고 한 말씀을 올립니다."라고 한 데서 온 말이다.

10월

◎ — 10월 1일

아침에 일어나 보니, 산봉우리가 반쯤 눈으로 덮였고 찬 기운이 엄습했다. 노모와 아우, 조카를 다시 생각하니 애통함이 더욱 지극하다. 쌀 5섬 반을 주고 말을 구입했다. 6일에 길을 떠날 생각인데, 송노(宋奴)의 양쪽 발에 못이 박혀 걸을 수 없다. 걱정이다.

경기 안성에 사는 서얼 홍계남이 당초 의병을 일으켜 흉적을 쳐서 활을 쏘아 맞히고 벤 수급이 매우 많았고 가는 곳마다 공을 세우니, 적들이 홍장군이라고 부르며 감히 침범하지 못했다. 충청도 내지가 편안할 수 있었던 것은 모두 홍계남의 공이라고 한다. 가상한 일이다. 의병이 곳곳에서 봉기했지만 그 이름에 걸맞은 사람은 오직 영남의 곽재우와 김면, 경기의 홍계남, 충청도의 조헌, 전라도의 김천일과 고경명뿐이다. 그 나머지에 공적이 현저한 인물이 있다는 말은 듣지 못했다. 게다가 고경명과 조헌은 모두 나랏일을 위해 전사하여 죽을 자리에서 죽었으니, 그 이름을 저버리지 않았다고 할 만하다.

◎ — 10월 2일

금오랑(金吾郞)이 전 순찰사 이광을 잡아 용성으로 갔다는데* 무슨 일인지 모르겠다. 근왕하라는 명령이 여러 번 내려졌는데도 본도의 적 때문에 즉시 올라가지 않았으니, 분명 이 때문일 게다.

새로 부임한 순찰사가 어제 군대를 거느리고 용안에서 강을 건널 때 홍양의 군사 44명과 담양의 군사 13명이 도망치자 즉시 소재지에 있는 관리로 하여금 그들의 머리를 베어 효수하고 가산을 모두 관아에 몰수하여 군령을 엄숙하게 하도록 명했다고 한다.

◎ — 10월 3일

새벽부터 비가 왔다. 간간이 싸락눈이 날렸고 밤새 바람이 세차게 불었다. 이처럼 눈이 내리고 바람이 몰아치니 노모와 아우, 조카 생각 에 슬픔이 더욱 사무친다. 피장이 등이 아이들의 신을 만들어 왔는데, 두 딸의 신은 작아서 도로 주고 다시 만들어 보내라고 시켰다. 또 어머 니의 신과 두 손녀의 신도 만들어 달라고 하고 값을 지불했다.

....

*   금오랑(金吾郞)이……갔다는데:《국역 난중잡록》1592년 9월 22일 기사에 "임금의 급함에 달려오지 않고 용인에서 패군하여 퇴각한 죄를 논하여 금부도사를 보내어 이광을 잡아갔다. 이때 이광이 순천에 있었는데, 도사가 서해로부터 본도에 이르러 추적하여 체포해 가면서 남원을 지났다. 도사가 광한루에 이르렀는데 문이 닫혀 들어갈 수 없자 용성관에 들어갔다." 라는 내용이 보인다.

◎ — 10월 4일

주인 형이 복병이 있는 육십령으로 갔다. 종일 바람이 불고 날이 흐렸다. 세 아들의 귀마개를 만들 때 두 사내종에게도 귀마개를 주었으니, 겨울을 나는 데 걱정이 없을 것이다. 송노가 왔기에 즉시 의복과 버선, 짚신을 주어 노고에 보답했다.

◎ — 10월 5일

조방장이 매복한 곳을 순시하며 적발하는 일 때문에 주인 형이 떠나는 나를 찾아와 보지 못했다. 그래서 오후에 내가 직접 계창에 가서 함께 자고 이튿날 일찍 돌아와 행장을 꾸릴 생각이다. 주인 형수가 솜옷 4벌을 주면서 처자식들에게 입히라고 하니 얼어 죽지는 않을 것이다. 또 두꺼운 솜을 넣은 중치막*을 만들어 내게 주었다. 후의에 감사할 뿐이다. 큰 난리를 만나 관아의 재정이 바닥났는데도 우리 집을 끝없이 생각해 주니, 주인 형과 형수의 정중한 마음을 어찌 말로 다할 수 있겠는가.

◎ — 10월 6일

밤사이 눈이 내렸다. 아침에 주인 형과 작별했다. 이 현에서 일 년간 머물며 환란을 함께했기에 오늘의 이별이 슬프기 그지없다. 좌수 손덕남(손인의)이 술을 가지고 와서 작별했다. 무주에서 수비하고 있

....

* 중치막: 벼슬하지 아니한 선비가 소창옷 위에 덧입던 웃옷이다. 넓은 소매에 길이가 길고 앞은 두 자락, 뒤는 한 자락이며 옆은 무(웃옷의 양쪽 겨드랑이 아래에 대는 딴 폭)가 없이 터져 있다.

던 순창 군수를 오는 길에 만나서 말 위에서 잠시 인사를 나눈 뒤 관아에 이르렀다. 주인 형수가 연만두(軟饅頭)를 대접하며 은근한 마음을 전했다.

주인 형이 전 순찰사 이광이 잡혀간다는 말을 듣고 사람을 보내 길가에서 위로하며 목단(木端)을 주자, 이광이 답례하고 말하기를, "흉적들이 완산을 범했을 때 몸을 숨겨 도망친 일을 양사(兩司)에서 논계(論啓)했기 때문에 이렇게 잡아 오라는 명이 내려진 것이네."라고 했다고 한다. 당초 군사를 거느리고 공주에 이르렀을 때 급히 근왕하러 가야 했는데 돌아와서 속히 올라가지 않은 건 죄가 될 수 있다. 하지만 적이 전주를 침범했을 때 태인에 머물긴 했지만 삼엄한 방비로 적들이 전주에 접근하지 못하게 한 것은 모두 이광의 공이다. 그런데 이것을 가지고 처벌을 받는다면 어찌 원통하지 않겠는가.

저녁에 별감 박대복이 술과 과일을 가지고 와서 작별을 고하면서 산닭 한 마리를 주었다. 전 좌수 박언상도 말린 꿩을 주었다. 날이 저물자 주양(酒陽), 난봉(鸞鳳), 능개(能介), 의추(義秋), 동정춘(洞庭春)이 각각 술과 과일을 들고 와서 전별했다. 여러 달 머물며 위아래 사람들과 매우 친숙해졌는지 지금 이별하려니 매우 슬프다. 인정상 어찌 그렇지 않겠는가.

◎ ― 10월 7일

이른 아침에 행장을 꾸리는데, 칠립(漆笠)*이 마르지 않았고 신발도

....
* 칠립(漆笠): 얇은 널빤지 따위로 만들어 그 위에 종이를 바르고 옻칠을 한 갓이다.

만들어지지 않아서 하는 수 없이 내일 떠나기로 했다. 하루가 급한데 이처럼 시간이 지연되니 걱정이다.

김산의 통문을 보니, 개령에 주둔한 적의 수를 알 수 없는데 날마다 고을을 침략하고 여러 산을 불태우면서 산 위에 막사를 짓고 들어가 있는 사람들까지 모조리 죽이는 바람에 남녀 사족과 백성들이 사방으로 흩어져 고을이 텅 비었다고 한다. 선산, 성주, 인동(仁同), 상주 등지에도 적들이 많이 주둔했는데, 길이 막혀 자세히 알 수 없다고 한다.

2일에는 개령의 왜적 수천 명이 군의 남면 황간 경계에 있는 여러 산을 포위하고 종일 불을 놓으면서 백성을 죽이고 약탈했다고 한다. 그리고 창원, 웅천(熊川), 김해 등의 관아에 있는, 규모가 확인되지 않은 적들이 성에 들어가 웅거하다가 본도 순찰사가 진주로 내려갔을 때 길이 끊겨 다시 산음으로 갔다고 한다. 또 지난달 24일에는 진주 목사(晉州牧使)가 김산의 적에게 진격해서 수급 8개를 베었는데, 개령의 적 1천여 명이 불시에 구원했기 때문에 다 섬멸하지 못하고 군사를 물려 진을 쳤다가 본주(本州)에 변고가 생겼다는 소식을 듣고 즉시 돌아갔다고 한다. 지금 적의 형세를 보면 전보다 몇 갑절 대단해서 일본으로 돌아갈 뜻이 없어 보인다. 겨울을 날 계획이 필요하니, 답답한 노릇이다.

낮에 주인 형이 현에 와서 다시 만났다. 다행이다. 내가 먼저 돌아가게 되자 임언복이 매우 슬퍼하며 수시로 눈물을 흘렸다. 안쓰럽다. 난리가 평정되면 함께 가자고 약속했는데, 지금 내가 먼저 가게 된 것이다.

◎ ─ 10월 8일
이른 아침, 주인 형과 형수에게 작별인사를 했다. 형수가 하염없이 울었고, 나도 슬퍼졌다. 산속에 숨어서 동고동락했으니, 이별하는 자리에서 대부분의 위아래 사람들이 서운한 마음을 갖는 건 인정상 당연하다.

전 좌수 윤지(尹墀)와 박언상이 술과 안주를 성대하게 차려 놓고 산정에서 전별하며 은근한 마음을 보였다. 실컷 취하고 배불리 먹은 뒤 작별했다. 응일과 종윤 삼형제 및 주양, 능개, 난봉 등이 술을 가지고 함께 걸어갔다. 5리 밖 시냇가 다리 근처에 이르러 각기 두어 잔씩 마시는데 역시나 섭섭해서 차마 떠나기 힘들었다. 응일이 흐느끼다가 참지 못하고 엉엉 울었고, 나도 그만 울고 말았다. 늙은 아버지와 처자식의 생사를 알지 못하는 그의 심정이 처자식은 살아 있지만 노모와 아우, 조카가 어디로 갔는지 모르는 나와 비슷하기에 같이 찾으러 가자고 평소에 약속했는데, 지금 나만 먼저 북쪽으로 돌아가게 되었으니 더욱 슬프다.

느지막이 서로 눈물로 이별하고 중대령을 넘어 처용정(處容亭)에 도착했다. 말에게 꼴을 먹이고 점심을 먹은 뒤 응일의 사내종과 말을 돌려보냈다. 내가 응일의 말을 빌려 타고 고개를 넘었기 때문이다.

말을 타고 짐을 싣고서 진안의 좌전리(左田里)에 있는 정병 김윤보의 집으로 갔다. 해가 저물어서 그곳에서 투숙했다. 연전에 내려올 때에도 이 집에서 묵었는데 방이 정결하고 좋았다. 장수에서 역(役)을 하기 때문에 후한 대접을 받았다. 그의 사위 황덕린(黃德麟)은 임실 사람인데, 그곳 현감과 함께 금산의 경계를 방어한 적이 있었기 때문에 금산에서 패전한 일을 자세히 말해 주었다. 좌전리만 적의 분탕질을 면한 까닭을 물었더니, 자신이 용사를 거느리고 막았기 때문에 침범하지 못했다고 했다.

◎ — 10월 9일

일찍 출발하여 전주의 신원(新院) 아래 천변에 이르렀다. 아침을 먹고 나서 고을 남쪽 정자 앞에 있는 집에 도착해 자려고 했지만 시간이 일러 말에게 먹이를 먹이고 성 동쪽을 지나는데 인가가 모두 불타서 참혹했다. 안두원에 이르러 보니, 좌우의 민가가 남김없이 불에 탔다. 사람들이 모두 임시 막사에서 생활하기 때문에 묵을 형편이 못 되었다. 다시 5리쯤 가자 서쪽 산 밑에 온전한 집 두어 채가 있어 거기서 유숙했다. 집 앞 좁은 길에서 말이 넘어지는 바람에 짐이 도랑에 빠져 옷과 버선이 모두 젖고 더러워졌다. 우습다.

◎ — 10월 10일

새벽에 길을 떠났다. 송인수의 집에 도착해서 자리에 앉았는데, 잠시 후 천둥 번개가 치고 우박이 내리며 한참을 그치지 않았다. 인수가 우리들에게 밥을 대접하고 조용히 이야기를 나누었다. 처자식이 강원도에서 충청도 내지로 옮겼다지만 의지할 곳이 없으니, 이곳에서 안정을 취하며 겨울을 났으면 하는 생각이 들었다. 인수의 산소 막사가 비어 있다는 말을 듣고 부탁을 하니, 인수가 흔쾌히 승낙했다. 기쁘다. 그러나 돌아가서 처자식과 다시 의논할 생각이다.

당초 여기서 유숙하려고 했으나, 오후에 날이 개어 즉시 출발했다. 여산군 앞에 있는 인수 서모의 사내종이 사는 집에 도착해 여장을 풀었다. 인수가 사내종을 보내 일행이 잠을 잘 수 있게 해 주었고 말에게

임진남행일록 ● 277

먹일 꼴도 많이 주었다. 인수의 서모는 우리에게 저녁밥을 제공했다.

새로운 여산 군수 정설(鄭渫)이 부임한 지 얼마 안 되어 군사와 백성을 크게 동원해서 산성을 수축하고는 그곳에서 올해의 환자를 받으려고 하는 통에 백성들이 매우 괴로워한다고 한다.

◎ ― 10월 11일

새벽부터 눈비가 섞여 내려 늦도록 그치지 않았다. 하는 수 없이 그대로 머물다가 아침을 먹은 뒤 날이 개어 길을 떠났다. 은진현 앞을 지나서 석성(石城)의 마량 수군(馬梁水軍) 김영춘(金永春)의 집에서 묵었다. 눈비가 온 뒤로 서풍이 크게 불어 위아래 사람들이 추위에 고생했다. 영춘의 아들 막송(莫松)을 일찌감치 거처하게 했기 때문에 한집에서 부자가 함께 산다.

◎ ― 10월 12일

동틀 무렵에 출발해서 부여(扶餘)를 지나 왕진(王津)을 건넌 뒤 강가의 인가에서 아침을 먹었다. 정산(定山)을 지나 해질녘에 청양현(靑陽縣) 앞 기와집에 들어갔다. 말에서 내린 지 얼마 안 되어 매우 서러운 곡성이 들려왔다. 까닭을 물으니, 집주인인 현의 아전이 김천일의 의병을 따라 강화에 갔다가 이달 초에 강을 건너 풍덕에서 매복하던 중 적에게 포위되어 3백여 명이 몰살될 때 같이 죽었으므로, 그의 처자식들이 부음을 듣고 곡을 하는 것이라고 한다. 불쌍하기 그지없다.

도로 나와서 다른 집으로 가니 집주인이 부재중이라 그의 아내가 문을 닫고 받아 주지 않았다. 문밖에 오래도록 앉아 있자니 화가 치밀었다. 해질 무렵에 집주인이 돌아와서 문을 열어 받아 주고 또 따뜻한 방에서 묵게 했다. 기뻤다. 주인의 이름은 두응토리(豆應吐里)로, 본래는 관아의 사내종이었는데 지금은 공조 소속 장인(匠人)이 되었다고 한다.

임소열이 연기 현감(燕岐縣監)에서 공주 목사(公州牧使)로 승진했다고 한다. 이는 분명 그가 지역을 굳게 지켜서 적을 경내로 들이지 않았기 때문일 것이다.

◎ ─ 10월 13일

동틀 무렵에 길을 떠났다. 장수에서 온 사람과 말은 돌려보내고, 걸어서 식전에 홍주의 사곡(蛇谷)에 있는 첨사 이언실의 사내종 돌시(乭屎)의 집에 도착했다. 내 처자식이 10여 일 전부터 이곳에 와 있다가 내가 온다는 말을 듣고 나와서 맞았다. 슬픈 감회를 주체할 수 없었다. 오늘 다시 만나게 될 줄 생각이나 했겠는가. 둘러앉아 각자 피난의 고통을 이야기하니 나도 모르게 눈물이 흘렀다. 그러나 노모와 아우, 조카의 생사를 모르는 상황에서 지금 처자식을 만나니 더욱 애통했다.

첨사 이언실의 모친과 처자식도 나보다 하루 전에 여기에 왔기 때문에, 위아래 식구들이 너무 많아 한집에 머물 수 없었다. 그래서 사인(士人) 이광복(李光輻)의 사랑채를 빌려 일단 거처하기로 했으나 오래 있지는 않을 것이다. 이광복의 아버지는 전 좌수 이우(李遇)로, 이언실의 처삼촌이다. 이우의 큰아들 이광륜(李光輪)은 조헌과 함께 금산에서 의병을 일으켰다가 패하여 그와 함께 죽었다고 한다.* 이광복은 바로

....
*   이광륜(李光輪)은⋯⋯한다: 이광륜(1546~1592)은 조헌, 오윤겸 등과 교유했다. 1592년에

그의 동생이다. 한집안이 남쪽 고을에서 가장 부유한데다 귀족과 혼인해서 가세가 대단했다.

또 김사포(金司圃) 숙부가 그의 조카 전 정(正) 김찬선(金纘先) 형과 함께 이 근처에 와서 머물고 있다는 말을 들었다. 즉시 사람을 시켜 안부를 물었는데, 공서(公緖, 김찬선) 형은 바로 오지 않았다. 판서 강섬(姜暹)*이 자신의 동생 강성(姜晟)과 함께 여기로 와서 이좌수(李座首)의 사랑채를 빌려 머물렀다. 강안성(姜安城)*은 바로 좌수의 사돈이자 이광륜의 장인이다.

◎ ― 10월 14일

아침을 먹고 주인 이공(李公)이 나와 보았고, 좌수도 사람을 보내 안부를 물었다. 사포 숙부를 찾아가 뵈었는데, 공서 형과 생원 박효제(朴孝悌)도 와서 종일 이야기꽃을 피웠다. 박공(朴公)은 나의 칠촌 친척이자 사포 숙부의 사촌 손자인데, 또한 떠돌아다니다가 이곳에 왔다.

송화(松禾) 박동도(朴東燾)*가 자신의 장모인 삼가댁(三嘉宅)*과 식구들을 데리고 황해도에서 바닷길을 이용해 삼가댁의 농장이 있는 이 지역으로 왔다. 박송화가 당초 배를 타고 해주의 바닷가 섬에 정박해 머

....

　조헌 등과 함께 금산 전투에서 순절했다.
* 　판서 강섬(姜暹): 1516~1594.《중종실록(中宗實錄)》,《인종실록(仁宗實錄)》의 편찬에 참여했다. 이후 전라도 관찰사, 한성부 판윤, 형조판서 등을 역임했다.
* 　강안성(姜安城): 강성(姜晟). 안성 군수를 역임했던 것으로 보이나 그 시기는 알 수 없다.
* 　박동도(朴東燾): 1550~1614. 온양 군수를 지냈다.
* 　삼가댁(三嘉宅): 박동도의 장모이다. 오희문의 부인의 외사촌으로, 한양에 있을 때 사이좋게 지냈다.

물 때 마침 윤함의 일가족도 배를 타고 그곳에 정박했는데, 여러 날을 서로 모르고 지내다가 윤함이 어느 날 송화의 사위를 만나 함께 삼가 댁을 찾아뵈었단다. 뜻밖의 일이라 슬픔과 기쁨이 교차했고, 윤함이 이로 인해 부모를 생각하며 한없이 울었다고 했다. 이 말을 듣는데 눈물이 났다. 삼가댁은 윤함의 어미와 외사촌 사이로, 한양에 있을 때 사이 좋게 지냈다. 윤함도 제 아내를 시켜 찾아뵙게 했다고 한다. 장수에서 데리고 온 관인 차금이(車金伊)에게 편지를 주어 돌려보냈다.

◎ ― 10월 15일

아침을 먹고 김사포 숙부 댁에 갔다. 공서 형도 와서 서로 이야기를 나누었다. 한 식경쯤 되었을 때 정산 현감(定山縣監) 김장생(金長生)이 체찰사가 있는 곳에서 왔다. 이에 공서 형이 숙부의 술과 고기 약간을 그에게 대접하자, 정산 현감도 참봉(오윤겸)에게 술과 고기를 주었다.

들으니, 이경여는 살아서 용인으로 돌아왔고 이탁 형제와 김덕장도 모두 살아 있다고 한다. 기쁨을 말로 다할 수 없다. 전에 들은 건 전부 헛소문이었다. 다만 기룡(奇龍)은 피살되고 준룡(俊龍)은 포로가 되었다고 하니 슬프다. 판서 강섬은 살아서 이곳으로 돌아왔고 참판 구사맹(具思孟)* 일가도 각각 살아 있다고 하니, 포로가 되었다는 말도 틀린 정보였다. 단 구면(具㦖)은 죽임을 당했다고 한다. 류희서 형제는 모

....

*   참판 구사맹(具思孟): 1531~1604. 황해도 관찰사, 형조참의 등을 거쳤다. 임진왜란이 일어나자 임금을 호종해 의주로 피난했다. 평양으로부터 왕자를 호종한 공으로 이조참판에 올랐다.

두 살았고, 그의 아내만 포로가 되었다고 한다. 임해군(臨海君)과 순화군(順和君) 및 재상 황정욱(黃廷彧) 부자와 김귀영(金貴榮) 또한 모두 포로가 되었는데, 적이 임해군과 순화군을 수레에 태워 지금 안변에 이르렀다고 한다. 정사과댁(鄭司果宅)은 지금 도성에 들어가서 다시 본집에 거처하는 중이고, 정종경의 누이는 포로로 잡혔다가 왜통사(倭通使)*에게 시집갔기 때문에 일가족이 보존되어 적의 침범을 받지 않았다고 한다. 상서롭지 못한 일이다. 또 판결사(判決事) 이정호(李廷虎)* 부자는 모두 피살되었다고 한다. 통곡을 금치 못하겠다. 판결사는 젊어서부터 나와 정의가 가장 두터웠는데, 지금 참혹한 소식을 들으니 더욱 애통하다. 그러나 이러한 소식은 모두 전해 들은 것이니 믿을 수 없다.

◎ ― 10월 16일

오늘은 예산의 김매에게 가 보려고 했는데, 거처를 옮겨 흙집을 짓느라 사내종들에게 나무를 베어 오게 했기 때문에 가지 못했다. 저녁 내내 이공의 사랑채에 있었다.

◎ ― 10월 17일

아침을 먹고 윤겸 형제가 서당으로 가서 사내종들에게 흙집을 짓고 마구간을 만들게 했다. 오후에 나도 가서 보았다. 왜적이 충청도 내지를 침범하지만 않으면 이곳에서 겨울을 날 생각이다. 하지만 어찌 장

....

*   왜통사(倭通使): 일본어를 통역하는 역관, 곧 왜학 통사(倭學通事)이다.
*   이정호(李廷虎): 1529~1597. 오희문의 장인 이정수의 동생이다. 장례원 판결사 등을 지냈다.

담할 수 있겠는가. 아침에 김사포 숙부 댁에 가서 공서 형과 회포를 풀고 돌아왔다.

◎ ─ 10월 18일

이른 아침을 먹고 나는 김매를 보기 위해 예산으로 가고, 윤겸은 체찰사를 만나기 위해 정산으로 향했다. 체찰사는 영남 진주의 적들이 하루가 다르게 성을 포위해 온다는 말을 듣고 저들이 운봉의 팔랑치를 넘지나 않을까 걱정하여 공주로 진을 옮긴 뒤 전라도와 호응할 계획이라고 한다.

오늘 서당으로 거처를 옮겼다. 서당은 이공의 집에서 3, 4리가량 떨어져 있는데, 몹시 깨끗하여 떠도는 사람이 살기에는 아까운 곳이다. 다만 물가가 가깝고 큰길이 옆에 있는데다 인가도 멀어 한기가 갑절이나 될 뿐만 아니라 좀도둑이 들까 매우 걱정이다.

낮에 길을 떠나 대홍현(大興縣) 앞 천변에 있는 괴수정(槐樹亭) 아래서 점심을 먹었다. 예산 유제촌(柳堤村)에 못 가서 김자정을 길에서 만났다. 그는 의병장 심상공(沈相公)*의 종사관이 되어 공주의 체찰사 거처로 가는 길이었다. 말 위에서 잠시 피난의 괴로움을 이야기하고 헤어지니 서운함을 금할 수 없었다. 그는 군관 두 사람의 인도를 받으며 준마를 타고 긴 칼을 차고 갔다. 저녁에 김매가 있는 곳에 도착했다. 내가 왔다는 말에 두 조카아이가 달려 나와 맞았다. 누이와 상봉하고 나니

....

* 의병장 심상공(沈相公): 심수경(沈守慶, 1516~1599)이다. 경기도 관찰사와 대사헌 등을 거쳐 1590년에 우의정에 오르고 기로소에 들어갔다. 임진왜란이 일어나자 삼도체찰사가 되어 의병을 모집했으며, 이듬해 영중추부사가 되었다.

노모 생각에 나도 모르게 눈물이 줄줄 흘렀다.

◎ ─ 10월 19일

오늘 돌아가려고 했는데, 누이가 극구 만류했다. 식후에 자술(子述)
형제와 참봉 민영(閔𣴴), 생원 민호(閔護), 이수강(李壽崗) 등이 찾아왔다.
이들은 모두 한양에 살 때 알고 지내던 사람들인데, 피난하다가 이곳에
서 우연히 만나니 희비가 교차했다.

낮에 김명남 자순(金命男子順)의 집에 갔다. 그의 형 김업남 자술(金
業男子述)과 그의 사촌 김익남 자겸(金益男子謙), 전 좌수 이몽정(李夢禎)
도 와서 막걸리를 마셨다. 저녁에 이은신(李殷臣)이 나를 맞아 주어 같
이 잤는데, 또한 막걸리 몇 잔을 마셨다. 은신은 윤겸 처의 얼속(孽屬, 서
자의 자식)으로 평소 가까이 지냈던 사람이다. 그 역시 떠돌며 이곳에
왔다가 내가 온 것을 보고 무척 반가워했다.

◎ ─ 10월 20일

일찍 출발해서 대흥현 천변을 지나 점심을 먹었다. 저녁때 계당(溪
堂)에 도착하니 윤겸이 나보다 먼저 와 있었다.

◎ ─ 10월 21일

계당에 있었다. 사내종 둘과 말을 청양으로 보내서 곡식과 나무를
실어 오게 했다. 청양 현감 임순(任純)은 윤겸이 아는 사람이다. 오전에
송화 박동도가 다녀갔다. 쓰지 않는 말이 많아서 꼴을 대기가 너무 어
렵다. 그래서 말 한 필을 박송화에게, 다른 한 필을 예산의 이은신에게

보냈다. 저들은 모두 말이 없어서 말을 구해 길러서 타거나 짐을 싣기를 간절히 바랐다. 윤해의 처갓집 사내종 춘이(春巳)가 지난달에 춘천 인근에서 주인을 찾다가 찾지 못하고 그저께 돌아왔다. 못 찾고 돌아왔다는 말에 윤해 처가 통곡했다. 딱한 일이다.

진주성을 포위했던 왜적이 아군에 패하고 거의 다 사살되어 2천 6백여 명의 수급을 베었고 도망친 자는 몇 안 된다고 한다.[*] 흉적이 우리나라에 들어온 뒤로 이 전투보다 크게 패한 적은 없다고 한다. 승전 이유에 대해서는 거리가 멀어 자세히 알 수 없다. 전날 밤에 체찰사의 군관이 와서 체찰사의 명을 전했다. 윤겸을 막중의 참모로 불러들이고자 하여 먼저 군관을 보낸 것이다. 윤겸은 모레쯤 체찰사에게 갈 예정이다.

◎ ─ 10월 22일

계당에 있었다. 강위(姜煒)[*]가 다녀갔다. 그는 박송화의 사위로, 윤함의 친구이다. 생원 이익빈(李翼賓)이 까끄라기가 있는 거친 벼 1섬을 지워 보냈다. 이공은 윤겸의 처족이다. 저녁에 이웃에 사는 내금(內禁) 윤황(尹凰)이 여러 종류의 김치를 보내왔다. 우리 군사가 죽산의 적을 공격하다가 도리어 적에게 패했다고 한다. 패한 이유라든지 전사자 수는 아직 자세하지 않다.

....

*   진주성을……한다: 이른바 제1차 진주성 전투를 가리킨다.
*   강위(姜煒): 박동도의 큰사위이다.

◎ ─ 10월 23일

계당에 있었다. 이른 아침에 참봉(오윤겸)이 공산의 체찰사 막사로
향했다. 지난 17일에 경기 충의위 의병장 홍언수*와 의승 등이 죽산의
적을 치다가 적에게 패했다. 여러 군대가 구원하지 않아 아군이 많이
죽었고 홍언수도 죽임을 당했다고 한다. 안타까운 일이다. 홍언수는 홍
계남의 부친이다.

◎ ─ 10월 24일

한밤에 비가 오더니 하루 종일 그치지 않았다. 계당에 있었다. 처
자식들과 난리를 만나 겪은 일에 대해 서로 이야기했다. 노모와 아우,
조카를 찾을 방법을 백방으로 생각해 보았지만 뾰족한 수가 없다. 답답
하기 그지없다. 요사이 바람과 파도가 거칠어 수로를 이용하기 어렵고,
적의 형세가 워낙 성대해서 육로는 더더욱 힘들다고 한다.

◎ ─ 10월 25일

계당에 있었다. 밤새 흐리고 바람이 불었다. 밤사이 꿈에 최경선을
보았는데 평소 모습이었다. 전에 양근에 와 있다고 들었으니, 지금쯤
용성의 농촌으로 돌아갔을 것이다.

....

* 경기……홍언수(洪彦秀): 홍언수(?~1592)는 1590년 통신사의 군관으로 일본에 다녀왔기
  때문에 적의 정상을 잘 알았다. 임진왜란 때 군사를 일으켜 적을 토벌했고 그 공으로 수원
  판관에 임명되었다. 홍언수는 원문에는 홍자수(洪子修)로 되어 있으나《국역 선조수정실록》
  25년 7월 1일 기사 및《난중잡록》제1권,《연려실기술》〈선조조고사본말〉등에 근거하여 바
  로잡았다.

◎ ― 10월 26일

계당에 있었다. 찬바람이 밤새 불었다. 저녁에 윤겸의 편지가 공산 체찰사가 머무는 곳에서 왔다. 체찰사가 막하에 있으라고 강권해서 단호히 뿌리치기 힘든 상황이라고 한다. 송화 박동도는 부여 현감을 제수받았고, 좌랑 신응구(申應榘)*는 태인 현감(泰仁縣監)을 제수받았다고 한다. 이는 인사권을 부여받은 체찰사가 두 고을에 결원이 생겨 이들을 임시로 임명했다가 뒤에 올린 장계가 그대로 받아들여진 때문이라고 한다. 이른 아침에 막정(莫丁)을 덕산(德山)에 보내서 사내종 막손(莫孫)을 불러오게 했다. 막손을 강화로 보내 노모와 아우, 조카를 찾아보게 할 생각이다.

◎ ― 10월 27일

계당에 있었다. 낮에 김사포 숙부 댁에 갔다. 체찰사의 종사관이 된 김정(金正, 김찬선) 형이 어제저녁에 공산에서 왔기에 함께 이야기를 나누었다. 돌아올 때 주인집에 들르니, 주인이 좋은 술을 대접했다. 잠시 후에 떠돌다가 보령(保寧)의 농막에 와 있던 상사 최기남(崔起南)*이 주인과 인척간이라서 이곳을 방문했다. 뜻밖에 만나니 슬픔과 기쁨이 교차했다. 최공(崔公)의 외할아버지 남중회(南仲繪)* 씨는 나와 인척으

....

* 좌랑 신응구(申應榘): 1553~1623. 오희문의 큰사위이다. 1594년에 재취 안동 권씨(安東權氏)가 죽고 난 뒤 오희문의 딸을 다시 부인으로 맞았다. 함열 현감, 충주 목사, 공조참의 등을 지냈다.

* 상사 최기남(崔起南): 1559~1619. 1591년 정철의 건저문제(建儲問題)로 서인(西人)이 실각당할 때 연루되어 대과에 응시할 자격을 잃었다가 1600년 왕자사부로 발탁되었고 2년 뒤 알성 문과에 급제했다.

로 평소 친하게 지냈는데, 지금 들으니 영남을 떠돌다가 병으로 객사해서 길가에 가매장했다고 한다. 애통한 마음을 금할 수 없다. 남중온(南仲溫) 씨 또한 적에게 피살되었다고 한다. 더욱 애통하다. 이 두 사람은 모두 남고성(南高城)의 동복아우이다. 최공과 함께 난리에 고생한 이야기를 나누다가 울었다. 어둑할 무렵에 계당으로 돌아왔다.

◎ ─ 10월 28일

계당에 있었다. 이른 아침에 김정 형이 심부름꾼을 보내 사포 숙부의 거처로 나를 맞이해 아침을 대접했다. 상사 이익빈도 왔다. 오늘은 숙부네의 기일로, 여기서 제사를 지냈기 때문에 불러 식사를 제공한 것이다. 부여 현감 박동도가 나를 찾아왔다가 헛걸음했다는 말을 듣고 저녁에 그의 거처로 갔는데, 출타 중이어서 만나지 못하고 돌아왔다. 삼가댁이 내가 왔다는 말을 듣고 초대했다.

◎ ─ 10월 29일

이른 아침에 윤해와 함께 박부여(朴扶餘, 박동도)가 머무는 곳에 찾아가 대화를 나누고 돌아왔다. 생원 박효제, 사과(司果) 이조민(李肇敏)도 함께 와서 관아의 술 몇 잔을 마시고 파했다. 박부여는 오늘 임지로 떠날 계획이라고 했다.

어제저녁에 사내종 막정이 막손을 불러왔다. 저녁 무렵에 김매의 사내종 감희(甘希)가 예산에서 와서 노모와 아우가 지난 9월까지 고양

....

* 남중회(南仲繪): 남상질(南尙質). 자는 중회이다.

에 머물렀고 제수씨는 적에게 살해되었다고 말했다. 이리저리 떠도는 말이라 아직 믿을 게 못 되지만 듣고 나서 애통함을 금치 못했다. 제수씨가 피살될 때 노모와 아우가 분명 놀라서 정신을 잃었을 테고 행장도 죄다 약탈당했을 것이다. 이같이 눈보라가 몰아쳐 배고픔과 추위가 심한 상황에서 어떻게 견딜까. 더욱 지극히 애통하다.

◎ ― 10월 30일

이른 아침에 사내종 막손을 덕산으로 돌려보내면서 쌀 15말을 -원문 빠짐- 보내서 그의 처자식에게 양식으로 쓰게 했다. 그의 마음을 위로하고 기쁘게 해 줌으로써 즐겁게 일을 하도록 한 것이다. 쌀 5말은 막정의 처 분이(分伊)에게 주었고, 쌀 7되는 -원문 빠짐-. 사내종 막정은 강화에 들어갈 때 쓸 공문을 내오는 일로 공주에 있는 참봉(오윤겸)에게 보냈다. 저녁 내내 계당에 있었다.

11월

◎ ─ 11월 1일

계당에 있었다. 밤중부터 눈이 내리기 시작해 늦은 아침까지 개지 않더니 3, 4치가량 쌓였다. 사내종 끗손이 연산에서 돌아왔다. 홍세찬(洪世纘)이 벼 1섬을 윤해의 처소로 보냈다.

참봉(오윤겸)이 공산에서 편지를 보내왔다. 체찰사는 어제 호남으로 향했고 부사는 그대로 공산에 있어서, 참봉(오윤겸)이 백성의 고통을 덜어 주는 일을 부사와 의논해서 처리하고 있다고 했다. 또 경기도 관찰사 심대가 마전에 있다가 적에게 함락당해 아병(牙兵) 130여 명과 함께 도륙을 당했다고 한다. 슬픔을 참을 수 없다. 심공(沈公)은 나와 육촌 친척으로 서로 돈독하게 지낸 사이이다. 더욱 애통하다.

◎ ─ 11월 2일

아침을 먹고 사포 숙부 댁에 갔다가 공서 형이 이광복의 사랑채에 있다는 말을 들었다. 사내종과 말을 보내 맞아 오게 했는데, 이광복의 집에서 술자리가 벌어져 그곳에 모인 손님들이 되레 나를 부른다기에 그리로 가서 어울렸다. 손님은 전 안성 군수 강성 및 그 고을에 사는 정자(正字) 박몽열(朴夢說), 생원 박효제, 김정 형과 나였다. 5, 6명이 모여 이야기를 나누다가 저녁때 파하고 돌아왔다.

윤겸이 부모를 뵈려고 공산에서 먼저 계당으로 왔다. 부사가 윤겸에게 의병장 심상[沈相, 심수경(沈守慶)]과 함께 도순찰사 진영에 들렀다가 공산으로 돌아오라고 했다 한다.

◎ ─ 11월 3일

계당에 있었다. 본주(本州)에서 윤겸의 거처로 필요한 물품을 보냈다. 체찰사의 종사관이기 때문이다. 역마를 타고 올 때 도보로 따르면서 영접하던 사람들이 모두 왔는데, 그 모습이 마치 명을 받든 사신 같았다. 자릿조반[早飯]*과 세 끼 식사를 가져왔다. 참봉(오윤겸)은 저녁내내 ─원문 빠짐─ 에 있다가 저녁을 먹고 제 숙소로 돌아갔다.

◎ ─ 11월 4일

어제 날이 어두울 때 공서 형이 찾아와 나를 보고 갔다. 계당에 있었다. 아침을 먹은 뒤 참봉(오윤겸)이 이곳으로 왔다. 금정 찰방(金井察訪) 김가기(金可幾)*가 참봉(오윤겸)을 만나려고 왔기에 나도 나가 보았

....

*   자릿조반[早飯]: 아침에 잠에서 깨어난 그 자리에서 먹는 죽이나 미음 따위의 간단한 식사이다.
*   김가기(金可幾): 1537~1597. 오희문의 벗이며 사돈이다. 김가기의 아들인 김덕민(金德民)은 오희문의 둘째 사위로 1600년에 오희문의 딸과 결혼했다.

다. 윤겸은 오늘 저물녘에 길을 떠나 대흥에서 자고 내일 예산의 김매가 우거하는 곳에 들른 뒤 여러 진영을 순회하고 돌아갈 예정이다. 찰방 김공(金公)이 있는 용곡역(龍谷驛)은 이곳에서 바라보이는 거리에 있다. 저녁에 찰방이 민어 1마리, 전어 2마리, 낙지 6마리를 보내왔다.

◎ ─ 11월 5일

계당에 있었다. 낮에 사포 숙부 댁에 갔는데, 공서 형도 와서 모였다. 생원 이광축(李光軸)이 그저께 여기에 왔었다는 말을 들었다. 사내종과 말을 보내 맞아서 종일 이야기를 나누었다. 이공은 당초 청계산(靑溪山)에 들어갔다가 9월 그믐께 산에서 나와 여러 곳을 떠돌며 겨우 화를 면하고는 이좌수의 집으로 와서 머물고 있다고 했다. 좌수와는 동성(同姓) 오촌 친척이다.

영말(永末)이 이틀 전에 왔다가 오늘 일찍 돌아갔다. 그는 자신의 어머니와 함께 여러 곳을 떠돌다가 결성(結城)에 있는 영남(永男)의 처갓집에 와서 머물고 있었는데, 우리가 이곳에 왔다는 말을 듣고 다녀간 것이다. 영말에게서 들으니, 김제 숙모가 별세하셨다고 한다. 애통함을 금할 길이 없다. 그러나 전해 들은 이상 곧이곧대로 믿을 수는 없다.

끗손을 한산군(韓山郡)에 보냈다. 전에 한산 군수가 참봉(오윤겸)에게 사내종과 말을 보내면 구호물자를 주겠다고 했기 때문이다.

◎ ─ 11월 6일

종일 계당에 있었다.

◎ ― 11월 7일

식사 후에 강지사(姜知事)를 방문한 홍주 목사가 나를 초청했기에, 김정 형의 숙소에 모였다. 관아의 술을 마시고 흠뻑 취하여 돌아왔다. 참석한 사람은 생원 이광축, 생원 박효제, 정자 박몽열, 사과 이조민, 진사 윤민헌(尹民獻) 및 김극(金克)이다. 홍주 목사가 쌀 1섬, 준치 20마리, 민어 3마리, 게젓 30개를 주어 몹시 후한 뜻을 보였다. 홍주 목사의 부인은 나와 칠촌 친척이다.

경기 관찰사 심공망(沈公望, 심대)이 몸을 빼어 달아났다고 하는데, 믿을 수 없다. 오늘 막정을 먼저 덕산에 보내면서, 막손을 불러서 내일 예산의 김매 집으로 가서 대기하게 했다.

◎ ― 11월 8일

눈이 내렸다. 일찍 아침을 먹고 길을 떠났다. 눈발을 헤치고 대흥현 앞 원에 이르러 말을 먹였다. 예산 유제촌에 다다랐는데, 김매의 두 아이가 홍역을 앓고 있었다. 자정은 의병소(義兵所)에서 돌아오지 않은 상태였다. -원문 빠짐- 매우 마음이 아프다.

◎ ― 11월 9일

이른 아침에 길을 나섰다. 신창현(新昌縣) 앞에서 말을 먹이고 점심을 먹은 뒤 아산 이시열의 집에 도착했다. 경여 부부가 먼저 이곳에 와 있었다. 구사일생으로 살아서 다시 만나니 만감이 교차했다. 거듭된 전란 속에서 가까스로 화를 면한 이야기를 자세히 들었다. 기룡(耆龍)은 죽고 준아[俊兒, 준룡(俊龍)]는 포로가 되었으며 우일섭(禹一燮)과 이위

(李曄)는 피살되었다고 한다. 몹시 참혹하고 애통했다.

◎ — 11월 10일

아침을 먹고 평택(平澤)에 있는 김자흠(金自欽)의 집으로 가서 묵었다. 김공은 부친상을 당한 상태였는데, 그의 아내는 내가 온 것을 보고 무척 기뻐했다.

◎ — 11월 11일

이른 아침에 사내종 둘을 데리고 수원 경계에 있는 여울에 이르러 두 사내종을 간곡히 타일러 보냈다. 북쪽 하늘을 바라보니 눈물이 마구 쏟아졌다. 평택현 앞길을 경유해 아산의 이시열 집으로 돌아왔다.

송노가 제 어미를 보러 가게 해 달라고 간청하기에 하는 수 없이 내일 돌아오라고 하면서 보내 주었다. 저녁때 정종경이 한양에서 왔다. 그에게 들으니, 정사과댁이 현재 한양 집으로 들어가 머물고 있는데 나올 뜻이 없다고 한다.

◎ — 11월 12일

식전에 진위에 거주하는 황천상(黃天祥)이 술을 가지고 와서 마셨다. 오륜(吳輪)도 술과 과일을 가지고 와서 서로 마시며 이야기를 나누었다. 경여는 과음하여 취해서 토했고, 나도 취해서 종일 누워 있었다. 황공(黃公)은 난을 피해 오습독(吳習讀)의 집에 와서 머물고 있다. 나와는 팔촌 친척이다. 오륜은 습독의 아들로, 또한 나와 팔촌 친척이다. 날이 저물어서 송노가 돌아왔다. 김자흠의 아내가 쌀 2말을 보내왔고, 정종경의 아내도 찹쌀 1말을 주었다.

◎ ― 11월 13일

일찍 출발해서 신창현 앞에서 말을 먹이고 점심을 먹었다. 예산 유제촌에 다다르니 날이 이미 저물었다. 밤에 눈이 내린 뒤 삭풍이 불어 찬 기운이 뼛속까지 파고들었다. 길을 가는 어려움이 이루 말할 수 없는데, 노모와 아우는 이런 눈보라를 어떻게 견디고 있을까. 이를 생각할 때마다 애통하고 또 애통하다.

자정이 어제 의병소에서 귀가하여 예산 현감을 찾아갔다가 야심한 시각에 돌아왔는데, 만취해서 인사불성이었다. 함께 이야기를 나누지 못하고 온돌방이 있는 사내종의 집으로 가서 잤다.

◎ ― 11월 14일

동이 트기 전에 자정이 자는 방에 가서 잠시 이야기를 나눈 뒤 해가 뜨기 전에 길을 떠났다. 대흥현 천변을 지나다가 말을 먹이고 점심을 먹었다. 홍주 계당에 이르니 아직도 이른 시간이었다. 처자식이 반갑게 맞아 주었다. 와서 들으니, 금정 찰방 김가기가 쌀 2말과 게젓 10개를 보냈다고 한다. 후의가 매우 감사했다. 보령의 한림 조존성(趙存性)*이 쌀 1섬을 보내왔다고 한다.

....

* 조존성(趙存性): 1554~1628. 충주 목사, 호조참판, 강원도 관찰사, 호조판서 등을 지냈다.

◎ ─ 11월 15일

오후에 남정지(南庭芝)*가 노친을 모시고 가족과 함께 이곳을 지나다가 들렀다. 지금 다시 만나니 감회를 말로 표현할 수 있겠는가. 떠돌아다니는 고초를 듣자니 눈물이 옷깃을 적셨다. 생원 안세규(安世珪)가 찾아왔다. 전에 알고 지내던 사람은 아닌데, 그의 한양 집이 의동(義洞) 배고개[梨古介]*에 있다. 이 근처에 와서 머물다가 내가 이곳에 있다는 말을 듣고 찾아온 것이다. 술을 사고 밥을 지어서 남공(南公)을 대접해 보냈다.

◎ ─ 11월 16일

이른 아침에 김정 형이 사람을 보내 만나자고 했다. 사포 숙부 댁으로 가서 함께 이야기를 나누는데, 윤민헌, 김극, 진사 이익빈도 왔다. 어제저녁에 참봉(오윤겸)이 보낸 편지가 왔다. 호남으로 가던 중 황화정(皇華亭)*에 도착해서 쓴 것인데, 명나라 군대가 평안도의 적을 소탕한 뒤 개성에 도착했다는 내용이 있었다. 어디서 들은 말인지는 알 수 없다. 이것이 사실이라면 이곳에서 먼저 들었을 텐데 전혀 듣지 못했으니, 사실 관계는 자세히 알 수 없다. 종일 바람이 불고 눈이 내렸다.

....

* 남정지(南庭芝): 1552~1598, 김상관(金尙寬)의 처남이다.
* 의동(義洞) 배고개: 서울 종로구 인의동 112번지, 현재 해운항만청 동쪽에 있던 고개이다. 고개 입구에 배나무가 있어 배나무고개, 한자명으로 이현(梨峴)이라고 했다.
* 황화정(皇華亭): 충남 논산시 연무읍 고내리에 있던 정자이다. 조선시대에는 충청도 땅이 아니라 전라도 여산읍 소속이었다. 전라도 관찰사가 임무를 교대하던 곳이다.

아침을 먹기 전에 김정 형이 계당으로 찾아왔다. 심부름꾼을 시켜 찰방 김가기를 초청하자, 찰방이 잠시 후 도착했다. 함께 앞마루에 앉아 앞에 둘러친 자리를 걷고 설경을 구경했다. 그러나 찬 기운이 뼛속까지 엄습해서 오래 앉아 있을 수 없었다. 이에 찰방이 먼저 자신의 처소로 돌아간 뒤 말 2필을 보내 초청하여, 나와 김정 형이 말을 타고 갔다. 생원 박효제가 뒤이어 왔다. 찰방이 막걸리를 내오고 저녁밥까지 내주어 배불리 먹고 취해서 돌아왔다. 저녁때 찰방이 자리 1닢을 보내왔다. 내 침소에 깔고 잘 자리가 없다는 것을 알았기 때문이다.

날이 저물어 송노가 돌아왔는데, 병마절도사가 준 물건을 병영에서 실어 왔다. 전날 참봉(오윤겸)이 순회하며 직산에 이르렀을 때 병마절도사 이옥(李沃)이 내가 떠돌며 홍주에 머문다는 말을 듣고 흰쌀 10말, 참깨 2말, 말린 민어 1마리, 갈치젓 20개, 조기 3속, 감장(甘醬) 3말, 간장 3되, 뱅어 젓갈 3되를 첩(帖)으로 써서 지급했기에, 남백형(南伯馨, 남정지)이 가지고 왔다. 양식과 찬거리가 부족하던 터에 이를 얻으니 많은 재물을 받은* 기분이다. 당장은 주릴 걱정을 덜게 되었다.

사내종 끗손과 명복(明福) 등을 말과 함께 장수로 보내 구호물자를 받아 오게 했다. 그믐쯤 돌아올 것이다. 두 사내종을 강도(江都)로 들여보낸 지 10여 일이 되어 가는데, 무사히 들어가서 노모를 찾고 있는지

....

* 많은 재물을 받은: 《시경》〈소아(小雅)·청청자아(菁菁者莪)〉에 "군자를 만나 뵌 이 기쁨이여, 마치 보화를 나에게 내려 주신 듯하도다[旣見君子 錫我百朋]."라고 한 데서 나온 말이다. 원문의 백붕(百朋)은 많은 재물을 뜻하는데, 옛날에는 패각(貝殼)을 화폐로 사용해서 5패를 1관(串)이라 하고 2관을 1붕(朋)이라 했다 한다.

모르겠다. 풍설이 갑절이나 찬 요즘에 노모와 아우가 어떻게 참고 견딜
까. 끝없는 아픔이 날이 갈수록 깊어진다.

◎ ─ 11월 18일

오늘은 동지(冬至)이다. 팥죽을 쑤는 날인데 팥을 얻지 못해서 아이
들이 먹지 못하니 탄식할 노릇이다.

◎ ─ 11월 19일

아침을 먹고 사포 숙부 댁에 가다가 김정 형의 집에 들렀다. 형은
이광복의 사랑채에 있다고 했다. 뒤따라갔더니 안성 군수 강성과 생원
이광축도 한자리에 모여 있었다. 주인집에서 술을 내오자 서로 마시며
이야기를 나누다가 취한 뒤 자리를 파했다. 그길로 사포 숙부에게 갔는
데 김정 형과 이광축이 잇따라 도착했다. 잠시 담소를 나누고는 내가
먼저 계당으로 돌아와 취한 상태로 잠이 들었다.

체찰사가 완산에 있다가 예고도 없이 돌아와서 오늘 은진에 당도
한다기에 이 도의 찰방이 배웅을 나가려고 새벽에 떠났다고 하는데, 무
슨 일인지 모르겠다. 명나라 군대가 이미 가까이 이르렀다는 소문이 있
던데, 이 때문에 급히 돌아오는 것인가?

◎ ─ 11월 20일

마초(馬草)를 구하기 위해 보령의 한림 조존성의 집으로 사내종과
말을 보냈다. 하루 종일 계당에 있으니 매우 무료했다. 날이 저물어 풀
한 짐을 싣고 왔다.

◎ ─ 11월 21일

계당에 있었다. 이은신의 아들이 예산에서 와서 나를 만나고 갔다. 이좌수가 거친 벼 15말을 지워 보냈다. 처자식이 처음 왔을 때에도 벼 1섬과 거친 벼 2섬을 주었는데, 지금 또 이렇게 주었다. 나의 친족도 아닌데 후의가 이와 같으니, 그저 고마울 따름이다.

◎ ─ 11월 22일

윤해가 숙부를 보기 위해 아산에 갔다. 김정 형이 편지를 보내서 초대하기에 사포 숙부 댁으로 가 보니, 오늘은 숙부의 생신이었다. 잠시 술자리가 벌어졌고, 나는 거나하게 취해 돌아왔다. 자리를 함께한 사람은 김정 형과 진사 윤민헌, 김극이다. 생원 박효제는 나중에 왔다. 계집종 춘비(春非)가 숨을 거두었다. 송노에게 시신을 싸서 내일 새벽에 용복(龍福)과 협력하여 묻어 주라고 했다.

◎ ─ 11월 23일

하루 종일 계당에 있었다. 별다른 소식은 없었다. 다만 어제 김정 형에게 들으니, 평양의 적이 중화(中和)로 나와 약탈하던 중에 순변사 이일에게 패해 470여 명이 참살되고 13명만 도망갔다고 했다. 이는 명나라의 야불수(夜不收)*가 명나라 조정에 보고한 내용이고 우리나라의 조보(朝報)*에도 실렸는데, 김정 형이 직접 보았다고 했다.

....

* 야불수(夜不收): 초탐(哨探)하는 군사를 말한다. 한밤중에 활동하기 때문에 이렇게 부른다.
* 조보(朝報): 승정원에서 재결사항을 기록하고 서사(書寫)하여 반포하던 관보(官報)이다. 왕명, 장주(章奏), 조정의 결정사항, 관리 임면, 지방관의 장계 등이 모두 포함되었다.

◎ — 11월 24일

종일 계당에 있었다. 봄 날씨처럼 따뜻하더니 오후 들어 바람이 크게 불고 흐렸다. 부여 관아에서 닭 2마리, 조기 1뭇[束], 떡 1봉(封)과 정이 듬뿍 담긴 편지를 보내왔다. 사포 숙부를 찾아뵈려고 했는데, 사내종 하나가 나무를 하느라 틈이 없어 가지 못했다.

◎ — 11월 25일

밥을 먹고 사포 숙부를 찾아뵈었다. 김정 형과 박효제, 윤민헌도 모였다. 그 자리에서 소문을 들었는데, 왜적이 오산(烏山), 청회(靑回) 등지로 진출해 진을 치고 진위현(振威縣) 앞의 인가를 불태우다가 홍계남에게 쫓겨서 도로 소굴로 들어갔다고 한다. 체찰사는 그저께 완산에서 공산으로 돌아왔다고 한다.

◎ — 11월 26일

이른 아침에 세만(世萬)이 공산에서 들어왔다. 참봉(오윤겸)이 아우 윤해의 처소에 편지를 보냈다. 편지를 보니, 왜적이 진위현 앞에서 분탕질할 때 전라도 순찰군이 적에게 돌진해서 괴수를 쏘아 죽이고 곧바로 말에서 떨어뜨린 뒤 적의 말을 빼앗고 7명의 수급을 베자 적의 기세가 다소 꺾여 요즘은 감히 출몰하지 못한다고 한다. 기쁜 일이다. 다만 진산의 진영에서는 돌아가지 않고 있으니 걱정스럽다. 이 때문에 이곳 사람들은 재물을 옮기며 미리 피난 계획을 세우고 있다. 이같이 추운 날씨에 우리 가족의 옷이 모두 얇고 앞으로 의지할 곳도 없는데다 행낭엔 돈까지 떨어졌다. 적의 손에 죽지 않는다고 해도 틀림없이 얼거나 굶어 죽을 것이니 답답한 노릇이다. 게다가 노모의 소식을 아직까지도 듣지 못하고 있으니, 더욱 통탄을 금치 못하겠다.

참봉(오윤겸)은 애당초 장수 현감인 외삼촌(이빈)을 찾아뵐 생각이 었는데, 막중(幕中)에 사람이 하나도 없었기 때문에 부득이 체찰사를 모시고 돌아왔다. 장수 현감이 추위에 몸을 상했는데 병세가 가볍지 않아서 사람을 보내 약을 구한다는 말을 듣고, 참봉(오윤겸)이 즉시 소시호탕(小柴胡湯)*3첩을 지어 보냈다고 한다. 걱정스럽다.

이판결사(李判決事)가 노친을 모시고 공주에 도착한 날 저녁에 노친이 별세하여 간신히 염을 하고 입관했다고 한다. 슬픔을 이기기 어렵다. 그러나 만일 적의 소굴이 된 강원도에서 이런 상을 당했다면 분명 염습과 입관도 못했을 것이니, 그나마 불행 중 다행이다.

최경선의 온 가족이 무사히 남쪽으로 왔다고 한다. 이 또한 기쁜 일이다. 또 김정 형이 내일 체찰사의 막사로 간다고 한다. 그래서 밥을 먹고 갔더니, 이른 아침에 이광복의 집으로 가서 전 능성(陵城) 안묵지(安默智)와 함께 과음하고 취해서 날이 이미 저물었는데도 여전히 깨어나지 못했기에 만나지 못하고 돌아왔다. 다만 사포 숙부를 찾아뵙고 윤민헌과 함께 이야기를 나누었다.

◎ — 11월 27일

흐리고 바람이 불어 찬 기운이 한층 매섭더니 저녁 무렵에 눈이 왔다. 김정 형은 오늘 아침 일찍 공산의 체찰사 막사로 갔다. 하루 종일

·········

* 　소시호탕(小柴胡湯): 식욕이 없고 열이 오르내리며 맥박이 빠른 감기 등에 쓰는 탕약이다.

계당에 있었다. 저녁때 윤해가 눈보라를 뚫고 아산에서 돌아왔다. 아들에게 들으니, 오산의 왜적이 진영을 파하고 소굴로 돌아갔다고 한다.

◎ ― 11월 28일

하루 종일 계당에 있었다. 동짓달의 추위가 너무 심해 방 안에 웅크리고 앉아 있었다. 술을 얻고 싶어도 어찌할 도리가 없었는데, 마침 이광복이 잘 빚은 술 한 병을 사람을 시켜 보내왔다. 바로 따뜻하게 데워서 사발에 가득 따라 마시니, 가슴속이 봄바람 속에 있는 것처럼 따뜻해졌다. 한 잔 술이 천금이라고 할 만하다.

저녁때 허영남이 찰떡을 가지고 와서 처자식들과 함께 먹었다. 천리 밖을 떠돌다가 구사일생으로 살아서 다시 만나니 얼마나 다행인가.

◎ ― 11월 29일

아침을 먹고 사포 숙부를 찾아뵈었다. 윤민헌과 김극, 마을 소년들이 모두 모여서 종정도(從政圖)* 놀이를 했다. 꼴찌를 한 자는 먹을 두 눈에 칠해서 웃음거리로 삼기로 했다.

오후에 강안성(강성)의 처소로 왔는데, 조금 있다가 사내종 안손(安孫)이 달려와 장수 현감의 부음을 전했다. 놀랍고 슬펐다. 곧바로 계당으로 돌아와 사연을 물으니, 참봉(오윤겸)이 공주에 있다가 어제 아침에 부음을 듣고 즉시 우졸(郵卒)*을 시켜 소식을 전한 것이며 23일에 세

....

* 종정도(從政圖): 정도(政圖), 승관도(陞官圖), 승경도(陞卿圖), 종경도(從卿圖)라고도 한다. 옛날 실내오락의 일종이다. 넓은 종이에 벼슬 이름을 품계와 종별에 따라 써 놓고 5개의 모가 난 주사위를 굴려서 나온 끗수에 따라서 관등을 올리고 내린다.
* 우졸(郵卒): 역참에서 심부름하는 사람이다.

상을 떠났다고 했다. 매우 슬프다. 지난번 참봉(오윤겸)이 완산에 있을 때 추위로 몸이 상해 위중하다는 말을 들었다고 했지만 대수롭지 않게 여겼다. 약을 먹고 땀을 내면 쉽게 나으리라고 생각했는데, 갑자기 이렇게 될 줄 어찌 알았으랴. 내가 그 집에 장가들고 나서 37년 동안 한양에서 한집에 살았고, 타지에 나가 살 때에도 책상을 붙이고 함께 지내면서 잠시도 떨어진 적이 없었다. 처남이 만년에 벼슬하여 두 고을의 수령이 되어서는 가난하고 자식이 많은 나를 불쌍히 여겨 여러 동기간 중에서 가장 특별히 돌봐 주었다. 이번 난리를 만나서 내가 마침 장수현에 머물 때에도 관속에게 나를 돌보도록 부탁하고 같이 거처하며 동고동락하도록 했다. 내 처자식들이 살아서 충청도로 돌아왔다는 말을 들었을 때는 나에게 "남쪽 고을로 데리고 와서 나와 가까운 고을에 거주하면 아침저녁으로 필요한 물자를 나누어 주겠네."라고 간곡히 말했다. 처자식들이 남쪽으로 온 것은 이 말만 전적으로 믿은 것인데, 지금 이렇게 세상을 버렸구나. 처남만 딱한 게 아니다. 우리 일가족에게 다시 의지할 곳이 사라졌으니, 하늘이 분명 우리 처자식을 길에서 굶어 죽게 하리라. 이를 생각하니 더욱 애통하다. 더구나 그의 장남 시윤은 함경도를 떠돌아 생사를 알지 못하고 슬하에 데리고 있는 아들들은 모두 나이가 어려 일처리에 미숙하니, 염습하고 빈소를 차리는 제반 일을 어떻게 할 것인가. 날은 춥고 길은 멀어 몸소 가서 어루만지며 염을 하지도 못하니, 천지에 부끄러울 따름이다. 다만 이응일이 있으니, 반드시 힘을 다하리라.

한 식경이 지나 막정이 온다는 말을 듣고 문으로 달려가 맞으며 물으니, 어머니는 지난달 22일에 고양에서 강을 건너 강도로 들어가셨는데 두 사내종이 찾아가 뵈니 기력이 여전히 강녕하셨고, 아우와 심질도 처자식을 이끌고 모두 무사히 같이 왔으며, 아우의 장인 김철(金轍)도 같이 왔다고 한다. 그러다가 마침 양도(兩都) 순찰사의 명을 받들고 남쪽에서 온 배가 있어, 이달 21일에 그 배를 타고 남쪽으로 오던 중 서산(瑞山) 대산곶(大山串)에 이르러 육지에 내려 오늘 여기에 도착한 것이란다. 어머니와 김공의 가족은 곧바로 호남으로 갔는데, 김공은 고부의 농막에 이르러 배에서 내리고 어머니는 영암 임매의 집으로 가기 위해 영광의 법성창(法聖倉)에 내릴 예정이라고 한다. 심질은 당시 강도에 머물고 있다가 다시 배를 얻어서 처자식을 데리고 바닷길로 뒤따라 내려와 아산창(牙山倉) 앞에 닿은 다음, 그길로 예산과 내가 머물던 곳을 거쳐 남쪽 고을로 이동할 것이라고 한다. 기쁨을 감추지 못하겠다. 노비들도 죽은 자 없이 모두 데리고 왔으며, 어린 사내종 한금(漢金)과 어린 계집종 허농개(許弄介)만 당초 포로로 잡혀갔다고 한다. 우리 모자와 형제가 남북으로 떠돌면서 생사를 모르고 지낸 지가 8개월이 넘었다. 비록 온갖 고초를 겪긴 했지만 각각 목숨을 보존해서 다시금 상봉할 수 있게 되었으니, 그 기쁨이 어떠하겠는가. 그러나 서산에서 법성창까지는 바닷길이 매우 멀기도 하고 이같이 추운 날씨에 북풍도 몹시 사나워 어떻게 가셨을지 걱정스럽다. 당장 달려가고 싶지만 사내종과 말이 장수에 가서 돌아오지 않았으니, 오기를 기다려 열흘 이내로 찾아뵐 생각이다. 낮에 장수 현감의 부음을 접하고 온 가족이 애통해 하다가, 저녁때 어머니께서 무사히 남쪽으로 가셨다는 말을 듣고 일가족이 기뻐했다. 이것이 이른바 "슬픔 속에 기쁜 소식을 들으니 더할 나위 없이 얼떨떨하네."*라는 것이리라.

통진 현감이 참봉(오윤겸)의 처소에 보낸 편지를 보니, 양식과 반찬을 구해 어머께 보냈다고 한다. 또 왕세자가 조만간 평안도에서 강도에 도착하기 때문에 통진 현감 이수준(李壽俊)이 배를 거느리고 바닷가 나루에서 영접한다고 한다.* 남쪽 고을의 백성들은 필시 이에 의지해 견고해지고, 군대의 기세도 이로 인해 배가될 것이다. 기쁘고 위안이 됨을 감출 수 없다. 요즘 날이 추운 관계로 적들이 성안에 모인 채 나와서 노략질을 하지 않고 있다. 여러 곳에 진을 친 자들이 땅을 파서 집을 만들어 겨울을 보내려고 하는데, 우리 군사들은 두려워서 토벌하지 않고 시간만 보낼 뿐이다. 내년 봄에는 분명 쳐들어올 것이고 충청도와 전라도 백성들은 도탄에 빠질 게 뻔하다. 말세에 태어나 안 좋은 때를 만나 타향을 전전하며 차가운 집에서 더부살이하는데, 더 이상 갈 곳도, 몸을 숨길 땅도 없다. 탄식한들 어찌하겠는가. 다만 국운에 맡길 뿐이다.

신녕(新寧)과 김제 두 숙모께서 병으로 돌아가셨다고 한다. 애통하다. 신녕 숙모*는 풍덕에 이르러 별세하셔서 짚으로 싸서 가매장했다고 한다. 돌아가신 아버지의 신주는 아우가 지난달에 한양에 들어가서 안

---

* 슬픔……얼떨떨하네: 당나라 한유의 〈차일족가석일수증장적(此日足可惜一首贈張籍)〉이라는 시에 나오는 말이다. 《한창려집》 권2 〈차일족가석일수증장적〉.

* 통진 현감 이수준(李壽俊)이……한다: 이수준이 원문에는 이수준(李秀俊)으로 되어 있어서 바로잡았다. 《국역 상촌고(象村稿)》 권24 〈이영흥묘지명(李永興墓誌銘)〉에 "임진왜란 때에 공(이수준)이 통진 현감으로 추의군(秋義軍)을 도와 강화부로 들어가서 적을 방어했는데, 이때 한성의 사대부로서 피난하여 떠도는 자들이 모두 이곳으로 모여드니 그 수가 천만을 헤아리게 되었다. 공이 그들을 가엾게 여겨 온정을 베푸니, 가까이 있는 자는 공의 은택을 입었고 멀리 있는 자는 공의 도움 받기를 희망했다. 이리하여 생명을 보전한 자가 그 수를 헤아릴 수 없었다."라는 내용이 보인다.

* 신녕 숙모: 평해 손씨(平海孫氏). 오희문의 작은아버지 오경순의 아내이다. 오경순이 신녕 현감을 지냈으므로 이렇게 불렀다.

고 나왔고, 죽전(竹前) 숙부와 숙모의 신주는 하나는 깨지고 하나는 온전했는데 계집종 옥춘에게 주면서 땅에 묻게 했다고 한다. 옥춘은 자신의 아들 덕년(德年)과 함께 강화를 건너 그길로 해주 윤함의 집으로 가려고 했다 한다.

◎ ─ 11월 30일

하루 종일 계당에 있었다. 윤해가 편지를 우졸에게 주어 참봉(오윤겸)이 있는 곳에 전하게 했다. 장수 현감의 상을 들은 뒤로 젊어서부터 늘 같이 살며 사이좋게 지내던 추억이 생각나 하염없이 눈물이 흐른다. 그의 처자식들은 어떻게 연명하고, 상여는 어떻게 모셨을까. 비통하기 그지없다. 아, 슬프다.

12월

◎ ― 12월 1일

하루 종일 계당에 있었다. 오늘은 이현(泥峴) 제수씨*의 생일이다. 윤해의 처가 찰떡을 쪄 주어 온 식구가 함께 먹었다. 참봉(오윤겸)의 처자식도 왔다가 저녁때 돌아갔다. 사내종과 말을 부여로 보내 구호물자를 받아 오도록 했다. 생원(오윤해)의 말을 팔려고 사내종 춘이를 시켜 대흥장으로 끌고 가게 했는데, 가격이 너무 싸서 팔지 못하고 돌아왔다. 말은 많은데 풀이 없어 걱정이다.

◎ ― 12월 2일

눈보라가 세차게 몰아치고 한파가 찾아왔다. 온종일 문을 닫고 움

....

* 이현(泥峴) 제수씨: 오희문의 동생인 오희인의 아내로 보인다. 오윤해는 오희인의 양아들이 되었다.

츠리고 앉아 외출하지 않았다. –원문 빠짐– 이렇게 추운 날에 술이 없으니 어쩌면 좋은가. 안타깝다.

◎ ─ 12월 3일

참봉(오윤겸)의 편지가 왔다. 공주 목사가 쌀 2섬, 콩 1섬을 주었는데, 첨사의 사내종 덕룡(德龍)이 그중 쌀 9말, 콩 10말을 먼저 가지고 왔다. 양식이 떨어져 고민하던 차에 뜻밖의 물품을 얻으니, 일가족의 기쁨을 말로 표현할 수 있겠는가.

낮에 용곡에 있는 찰방 김공(김가기)의 첩이 사람을 시켜 좋은 술 1병과 말린 대추 1상자를 보내왔다. 추운 방에 하루 종일 있어서 몹시 무료하던 차에 이것을 가지고 오니 기쁘고 고마웠다.

◎ ─ 12월 4일

이른 아침에 덕룡이 참봉(오윤겸)이 있는 온양군(溫陽郡)으로 간다기에 윤해로 하여금 편지를 써 보내게 했다. 체찰사는 공산에서 어제 온양으로 향했다고 한다.

사내종 끗손과 명복 등이 돌아왔다. 이들에게 들으니, 장수 현감은 지난달 23일 해시(亥時, 21~23시)에 별세했으며 자기들은 성복(成服)*한 뒤 떠나왔다고 한다. 유향소들이 수합한 쌀을 실어 보냈는데, 손덕남이 4말, 윤지가 3말, 한대윤이 4말, 박언상이 3말, 박대복이 6말, 하순(河淳)

....

* 　성복(成服): 상례(喪禮)에서 대렴(大殮)을 한 다음 날에 상제들이 복제(服制)에 따라 상복을 입는 절차이다. 죽은 날로부터 4일째에 행한다.

이 2말, 해서 도합 22말이었다. 유향소들이 거두어서 보내지 않았다면 종들이 빈손으로 돌아올 뻔했다. 발이 있는 밥상과 요도 싣고 왔다. 장수의 가장(假將)*은 한덕수(韓德脩)라고 한다. 관속은 동면으로 거처를 옮겼고 시신은 동면 산기슭에 장사 지냈는데, 난이 평정되면 선영으로 이장할 예정이라고 한다.

참봉(오윤겸)을 통해 들으니, 이시윤과 이경천(李慶千)이 함경도에서 평안도 개천(价川)으로 간 것을 박순남(朴順南)이 직접 보고 참봉(오윤겸)에게 말해 주었다고 한다. 그렇다면 목숨은 보존한 것인데, 다만 수천 리 밖에서 아버지가 죽은 줄도 모를 테니 너무나 애통하다.

◎ ― 12월 5일

참봉(오윤겸)이 휴가를 받아 공산에서 왔다. 이금이(李金伊)도 함께 왔는데, 떡 1상자, 소 앞다리 1개, 술 2병을 가지고 왔다. 정산에서 보낸 술 2병, 감장 2말, 닭 1마리, 간장 2되, 참기름 1되가 양식이 떨어져 가는 때에 와서 온 가족이 기뻐했다. 송노가 어제저녁에 부여에서 쌀 9말, 태(太) 3말, 두(豆) 2말, 좋은 술 1병, 날꿩 1마리, 메밀 1말, 감장 2말을 싣고 왔다.

◎ ― 12월 6일

하루 종일 계당에 있었다. 참봉(오윤겸)이 또 들렀다. 본주에서 지

....
* 가장(假將): 조선시대에 전장에서 어느 장수의 자리가 비게 될 경우 최고 책임자의 명령에 따라 임시로 그 자리를 대신하던 장수를 일컫는다.

응(支應)*을 보내왔다. 참봉(오윤겸)은 저녁을 먹고 집으로 돌아갔다.

◎ ─ 12월 7일

계당에 있었다. 참봉(오윤겸)은 아침을 먹고 홍주로 향했다. 국가에 바쳐야 할 공물을 절반으로 줄여 작미(作米)*하는 일 때문에 여러 고을을 순시하기 위해서이다.

오세량(吳世良)*이 찾아왔다. 지금 대흥의 산사에 있다는데, 내가 여기에 와 있다는 말을 듣고 걸어온 것이다. 수척한 몰골에 매우 얇은 옷을 입고 있어서 차마 볼 수가 없었다. 여기서 묵게 하고 다음날 돌아갈 때 쌀 1말 5되, 감장 1사발, 옷을 지을 두꺼운 종이 4장, 창을 갖춘 미투리 1부를 주어 보냈다. 내 옷을 벗어 주고 싶었지만 우리 집에도 입은 옷 말고는 여벌이 없으니 다른 사람에게 줄 수 있겠는가. 애처로울 뿐이다. 세량은 이곳에 와서 자신의 어머니가 돌아가신 사실*을 알게 되었다.

◎ ─ 12월 8일

계당에 있었다. 윤해가 결성에 가서 한효중(韓孝仲)을 만나고 오던 길에 홍주에 들러 제 형과 같이 자고 돌아왔다. 윤해의 처갓집 농막에서 양식을 실어 오기 위해 사내종 끗손과 춘이가 진위로 갔다.

....

* 지응(支應): 공사(公事)로 인하여 지방에 나가는 관리에게 그 지방의 관아에서 먹을 것과 쓸 물건을 공급하여 주던 일을 말한다. 지대(支待)라고도 한다.
* 작미(作米): 전세(田稅)나 공물(貢物)로 징수하는 곡식을 쌀로 환산하여 정하는 것을 말한다.
* 오세량(吳世良): ?~1593. 오희문의 사촌 형제이다. 오경순(吳景醇)의 둘째 아들이다.
* 자신의……사실: 오세량의 어머니는 평해 손씨로, 풍덕에서 죽었다. 관련 내용이 《쇄미록》 〈임진남행일록〉 11월 29일 일기에 보인다.

◎ ― 12월 9일

계당에 있었다. 간밤에 큰 눈이 내리고 바람까지 불었다. 날이 몹시 추워 출입하지 않고 종일 문을 닫고 있었다. 명복이 어제 오태선(吳太善, 오세량)이 머무는 절에 따라갔다가 관자(貫子)와 찢어진 어망을 가지고 돌아왔다. 도중에 쓰고 있던 귀마개를 군인에게 빼앗겼다고 하니 안타까운 일이다. 전에 군인들이 행인의 귀마개를 죄다 빼앗는다는 말을 들어서 혼자 돌아올 때는 쓰지 말라고 경계했는데, 내 말을 믿지 않다가 끝내 빼앗겼으니 누구를 탓하겠는가. 한편으로는 밉살맞다. 그러나 이처럼 심한 추위에 남쪽으로 내려갈 때 무엇으로 추위를 막는단 말인가. 또한 걱정스럽다.

◎ ― 12월 10일

식사 후에 사포 숙부를 찾아뵈었다. 생원 이광축과 이익빈, 장주부(張主簿)와 함께 모여 서로 대화를 나눈 뒤 돌아왔다.

저녁때 윤해가 결성에서 한효중을 만나고 돌아왔다. 한공(韓公)이 준 조기 1뭇, 민어 1마리, 마초 1바리를 실어 왔다. 윤해가 돌아오면서 홍주에 들러 제 형과 같이 자고 왔는데, 거기서 들은 바로는 체찰사가 오늘내일 중으로 홍주에 도착한다고 한다. 강도에서 배를 타고 이곳으로 온 자신의 아내를 만나기 위해서란다. 한공이 전날 편지를 보내 자신의 큰아들을 우리 집 아이와 혼인시키고 싶다는 의사를 전했는데, 인척 관계라는 이유로 거절했다.

◎ — 12월 11일

계당에 있었다. 며칠 전부터 찬 기운이 한층 매섭더니 오늘 새벽에 극에 달했다. 온돌방이 따뜻하지 않아 추위를 견디기 어려움을 이루 말할 수 없다. 하혈이 열흘 넘게 멈추지 않는 것도 냉골에서 오랫동안 거처한 탓이리라. 이불도 없고 옷도 얇은데다 깔아 놓은 자리마저 두텁지 않아 아이들이 이곳에서 지내면서 추위를 견디기 힘들 것이다. 더욱 탄식할 노릇이다. 하지만 아무리 오랫동안 이곳에 머물더라도 왜적의 침입만 없다면야 얼마나 다행이겠는가.

◎ — 12월 12일

계당에 있었다. 참봉(오윤겸)의 처자식들이 와서 만나 보았다. 본도의 도사가 흰쌀 5말, 조기 3뭇, 감장 2말을 보내왔고, 체찰 부사와 별장(別將)이 칭념(稱念)*하며 쌀과 콩 각각 1섬, 도합 4섬을 관인을 시켜 실어 보냈다. 식량이 떨어져 걱정하던 중에 이런 뜻밖의 물건을 -원문 빠짐- 온 가족이 기뻐했다. 이번 달 양식은 걱정 없게 되었다. 도사가 보낸 쌀과 감장과 체찰 부사가 보낸 콩 2말을 참봉(오윤겸)의 집으로 보냈다. 체찰 부사는 김찬(金瓚)*이고, 도사는 이원(李瑗)이다. 별장은 아직 누구인지 모르겠다. 체찰사는 지난 10일 홍주에 도착했다고 한다. 찰방 김 공도 감장을 보내왔다. 이것은 모두 참봉(오윤겸) 덕분에 얻은 것이다.

....

* 칭념(稱念): 수령이 고을로 부임할 적에 그 지방 출신의 고관이나 친구들이 술과 고기를 가지고 와서 인사하며 자신의 친척이나 지인을 돌봐 주기를 부탁하는 것을 말한다.
* 김찬(金瓚): 1543~1599. 임진왜란이 일어났을 때 임금의 파천을 반대했다. 나중에 정철 밑에서 체찰 부사를 역임했다.

◎ ― 12월 13일

밥을 먹고 이광복의 집에 갔다. 이광축도 와서 함께 이야기를 나누었다. 잠시 후 어린 사내종이 달려와 아우 언명(彦明, 오희철)이 왔다고 전했다. 즉시 계당으로 달려가 마주하고는 눈물을 흘렸다. 오늘 다시 만날 줄 어찌 알았으랴. 아우에게 들으니, 어머니께서는 지금 태안(泰安)에 계신다고 한다. 당초 막정 등이 배에서 내린 뒤 어머니께서 탄 배가 역풍을 만나 도로 인천 앞바다의 섬에 이르렀고, 암초에 걸려 전복되려는 순간 가까스로 섬에 내리긴 했지만 배는 부서졌다고 했다. 다행히 목숨은 건졌지만 외딴 섬에 먹을 것이 없어 굶어 죽거나 얼어 죽을 판이었는데, 때마침 비인 현감(庇仁縣監) 구제현(具齊賢)이 탄 관선(官船)이 풍파에 떠밀려 이 섬에 정박하여 같이 그 배를 타고 태안 소근포(所斤浦)*에 도착했단다. 어머니는 말이 없어 그곳에 계시고, 자신이 말을 구하기 위해 먼저 왔다는 것이다. 기쁘고 다행스러움을 말로 표현할 수 없다. 언명의 처자식과 그의 장인 가족은 먼저 결성에 도착했다고 한다.

◎ ― 12월 14일

꼭두새벽에 언명과 함께 사내종과 말을 이끌고 홍주성 밖에 이르러 말을 먹였다. 관아에서 다과와 점심을 대접했고, 사내종에게도 식사를 제공했다. 통판 황언(黃鸝)이 흰쌀 10말, 콩 10말, 조기 4뭇, 게젓 30개, 새우젓 1되를 부쳐 왔다. 어제 아우가 왔을 때에도 쌀 4말, 콩 3말,

....

* 소근포(所斤浦): 태안군의 소원면 소근리에 있는 포구이다. 군 서쪽 33리에 있다. 《국역 신증동국여지승람》 제19권 〈충청도 태안군〉.

조기 2뭇, 감장 1말, 간장 1되, 참기름 1되를 보내 주었다.

　　오후에 결성에 있는 전 참봉 전응진(田應震)이 사는 마을에 닿았다. 전공(田公)은 언명의 처남인 김담명(金聃命)의 장인이다. 언명의 처자식과 그의 장인 가족은 배를 타고 태안에서 내린 뒤 먼저 이곳으로 와서 머물고 있었다. 전공의 둘째 아들 전협(田浹)은 무인 출신인데, 장수의 가장에 새로 제수되었다고 한다. 그런 까닭에 저녁때 아우와 함께 전공의 집에 가서 장수의 새 수령이 된 전협을 만나 전직 현감 가족과 가까이 지냈던 품관 및 관인들을 잘 봐 달라고 부탁했더니, 새 수령은 힘껏 돌보겠다고 했다.

　　전참봉(田參奉)이 나에게 막걸리를 대접했는데, 그의 큰아들 생원 전흡(田洽)과 사위 김담명도 함께했다. 조금 있다가 언명의 장인 김철공도 이르렀다. 서로 이야기를 나누다가 밤이 깊어서야 파했다. 숙소로 돌아와 등불을 밝히고 장수에 보낼 편지를 썼다. 새 수령 편에 보낼 예정이다. 생원 전흡은 윤해의 동년우(同年友)*로, 과거에 울진 현령(蔚珍縣令)을 지냈다고 한다.

　　찰방 김공이 중간 등급의 말 1필을 보내면서 노모를 모셔 오라고 했다. 후의에 깊이 감사할 따름이다. 참봉(오윤겸)이 나를 위해 여러 고을에 사사로이 통지를 넣었다. 지금 붕아(鵬兒)*와 숙선(淑善)*을 보니 모두 수척하고 검어 예전 같지 않다. 가련하다. 붕아는 온몸에 옴이 오르

---

* 　동년우(同年友): 같은 해에 사마시에 입격한 사람을 말한다.
* 　붕아(鵬兒): 붕아는 오희철의 외아들 오윤형(吳允詗)으로 보인다.《해주오씨대동보(海州吳氏大同譜)》권10.
* 　숙선(淑善): 오희철의 사위로 이양윤(李養胤)과 권유원(權有源)이 있었는데, 숙선은 이들 가운데 한 명의 아내였을 듯하다.《해주오씨대동보(海州吳氏大同譜)》권10.

314 ● 쇄미록

고 홍역을 치르자마자 다시 복통을 호소하여 더욱 몹시 초췌했다. 버티지 못할 듯하니 걱정스럽다.

◎ — 12월 15일

날이 밝기 전에 밥을 지어 먹고 언명과 서주(徐澍)의 집으로 갔더니, 이형세(李馨世)도 나와서 맞이했다. 이공(李公)은 서공(徐公)의 처남으로, 한양에서 나와 한동네에서 살았다. 떠돌다가 여기서 뜻밖에 만나니 희비가 교차했다. 서로 옛이야기를 나누는데, 서공이 술을 대접했다. 조금 있다가 생원 전흡이 또 술과 안주를 가져왔고, 김철 공도 참석하기를 희망했다. 한자리에 모여 저마다 서너 잔씩 마시고 헤어졌다.

해미현(海美縣)에 가서 말을 먹이고 점심을 먹었다. 날이 저물어 달려가 서산군(瑞山郡) 서문(西門) 밖 여염집에서 묵었다. 이곳 군수가 참봉(오윤겸)이 보낸 통지로 인해 매우 정성스럽게 대접했고, 위아래 사람들에게 음식을 제공했다. 별좌 류영근이 정처 없이 떠돌다가 여기에 와 있다는 말을 들었다. 즉시 사람을 시켜 안부를 물었더니, 날이 어두울 때 내가 머무는 처소로 찾아왔다. 서로 피난의 고통을 이야기하다가 자미(이빈)의 죽음에 미쳐서는 마주 보고 울었다. 자정이 넘어서야 파하고 갔다. 류공(柳公)이 금성산(金城山)에 있다가 왜적에게 포위되었을 때 그의 아버지가 탄환에 맞아 돌아가셨고, 형수는 스스로 목을 찔러 죽었으며, 제수씨는 물에 빠져 죽었다고 한다. 그의 아내도 젖먹이 아이를 품에 안고 물속으로 몸을 던졌는데 간신히 살았다고 하니, 슬픔을 견딜 수 없다. 그 뒤에 그의 형 류영겸(柳永謙)도 적에게 살해되었다고 한다.

이 고을은 외삼촌이 예전에 다스렸던 곳이다. 지난 경술년(1550, 명종 5) 여름에 부임해서 을묘년(1555, 명종 10) 봄에 그만두고 가셨는데,* 당시 외할머니 손에 자라던 나는 11살의 나이로 외할머니를 모시고 이곳에 왔었다. 소년 시절에 노닐던 곳을 40년 뒤에 다시 와서 보니 성곽과 산천이 예전 그대로여서 물시인비(物是人非)*의 감회를 금할 길이 없다.

◎ ─ 12월 16일

날이 밝자 아침을 먹고 태안군에 다다랐다. 군수는 지금 군사를 거느리고 수원의 군진(軍陣)에 있다고 한다. 고을 사람인 유위장(留衛將) 조광림(趙光琳)이 와서 이야기를 나누었는데, 그는 좋은 사람이었다.

말을 먹이고 점심을 먹은 뒤 어머니가 계신 북면 바닷가 소근포에 있는 수군 최인세(崔仁世)의 집으로 달려갔다. 어머니는 내가 오는 것을 보고 소리 내어 슬피 울면서 "오늘 다시 살아서 만날 줄 몰랐구나."라고 하셨다. 나도 슬피 울어 양 소매가 다 젖었다. 난리 통에 모자가 남북으로 떨어져서 8, 9개월이나 생사를 몰랐으니, 오늘 어머니의 얼굴을 다시 뵘에 어찌 슬프지 않겠는가. 우리 집 노모와 처자, 형제자매가 각각 목숨을 보존해서 한 사람도 죽지 않고 만났으니, 기쁨이 어떠하겠는가. 다만 남매(南妹)가 아직 양근 땅에 있다는데, 그곳은 적의 소굴이라 걱정스럽다. 어떤 사람은 진천의 농막으로 나왔다고 말하기도 하는데,

....

* 　외삼촌이……가셨는데: 외삼촌은 남지원이다. 서산, 보성 및 영암 군수를 지냈다.
* 　물시인비(物是人非): 경물(景物)은 옛날 그대로인데 인사(人事)는 이미 어긋나 버린 것을 말한다.

현재로서는 자세히 알 수 없다.

집주인 최인세의 아내는 조광림의 계집종이다. 인세는 천성이 어질고 후해서 나의 노모를 대단히 공손히 섬겼다. 찰떡을 쪄 드리기도 하고 감주를 만들어 드리기도 했으며 때로는 밥을 지어 올리기도 하고 양식이 떨어졌을 때는 즉시 쌀 1말을 꾸어 주었다고 한다. 기쁘고 고마운데 보답할 것이 없어서 내가 차고 있던 칼을 끌러 주어 다소나마 후의에 보답했다. 나중에 은혜를 갚을 길이 있으면 우리 부자와 형제가 마땅히 힘을 다해야 할 것이다. 어머니께서는 6일에 배에서 내린 뒤 이곳에서 11일간 머무셨다. 내일 길을 떠날 예정이다.

◎ ― 12월 17일

날이 밝기도 전에 태안의 유위장 조광림이 사람을 보내 안부를 묻고 또 날꿩 1마리를 보내 주었기에 곧바로 어머니께 올렸다. 후의에 고맙기 그지없다. 당초 일찍 길을 떠나 태안군에 도착해 아침을 먹으려고 했는데, 밤부터 남풍이 크게 불어 아침까지 그치지 않아서 노친을 모시고 갈 수 없었다. 그대로 숙소에 머물다가 아침을 먹은 뒤에 바람이 다소 잠잠해지는 것을 보고 길을 나섰다. 태안에 이르러 말을 먹이고 점심을 들었다. 조공(趙公)을 만나 꿩을 보내 준 후의에 고마움을 표했다.

오후에 풍전역(豊田驛) 역리 조봉문(曺鳳文)의 집으로 달려갔다. 금정(金井)에 속한 이 역은 서산군에서 5리 밖에 있는데, 찰방이 편지를 보내 우리에게 식사를 제공하게 했다. 집주인 조봉문을 불러와 대화해 보니 또한 좋은 사람이었다.

태안에 도착했을 때 김직(金稷)이 성 밖에 머물고 있다는 말을 듣고 사람을 보내 초대하니 곧바로 와서 이야기를 나눌 수 있었다. 김공은 김태숙의 매부이자 조영연의 동서이다. 최인세가 곤쟁이젓 한 사발을 어머니께 드렸는데, 맛이 일품이었다.

◎ ― 12월 18일

동이 트기 전에 주인이 어머니와 우리들에게 만두를 대접하니 후의를 갚을 길이 없다. 아침을 먹은 뒤 서산군에 도착하니, 군수 박인룡(朴仁龍)이 나와 보고 음식을 제공하며 후하게 대해 주었다. 관아의 사내종 어둔(於屯)과 고손(古孫) 등이 내가 왔다는 말을 듣고 즉시 찾아와 내가 소년 시절에 놀던 이야기를 들려주었다. 두 사람이 술을 가지고 와서 종들에게 먹이고, 또 콩과 쌀을 주어 타는 말과 짐을 싣는 말에게 먹였다. 점심을 먹고 해미 몽능역(夢能驛) 역리 김연호(金延浩)의 집에 가서 묵었다. 찰방의 편지를 받은지라 위아래 사람들에게 식사를 제공해 주었다.

◎ ― 12월 19일

이른 아침에 주인집에서 어머니께 굴죽을 드렸다. 기쁘고 감사한 마음을 이루 말할 수 없다. 아침을 먹은 뒤 길을 나섰다. 대치(大峙)를 넘어 덕산현(德山縣)에 도착했다. 마침 전 강원 감사(江原監司) 성영(成泳)*이 고을에 들어와 어수선했기 때문에 서문 밖 여염집에서 묵었다.

....
*   성영(成泳): 1547~1623. 여주 목사로 있던 1592년에 임진왜란이 일어나자 경기도 순찰사가

현감 문몽원(文夢轅)이 다과를 내어 위아래 사람들을 대접했다. 문공(文公)은 연전에 사옹원 직장(司饔院直長)으로서 백토(白土)를 채취하는 감원(監員)이 되어 해주에 있었는데, 내가 당시 윤함의 혼사로 해주에 갔다가 위요(圍繞)*를 부탁한 것이 계기가 되어 며칠 알고 지냈다.

오후에 눈발이 날렸다. 저물녘에 현감이 나를 대청(大廳)으로 초대하여 옛이야기를 나누며 술을 대접했다. 밤이 깊어 자리를 파하고 돌아왔다.

◎ ─ 12월 20일

집주인이 기름에 지진 두부와 막걸리를 내왔고, 조금 뒤에 관아에서 자릿조반을 내주었다. 현감이 쌀 2말, 메밀 2말, 닭 2마리, 게젓 10개를 보내 주었다.

아침을 먹고 길을 떠나서 예산 유제촌에 있는 김정자의 집에 도착했다. 김매는 어머니를 보자 기쁘고 슬픈 나머지 마주 보고 엉엉 울었다. 저녁때 윤겸이 홍주 처소에서 와서 어머니를 뵙고 좌수 이몽정의 집에서 잤다. 김자정은 오늘 아침에 아산 진영으로 갔다고 한다.

◎ ─ 12월 21일

아침부터 마을 사람 10여 명이 찾아와 종일 이야기를 나누었다. 윤겸은 낮에 덕산으로 향했다. 여러 고을을 순시하면서 백성이 느끼는 큰

되어 왜적과 맞서 싸웠다.

* 위요(圍繞): 혼인 때 가족 중에서 신랑이나 신부를 데리고 가는 사람을 말한다.

고통을 덜어 주기 위함인데, 이는 체찰사의 명을 받든 것이다. 어머니를 찾아뵈라고 보낸 영암 임매의 사내종 둘이 어제저녁에 이곳에 도착했다. 오늘 아침에 누이에게 주는 편지와 함께 이들을 영암으로 돌려보냈다.

◎ ─ 12월 22일

마을 사람 10여 명이 또 찾아와 이야기꽃을 피웠다. 박사(博士) 이지강(李之綱)이 마침 이웃집에 왔다는 말을 듣고 참봉 민영과 함께 곧장 찾아갔다. 그의 아버지는 난을 피하다가 여주(驪州)의 마을 집에 이르러 병으로 별세했다고 한다. 서로 친하게 지낸 사이여서 애통함을 금할 수 없었다.

윤겸이 덕산에서 편지를 보내 안부를 묻고 덕산에서 준 반건조 숭어 3마리를 보내왔는데, 1마리는 누이 집에 주었다. 답장을 써서 가지고 온 사람에게 주어 보냈다. 자정이 오지 않는 걸 보니 분명 외진(外陣)에 간 모양이다.

◎ ─ 12월 23일

아침을 먹은 뒤에 10여 명의 마을 사람들이 또 찾아왔다. 김자옥(金子玉)의 사내종 난수(難守)가 가져온 술과 안주를 함께 먹었다. 낮에 노모를 모시고 길을 나섰다. 어머니가 김매와 작별하면서 슬픔에 겨워 발걸음을 떼지 못하시니, 보는 이들이 모두 눈시울을 붉혔다.

대흥에 도착했는데 일행에게 제공된 음식이 보잘것없고 맛이 없어 먹을 수가 없었다. 오태선이 어머니가 오셨다는 말을 듣고 자신이 머무는 절에서 와서 같이 잤다. 별좌 신천응(申天應)이 행재소에서 이곳에 왔다는 말을 들었다. 윤해에게 그를 찾아가서 조정의 조치와 명나라 군대의 파병 여부를 묻게 했더니, 그가 말하기를 "적은 현재 평양과 연안 지역 관아에 있으며 명나라 군대는 내가 용강(龍崗)에 와서 듣기로는 이미 압록강을 건넜다고 했는데, 비밀 사안이라 자세히 알 수는 없소."라고 했다.

◎ ― 12월 24일

이른 아침에 문응인(文應仁)과 설응기(薛應期)가 방문했다. 식사를 하고서 오태선과 문응인, 설응기는 자신들의 거처로 돌아갔고, 나는 어머니를 모시고 다시 길을 나섰다. 중간쯤 왔는데 인아가 마중을 나왔다. 계당에 도착했을 때는 해가 아직도 한참 남은 시각이었다. 윤겸의 아내가 해산을 했는데, 또 딸을 낳았다고 한다. 서운한 마음을 감출 수 없다.

내가 전에 숙박했던 집의 주인인, 청양현 내에 사는 두응토리(豆應土里)*가 술과 안주 및 두 가지 종류의 떡, 간장, 김치 등을 가지고 왔다. 어머니께서 이곳에 오시자 마침 김치와 떡을 드리게 되어 매우 기뻤다. 술과 음식을 대접해서 돌려보냈다.

정랑 조응록(趙應祿)*이 찾아왔다. 온갖 죽을 고비를 넘기고 다시 만나니 매우 기뻤다. 술을 대접하고 저녁 식사를 한 뒤 전송했다. 김상

....
* 내가……두응토리(豆應土里): 오희문은 장수에서 길을 떠나 부여를 경유하고 정산을 거쳐 청양에 이르러 숙박했는데, 관련 기사는 이해 10월 12일 일기에 보인다. 10월 12일 일기에는 '두응토리(豆應土里)'가 '두응토리(豆應吐里)'로 되어 있다.
* 조응록(趙應祿): 1538~1623. 임진왜란 때 함경도로 피난 가는 세자를 호종했고, 난이 끝난 뒤 통정대부에 올랐다.

관(金尙寬)*이 윤해를 찾아왔다. 김공은 남백형의 매부인데, 보령에 와서 머물고 있다고 했다.

어제 만난 신공(申公)이 계집종 봉화(鳳花)의 집에 와서 묵었다고 한다. 그는 바로 봉화의 남편이 모시는 주인이다. 집은 태인에 있다. 의병이 사용할 양식을 수합해 배에 실어 나른 공으로 별좌에 임명되었다. 지난달 28일에 의주를 출발해 다시 호남으로 가는 길이라고 한다.

지금 윤함의 편지를 보니 나도 모르게 눈물이 떨어졌다. 목숨을 부지하여 처자식들과 함께 자기 집으로 도로 들어갔다고 하니, 이는 한 가지 다행스러운 일이다. 편지가 행재소에서 이곳으로 이른 것은, 그의 장인이 가도사(假都事) 신분으로* 지금 행재소에 있다는 말을 듣고 그를 통해 남쪽으로 오는 사람에게 주어 전한 때문임이 틀림없다.

◎ ─ 12월 25일

아침을 먹고 사포 숙부 댁에 갔다. 김정 형과 윤민헌, 박효제, 이익빈도 와서 함께 담소를 나누었다. 오는 길에 이광복의 집에 들렀는데, 정자 이람(李覽)이 왔다. 잠시 이야기를 나누고 계당에 돌아오니 날이 저물었다.

내가 예산에서 돌아오지 않았을 때, 체찰사가 칭념하며 준 흰쌀 5말, 전미(田米) 5말, 콩 10말, 영계 3마리를 관인이 싣고 왔다. 또 윤겸

....

* 김상관(金尙寬): 1566~1621. 1599년에 호조정랑으로서 명나라 군대에 군량을 조달했고, 이후 진산 군수, 회양 부사, 장단 부사 등을 지냈다.
* 그의⋯⋯신분으로: 오윤함의 장인은 강덕윤(姜德胤)이다. 참봉을 지냈다. 가도사에 임명된 기록은 이곳 외에는 보이지 않는다. 가도사는 임시로 임명된 도사를 말한다.

의 동년우인 성환 찰방(成歡察訪) 김덕겸(金德謙)*이 흰쌀 5말을 보내왔고, 이좌수 역시 쌀 10말을 보냈다. 홍주 목사가 전날 생원(오윤해)에게 준 쌀 5말과 콩 5말도 왔다고 한다. 윤해의 처가 찰떡을 쪄서 어머니께 올렸다.

어제 새벽 횃대에서 닭이 두 번 울었을 무렵 윤겸의 처가 여자아이를 분만했다. 매일매일 아들을 바라다가 딸을 낳으니 온 가족이 서운해했다. 전에 아들 둘을 낳았으나 모두 잃고 연이어 낳은 딸 넷만 있을 뿐이다. 훗날 양육할 일은 말로 다할 수 없지만, 무사히 출산했으니 또한 다행이다.

◎ ─ 12월 26일

계당에 있었다. 막정을 정산에 보내고 끗손을 부여에 보내 해를 넘길 양식을 얻어 오게 했다. 춘희(春希)를 결성에 보내면서 돌아올 때 홍주에 두고 온 쌀과 콩을 실어 오도록 했다. 덕경(德卿)에게 두부콩 2말을 주어 대흥의 대련사(大蓮寺)*에서 두부를 만들어 오게 했다. 예전에 두부를 만들어 보내겠다고 태선과 약속했기 때문이다. 대련사는 태선이 머무는 절이다.

저녁에 인아, 단녀(端女)*와 함께 이웃집인 홍업동[洪於邑同]의 집에

....
*   김덕겸(金德謙): 1552~1633. 1583년 별시 문과에 급제했다. 《사마방목(司馬榜目)》에 의거해 보면 오윤겸과 같은 해에 진사시에 입격한 일이 보이지 않으니, 윤겸의 동년우라는 기록은 잘못된 것으로 보인다.
*   대련사(大蓮寺): 현재 충청남도 예산군 광시면 봉수산(鳳首山)에 있는 사찰이다.
*   단녀(端女): 오희문의 막내딸 단아와 같은 인물이다. 원문에 '단아'라고도 하고 '단녀'라고도 하여 원문 그대로 번역했다.

가서 잤다. 어머니와 아우가 와서 방이 좁아 함께 잘 수 없었기 때문이다. 한효중의 큰아들이 다녀갔다.

◎ ─ 12월 27일

사포 숙부 댁에 갔다. 이광축과 이익빈이 왔고 김정 형도 뒤이어 와서 함께 이야기를 나누었다. 생원 권급(權級)이 이달 초승에 양근에서 이 고을로 왔다. 김정 형과 인척간이어서 방문한 것이다. 그에게 들으니, 고성 누이가 지난달 그믐께 양근에서 홍천과 지평(砥平)으로 다시 갔으며 장차 황해도로 돌아갈 계획이라고 했단다. 어머니와 자식, 형제가 모두 별 탈 없이 살아서 모두 여기에 모였고 남매만 생사를 알지 못해 늘 걱정이었는데, 이제 무사히 안전한 곳으로 돌아간다는 말을 들으니 몹시 기쁘다. 그러나 강원도와 황해도는 매우 멀다. 가는 길이 험하고 산천이 까마득한데다 오가는 길이 또 왜적에게 막혀 있으니 무사하리라 장담할 수 있겠는가. 이 때문에 매우 걱정스럽다. 덕경이 두부를 만들어 짊어지고 왔다. 묵은 콩이라 잘 만들어지지 않아 절반이 부실하니 한숨이 나온다.

전에 예산에서 들은 바로는, 명나라 장수 심유격(沈遊擊)*이 선봉이 되어 압록강을 건너 작은 가마와 병기를 버리고 5, 6명의 약졸만 대동

....
* 심유격(沈遊擊): 심유경(沈惟敬, ?~1600?). 명나라에서 상인 등으로 활동했다. 석성(石星)의 천거로 임시 유격장군의 칭호를 가지고 임진년(1592) 6월 조선에 나와 왜적의 실상을 정탐했다. 같은 해 9월 평양성에서 고니시 유키나가(小西行長)와 협상하여 50일 동안 휴전하기로 했다. 이를 계기로, 일본과의 강화협상을 전담하게 되었다. 하지만 명과 일본의 강화협상이 결렬되고 1597년 정유재란이 발발하자 명나라 장수 양원(楊元)에게 체포되어 중국으로 보내졌다. 이후 옥(獄)에 갇혔다가 3년 만에 죄를 논하여 처형되었다.

한 채 적의 성으로 들어가서 황명(皇命)으로 물건을 하사하고 강화(講和)를 맺은 뒤 군사를 물리기 위해 2, 3일 그곳에 머물렀지만 적들은 끝내 수용하지 않았다고 했다. 명나라 장수가 강력하게 강화를 맺으려는 것이 아니라 강화를 핑계대고 적진에 들어가 허실을 살피고자 한 것이라고 하고, 양식을 실은 수레가 요동에서부터 도로에 길게 이어졌다고 했다. 그러나 이러한 말을 전에도 들었지만 끝내 헛소문이었으니, 이 말도 아직까진 확실히 알 수 없다.

저녁때 춘희가 홍주에서 돌아왔는데, 서주의 아내가 쌀 2말, 콩 2말을 어머니께 보냈다. 그녀와는 한동네에 살면서 전부터 친하게 지냈기 때문이다.

◎ ─ 12월 28일

계당에 있었다. 아침에 사내종 막정이 정산에서 돌아왔다. 정산 현감이 벼 10말, 흰쌀 2말, 콩 2말, 메밀 5되, 찹쌀 5되, 참기름 1되, 영계 2마리를 보내왔다.

들리는 소문에, 홍종록(洪宗祿)의 아들*은 일자무식인데 난리가 나기 전에 꿈을 꾸니 머리가 하얀 늙은이가 와서 절구(絶句) 한 수를 가르쳐 주기를, "가랑비 내리는 도성에 버들이 푸른데, 동풍이 불어와 말발굽 가벼워라. 태평세월의 고관들 조정으로 돌아오는 날, 승전가 울리니

....

* 홍종록(洪宗祿)의 아들: 홍종록은 세 아들, 즉 홍징(洪懲), 홍서(洪恕), 홍헌(洪憲)을 두었는데, 본문의 내용이 누구의 일화인지는 알 수 없다. 홍종록(1546~1593)은 임진왜란이 일어나자 이조정랑 신경진(辛慶晉)과 함께 도체찰사 류성룡의 종사관으로서 각 진영의 연락과 군수품 공급을 맡았다. 곽산에서 구성으로 들어가 그곳 관민의 협조를 얻어 많은 양곡을 정주, 가산 등지로 수운하여 군량 공급에 크게 공헌했다.

환성이 도성에 가득하네."[*]라고 했다는 것이다. 이 말을 들은 사람들은
모두 2, 3개월 안에 나라가 회복될 조짐을 하늘이 예시한 것이라고 말
했다고 한다.

다만 행재소에 있는 경(卿)들은 무너져 가는 종묘사직을 걱정해 한
마음 한뜻으로 나라를 회복할 생각을 하지 않고 오히려 동인(東人)과
서인(西人)으로 나뉘어 공격을 일삼는다고 한다. 류영경(柳永慶)[*]과 이홍
로(李弘老)[*] 등이 상소하여 두루 헐뜯는 통에 관리들이 불안을 느낄 뿐

....

* 　가랑비……가득하네: 당시에 회자된 유명한 시이다.《난중잡록》제2권과《연려실기술》권17
〈선조조고사본말〉,《기재사초》하 등에 수록되어 전하는데, 판본마다 몇 글자씩 다르다.《국
역 기재사초》하에 수록된 내용이 비교적 상세하므로 소개하면 다음과 같다. "심사진(沈士
進)이 나[박동량(朴東亮)]와 함께 비변사에 있을 적에 시사에 대해 의견을 주고받았다. 내가
말하기를, '이미 어떻게 할 수 없게 되었습니다.' 하니, 심사진이 대답하기를, '근심하지 마시
게. 중흥은 멀지 않을 것이오.' 했다. 내가 왜 그러냐고 물었더니, 심사진이, '홍연길(洪延吉,
홍종록)의 아들이 어리석고 글자도 모르는데 어느 날 꿈에 시 한 구절을 얻었습니다. 그 시
에, 「가랑비 내리는 도성에 버들이 푸른데, 동풍이 불어와 말발굽 가벼워라. 태평세월의 고
관들 조정으로 돌아오는 날, 승전가 울리니 환성이 도성에 가득하네[細雨天含柳色靑 東風吹
途馬蹄輕 太平名官還朝日 奏凱歡聲滿洛城].」라고 했습니다. 이것이 신묘년(1591, 선조 24) 겨
울의 일입니다. 홍연길의 적소(謫所)로 부쳐 보내며 오래지 않아서 귀양이 풀릴 것이라고 했
습니다. 이에 홍연길이 꾸짖으며 누구에게 속임을 당하여 이런 말을 하느냐 했으니, 어찌 중
흥의 징조가 아니겠습니까.' 했다. 내가 연길에게 묻기를, '이 말이 과연 그러했습니까?' 하
니, 그가 대답하기를, '그런 일이 있었습니다. 아들 녀석이 문리가 좋지 않아 승전가 울린
다는 말을 내가 석방되어 돌아온다는 징조로 해석한 모양입니다. 천함(天含)이 또 무슨 뜻인
지 알지 못했습니다.' 했다. 내가 웃으며 말하기를, '만일 중흥의 공을 논하게 되면 그대의 아
들이 제일이겠습니다.' 하니, 홍연길도 웃었다."
* 　류영경(柳永慶): 1550~1608. 1572년 춘당대문과에 급제한 뒤 청요직을 두루 거치고 영의정
에까지 올랐다. 북인(北人)이 대북(大北)과 소북(小北)으로 분당될 때 소북파의 영수로서 같
은 소북인 남이공(南以恭)과 불화하여 자기의 추종자들을 이끌고 탁소북(濁小北)으로 분파
했다.
* 　이홍로(李弘老): 1560~1612. 임진왜란이 일어나자 병조좌랑으로서 왕을 호종하다가 여러
이유로 탄핵을 받았고, 후에 경기도 관찰사가 되었다.

만 아니라 동궁까지 침해한다고 한다. 이는 분명 양궁(兩宮)에 불화를 일으키려는 것으로, 점점 이간질하여 이미 조짐이 나타난 것이니 탄식하지 않을 수 있겠는가. 그러나 이런 일들은 옛날부터 있어 왔다. 무엇이 괴이하랴. 훗날 나라가 회복되면 피차 반드시 어육이 될 자들이 있을 것이다. 기미를 밝게 아는 군자라면 어찌 이런 상황에서 미리 물러나 깊이 숨지 않겠는가.

◎ ― 12월 29일

사포 숙부 댁에 갔다. 주부 장응명(張應明), 진사 윤민헌, 한박(韓璞), 김극 등과 모여서 숙부를 모시고 이야기를 나누었다. 생원 이익빈의 집에 있는 김정 형을 사람을 시켜 불렀더니 되레 나보고 오라고 했다. 즉시 그곳으로 가니, 형이 생원 이광축 등과 함께 한창 추로주를 마시는데 술 취한 소리가 떠들썩했다. 내가 나중에 왔다고 연거푸 두 잔을 먹이더니 잠시 후 또 두 잔을 억지로 먹여 그대로 취해서 돌아왔다.

날이 저물어 참봉(오윤겸)이 보령에서 횃불을 밝히고 왔다. 일가족이 방 안에 모두 모여 대화하다가 자정이 지나 참봉(오윤겸)이 먼저 집으로 돌아갔고 나도 처소로 돌아왔다. 끗손이 부여에서 돌아왔다. 부여 현감이 쌀 8말, 태(太) 3말, 두(豆) 2말, 밀가루 4말, 메밀 1말 2되, 감장 1말을 보내왔다. 또 결성의 가장 류택(柳澤)이 쌀 3말, 노루 다리와 갈비, 조기 1뭇, 닭 1마리, 황각(黃角)* 2말, 간장 2되를 보내왔다. 류택은

....

* 황각(黃角): 얕은 바닷속의 바위에 붙어 사는 홍조류(紅藻類)의 한 가지로, 빛이 좀 누르께하다. 《신증동국여지승람》 권20 〈충청도 결성현〉 조에 결성현에서 나는 토산물로 농어(鱸魚), 부레[魚鰾], 굴[石花], 김[海衣], 전복[鰒], 황각 등이 소개되어 있다.

윤겸의 동년우이다.

지난 26일에 군사들이 죽산의 종배(終排)에 진을 치고 있는 적을 공격했는데, 적은 보루를 닫은 채 나오지 않았다. 이에 우리 군사가 종일 포위하고서 다양한 방법으로 싸움을 걸었지만 끝내 응하지 않아 하는 수 없이 제각기 진영으로 돌아갔다고 한다. -원문 빠짐- 체찰사가 전령을 내려 순찰사 및 병마절도사, 조방장 등을 잡아다가 처벌한다고 한다.

장수 관아의 사내종 돌동(乭同)이 편지를 가지고 왔다. 장수 현감이 결성의 친가에 안부를 물을 때 계당을 지나갔으므로 주인 형수와 응일이 편지를 써 보낸 것이다. 이튿날 답장을 써서 돌동에게 주었다.

◎ ─ 12월 30일

추로주를 너무 많이 마신 탓에 밤새 고생하다가 새벽에 토했다. 늦도록 음식을 먹지 못하고 오후에야 만두를 먹었다.

도체찰사 정철, 부사 김찬 등이 공물을 줄이고 쌀로 내게 하여
국비에 충당하기를 청하는 계본초(啓本草)
-임진년(1592, 선조 25) 11월 일 -

─

오늘날 양호(兩湖, 충청도와 전라도)의 형세가 한 가닥 머리털같이 위태롭습니다. 여러 적들이 세력을 규합해 내려오는 것이 첫째요, 인심이 흩어진 것이 둘째요, 부역이 번거롭고 많아서 백성들의 원망이 심한 것이 셋째요, 징집이 계속되어 마을이 소란스러운 것이 넷째요, 군량과 무기가 텅 비어 남은 것이 없는 것이 다섯째입니다. 이 시기를 놓쳐 구원하지 않

으면 양호는 저들에게 넘어갈 것이니, 어찌 위태롭지 않겠습니까. 구제하는 방법은 폐단을 줄이고 백성을 돌보며 재물을 늘리고 힘을 비축하여 어려움을 구제하는 것에 불과합니다.

전에 내리신 성지(聖旨)를 따라 긴요하지 않은 공물을 감하여 백성에게 조금이나마 혜택을 주려고 했지만, 비단 감하고 감해 주지 않는 것만으로는 혜택이 두루 미치지 못할 뿐 아니라 감해야 할 물건도 가짓수가 너무나 많습니다. 일체를 감해 준다면 나라의 비용이 걱정되고 일체 감해 주지 않으면 백성의 삶이 딱하니, 신들의 어리석은 소견으로는 어쩔 수 없이 다음과 같이 변통해야 할 듯합니다.

신들이 살펴보건대, 여러 고을의 모든 공물은 으레 땅에서 소출된 쌀로 바꿔 내고 절대로 본읍(本邑)에서 상납하지 않기 때문에 공물 가격에는 모두 정식(定式)이 있었습니다. 그런데 바치는 수가 처음의 수치보다 몇 배로 불어나고 그사이 또 우종(牛從), 인정(人情), 작지(作紙) 등의 갖가지 비용까지 모두 밭에서 내게 하므로, 내는 쌀은 본래 정한 공물 값보다 실제로는 갑절이나 더 됩니다.

신들의 외람된 생각으로는, 두 고을의 금년 공물 및 종전에 상납하지 않은 것을 모두 가미(價米)*로 받되 그 수치를 적당히 감해 주고 우종, 인정 등의 온갖 잡비는 일절 받지 말며 전세조(田稅條)와 부역을 면하는 공물까지도 모두 본색(本色)의 쌀과 콩으로 받는다면, 백성들의 힘이 많이 펴질 것이고 실질적인 혜택도 골고루 입게 될 것이니, 백성을 어루만지는 방법으로 이보다 좋은 것은 없을 듯합니다.

현재 형편상 조정에서 여러 가지 공물을 예전같이 받는다는 것은 불가능합니다. 옛날에는 여러 가지 물건을 토산품이 아니면 한양 시장에서 열에 여덟아홉은 사왔지만, 지금은 길이 모두 끊겨 교역할 방법이 없습니

---

* 가미(價米): 공물 등의 물품이나 공역(公役) 등의 값으로 대신 거두거나 지급하는 쌀을 말한다.

다. 아무리 다시 백성의 고혈을 짜려고 한들 어디에서 얻을 수 있겠습니까. 이는 백성이 가진 것과 바라는 것을 감안해서 가미로 대신 걷는 것만 못합니다.

게다가 군대를 일으킨 지 여러 달이니 양식을 댈 방법이 없습니다. 굶주림에 시달리다 쓰러져 죽는 이가 속출하고, 곳곳에서 다급함을 알리며 입을 벌리고 먹을 것을 구합니다. 겨울이 되기도 전에 벌써 이와 같으니, 만일 내년 봄에 이르면 구제할 방법이 없어 관청과 사가(私家)에 간직했던 물건은 모두 사라지고 말 것입니다. 특별히 조치해서 양식을 공급하는 길을 마련하지 않는다면 적이 이르기도 전에 먼저 무너질 것이니, 이것이 오늘날 제일 큰 근심거리입니다.

진실로 공물을 쌀로 바꾸어 신들의 말처럼 거두어 저축했다가 군자(軍資)에 보충하게 한다면, 급할 때 사용할 물자가 바닥날 근심이 없습니다. 국가에서 불시에 쓸 일이 있더라도 본관(本官)에서 오히려 저축해 둔 쌀을 편의에 따라 팔아서 바친다면 불가할 것이 없습니다. 이것은 비단 백성의 고통을 없앨 뿐만 아니라 국가 재정도 여유 있게 만들 테니, 백성과 국가 양쪽 모두에 실로 적절한 처사입니다.

이러한 개혁 조치는 조정에서 상의해서 하달한 명령을 받든 뒤 주선해야 함을 신들이 모르는 바는 아닙니다. 하지만 왕복하는 데 몇 달이 소요되는데다 목전의 시급한 일이 하루가 달리 심각해지고 있습니다. 만일 지연되고 기다리다가 민간에 저장된 곡식이 모두 바닥나기라도 하면 한 되 한 말의 쌀도 마련하기 어려운 상황에 봉착할 것이기에, 부득이 편의에 따라 일을 처리해서 우선 시행하겠습니다. 이는 부득이해서 시행하는 것이지만 법규를 벗어난 외람된 죄는 피할 수 없을 것입니다.

또 두 도 중에서 충주, 청주, 연풍(延豊), 괴산(槐山), 진천, 영동, 문의, 옥천, 음성(陰城), 단양(丹陽), 영춘(永春), 청풍(淸風), 제천(堤川), 황간, 청산, 보은(報恩), 회인(懷仁), 진안, 금산, 무주, 용담은 여러 번 적에게 침입을 당해 더욱 심하게 파괴되었고, 온양, 평택, 직산은 지난여름부터 대군이 장기간 주둔한 관계로 민생의 고통이 전쟁을 겪은 곳과 별반 차이가 없으며, 아산, 당진(唐津)의 경우 서쪽으로 가는 장사(將士)와 크고 작은 사신 및 장계를 가지고 가는 사람들이 모두 수로를 경유하기 때문에 두 고을 백성들이 홀로 그 폐해를 받고 있습니다. 신이 바라건대, 금년 공물이 매우 많은 곳은 전부 감하고 그다음은 혹 3분의 1을 감해 주어 조정이 백성을 불쌍히 여기는 뜻을 보여 주십시오. 그렇게 하신다면 무방할 듯합니다.

황조(皇朝)에서 왜적을 토벌하는 격문[*]

—

만력 20년 11월 15일에 흠차 경략 계요 보정 산동 등처 방해어왜 군무 병부 우시랑(欽差經略薊遼保定山東等處防海禦倭軍務兵部右侍郎) 송응창(宋應昌)[*]이 조선 국왕에게 격문을 보냅니다.

조선 국왕은 동해(東海)에 나라를 열고 중국의 정삭(正朔)[*]을 받들어 2백 년간 조공하면서 한결같은 충성을 바쳤습니다. 또 시서(詩書)를 외우고 본받아서 찬란히 학사(學士)와 유자(儒者)의 풍속이 있으니, 다른 나라와 비교할 바가 아닙니다.

....

* 황조(皇朝)에서……격문: 《국역 선조실록》25년 11월 15일 기사에 보인다. 《국역 난중잡록》제2권 1592년 11월 25일조에도 이 격문이 실려 있는데, 격문 앞에 "경략 송응창과 제독 이여송이 대군을 거느리고 강을 건너 의주에 들어와서 곧 본국에 격문을 보내니, 다음과 같다."라는 내용이 있다.

* 송응창(宋應昌): 1536~1606. 명나라의 관료이다. 임진년(1592)에 조선에 파견된 명군을 총괄하는 경략(經略)의 직책을 맡은 뒤 계사년(1593) 3월에 압록강을 건너 안주(安州)에 주둔하였다. 제독 이여송과 함께 일본군을 격퇴하고 평양, 개성, 한양을 수복했다.

* 정삭(正朔): 정(正)은 1년의 시작을, 삭(朔)은 한 달의 시작을 의미하는데, 달력이나 역수를 지칭한다. 제왕이 건국하면 달력을 고쳐 천하에 반포하는데, 통치지역 내에서는 모두 그 달력을 사용했다.

지금 황제께서는 성스럽고 신령스러우시어 사해를 어루만져 편안케 하고 오랑캐까지도 안정되게 하셨습니다. 유독 덕화가 두터웠기에 이제 북으로는 달단(韃靼), 남으로 안남(安南), 섬라(暹羅) 등 여러 나라, 서쪽으로 합밀(哈密) 등 여러 번국(蕃國)에 이르기까지 모두 복종해서 너도나도 머리를 조아리며 정성을 바치는데, 저 요망한 미꾸라지 같은 일본은 섬에서 군침이나 흘리고 있으니 더 이상 따질 것이 없습니다.

어찌하여 저들은 귀국과 이웃하여 왕의 선량한 백성이 무예를 익히지 않은 것을 업신여겨서 갑자기 제멋대로 습격하고 병력을 더해 쳐들어왔단 말입니까. 이미 왕경(王京)을 함락하고 평양을 점령했습니다. 왕의 두 아들을 포로로 잡고 선왕의 능묘를 파헤쳤으며 충신을 찢고 열녀마저 죽였습니다. 너무도 사악하고 참혹해서 신과 사람이 모두 분통을 터뜨리고 있습니다.

왕께서는 파천하여 의주에 머물게 되었습니다. 형세가 궁하고 힘이 약해 천조에 구원을 청하니, 폐하께서는 매우 가엾게 여기고 크게 진노하시어 본부에 명해 소사마(少司馬)로 하여금 부절(符節)과 도끼를 잡게 하셨습니다. 군사가 일어나자 지략 있는 신하와 용맹한 무사가 비바람처럼 모여들어 활을 당기고 창을 뽑내며 말을 달리고 수레를 모니, 깃발은 하늘의 해를 가리고 우레 같은 북소리는 바다의 물결을 진동시켰습니다. 모두들 왜적을 주륙해 약한 조선을 돕고 어려운 나라를 구제해 충성을 온전케 함으로써 천하에 대의를 펴고 만세에 위대한 이름을 남기려고 하고 있습니다.

왜놈들이 비록 어리석다지만 그들 역시 지각이 있을 테니, 우리가 동쪽으로 출정한다는 말을 들으면 즉시 머리를 떨구고 정신없이 도망쳐 본국으로 돌아갈 것입니다. 오히려 소탕하기를 바란다면 지금이 적기이니, 세력을 비교하면 전화위복을 할 수 있는 일대 기회인 것입니다. 만약 우매하여 뉘우치지 않고 험고함을 믿고 지난날처럼 행동하면, 즉시 화치(火

輅)를 몰고 신책(神策)을 휘둘러 우레처럼 달려가 평양을 함락하여 선봉을 죽일 것입니다. 더구나 이미 복건(福建), 광동(廣東)의 장수에게 섬라와 유구(流球) 등 여러 나라의 군사와 연합해 배를 띄워 곧바로 일본의 소굴에 이르러, 다시 진(秦)의 정예군사와 촉(蜀)의 극모(棘矛), 연(燕)의 철기(鐵騎), 제(齊)의 기격(技擊), 삭방(朔方)의 건아(健兒)들을 모집해, 봉황성(鳳凰城)에 진을 치고 압록강을 건너 대마도에 이르러 왜놈의 족속을 멸절시킨 다음 피를 바닷물에 뿌리고 골수를 산에 발라 귀역(鬼蜮)을 소멸시키고 이무기를 베어 죽여, 왕을 한양으로 돌아가게 해서 예전처럼 편안하게 다스리도록 함으로써 폐하께 보답하여 중화의 기운을 우러러 펴도록 명령을 내렸습니다.

왕께서는 지금 와신상담하시고 왕의 대부(大夫)들과 함께 잔여 병력을 수습해 용기를 분발시켜 회복을 도모하십시오. 저 평양 등 제도(諸道)에서 충성스럽고 의로운 사람이 어찌 의병을 일으켜 부지런히 응하지 않겠습니까. 남모르게 계책을 세우고 침착하게 처리하며 군량과 마초를 비축해서 빼앗긴 지역을 수복해야 합니다. 형세를 잘 살펴 요충지를 굳게 지키다가 명나라 군이 이르면 군사를 한 곳에 집결시킨 뒤 왕의 음부(陰符)[*]를 장사들에게 주어 차례로 진격시켜 피비린내를 깨끗하게 없애고 함께 위대한 공적을 이룸으로써 폐하의 신령함을 드러내고 기자(箕子)의 옛 땅을 보전하기를 바랍니다. 해외에서 불같이 공을 세운 것은 성탕(成湯)의 군사였고, 한 번 군사를 내어 하(夏)나라의 왕업을 일으킨 것은 소강(小康)의 현명함이었습니다.[*] 왕께서는 노력하시어 대대로 위력을 떨치도록

....

* 음부(陰符) : 군사를 징발할 수 있는 권한을 부여하는 발병부(發兵符)의 하나이다. 양부(陽符)는 상관(上官)이 갖고 음부는 하관(下官)에게 내려 준다. 관찰사, 절도사, 방서사, 유수 등에게 주어 자의로 군사를 움직이지 못하게 하는 것이다.

* 한 번……현명함이었습니다: 소강(小康)은 하(夏)나라를 중흥시킨 임금으로, 상(相)의 유복자이다. 하나라에서는 태강(太康)이 안일에 빠져 권신인 이예(夷羿)가 전횡했고 중강(仲康)을 지나 상에 이르러 제위를 찬탈당했는데, 유복자인 소강이 일성(一成)의 토지와 일려(一

하십시오. 격문이 이르거든 치밀히 생각하고 율령대로 펼치시기를 바랍니다.

여러 도에 전달하여 왜적을 토벌하려는 격문*
-의병장 고경명 -

만력 20년 6월 어느 날, 행 부호군(行副護軍) 고경명이 여러 도의 수령과 사민, 그리고 군인들에게 급히 고한다. 요사이 국운이 중도에 막혀서 섬 오랑캐가 밖에서 으르렁거렸다. 처음에는 역적 양(亮)이 맹약을 어기는 짓을 본뜨더니,* 나중에는 춘추시대 오(吳)나라가 주(周)나라를 끊임없이 잠식하던 행태를 취했다.* 방비가 소홀한 틈을 타 쳐들어와서는 '하늘도 속일 수 있다'면서 거침없이 북상했는데, 장수란 자들은 갈림길에서 머뭇거리고 고을 수령은 깊숙한 숲속으로 도망쳤다. 저 왜적에게 임금과 어버이를 포로로 잡히게 하는 짓을 차마 할 수 있겠는가. 성상께서 사직을 걱정하시게 만들고 그대들이 편안할 수 있겠는가. 백 년 동안 길러 낸

旅)의 병력을 보유하고 중흥을 도모한 끝에 국권을 되찾았다.

* 여러……격문:《국역 재조번방지(再造藩邦志)》권2에는 이 격문을 소개하기에 앞서 "고경명은 (…) 문장에 능하고 뛰어난 재주가 있었는데, 애매한 죄로 시골에서 나오지 않고 거주하고 있었다. 적병이 경내에 침입하여 우리 군사가 무너지고 또 임금의 행차가 서쪽으로 파천하여 한양이 함락되었다는 말을 듣고 밤낮으로 목 놓아 통곡했다. 이광의 군사가 금산에 이르러서 해산하고 돌아가자 글을 보내어 준절하게 책망했다. 이때에 와서 김천일과 함께 의병을 일으켜 격문을 여러 도에 전달하고 잇달아 출병했다."라는 내용을 덧붙였다.

* 역적……본뜨더니: 역적 양(亮)은 금나라의 황족인 완안량(完顔亮)을 가리킨다. 남송이 금나라에 신하가 되겠다는 서약을 올리고 두 나라의 평화를 유지했는데, 금나라에서 완안량이 임금을 죽이고 황제가 되더니 남송과의 평화조약을 깨뜨리고 남송을 침략했다.

* 춘추시대……취했다:《춘추좌씨전》정공(定公) 4년 기사에 "오(吳)나라가 마치 봉시장사처럼 상국(上國)을 잠식해 들어가고 있는데, 그 탐학한 행동이 벌써 초(楚)나라에서부터 시작되고 있다."라고 했다. '봉시장사(封豕長蛇)'는 엄청나게 큰 멧돼지와 뱀처럼 포학하고 탐욕스러운 무리를 가리키는 말인데, 여기서는 왜적을 지칭한 것이다.

백성 가운데 어찌 의로운 한 명의 사내가 없단 말인가.

외로운 군대가 깊이 들어온 것은 여진(女眞)이 본래 병법을 몰랐던 것*
이요, 중항열(中行說)을 매질하지 않은 것은 한(漢)나라에 계책이 없었기
때문이다.* 이리하여 장강(長江) 같은 천혜의 요새를 갑자기 상실하여 적
군이 서울에 육박했다. 남조(南朝)에 사람이 없다는 비웃음*은 참으로 통
탄할 일이며, 북군(北軍)이 날아서 건넜다는 말*이 불행히도 오늘과 비슷
하도다.

드디어 우리 성상께서 태왕(太王)이 빈(邠)을 떠나던 심정*으로 명황(明
皇)이 서촉(西蜀)에 거둥하던 거조*를 하셨다. 이는 종묘사직을 위한 치밀
한 계책에서 나와 잠시 지방을 전전하는 수고를 꺼리지 않은 것이지만,

....

* 외로운……것: 여진족의 군사가 송나라에 깊이 쳐들어갔을 때 송나라의 장수가, "여진이 본
  래 병법을 모르는구나."라고 했다. 여기서는 왜적이 조선으로 쳐들어온 것을 비유적으로 표
  현한 말이다.

* 중항열(中行說)을…… 때문이다: 중항열은 한(漢)나라 문제(文帝) 때의 환관이었으나, 문제
  가 화친을 위해 공주를 흉노족의 선우(單于)에게 보낼 때 중항열에게 따라가게 했다. 이때
  중항열이 원망하는 마음을 품고 흉노에게 항복하였다. 뒤에 선우의 모신(謀臣)이 되어 서쪽
  변경 지역을 소란하게 했다. 이후 가의(賈誼)가 문제에게 올린 치안책 중에 "반드시 선우의
  목을 밧줄로 묶어서 그의 목숨을 좌우하고 중항열을 무릎 꿇려 그의 등을 매질함으로써, 흉
  노의 무리 전체가 오직 상의 명령을 따르게 하겠다."라는 말이 나온다.《한서》권48〈가의전
  (賈誼傳)〉,《사기》권110〈흉노열전(匈奴列傳)〉.

* 남조(南朝)에……비웃음: 우리나라에 왜적을 막을 만한 사람이 없음을 한탄한 말이다. 금나
  라가 송나라를 침략했을 때 송나라가 황하를 지키지 않고 물러나서 안쪽에서 수비를 했는
  데, 금나라 군사가 황하를 건너면서 웃으며 말하기를, "남조에는 사람이 없다고 할 만하다.
  만약 1, 2천 명으로 황하를 지켰다면 우리가 어찌 건널 수 있었겠는가."라고 한 표현을 빌려
  온 것이다.《송사기사본말(宋史紀事本末)》권13〈금인남침(金人南侵)〉.

* 북군(北軍)이……말: 남북조시대에 수(隋)나라 군사가 진(陳)나라에 창졸간에 침입하는 것
  을 보고 북군이 강을 날아서 건너왔다며 놀랐다.

* 태왕(太王)이……심정: 태왕은 주나라 문왕의 조부인 고공단보(古公亶父)로, 처음에 빈(邠)
  에 살았는데 적인(狄人)의 침입을 받자 빈을 버리고 기산(岐山)으로 옮겼다.

* 명황(明皇)이……거조: 명황은 당나라 현종의 시호이다. 안녹산의 난을 만나 서촉(西蜀)으로
  피난 갔던 것을 말한다.

공락(鞏洛)*의 먼지에 놀란 용안에는 깊은 시름을 드리웠고 민아(岷峨)*의
위태로운 길에 머나먼 몽진을 가야만 하셨도다. 하늘이 이성(李晟)을 내
니 적을 숙청하는 일을 원로에게 힘입었고, 조서를 기초한 육지(陸贄)*의
애통한 말 또한 성조에서 내려온 것이니, 무릇 혈기를 지닌 사람이라면
누구나 비분강개하여 죽으려고 하지 않겠는가.

사람들이 계책을 잘못 세워 국운이 이렇게 기운 것을 어찌하겠는가. 봉
천(奉天)의 어가는 돌아오지 못하고,* 상주(相州)의 군사는 이미 궤멸되었
다.* 저 오랑캐들이 벌떼처럼 독을 내뿜는데, 이 악당들을 아직 잡아 죽이
지 못하고 있다. 성안에서 목숨을 부지하며 머뭇거리지만 장막의 제비*와
무엇이 다르며, 경기 지방을 점거하여 날뛰고 있으니 우리에 갇힌 원숭이
신세로다. 비록 명나라 군사가 소탕할 날이 있을 것이나, 흉악한 무리가
당장 흩어져 달아난다고 장담하기에는 어려운 실정이다.

나는 일편단심을 지닌 늙은 부유(腐儒)에 지나지 않지만, 밤중에 닭소
리를 들으니* 국가의 어려움을 견딜 수 없어서 중류에서 돛대를 치며* 외

....

* 공락(鞏洛): 공현(鞏縣)은 지금의 중국 하남성 영양현(榮陽縣) 서부의 낙수(洛水) 동안(東岸)
  에 있었는데, 안녹산의 반란 때에 당나라 군사가 이곳에서 패했으므로 황제가 서울을 버리
  고 달아났다.

* 민아(岷峨): 당나라 현종이 촉으로 피난 갈 때 경유한 산으로, '민'은 민산(岷山), '아'는 아미
  산(峨嵋山)이다.

* 육지(陸贄): 당나라 덕종(德宗)의 신하로, 덕종이 봉천에 포위되어 있을 때 측근에서 시종했
  다. 임금이 매일 1백여 개 정도나 되는 많은 조서를 내릴 때 붓을 휘둘러 곧바로 썼고 사정을
  곡진하게 나타냈다고 한다.

* 봉천(奉天)의……못하고: 당나라 덕종이 주자(朱泚)의 난을 피해 봉천성(奉天城)으로 갔던
  일을 가리키는데, 여기서는 선조가 서쪽으로 파천한 것을 비유한 말이다.

* 상주(相州)의……궤멸되었다: 상주는 중국 하남성 안양현(安陽縣)에 있었는데, 당나라에 안
  녹산의 난이 일어났을 때 9명의 절도사가 반란군에 의해 궤멸되었다.

* 장막의 제비: 장막을 버티고 있는 나무에 제비가 집을 짓고도 그 천막이 곧 없어질 것을 모
  르고 찍찍거린다는 뜻으로, 눈앞에 위기가 닥친 것을 암시한다.

* 밤중에 닭소리를 들으니: 진나라 때 강개한 지절로 명성이 높았던 조적이 친구 유곤(劉琨)과

로운 충성을 다짐했다. 오직 견마가 주인을 그리워하는 정성을 품었을 뿐, 모기가 태산(泰山)을 짊어졌는지는 헤아리지 않았다.

이에 의병을 규합하여 바로 한양으로 가기로 했다. 소매를 떨치고 장수 단상에 오르니 곰을 잡고 범을 쓰러뜨릴 장사들이 천둥 울리듯 바람 치듯 호응하고, 눈물을 흘리며 많은 이들과 맹세하자 수레를 뛰어넘고 관문을 건너뛰는 무리가 구름처럼 모여들었다. 이는 압박하거나 강제로 오게 한 것이 아니다. 오직 신하의 충성스럽고 의로운 마음이 지극한 정성에서 함께 우러난 것이니, 국가의 사활이 걸린 날 감히 하찮은 몸뚱이를 아끼겠는가.

병사를 의병이라고 칭한 것은 애당초 벼슬과는 무관하며, 군대는 곧음으로써 강해지기에 현재 강하고 약한지는 따질 것이 못 된다. 여러 인사들이 의논하지 않아도 한목소리를 내고, 원근에서 소문만 듣고도 다 같이 일어났다. 아, 고을 수령들의 충심이 어찌 임금을 잊을 수 있으랴. 여러 도의 사민들은 의리상 나라를 위해 죽어야 할 것이다. 혹은 무기로 돕고, 혹은 군량으로 도우며, 혹은 말에 올라타서 대열 앞에서 달리고, 혹은 분연히 쟁기를 던지고 밭고랑에서 일어나라. 힘이 미칠 수 있는 데까지 오직 의를 향해 나아갈 뿐이니, 임금을 위해 난리를 막을 자가 있다면 나는 그와 함께하기를 원하노라.

우리 행궁(行宮)이 저 멀리 평안도에 있도다. 그곳 풍속의 아름다움은 멀리 기자 때부터 비롯되었고, 군사가 강하여 일찍이 수(隋)나라와 당나라의 백만대군을 무찔렀다. 조정의 계책이 행해져 장차 안정을 되찾을 것

....

함께 사주 주부(司州主簿)가 되어 한 이불을 덮고 자다가 한밤중에 때 아닌 닭 우는 소리를 듣고는 유곤을 발로 차서 깨우며 말하기를 "이것은 나쁜 소리가 아니다."라고 하고, 일어나서 춤을 덩실덩실 추며 말하기를 "천하가 들끓어 호걸들이 다투어 일어나게 되면 나와 그대는 마땅히 중원으로 가야 할 것이다."라고 했다.《진서》권62〈조적열전〉.

* 중류에서 돛대를 치며: 진나라 조적이 군사를 거느리고 강을 건너면서 중류에서 돛대를 치며 말하기를, "중원을 회복하지 않고는 돌아오지 않겠다."라고 했다.

이니, 왕업이 어찌 한쪽에서 편안하겠는가. 계획성 있게 패하면 망하지 않기에 복덕성(福德星)이 오나라 분야(分野)에 임했고,* 깊은 근심에서 운수가 열리니 사람들이 노래하며 한나라를 더욱 생각했다.* 여러 호걸들이 시국을 바로잡으니 신정(新亭)에서 마주 보고 울던 일*은 없을 것이며, 백성이 임금을 기다리니 한양으로 돌아오는 임금 행차를 보게 될 것이다. 마땅히 힘을 내어 앞장서기를 바라니 속마음을 터놓고 진심으로 고하는 바이다. 이달 26일에 군사를 이끌고 여산군을 떠나 북상할 것이니, 차례로 서로 전달하여 조금도 지체하지 말라.

도독(都督) 이여송(李如松)에게 주는 시*

-유학 임전(任錪)* -

—

명나라 원수 이공(李公) 합하께 올립니다. 지금 황제 폐하의 명을 받고 우리나라를 구제해 주신 은혜가 한량없습니다. 너무도 기쁜 나머지 감히 보잘것없는 20운 배율(排律)을 지었습니다만, 그저 제 심정을 드러낸 것

....

* 복덕성(福德星)이⋯⋯임했고: 옛날에 복덕성이 있는 나라를 침범하면 침범한 나라가 망한다는 말이 있다. 복덕성이 오나라 분야(分野)에 있을 때 진나라가 침범했다가 몇 해 뒤에 오나라는 회복되고 진나라는 망했다.

* 사람들이⋯⋯생각했다: 한나라가 중간에 왕망(王莽)에게 역적질을 당한 때가 있었는데, 왕망이 정치를 하도 포악하게 해서 백성들은 노래할 때도 한나라의 옛적을 생각했다고 한다.

* 신정(新亭)에서⋯⋯일: 진(晉)나라가 외래 민족에게 중원을 잃고 강동(江東)으로 옮겨 갔을 때 여러 사람들이 서로 보며 울자, 왕도(王導)가 말하기를, "힘을 다하여 회복할 생각은 않고 울기만 하는가."라고 했다.

* 도독(都督)⋯⋯시: 이 시는 임전(任錪)의 문집인 《명고집(鳴皐集)》 권3에는 〈황조원수 이공 여송 합하께 올리다[呈皇朝元帥李公如松閤下]〉라는 제목으로 되어 있다. 이여송이 한양을 수복하려고 준비할 무렵에 임전이 지어 바친 글이다. 《도암집(陶菴集)》 권31 〈참봉임공묘갈(參奉任公墓碣)〉.

* 임전(任錪): 1560~1611. 임진왜란이 일어나자 호남 창의사 김천일의 휘하에 종군했다.

일 뿐 시라 할 수 있겠습니까.

두 대에 걸쳐 장수 되어	兩世承分閫
융성하게 옛 가업 이으니	箕裘舊業隆
병법은 황석공에게 전수받고*	符傳黃石老
검술은 백원옹에게 배우셨네*	劒學白猿翁
백 번 싸워 위엄 드러냈고	百戰威聲著
삼군을 모두 통솔했는데	三軍節制道
하늘을 돕는 웅장한 전략 제공하고	補天資壯略
바다를 막는 기이한 공적 떨치셨지	障海振奇功
서쪽 지방에서 큰 이름 거두고	西陝收名大
동번에서 승리 대단했기에	東藩制勝雄
우리나라 사람은 은택을 바라고	鰈人思需澤
오랑캐는 유풍을 두려워했네	卉類慴遺風
장군의 부월 의주에 머물고	駐鉞龍灣上
패수에 진영 잇달아 설치하매	連營浿水中
번개와 천둥처럼 호령 엄격하고	雷霆嚴號令
서릿발 같은 무기가 가득 번뜩였네	霜雪積兵戎
손에서 떠난 화살 별처럼 빛나고	脫殼星抽箭

....

* 병법은……전수받고: 진(秦)나라 말기의 은사로, 이름은 전하지 않는다. 장량에게 치국의 대
도(大道)와 병법을 전수했다. 그것이 바로《소서(素書)》이며,《삼략(三略)》또한 그가 전한 책
이라는 주장이 있으나 확실치 않다. 다만 두 책의 내용이 서로 비슷해서 태공(太公)의《삼
략》을 황석공이 전한 것이라는 주장도 있다. 장량이 그의 성명을 묻자, "뒤에 그대가 곡성산
(穀城山)을 지나게 될 터인데, 거기에 있는 누런 돌이 바로 나이다."라고 대답하여 황석공이
라고 칭해졌다고 한다.
* 검술은……배우셨네: 백원옹은 흰 빛의 원숭이라는 뜻이다. 유신(庾信)의〈우문성지명(宇文
盛志銘)〉에 "백원(白猿)에게 검술을 배워 풍운의 뜻을 이루었다."라고 했다.

시위 당기자 달처럼 활이 휘어	控弦月滿弓
괴수의 간담 서늘해졌으니	巨魁曾破膽
잔당들 몸을 피할 수 있겠나	餘孼敢逃躬
땅에 떨어진 물고기 신세요	擲地知魚困
사람에게 던져진 곤궁한 새로다	投人見鳥窮
고래들을 풀 베듯 제거하고	鯨鯢如剪草
요망한 기운 쑥대처럼 흩어지네	氣祲若旋蓬
명성이 요동 북쪽에 진동하더니	風動遼之北
우리나라에 위엄이 드러나서	威行海以東
조선의 끊어진 왕업 부지하고	朝鮮扶絶緖
일본의 흉적들 소탕하셨구나	日本蕩群兇
관문 밖 오랑캐 별 떨어지고	關外胡星落
하늘엔 한나라 해 드높으니	天中漢日隆
우리들 너무도 즐거워라	恬嬉嗟我輩
회복해 준 여러분의 은혜 입었도다	恢廓荷諸公
신하와 백성들 새로운 교화 우러르고	臣庶瞻新化
성상께선 옛 궁궐로 돌아오시리니	君王返故宮
이에 알겠네 어진 장수의 계책은	玆知賢帥算
참으로 황제의 마음에서 나왔음을	實出聖皇衷
인자는 본래 적이 없고*	仁者元無敵
왕사는 예로부터 같은 법	王師古來同
이 나라에서 기뻐하는 뜻을	偏邦蹈舞意
황제께서 들으시면 좋겠네	願達紫宸聰

....

* 　인자는……없고: 이 말은 《맹자》〈양혜왕 상〉에 나온다.

마침 노야(老爺, 이여송)가 베 2필과
흰 베옷을 입은 수재(秀才)를 보냈기에 – 중국인이 답사(答辭)를
보냈다 – 또다시 시 한 수를 지어 주었다

—

제 정성을 시로 표현하여 올렸더니, 합하께서 비루하다고 배척하지 않으시고 한동안 말을 세운 채 거의 다 읽어 주셨습니다. 이어 좌익 도독(左翼都督)에게 전하고 곧바로 "너는 무슨 벼슬에 있느냐?"라고 물으시며 따뜻하게 말씀하셨고 남루(南樓)에 수레를 멈추고서 다시 저를 부르셨으니, 바다 모퉁이에 사는 소인에게 대단한 영광이었습니다. 지금 오랑캐가 원수를 수고롭게 한 것은 우연이 아니라 정해진 운명입니다. 정해년(1587, 선조 20) 이후 동요에, "이쪽도 패해 달아나고 저쪽도 패해 달아나니 모두 패해 달아나네."라고 했고, 또 "울지 마라 울지 마라. 십팔자(十八子)가 많은 도적을 소탕하리라."라고 했는데, 당시 사람들은 무슨 의미인지 몰랐습니다. 그러다가 지난해 왜적과 싸우면서 걸핏하면 패하더니, 이야(李爺, 이여송)가 이르러 평양에서 승리하고 나서야 이 동요가 입증되었습니다. '십팔자'란 바로 '이(李)' 자이고, '많은 도적을 소탕한다'는 예언도 충분히 맞아떨어진 것입니다. 이에 20운의 시를 엮어 다시금 장군께 보임으로써 '청청초(靑靑草)'와 '매회촌(埋懷村)'의 남긴 뜻을 잇고자 하니, 부디 외람됨을 용서하십시오.

고래수염 푸른 바다를 흔들고	鯨鬣掀滄海
남은 물결 궁궐에 부딪치자*	餘波激上陽
황제께서 작은 나라 불쌍히 여기시고	明皇憐小服
용맹한 무사는 동방을 걱정했네	猛士患東方

....

* 　고래수염……부딪치자: 왜적이 침입해서 도성을 함락한 것을 비유적으로 묘사했다.

삼군을 통솔하는	節制三軍士
한 시대 뛰어난 영웅으로	雄豪一代良
아가위 꽃은 늘 함께 빛나더니*	棣華常竝萼
기러기 함께 날아갔네*	鴻鴈不分行
추운 계절에 나각 급히 불어 대고	螺角吹霜急
용 그림 깃발 햇빛에 자주 번쩍이자	龍旗耀日忙
도성 사람들 다투어 춤을 추었고	都人爭距舞
오랑캐는 저절로 쓰러졌네	鬼類自顚殭
평양에서 처음 격파하고	箕邑初輸算
개성에서 다시 몰아치니	松京更擅場
군대 함성 바닷가에 일어나고	軍聲衝海起
병사의 사기 구름과 길게 이어졌네	兵氣對雲長
하락*을 어찌 굳이 평정하며	河洛何須定
위세를 누가 감히 감당하리오	風威孰敢當
화산에는 검푸른 빛 떠 있고	華山浮黛色
한수에는 맑은 물결 출렁이네	漢水漾淸光

....

* 아가위……빛나더니: 형제간에 우애롭게 지내는 즐거움을 말한 것이다. 《시경》〈소아(小雅)·상체(常棣)〉에, "상체의 꽃이여, 환하게 빛나도다. 무릇 지금 사람들로서는 형제만한 이가 없느니라[常棣之華 鄂不韡韡 凡今之人 莫如兄弟]."라고 했다. 여기서는 이여송이 형제와 함께 우애 있게 임진왜란에 참전한 것을 말한 것이다. 이여송의 부친 이성량(李成樑)에게는 모두 9명의 아들이 있어서 당시 사람들이 '이가 구호장(李家九虎將)'이라고 불렀다. 임진왜란 때 장남 이여송은 제독으로 명나라 군대를 지휘했고, 차남 이여백(李如柏)은 도독첨사로 선발대를 이끌었으며, 오남 이여매(李如梅)는 평양성에 가장 먼저 올라가는 전공을 세웠다.
* 기러기 함께 날아갔네: 이 역시 이여송 형제가 나란히 임진왜란에 참전한 것을 기러기들이 행렬을 이탈하지 않고 함께 나는 것에 빗댄 것이다.
* 하락: 한나라 이릉(李陵)이 소무(蘇武)에게 보낸 편지에 "하수와 낙수의 물로 말의 목을 축인 다음 남해에서 진주를 거두어들일 생각이다[飮馬河洛 收珠南海]."라고 했다. 《서한문기(西漢文紀)》 권11 〈이릉중답소무서(李陵重答蘇武書)〉.

문헌에 거듭 운이 돌아오고	文獻重回運
황제는 다시 기강을 떨치시니	皇王復振綱
벼락 같은 위엄 떨치자	雷霆嚴肅殺
이와 서캐 저절로 소멸되었다	蟻虱自消亡
한나라 달이 광채 드날리고	漢月方騰彩
요망한 별 이미 사라지매	妖星已食芒
남쪽 바다에서 오랑캐 섬멸하고	南溟殲卉虜
서쪽 땅에서 임금님 돌아오시네	西土返吾王
신의 도움으로 다시 안정되고	神助屯還泰
하늘이 도와 재차 왕업 창성하기를	天扶業更昌
성군께서 항상 간절히 바라지만	聖君常切祝
훌륭한 장수 또한 잊기 어려워라	賢帥亦難忘
범처럼 보는 제갈량 같고	虎視同諸葛
매같이 나는 여망* 같아라	鷹揚似呂望
종묘사직에 복이 이어지고	宗社綿福祚
노랫소리 상서로움과 합해지네	謳語協禎祥
표준을 세워 공적을 올리니	立極能成效
매회를 -원문 빠짐- 헤아릴 수 없네	埋懷莫■量
서생의 재주 얕지 않으니	書生才不淺
칭송하는 글 어찌 없으리오	頌德可無章

....

* 여망: 본성은 강씨(姜氏)이며 이름은 상(尙)이다. 그 선조를 여(呂) 땅에 봉했으므로 여씨(呂氏)가 되었다. 위수(渭水) 가에 숨어 낚시질로 소일했다. 주나라 문왕이 사냥을 나갔다가 만나 보고 크게 기뻐하여 말하기를, "우리 태공이 그대 만나기를 바란 지 오래이다."라고 하므로 태공망(太公望)이라고 했다. 후에 무왕을 도와 천하를 통일하고 그 공적으로 제(齊)나라에 봉해졌다.

아름다운 시는 이미 노야에게 바쳤습니다. 동요가 증험된 것을 보고 기뻐서 웃었습니다. 바쁜 가운데 공손히 답장을 올립니다. 원수 참모(元帥參謀) 송여량(宋汝樑)

-중국인의 답사이다-

행인(行人) 설번(薛藩)이 황제께 올리는 글*

행인사(行人司) 행인 설번은 왜적들의 심성이 교활하여 참으로 우려스럽습니다. 병사들을 징발해 왜적을 토벌하는 일이 급하기에 방어하는 데 필요한 한두 가지 사안을 아울러 개진하니, 폐하께서 채택해 주시길 바랍니다.

이전에 우리 병부에서는 오랑캐가 반란을 일으켜 서로 싸우고 있고 왜적은 실정을 예측하기 어렵기에 성명(聖明)께서 문무대신을 급파해 경략하고 토벌함으로써 왜적을 정벌하고 급한 환란을 해결해 줄 것을 간청했습니다. 이에 성지(聖旨)를 받드니, "조선이 왜적의 침략으로 망할 위기에 놓이자 조선 국왕이 다급하게 병력 요청을 했다. 이미 여러 관료들의 회의를 거쳤고 그대 병부 또한 정탐을 하여 실태를 파악했을 것이니, 곧장 마땅히 행해야 할 사의(事宜)를 참작하여 속히 가서 조선을 구원하라. 병력 지원을 기다리다가 때를 놓쳐 뒷날 우리나라의 변경이 피해를 입게 하

....

* 행인(行人)……글:《국역 선조실록》25년 9월 2일 기사에 "칙사인 행인사(行人司) 행인 설번(薛藩)이 압록강을 건너왔다. 상이 백관을 거느리고 칙사를 영접하여 사배례(四拜禮)를 행했다. 예를 끝내고 뜰 안의 작은 막사로 들어갔다. 칙서가 관문(館門)에 이르자, 상이 막사에서 나와 지영(祗迎)하고 사배례를 끝낸 다음 전상으로 올라가 칙서를 받았다. 상이 통곡했고 백관들도 모두 목이 쉬도록 울었으며 칙사도 슬퍼했다."라는 내용이 보인다. 중국으로 돌아간 설번이 구원병을 요청하려고 황제에게 바친 글이다.

지 않도록 하라. 관직을 설치하고 장수를 보내는 일은 모두 선유한 대로 알아서 하도록 하라."라고 하셨습니다.

이에 병부에서 자문(咨文)*을 예부(禮部)에 송부함에 따라 설번에게 직책을 주고 제청하여 관리를 차출해 칙서를 가지고 조선 국왕을 선유하게 했습니다. 이를 공손히 받들어서 곧장 조선으로 달려와 칙서를 개봉하여 선유하니, 조선의 군왕과 신하가 모두 감격하여 목메어 울지 않는 이가 없었습니다. 이구동성으로 말하기를, "황제께서 조선을 은혜롭게 길러 주심은 참으로 천지가 만물을 기르는 것과 같고, 왕사(王師)를 기다리는 것은 또 큰 가뭄에 단비를 바라는 심정과 같습니다."라고 했습니다. 조선의 군신들이 슬피 부르짖는 절박한 말에 근거해 보고 백성들의 곤궁함과 유랑하는 참상을 두 눈으로 확인한 결과, 진실로 조선의 존망은 경각에 달려 있었습니다.

돌이켜 보건대, 일의 형세로 보면 조선보다도 우리나라의 변경 지역이 절박한 상황입니다. 신이 깊이 염려하는 바는 변경보다도 내지(內地)가 술렁일까 하는 것입니다. 병사를 선발하여 토벌하는 일을 잠시도 늦출 수 있겠습니까. 필연적으로 닥쳐올 일의 형세와 미리 군대를 증원하여 지방을 수호해야 하는 사의(事宜)를 헤아려 황상(皇上)께 진술하도록 하겠습니다.

요진(遼鎭)은 경사(京師, 북경)의 왼팔이며, 조선은 요진의 울타리입니다. 영평(永平)은 기보(畿輔)의 중요한 땅이며, 천진(天津)은 경사의 문정(門庭)입니다. 2백 년 동안 복건성(福建省)과 절강성(浙江省)이 항상 왜적의 침략을 받았으나 요양과 천진에 왜구가 있다는 말을 듣지 못했던 것은 조선이 방어막이 되어 주었기 때문입니다. 압록강에 세 길이 있는데, 서쪽과 가까운 두 길은 물이 얕고 강폭이 좁아 말을 타고 뛰어넘을 수 있고

----
*   자문(咨文): 중국과 주고받던 외교문서의 하나이다.

나머지 한 길도 동서의 거리가 화살을 쏘면 닿을 거리이니, 어찌 이에 의지하여 방어를 할 수 있겠습니까. 만약 왜적들이 조선을 차지하여 웅거한다면 요양의 백성은 하룻밤도 편안히 잠을 잘 수 없을 것이요, 빠른 바람을 이용해 돛을 걸고 한 번 서쪽으로 온다면 영평과 천진이 제일 먼저 화를 입을 것이니, 그렇게 되면 경사의 백성이 깜짝 놀라지 않겠습니까.

저는 불안감을 견디지 못하고 가는 곳마다 자세히 물어보았습니다. 또 사람들을 차출해서 곧장 평양으로 보내 정탐했는데, 그들이 돌아와 보고한 내용도 모두 "왜놈들마다 인가와 부녀자를 차지하여 아내로 삼고 집을 수리한 뒤 많은 식량을 쌓아 두어 오랫동안 주둔할 계획을 세우는가 하면, 병기를 더 만들고 민가에 있는 활과 화살을 모아 전쟁에 사용합니다."라고 했으니, 이는 왜적의 뜻이 작은 데 있지 않은 것입니다.

신이 도착하던 날, 왜적이 서쪽으로 와서 압록강에서 군대를 열병하겠다고 큰소리치자 조선의 신하와 백성들이 갈팡질팡하며 어쩔 줄을 몰라 했습니다. 다행히 유격 심유경이 몸을 돌보지 않고 단기로 가서 저들과 50일간 교전하지 않기로 약조함으로써 침범을 늦추고 아군이 도착할 시간을 벌었지만,* 우리가 이 술책으로 저들을 속였듯이 저들 역시 이 술책으로 우리를 속인 건 아닌지 누가 알겠습니까.

왜적들은 간사하고 교활하여 평양을 함락시킬 때에는 "길을 빌려 원수를 갚고자 한다."라고 말했다가 지금은 "길을 빌려 조공을 하려고 한다."라고 말합니다. 명나라와 대적할 수 없다고 매우 한스러워하더니, 홀연 심유경을 만나고는 조공을 할 수 있게 되어 다행이라고 합니다. 갑자기

....

*   유격……벌었지만: 《국역 선조실록》 25년 9월 4일 기사에 "좌상 윤두수(尹斗壽)가 아뢰기를, '지금 순찰사의 장계를 보니, 심유격(沈遊擊)이 왜적들과 50일 동안 휴전하기로 약속했으므로 성에서 나와 풀을 베어 가는 왜적들이 많으며 들에 널려 있는 곡식도 베어 간다고 합니다. 따라서 그 기한을 고수하여 그들을 참살하지 않을 수 없습니다. 또 50일 동안 전쟁을 하지 않으면 군사는 지치고 군량도 고갈될 것입니다.'라고 했다."라는 내용이 보인다.

무시하는 말을 하다가 돌연 공손한 말을 하니, 여기서 그들이 간사하여 믿기 어렵다는 것을 대략 알 수 있습니다. 또 왜적은 본래 10년에 한 번 조공하는 것이 원칙이며 영파부(寧波府)를 거쳐 조공을 바치도록 되어 있습니다. 그런데 지금 조선을 끼고 맹약을 요구하니, 신의 생각으로는 여러 번 통역을 거쳐 이와 같이 왕래할까 걱정입니다. 그냥 놓아두고 문책하지 않을 수 있겠습니까.

신이 왜적의 속셈을 헤아려 보면, 강화를 받아들이는 척하면서 우리 병력의 출정을 늦추려는 계략에 불과합니다. 혹 강이 얼기를 기다렸다가 요양을 침범하거나 봄을 기다려 천진을 침범할지 알 수 없습니다. 만약 이때에 속히 대군을 파견하지 않는다면 저들이 "침범하는 곳마다 누가 감히 우리를 어쩌겠는가."라고 할 것이니, 그렇다면 저들이 순순히 뱃머리를 돌리겠습니까. 저는 믿을 수 없습니다.

지금 조선은 거의 무너지려고 하여 위태로움이 목전에 있었는데, 황제의 칙서가 한 번 반포되자 충성스럽고 의로운 마음이 고무되고 적개심이 일어나 모든 조선 사람들이 국가의 회복을 염원하면서 왜적과 함께 살지 않겠다고 맹세하고 있습니다. 이러한 인심을 타고 정예 병력을 증원해서 그들과 협공한다면 왜적을 분명 섬멸할 수 있을 것입니다. 하지만 시일을 끌다가 왜적들이 가난한 자들을 불러 모으고 유랑하는 사람들을 어루만지기라도 하면, 조선인들은 전쟁을 싫어하고 새로운 주인을 좋아하게 될 것입니다. 그렇게 된다면 비록 백만의 군사가 있다 한들 구제할 수 있겠습니까.

어떤 사람은 "군사를 일으켜 토벌하는 것은 그저 왜적의 침입을 재촉할 뿐이다."라고 말합니다. 그러나 제 생각에는 토벌해도 침입할 것이고 토벌하지 않아도 침입할 것입니다. 토벌하면 평양의 동쪽에서 견제하기 때문에 왜적의 침입이 늦어져 재앙이 적겠지만, 토벌하지 않을 경우 평양의 바깥에서 마음대로 날뛰게 되므로 왜적의 침범이 빨라져 재앙도 커질 것입니다. 속히 토벌하면 우리는 조선의 힘을 빌려 왜적을 잡을 수 있는 반면, 토벌을 지체하면 왜적이 조선 사람들을 거느리고 우리에게 대적할 것입니다. 이런 까닭에 군사를 내어 토벌하는 일을 잠시도 늦출 수 없다고 말씀드린 것입니다. 비록 대군을 일시에 모집하지는 못하더라도 또한 잇달아 군사를 내어 조선에 성세(聲勢)의 도움이 있게 한다면, 조금이라도 오랑캐의 넋을 빼앗을 수 있을 것입니다.

단, 군대를 일으키는 비용으로는 군량미가 제일 큽니다. 제가 현재 비축하고 있는 군량미를 물어보니 겨우 7, 8천 명이 한 달 먹을 분량만 있다고 합니다. 부족분은 우리가 지원하면 됩니다. 조선의 군신들 또한 사람과 말을 대거 징발해서 압록강 옆에 머물며 수송하기를 원하고 있습니다. 평양을 평정한 뒤 조선의 신하와 백성들 또한 우리 군사들이 자신의 부모 형제를 위해 복수해 준 것에 감사하여 기꺼이 군량미를 바칠 것이니, 가는 곳마다 자연스레 군량을 확보할 수 있을 것입니다. 게다가 왜적들에게도 비축해 둔 쌀이 있을 것입니다.

관전(寬奠), 대전(大奠), 운양(雲陽)* 등의 지방은 서북으로 달로(㺚虜)*와 이웃하고 동남으로 압록강과 접해 있습니다. 강과 맞닿은 길이 5백여 리인데, 원래 정해 놓은 관병(官兵)이 매우 적은데다 지금 각 군영에서 징발해 간 선봉(選鋒, 정예 돌격대), 초마(哨馬, 초계를 하는 기병) 및 절년(節年, 퇴직병)과 도망병, 사망병을 제외하고 나면 관전에 주둔하는 군사는 330여 명에 불과합니다. 이미 왜적을 막으려고 하면서 또 북쪽 오랑캐까지 방어하려고 한다면 보(堡)를 지키는 병사가 없을 수 없고 적의 진출

....

* 관전(寬奠), 대전(大奠), 운양(雲陽): 모두 중국의 지명으로, 군사시설이 설치된 곳인 동시에 여진족에 대한 방어기지이다. 일반적으로는 이 명칭 뒤에 보(堡)라는 말을 붙여 사용한다.
* 달로(㺚虜): 만주족 또는 여진족이다. 특히 압록강 서북부와 중국 심양의 북쪽에 사는 여진족, 즉 건주 여진을 가리킨다. 건주 여진의 누르하치가 조선을 돕겠다고 한 이야기가 《선조실록》 1592년 9월 17일 기사에 나온다. 건주 여진은 후에 명나라를 무너뜨리고 심양을 수도로 정해 후금이라고 했고, 북경으로 수도를 옮겨 청나라라고 했다.

을 가로막는 데 사람이 없을 수 없습니다. 가령 왜적들이 정말 침범해 온다면 어떻게 막겠습니까.

신의 생각에는 관전 등의 관병을 속히 늘리지 않을 수 없습니다. 북방 사람들은 북쪽 오랑캐를 방어하는 데 뛰어나고, 남방 사람들은 왜적을 막는 데 뛰어납니다. 왜적과 전투를 벌일 경우 남병(南兵) 2만 명을 얻지 못하면 어찌 왜적의 예봉을 꺾을 수 있겠습니까. 그러니 남병을 빨리 징발하지 않으면 안 됩니다. 우리의 장기는 말을 몰며 활을 쏘는 데 있고, 왜적의 장기는 조총에 있습니다. 화살이 날아오면 갑옷과 투구로 피할 수 있으나, 조총을 쏘면 병사와 말이 감당하기 어렵습니다. 더구나 등패(藤牌)*가 있으면 몸을 은폐할 수 있고 말도 가릴 수 있으니, 등패와 조총을 모두 속히 만들어야 합니다.

신이 말한 것은 진실로 여러 신하들이 모두 먼저 말했을 테니, 어찌 신이 번거롭게 아뢸 필요가 있겠습니까. 돌아보건대, 하루 빨리 도와주면 조선이 하루를 더 존속하고 하루가 늦어지면 우리 강역에 하루의 우환을 맞게 될 것입니다. 간절히 바라건대, 밝으신 황제께서 지혜롭게 예단하시어 해당 관청에 조칙을 내려 논의를 거쳐 시행케 하되 일을 맡은 신하들에게는 병마를 재촉하여 나오게 하신다면 명나라의 강토에 다행한 일이요 종묘사직에도 다행일 것입니다.

신은 기우(杞憂)를 견디지 못하다가 우연히 바람과 추위를 만나 도중에 병이 나서 빨리 달려갈 수 없게 되었습니다. 다만 나라를 걱정하는 마음에 혹여 지체하다가 일에 지장을 초래할까 두려워 주본(奏本)을 갖추고 먼저 집안사람 설지(薛志)를 보내 삼가 아룁니다.

---

* 등패(藤牌): 등나무 줄기를 얽어서 불룩하게 만든 둥근 방패이다.

도체찰사 정철이 의병을 효유하는 글[*]

- 종사관 신흠(申欽)이 지음 -

—

아, 임금께서 파천하고 종묘사직은 폐허가 되어 국가의 운명이 이처럼 어렵게 되었다. 다행히도 조종의 깊은 은혜와 두터운 은택이 골수에 스민 덕분에, 모든 백성은 왕망(王莽) 때처럼 한실(漢室)을 생각하고 하늘은 남송(南宋) 때처럼 송나라의 종사를 끊지 않았다. 초야의 제군(諸君)들이 모두 의기로써 분발하여 충절을 가슴에 지니고 각오를 단단히 하니, 혹은 벼슬아치 속에서 일어나기도 하고 혹은 선비들 속에서 일어나기도 하며 혹은 농사꾼 속에서 일어나기도 하고 혹은 승려들 속에서 일어나기도 하여, 구름이 모이듯, 메아리가 답하듯, 안개가 엉기듯, 회오리바람이 몰아치듯 모여든 사람들이 이루 헤아릴 수 없을 정도였다. 의로운 소문이 퍼지자 왕의 위령(威靈)이 빛나니, 나라의 형세가 머리털 한 올만큼이라도 보존될 수 있었던 것은 어찌 제군들이 노력한 결과가 아니겠는가.

지난날 고관대작으로서 영광과 총애를 한 몸에 입고서 영화를 누리고 후한 이익을 받은 자가 얼마나 많았던가. 그런데 갑자기 나라가 위급한 상황에 놓이자 믿고 의지할 만한 자가 한 사람도 없었다. 한 가닥 희망을 기대할 수 있는 사람들이 도리어 군주와 일면식도 없는 이들에게서 나왔으니, 꿋꿋하게 변치 않는 절개와 나라가 혼란할 때 바치는 충성을 제군에게서 보았다. 공경히 천벌을 행하여 저 요망한 기운을 쓸어버림으로써 궁궐에서 더러운 것을 제거하고 천하에서 독기를 씻어 버릴 사람이 제군이 아니고 누구이겠는가. 제군의 책임이 무겁기 그지없다. 이를 더한층

....

* 도체찰사……글: 이 글은 신흠(申欽)의 문집인 《상촌집(象村集)》 권31에 〈의병에게 유시하는 글[諭義兵文]〉이라는 제목으로 수록되어 있다. 제목 밑의 주에 "호서(湖西)의 의병이 장차 관군과 분쟁할 우려가 있으므로 글을 지어 통유(通諭)했다. 체찰사를 대신하여 지은 것이다."라는 내용이 있다.

노력하고 확충시켜 나가는 것이 오늘날 제군이 해야 할 일이 아니겠는가. 내가 제군에게 권할 말도 이와 같아서 감히 이것을 놓아두고 다른 무엇을 찾을 수 없다. 그래서 의병에 관한 설을 먼저 말한 다음 더한층 노력하고 확충시켜 나가는 실제를 가지고 부탁할까 한다.

아, 세도가 무너지고 인심이 어두워져 의리의 본체를 아는 자가 드물다. 조정의 벼슬아치는 그 지위를 사적으로 이용하고, 지방관은 그 관직을 사적으로 이용하며, 아랫사람들은 자신의 몸과 처자식을 사적으로 생각하여 의에 관한 말을 세상에서 더 이상 들을 수 없게 되었다. 바르지 않은 마음으로 사욕을 이루고 있으니, 어느 날 갑자기 의병에 관한 설을 들을 때 참으로 남쪽 월(越)나라의 개가 흰 눈을 보고 짖어 대는 일*에도 괴이하게 여기지 않듯이 할 것이다.

내가 이 지방에 들어온 뒤로 지방 관리들이 서로 몰려와 말하기를, "아무 장수가 관병을 훔쳐 가고 아무 진영이 관군을 빼앗아 갔습니다."라고 했는데, 이와 같은 경우가 너무도 많았다. 처음에는 웃어넘겼으나 나중에는 이상하게 여겼고 결국 놀라서 말하기를, "모두가 다 함께 국사를 위해 일할 뿐인데 어찌 이처럼 티격태격한단 말인가."라고 하며, 물리쳐 채용하지 않기도 하고 받아들여 시비를 규명하기도 했다.

얼마 후 또 의병 측 사람이 끊임없이 찾아와 말하기를, "아무 관군은 우리 병사를 침해하고 아무 고을은 우리 군인을 학대했다."라고 했다. 억울한 사정을 호소하는 자도 있었고 죄를 주라고 청한 자도 있었는데, 그들이 열거한 것들을 보면 수령들의 그것보다 심했다. 이에 나도 모르게 밥

....

* 남쪽……일: 중국의 촉 땅은 늘 안개가 끼어 해를 볼 수 없기 때문에 화창한 날이면 개들이 해를 보고 짖고 남쪽 지역은 기후가 따뜻해서 눈이 거의 내리지 않기 때문에 눈이 올 때면 개들이 미친 듯이 달리며 짖는다는 고사가 전해진다. 견문이 좁아 사리를 이해하지 못하고 도리어 괴이하게 여김을 뜻한다. 《유하동집(柳河東集)》권34 〈답위중립논사도서(答韋中立論師道書)〉.

숟가락을 던지고 일어나 말하기를, "어찌하여 이런 지경에 이르렀단 말인가."라고 했다.

부모가 병이 들어 목숨이 경각에 달려 있을 때 많은 자식 가운데 한두 사람의 의견이 서로 다르고 마음이 미덥지 않다고 가정해 보자. 효자의 도리로 진지하게 타일러 눈물을 흘리면서 옳은 길로 인도하고 오로지 의약이며 간호하는 일에 몰두해서 병을 낫게 해야 하는가, 아니면 노려보고 동태를 정탐하며 결점과 잘못을 꼬집으면서 부모 곁에서 떠들기만 할 뿐 의약이며 간호하는 일에는 정신을 기울이지 않아 부모로 하여금 끝내 죽게 해야겠는가.

의리라는 것은 알맞게 하는 것이다. 선유(先儒)가 해석하기를, "마음의 규범이자 일의 마땅함이다."라고 했으니, 이것으로 말한다면 마음에 규범이 없으면 의리가 아니고 일이 혹 마땅하지 못하면 의리가 아니다. 이제 적을 치는 일을 가지고 논한다면, 나라를 위해 적을 막는 것도 다 의리이고 나라를 위해 병사를 모으는 것도 다 의리이니, 어찌 관병과 의병의 구분이 있겠는가. 어찌하여 처음에는 말로써 논쟁을 벌이다가 결국에는 문서를 가지고 서로 따지고 그것으로도 부족해 비난이 꼬리를 물고 일어나며, 나를 찾아와 사정을 고했다가 자기의 소원대로 들어주지 않으면 얼굴에 노기를 띠며 오만불손하게 읍만 하고 절을 하지 않는 자도 있고 꼿꼿이 서서 노려보는 자도 있는 것인가. 아, 이 무슨 도리인가. 이것이 과연 마음속에 규범이 있다고 하겠으며 일이 사리에 마땅하다고 말할 수 있겠는가. 지금 이와 같이 말하는 것은 너희들의 그 날카로운 기운을 받아들여 더한층 부지하고자 하는 것이니, 어찌 감히 그사이에 사소한 별다른 이유가 있겠는가.

다만 생각하건대, 국가가 유지되는 것은 그것을 유지하고 통솔하는 힘이 있기 때문이다. 위로 공경(公卿)에서부터 아래로 서리(書吏)까지, 크게는 지방 장관에서부터 작게는 감부(監簿)까지 그 기강이 혈맥처럼 관통하기 때문에 호령과 상벌이 끊기거나 막힐 염려가 없다. 그런데 지금 의병은 그 수효가 최소 30, 40명은 되는데 각기 장수가 되었으니, 통솔을 받지 않고 무리들끼리 따로 모여 성세가 서로 연결되지 않으며 인정이란 게 남을 이기기를 좋아하는 탓에 상대방에게 굽히는 자가 드물다. 한 현이 이와 같고 한 군이 이와 같으며 한 도가 이와 같다면, 무엇을 통해 큰일을 세우고 무엇을 통해 큰 뜻을 이루겠는가. 그 이른바 의리라는 것도 이름만 있을 뿐 내실이 없을 것이다.

나는 예전에 이를 두려워하여 나름대로 대책을 강구해 보았다. 이제 홍양(洪陽) 심상국(沈相國, 심수경)이 원수로 기용되어 의병의 우두머리가 되었다는 소식을 듣고 진정으로 기뻐 잠을 못 이루며 혼자 말하기를, "이는 참으로 국가의 복이요 백성의 다행스러운 일이니, 진실로 우리 의병과 관군이 조화롭고 화목한 가운데 의견을 절제하고 서로 도와 국사를 성취할 시기이다."라고 했다.

상국은 일편단심을 지닌 두 조정에 걸친 원로로, 얼음과 옥 같은 청아한 지조에다 전고(典故)에 통달하고 문무까지 겸비해서 일찌감치 명성이 있었다. 그러니 제군을 위한 계책으로는 각기 자신들의 군사를 인솔하여 대소 원근을 막론하고 모두 상공 휘하로 모여 상공의 명령에 따라 진격하고 물러나는 것이 최선이다. 그렇게 한다면 의기가 더 빛날 뿐만 아니라 서로 유지하고 통솔하는 것이 흐트러지지 않고 정연해서 모순되고 구속하는 문제가 저절로 없어질 것이다.

아, 천 근의 바위와 만 근의 쇠뇌를 들어서 옮길 때 천만 명이 일제히 소리를 지르면 들리고 힘을 합치면 옮겨지지만, 그렇지 않고 한두 사람이 마음과 힘을 쓰지 않으면 아무리 천만 명이 모였다 한들 기운이 전일하지 않고 힘이 모아지지 않아 옮길 수 없다. 물건을 드는 것도 이러한데, 위태로운 형편을 부지하여 끊어져 가는 국맥을 잇는 일은 얼마나 중대한 것인가. 그런데 그사이에서 서로 갈라져서야 되겠는가. 일을 망치고 멸망을 재촉하지 않을 자가 드물 것이다.

군사들은 국경에서 늙어서 개선할 기약이 없으며 백성의 삶은 쭈그러들고 나라의 형세는 위급해져 사방을 둘러보아도 믿을 만한 것은 하나도 없으니, 오직 믿는 건 제군의 창의일 뿐이다. 정신은 쇠와 돌을 꿰뚫고 지극한 정성은 귀신도 감동시키는 법이다. 바라건대, 제군은 작은 공을 기약하지 말고 작은 시비를 혐의하지 말며 계속 일깨우고 일으켜 세워 오직 적을 치고 원수를 갚기만을 힘쓰라. 그렇게 한다면 사람들이 갓난아이처럼 찾아와 제군의 막부(幕府)에 서기를 원할 것이니, 백 명의 수령이라도 감히 제군과 겨룰 수 있겠는가. 이렇게 하지 않고 그저 군사를 모집한다고 내세울 뿐 하나의 적진을 공격하거나 한 명의 적군도 베지 않고 허송세월하면서 가만히 구경하며 나는 의롭다고 한다면, 과연 의로운 것인가.

현재 영남은 적들로 꽉 들어찼고, 죽산에서는 적들이 시도 때도 없이 출몰하고 있다. 운봉과 금산의 길이 한 번 뚫리면 전라도는 우리의 소유가 아니고, 직산과 평택의 요충지를 지키지 못하면 충청도는 저들에게 넘어가게 된다. 백전백패 끝에 겨우 수습했는데 또다시 패한다면 다시 일어설 날은 없을 것이다. 생각이 이에 미치니 심장과 쓸개가 갈기갈기 찢기듯 아프다. 바라건대, 제군들은 깃발을 만들고 군대를 배속시킨 뒤에 군사를 정돈하여 저 교외에 주둔하라. 요해처를 살펴보고 사태의 완급을 돌아보아 진영을 줄지어 배치하여 앞뒤에서 적을 협공함으로써 한 도를 지키라. 그렇게 한다면 저 길길이 날뛰는 흉적들이 반드시 기세를 보고 두려워할 것이다.

옛날에 허원(許遠)은 수양(睢陽)을 장순에게 양보했고,* 분양(汾陽)은

* 허원(許遠)은······양보했고: 허원과 장순은 당나라 현종과 숙종 때의 충신이다. 안녹산의 반
   란 때 적장 윤자기(尹子琦)가 10만 대군을 거느리고 수양을 공격해 오자, 수양 태수로 있던
   허원이 자신의 재주가 장순에게 미치지 못한다는 이유로 그 권한을 장순에게 넘기고 그의
   수하로 들어가 군량과 병기만 관장했다.《신당서》권192〈장순열전〉.

공의(公義)로서 아문(牙門)에서 신하가 되었다.* 이는 모두 국가를 위해 사적인 원한을 잊고 이룩한 것이다. 그러므로 그 위대한 공적이 고금에 빛나 지금까지도 사람들에게 회자되는 것이다. 제군들이 실로 이를 거울 삼아 스스로 힘쓴다면, 하늘이 새로 열리고 태양이 다시 밝아져 -원문 빠짐 - 에서 우림(羽林)을 보게 되고 대궐에서 곤룡포와 면류관을 바르게 하게 되어, 제군들의 의로움이 무궁한 역사 속에 빛나리라. 내가 비록 형편없 는 사람이지만, 감히 노둔한 재주를 채찍질하고 연마하여 제군의 뒤를 따 라 제군의 명예를 이루어 주지 않을 수 있겠는가. 바라건대, 제군들은 시 종일관 이를 도모하라.

....

* 분양(汾陽)은……되었다: 분양은 곽자의의 봉호이다. 안사순(安思順)이 삭방절도사로 있을 때 곽자의와 이광필(李光弼)이 함께 아문(牙門)의 도장(都將)으로 있었는데, 두 사람이 서로 사이가 좋지 않아서 같이 식사할 때에도 말 한마디 하지 않았다. 곽자의가 삭방절도사가 되 자 이광필이 도망가려고 하던 차에 안녹산의 난이 일어났다. 현종이 이광필에게 조서를 내 려 곽자의의 군사 절반을 떼어 받아 동쪽으로 가서 토벌하게 했다. 이에 이광필이 곽자의에 게 "기꺼이 싸우러 나가겠다."라고 하니, 곽자의가 그의 손을 잡고 "이처럼 국가가 혼란할 때 공이 아니면 동쪽을 정벌할 수 없으니, 어찌 사사로운 감정을 생각할 때이겠는가."라고 했다. 헤어져 길을 떠날 때에 손을 잡고 눈물을 흘리며 서로 충성할 것을 권면하여 마침내 난을 평정했다.《신당서》권220〈동이열전(東夷列傳)〉.

―

대명 흠차 경략 방해어왜 군무 병부 무고 청리사 원외랑(欽差經略防海
禦倭軍務兵部武庫淸吏司員外郞) 유[劉, 유황상(劉黃裳)]와 직방청리사 주
사(職方淸吏司主事) 원[袁, 원황(袁黃)]은 의병을 권유하여 부흥을 함께
도모하노라.

너희 나라는 본래부터 문물이 발달하고 대대로 충정(忠貞)이 돈독했다.
근래 왜적이 무도하여 깊이 침략해 와서 너희 군신들이 먼 지방을 전전하
며 떠돌아다니니, 그 곤궁함이 어떠하겠는가. 우리 대명(大明) 황제께서
너희가 2백 년 동안 신하의 예절을 부지런히 지킨 것을 생각하여 만금의
비용을 아끼지 않고 장수에게 명하여 정벌하게 하셨다. 너희 나라에 어찌
종실(宗室)로서 중임을 받고 충심을 발하는 이가 없겠으며, 어찌 고을 관
장으로서 지방을 지키며 강개하게 목숨을 내놓을 이가 없겠으며, 어찌 충
신으로서 임금이 근심하면 신하가 욕된다는 생각을 품을 이가 없겠으며,
어찌 의사로서 몸을 바쳐 나라에 보답할 생각을 하는 이가 없겠는가. 하
늘 같은 위엄이 진동하는 지금 빨리 의병을 불러 모아 각기 군사를 이끌
고 함께 구벌(九伐)[*]의 뜻을 펴야 할 것이다.

....

[*] 　명나라……글:《국역 재조번방지》 2권 1593년 1월 4일 기사에도 이 글이 수록되어 있는데,
다음과 같은 설명이 붙어 있다. "왜노 추장 행장(行長)이 이에 소장(小將) 평호관(平好官), 길
병패삼랑(吉兵覇三郞) 등 왜노를 보내어 20여 명의 왜노를 거느리고 통사 장대선(張大膳)과
함께 순안에 와서 심유격을 맞이한다고 하는데, 실은 허실을 엿보려는 것이었다. 제독이 이
에 부총병 사대수(査大受), 유격장군 이영(李寧) 등에게 격문을 보내어 왜노를 유인하여 함
께 술을 마시게 했다. 군사를 장막 뒤에 숨겼다가 여러 왜노가 술이 취하자 이영 등이 잔을
들고 호령하니 복병이 갑자기 나타나 여러 왜노를 쳐서 거의 다 없앴다. 또 길추장과 호관을
잡았고 나머지 세 사람은 도망쳤다. 적진 중에서는 이때서야 대군이 온 것을 알고 크게 소란
스러워져 그치지 않았다. 제독이 이영 등을 군령으로 처단하여 두루 보이니, 군중이 모두 두
려워했다. 찬획(贊畫) 유황상(劉黃裳), 원황(袁黃)이 급히 압록강을 건너와서 왕을 통군정(統
軍亭)에서 만나 뵙고 물러나 글을 지어 우리나라 백성에게 이렇게 선유했다."

지금 왜적이 강한 양 날뛰지만 형세상 멸망할 수밖에 없다. 시험 삼아 헤아려 보겠다. 먼저 천도(天道)로 논하면, 조선의 분야는 석목(析木)의 자리이다.* 지난해 목성(木星)이 인방(寅方)으로 돌았는데 일본이 와서 범하니, 이것은 우리가 세성(歲星)의 빛을 받았는데 저들이 침노한 것이다. 이는 하늘을 역행한 것이니 제아무리 강하다 한들 약해질 수밖에 없다. 이것이 첫째 이유이다. 왜의 천성은 추운 것을 두려워하는데, 금년은 음(陰)이요, 풍목(風木)이 하늘을 맡고 양명(陽明)이 금을 마르게 하여 처음 기운이 되며, 입춘 후에도 20, 30일간이나 찬 기운이 소멸되지 않아 천시(天時)를 이용할 만하다. 이것이 둘째 이유이다. 너희 나라 군신이 모두 이 성에 모였는데, 새벽에 일어나 기운을 바라보면 아름답고 왕성하여 비단이나 일산 같다. 왕성한 기운이 우리에게 있으니 반드시 회복될 형세이다. 이것이 셋째 이유이다.

다음으로 인사(人事)를 논하면, 대국의 굳센 병사가 범과 곰 같으며 무적의 대포를 한 번 쏘면 1천 보(步)를 나가는데 저들은 자기의 힘을 생각하지 못하니 힘없이 가루가 되고 말 것이다. 이것이 첫째 이유이다. 경략(經略) 송(宋, 송응창)은 계책이 뛰어나 귀신도 헤아리지 못하며, 제독 이(李, 이여송)는 일편단심의 충성심으로 온갖 전투에서 용맹을 떨친 이로 옛 명장의 기풍이 있다. 두 사람이 원래부터 충성과 절개를 가졌는데 이제 마음과 힘을 합하여 왜적을 섬멸해 천자께 보답하려고 하니, 두 나라

....

* 구벌(九伐):《주례(周禮)》에 따르면, 옛날에 천자는 여러 나라의 불법 무도한 죄악행위를 징계하기 위해 그 죄악의 종류에 따라 생(眚), 벌(伐), 단(壇), 삭(削), 침(侵), 정(正), 잔(殘), 두(杜), 멸(滅) 등 9개의 징벌을 가했다고 한다.

* 조선의……자리이다 : 분야는 고대 동아시아에서 별자리[星次]와 대응하는 지역을 일컫던 말이다. 성기(星紀), 현효(玄枵), 추자(娵訾), 강루(降婁), 대량(大梁), 실침(實沈), 순수(鶉首), 순화(鶉火), 순미(鶉尾), 수성(壽星), 대화(大火), 석목(析木) 등 12개의 별자리 위치에 따라 지상의 지역과 나라의 위치를 대응시켰는데, 그 가운데 석목이 우리나라와 중국의 북경 지방에 해당한다.

의 군사를 합하여 궁지에 몰린 적을 몰아내는 것은 나뭇잎을 흔들어 떨어뜨리는 것처럼 쉬운 일이다. 이것이 둘째 이유이다. 관백이 포악하여 위로는 그 주인을 위협하여 제어하고 아래로는 민중을 학대하니 하늘이 망하게 하려고 우리의 손을 빌리는 것이다. 이것이 셋째 이유이다. 어제 국왕을 뵈니 거동이 침착하고 용모가 뛰어나 형세상 중흥할 것이 분명하며, 너희 나라에서 전에 보낸 여러 사절이 천조에 군사를 청하는데 성의가 간절하여 눈물이 비 오듯 하니 마치 신포서가 초나라의 사정을 울면서 호소하던 것과 유사했다. 임금과 신하가 이러하니 어찌 끝내 침체하고 곤궁하기만 할 것이며, 순(順)으로 역(逆)을 치는데 어찌 공을 이루지 못하겠는가. 이것이 넷째 이유이다.

왜놈이 믿는 건 조총뿐이다. 그러나 세 발을 쏘고 나면 이어서 쏘기 어렵고, 그들의 군사가 많지만 강한 자는 얼마 되지 않는다. 앞에 있는 1백, 2백 명만 죽이면 나머지는 모두 바라만 보고도 도망칠 것이다. 이는 이길 수 있는 기회요, 지사가 공을 세울 수 있는 때인 것이다. 우리 조정에서 명령을 내려, 우리나라나 너희 나라를 막론하고 누구나 평수길, 평수차(平秀次, 도요토미 히데쓰구) 및 중 현소를 사로잡거나 베는 자가 있다면 사람마다 은 1만 냥을 상으로 주고 백작(伯爵)으로 봉하여 대대로 계승하게 하며 평수진(平秀鎭), 평행장, 평의지, 평진신(平鎭信, 마쓰라 시게노부) 등 이름 있는 여러 추장을 사로잡은 자에게는 은 1천 냥을 상으로 주고 대대로 지휘사를 계승하게 하며, 그 아래를 사로잡은 자에게는 각각 상여의 등급이 있게 했다.

너희 나라 신민이 이러한 때 군중을 모아 함께 큰 공을 세운다면, 본국의 사직을 회복할 수 있고 또 천조의 후한 상을 탈 수 있으며 쇠한 나라의 유민(遺民)으로서 집안을 일으키는 시조가 될 것이니, 어찌 빛나는 일이 아니겠는가. 이를 위하여 자문을 지어 요청하니, 속히 각 도의 신하와 백성에게 전해 보여서 이미 거병한 자는 다시 전진하고 아직 거병하지 않은 자는 속히 불러 모아 혹은 협력해서 왜놈의 세력을 꺾고 혹은 번갈아 출격하여 저들을 분산시키며 혹은 천천히 돌아가는 적을 요격하고 혹은 군량의 보급로를 끊되 모든 조처를 상황에 따라 적절히 시행하라. 이를 위하여 자문을 갖추어 쓴다.

이상은 조선 국왕에게 보낸 자문이다. 만력 21년 1월 7일.

이《쇄미록》은 10대조이신 의정공(議政公, 오희문)께서 임진년 봄에 왜적이 창궐하여 나라가 위태롭고 백성이 피난 가는 건국 이래 초유의 사태에 직면했을 당시, 남쪽 지방에 갔다가 갑작스런 전란을 당해 온 가족이 뿔뿔이 흩어져 소식이 두절되고 산속으로 들어가 재앙을 피하는 속에서 몸소 겪고 들은 것을 모아 사실적으로 기록한 것인데, 이후 8년간 벌어진 일을 덧붙여 '쇄미록'이라고 이름 지으셨다. 7책 분량으로 종손에게 전해졌으나, 종손의 집이 경기에 있으므로 지방에 사는 후손들은 모두 이 책을 보지 못해 안타까워했다.

올 초여름에 간곡히 부탁해서 종손 화영(和泳)의 집에서 이 책을 빌려온 뒤 7권을 종친의 집에 나누어 주고 등사하기로 했다. 나도 초권(初卷)을 받아서 한 번 읽어 본 뒤 초록(抄錄)하여 열에 한두 가지 정도만 취해 1책을 완성했다. 소략한 게 흠인 줄을 모르는 것은 아니지만, 일흔여덟의 노쇠한 나이라 시력이 좋지 않고 정신이 흐릿해서 잘못 쓰거나 누락한 부분이 많으니 남에게 보일 수 없었다. 게다가 의정공이 살았던 세상이 3백 년 가까이 지난 만큼 친필 흔적이 군데군데 마멸되었기에, 분간하기 어려운 곳은 얼개를 만들어 간간이 보충했다. 밤낮으로 받들어 읽자니 의정공의 손때가 여전히 새롭고 법도를 받드는 것 같아 흠모하고 감탄하는 사이에 소중히 보관하려는 마음이 샘솟는다.

초권 마지막 장부터 10장에 이르기까지 여기에 구분하여 오래도록 읽으며 사모하는 마음을 붙일 곳으로 삼았으니, 이 10장은 바로 명나라 조정의 자문과 사신들의 유서, 그리고 우리나라 의병장의 격문이다. 눈이 잘 보이지 않고 붓은 닳아 가까스로 베껴 10장을 완성하고는 앞의 양식에 따라 끝에 편입시켰는데, 걸맞지 않다는 비난은 없을 듯하다. 마음을 다하지 못한 것이 마음에 걸린다.

조선 개국 518년 된 기유년(1909) 7월 16일에 해향(海鄕) 상림(桑林) 삼간동(三間洞)에 거주하는 10대손 일선(馹善)이 눈물을 흘리며 권말에 삼가 쓴다.

강섬(姜暹) 1516~1594. 본관은 진주(晉州), 자는 명중(明仲), 호는 송월당(松月堂), 송일(松日), 낙봉(樂峰)이다. 1546년 증광 문과에 급제했다.《중종실록(中宗實錄)》,《인종실록(仁宗實錄)》의 편찬에 참여했다. 이후 전라도 관찰사, 한성부 판윤, 형조판서 등을 역임했다.

강위(姜暐) 1568~?. 본관은 금천(衿川), 자는 여휘(汝輝)이다. 박동도(朴東燾)의 큰 사위이며, 오윤함(吳允諴)의 친구이다. 1606년 증광시에 입격했다. 돈녕 도정(敦寧都正)을 지냈다.

강희열(姜熙悅) ?~1593. 본관은 진주(晉州)이다. 강희열(姜希說)이라고도 한다. 순천 출신의 무사로, 1592년 임진왜란이 일어나자 형 강희복(姜熙復)과 더불어 창의하여 고경명(高敬命)을 따라 금산 전투에 참전하여 패배하자 잠시 향리인 순천으로 돌아갔다. 다시 의병 2백여 명을 모집, 훈련시켜 비(飛)자를 군표(軍標)로 삼고 남원을 공격했다. 1593년 6월 진주성을 왜군이 포위했다는 소식을 듣고 의병을 이끌고 입성하여 김천일(金千鎰), 최경회(崔慶會), 황진(黃進) 등과 더불어 끝까지 싸우다가, 전세가 불리해지고 성이 함락되기에 이르자 적진으로 돌격, 장렬한 최후를 마쳤다.

고경명(高敬命) 1533~1592. 본관은 장흥(長興), 자는 이순(而順), 호는 제봉(霽峰), 태헌(苔軒)이다. 1552년 식년 문과에 장원급제했다. 임진왜란이 일어나 왜군이 파죽지세로 한양을 점령하고 전라도 관찰사 이광(李洸)이 이끄는 관군 5만 명이 겨우 수천의 왜군에게 어이없게 패배하자, 격문을 돌려 담양에서 6천여 명의 의병을 모아 진용을 편성했다. 6월 11일에 담양을 출발해 북상하여 27일 은진에 도달해 왜군이 금산을 점령하고 점차 호남에 침입할 것이라는 정보를 입수하자 연산으로 이동했다. 그리고 금산에 도착해 곽영(郭嶸)의 관군과 함께 왜군에 맞서 싸우다가 작은아들 고인후(高因厚)와 함께 전사했다.

고득뢰(高得賚) ?~1593. 본관은 용담(龍潭), 자는 은보(殷甫)이다. 어려서부터 무예가 출중하고 경서와 글씨에 뛰어났다. 1577년 무과에 급제했고, 모친상을 당하여 고향인 남원에 있다가 임진왜란이 일어나자 의병장 최경회 휘하의 부장이 되어 장수, 무주, 금산 등지에서 왜병과 맞서 싸웠다. 그 공로로 평창 군수에 임명되었으나 부임하지 않았다. 진주성이 위급하자 최경회와 함께 성에 들어가 다른 의병과 협력하여 성을 지키다가 순국했다.

고인후(高因厚) 1561~1592. 본관은 장흥(長興), 자는 선건(善健), 호는 학봉(鶴峯)이다. 의병장 고경명의 아들이다. 1589년 증광 문과에 급제하여 학유(學諭)에 이어 승문원 정자를 역임했다. 임진왜란이 일어나자 아버지가 거느린 의병을 따라 금산으로 향했다. 금산에서 방어사 곽영의 관군과 합세하여 왜적을 방어하기로 했으나, 왜적이 침입하자 관군이 먼저 붕괴되고 이에 따라 의병마저 무너져 아버지 고경명과 함께 전사했다. 원문에는 고인후(高仁厚)로 되어 있으나《문곡집(文谷集)》권22〈권지학유고공청시행장(權知學諭高公請諡行狀)〉에 근거하여 수정했다.

곽몽징(郭夢徵) ?~?. 명(明)나라의 장수이다. 호는 사재(思齋)로 광녕(廣寧) 전위(前衛) 사람이다. 임진년(1592) 6월에 흠차통령 계요 조병 참장(欽差統領薊遼調兵

參將)으로 마병 500명을 이끌고 조승훈을 따라 나왔다가 7월에 돌아갔다.

곽재우(郭再祐) 1552~1617. 본관은 현풍(玄風), 자는 계수(季綬), 호는 망우당(忘憂堂)이다. 임진왜란이 일어나 관군이 대패하자, 그해 4월 22일에 의병을 일으켜 관군을 대신해 싸웠다.

구사맹(具思孟) 1531~1604. 본관은 능성(綾城), 자는 경시(景時), 호는 팔곡(八谷)이다. 인헌왕후의 아버지이며 류희춘(柳希春)과 이황(李滉)의 문인이다. 1558년 식년 문과에 급제했고, 황해도 관찰사, 형조참의 등을 거쳤다. 임진왜란이 일어나자 임금을 호종해 의주로 피난했다. 평양으로부터 왕자를 호종한 공으로 이조참판에 올랐다.

김가기(金可幾) 1537~1597. 본관은 경주(慶州), 자는 사원(士元), 호는 일구당(一丘堂)이다. 오희문의 벗이며 사돈이다. 1579년 사마시에 1등으로 입격하여 이산 현감을 지냈다. 김가기의 아들인 김덕민(金德民)은 1600년 3월에 오희문의 둘째 딸을 재취로 맞았다. 1597년 정유재란이 일어나자 마을에 침입한 왜적에 맞서 대항하다가 순절했다.

김덕겸(金德謙) 1552~1633. 본관은 상주(尙州), 자는 경익(景益), 호는 청륙(靑陸)이다. 1583년 별시 문과에 급제했다. 시로 명성이 높았으며, 저서로는 《청륙집(靑陸集)》이 있다.

김면(金沔) 1541~1593. 본관은 고령(高靈), 자는 지해(志海), 호는 송암(松庵)이다. 퇴계 이황의 제자이다. 임진왜란 때 조종도(趙宗道), 곽준(郭越), 문위(文緯) 등과 거창, 고령에서 의병을 일으켰다. 금산과 개령 사이에 주둔한 적병 10만 명과 우지에서 대치하면서 진주 목사 김시민(金時敏)과 함께 지례에서 공격해 오는 적의 선봉을 요격하여 격퇴했다. 그 공으로 합천 군수가 되었고, 또 무계에서도 승전하여 의병대장의 호를 받았다. 1593년 경상우도 병마절도사가 되어 충청·전라도 의병과 함께 금산, 개령에 진주하여 선산에 있는 적을 공격할 준비를 마친 뒤 갑자기 병사했다.

김상관(金尙寬) 1566~1621. 본관은 안동(安東), 자는 중율(仲栗), 호는 금시재(今是齋)이다. 우의정 김상용(金尙容)의 동생이고, 좌의정 김상헌(金尙憲)의 형이다. 음보(蔭譜)로 관직에 오른 뒤 1599년에 호조정랑으로서 명나라 군대에 군량을 조달했고, 이후 진산 군수, 회양 부사, 장단 부사 등을 역임했다.

김성일(金誠一) 1538~1593. 본관은 의성(義城), 자는 사순(士純), 호는 학봉(鶴峰)이다. 퇴계 이황의 문인이다. 1568년 증광 문과에 급제했다. 1590년 통신부사로 일본에 파견되었는데, 이듬해 돌아와 일본의 국정을 보고할 때 정사(正使) 황윤길(黃允吉)과는 달리 민심이 흉흉할 것을 우려해 왜가 군사를 일으킬 기색은 보이지 않는다고 상반된 견해를 밝혔다. 임진왜란이 일어나자 이전의 보고에 대한 책임으로 파직되어 한양으로 소환되던 중 허물을 씻고 공을 세울 수 있는 기회를 줄 것을 간청하는 류성룡(柳成龍) 등의 변호로 직산에서 경상우도 초유사로 임명되었다.

김수(金晬) 1547~1615. 본관은 안동(安東), 자는 자앙(子昻), 호는 몽촌(夢村)이다. 1573년 알성 문과에 병과로 급제했다. 임진왜란이 일어나자 경상 감사로 진주에 있다가 동래가 함락되자 밀양, 가야를 거쳐 거창으로 도망갔다. 이광과 윤국형(尹國馨)이 근왕병을 일으켰을 때 겨우 1백여 명을 이끌고 참가했다. 근왕병이 용인에서 왜군에 패하자 경상우도로 되돌아가던 중 영남초유사 김성일로부터 패전에 대한 질책을 받았다. 의병장 곽재우와 불화가 심했으며, 지방의 백성들로부터 처사가 조급하고 각박할 뿐만 아니라 왜란 초기에 계책을 세워 왜적과 대처하지 못하고 적병을 피하여 전라도로 도망갔다는 비난을 받았다.

김여물(金汝吻) 1548~1592. 본관은 순천(順天), 자는 사수(士秀), 호는 피구자(披裘子), 외암(畏菴)이다. 1577년 알성 문과에 장원급제했다. 임진왜란이 일어나자 왕의 특명으로 신립(申砬)과 함께 충주 방어에 나섰다. 조령의 지세를 이용하여 방어할 것을 건의했으나, 신립이 이를 듣지 않고 충주 달천을 등지고 배수의 진을 쳤다가 적군을 막지 못했다. 탄금대에서 신립과 함께 물속에 투신 자결했다.

김지남(金止男) 1559~1631. 본관은 광산(光山), 자는 자정(子定), 호는 용계(龍溪)이다. 오희문의 매부이다. 1591년 사마시에 입격하고, 같은 해 별시 문과에 급제했다. 1593년에 정자(正字)가 되었다. 임진왜란이 일어나 선조가 서쪽으로 피난했을 때 노모의 병이 위독하여 호종하지 못하고 호남에 머물며 의병을 소집하여 적을 막을 계책을 세웠다. 이후 여러 벼슬을 거쳐 경상도 관찰사에 이르렀다. 저서로《용계유고(龍溪遺稿)》가 있다.

김찬(金瓚) 1543~1599. 본관은 안동(安東), 자는 숙진(叔珍), 호는 눌암(訥菴)이다. 1568년 식년 문과에 급제한 뒤 삼사(三司)의 관직을 두루 지냈으며, 1584년 이후 대사헌, 대사간, 대사성, 경기도 관찰사 등을 역임했다. 임진왜란이 일어났을 때 파천을 반대했으며, 선조 일행이 개경에 이르자 동인(東人) 이산해(李山海)의 실책을 탄핵해 영의정에서 파직시키고 백성의 원성을 샀던 김공량(金公諒)을 공격하는 데 앞장섰다. 뒤에 정철(鄭澈) 밑에서 체찰 부사를 역임했다.

남경성(南景誠) ?~?. 본관은 고성(固城)이다. 오희문의 둘째 외삼촌인 남지명(南知命)의 여섯째 아들이다. 1595년 6월 23일에 형 남경충(南景忠)과 함께 순절했다.『남씨대동보』권16, 회상사, 1993, 2~27쪽.

남상문(南尙文) 1520~1602. 본관은 의령(宜寧), 자는 중소(仲素), 호는 쌍호(雙湖)이다. 오희문의 매부이다. 성리학과 경사를 두루 익혔고, 명나라 경리 양호와 경학을 논하였는데, 양호가 그의 학식에 감동하였다. 고성 군수를 지냈다.《월사집(月沙集)》권48〈첨지남공묘지명(僉知南公墓誌銘)〉

남자순(南子順) ?~?. 본관은 고성(固城)이다. 오희문의 외사촌 형이다. 오희문의 셋째 외삼촌인 남지원(南知遠)의 아들로 보인다. 자순은 그의 자인 듯하다.

남정지(南庭芝) 1552~1598. 본관은 의령(宜寧), 자는 백형(伯馨)이다. 김상관(金尙寬)의 처남이다.

류영경(柳永慶) 1550~1608. 본관은 전주(全州), 자는 선여(善餘), 호는 춘호(春湖)이다. 1572년 춘당대문과에 급제한 뒤 청요직을 두루 거치고 영의정에까지 올랐다. 북인(北人)이 대북(大北)과 소북(小北)으로 분당될 때 소북파의 영수로서 같은 소북인 남이공(南以恭)과 불화하여 자기의 추종자들을 이끌고 탁소북(濁小北)으로 분파했다.

류영근(柳永謹) 1550~?. 본관은 전주(全州), 자는 근지(謹之), 호는 죽비(竹扉), 죽경(竹扃)이다. 1582년 생원시에 입격했고, 1601년 늦은 나이에 식년 문과에 급제하여 정언, 부교리 등을 지냈다.

류팽로(柳彭老) 1554~1592. 본관은 문화(文化), 자는 형숙(亨叔), 군수(君壽), 호는 월파(月坡)이다. 1588년 식년 문과에 급제했으나 출사를 단념하고 옥과에 거주했다. 임진왜란이 일어나자 양대박(梁大樸), 안영(安瑛) 등과 함께 읍민들을 모아 의병을 일으켰으며, 의병장 고경명을 맹주로 추대하고 그의 종사관이 되어 금산에서 왜적과 맞서 싸우다가 전사했다. 전라도에서 가장 먼저 의병을 일으켰기 때문에 고경명, 양대박과 함께 호남의 삼창의(三倡義)로 지칭되기도 했다.

박광옥(朴光玉) 1526~1593. 본관은 음성(陰城), 자는 경원(景瑗), 호는 회재(懷齋)이다. 율곡 이이(李珥)의 문인이다. 1574년 별시 문과에 급제했다. 임진왜란이 일어나자 김천일, 고경명 등과 함께 의병을 일으켰고 군량 수집과 병기 수선으로 도원수 권율(權慄)을 도왔다. 1593년 나주 목사로서 신병을 무릅쓰고 민심을 수습하고 흩어진 병사를 규합하다가 죽었다. 저서로《회재집(懷齋集)》이 있다.

박동도(朴東燾) 1550~1614. 본관은 반남(潘南), 자는 문기(文起)이다. 온양 군수,

고성 군수, 마전 군수 등을 지냈고, 좌승지에 증직되었다. 1592년에 부여 현
감을 임시로 맡은 일이 있다.

박승원(朴崇元) 1532~1592. 본관은 밀양(密陽), 자는 상화(尙和)이다. 1564년에 문
과에 급제, 승지, 강원도 관찰사, 대사헌 등을 지냈다. 임진왜란이 일어나자
선조를 호종하여 보검(寶劍)을 하사받았다. 호성공신 2등에 책록되었고 좌찬
성에 추증되었으며 밀천군(密川君)에 추봉되었다.

박종정(朴宗挺) 1555~1597. 본관은 함양(咸陽), 자는 응선(應善), 호는 난계(蘭溪)
이다. 1576년에 진사시에 입격했다. 임진왜란 때 동지들과 적병을 막을 수 있
는 방법을 조목조목 진달하여 조정으로부터 장원서 별제를 제수받았다. 1597
년 정유재란으로 왜구가 호남을 침범했을 때 아버지를 모시고 영암으로 가던
중 왜구와 맞닥뜨리자, 아버지를 온몸으로 감싸 안은 채 왜구의 무수한 창을
몸으로 막다가 아버지와 함께 죽었다.

박천정(朴天挺) 1544~?. 본관은 함양(咸陽), 자는 응수(應須), 호는 황탄(黃灘)이다.
박종정의 형이다. 1568년 진사시에 입격했다. 임진왜란이 일어났을 때 고경
명을 따라 부전양장(赴戰糧將)이 되어 양곡 수천 석을 운반했다. 이 일에 대해
정철이 충의가 있다며 찬양했다. 광주 목사에서 관찰사로 승진한 권율이 그
를 광주 유진장(光州留鎭將)으로 천거했다.

백광언(白光彦) ?~1592. 본관은 해미(海美), 호는 풍암(楓巖)이다. 무과에 급제했고,
1592년에 모친상을 당해 태인 집에 머물고 있던 중 임진왜란을 만나 전라감
사 겸 순찰사 이광과 함께 2만여 명의 군사를 모아 수원을 향하여 진격했다.
용인성 남쪽 10리에 이르러 우군선봉장이 된 그는 좌군선봉장 이지시(李之
詩)와 함께 문소산의 적진을 협공했으나 패하여 전사했다.

변응정(邊應井) 1557~1592. 본관은 원주(原州), 자는 문숙(文淑)이다. 문예에 능했
으나 과거에 실패하고 무예에 열중하여 1585년 무과에 급제했다. 월송만호

(越松萬戶), 선전관 등을 거쳐 해남 현감으로 재직 중에 임진왜란이 일어나자 금산에서 조헌(趙憲)과 합류하여 공격할 것을 약속했으나, 행군에 차질이 생겨 조헌이 전사한 뒤에 도착, 육박전으로 왜적과 싸워 큰 전과를 올렸으나 적의 야습을 받아 장렬히 전사했다.

사유(史儒) ?~1592. 명나라의 장수이다. 임진년(1592) 6월에 광녕 유격(廣寧遊擊)으로 독전 참장(督戰參將) 대조변(戴朝弁)과 함께 병사 1,000명을 거느리고 조선에 파견되었다. 같은 해 7월 부총병 조승훈과 함께 제1차 평양성 전투에 참전했으나 일본군의 탄환을 맞고 전사했다.

서예원(徐禮元) ?~1593. 김해 부사로 있던 1592년에 임진왜란이 일어나자 왜군과 공방전을 벌이다가 성을 버리고 도주했다. 이 일로 삭탈관직을 당했으나 의병장 김면과 협력하여 지례의 왜적을 격퇴했다. 제1차 진주성 전투에서 목사 김시민을 도와 항전했다. 1593년 진주 목사가 되었으며 제2차 진주성 전투에서 순국했다.

성영(成泳) 1547~1623. 본관은 창녕(昌寧), 자는 사함(士涵), 호는 우천(愚川), 태정(苔庭)이다. 1573년 식년 문과에 급제했다. 여주 목사로 있던 1592년에 임진왜란이 일어나자 경기도 순찰사가 되어 왜적과 맞서 싸웠다.

소수(蘇遂) 1517~1592. 본관은 진주(晉州), 자는 성물(成物)이다. 대제학 소세양(蘇世讓)의 아들이다. 음직(蔭職)으로 면천 군수를 지냈다.

송영구(宋英耈) 1556~1620. 본관은 진천(鎭川), 자는 인수(仁叟), 호는 표옹(瓢翁), 모귀(暮歸), 일표(一瓢), 백련거사(白蓮居士)이다. 1584년 문과에 급제하여 승문원에 배속되었다가 이듬해 승정원 주서에 임명되었다. 임진왜란이 일어나자 도체찰사 정철(鄭澈)의 종사관으로 발탁되었고, 1593년에 군사 1천여 명을 모집하여 행재소로 향했으며, 3월 27일에 사헌부 지평에 임명되었다. 경상도 관찰사, 병조참판 등을 지냈다. 정유재란 때에는 충청도 관찰사의 종사관이 되었다. 《국역 선조실록》 26년 3월 27일.

송응창(宋應昌) 1536~1606. 명나라의 관료이다. 항주 우위(杭州右衛)에 속한 인화현(仁和縣) 사람으로, 호는 동강(桐岡)이다. 가정(嘉靖, 명 세종의 연호) 을축년(1565)에 진사가 되었다. 임진년(1592)에 병부 우시랑 우첨도어사(兵部右侍郎右僉都御史)로 조선에 파견된 명군을 총괄하는 경략(經略)의 직책을 맡은 뒤 계사년(1593) 3월에 압록강을 건너 안주(安州)에 주둔하였다. 제독(提督) 이여송(李如松)과 함께 일본군을 격퇴하고 평양, 개성, 한양을 수복했다. 그러나 벽제관 전투 패전 이후 일본과 강화(講和)하려 하였으며, 일본군이 한양에서 철수하여 경상도로 내려간 뒤 명군의 철군을 요청하였다. 또 조선의 사신이 명나라 조정에 일본군의 정세를 아뢰려는 시도를 저지하기도 하였다. 뒤에 급사중(給事中) 허홍강(許弘綱)의 탄핵을 받아 벼슬에서 물러나 고향에 돌아갔으며, 고양겸(顧養謙)이 경략의 일을 대신하게 되었다.

송제민(宋濟民) 1549~1602. 본관은 신평(新平), 자는 사역(士役), 호는 해광(海狂)이다. 이지함(李之菡)에게 사사하여 20세에 성현의 글을 모두 독파했다. 임진왜란이 일어나자 양산룡(梁山龍), 양산숙(梁山璹) 등과 함께 의병을 일으켜 김천일의 막하에서 전라도 의병종사관으로 활약하다가 이듬해 다시 김덕령(金德齡)의 의병군에 가담했다. 김덕령이 옥사하자 종일토록 통곡하고 《와신기사(臥薪記事)》를 저술했다.

신응구(申應榘) 1553~1623. 본관은 고령(高靈), 자는 자방(子方), 호는 만퇴헌(晚退軒)이다. 오희문의 큰사위이다. 1594년에 재취 안동 권씨(安東權氏)가 죽고 난 뒤 오희문의 딸을 다시 부인으로 맞았다. 함열 현감, 충주 목사, 공조참의 등을 지냈다.

신할(申硈) 1548~1592. 본관은 평산(平山)이다. 1567년 무과에 급제했고, 1589년에 경상도 좌병사를 지냈다. 임진왜란이 일어나자 함경도 병마절도사가 되어 선조의 몽진을 호위한 공으로 경기 수어사 겸 남병사에 임명되었다. 이후 도원수 김명원(金命元)과 함께 임진강에서 9일 동안 왜적과 대치하다가 도순찰사 한응인(韓應寅)의 병력을 지원받아 심야에 적진을 기습했으나 복병의 공격을 받아 그 자리에서 순절했다.

심대(沈岱) 1546~1592. 본관은 청송(靑松), 자는 공망(公望), 호는 서돈(西墩)이다. 1572년 춘당대문과에 급제했다. 임진왜란이 일어나자 보덕(輔德)으로서 근왕병 모집에 힘썼다. 그 공로로 왕의 신임을 받아 우부승지와 좌부승지를 지내며 승정원에서 왕을 가까이에서 호종했다. 왜군의 기세가 심해지자 평양에서 다시 의주로 선조를 수행했다. 같은 해 9월 권징(權徵)의 후임으로 경기도 관찰사가 되어 한양 수복작전을 계획했다. 도성민과 내응하며 삭녕에서 때를 기다리던 중 왜군의 야습을 받아 전사했다.

심수경(沈守慶) 1516~1599. 본관은 풍산(豊山), 자는 희안(希顔), 호는 청천당(聽天堂)이다. 1546년 식년 문과에 장원으로 급제했다. 경기도 관찰사와 대사헌 등을 거쳐 1590년에 우의정에 오르고 기로소에 들어갔다. 임진왜란이 일어나자 삼도체찰사가 되어 의병을 모집했으며, 이듬해 영중추부사가 되었다가 1598년 벼슬길에서 물러났다.

심열(沈說) ?~?. 본관은 삼척(三陟)이다. 오희문의 매부인 심수원(沈粹源)의 아들로, 오희문의 생질이다. 양덕 현감 등을 지냈다.《어촌집(漁村集)》권11〈부록·행장(行狀)〉.

심유경(沈惟敬) ?~1600?. 절강(浙江) 가흥(嘉興) 사람으로, 명나라에서 상인 등으로 활동했다. 병부상서 석성(石星)의 천거로 임시 유격장군(游擊將軍)의 칭호를 가지고 임진년(1592) 6월 조선에 나와 왜적의 실상을 정탐하였다. 조승훈이 제1차 평양성 전투에서 패전한 뒤 같은 해 9월 평양성에서 고니시 유키나가(小西行長)와 만나 협상하여 50일 동안 휴전하기로 하였다. 이를 계기로, 유격장군 서도지휘첨사(署都指揮僉事)에 임명되어 경략의 휘하에서 일본과의 강화협상을 전담하게 되었다. 명군의 벽제관 전투 패전 이후 협상을 통해 경성(한양)에 주둔하고 있던 일본군의 철수와 일본군에게 사로잡혔던 임해군·순화군 등 조선의 두 왕자의 석방을 이끌어내는 성과를 거두기도 하였다. 하지만 도요토미 히데요시(豐臣秀吉)를 일본 왕으로 책봉하고 조공무역을 허용하는 등 봉공(封貢)을 전제로 진행되었던 명과 일본의 강화협상이 결렬되고 1597년 정유재란이 발발하자 심유경은 명나라 장수 양원(楊元)에게 체포되어 중국으로 보내졌다. 이후 금의위(錦衣衛) 옥(獄)에 갇혔다가 3년 만에 죄를 논하여 기시(棄市, 죄인의 목을 베어 그 시체를 길거리에 내다버리는 형벌)되었다.

심은(沈誾) 1535~?. 본관은 청송(靑松), 자는 사화(士和)이다. 오희문의 인척이다. 1567년 식년 사마시에 입격했다. 연산 현감, 영월 군수 등을 지냈다. 1591년에 창평 현령이 되었다.

안영(安瑛) ?~1592. 본관은 순흥(順興), 자는 원서(元瑞)이다. 임진왜란 때 고경명이 창의기병(倡義起兵)한 뒤 북진하여 은진을 거쳐 이산으로 향하려고 했다. 그러나 왜적이 금산에 이미 들어갔음을 듣고 금산성 밖 와은평에 진을 쳤는데, 왜적은 관군이 취약함을 알고 먼저 관군을 향하여 진격했다. 치열한 공방전이 벌어졌으나 결국 싸움에 패하여 전군이 흩어지자, 안영이 고경명에게 후퇴하여 후일에 재건할 것을 종용했다. 고경명이 듣지 않자 억지로 그를 말에 태웠으나 기마에 서툴러 그가 말에서 떨어졌다. 안영은 고경명을 자신의 말에 태우고 자신은 도보로 뒤를 따랐다. 적병이 핍박하자 류팽로와 더불어 대장 고경명을 몸으로 막고 적과 싸우다가 고경명과 그의 아들 고종후(高從厚), 류팽로와 함께 순국했다.

양산숙(梁山璹) 1561~1593. 본관은 제주(濟州), 자는 회원(會元), 시호는 충민(忠愍)이다. 성혼의 문인으로, 벼슬에는 뜻을 두지 않고 경전 연구에만 전념하다가 1591년에 천상(天象)을 보고 난리가 일어날 것을 예언하고는 상소하여 대비책을 건의했다. 임진왜란이 일어나자 김천일과 함께 의병을 일으켜 진주에서 싸우다가 죽었다.

오윤겸(吳允謙) 1559~1636. 본관은 해주(海州), 자는 여익(汝益), 호는 추탄(楸灘), 토당(土塘), 시호는 충정(忠貞)이다. 오희문의 큰아들이며, 성혼의 제자이다. 1582년 사마시에 입격했고 영릉(英陵), 광릉(光陵) 봉선전(奉先殿) 참봉을 지냈다. 임진왜란 때는 충청도·전라도 체찰사 정철의 종사관이 된 뒤 평강 현감으로 부임하여 선정을 펼쳤다. 1597년 대과에 급제하며 동래 부사, 충청도 관찰사, 이조판서 등을 거쳐 1626년에 우의정, 이듬해 정묘호란 때에 왕세자를 배종하고 돌아와 좌의정을 거쳐 영의정에 이르렀다. 저서로《추탄집(楸灘集)》,《동사상일록(東槎上日錄)》,《해사조천일록(海槎朝天日錄)》등이 있다.

오윤남(吳潤男) 본관은 해주(海州)이다. 오희문의 사촌 형제이다. 오희문의 큰아버지인 오경안(吳景顔)의 아들이다.《해주오씨대동보(海州吳氏大同譜)》에는 오윤남(吳閏男)으로 되어 있다.《해주오씨대동보》권10, 해주오씨대동종친회, 1992, 120쪽.

오윤성(吳允誠) 1576~1652. 본관은 해주(海州), 자는 여일(汝一), 호는 서하(西河)이다. 오희문의 넷째 아들이다. 음직으로 벼슬하여 진천 현감을 지냈다.

오윤함(吳允諴) 1570~1635. 본관은 해주(海州), 자는 여침(汝忱), 호는 월곡(月谷)이다. 오희문의 셋째 아들이며, 성혼의 제자이다. 1613년에 사마 양시(兩試)에 입격했고, 산음 현감을 지냈다.

오윤해(吳允諧) 1562~1629. 본관은 해주(海州), 자는 여화(汝和), 호는 만운(晩雲)이다. 오희문의 둘째 아들이다. 숙부 오희인(吳希仁, 1541~1568)의 양아들로 들어갔다. 양어머니는 남원 양씨(南原梁氏, 1545~1622)이고, 아내는 수원 최씨(水原崔氏, 1568~1610)로 세마(洗馬)를 지낸 최형록(崔亨祿)의 딸이다. 1588년 식년시에 생원으로 입격했고, 1610년 별시에 급제했다.

오희철(吳希哲) 1556~1642. 본관은 해주(海州), 자는 언명(彦明)이다. 오희문의 남동생이다. 아내는 언양 김씨(彦陽金氏)로 김철(金轍)의 딸이다.

우복룡(禹伏龍) 1547~1613. 본관은 단양(丹陽), 자는 현길(見吉), 호는 구암(懼庵), 동계(東溪)이다. 임진왜란이 일어났을 때 용궁 현감으로서 끝까지 고을을 지켰다. 1592년 8월 왜적의 수중에 넘어갔던 안동이 수복되자 조정에서 그를 당상관으로 올려 안동 부사에 제수했다.

원충갑(元沖甲) 1250~1321. 본관은 원주(原州), 시호는 충숙(忠肅)이다. 향공진사(鄕貢進士)로 원주 별초(別抄)에 있던 중 1291년 합단(哈丹)의 침입으로 원주성이 포위되자 10여 차에 걸친 공방전으로 적을 무찌르고 성을 지켰다.

윤섬(尹暹) 1561~1592. 본관은 남원(南原), 자는 여진(如進), 호는 과재(果齋)이다. 1583년 별시 문과에 급제했다. 임진왜란 당시 홍문관 교리로서 순변사 이일(李鎰)의 종사관이 되어 상주로 내려갔다. 이일이 달아나면서 헛되게 죽기만 하는 것은 쓸데없으니 함께 가자고 권했으나, "장차 무슨 면목으로 국왕을 배알하겠습니까! 남아가 이에 이르러 오직 나라를 위해 죽음으로써 충성할 뿐입니다."라고 하고는 적진에 뛰어들어 장렬한 최후를 마쳤다.《국역 연려실기술(燃藜室記述)》제15권 〈선조조고사본말(宣祖朝故事本末)〉.

이경백(李慶百) ?~?. 자는 응일(應一)이다. 이빈(李贇)의 처남이다.

이계정(李繼鄭) 1539~1595. 본관은 원주(原州), 자는 경윤(景胤)이다. 1570년 무과에 급제했고, 1576년 중시에 입격했다. 곽재우 등과 함께 진주성을 공격해 온 왜군을 격퇴했으며, 동관병마절도사로 곤양 군수를 겸직하며 무주, 남원으로 쳐들어오는 왜군을 방어했다. 이후 충청도 수군절도사에 임명되었고, 1595년에 이순신 장군과 연합하여 한산 앞바다에서 왜군을 맞아 싸우다 전사했다.

이광륜(李光輪) 1546~1592. 본관은 여주(驪州), 자는 중임(仲任)이다. 1579년 생원시에 입격했다. 조헌, 오윤겸(吳允謙) 등과 교유했다. 효행으로 추천되어 문소전 참봉에 제수되기도 했으나 나아가지 않았다. 1592년에 조헌 등과 함께 금산 전투에서 순절했다.

이덕열(李德說) 1534~1599. 본관은 광주(廣州), 자는 득지(得之)이다. 1569년 별시 문과에 급제했고, 1575년에는 홍문록(弘文錄)에 간택되었다. 임진왜란이 일어나자 당시 성주 목사로서 성주 성내에 왜적이 웅거하고 있는데도 지경(地境)을 떠나지 않고 굳게 지키면서 도망한 군사들을 수습해 적을 토벌했다. 이후 좌부승지 등을 역임했다.

이로(李魯) 1544~1598. 본관은 고성(固城), 자는 여유(汝唯), 호는 송암(松巖)이다. 의령 출신으로, 조식(曺植)의 문하에서 수학했다. 1590년 증광 문과에 급제했고, 1591년에는 상소하여 왜사(倭事)를 논했다. 임진왜란이 일어나자 조종도(趙宗道)와 함께 창의할 것을 약속했다. 귀향하여 삼가, 단성으로 나가 동생 이지(李旨)와 함께 의병을 일으켰다. 인근 여러 고을에 창의통문을 내어 백성의 의분심을 환기시키는 한편, 경상우도 초유사 김성일의 종사관, 소모관(召募官), 사저관(私儲官)으로도 활약했다. 1593년에는 명나라 제독 이여송에게 서계(書啓)를 보내어 화의의 잘못을 지적했다.

이빈(李贇) 1537~1592. 본관은 연안(延安), 자는 자미(子美)이다. 오희문의 처남이다. 아버지는 이정수(李廷秀)이다. 임진왜란 당시 장수 현감을 지내고 있었다. 오희문은 1556년에 연안 이씨와 결혼한 뒤 한양의 처가에서 30여 년 동안 처가살이를 하면서 이빈과 함께 생활했다.

이석형(李石亨) 1415~1477. 본관은 연안(延安), 자는 백옥(伯玉), 호는 저헌(樗軒)이다. 1441년 수석으로 진사, 생원이 되었고, 이어 식년 문과에도 장원으로 급제했다. 한성부 판사 등을 역임했다. 1471년에 좌리공신 4등에 책록되었고, 연성부원군에 봉해졌다.

이성임(李聖任) 1555~1594. 본관은 전주(全州)이다. 태조(太祖)의 7대손이며, 이형(李詗)의 아들이다. 황해도 관찰사 등을 지냈다.

이시윤(李時尹) 1561~?. 본관은 연안(延安), 자는 중임(仲任)이다. 오희문의 처조카이다. 오희문의 처남인 이빈의 아들이다. 1606년에 사마시에 입격했고, 동몽교관을 지냈다.

이시증(李時曾) 1572~1666. 본관은 연안(延安), 자는 중로(仲魯)이다. 오희문의 처조카이다. 오희문의 처남인 이빈의 둘째 아들이다.

이일(李鎰) 1538~1601. 본관은 용인(龍仁), 자는 중경(重卿), 시호는 장양(壯襄)이다. 1558년 무과에 급제했다.

이지(李贄) ?~1594. 본관은 연안(延安), 자는 경여(敬輿)이다. 오희문의 처남이며, 이빈의 동생이다.

이호민(李好閔) 1553~1634. 본관은 연안(延安), 자는 효언(孝彦), 호는 오봉(五峯), 남곽(南郭), 수와(睡窩)이다. 1584년 별시 문과에 급제했다. 임진왜란 때 이조좌랑으로 선조를 의주로 호종했고, 요양에 가서 이여송에게 지원을 청해 평양 전투를 승리로 이끌었다.

이홍로(李弘老) 1560~1612. 본관은 연안(延安), 자는 유보(裕甫), 호는 판교(板橋)이다. 1583년 정시 문과에 장원으로 급제했다. 임진왜란이 일어나자 병조좌랑으로서 왕을 호종하다가 여러 이유로 탄핵을 받았다. 양양 부사, 경기도 관찰사 등을 지냈다.

임계영(任季英) 1528~1597. 본관은 장흥(長興), 자는 홍보(弘甫), 호는 삼도(三島)이다. 1576년에 별시 문과에 급제하여 진보 현감을 지냈다. 임진왜란 때 전 현감 박광전(朴光前), 능성 현령 김익복(金益福), 진사 문위세(文緯世) 등과 함께 보성에서 의병을 일으켰다. 당시 와병 중이던 박광전 대신 의병장으로 추대되었고, 순천에 이르러 장윤(張潤)을 부장으로 삼았다. 다시 남원에 이르기까지 의병 1천여 명을 모집하여 전라좌도 의병장이 되었다. 전라우도 의병장 최경회와 함께 장수, 거창, 합천, 성주, 개령 등지에서 왜군을 무찔렀다.《귀록집

《귀록집(歸鹿集)》권14 〈증참판임공묘갈명(贈參判任公墓碣銘)〉에는 '임계영(任啓英)'으로 되어 있다.

임극신(林克愼) 1550~?. 본관은 선산(善山), 자는 경흠(景欽)이다. 오희문의 매부이다. 1579년 진사시에 입격했다. 임극신 부부는 임진왜란 당시 영암군의 구림촌에 거주하고 있었다.

임면(任免) 1554~1594. 본관은 풍천(豊川), 자는 면부(免夫)이다. 오희문의 동서이다. 1582년 생원시에 입격했다.

임전(任錪) 1560~1611. 본관은 풍천(豊川), 자는 관보(寬甫), 호는 명고(鳴皋)이다. 성혼의 문인이다. 임진왜란이 일어나자 호남 창의사 김천일의 휘하에 종군했다. 권필(權韠)과 쌍벽을 이룰 정도로 시명이 높았다. 저서로《명고집(鳴皋集)》이 있다.

임태(任兌) 1542~?. 본관은 풍천(豊川), 자는 소열(少說)이다. 오희문의 처사촌 여동생의 남편이다. 임진왜란 당시 연기 현감으로 재직 중이었다.

장의현(張義賢) ?~?. 본관은 구례(求禮), 호는 오류정(五柳亭)이다. 1573년에 비변사에 의하여 무장으로 천거되어 1577년 해남 현감을 지냈고, 1583년 부령 부사로서 이탕개(尼湯介)의 침입을 막아 명성을 떨쳤다. 1591년 장흥 부사가 된 뒤 임진왜란 때는 전라도 방어사 이시언(李時言)의 조방장으로서 거제도 공략에 참여하는 등 활약했다.

정대민(鄭大民) 1551~1598. 본관은 하동(河東), 자는 중립(中立)이다. 1591년에 곡성 현감, 1594년에 장수 현감을 차례로 역임했다.

정종명(鄭宗溟) 1565~1626. 본관은 연일(延日), 자는 사조(士朝), 호는 화곡(華谷), 벽은(薜隱)이다. 정철의 아들이다. 1590년 진사시에 입격했고, 1592년 7월 의주 행재소에서 실시된 별시 문과에 장원으로 급제하여 병조 좌랑에 초수(超授)되었다.

조경(趙儆) 1541~1609. 본관은 풍양(豊壤), 자는 사척(士惕)이다. 무과에 급제했다. 임진왜란이 일어나자 경상우도 방어사가 되어 황간, 추풍 등지에서 싸웠으나 패배했다. 이어 김산에서 왜적을 물리치다 부상을 입었다.

조대곤(曹大坤) ?~?. 본관은 창녕(昌寧)이다. 경상우도 병마절도사, 호위대장(扈衛大將) 등을 역임했다. 경상우도 병마절도사로 재임 중이던 1592년에 임진왜란이 일어나자 많은 군사를 거느린 곤수(閫帥)로서 적의 침입 소문에 겁을 먹어 도망을 갔고, 김해 일대에서는 어려움에 처한 아군을 원조하지 않아 병사들이 전멸하고 성이 함락되게 만들어 왜군이 한양까지 침범하게 한 원인을 제공했다는 이유로 탄핵, 파직되었다. 뒤에 백의종군했다.

조승훈(祖承訓) ?~?. 명나라의 장수이다. 호는 쌍천(雙泉)으로 영원위(寧遠衛) 사람이다. 영원백(寧遠伯) 이성량(李成樑)의 가정(家丁)으로 몸을 일으켜 부총병 우군도독부 도독첨사(右軍都督府都督僉事)가 되었으며, 임진년(1592) 6월에 나와 7월 제1차 평양성 전투에서 패해 혁직(革職)되었다. 같은 해 12월에 제독 이여송의 소속 장수로 기용되어 나와서 제3차 평양성 전투에 참가, 공을 세워 요양 협수(遼陽恊守)에 임명되었다. 정유년(1597)에 다시 군문(軍門)을 따라 나와서 고책(高策)과 함께 남쪽으로 도산(島山, 울산 왜성)을 정벌하였다. 제1차 울산 왜성 전투 당시 퇴군할 때 경리 양호가 그를 성주(星州)에 보내 분탕질하는 왜적을 막게 하였다. 또 준화(遵化)의 보병 7,000명을 이끌고 가서 동일원(董一元)과 함께 사천(泗川)의 왜적을 토벌하였는데, 여러 부대가 모두 패한 상황에서 조승훈만 제대로 군사작전을 수행하였다.

조유관(趙惟寬) 1558~?. 본관은 함안(咸安), 자는 사율(士栗)이다. 1585년 진사시에 입격했다.

조응록(趙應祿) 1538~1623. 본관은 풍양(豊壤), 자는 경유(景綏), 호는 죽계(竹溪)이다. 1579년 식년 문과에 급제했다. 사관을 거쳐 전적(典籍)이 되었다. 임진왜란 때 함경도로 피난 가는 세자를 호종했고, 난이 끝난 뒤 통정대부에 올랐다. 저서로《죽계유고(竹溪遺稿)》가 있다.

조존성(趙存性) 1554~1628. 본관은 양주(楊州), 자는 수초(守初), 호는 용호(龍湖), 정곡(鼎谷)이다. 성혼과 박지화(朴枝華)의 문인이다. 1590년 증광 문과에 급제하여 사관(史館)에 들어가서 검열이 되었다. 이듬해 대교로 승진했으나 모함을 당해 파면되었다. 임진왜란이 일어나자 고향에 있다가 이듬해 의주의 행재소에 가서 대교로 복직되었고, 이어 전적으로 승진했다. 충주 목사, 호조참판, 강원도 관찰사, 호조판서 등을 지냈다.

조종도(趙宗道) 1537~1597. 본관은 함안(咸安), 자는 백유(伯由), 호는 대소헌(大笑軒)이다. 조식의 제자이다. 임진왜란이 일어나자 초유사 김성일과 함께 창의하여 의병 모집에 진력했고, 그해 가을 단성 현감을 지냈다. 1596년에는 함양 군수가 되었다. 다음해 정유재란이 일어나자 명을 받고 안음 현감 곽준(郭䞭)과 함께 의병을 규합, 황석산성을 수축하고 가족까지 이끌고 들어가 성을 지키면서 가토 기요마사(加藤淸正)가 인솔한 왜적과 싸우다가 전사했다.

최경회(崔慶會) 1532~1593. 본관은 해주(海州), 자는 선우(善遇), 호는 삼계(三溪), 일휴당(日休堂), 시호는 충의(忠毅)이다. 1567년 식년 문과에 급제해 영해 군수가 되었다. 임진왜란 때 의병장이 되어 금산, 무주 등지에서 왜병과 싸워 크게 전공을 세우고 이듬해 경상우도 병마절도사로 승진했다. 1593년 6월 제2차 진주성 전투에서 전사했다.

최기남(崔起南) 1559~1619. 본관은 전주(全州), 자는 여숙(與叔), 호는 만곡(晩谷), 만옹(晩翁), 양암(養庵)이다. 성혼의 문인이다. 1585년 사마시에 입격했다. 1591년 정철의 건저문제(建儲問題)로 서인(西人)이 실각당할 때 연루되어 대과에 응시할 자격을 잃었다가 1600년 왕자사부로 발탁되었고 2년 뒤 알성 문과에 급제했다.

최상겸(崔尙謙) 1567~1644. 본관은 삭녕(朔寧), 자는 여익(汝益), 호는 패란당(佩蘭堂)이다. 1590년 사마시에 입격했고 음직으로 관직에 나아갔다. 임진왜란이 일어나자 고경명이 의병을 일으켰다는 소식을 듣고 거기에 응하여 찬조했다. 군량미 보급의 책임을 맡아 남원으로 향했는데, 금산에 이르기 전에 고경명이 패했다는 소식을 듣고 같이 죽지 못한 것을 한으로 여겼다.

최원(崔遠) ?~?. 1580년 전라도 병마절도사가 되었다. 임진왜란이 일어나자 군사 1천 명을 거느리고 의병장 김천일, 이빈(李薲)과 함께 여산에서 왜군의 진출을 막아 싸웠다. 김천일 등과 함께 남원, 순창을 거쳐 북상하던 중, 군사 4만 명을 거느리고 한양을 향하여 떠났던 전라 감사 이광 등 많은 군사가 용인에서 패전한 뒤라, 수원에서 강화도로 들어가 그곳을 주둔지로 삼고 군사를 모집했다. 한편으로 한강 연안지역을 왕래하면서 적의 후방을 공략하고 해상으로 의주에 있는 행재소와도 연락을 취했다.

한명윤(韓明胤) 1542~1593. 본관은 청주(淸州), 자는 회숙(晦叔)이다. 1568년 사마시에 입격했다. 1590년 영동 현감으로 부임하여 치적을 올렸다. 임진왜란이 일어나자 영동에서 의병을 모아 용전했다. 조정에서 그 충성스러움과 용감성을 가상히 여겨 품계를 올려 주고 조방장을 겸하게 했다. 1593년 상주 목사로서 방어사를 겸임했다. 그해 10월에 전사했다.

한순(韓楯) 1555~1592. 본관은 청주(淸州), 자는 사한(士閑)이다. 1583년 무과에 급제하여 선전관, 평양 판관 등을 거쳐 1590년 남평 현감에 임명되었다. 풍속을 바로잡고 백성을 구제하며 군비에 충실하여 인근의 모범이 되었다. 임진왜란이 일어나자 7월에 군사를 거느리고 금산으로 가서 의병장 고경명 등과 함께 왜적을 토벌하려고 했다. 그러나 금산에 이르기 전에 고경명의 의병군이 이미 패전하여 전세가 불리한 가운데 들어가 힘써 싸웠으나 전 군수 윤열(尹悅) 등 5백여 명과 함께 전사했다.

홍계남(洪季男) ?~?. 본관은 남양(南陽)이다. 충의위 홍언수(洪彦秀)의 아들이다. 용력이 뛰어나고 말 달리기와 활쏘기를 잘하여 금군(禁軍)에 소속되었다. 1590년 일본에 파견되는 통신사의 군관으로 선발되어 황윤길(黃允吉)과 김성일 일행을 따라 일본에 들어갔다가 이듬해 돌아왔다. 임진왜란이 일어나자 아버지를 따라 안성에서 의병을 일으켜 인근의 여러 고을로 전전하며 전공을 세워 첨지로 승진했다. 그가 다른 진에 연락차 본진을 떠난 사이 아버지가 왜군을 공격하다가 전사하자, 돌아와 아버지를 대신하여 의병진의 선두에 서서 높은 곳에 성을 쌓고 적정을 정탐하면서 도처에서 유격전을 펼쳤다. 이듬해 다시 군사를 거느리고 전라도와 경상도 지역으로 진출하여 이빈, 선거이(宣居怡), 송대빈(宋大斌) 등과 함께 운봉, 남원, 진주, 구례, 경주 등지로 전전하며 전공을 세웠다. 그 뒤 1596년에는 이몽학(李夢鶴)의 반란을 평정하는 데 공을 세우기도 했다.

홍종록(洪宗祿) 1546~1593. 본관은 남양(南陽), 자는 연길(延吉), 호는 유촌(柳村)이다. 1572년 별시 문과에 급제했다. 임진왜란이 일어나자 이조정랑 신경진(辛慶晉)과 함께 도체찰사 류성룡의 종사관으로서 각 진영의 연락과 군수품 공급을 맡았다. 곽산에서 구성으로 들어가 그곳 관민의 협조를 얻어 많은 양곡을 정주, 가산 등지로 수운하여 군량 공급에 크게 공헌했다. 뒤에 직제학에 이르렀다. 《동주집(東州集)》권8 〈홍문관직제학홍공묘지명(弘文館直提學洪公墓誌銘)〉.

찾아보기